SEDUCIENDO A TUS DEMONIOS

TOMO I.

Escrita por Mar Medina

kindle direct publishing

Sobre la autora y la obra.

Mar Medina, mejor conocida por sus lectores como *Mar*, nació un veinticuatro de mayo del dos mil dos en Tijuana, Baja California, México. A los doce años comenzó a interesarse por la escritura y la lectura, empezó escribiendo cuentos cortos de terror, pero no fue hasta los diecisiete años que publicó su primera novela en la plataforma *Wattpad*.

A los dieciocho comenzó a escribir *Seduciendo a tus demonios,* una historia atrapante entre un militar de las fuerzas especiales y una bailarina que ama la historia.

Mar actualmente cursa cuarto semestre de la carrera Relaciones Internacionales, pero en sus ratos libres disfruta darle vida a personajes caóticos y explosivos dentro de una historia llena de emoción, romance e intensidad.

Amazon Kindle Direct Publishing.
Nombre de la autora: Mar Medina.
Título: Seduciendo a tus demonios. TOMO I.
Saga Destructiva Obsesión.
Fecha de registro: 24 de noviembre, 2023.
ISBN: 9798869631046.
Ilustraciones del interior realizadas por: Zu.rss y magrnarts.
Cubierta realizada por: Lulybot.
Tabla de rangos realizada por: *Betz.*
Diagramación y maquetación: *@loslibrosdelosdragones*

Seduciendo a tus demonios. TOMO I.
Fecha de publicación: 17 de diciembre, 2023.
D.R © *Mar Medina.*
Los derechos de edición y características de esta publicación son propiedad de Mar Medina.
ISBN: 9798869631046.
Prohibida su reproducción o distribución parcial o total por cualquier medio, sin la autorización de los titulares de los derechos patrimoniales.
Impreso y distribuido únicamente por Amazon Kindle Direct Publishing.

Para todos aquellos que siguen luchando contra sus demonios, para todos los que siguen demostrándole al mundo que son valientes y fuertes.

Jamás te rindas.

ADVERTENCIAS.

Este libro contiene:

- Contenido explicito; lenguaje fuerte, morboso y alto contenido sexual apto solo para mayores de 21 años.

- Además, contiene temas como; actitudes tóxicas, aborto, tortura, asesinatos, violencia, maltrato físico, psicológico y abuso sexual que BAJO NINGUNA CIRCUNSTANCIA debe romantizarse o tomarse como ejemplo.

- Si eres una persona sensible o menor de edad, se recomienda NO leer este libro. Tratará muchos temas fuertes que no son aptos para todos.

Algunas narraciones serán en pasado y en presente para entender mejor la historia. Pon atención a las fechas y, sobre todo, ten cuidado si te enamoras del personaje incorrecto porque todo puede pasar.

JERARQUÍA MILITAR

FEIIC: Fuerza Especial e Internacional de Investigación Criminal

MÁXIMOS JERARCAS	
GENERAL	
COMANDANTE SUPREMO	
COMANDANTE	

RANGOS ÉLITE	
CAPITÁN	
AGENTE ESPECIAL	
SARGENTO	

TROPA	
CABO	
RANGER	
CADETE	
RECLUTA	

FEIIC: Organización ficticia que mantiene su propio sistema judicial. Tanto sus rangos, la forma en la que se manejan y sus métodos, no siguen un régimen común.

PLAYLIST.

Heaven In Hiding – **Halsey.**
Don't Blame Me – **Taylor Swift.**
Bring Me To Life – **Evanescence.**
Survivor – **2WEI, Edda Hayes.**
Deep End – **Ruelle.**
Echo – **Jason Walker.**
Kerosene – **Rachel Lorin.**
Broken – **Isak Danielson.**
Elastic Heart – **Sia.**
Set Fire to the Rain – **Adele.**
My Oh My – **Camilla Cabello, DaBaby.**
Cinnamon Girl – **Lana Del Rey.**
Little Talks – **Of Monsters and Men.**
Lurk – **The Neighbourhood.**
Staying Up – **The Neighbourhood.**
Natural – **Imagine Dragons.**
Unstoppable – ***Sia.***
Collide – **Justin Skye, Tyga.**
Train Wreck – **James Arthur.**
Old Town Road – **Lil Nas X, Billy Ray Cyrus.**
Believer – **Imagine Dragons.**
I Ran (So Far Away) – **Hidden Citizens.**
Dusk Till Dawn – **ZAYN, Sia.**
A Little Death – **The Neighbourhood.**
Somebody's Watching Me – **Hidden Citizens.**
I Wanna Be Your Slave – **Måneskin.**
Dead Man – **David Kushner.**
Say My Name – **David Guetta, Bebe Rexha, J Balvin.**
Daylight – **Taylor Swift.**
Brother – **Kodaline.**
Mi Santa – **Romeo Santos, Tomatito.**
Way Down We Go – **KALEO.**
A Storm Is Coming – **Tommee Profitt, Liv Ash.**

PRÓLOGO.

23 de noviembre, 2015.

Permanecí de pie, abrazándome a mí misma y desviando la mirada mientras escuchaba a mi hermano menor llorar en voz baja. Esto realmente dolía.

La amaba.

Yo también.

Una lágrima resbaló por mi mejilla, así que traté de limpiarla disimuladamente. Uno de los dos debía ser fuerte y lamentablemente me tocó serlo a mí. Tommy solo tenía catorce años, era casi un niño.

Me tocó madurar muy rápido, al crecer sin padres, solo tuvimos a la abuela, ella veló por nosotros siempre, trató de darnos una vida digna con lo que estuvo a su alcance, y cuando las cosas se volvieron duras, entonces tuve que empezar a trabajar para poder mantener nuestro pequeño hogar entre las dos.

Eso hasta ahora.

En este momento en el que estaba viendo como una parte de mí estaba siendo enterrada. Se había ido y mi corazón se rompía al pensar en que ya no estaría aquí. Que nos había dejado a Thomas y a mí completamente solos.

¿Ahora qué se supone que haríamos?

No teníamos nada.

A nadie.

Yo aun no terminaba la universidad.

Apenas tenía veinte años y ahora toda la responsabilidad había recaído sobre mis hombros.

¿Qué iba a hacer? ¿Cómo sería capaz de mantenernos a ambos?

—Lara —Me llamó mi hermano. Su voz sonaba un tanto rasposa por el llanto.

Me giré para observarlo y lo encontré con la vista clavada en el suelo para no mostrarme su rostro. No le gustaba que lo vieran llorar.

—¿*Sí?* —*Susurré.*

—*Creo que es hora de irnos* —*Informó en voz baja*—. *Es tarde...*

Tragué saliva y asentí.

—*Aguarda un segundo* —*Musité y me aferré a la rosa blanca que había tomado con anterioridad. Le di una pequeña sonrisa a Tommy sin enseñar los dientes y después suspiré, acercándome a la tierra removida, en cuyo interior, los restos de mi abuela descansaban.*

Flexioné las piernas para arrodillarme y bajé la cabeza.

—*Me has dejado sola, abuela* —*Mi labio inferior tembló*—. *Me prometiste que no te irías, que estarías bien y que te repondrías. Y ahora... no tengo idea de que haré sin ti, no soy tan fuerte. No puedo hacer esto sin ti...*

Un sollozo bajo escapó de mi garganta, aunque lo traté de contener. No podía hacer esto. Tenía que ser fuerte por mi hermano.

—*Lara* —*Habló*—. *No has llorado.*

Me giré para verlo.

—¿*Qué?*

—*No has llorado desde que la abuela murió. No te he visto derramar ni una sola lágrima* —*Señaló y se acercó a mí. Sus pasos fueron derrotados y cansados, pero aún así me dio un apretón en el hombro, tratando de reconfortarme*—. *Te conozco, sé que te mantienes fuerte porque eres la mayor, pero no puedes hacer esto, no puedes hacer a un lado tu dolor solo para velar por el mío.*

—*No...*

—*Nos sostenemos mutuamente, si necesitas llorar, tienes que hacerlo. Estoy aquí para sostenerte* —*Sus palabras me arrancaron otro sollozo. Ya no fui capaz de guardarme todo mi dolor.*

Sin previo aviso, se puso a mi altura y me rodeó con fuerza entre sus brazos. Yo hice lo mismo. Y así, solo así, me permití llorar, permití sacar todo el dolor de estos últimos días. Todo desde que murió y el proceso de la entrega de su cuerpo, del funeral.

Todo lo que no había llorado, lo estaba haciendo ahora.

—*Todos necesitan desahogarse por lo menos una vez en la vida, Lara* —*Musitó, acariciando mi cabello. Sentí sus lágrimas mojando mi blusa.*

«*Todos necesitan desahogarse por lo menos una vez en la vida*».

Sus palabras se quedaron grabadas en mi mente.

—Esto me supera...no puedo creer que se haya ido —Negué con la cabeza—. Esto ha sido tan...no encuentro las palabras...

—Trataremos de salir adelante, por ella. Es algo que la abuela habría querido, estaremos bien —Animó, pero su voz estaba quebrada—. Nos tenemos el uno al otro, es lo único que importa ahora, hermana.

Me alejé un poco y sonreí débilmente entre lágrimas.

A veces me preguntaba quién era el mayor de los dos.

—Es lo único que importa —Le di la razón. Me incliné un poco y besé su frente—. Estaremos bien, Tommy. Lo prometo.

Volvió a abrazarme en medio del cementerio después de haber perdido a la mujer que nos crio y nos amó con todo su corazón.

Ahora solo me quedaba Tommy.

Y por eso cuidaría de él el resto de mi existencia. Viviría y moriría por él si fuera necesario. Haría todo con tal de que jamás le faltara nada.

Haría todo por él.

Era una promesa, abuela.

CAPÍTULO 01.
Sobre mis hombros.
LARA SPENCER.

Año 2015.
PASADO.

Después del funeral, mi hermano y yo tuvimos que volver de nuevo a casa, la que era de mi abuela. Durante todo el trayecto en taxi no dijimos absolutamente nada. Ambos teníamos el corazón roto y realmente ahora solo queríamos descansar.

Cuando el auto se detuvo frente a nuestra casa, le pagué al conductor antes de bajar.

—¿Qué están haciendo? —La pregunta de Tommy me sacó de mis pensamientos, por lo que lo enfoqué y hundí las cejas—. ¡Eh! ¡¿Por qué están sacando nuestras cosas?!

Miré la dirección en la que él lo hacía y me quedé sin habla cuando vi a varias personas sacando los muebles de la casa, todo lo que poseíamos estaba siendo dejado en la acera como si fuera basura.

Mi hermano corrió hacia el hombre que daba instrucciones. Lo seguí, aferrándome a mi bolso y sintiendo el enojo crecer dentro de mí.

—¿Qué mierda están haciendo? —Pregunté con los dientes apretados, posándome al lado del hombre viejo y regordete.

—Desalojando —Soltó sin más y se giró para seguir dando órdenes.

—No pueden hacer eso. Es la casa de mi abuela. No pueden sacarnos así sin más, es ilegal —Gruñí, captando la atención del hombre.

Levantó una hoja que parecía ser un documento redactado.

—Claro que puedo si dicha propiedad, hace bastante que no les pertenece.

Contraje el rostro.

—¿Qué no nos pertenece? —Alcancé a formular.

—¿Acaso es sorda? —Inquirió con brusquedad—. Eso fue lo que dije.

Apreté los puños.

—¡Por supuesto que es nuestra! ¡Y quiero que vuelvan a dejar todo como estaba ahora mismo! —Ordené.

—Su abuela tenía deudas, puso su casa en garantía. Había firmado un documento y en él prometió pagar su deuda en un lapso de un año, pero como ya vimos que no fue capaz, pues lo siento mucho, pero ya no pueden estar aquí.

Negué rápidamente.

—Yo...hablaré con el banco. Lo solucionaré, pero por favor...no hagan esto —Pedí en voz baja, suplicante.

El hombre me miró con lástima.

—La cuestión, señorita Spencer, es que esta deuda no tiene nada que ver con el banco —Contestó.

Y entonces lo entendí.

La obsesión de mi abuela por el juego, por apostar.

Puso en garantía nuestra casa.

Sumándole las deudas que ya tenía con el banco, entonces estábamos hasta el cuello en esto.

¿Por qué la vida nos seguía pateando aún en nuestro peor momento?

—Por favor, señor —Rogué, siendo consciente de que estaba a punto de echarme a llorar—. Mi abuela acaba de morir, no pueden hacernos esto. No pueden dejarnos sin nada…

Él hizo una mueca.

—Lo siento, señorita Spencer, pero no hay nada que pueda hacer por ustedes —Soltó—. Mis más sinceras condolencias por su abuela.

—Es un hijo de perra —Siseó Tommy—. Nos saca de nuestra casa como si fuéramos basura y después nos da el pésame. ¿Cómo se atreve? ¿Cómo puede ser tan cínico?

—Te prohíbo que me faltes al respeto cuando yo solo hago mi trabajo, niño de mierda —Respondió con voz fría—. No me culpes a mí de las deudas de tu abuela. Agradécele esto a…

No terminó de hablar cuando vi a mi hermano darle un puñetazo en el rostro. Uno que hizo que el hombre cayera al suelo de espaldas. Se llevó la mano a la cara y enfocó a mi hermano.

—¡Thomas! —Lo detuve cuando quiso irse contra el hombre de nuevo—. ¡Basta!

Lo tomé por los hombros y lo rodeé, tratando de retenerlo.

—Basta...por favor —Susurré, aguantando las lágrimas—. No hagas esto.

—Hazle caso a tu hermana, niño. No hagas las cosas más difíciles —Se levantó y se limpió la comisura de la boca. Se acercó y me dio un documento—. Tome, una copia.

Se giró hacia las personas y levantó sus brazos.

—¡Ya hemos terminado! ¡Nos vamos! —Vociferó. Después de unos minutos los vimos subirse a sus autos, dejándonos ahí con nuestras cosas en la calle. Un hombre se quedó, solo para que nosotros entráramos y sacáramos alguna cosa que nos hiciera falta.

Subí a mi habitación y me arrodillé frente al tablón en el suelo que estaba suelto. Ahí escondía todos mis ahorros.

Tal vez, era suficiente para alquilar algo en donde pasar la noche algunos días.

También necesitábamos un lugar en donde dejar nuestros muebles. No podíamos dejarlos aquí en la calle.

Y por suerte, nuestras súplicas fueron escuchadas y nuestra vecina de enfrente nos permitió resguardar todos nuestros objetos en su casa. Incluso nos invitó a pasar la noche, pero no quise abusar de su amabilidad.

Aparte ahí vivían muchas personas que no queríamos incomodar con nuestra presencia.

Tommy y yo tomamos un taxi que nos llevó a un motel modesto y económico. No estaba en buen estado ni tampoco era el más lindo, pero era mejor que pasar la noche en la calle.

—¿Ahora qué haremos, Lara? —Su voz denotaba preocupación.

Dejé de observar por la ventana del coche para mirar a mi hermano.

Tragué saliva y dejé caer los hombros, completamente derrotada.

—No lo sé, Tommy —Recargué mi cabeza en su hombro—. Realmente no lo sé.

Me sentía pérdida.

25 de noviembre, 2015.

PASADO.

Entré a la academia de danza, arrastrando los pies y mi bolso. Al pasar por la recepción, saludé a la chica que estaba allí, esa que era amable y que siempre tenía una sonrisa en el rostro. Ella me devolvió el saludo con la mano debido a que se encontraba anotando algo que una profesora le decía.

Caminé hacia mi aula, frotándome las manos con nerviosismo. No sabía cómo haría esto, este era un lugar que me hacía tan feliz. Me gustaba bailar y ahora tenía que dejarlo. Debía dejar mi trabajo porque no me pagaban lo suficiente como para mantener a mi hermano y mantenerme a mí.

Incluso...incluso esa mañana tuve que abandonar la universidad.

Era doloroso tener que dejar todo lo que te ayudará a prosperar, solo para poder sobrevivir.

No tenía dinero suficiente como para pagar los estudios de mi hermano, rentar un departamento, comprar víveres y pagar las deudas. Dios, apenas si me alcanzaba para sobrevivir día a día.

Mi hermano insistía en trabajar medio tiempo y pagar sus estudios él mismo, pero apenas tenía catorce años, por supuesto que no le darían empleo. Y si se lo daban, solo iban a sobreexplotarlo por ser un niño indefenso, un blanco fácil para hacerlo trabajar más, por menos dinero. Eso haría que descuide sus estudios y sus calificaciones decaerían.

No quería eso para Thomas.

Empujé la puerta con cuidado. El salón estaba vacío, a excepción de mi maestra de danza, la cual se encontraba repasando una rutina. Cuando escuchó el sonido de la puerta se detuvo y se giró mientras fruncía el ceño.

Cuando notó que era yo la que había entrado, me extendió una enorme sonrisa.

—Lara, que sorpresa —Dijo—. No creí que volverías al trabajo tan pronto. Oh...bueno, tu clase está a punto de iniciar, ¿no es así?

Asentí lentamente.

—Tengo que hablar de algo contigo, Steph —Hice una mueca—. Sobre el trabajo y bueno, es importante.

Alzó una ceja.

—Claro, dime —Me instó a seguir.

Tomé aire.

—Tengo que renunciar.

Su rostro adoptó una expresión de sorpresa.

—¿Por qué? ¿No te sientes cómoda con tu trabajo? —Cuestionó.

Negué con rapidez.

—No es eso, me encanta trabajar aquí y lo sabes —Me apresuré a decir—. Pero, no puedo quedarme más tiempo, ni siquiera a las clases. Sabes que mi abuela murió y ahora que estoy a cargo de todo…buscaré un empleo que se ajuste un poco más a las necesidades de mi hermano y de las mías. Sin ofender, el salario aquí es excelente, pero no es suficiente para los gastos que tengo y…

—Entiendo, entiendo —Me interrumpió y me regaló otra sonrisa para tranquilizarme—. No puedo detenerte si es lo que quieres. Solo me queda desearte suerte y hacerte saber que si necesitas algo, puedes buscarme. Eres una buena chica, Lara, espero que las cosas mejoren pronto.

Bajé la cabeza y asentí.

—Gracias, Stephanie.

La cosa de mi trabajo era que después de la universidad yo venía aquí e impartía dos clases de baile para niñas menores de diez años; danza contemporánea debido a que era una de las mejores bailarinas de todo el estado. O bueno, al menos eso decían todas las medallas que había ganado.

Cuando Stephanie me contrató, me dio la oportunidad de tomar la clase que ella impartía totalmente gratis, aparte de mi sueldo semanal.

Amaba el pole dance, para mí era un arte y cuando comencé a bailar, simplemente quedé encantada. Stephanie aparte de ser la directora de la academia, también daba la última clase y era una excelente maestra, no solo por su experiencia, si no por su dedicación y bondad.

Me dio las oportunidades que apuesto a que no podría haber conseguido en otro lugar, me regalaba una clase de danza al día y me dejaba trabajar aquí aunque no tuviera un título que me avalara. Sabía que yo era buena bailarina, eso le bastó.

Pero no podía quedarme más tiempo aquí, tenía que buscar otro trabajo.

La puerta del salón se abrió y por ella entraron varias chicas, tres castañas y dos rubias. Todas eran amables y divertidas, incluso aunque no fuéramos amigas me llevaba bien con ellas, muchas veces me invitaron a salir, pero nunca asistí por falta de tiempo. Antes de la muerte de mi abuela, tenía que regresar a casa después de estar aquí para hacer trabajos de la universidad.

Las chicas me saludaron y después, se prepararon para empezar la clase.

Miré a mi profesora y sonreí.

—Debo irme ahora, te agradezco por todo lo que has hecho por mí, de verdad que gracias por tu apoyo —Suspiré con pesadez—. Adiós, Stephanie.

—Adiós, Lara. Es difícil ver partir a una de las mejores profesoras de la academia y a la mejor alumna que ha pisado esta academia —Mencionó, haciendo una genuina mueca de tristeza—. Realmente lamento lo de tu abuela, espero que las cosas mejoren y que algún día puedas regresar.

Mi nariz picó.

Luché por no romper en llanto.

—Gracias, Steph —Carraspeé.

Finalmente me di la vuelta.

Me obligué a avanzar hasta la puerta, con cada paso sintiendo cómo mi corazón se destrozaba un poco más. Abrí y salí, cerrando detrás de mí.

Cuando me giré para ir a la salida de la academia, me estampé contra un cuerpo que venía en esta dirección. Todo mi cuerpo dolió por el impacto y pude adivinar que a ella también porque pronto comenzó a quejarse.

—¡Mierda! —Se llevó la mano a los pechos—. ¡Me explotaste una!

Aplané los labios para evitar reír. Fallé en el intento, por lo que una carcajada brotó de mi garganta, una que la contagió a ella.

—Lo siento, lo siento...no te vi... —Gesticulé, tratando de controlar la risa.

—Descuida —Me sonrió—. Yo tampoco me fijé por donde iba, estaba distraída.

Enfoqué bien su rostro y así me di cuenta de que era una de mis compañeras.

Su nombre era Elaine.

Ella alzó una ceja.

—¿No te quedarás a la clase? —Preguntó, pasando una mano por su cabello lacio y largo.

Elaine Morgan fácil podía ser una Diosa de pies a cabeza.

Sus ojos eran verdes, enormes y expresivos. Muy bonitos. La ropa deportiva se ajustaba a su trabajado cuerpo y además, tenía sonrisa de revista. Por si fuera poco, sus facciones eran angelicales, pero al mismo tiempo seductoras.

No sabía mucho de ella, solo que hace poco se graduó de universidad y que fue capitana de las animadoras en preparatoria. Dios, debió haber sido genial ser animadora, encima, ser la capitana. Debió ser como la reina del instituto y la verdad, no me sorprendería que haya sido la reina del baile de graduación.

—Esta vez no. Tengo cosas que hacer —Mentí—. Acabo de avisarle a la profesora.

Asintió.

—Oh, de acuerdo —Soltó—. Espero que tus cosas se resuelvan pronto para que no pierdas más clases.

—Gracias, eres muy amable —Le sonreí y ella me regresó el gesto.

—No hay de qué —Le restó importancia—. Debo entrar, nos vemos después.

—Hasta pronto —Me despedí, así que ella se pasó a mi lado para abrir la puerta.

Justo antes de girar la perilla se detuvo y me miró.

—Por cierto, las chicas y yo planeamos ir mañana a divertirnos a un club, ¿quieres unirte? —Preguntó

Traté de no hacer una mueca.

Nadie aquí sabía que mi abuela murió, nadie más que Stephanie, era por eso que la chica me trataba como cualquier día normal. No sabía que hace un par de días fue el funeral de mi *abue*.

—Veré si puedo unirme, muchas gracias por la invitación —Respondí—. Nos vemos después.

—Hasta mañana, Lara —Me sonrió y se despidió con la mano antes de entrar al salón.

Solté un suspiro agotado y me di la vuelta.

Sí...mañana ya no iba a asistir.

27 de noviembre, 2015.
PASADO.

Lo único que atiné a hacer después de salir del edificio, fue bufar. Claro, además de caminar mientras arrastraba los pies y me ajustaba la correa del bolso sobre el hombro.

Acababa de salir de una entrevista.

La entrevista fue bien, el puesto era de secretaria y era excelente.

Solo que había un detalle muy importante.

Querían que lo ocupara una estudiante, era un requisito.

Y pues, yo ya no lo era, así que no me aceptaron y ahora estaba aquí afuera maldiciendo mi estúpida suerte y queriendo llorar por lo difícil que resultaba encontrar un trabajo que se ajustara a mis necesidades.

Ya intenté con cafeterías, pero la paga no era tan buena debido a que la mayoría de las personas que trabajaban en esos lugares eran estudiantes y el trabajo era de medio tiempo. También en los restaurantes solicitaban estudiantes y de medio tiempo.

¿Por qué?

Porque así podían pagarles menos, la mayoría de los trabajos de medio tiempo eran así y estaba bien, si aún estuviera en la universidad entonces con toda la emoción del mundo trabajaría en un lugar así, pero ahora era la adulta responsable, así que necesitaba más. Y carajo, todo esto era terrible. No, no, todo esto era una mierda.

No pude ni guardarle luto correctamente a mi abuela porque si me quedaba en casa, entonces mi hermano y yo nos moriríamos de hambre. No podía ir a la Universidad porque no tenía dinero y si pagaba las cosas que ocupaba, entonces me iba a la quiebra.

Más de por sí.

Tenía que pagar las deudas y mis ahorros ya casi se agotaban.

Sentí que iba a perder la cabeza en cualquier momento. Y no quería rendirme, no podía hacerlo. No podía fallarle a Tommy, no podía dejar que sufriera, que pasara hambre o se viera obligado a abandonar sus estudios.

Por lo menos uno de los dos debía prepararse académicamente.

Y prefería que fuera él.

Me limpié la lágrima que, sin darme cuenta, se estaba deslizando por mi mejilla.

Apreté los dientes con fuerza.

No es momento para llorar, Lara.

Es momento de conseguir un trabajo.

Cuando encuentres uno, entonces vuelves al motel y lloras todo lo que se te antoje.

Le di la vuelta a la calle y me detuve al ver el bonito, elegante y famoso club nocturno. Por lo que sabía, era uno de los más prestigiosos de Chicago. Muchos hombres importantes y adinerados acudían para recibir un gran espectáculo.

Y al parecer la suerte no era tan jodida porque pronto mis ojos cayeron en el enorme cartel en el cual se leía que buscaban una bailarina joven, bella y con experiencia.

No era por alardear, pero cumplía con los requisitos.

Por lo menos debía intentarlo. No podía ponerme de exigente en este momento.

Tomé aire y crucé la calle para llegar al club. Una vez que estuve delante, me armé de valor y me dirigí a la entrada del lugar. Empujé la puerta lentamente y entré, cerrando detrás de mí.

Caminé por el pasillo y me detuve al notar que debía bajar unos escalones para ir al área principal. Mis pasos fueron temblorosos mientras bajaba y cuando llegué al final de las escaleras, miré todo completamente asombrada.

Era un lugar impresionante.

No era como los clubes que solían aparecer en la televisión, esos que se miraban sucios, con mala reputación y descuidados.

No señor, este club era enorme, las luces neones en el escenario un poco alejado de mí, iluminaban perfectamente. Los asientos negros y elegantes estaban apuntando al escenario. También había muchas botellas que lucían bastante caras. Estas estaban detrás de una barra, todas acomodadas sobre un estante.

También había mesas de cristal, un candelabro enorme en el techo y más lámparas con la luz un poco baja, supuse que debido a la hora. Incluso había un pasillo, en el cual solo alcanzaba a percibir las primeras puertas.

—¿Estás perdida, niña? —Escuché una voz femenina a mi lado, así me sobresalté. Me giré para observar a la chica alta y bonita. Estaba vestida con una bata de satén color púrpura—. Lo siento, no quería asustarte.

Negué con la cabeza.

—Solo estaba observando. Es un lugar muy hermoso y diferente...

—¿Diferente? —Repitió, confundida.

—Diferente al concepto que se tiene normalmente de un club así, ya sabes, como son en las películas, que parecen muy...

—¿Indecentes? —Terminó.

Miré al suelo, avergonzada.

Escuché su risa suave.

—Te entiendo, lo mismo pensé cuando entré por primera vez —Señaló, de nuevo la miré—. No es para nada como lo pintan, la mayoría de la gente piensa que por el hecho de ser un club de strippers, será un lugar deplorable.

—Esto no parece deplorable en lo absoluto.

Curvó los labios hacia arriba.

—Tenemos una reputación que mantener —Aclaró y después soltó un suspiro—. Así que ahora dime, ¿qué te trae por aquí, chica? ¿Estás buscando a alguien?

Me froté las manos con nerviosismo.

—Yo... —Carraspeé y sacudí la cabeza—. Vi el cartel afuera, en el que ponen que buscan una bailarina. Vengo a pedir el trabajo.

Ella me observó con sorpresa antes de levantar una ceja.

—¿Qué edad tienes? —Interrogó—. No pareces de más de dieciocho.

—Cumplí veinte en abril.

Ella asintió.

—Mira...lo siento, pero es que la edad mínima es veintidós años, eres algo joven aún —Hizo una mueca avergonzada—. ¿Al menos sabes bailar? ¿Tienes experiencia con el pole dance?

Afirmé frenéticamente con la cabeza.

—Sí, la tengo. Lo bailo desde hace casi tres años, no es por presumir, pero era una de las mejores de mi clase en la academia —Dije rápidamente—. De verdad necesito el trabajo, te prometo que soy buena y que no te fallaré. Soy muy responsable, de verdad.

Ella sonrió con dulzura.

Se pasó una mano por su cabello color zanahoria y miró el techo brevemente.

—Escucha, si por mí fuera, te aceptaría sin dudar, sé lo que es tener necesidades y reconozco las ganas de salir adelante cuando las veo. No cualquiera tiene las agallas para plantarse en un lugar así y suplicar por empleo cuando podrías estar en uno más...decente —Apuntó—. Pero yo no soy la jefa aquí, tienes que hablarlo con el dueño. Si te sirve, puedo intervenir para que deje que te quedes. Obviamente tienes que mostrar lo que sabes hacer en el escenario.

Señaló el escenario grande del cual sobresalían tres barras.

—Realmente estaré en deuda de por vida si haces eso —Me llevé las manos unidas a la boca.

Ladeó la cabeza.

—No es necesario. Espera aquí, voy por el jefe —Soltó antes de darse media vuelta y marcharse.

Miré a varias chicas pasar para perderse en los pasillos o en diferentes áreas del lugar, charlando y riendo entre ellas.

Perdí mi vista en los detalles del lugar, admirando todo para que los minutos pasaran rápido.

—¿Dónde está ella? —Escuché a mis espaldas. Era una voz masculina y ronca, de ese tipo de voz que mis compañeros de universidad no tenían, pero que me moría por escuchar.

Me giré para observar.

—Es ella, la castaña —Contestó la chica que antes había hablado conmigo y me señaló con su dedo.

Enfoqué los ojos en el hombre a su lado.

Oh, mi Dios.

¿Ese era el jefe?

Este hombre tenía que ser un modelo.

Era alto, de hombros anchos y por lo que la camiseta blanca dejaba ver, unos músculos bien trabajados. Su cabello era claro, sus facciones marcadas y varoniles. No podía ver con claridad sus ojos debido a lo lejos que estaba y a la poca iluminación.

En definitiva, era muy guapo.

Me echó una breve mirada, antes de mirar a la chica cuyo nombre aún desconocía.

—No —Fue lo único que salió de su boca.

Ambas lo miramos estupefactas.

El tipo se dio la vuelta, dispuesto a ignorarnos y seguir de largo hacia el lugar del que había salido.

—Aguarda, ¿qué? —Contestó la pelirroja—. ¿Dirás no así nada más? No le has preguntado ni su nombre.

El desconocido se encogió de hombros.

—Es una niña.

Abrí mi boca con incredulidad.

¿Niña?

—Solo dale la oportunidad de hablar siquiera, Bruno —Insistió—. Realmente necesita el trabajo.

¿Bruno? ¿Ese era su nombre?

El hombre se giró y le dio una mirada de desdén a la chica.

—No estamos contratando más personal.

Hundí las cejas.

—Acabo de ver el letrero afuera, ese donde dice que necesitan una nueva bailarina —Hablé, y por primera vez en todo este rato, él me sostuvo la mirada por más de dos segundo—. Soy bailarina, tengo experiencia y realmente necesito…

—¿Cuántos años tienes? —Me interrumpió y entornó los ojos en mi dirección.

—Veinte.

—¿Y cómo te llamas?

—Lara.

Dio un par de pasos hacia mí, pero aun así se mantuvo a una distancia prudente.

—Mira, Lara, lo lamento, pero eres muy joven aún. El mínimo de edad es veintidós años, no los excedes, entonces no puedes quedarte —Informó, aún sin borrar la expresión seria de su rostro.

Por su acento no parecía ser de aquí, estaba segura de que no nació en Chicago. Más bien, sus facciones, su forma de decir las palabras, no parecían ser de este lugar. Seguro debía ser europeo.

—Si me das la oportunidad de demostrarte que merezco…

—No, lo lamento —Esta vez sí se dio la vuelta y caminó de vuelta al pasillo.

No, no podía quedar así.

Esto era por Thomas.

Me apresuré para alcanzarlo y me planté delante de él, puse mis manos delante de mí para detenerlo, ocasionando que estas se toparan contra su pecho. Era más alto, por lo que me miró desde arriba, notándose sorprendido por mi acción.

—Escuche, sé que debe importarle una mierda mi vida, pero mi abuela murió hace unos días, tengo un hermano menor y nos han embargado la casa, nos hemos quedado prácticamente en la calle, hay muchas deudas que mi abuela dejó y que ahora yo tengo que pagar. Tuve que abandonar la universidad porque no puedo pagarla —Relaté y un nudo se instaló en mi garganta—, soy todo lo que ese niño tiene y soy la única que puede sacar adelante a la única familia que me queda. No tenemos a nadie más. Así que, por favor, por favor, deme la oportunidad de demostrarle que realmente necesito este trabajo.

Sus ojos grisáceos observaron los míos por lo que me pareció una eternidad, después, miró cada rincón de mi rostro, como si buscara algo. No dijo nada por unos segundos, y la verdad, tanta cercanía me tenía atolondrada.

—Ya te dije que...

—Por favor... —Interrumpí sus palabras en un susurro.

Aplanó los labios y miró al techo brevemente, antes de bajar la vista y mirar mis manos aún tocando su pecho. Rápidamente las retiré. Soltó un suspiro largo y pesado.

—Tienes lo que dura una canción para demostrarnos lo que tienes —Señaló la tarima—. Si nos gusta te quedas.

Expulsé el aire que contenía y sonreí abiertamente, asintiendo una y otra vez.

—Está bien, está bien.

Me hizo un gesto con la mano, invitándome a la tarima.

—Será mejor que te apresures, estamos ocupados hoy —Había seriedad en su tono.

Me encaminé a la tarima, pero me detuve a medio camino. Me giré y lo miré.

—¿La canción que yo quiera? —Cuestioné.

Entornó los ojos y asintió.

Sonreí de nuevo.

—De acuerdo.

Una de las chicas fue la que ayudó a poner la canción que le pedí. También me prestaron ropa adecuada para poder deslizarme con facilidad, debido a que el pantalón de mezclilla no iba a ser de mucha ayuda.

Mis piernas ahora estaban expuestas gracias a la falda corta y color negra.

Me paré a un lado del tubo largo y solté el aire retenido.

Esta era la primera vez que tenía que bailar para conseguir algo.

No era como en la academia. Allí bailaba por hobby, daba clases porque era lo que me gustaba. Esta vez, debía demostrar que quería este trabajo.

Por Tommy.

Una canción lenta empezó a sonar por todo el lugar. Dejé mi sudadera en algún punto del suelo y cerré los ojos, al mismo tiempo que me ponía de pecho contra el suelo.

El tambor sonó y esa fue mi señal para girarme y flexionar mi espalda hacia atrás. Moví mis piernas hacia enfrente y hacia atrás un par de veces, después, di una vuelta en mi lugar y me levanté, echando mi cabello hacia atrás.

Moví las caderas lentamente mientras bajaba de nuevo. Posé mis manos en mis muslos y me abrí de piernas con las rodillas apoyadas sobre el suelo. Moví mi cabeza de un lado a otro, haciendo que mi cabello revoloteara. Cuando supe que era suficiente, entonces me incorporé de la misma manera.

Recorrí todo mi cuerpo con mi mano izquierda, subiendo desde mi estómago hasta llegar a mi cuello. Sonreí y me acerqué a uno de los tubos metálicos. Aferré una de mis manos a él y coloqué mi pie cerca de la base. Tomé impulso y me sostuve con habilidad, di vueltas alrededor de él y luego me aferré con las dos manos, flexionando las piernas para que estas no tocaran el suelo.

Con ayuda de mis manos y de mis piernas, trepé por el tubo, sin dejar de girar sobre mi lugar hasta que llegué a una altura considerable. Me metí de una manera en la que era mi espalda la que estaba presionada contra la barra metálica y una de mis piernas estaba suspendida en el aire. La otra estaba enredada en el tubo para evitar caer.

Pasé mi mano por detrás de mi muslo y di vueltas en el mismo lugar.

Mi cabello se movía con los giros.

Estiré mi mano para tocar mi tobillo y fui descendiendo lentamente, arqueando mi espalda y demostrando mi flexibilidad. Escuché los aplausos de algunas chicas. Entendía el por qué y ese era que; tener flexibilidad era una de las cosas más importantes en este tipo de danza.

De nuevo subí y crucé mis piernas alrededor de la barra para poder soltar mis manos, cuando lo hice, encontré la manera de quedar de cabeza y extender mis brazos mientras iba alrededor de la barra.

Me sostuve de nuevo de la parte de abajo y solté de una de mis manos. Seguí moviéndome en el tubo, demostrando la habilidad que había adquirido con los años. Demostrando que tenía potencial.

Cuando bajé, caminé a las escaleras de la tarima y descendí lentamente, sin dejar de mecerme. Caminé al jefe y posé mis dedos en su pecho, seguí caminando, logrando que retrocediera sin apartarme la mirada de encima, tanto que ni siquiera se dio cuenta de cuando su cuerpo cayó en uno de los sillones individuales.

Pasé mis manos por todo mi cuerpo de manera seductora y acaricié mi piel, hasta llegar a mi cabello y despeinarlo con mis movimientos.

En ese momento me sentí como Salma Hayek y su famoso baile.

Unos movimientos más y la canción finalizó.

Bruno parecía absorto, hipnotizado.

Solo los aplausos de las chicas y los silbidos lo hicieron parpadear y enfocarse. Carraspeó y frunció el ceño, al mismo tiempo que desviaba la mirada.

—¡Nena, eso fue impresionante! —La pelirroja llegó a mi lado y me tomó de los hombros—. ¿Dónde aprendiste a moverte así?

Sonreí agradecida.

—La práctica, creo —No iba alardear en este momento.

Tal vez a él no le gustó y no me dejará quedarme.

La chica miró a su jefe y me abrazó, como si me protegiera del mal humor de este hombre.

—¿Entonces? —Inquirió—. A todas nos gustó, ¿verdad, chicas? Nos encantó.

Todas expresaron su afirmación con elogios.

El hombre nos miró por algunos segundos, hasta que suspiró; dándose por vencido.

—Supongo que lo prometido es deuda —Masculló en tono bajo—. Anda, ven a mi oficina.

No me dio tiempo de contestarle debido a que él ya estaba caminando hacia el pasillo.

—¡Ve! —La chica me animó, empujándome para que lo siguiera.

Eso hice, fui detrás de él como cachorrito perdido.

Abrió una puerta y extendió la mano para que pasara delante de él.

El lugar era muy bonito y tenía todo lo que esperabas encontrar en una oficina. Las paredes eran de tonalidades oscuras, estaba ordenado y contaba con sillones de cuero. Sí, justo como me imaginaba que sería una oficina.

—Adelante, toma asiento —Pidió, señalando uno de los pequeños sillones. Lo hice y él se pasó detrás del escritorio para sentarse en su silla. Me miró y se recargó contra el respaldo—. Bien, Lara. Tenemos algunas reglas que tendrás que acatar si quieres trabajar aquí. Una vez que te las diga puedes decidir si te quedarás o te irás.

Asentí.

—Lo escucho.

—De acuerdo —Tomó una pluma y jugó con la tapa—. Primero, los horarios son de jueves a domingo. Tienes que llegar a las siete de la tarde, aunque el horario de apertura es a las nueve. Llegando antes tendrás tiempo para ensayar y arreglarte.

—Me parece excelente —Fui sincera.

—Que bien así sea —Carraspeó—. Segundo, no puedes hablar de lo que ves o escuchas aquí dentro, a nadie, no importa que sea. Este lugar es conocido por su exclusividad y discreción, así que por el bien de todos, ni una palabra. Te aseguro que no quieres meterte en problemas con nuestros clientes.

De acuerdo, eso sí daba algo de miedo, pero también era algo que podía seguir. No tengo me resultaba un problema esto de ser discreta.

—Entiendo, no se preocupe por eso, sé callar.

Asintió y dio suaves golpes al escritorio con la pluma. Se inclinó un poco y me miró con fijeza.

Madre santa, este hombre desprendía virilidad por cada poro de su piel.

—Y tercero, este lugar no es un burdel. Solo das un espectáculo. Bajo ninguna circunstancia permitiremos que los clientes se sobrepasen contigo o con las demás, solo serás bailarina —Dijo y la verdad que eso era algo que me preocupaba desde el principio. Me alegró mucho que él lo aclarara—. Y está totalmente prohibido mantener algún tipo de relación con algún cliente. Bajo ninguna circunstancia puedes acercarte de manera íntima a ellos. Si se te sorprende rompiendo esa regla, entonces serás despedida de inmediato. ¿De acuerdo?

Moví mi cabeza de arriba a abajo de manera frenética.

—Estoy totalmente de acuerdo con todo. Le prometo que no tendrá ninguna queja de mí —Aseguro—. Le juro que no se arrepentirá, Señor…

—Bruno —Respondió—. Bruno Alighieri.

Era italiano.

Eso explicaba el acento.

—Le juro que no se arrepentirá entonces, señor Alighieri.

Sus labios se volvieron una línea recta y asintió lentamente. Estiró su mano en mi dirección, esperando que la tomara y así estrecharla.

La tomé y observé unos instantes nuestras manos unidas.

—Pues bienvenida, Lara.

Sonreí totalmente agradecida.

Estaba segura de que, a partir de ese momento, mi vida entera comenzaría a mejorar.

CAPÍTULO 02.
¿Buenas o malas noticias?
LARA SPENCER.

10 de octubre, 2019.
PRESENTE.

Esta debía ser la cagada más grande de mi vida.

Podría jurar que lo era.

¿Enserio las palabras *«podría dejar que me diera como a cajón que no cierra»* salieron de mi boca? ¿Salieron de mi boca sin siquiera asegurarme de que el tipo del cual hablaba estaba justo detrás de mí?

Deseaba que el piso se abriera ahora mismo y me arrastrara hasta China, al menos allá nadie sabría lo estúpida, ridícula y descuidada que era.

Mierda.

—¿Entonces planeas darme la espalda toda la tarde, hechicera?

Su voz...

Su sexy acento británico.

Neal tenía esa forma de hablar que me hacía perder la cabeza. Era una voz altera hormonas.

Era por eso, que me gustaba mantener la distancia con él.

—Bien, no tengo problema con eso —Volvió a hablar—. Podemos hablar de esta manera si eso prefieres, es agradable y no me pondré nervioso con tu mirada.

Casi me echaba a reír.

Eso era una mentira, seguro que nada podía alterar sus nervios.

Me puse recta, seria y después me giré para verlo.

—Hola, Neal —Fue lo único que atiné a decir.

El pelinegro alzó una ceja.

Conocía a Neal desde hace bastante tiempo, unos tres años para ser exactos. Tuvimos un momento caliente una noche, una noche que seguro él no recordaba, o bueno, no me reconocía. Solo fueron besos y toqueteos para nada inocentes.

No nos volvimos a ver.

Pasaron cosas horribles después de que lo conocí, cosas que me gustaría olvidar y cosas de las que no él no era culpable, pero mirarlo y tenerlo cerca, simplemente me recordaba que gracias a ese momento que compartimos, fue que mi vida se fue a la mierda.

No lo culpaba.

No podría.

Pero es que su mera presencia me ponía nerviosa y con ganas de escapar y mantenerme bien lejos.

Aún recordaba la noche en la que nos volvimos a reencontrar; unos dos años después de que nos conocimos. Y es que el mundo era tan jodidamente pequeño que Neal Hardy terminó siendo mejor amigo del novio de mi mejor amiga.

Y ahora que Elaine y Mason estaban esperando un hijo y que su relación era demasiado formal, yo tenía que aprender a convivir un poco más con Neal Hardy.

Estuve bien con eso durante todo este tiempo, él viajaba mucho por trabajo y casi no se encontraba en Chicago. Eran contadas las veces que nos habíamos visto a lo largo del año que Ellie y Mason llevaban juntos.

Pero ahora mi mejor amiga acababa de soltarme la súper bomba de que Neal estaría un año aquí. No se iría durante todo un año.

Intentaba no entrar en pánico.

Intentaba pensar excusas para no tener que encontrármelo, para no tener que asistir a los mismos eventos.

Que ambos vayamos a ser los padrinos de ese bebé en camino, no ayudaba mucho.

—¿Estás enojada con la botella o porque te escuché decir todo eso de mí? —Su señalamiento me dejó confundida. Hundí las cejas sin entender sus palabras, por lo que él apuntó con su cabeza hacia mis manos.

Bajé mi vista a ellas, después fui consciente de que la botella de agua que sostenía estaba derramando todo su líquido debido a la fuerza con la que la apretaba.

—¡Mierda! —Siseé por lo alto, ya que algunas gotas se habían derramado en mi ropa, en mis zapatos, en mis manos y en el suelo—. Dios, que tonta.

Hardy se acercó y tomó un trapo de la cocina para ayudarme a secar mis manos. Tragué saliva y me quedé estática en mi lugar.

Estaba muy cerca.

Aléjate.

Me miró con sus increíbles y profundos ojos color ámbar. Hasta ahora, eran los ojos más hermosos e impresionantes que había visto en toda mi vida.

Era como si estuvieras viendo el sol cada vez que te encontrabas con sus ojos.

Aparte, que su cabello sea completamente negro, creo que los hacía resaltar más.

Dios, junto con todo este físico que se cargaba. Era muy atractivo y él malditamente lo sabía. Sabía muy bien lo mucho que me intimidaba.

Y creo que ahora estaba seguro debido a todo lo que me escuchó decir sobre él.

Sexy y follable Neal Hardy. Eso fue lo que dije.

Y él estaba justo detrás de mí.

—Tiemblas.

—¿Qué...? —Mi voz salió débil, por lo que carraspeé—. ¿Qué?

—Que estás temblando —Ladeó la cabeza—. ¿Por qué siempre tiemblas?

Me alejé por completo y me encogí de hombros.

—Soy como un chihuahua, los chihuahuas tiemblan mucho —Contesté de inmediato—. Mi abuela decía que ella tuvo un chihuahua cuando era joven, se llamaba *Tobey*. Dice que temblaba mucho, incluso cuando el calor era inso...

Me callé abruptamente cuando él nuevamente ladeó la cabeza, contemplándome con atención.

Dios, yo hacía mucho eso de divagar y hablar rápido.

Que vergüenza hacerlo frente a él.

—Chihuahua llamado Tobey, era de tu abuela cuando era joven. De acuerdo, después de casi un año creo que ahora conozco más que solo tu nombre. Es un avance entre nosotros, hechicera —Frunció los labios, satisfecho con eso creo—. ¿Cómo sigue tu pierna?

Miré el lugar que señalaba. Estaba enyesada y era incómodo. Jamás en mi vida había tenido una fractura hasta la noche del accidente. Fue duro lidiar con esto al principio, pero creo que estaba haciendo todo a mi alcance para acostumbrarme.

—Creo que está mejorando... —Suspiré con pesadez—. Es un horror.

Estiró un poco la comisura de su labio, apenas fue visible.

—Al menos no perdiste la pierna —Señaló.

Asentí, dándole la razón.

—Gracias a ti —Me relamí los labios—. Nunca te agradecí por... salvarme la vida.

Entornó los ojos.

—No te salvé la vida.

—No te quites mérito, Hardy. Lo hiciste, estaba débil, perdí mucha sangre por la herida de mi pierna y creí que moriría ahí —Me rasqué el brazo—. Hasta que llegaste e hiciste todo lo posible por sacarme del auto. Así que...gracias, de todo corazón.

—No es nada, eso hacemos los...¿casi amigos? —Ladeó la cabeza—. Cuando no estás huyendo de mí, me gusta pensar que somos amigos.

Sonreí y bajé la cabeza.

—Somos amigos.

Distanciados.

Pero amigos al final.

—Bien entonces —Manifestó y miró hacia afuera—. Iré con los demás, desde acá logró ver como a Derek se le está quemando la carne y Mason solo se burla en lugar de alejarlo del asador. ¿Necesitas que lleve algo?

Reí por lo de Derek y la carne. Tenía razón, yo lo noté hace rato.

—Estoy bien, anda, salva a Derek —Lo alenté—. En unos minutos iré.

Solo ve ya.

Déjame morir sola con mi vergüenza.

—De acuerdo.

Cuando creí que iba a darse la vuelta y salir, simplemente se detuvo.

Me miró al rostro y ladeó la cabeza.

—Hechicera —Me llamó.

Levanté una ceja.

—¿Sí?

Dio unos pasos hacia mí de nuevo, se acercó tanto que mi pecho se encontró con el suyo. Mi boca se secó de repente y solo pude ver sus labios.

No era un secreto que Neal me gustaba. Y joder, me gustaba mucho.

Y reitero, por eso me gustaba estar muy lejos de él, porque me prometí a mí misma jamás caer ante un hombre, menos volver a confiar en uno, y Neal Hardy tenía todas las armas para hacerme romper mi promesa.

Se inclinó un poco para dejar el trapo sobre la encimera justo detrás de mí. Me sostuve de la manija del refrigerador cuando las piernas me temblaron por su cercanía. Antes de alejarse, se acercó a mi oído y no pude hacer otra cosa más que aspirar su aroma y tragar saliva.

Colocó sus manos sobre el mueble detrás de mí, de esta manera aprisionándome contra este y su cuerpo enorme y fuerte.

Este cabrón era puro músculo.

Era intimidante.

—¿Qué...qué haces, Neal? —Me tropecé con las palabras, completamente nerviosa.

—Solo quería decirte que, cuando lo desees, podríamos intentar lo que mencionaste antes —Susurró lentamente, pero noté un poco de burla en su voz—. Ya sabes, lo de darte como a cajón que no cierra. Fue una expresión...pintoresca.

Finalmente se alejó y me miró a los ojos. Sonrió de lado, lleno de malas intenciones.

Dio unos pasos de espaldas, antes de girarse y salir de la cocina.

Lo vi salir al patio y solo cuando estuve sola, pude llevarme una mano al pecho y soltar todo el aire contenido.

—¿Qué fue esto? —Musité—. ¿Por qué el corazón me late tan deprisa? ¿Voy a morir?

Sacudí la cabeza y traté de enfocarme.

Me quedé un rato más en la cocina hasta que supe que era suficiente. No podía quedarme en ella todo el día.

Me paré en el umbral y los ojos de Elaine me enfocaron de inmediato. La apunté con el índice y después levanté mi pulgar y lo pasé por mi cuello, fingiendo que era un cuchillo. Ella enseñó los dientes, avergonzada y arrepentida.

—Tienes una mirada asesina en este momento —Señaló alguien a mi lado, sobresaltándome en el proceso.

—Derek —Bufé—. ¿Por qué siempre tienes que asustarme?

Rio levemente y le dio un trago a su cerveza.

—Es como un don que tengo. Soy sigiloso.

—Como un gato —Apunté—. Por favor, cuando vayas a acercarte a mí, haz más ruido. No quiero terminar en el piso llorando porque me diste un susto de muerte.

Me sonrió.

—Intentaré hacerlo.

Derek era el tipo más buena onda y agradable que había conocido en toda mi vida.

Era fácil reírse de las cosas que decía. La mayoría del tiempo estaba siendo un niño ingenioso y gracioso.

En pocas palabras, era el alma de la fiesta.

Mirémoslo así; Mason era serio, pero no tanto. Estaba en el punto medio de que podía ser divertido, pero al mismo tiempo tenía toda la actitud de empresario ocupado y responsable.

Y como mencioné antes, Derek era el más agradable e ingenioso.

Y Neal...él era el hombre detrás del telón.

Me refería a que, nunca te imaginabas que esa cara tan seria, sarcástica y misteriosa era quien estaba detrás de las súper fiestas.

En sí, era él quien armaba el teatro, para después abandonarlo y no divertirse.

Era raro.

Me causaba confusión. Era difícil intentar descifrarlo, después de tantos meses aún no lo conseguía.

—¿Neal siempre ha sido así? —La pregunta salió de mi boca antes de que pudiera detenerla.

Me llevé la mano a los labios.

Derek levantó una ceja y miró en dirección a Neal, el cual mantenía una acalorada discusión con Mason.

Bueno, en realidad era Mason quien hablaba. Neal estaba a punto de quedarse dormido.

—¿Así cómo? —Cuestionó—. ¿Idiota?

Intenté no sonreír.

—Apático a casi todo —Me crucé de brazos—. Confuso...

—¿Neal te confunde? —Inquirió.

Me mordí la lengua, buscando las palabras correctas.

—Es extraño. Un momento está bien, siendo sarcástico y platicador. Al otro segundo, simplemente actúa como si nada le interesara.

Derek hizo una mueca.

—Neal solo es...inestable —Soltó—. No es él cuando está en Chicago. Además, estamos cerca de una fecha que no le agrada mucho, cuando ese día pase seguro que vuelve a ser el cabrón que suelta esos chistes de mierda que a los demás nos asustan.

—Un lugar no influye en una persona, Castle —Resoplé.

Una fecha tal vez.

¿Pero un lugar?

Enarcó una ceja.

—Dijo ella antes de conocer a Neal Hardy —Citó—. Pero es cierto, Lara. Chicago es el infierno personal de Neal.

—¿Tan así?

—Sí, tan así.

Por unos segundos solo guardé silencio. La verdad era que no sabía que decir respecto a lo de Neal y Chicago.

Por eso mejor opté por cambiar de tema:

—¿Sabes qué? —Lo miré—. Tengo hambre, vamos a probar tu carne carbonizada.

Entornó los ojos en mi dirección.

—No se quemó tanto.

—Estuve a punto de llamar a los bomberos.

Bufó y ambos nos dirigimos a donde se encontraban los demás, yo un poco más lenta debido a las muletas.

Tomé una lata de refresco y tomé el pedazo de carne que menos quemado se miraba.

Todos hablaban mientras yo me mantenía en mi lugar, comiendo en silencio. Era muy lenta para comer.

Elaine corrió en mi dirección y se sentó frente a mí.

—¿Qué te dijo? —Preguntó, en voz baja y mirando a todos lados para asegurarse que esta vez nadie viniera.

—Dijo que me iba a poner una orden de restricción. Fue muy malo, incluso amenazó con darme azotes.

Elaine abrió los ojos de par en par.

—¡¿Qué hizo qué?! —Siseó.

Sonreí.

—Calma, en realidad no dijo nada —Mentí. No iba a decirle la manera en la que se acercó a mí. Por lo menos no aquí, no donde él podía escucharme—. No salió tan mal.

Me señaló con su dedo.

—Tienes que contarme todo con lujo de detalles cuando estemos solas —Me señaló con su dedo.

—Deja que mi enojo contra ti termine y entonces sí —Fingí indignación—. Tanto que confiaba en ti, pero a ti no te importó dejarme en la cocina con ese hombre.

Elaine abrió la boca para protestar.

—¡Lo siento, Larita! —Hizo un puchero—. No supe qué hacer, si me quedaba iba a arruinarlo más. Iba a soltar algo como que te referías a otro Neal Hardy. ¿Y de dónde mierda sacaríamos a otro Neal?

—Podríamos comprar uno inflable, sería menos vergonzoso.

Hizo una mueca.

—¿Un Neal Hardy inflable? —Se burló—. Tú sí que tienes problemas serios, amiga.

Golpeé su hombro con suavidad, ocasionando que riera.

—Puedo sentir tu total apoyo en el aire. Gracias, Ellie.

—Basta, no debes agradecerme nada —Me guiñó un ojo.

Miró su reloj y suspiró.

—Creo que ya es bastante tarde. Será mejor que vayamos a casa, Mase necesita descansar y yo también —Se llevó una mano al vientre—. Han sido tantas emociones los últimos días que no he descansado como se debe y como recomendó el doctor.

Sonreí.

—Ahora tendrás todo el tiempo del mundo para disfrutar tu embarazo de la manera correcta. Ya no debes preocuparte por el psicópata de tu ex. Es hora de ser feliz, Elaine —La animé—. Así que largo, ve a tener sexo desenfrenado con Mason y quédate en la cama toda la semana.

Miró hacia arriba, como si estuviera pensando.

—Debo admitir que me fascina esa idea.

De todos modos, ya todos se estaban yendo. Los padres de Mason se fueron, también Derek se marchó hace unos minutos, claro que después de despedirse.

—Tengo buenas ideas —Me halagué.

Ellie rio levemente y se levantó.

—¿Necesitas que te llevemos? Nos podemos desviar y dejarte en casa, ya es muy tarde.

Negué con la cabeza.

—Tommy vendrá por mí —Contesté.

—¿Segura? —Cuestionó—. De verdad, podemos llevarte.

Bufé.

—Estaré bien, no te preocupes —La tranquilicé—. Anda, ve a casa. Tienes una cara de sueño terrible.

Frunció los labios y se pasó una mano por su cabello completamente rubio.

—Tan dulce siempre.

Me levanté y la acompañé hasta donde estaban Mason, el guardaespaldas de este, Neal y el padre de Elaine. Creo que su abuela ya había ido a dormir.

—Es momento de irnos, papá. Es muy tarde —Informó Elaine—. Gracias por prestarnos tu casa.

—No hay de que, cariño —Pellizcó su mejilla—. Me da gusto saber que todo salió bien.

Señaló a Mason y este le regaló una sonrisa.

—Gracias por sus buenos deseos, suegro —Agradeció Mason y le dio la mano al señor Morgan, este último como de costumbre, lo abrazó con total familiaridad.

—Espero que ya te sientas mejor —Le dijo el hombre al separarse—. Cuida bien de mi Ela y mi nieto, chiquillo.

—Lo haré, se lo prometo.

Elaine besó la mejilla de su padre.

—Hasta luego, papá. Nos vemos pronto —Se despidió y luego lo apuntó con su dedo—. No olvides tomar tus medicamentos.

—Nunca lo olvido, Elaine —Rodó los ojos.

Nos acompañó hasta la entrada.

Hardy y yo nos despedimos del señor Morgan y él de nosotros antes de entrar de nuevo a su hogar.

—¿Te irás sola, Lara? —Me preguntó Mason, abrazando a Ellie por la cintura.

—Mi hermano viene por mí, creo que ya viene en camino de hecho —Saqué mi celular, esperando algún mensaje de Thomas.

Uno que aún no llegaba.

¿Dónde estaba ese mocoso?

—Bueno, nosotros nos marcharemos —La voz de Elaine me hizo levantar la cabeza—. Hasta luego, Neal.

Besó su mejilla y palmeó su hombro.

—Cuida bien de mi malnacido, *Cher* —Pidió y Mason rodó los ojos.

—Lo prometo —Enseñó los dientes de manera alegre.

Después me miró a mí y se acercó para abrazarme.

—Tú y yo tenemos una charla pendiente —Susurró para que nadie nos escuchara.

—Podemos posponerla —Hablé de la misma manera—. Anda, ve a casa.

Bufó y besó mi mejilla.

—Nos vemos pronto, Lara.

Nos alejamos y le guiñé un ojo.

—Nos vemos, Ellie —Caminó hacia Mason y él la rodeó con sus brazos. Me despedí de él con la mano—. Hasta luego, Mason.

Me dio un asentimiento de cabeza y una sonrisa.

—Adiós, Lara —Se despidió y miró a Neal—. Y tú, el sábado a las diez. No lo olvides.

Asintió, fastidiado.

—Ya lo sé, estaré ahí.

Finalmente se despidieron y subieron al auto. Nos despedimos también del guardaespaldas de Mason. Era muy callado, pero por lo que pude notar, mantuvo conversaciones agradables con los chicos y con el padre de Elaine.

Me balanceé sobre mis pies y miré al pelinegro.

—Entonces...buenas noches, Neal.

—¿Te quedarás aquí sola? —Señaló—. Es muy tarde.

—Mi hermano no tarda... —El sonido de mi celular me interrumpió. Lo tomé y cuando vi que era Tommy, me lo llevé a la oreja—. ¿Thomas?

—Tengo noticias —Fue lo que dijo—. ¿Cuál quieres primero? ¿La buena o la mala?

Me llevé los dedos al puente de la nariz.

—¿Qué hiciste ahora? —Siseé bajo.

—¡Yo no hice nada! —Se defendió—. Elige, ¿cuál primero?

Suspiré con pesadez.

—La mala.

Carraspeó, preparándose para soltar las noticias.

—La mala, es que uno de los neumáticos de tu auto murió —Soltó—. La buena es que no fue mi culpa.

—Debes estar bromeando, ¿no? —Me pasé una mano por el cabello mientras Neal miraba todo atentamente.

—No, no es broma. Salí de casa y así estaba, por eso te estoy llamando. Lo llevaré a arreglar, pero tardaré en llegar por ti.

—Ya todos se fueron, estoy afuera porque creí que ya venías —Manifesté.

Maldijo por lo bajo.

—¿Mi novia se fue también? Podrías decirle que te traiga a casa.

—Se llama Elaine y no es tu novia. Y sí, ya se fue, Tommy —Suspiré con cansancio—. Tomaré un taxi, por favor encárgate del neumático, ¿puedes? Por favor.

—Seguro, hermanita. Con cuidado, te estaré esperando.

Me despedí de él y colgué.

Guardé mi celular y me giré hacia Neal.

—Bueno, creo que debo irme, debo buscar un taxi —Informé, rodeándome el cuerpo con los brazos.

—No tomarás un taxi.

Lo miré con confusión.

—¿Perdón?

Sacó las llaves de su auto y lo señaló con su cabeza.

—Anda, te llevaré —Dijo.

Negué lentamente y no me moví.

—No...no es necesario, de verdad —Me mordí el labio, nerviosa—. Debes estar cansado, estaré bien así.

—Es tarde, es peligroso y apenas si puedes correr con esas muletas. No te dejaré aquí sola —Reiteró—. Además, si algo te sucede, Elaine es capaz de castrarme y yo no sería capaz de perdonarme.

—Siempre está la opción de defenderme con mis muletas.

—Te daría ventaja, pero no la suficiente, así que sube al auto.

Sin darme tiempo de objetar, se encaminó a su auto y me abrió la puerta del copiloto. Señaló el interior y no tuve más remedio que aceptar el aventón.

Tenía razón, era muy peligroso.

Subí a su auto y me ayudó a colocar las muletas en los asientos traseros. Cerró la puerta y rodeó el coche para subir de su lado.

Era un auto muy bonito y limpio. Me gustó.

Encendió el auto y lo puso en marcha, saliendo del vecindario en el que vivía el papá de Ellie.

Dios, era el día uno del año entero que Neal pasará en Chicago y yo ya estaba a solas con él en su auto.

—Bien, ¿a dónde debo llevarte? —Rompió el silencio.

Le di las indicaciones y él condujo.

Miré por la ventana y traté de controlar los latidos rápidos de mi corazón.

Probablemente nadie entendería mis razones para alejarme de él. Había veces en las que yo misma pensaba que era estúpido huir de Neal. Y podía jurar por todo lo que tenía, que muchas veces había intentado superarlo, que había tratado de dejarlo atrás, que había tratado de ser su amiga, tratarlo como trataba a Derek, pero simplemente, cada vez que lo tenía cerca…inevitablemente recordaba las palabras del causante de mis peores pesadillas.

Te advertí que no podías involucrarte con los clientes y me desobedeciste, espero que seas consciente de que todo tiene consecuencias.

Eres mía, Lara. No estoy dispuesto a compartirte.

Es tu palabra contra la mía, ¿cuál crees que pesará más?

Cerré los ojos con fuerza.

—¿Lara? —Su voz me sacó de mis pensamientos—. ¿Estás bien?

Abrí los ojos y lo enfoqué.

—Eh...sí —Carraspeé—. Gracias por el aventón, eres muy amable.

Negó con la cabeza.

—No debes agradecer, estoy seguro de que harías lo mismo por mí —Se detuvo en un semáforo y me miró—. ¿Segura que estás bien? Luces triste.

Entrelacé mis dedos y le dediqué una sonrisa.

—Solo tengo sueño, han sido días estresantes —Lo tranquilicé—. Gracias por tu preocupación.

Asintió y de nuevo empezó a conducir en dirección a mi casa. Agradecí internamente cuando ya no preguntó nada más. Simplemente se limitó a guardar silencio y conducir en lugar de ser muy platicador como lo era en otras ocasiones.

Neal Hardy era el hombre más...diferente que había conocido en toda mi vida. Diferente en el sentido indescifrable.

Unos minutos más fueron suficientes para que él estuviera aparcando frente a mi edificio. Se bajó y me ayudó a incorporarme y a darme las muletas. Las coloqué debajo de mis brazos y después me acomodé el cabello.

—Gracias por traerme, que tengas una buena noche, Neal —Me despedí y le sonreí.

Me dio un asentimiento de cabeza.

—Buenas noches, hechicera.

Ya me había acostumbrado al apodo.

Me di la vuelta para caminar en dirección al edificio.

—Lara —Me llamó, por lo que me giré para encararlo—. Hay algo que no me ha dejado tranquilo en toda la tarde.

Ladeé la cabeza, un tanto confundida.

—¿Qué cosa?

Se llevó los dedos a su barbilla.

La luz de la luna iluminó su cabello oscuro, multiplicando su sensualidad.

—Antes de que te dieras cuenta de que estaba en la cocina, dijiste que irías hacia mí si no fueras una cobarde que teme a que yo sepa quién eres en realidad —Sus palabras me dejaron helada—. Así que, ¿quién eres, Lara Spencer?

Tragué saliva.

—No sé de qué hablas —Mentí.

La comisura de su labio se estiró un poco. Dio un paso hacia enfrente.

—Creo que hoy he confirmado todas mis sospechas hacia ti —Picó mi nariz con su dedo—. Tú y yo ya nos conocíamos. Y claro que no sirve de nada negarlo, hechicera.

Tomé su mano para alejarla de mi rostro.

—Nos conocimos en la gala de los Vaughn, lo sabes.

—No, no es así —Se inclinó un poco—. Sé que ya he visto esos ojos tan hechizantes en algún lugar y te aseguro, que no voy a parar hasta estar seguro de dónde fue.

Me soltó y se alejó.

Lo vi subir a su auto y marcharse, sin decirme nada más, sin darme oportunidad de hacerlo cambiar de opinión.

Sí, Lara. Lo tienes todo controlado.

Hice una mueca cuando las luces traseras de su auto desaparecieron entre las calles.

¿No podemos olvidarlo y dejar las cosas como están? ¿Por qué tienes que complicarlo, Hardy?

CAPÍTULO 03.
Confianza ciega.

LARA SPENCER.

17 de marzo, 2016.
PASADO.

Entrecerré los ojos hacia Tommy y presioné el algodón contra su pómulo, sin ser la más cuidadosa del mundo. Siseó e intentó alejar mis manos.

—Te dije que puedo hacerlo yo solo, Lara —Habló—. No soy un niño.

Formé una línea fina con mis labios.

—Entonces deja de comportarte como uno —Lo reprendí—. ¿Por qué peleaste?

De nuevo presioné el algodón, ocasionando que él se levantara y se alejara. De acuerdo, fui cruel al no tener delicadeza.

—No peleé —Se señaló—. Me defendí. Son dos cosas muy diferentes.

—Te suspendieron, Tommy —Le recordé, dejando el botiquín de lado.

—Lo sé, hermanita —Dijo—. ¿Pero qué querías que hiciera? ¿Qué me dejara? No soy ningún cobarde.

—Oh, no. Sé que no eres un cobarde, eres un chico de catorce años que no piensa en las consecuencias antes de actuar —Le reclamé, pasándome las manos por el cabello—. ¡Me estoy partiendo el lomo para darte la mejor educación! ¡Una cosa, Thomas Spencer! —Levanté mi dedo—. Solo debes hacer una cosa en tu vida y es estudiar, prepararte y graduarte con buenas calificaciones y ser alguien la vida. Pero no, ahí va el chico a pelearse y a que lo suspendan.

Se pasó las manos por la cara, demasiado frustrado para mi gusto.

¿Tú estás frustrado, Tom? Intenta lidiar con un adolescente sin autocontrol.

—¡Tengo buenas calificaciones! ¡Doy lo mejor de mí para no decepcionarte y te consta! —Levantó la voz—. ¡Y lo lamento! ¡Sé que lo arruiné! Y sé que la violencia no me trae nada bueno, pero me llevó a mi límite, Lara. Ignorarlo solo le daría más cuerda para seguir molestando. ¿Qué querías que hiciera?

Tomé una respiración profunda, intentando aplacar mi enojo.

—No lo sé, hablar con alguien o algo más inteligente —Me acerqué a él—. Te suspendieron una semana, Tom. ¿Te das cuenta de la magnitud del problema? Perderás clases, te atrasarás.

Me tomó de los hombros y me miró a los ojos. Teníamos los mismos ojos; grandes, llamativos y de un tono café mucho más claro de lo habitual. Siempre nos habían dicho que éramos muy parecidos, que incluso nuestra sonrisa se parece demasiado. Pero bueno, somos hermanos, ¿qué esperaban?

—Y lo arreglaré, cuando vuelva a clases lo solucionaré y te prometo que no permitiré que afecte en mis calificaciones —Juró—. No voy a decepcionarte, hermana. Lo prometo.

Asentí y tensé la mandíbula.

—Más te vale, Thomas. Si vuelve a pasar te juro que estarás castigado hasta el final de tus días, ¿entiendes?

Me sonrió.

—Entiendo.

Me alejé y tomé mi bolso.

—Tengo que ir al trabajo, volveré por la noche —Avisé—. Tú encuentra una manera en la que alguno de tus compañeros te pase los trabajos que vayan haciendo, ¿de acuerdo?

Asintió frenéticamente.

—De acuerdo —Contestó—. Nos vemos, ve con cuidado.

—Nos vemos —Me encaminé a la puerta—. Cualquier cosa me llamas.

Abrí y salí del apartamento, dejando a mi hermano solo como todas las noches en las que tenía que trabajar en el club.

Por suerte ahora estábamos relativamente bien.

Lo que ganaba en el club era lo único que nos ayudaba. Con eso pagaba las interminables deudas que dejó mi abuela, podía alquilar un departamento modesto, comprar víveres y pagar los estudios de mi hermano. Y bueno, lo poco que quedaba servía para alguna emergencia.

Bajé por las escaleras del edificio y cuando llegué a la recepción, salí del lugar para tomar un taxi. Después de algunos minutos buscando, por fin llegó uno. Subí en él y le dije a donde llevarme. Me recargué en el asiento y esperé a que llegáramos a mi destino.

Los últimos meses habíamos estado relativamente bien, no podía decir que todos mis problemas estaban acabados, porque no era así, pero me prometí que en cuanto liquidara todas las deudas, volvería a la universidad y cuando me graduara y encontrara un buen empleo, entonces dejaría el club.

No era un mal trabajo, pero tampoco era lo que quería. No quería ser stripper toda mi vida. Lo que quería era abrir mi propia escuela de danza, dar clases y bailar cosas diferentes en lugar de solo pole dance. Eso al mismo tiempo que podría hacer reportes históricos y escribir libros de historia. Dios, soñaba tanto con ambas cosas.

Se veía como un sueño lejano, pero no dejaría de intentarlo. No iba a dejar de luchar por lo que quería.

Algún día, Lara. Ya lo verás.

Llegamos y le pagué al conductor. Bajé del taxi y caminé hasta el enorme club. Los meses que llevaba aquí me confirmaron la elegancia y exclusividad del lugar. Solo entraban los hombres más importantes o con una posición económica muy alta. Y por suerte ellos sabían que solo podían ver, más no tocar.

Realmente eso era genial, no me podría imaginar lo diferente que serían las cosas si trabajara en un club en donde todos los clientes fueran unos pervertidos de esos que siempre estaban intentando manosearte. Un club en donde los clientes intentaran agarrarte el culo o las tetas apenas te ven pasar, donde se ponen completamente ebrios y empiezan a gritar cosas horribles. Por lo menos aquí no pasaban esas cosas, gracias a todo lo santo y lo bendito.

Miré las hermosas luces externas de mi trabajo y suspiré. Otro día más, otro baile más.

Sobrevivir tiene un precio, Lara.

Y tienes que pagarlo.

Abrí las puertas, recorrí el camino hasta mi camerino y saludé a varias de las chicas que ensayaban su rutina. Todas eran hermosas y muy buenas bailarinas. Pero lo mejor, era lo agradables, sinceras y amigables que eran todas. Había aprendido que aquí nos cuidábamos unas a otras. Si se metían con una, se metían con las demás.

Faltaban dos horas para la hora de apertura, por lo que aun tenía tiempo para arreglarme y repasar mi baile.

Hoy era sábado; los sábados siempre estaba lleno de personas.

Mi maquillaje no fue tan cargado, pero tuve que hacer relucir mis ojos. También me hice bucles en mi cabello completamente lacio y al terminar me coloqué fijador. Mi melena cayó como una cascada por toda mi espalda hasta terminar en mi cintura.

A veces pensaba que debería cortarlo, después cuando pensaba en mí misma con cabello corto, entonces desistía a la idea. Definitivamente este era mi estilo.

Me coloqué la ropa que usaría hoy; un top de encaje color vino con escote de V y una especie de bóxer corto y femenino, también de encaje y del mismo color que el top. Me puse una bata encima y preparé mi antifaz sobre el tocador.

Era un requisito usarlo aquí, se suponía que servía para dar misterio. Por lo que me contaron, a los hombres les gustaba lo misterioso, les gustaba más imaginarse quién podría estar detrás del antifaz.

Salí de mi camerino y fui hasta donde se encontraba el escenario. Monique —la chica que me ayudó a convencer a su jefe—, estaba en la barra platicando de manera animada con el barman y tomando una botella de agua.

Llegué a su lado y le sonreí.

—¡Peque! —Saludó con una enorme sonrisa en sus labios—. Pero que guapa te ves.

Chasqueé con la lengua y curvé las comisuras de mis labios ligeramente hacia arriba.

—Bueno, eso te lo debo a ti. Tú me enseñaste a arreglarme.

Rodó los ojos, divertida.

—Detalles —Le restó importancia—. Yo solo te ayudé a resaltar la belleza que posees, porque eres una Diosa, Lara. Permítete ser venerada.

Golpeé ligeramente su brazo.

—Pero si la verdadera Diosa en este lugar eres tú, Mon.

Entornó los ojos en mi dirección.

—Ambas lo somos, no perdamos el tiempo peleando para aclarar quién es más guapa —Propuso, a lo que asentí.

—Estoy muy de acuerdo.

Tomé una botella de agua y le di un gran trago. La volví a cerrar y le di una palmada suave en el hombro a Monique.

—Iré a repasar —Le guiñé un ojo.

Asintió y me alejé de ella para caminar a la tarima.

—¡Rómpete una pierna, pequeña! —Exclamó.

Después de más de media hora repasando mi rutina para que saliera perfecta y no cagarla, fui de nuevo a tomar más agua. Después volví a mi camerino y me retoqué el maquillaje, me coloqué perfume y tomé mi antifaz.

Me miré al espejo y me lo coloqué. Era negro y con detalles de encaje. Cubría desde mi nariz hasta la mitad de mi frente, por lo que era difícil ser reconocida de inmediato. Mis ojos, cubiertos con pestañas muy negras, largas y rizadas, resaltaban de manera impresionante con esta cosa encima.

Tomé una respiración profunda y salí del cuarto, aún sin quitarme la bata. Esa me la quitaría una vez que me tocara bailar. Caminé por los pasillos, notando que ya había bastante ruido y gente dentro del club. Ya casi eran las diez de la noche, los bailes ya habían empezado, pero aún faltaba un rato para que llegara mi turno.

Me quedé detrás del telón y admiré a mi compañera que se encontraba dando su espectáculo. Ella era de tez oscura y cabello rojo. Le quedaba muy bien. Incluso me recordaba a *Rihanna* cuando tenía ese *look*.

La canción terminó y ella sonrió coquetamente antes de salir de ahí. Los aplausos de los hombres resonaron por todo el lugar, así que yo también aplaudí. Caminó en mi dirección y me guiñó un ojo. Ella ha sido muy agradable, me enseñó algunas reglas básicas necesarias para sobrevivir aquí.

Número uno: Nunca te descuides.

Número dos: Nunca aceptes un trago que no hayas visto como preparaban.

Y número tres: Siempre mira a los clientes a los ojos cuando te acerques, si no lo haces, entonces pensarán que les temes o estás vulnerable y así se aprovecharán.

—¡Pequeña! —Monique llegó a mi lado—. Necesito un enorme favor, ¿puedes?

Hundí las cejas y asentí.

—Claro, lo que necesites —Contesté.

Me tendió un sobre manila.

—Me lo acaban de entregar, es para Bruno, pero no puedo dárselo yo. Ya es mi turno —Hizo una mueca—. ¿Se lo podrías entregar por mí?

Asentí.

—Sí, no te preocupes —Me dio el sobre y lo tomé—. Anda, acaba con todos.

Su canción empezó a sonar, así que ella me sonrió mientras se quitaba la bata para colgarla en un perchero.

—¡Gracias! ¡Eres la mejor! —Alabó y me lanzó un beso mientras caminaba a paso rápido hacia la tarima.

Miré el sobre y solté un suspiro largo.

Bueno, Lara. Aquí vamos.

Me di la vuelta y empecé a caminar rumbo al despacho de mi jefe. Me puse nerviosa al instante.

No me gustaba cruzar palabra con él.

Y no porque no me agradara, al contrario, era porque me agradaba mucho. Y me intimidaba, muchas veces no sabía cómo actuar a su alrededor. Pero es que mierda, el tipo estaba como quería.

Y su temperamento serio, indiferente y frío, le agregaban más atractivo.

Muchas veces sentía que me miraba, a veces sentía que sus ojos profundos estaban sobre mí y eso me ponía mucho más nerviosa.

Me armé de valor y levanté mi puño. Toqué lentamente la puerta, esperando a que respondiera.

—*Avanti* —Habló desde el interior.

Carraspeé y abrí la puerta. Él estaba concentrado en unos documentos y tenía un vaso con lo que parecía ser whisky o algo parecido al lado. Cerré detrás de mí, así que él alzó la mirada.

Sus ojos me observaron con atención y la verdad era que no supe interpretar esa mirada.

Simplemente era como si estuviera viendo muy dentro de mí.

—¿Chiara? —Su tono de voz fue inseguro y apenas audible.

Aplané los labios.

—En realidad es Lara —Corregí mientras me quitaba el antifaz. Bruno parpadeó y desvió la mirada al instante.

¿Qué tan difícil podía ser mi nombre?

Solo eran cuatro letras.

—Lo siento —De nuevo su tono era distante—. Soy malo con los nombres.

Volvió a concentrarse en los papeles que tenía en sus manos. Me sentí ignorada de repente.

—¿Necesitabas algo, Lara? —Arrastró las sílabas de mi nombre.

Ah, bueno, no me estaba ignorando por completo.

Carraspeé y asentí lentamente. Me acerqué a su escritorio y con la mano temblorosa, le tendí el sobre.

—Monique me ha pedido que traiga esto. Su espectáculo empezó y no pudo traerlo ella —Expliqué. Él tomó el sobre y lo dejó en el escritorio.

Asintió y tomó el vaso de cristal.

—Te lo agradezco —Indicó antes de darle un trago a su bebida. Tragué saliva, admirando la masculinidad con la que se desenvolvía—. ¿Algo más?

Negué rápidamente.

—Es todo... —Musité—. Volveré...volveré afuera.

Estúpida Lara. ¿Qué no puedes hablar bien?

—Anda, tu espectáculo debe estar por empezar —Me animó.

Volvió a concentrarse en sus documentos y esta vez, ya no dijo nada más.

Cuando supe que iba a ignorarme por completo, entonces salí de su despacho. Una vez que estuve afuera, pude respirar con tranquilidad.

Volví a mi lugar y esperé a que mi turno llegara. Cuando llegó, hice lo de cada noche. Con el tiempo me acostumbré a aguantar las miradas lujuriosas sobre mí y aunque era difícil, puse todo mi empeño en sobrellevarlo. Cuando mi espectáculo terminó entonces me mezclé con la multitud ya que no podía irme hasta que la hora del cierre llegara.

Después de un rato platicando, riendo y fingiendo que me interesaban algunas conversaciones de hombres solo para obtener propinas extras, volví a mi cuarto. Caminé por el pasillo con tranquilidad, quitándome el antifaz porque me era completamente exasperante llevarlo toda la noche.

Unas voces proviniendo del despacho de mi jefe me detuvieron. La puerta estaba entreabierta, por lo que pude escuchar un llanto femenino viniendo del interior. Eso me alarmó muchísimo.

¿Qué estaba pasando?

El corazón me empezó a bombear con fuerza a medida que me acercaba. Respiré de manera alterada y me asomé por la rendija.

Hundí las cejas cuando vi a Charlotte —una de mis compañeras—, de pie en una esquina, derramando lágrimas e intentando limpiarlas con un pañuelo. También divisé a Bruno, parecía muy molesto, pero no la miraba a ella, sino a un hombre que era sostenido por dos guardias para que no se moviera.

Me sobresalté cuando uno de los puños de Bruno impactó contra el rostro del hombre. Me cubrí la boca para no hacer ruido.

—¿Lo disfrutas, basura? —Le habló, sonando demasiado furioso. Miró a la chica y señaló con su cabeza al tipo—. ¿Quieres hacerlo tú, Charlotte?

La rubia se armó de valor y abofeteó al hombre en las mejillas un par de veces. Después le escupió.

¿Qué está pasando aquí?

¿Por qué lo golpean?

La chica se alejó y se limpió las lágrimas con rabia.

Otro puñetazo impactó contra el rostro del hombre, ocasionando que sangre saliera de su boca.

¿Qué habrá hecho para que Bruno descargue toda su furia en él?

Mi jefe tomó al hombre por el cabello y lo apretó entre sus manos, ocasionando que este último se quejara.

—¡Lo siento! ¡Lo lamento! —Lloró desesperadamente.

Vi cada músculo del cuerpo de Bruno Alighieri tensarse.

—Tenemos un par de reglas aquí que los cerdos como tú deben respetar —Siseó y señaló a Charlotte—. No tocas, no molestas, no te sobrepasas ni mucho menos intentas abusar de mis chicas. No son tus juguetes, ni tus prostitutas. No puedes ponerle un dedo encima a ninguna, porque me tienen a mí para protegerlas y para hacer que las respeten, ¿entiendes?

El hombre sollozó.

—¡¿Te quedó claro?! —Vociferó y tomó al hombre por la mandíbula, haciendo presión en su piel.

—¡Sí! Entiendo, entiendo. Lo siento, de verdad, perdóneme —Lloriqueó.

Bruno lo soltó con brusquedad y se alejó.

—Ruégale, pídele perdón. Si te disculpa, entonces te dejaré ir —Soltó, fríamente.

El hombre alzó la mirada para mirar a mi jefe.

—¿Qué...? —Su voz tembló.

—¡Que le ruegues! ¡Pídele clemencia! ¡Súplica! —Bramó, lleno de rabia. Me sostuve del marco de la puerta, mis dientes castañearon. Era extraño y alarmante escucharlo gritar, parecía otro hombre muy diferente al Bruno silencioso al que estaba acostumbrada—. ¿Qué esperas? ¡Hazlo!

Los dos guardias lanzaron al señor a los pies de la chica. Él no dejaba de llorar. Estaba completamente aterrado.

—¡Por favor, perdóname! ¡Te suplico que me perdones! —Rogó—. No volveré hacerlo, por favor...lo siento, lo lamento tanto.

La chica lo miró con odio.

—Cada vez que quieras sobrepasarte con otra chica, recuerda este momento. Recuerda que hay alguien allá afuera que no tendrá la misma piedad que tuvimos nosotros —Declaró de manera dura y fría—. No te disculpo, pero dejaré que te vayas. No quiero volver a ver tu asquerosa cara y no quiero que vuelvas a este lugar porque ya no eres bienvenido.

Bruno asintió y se acercó al hombre. De manera lenta posó su pie sobre la mano del tipo, aplastando sus dedos con fuerza. El tipo soltó un alarido de dolor.

El señor Alighieri miró al techo y suspiró con pesadez.

—Deberías agradecérselo —Manifestó, sonando totalmente indiferente—. Acaba de salvarte la vida.

Miró a los guardias.

—Llévenselo. No quiero que vuelva a pisar este lugar jamás.

—Sí, señor —Contestó uno de ellos.

Se encaminaron al hombre y lo tomaron para obligarlo a que se incorporara.

Bruno miró a la rubia.

—¿Estás bien? —Cuestionó.

Ella asintió y le regaló una pequeña sonrisa.

—Lo estoy —Afirmó—. Gracias, Bruno.

Antes de que los hombres se acercaran a la puerta, yo huí como una vil cobarde y chismosa para llegar rápidamente a mi camerino. Me encerré dentro de él y me llevé una mano al pecho.

¿Qué fue todo eso?

¿Lo habría asesinado si Charlotte no lo hubiera dejado ir?

No quería ni pensarlo.

Bruno parecía un hombre despiadado y peligroso en ese momento. Jamás lo había visto así.

Creo...creo que tendría que agregar una nueva enseñanza a mi repertorio.

Regla número cuatro: Nunca. Nunca en la vida hagas enojar a Bruno Alighieri.

Tomé mis toallitas desmaquillantes y procedí a limpiar todo mi rostro. Después tomé mi botella de shampoo, una toalla y corrí al baño exclusivo para nosotras. Me acerqué al lavabo y enjuagué mi rostro. Una vez que lo sequé, proseguí a lavar mi cabello como todas las noches, quitando cualquier rastro de que estuvo arreglado.

Debía llegar justamente como salí de casa.

Lo envolví con la toalla y volví a mi camerino. Cuando estuve adentro me cambié la ropa por mi suéter y mis pantalones oscuros. Me senté frente al tocador y encendí la secadora.

La pasé por todo mi cabello y duré varios minutos así hasta que estuvo completamente seco. Miré la hora en mi reloj y solté un siseo.

Eran más de las tres de la mañana.

¿Ves, Lara?

Eso te pasa por chismosa.

Me levanté y desconecté todo. También ordené un poco el desastre antes de tomar mi bolso. Apagué la luz del camerino y salí. Ya no debían estar mis compañeras, usualmente a esta hora solo estaban los que limpiaban. Ya era muy tarde.

Pasé frente al despacho de mi jefe y me sorprendí cuando vi que la puerta se encontraba entreabierta. Me asomé y lo encontré de pie junto a la ventana mirando al exterior y sosteniendo otro vaso corto con un poco de whisky.

Estaba de espaldas, por lo que no me notó.

—¿Se encuentra bien, señor Alighieri? —Pregunté.

Él se giró al escuchar mi voz.

Hundió las cejas.

—Lara —Nombró—. No sabía que aún seguías aquí. Es muy tarde.

Me señalé el cabello.

—Tenía que "desarreglarme" —Hice una mueca. El hombre asintió y volvió a mirar por la ventana.

—Anda, ve a casa. Ya todos se fueron.

Asentí y pretendí darme la vuelta. En última instancia me detuve. Lo contemplé con atención a pesar de que él no parecía interesado en mi presencia.

—Juro que no lo hago, prometo que no suelo meterme en cosas en las que no me llamaron... —Expuse, así que él me observó nuevamente sin comprender—, pero...escuché lo que dijo hace rato. Fue muy amable de su parte defender a Charlotte de ese hombre. Es bueno saber que podemos contar con usted.

Negó con la cabeza.

—No es nada, cualquiera lo hubiera hecho —Le restó importancia y le dio un último trago a su bebida.

Di unos pasos al interior del despacho.

—¿Duele?

Levantó una ceja.

—¿El qué?

—Su mano.

Alzó la mano y volvió a negar. Me acerqué hasta donde estaba y la tomé entre las mías. Sus nudillos estaban rojos, pero ya no había restos de sangre, por lo que supuse que debió haberse lavado.

—¿De verdad? Se mira como si fuera algo que realmente duele —Alcé la mirada y nuestros ojos se encontraron por lo que me pareció una eternidad.

Alejó su mano lentamente.

—Estoy bien —Se limitó a decir—. Anda, vete. ¿Qué tal si la persona que vino por ti está allá afuera esperando?

Me alejé y tragué saliva.

—Oh, yo...tomaré un taxi. Lamentablemente para mí, mi hermano aún no sabe conducir —Intenté bromear.

Enarcó una de sus cejas, pareciendo totalmente incrédulo.

—¿Un taxi? —Repitió—. Es muy tarde, es peligroso que vayas en un taxi con un desconocido.

Hice una mueca, enseñando los dientes.

—Creo que no me queda nada más que rezar. Tenga buena noche, señor.

Dejó su vaso en el escritorio y tomó sus llaves.

—Vamos, te llevaré. No dejaré que vayas sola.

Abrí los ojos de par en par.

—No es necesario. De verdad que estaré bien —Articulé—. Es muy amable de su parte, pero no tiene que hacerlo.

—No aceptaré un no por respuesta, Lara —Me señaló la puerta—, así que vamos.

Lo miré con atención y asentí.

—Gracias, señor.

No supe que más contestar porque solo podía pensar en que mi jefe el buenote me llevaría a mi casa.

Cuando fuimos a la salida, pude notar que el bar ya se encontraba completamente a solas y a oscuras. Dios, nunca había estado aquí tan tarde.

Fuimos al estacionamiento trasero y él me abrió la puerta de un bonito y brillante auto gris. Agradecí y subí. Bruno cerró la puerta y se encaminó a subir de su lado. Me puse el cinturón de seguridad y él hizo lo mismo.

Sin decirme nada, puso en marcha el auto y salió del estacionamiento.

Aproveché para detallarlo una vez más. Llevaba unos pantalones de vestir negros, junto con una camisa blanca de botones y de manga larga. Muy elegante, pero a la vez muy caliente. Su camisa estaba desabotonada del primer botón, mostrando el comienzo de su pecho.

Tenía una nariz muy bonita. Su cabello claro se encontraba desarreglado y sus labios parecían unas cerezas apetecibles. Sus ojos profundos y grises estaban puestos en la carretera, por lo que no pude verlos.

Aunque me gustaría. Eran muy bonitos.

Gris tormenta.

Me pidió mi dirección, por lo que fui muy amable y se la pasé.

Me dediqué a mirar por la ventana al mismo tiempo que me rodeaba el cuerpo con los brazos.

Estaba tan cansada.

Solo quería llegar a dormir.

—¿Por qué siempre regresas así a casa?

Su pregunta me confundió.

—¿Así cómo? —Cuestioné—. ¿Medio muerta? ¿Derrotada?

Vi la sombra de una sonrisa en sus labios.

—No —Formuló—, me refiero a que no llevas maquillaje y tu cabello está como suele estar. Normalmente las chicas salen agotadas, no se toman el tiempo de quitarse todo lo que tienen encima, pero tú…tú siempre sales de la misma forma en la que llegas. ¿Por qué?

Me acomodé en mi asiento y miré mis manos sobre mi regazo.

—Tengo un hermano menor…él no sabe lo que hago por las noches. Piensa que trabajo en una cafetería, por eso no puedo llegar a casa como suelo vestir cada vez que doy un espectáculo —Carraspeé—. Es solo un niño, no quiero que lo sepa, no podría entenderlo y tampoco quiero decepcionarlo.

Me miró de soslayo.

—¿Decepcionarlo? —Inquirió—. Es un trabajo, no estás haciendo nada malo. Eres bailarina y es algo honesto, ¿cuál debería ser el problema?

—No va a comprenderlo, tal vez cuando sea mayor se lo diga, pero no ahora —Suspiré.

Se detuvo frente a mi edificio y apagó el auto.

—¿Sabes? —Captó mi atención al hablar—. Yo creo que eres valiente. Estás velando por tu hermano, cuidando de él y pausando todas las cosas que una chica de tu edad debería hacer. Nadie es tan fuerte como para resistir tantos golpes y menos siendo tan joven como tú, así que ese chico debería sentirse orgulloso de ti por el resto de su vida.

Curvé las comisuras de mi boca hacia arriba.

—Él es todo lo que tengo, así que sin dudarlo sacrificaría todo por él sin esperar algo a cambio —Torcí un poco la boca y miré al edificio—. Pero bueno, realmente le agradezco, es muy amable.

Me dio un asentimiento de cabeza.

—No es nada —Se encogió de hombros.

Abrí la puerta y tomé mi bolso.

—Lara —Me llamó antes de que bajara.

Lo miré.

—¿Sí?

Me señaló de arriba abajo antes de que sus ojos se posaran en los míos.

—Es mejor así —Soltó—. Es parte de tu esencia.

Mis mejillas se sonrojaron, por lo que me obligué a mirar en otra dirección.

—Yo...este... —Carraspeé—. Muchas gracias, señor Alighieri.

—No hay de qué.

Esta vez sí bajé del auto. Lo miré por la ventana y solo atiné a sonreír y despedirme de él.

Encendió el auto y me miró.

—Buenas noches, Lara.

No borré mi sonrisa.

—Buenas noches, Bruno.

Vi como su coche se alejó entre las calles. Y solo cuando lo perdí completamente de vista, entré al edificio.

CAPÍTULO 04.
El miedo siempre está aquí.
LARA SPENCER.

16 de octubre, 2019.
PRESENTE.

El enorme diamante que Elaine llevaba en su dedo anular me deslumbró por completo.

Vaya, eso debía costar una fortuna.

—¿Te imaginas? ¿Yo estando casada? —Dio brincos por toda su oficina, realmente estaba muy feliz y emocionada. Bueno, después de todo Mason acababa de pedirle matrimonio, tenía toda la razón de estarlo—. Elaine Morgan casada, ¿puedes creerlo?

Su sonrisa era gigante.

—Ahora serás Elaine Vaughn —Señalé—. Suena bien.

Su sonrisa se ensanchó más, como si eso fuera humanamente posible.

—Elaine Vaughn —Probó en un susurro—. Señora Vaughn.

Reí.

—Pareces hipnotizada —Dije. Ella parpadeó y sacudió la cabeza.

—Lo siento... —Carraspeó—. Es solo que…jamás creí que alguien podría proponerme matrimonio a mí. Me parecía algo tan irreal. Y ahora está pasando.

Estiré mi mano y tomé la suya para darle un suave apretón.

—¿Y por qué no? Eres maravillosa, Ellie. Mereces esto y más —Fui sincera con mis palabras—. Y me da gusto que sea Mason con quien compartas esto. Estoy segura de que él sabe que mereces lo mejor del mundo, todos lo sabemos. Realmente estoy muy feliz por ti. Felicidades, Ellie.

Sus ojos se llenaron de lágrimas, por lo que parpadeó más para tratar de eliminarlas.

—Uh, alguien va a llorar —Me burlé, por lo que ella me dio un manotazo.

—Es el embarazo, me ha vuelto muy sensible —Se limpió una lágrima que sí alcanzó a escapar.

Iba a burlarme un poco más de ella, pero el teléfono de mi escritorio empezó a sonar. Hice una seña a Elaine para que me disculpara, a lo que ella asintió, dándole un trago a su chocolate caliente. Me levanté de la silla y salí de la oficina para responder. Las muletas aún no eran de mucha ayuda, así que...fui lenta.

Tomé el teléfono y miré el identificador.

Llamaban de recepción.

—¿Sí? —Hablé una vez que me llevé el teléfono a la oreja.

—Hola, señorita Spencer —Respondió la recepcionista—. Hay alguien acá afuera que pide hablar con la señorita Morgan.

Hundí las cejas.

—¿Quién?

—Es un hombre.

—¿Un hombre? —Repetí, un tanto confundida. Estaba segura de que no era Mason Vaughn, él pasaba por aquí como si fuera su castillo. Lo mismo que hacía Elaine cada vez que iba a su empresa—. ¿Cuál es su nombre?

Escuché que ella le repitió mi pregunta al hombre.

Esperé pacientemente.

—Es el agente Neal Hardy —Soltó.

Casi se me cae el teléfono.

—Jodida mierda —Siseé.

—¿Perdón? —La recepcionista de pronto sonó confundida y ofendida.

—¡Nada! ¡No fue nada! ¡Te juro que no te lo decía a ti! —Me apresuré a excusarme—. Este...hazlo pasar, debe ser importante.

Ella afirmó y colgó. Lancé el teléfono en algún lugar del escritorio y corrí de vuelta a la oficina de Elaine. La encontré comiendo fresas con crema despreocupadamente mientras yo estaba aquí intentando no morir de un ataque al corazón.

Me recargué contra el marco e intenté hablar. Elaine me miró desde su lugar, sus cejas claras se fruncieron mientras masticaba las fresas. Masticó más rápido para poder hablar.

—¿Y a ti qué te ocurre?

Tomé una respiración profunda.

Señalé el pasillo.

—Neal...policía guapo...ascensor —Carraspeé y sacudí la cabeza—. Hardy está aquí y quiere hablar contigo.

Se levantó, completamente alarmada.

—¿Conmigo? —Expresó—. ¿Algo le pasó a Mason?

Su tono de voz fue demasiado alterado.

—Calma, Ellie. No pienses lo peor, tal vez solo quiere felicitarte por tu compromiso —La tranquilicé.

—Creo que conozco lo suficiente a Neal como para saber que no vendría aquí solo por eso —Se pasó una mano por el cabello—. Hay algo más, presiento que es algo malo, Lara.

—Elaine, no te alteres. Todo está bien, ya no tienes que temer nada —Di unos cuantos pasos en su dirección.

Cerró los ojos unos momentos antes de abrirlos de nuevo.

—Lo siento, pero…es solo que tuve miedo por tanto tiempo, así que es difícil dejarlo ir —Suspiró y miró detrás de mí—. Neal.

—¿Qué? ¿Dónde? —Abrí bien los ojos.

—Aquí —Me habló al oído.

¿Por qué siempre tenía que aparecer justo detrás de mí?

Me giré de golpe, ocasionando que nuestras narices se rozaran. Me alejé rápidamente para poner una distancia. Él me observó con una ceja alzada, malditamente consiguiendo que la sangre me subiera al rostro.

—Hardy.

—Hechicera.

Tragué saliva y fui la primera en desviar la mirada.

—Muy bien... —Interrumpió Ela—. Hola, Neal.

—Cher, que alegría verte —Le dio un asentimiento de cabeza—. Felicidades, tendrás que ver a mi malnacido por el resto de tu vida cada vez que despiertes. Siento tanta envidia.

Había falsa pesadez en su tono.

Ella rio suavemente.

—Muchas gracias, Neal. Tú siempre tan positivo —Respondió, un poco sarcástica—. ¿Puedo ayudarte en algo?

Mi momento de largarme y alejarme de Neal, era ahora o nunca.

—Iré a...revisar una cosa... —Balbuceé—. Un gusto saludarte, Neal.

Antes de que alguno de los dos hablara, me apresuré a caminar a la puerta, pasando a un lado de Neal porque no me quedó de otra al intentar salir de una vez por todas. Lancé un suspiro una vez que estuve lejos. No quería estar cerca cuando él saliera, así que preferí ir al pequeño comedor que se encontraba en este piso.

Teníamos un pequeño refrigerador, microondas, cafetera y todo lo que podría servirnos para preparar café o cosas así. Eso junto con una pequeña barra y sillas.

Había otro comedor más grande y equipado abajo para las demás personas que trabajaban aquí.

Tomé una taza limpia y vacié café. Lo endulcé un poco y le puse crema. Mi celular empezó a vibrar en el bolsillo de mi abrigo, por lo que lo saqué y miré el mensaje que me habían enviado.

Era un chico.

Con el que tenía una cita por la tarde.

El mensaje era para acordar el lugar, por lo que contesté y envié mi confirmación.

Volví a guardar mi celular y caminé a la nevera para sacar mi yogurt de ella, tomé una cuchara de plástico y empecé a comer. Me sostuve con ayuda de las muletas mientras pensaba en el mensaje.

Sí, tenía una cita.

A lo largo de los últimos tres años había tenido al menos cuatro citas, cinco contando la que tendría con dicho chico. Las cuatro primeras no salieron para nada bien.

No podía.

No podía llegar a más.

Me daba pánico. Sentía un miedo horrible cada vez que alguien intentaba besarme o tocarme.

Me aterraba.

Por eso dejé las citas por mucho tiempo.

Hasta que finalmente volví. Tal vez el tiempo que había pasado me ayudará, tal vez por fin podría avanzar con este chico para que las cosas terminaran bien al final del día.

Quién sabe, incluso podría terminar en sexo.

Hacía bastante que no tenía.

Pero tal vez hoy no llegaríamos a nada más por mi pierna. Sabía que estaba usando muletas, pero aún así queríamos conocernos. Iríamos a cenar y después al cine. Era un plan perfecto a mi parecer.

Me llevé la cuchara a la boca y me di la vuelta para empezar a caminar por todo el lugar. Cuando noté que Neal Hardy venía en mi dirección, me giré de nuevo y me saqué la cuchara de la boca. Caminé de nuevo al interior del comedor, prácticamente huyendo de él.

Seguro me veía tan graciosa corriendo con muletas.

¿No puedes actuar como una persona normal, Lara?

Contrólate.

Tomé una bocanada de aire profunda y me di la vuelta para encararlo.

—Calma, no vengo a perturbar tu tranquilidad —Fue el primero en hablar—. En realidad, vengo a devolverte esto.

Alzó una cadena de plata, esta se encontraba envuelta entre sus dedos.

Había un crucifijo colgando de ella.

Era el collar de mi abuela.

Dejé el yogurt en el mesón y me acerqué a él.

—¿Es mía?

Él tomó mi mano cuando no fui capaz de hacer otro movimiento. Sentí el calor de su tacto, por lo que me quedé quieta.

Sobre todo cuando nuestros ojos se encontraron. Me miró con atención mientras depositaba la cadena sobre mi palma.

—Sí, es tuya, hechicera.

—¿Cómo...cómo la recuperaste? —Pregunté en un susurro, desconectando nuestras miradas y poniendo la mía en el crucifijo.

—Estaba dentro del auto cuando tuvieron el accidente. No recordaba que la tenía hasta anoche que buscaba algo que necesitaba —Explicó—. Supuse que es importante, siempre la llevas contigo.

Sonreí de manera sincera y me lancé contra sus brazos impulsivamente. Él llevó su mano a mi cabello y solo ahí, me di cuenta de lo que hice y el error que cometí al acercarme a él de esa manera.

Me separé rápidamente.

—Te...lo agradezco, Neal —Tragué saliva—. Tienes razón, es muy importante y realmente fue triste pensar que la había perdido.

Se encogió de hombros.

—No debes agradecer, no fue nada.

—Sí, es mucho.

Apuñé la cadena contra mi pecho y miré sus ojos dorados. La luz que se filtraba de los ventanales los hacía brillar más. Su brillo me recordó al sol.

Carraspeó y se alejó.

—Debo volver a la central —Informó—. Fue agradable hablarte, Lara.

Asentí lentamente.

—También fue agradable hablarte, Neal.

Me dio un asentimiento de cabeza y una apenas perceptible sonrisa antes de girarse.

¿Por qué estaba tan serio hoy?

Digo, era normal que no dijera mucho las últimas semanas, pero hoy estaba particularmente raro. Neal no solía ser tan extraño.

—Neal —Lo llamé antes de que saliera, ocasionando que él se girara.

Alzó una ceja.

—¿Sí?

—Supe por Elaine que pronto será tu cumpleaños —Señalé—. En noche de brujas, esa debe sonar como la ocasión perfecta para organizar tus súper fiestas.

Hizo una mueca y miró brevemente la pared, antes de mirarme de nuevo.

—No suelo celebrar mi cumpleaños —Confesó y metió las manos en los bolsillos de su chaqueta—. Ni noche de brujas.

Fruncí el entrecejo.

—¿Por qué no? —Mi tono delata mi confusión—. ¿Eres religioso?

Sonrió un poco.

—No, no soy religioso.

Ladeé la cabeza.

—¿Entonces? —Cuestioné—. Son dos celebraciones en una, debe ser como el día ideal para celebrar a lo grande. Y siendo tú el rey de las fiestas, debes aprovecharlo.

Su boca se volvió una línea fina. Pronto negó con la cabeza.

—Simplemente no lo celebro —Fue lo único que dijo.

Me enderecé.

—Oh…entiendo.

Él me dio un asentimiento de cabeza.

—Te veré pronto, hechicera.

No diría nada más. Lo supe en cuanto salió del lugar y me dejó completamente sola. Era como si una vibra de tristeza y oscuridad estuviera envolviéndolo. No parecía el mismo Neal sarcástico, un poco travieso y coqueto que solía ser. Bueno, cuando estaba de humor.

¿Será esto de lo que hablaba Derek?

Sacudí la cabeza y tomé mi café para dirigirme a mi escritorio y así continuar con mi trabajo. Cuando llegué a mi escritorio, pude ver a Elaine de pie junto al ventanal de su oficina.

Parecía pensativa.

Sus brazos estaban cruzados sobre su pecho y su postura estaba un poco encorvada.

Me adentré a la oficina para hablarle.

—¿Todo bien, Ellie?

No pareció escucharme.

—¿Ellie?

Ella se sobresaltó y se giró para verme.

—Lo siento…no te escuché entrar —Se llevó una mano a la frente.

—¿Qué ocurre? —Pregunté—. ¿Qué dijo Neal?

Aplanó los labios y se encaminó a su escritorio. Se sentó en su silla y se recargó.

—Leyla quiere verme —Soltó. Alcé las cejas, el verme sorprendida—. Quiere charlar conmigo.

Me acerqué a ella.

—¿Leyla, Leyla? —Alcancé a formular—. ¿Leyla la exesposa de Cross?

Ella asintió.

—Esa Leyla —Afirmó. Miró al techo, sus cejas se hundieron mientras pensaba o divagaba. Supongo que de todas las cosas que pudo haberle informado Neal, esta no se la esperaba—. ¿Por qué querrá verme?

Ni idea.

—Tal vez solo necesita hablar con alguien, Ellie. No debe ser fácil todo lo que está viviendo o afrontando. Tal vez necesita cerrar esa herida.

Tal vez era eso. Después de todo, ambas compartían el dolor que Oliver Cross dejó.

—¿Tú crees? —Parecía insegura.

—Estoy segura —Le sonreí para calmarla.

Dios, realmente esperaba que fuera eso.

Con lo poco que conocía a Leyla Farrell, podía asegurar que no era una mala mujer. En realidad, era dulce y bondadosa. Tan llena de vida. Tuvo la mala fortuna de toparse con un monstruo como Oliver Cross y casarse con él sin saber cómo era en realidad.

Él solo le trajo dolor y destrucción.

Lo mismo que le trajo a Elaine.

Para resumirlo, la cosa era así: Oliver era el exnovio obsesionado con Elaine, ese que la trató como mierda en el instituto y cuando se reencontraron, pretendió convertirla en su amante, cosa que Elaine no estaba dispuesta a ser. Así que ideó un plan para llevarle pruebas a Leyla —la entonces esposa de Oliver—, de lo que su marido hacía en su tiempo libre. Al principio todo pareció estar bien y Leyla le creyó y solicitó el divorcio, pero resultó que el cabrón estaba más loco de lo que pensábamos, así que terminó ocasionando un accidente en el que yo estuve involucrada y en el que casi pierdo la pierna, mientras que Ellie fue secuestrada por él sin importarle que para entonces, ella ya estuviera embarazada de Mason.

Al final pudieron encontrarla, a él lo llevaron preso después del secuestro y porque por poco mata a Mason de un disparo cuando este fue a rescatar a Ellie. Todo se resolvió bien para Ellie y Mason, así que ahora estaban aquí esperando a su bebé y a unos meses de casarse.

Cuando mi turno terminó, me despedí de mi amiga y conduje a mi edificio.

Aparqué el auto que por suerte habíamos conseguido arreglar. Ya todo estaba bien, así que no tendría que moverme en taxi para ir al trabajo.

Afortunadamente el pie que usaba para acelerar y frenar no era el mismo que me lastimé en el accidente.

Me estiré para tomar mis muletas y seguido de eso abrí la puerta. Bajé del coche y me dirigí al interior del edificio. Las puertas del elevador se abrieron, por lo que subí a él y esperé pacientemente hasta llegar a mi piso.

Una vez que llegué, caminé a mi apartamento y abrí la puerta. Y como lo intuí; Tommy ya estaba aquí. Él comía un emparedado al mismo tiempo que su vista estaba fija en su laptop.

Estaba haciendo tarea.

Hoy era su día de descanso, por lo que podía pasar su día aquí o salir con sus amigos en lugar de ir a trabajar.

Me acerqué a él.

—Hola, Tommy. ¿Cómo te fue hoy? —Alboroté su cabello.

—*Mjhue muy bem* —Habló con la boca llena.

Hice una mueca de desagrado, por lo que él rio.

—Me fue muy bien —Contestó una vez que tragó—. ¿Y a ti, Larita?

—Muy bien —Me metí en la cocina y saqué todo lo necesario para prepararme un sándwich yo también—. Saldré por la tarde.

Miró su ordenador y asintió.

—¿Tengo que esperarte despierto? Tu hora de llegada es a las ocho, jovencita.

Solté una risa sarcástica y rodé los ojos.

—Tarado —Resoplé antes de darle una mordida a mi comida.

Thomas me guiñó un ojo.

—Lo saqué de mi hermana mayor.

Después de compartir unas palabras más con mi hermano, fui a mi habitación a arreglar lo que me pondría. Luego fui al baño y me duché. Los primeros días fue difícil dado a que era duro tener que apoyar todo mi peso en una sola pierna y evitar que el yeso se mojara, pero creo que me iba adaptando poco a poco.

Solo que tenía que envolver mi pierna en una bolsa o en plástico cada vez que me duchaba. Era tan tedioso.

Cuando salí del baño me cambié y procedí a cepillar mi cabello al mismo tiempo que lo secaba. No quería ir por ahí dejando gotas. Me ricé las pestañas y me coloqué un poco de rubor. Me puse un poco de brillo en los labios y me miré en el espejo.

Me miraba exactamente igual a como siempre lucía.

Excepto por el rubor.

Algo es algo.

Me acomodé la blusa rosada que dejaba al descubierto mis hombros y mis clavículas. Era linda, hace poco la compré y este era el día ideal para usarla por primera vez.

Estaba un poco frío, pero al igual que todas las veces desde que tenía el yeso, me vi forzada a usar falda. Además de que solo podía usar un zapato, así que opté por unos botines.

Era horrible tener una cita y estar así.

«¿Y sí la cancelo?».

Negué con la cabeza.

No.

Por último, me cepillé los dientes y tomé mi bolso junto con mi cartera y mi celular. Al salir de la habitación, escuché el ruido en la sala. Era Tommy gritando e insultando un poco. Justo como todas las veces que jugaba con la consola que compró.

Caminé hasta la sala.

—¿Y? ¿Qué tal me veo? —Pregunté, pero él me ignoró. Ni siquiera estaba segura de que me haya escuchado ya que llevaba audífonos—. ¿Tommy?

—¡Detrás de ti, gran...! —Dejó las palabras al aire.

Bien...

Me paré delante de la televisión para que ahora sí me prestara atención.

—¡No! ¡Lara! Van a matarme... —Intentó ver, inclinándose a los lados. Aplanó los labios y bajó el control—. Gracias por eso.

Ignoré sus protestas.

—¿Cómo me veo? —Repetí—. No te fijes en mi pie enyesado, mejor dime si mi atuendo y mis uñas son bonitas. Ayer fui con la manicurista, pero creo que me equivoqué el elegir el diseño porque…

Se quitó los auriculares y me miró con una expresión de pocos amigos.

—¿Sabes? —Empezó e hizo una seña con su pulgar y su índice, casi pegándolos entre sí—. Estoy así de tirar tus muletas por la ventana, de paso lanzarte a ti por ella.

—Eres desagradable.

Sonrió con falsedad.

—¿A quién me parezco?

Rodé los ojos.

—¡Tommy! Solo dime como me veo —Hice un puchero.

Me sonrió.

—Con un espejo.

—De verdad que tú no tienes ningún talento —Me quejé.

—Te ves hermosa, Lara —Finalmente dejó de molestarme—. ¿Vas a salir con un chico?

Asentí frenéticamente.

—Tengo una cita después de tanto tiempo.

—Deberíamos celebrarlo, nunca sales con nadie.

Hice una mueca.

—Estoy muy ocupada con el trabajo —Me acomodé la correa del bolso—. Me voy, se me hace tarde.

Mi hermano cruzó los dedos.

—Que te vaya muy bien, espero que me traigas un cuñado de regalo de navidad —Me acerqué y golpeé su nuca con suavidad al escuchar sus palabras—. ¡Oye!

—Y yo espero que de regalo de navidad, borres los tatuajes que te hiciste —Lo reprendí.

Enseñó los dientes, inocentemente.

—A las nenas les encantan.

—A las nenas —Repetí burlona—. No seas payaso.

Caminé a la puerta y la abrí para poder salir.

—¡Con cuidado! ¡No te rompas la otra pierna! —Expresó antes de colocarse los auriculares de nuevo y empezar una partida.

Cerré detrás de mí y caminé al elevador. Suspiré cuando estuve dentro y pensé en lo mucho que había crecido mi hermano. Ya iba en universidad, bebía alcohol y tenía unos cuantos tatuajes.

A veces me olvidaba de que ya no era un niño.

Mi niño de ojos cafés.

Las puertas se abrieron delante de mí, obligándome a salir y caminar de nuevo a la entrada. Le di un asentimiento de cabeza al guardia mientras pasaba por las puertas. No llevaba mucho tiempo en este edificio, apenas unos meses. Antes vivíamos en otro lugar, pero tuvimos que dejarlo.

Entré a mi auto y acomodé las muletas en los asientos traseros. Puse el coche en marcha y conduje hasta el enorme centro comercial en el que quedamos de vernos. Estaba cerca de casa, por lo que no tardé mucho en llegar.

Eso era bueno. No quería llegar tarde en la primera cita.

Saqué mi mano por la ventana para presionar el botón y que me dieran mi ticket de parking. Cuando salió, la barrera vehicular se alzó, permitiéndome la entrada. Estacioné en un espacio libre y miré el centro comercial.

Era un lugar muy bonito y gigantesco. Muchas familias venían de compras, a divertirse o a cenar. Era un lugar muy popular.

Bajé de mi auto y caminé hasta donde quedamos de vernos; en un restaurante de comida china que quedaba en la parte superior del centro. Había venido algunas veces, aunque no era muy fan de la comida china. Solo como cuando se me antojaba.

Una vez que llegué, entré y busqué entre los comensales hasta que vi a un tipo muy parecido al de la foto de la página de citas. Me acerqué a él, por lo que alzó la mirada.

—¿Fred? —Pregunté.

—¿Lara? —Devolvió, a lo que sonreí y asentí. El hombre se levantó y se acercó para besar mi mejilla—. Eres mucho más hermosa en persona.

Sonreí de nuevo.

—Muchas gracias —Le di un asentimiento de cabeza—. Tú no te quedas atrás, también eres muy guapo.

Y era verdad. Sus ojos eran oscuros y su cabello castaño. Este estaba rizado perfectamente. Sus rasgos faciales también estaban muy bien. Sus labios eran finos y su nariz recta. Además, poseía una sonrisa encantadora que conseguía que sus ojos se entrecerraran un poco.

Sacó la silla para mí, por lo que agradecí y me senté, dejando mis muletas a un lado.

—Y...bueno, ¿te gusta la comida china? —Empecé, sonando algo titubeante. Fred rio un poco, por lo que cerré los ojos y arrugué la nariz—. Lo siento, hace bastante que no tengo una cita.

De nuevo lo miré.

—Descuida, te entiendo perfectamente —Me sonrió, para tranquilizarme—. Estamos aquí para conocernos. Así que, respondiendo a tu pregunta, sí me gusta la comida china.

Reí nerviosamente.

—Bien —Me relamí los labios—. Me parece bien.

Nos trajeron las cartillas, por lo que pedimos nuestra comida y se retiraron. Fred recargó sus codos en la mesa y me miró.

—Y bien, ¿qué te gusta hacer? ¿A qué te dedicas?

Ladeé la cabeza.

—Soy asistente en una editorial desde hace un par de años —Conté, antes de darle un trago a mi vaso con agua—. Y me gusta leer en mis ratos libres. Y cuando podía, me gustaba hacer yoga.

Señalé las muletas.

»¿Y tú? ¿Qué hay de ti? —Finalicé.

Hizo un mohín.

—Soy profesor en una universidad —Contestó—. Y en mis ratos libres me gusta trabajar haciendo investigaciones o reportes en mi computadora. Ya sabes, cosas raras de nerd.

Sonreí.

—No creo que sea algo raro de nerd. También me gustaba hacer reportes e investigaciones muy elaboradas —Comenté—. Quería ser historiadora.

Alzó una ceja.

—¿Dejaste la universidad entonces? ¿Por qué?

De repente me sentí incomoda por esa pregunta.

—Supongo que son cosas que pasan, pero espero poder retomarlo algún día.

Tal vez mi tono fue serio, porque él carraspeó un poco.

—No pretendía incomodarte con mi pregunta, creo que simplemente no la formulé bien.

Sonreí para tranquilizarlo.

—No te preocupes, de verdad que no me incomodaste.

De acuerdo. Eso era una mentira pequeñita, pero daba igual.

Nos trajeron nuestros platillos, así que ambos empezamos a comer mientras manteníamos una charla agradable sobre los reportes que nos gustaba hacer. Yo me dedicaba a cosas antiguas, investigaba sobre lugares y objetos antiguos o sucesos que pasaron hace años. Me habría gustado ser profesora de historia. En realidad, iba a dedicarme a eso una vez que me graduara de la universidad.

Lamentablemente no fue así.

En fin, Fred me contó que él daba clases de ciencias políticas. Le gustaba su trabajo y me contó que lo mejor de trabajar en una universidad, era que los alumnos eran un poco más maduros. Dijo que dio clase en instituto y por como lo relataba, estaba segura de que no era de las mejores experiencias.

También hablamos sobre nuestra familia, sobre más de nuestros intereses. Reímos y lo pasamos bien.

Esto realmente estaba resultando mejor de lo que esperaba.

Era un tipo muy agradable.

Incluso, podríamos tener una segunda cita.

Y sí esa resultaba bien, entonces una tercera.

Una vez que terminamos de cenar y pagamos —porque insistí mucho en pagar la mitad, aunque él se negó—, caminamos al ascensor para bajar al área en donde se encontraba el cine. Había una película de misterio que se acababa de estrenar y ambos concordamos en que deseábamos verla.

Después de comprar los boletos, nos formamos en la fila para la comida y esperamos.

—¿Cuál es tu género favorito de películas? —Pregunté de repente.

—Ciencia ficción —Respondió, sin pensarla—. ¿Cuál es tu serie favorita?

Sí, estábamos jugando a preguntas rápidas.

—Creo que hasta el momento es *cómo conocí a tu madre* —Fruncí los labios—. ¿Comida favorita?

Entornó los ojos al pensar en su respuesta.

—¿Pollo frito? —Se mordió el labio, pareciendo un tanto inseguro—. No, no, es el estofado de pollo.

—Es mejor el pollo frito —Señalé.

Rio suavemente, ocasionando que sus ojos se entrecerraran un poco.

—¿Lo arruiné? —Inquirió.

Sonreí.

—Sí, acabas de arruinarlo —Bromeé.

Pasamos nosotros y pedimos palomitas y gaseosas, junto con algunos dulces para disfrutar la película. Faltaban un par de minutos para que empezara, por lo que nos apresuramos a ir a la sala una vez que nos entregaron todo. El lugar estaba lleno de gente. Algunos de ellos estaban en el área de juegos junto con sus hijos.

Tal vez cuando saliéramos podríamos venir para ver quién era mejor conduciendo una motocicleta o disparándole a zombies súper lentos.

Cuando llegamos a la sala y nos acomodamos en nuestros respectivos asientos, hablamos en lo que los cortes terminaban.

Para cuando la película ya iba a la mitad, ambos estábamos completamente atentos a ella para no perdernos ni el más mínimo detalle.

—¿Va a asesinarlo? —Susurré, inclinándome un poco hacia Fred para que nadie me reprendiera.

—Ese hombre tiene muy mala suerte —Manifestó, haciéndome reír de manera baja.

Me volteé para mirarlo, pero al parecer él también tuvo esa idea, por lo que nuestros ojos se encontraron y nuestras narices se rozaron.

—Vaya...tus pestañas se ven más rizadas de cerca —Musité, tragando saliva.

Por un segundo, sus ojos miraron mi boca.

—Y tus labios se ven más suaves de cerca.

Sin darme tiempo de procesar sus palabras, se inclinó, robándome un beso profundo. Mi corazón empezó a latir con rapidez y mi respiración se agitó.

Hacía mucho que no besaba a alguien.

Y no estaba nerviosa.

Estaba asustada.

Esto era algo de contacto íntimo.

No supe cómo reaccionar.

Y menos lo supe cuando llegó el detonante.

Su mano se posó en mi cintura, en un gesto que es bastante inocente ya que solo me sostenía.

Pero mi cuerpo entero se tensó.

Y después simplemente sentí que todo me empezó a temblar. El sudor comenzó a aparecer en mi piel y...el terror se adueñó de cada parte de mí.

Solo atiné a separarme de él.

—¿Lara?

—Yo...yo... —Intenté formular, pero las palabras se quedaron atascadas en mi garganta.

Sentí un escalofrío en mi espalda, junto con sudor en mi nuca.

—¿Pasa algo? —Preguntó—. ¿Te incomodé?

No dejaba de temblar, no dejaba de respirar agitadamente.

—¿Estás bien? —Volvió a hablar, pero ahora su voz se escuchaba lejana.

Me llevé una mano al pecho, intentando respirar de manera normal. Mierda, se sentía como si me faltara el aire, como si algo estuviera presionando mi pecho.

—Lara —Me llamó—. Mierda, tienes un ataque de ansiedad.

Cerré los ojos con fuerza y negué.

Intentó hacer que lo enfocara poniendo sus dedos en mi barbilla, pero eso solo lo empeoró más.

—Tengo...tengo que salir de aquí... —Alcancé a decir, levantándome y tomando mis muletas—. Lo siento...yo...lo siento.

—Lara, no puedes irte así. No te encuentras bien.

Ignoré sus llamados y me metí entre la gente para alejarme rápidamente. Lo detuve cuando intentó ir detrás de mí, le pedí que se alejara de mí.

¿Por qué hice eso?

Es un buen tipo.

Cuando llegué a mi auto tomé las llaves de mi bolso y las sostuve con fuerza. Cuando quise abrir la puerta, estas se cayeron de mis manos.

Estaba temblando como si estuviera usando vestido en pleno invierno.

Tomé profundas respiraciones y me limpié el sudor de la frente un par de veces.

Cuando logré entrar a mi auto y arrancarlo, salí del estacionamiento y conduje hasta una calle solitaria un poco alejada del centro comercial.

Aparqué en una esquina y apreté el volante con fuerza, tanto que mis nudillos se volvieron blancos.

Apreté los dientes cuando las lágrimas empezaron a resbalar por mis mejillas.

Alcé mis manos y golpeé el volante repetidas veces, descargando toda mi frustración y mi enojo. Grité y sollocé sin dejar de golpearlo, como si hacer esto lo solucionara todo.

Como si hacer esto, borrara todo.

Todo el daño que él me hizo.

Todo el dolor que me causó.

—¡Te odio! ¡Te odio! ¡Te odio tanto, hijo de puta! —La voz se me desgarró—. Tú me hiciste esto, tú…tú me arruinaste de esta manera…

Solté otro sollozo alto y escondí mi rostro entre mis manos para dejar salir todo mi llanto.

El llanto y el dolor me desgarraron por dentro igual que todas las veces.

Sobre todo, cuando los recuerdos de mi pasado empezaron a torturarme.

Las razones por las que me aterraba que me besaran o me tocaran

Todo me recordaba a ese monstruo.

Y joder que me gustaría dejarlo atrás.

Pero en su lugar, solo me dañaba más.

Y tenía que parar.

Tengo que dejar de hacerme esto.

CAPÍTULO 05.
Comprada por el diablo.
LARA SPENCER.

07 de mayo, 2016.
PASADO.

Una vez que llegué a mi piso me sostuve de la pared y estiré las piernas debido a lo cansado que había sido subir diez pisos.

Inserté la llave en la cerradura y entré, cerrando detrás de mí como de costumbre. Lo primero que noté fue a mi hermano recostado en el sofá con los ojos cerrados y una manta encima.

—¿Tan cansado llegaste de la escuela? —Hablé, logrando que él abriera un poco los ojos.

—No... —Musitó—. Es solo que me duele un poco el estómago.

Alcé una ceja y me dirigí a la cocina para tomar una botella de agua.

—¿Ya tomaste algo para el dolor?

Suspiró bajito.

—Sí, hace un rato —Contestó—. Espero que se me quite pronto.

Le di un trago a mi botella y fui a la sala para sentarme a su lado. Alcé su cabeza y me senté. Su cabeza quedó encima de mi regazo, por lo que acaricié su cabello mientras él cerraba los ojos.

—¿Quieres que te lleve al doctor?

Negó.

—No, ya se me pasará —Habló bajo—. Solo es dolor estomacal. Dormiré y cuando despierte sé que me sentiré mejor.

Fruncí los labios.

—¿Seguro, Tommy?

—Seguro, Lara.

Solté un suspiro y asentí.

—¿Quieres que te prepare un té o algo? —Cuestioné.

—Un té estaría excelente —Respondió y abrió los ojos—. Por favor.

Sonreí y me incliné para besar su frente.

—De acuerdo —Me levanté y dejé mi botella de agua encima de la mesa de centro—. Ve a tu habitación para que descanses en tu cama, en un momento te llevaré el té.

Mi hermano se levantó lentamente y se envolvió entre su manta. Caminó sin prisa hacia su habitación sin decir ni una sola palabra más.

Realmente parecía sentirse mal. Por suerte era buen paciente.

Nunca había tenido problemas para que tomara medicamentos, aparte de que mejoraba muy rápido.

Una vez que preparé su té y se lo llevé a su habitación, me puse a ordenar un poco el apartamento para que quedara impecable. Estuve al menos un par de horas limpiando, después preparé algo de sopa para cuando Tommy despertara.

Cuando me di cuenta de lo tarde que era, me fui corriendo directo a la ducha y me bañé rápidamente. Salí envuelta en una toalla y me vestí de manera casual: con unos pantalones de mezclilla y una sudadera verde. Sequé mi cabello y una vez que terminé, tomé las cosas que necesitaba.

Salí de mi habitación y entré a la de Tommy. La luz está apagada y él estaba dormido. Dejé la nota en su mesita de noche —esa en la que le informaba que dejé comida para él—. Acaricié su cabello castaño con ternura y me incliné para dejar un beso en la coronilla de su cabeza.

—Descansa, hermanito —Me incorporé y le dediqué una pequeña sonrisa que obviamente él no pudo ver—. Volveré pronto.

Solté un suspiro exhausto antes de salir de su habitación y cerrar la puerta. Después salí del apartamento y puse el pestillo. No quería que alguien entrara y que Tommy ni siquiera se diera cuenta.

Cuando llegué al exterior del edificio esperé un taxi, cuando llegó repetí la misma acción de cada fin de semana durante los seis meses que llevaba trabajando en el club. Después de unos largos minutos de trayecto, por fin llegué a mi destino. Pagué y bajé.

Como de costumbre, las luces externas ya se encontraban encendidas, listas para el momento de la apertura. Crucé la calle y me dirigí al interior de mi trabajo. Saludé a las personas y me fui al pasillo que daba a mi habitación. Justo cuando iba cruzando el corredor, Bruno Alighieri iba saliendo de su despacho, por lo que inevitablemente nos topamos.

Últimamente me había dado cuenta de que algo que me atraía a él.

El hombre me gustaba.

Era un tipo de amor platónico. De lejitos.

Me detuve frente a él para evitar que chocáramos. Bruno ni siquiera se dio cuenta de mi presencia hasta que levantó la vista de las hojas que llevaba entre sus manos.

—Lara.

Le regalé una pequeña sonrisa.

—Buenas noches, Bruno —Saludé.

—Buenas noches —Devolvió—. ¿De casualidad te topaste a Luca por ahí?

Asentí.

—Sí, lo vi en la barra. ¿Quiere que lo llame?

Bruno negó.

—No, no es necesario —Sus ojos grises observaron los míos—. Gracias, iré a buscarlo.

Me dio una sonrisa apenas visible antes de pasarme por un lado y alejarse, caminando en dirección a la barra. Lo miré irse y tuve que sacudir la cabeza para salir de mi trance.

Tomé una bocanada de aire y seguí con mi camino al camerino. Me arreglé como de costumbre. Esa noche mi vestuario era negro, mi cabello iba en ondas y el maquillaje era sombrío y elegante al mismo tiempo.

No ensayé. Me sabía la rutina de inicio a fin, así que esperaba que no se me olvidara a mitad de la canción. Eso sería terrible.

Así que estuve todo el rato en mi habitación hasta que pasaron algunas horas y me informaron que era mi turno. Me coloqué el antifaz y me acomodé la bata. Salí del lugar y caminé por el pasillo. Me crucé con varias chicas, por lo que las saludé y les sonreí.

Colgué la bata en el perchero antes de subir a la tarima. El lugar estaba lleno de hombres, muchos de ellos bebían de sus copas de cristal, otros se notaban que venían por negocios. La mayoría me observaba con atención y deseo.

Esto era lo que vivíamos cada noche.

Una canción lenta empezó a sonar por los altavoces, por lo que empecé a bailar de la misma manera. Meneé mi cabello y pasé mis manos por mi cuerpo lentamente, acaricié mi piel con las yemas de mis dedos y cerré los ojos, dejándome guiar por los movimientos que ya conocía muy bien.

De un momento a otro ya me impulsaba con la barra, la rodeaba con las piernas, sintiendo como si estuviera volando desde alturas increíbles. Era así como me sentía cada vez que bailaba.

Se sentía como si volara.

«No podría cansarme de esto jamás».

Poco a poco fui descendiendo, cuando mis pies nuevamente tocaron el suelo, caminé hasta las escaleras y las bajé, sintiendo las miradas de los demás en mí. Normalmente, hacíamos eso de acercarnos a ellos.

Me paseé alrededor de un hombre y pasé mi mano alrededor de su silla. Una vez que me paré delante de él, de nuevo le seguí el ritmo a la canción y moví mis caderas con lentitud, luciendo provocativa. Me incliné un poco, así consiguiendo que nuestras miradas se encontraran.

Inmediatamente contuve el aliento.

¿Ese es un ángel?

No, no parecía tan santo o inocente como para serlo.

Entonces, ¿es un demonio?

Su cabello era completamente negro y poseía unos ojos dorados profundos e hipnotizantes.

Su mirada era…incitadora.

¿Quién eres, demonio de ojos dorados?

Había visto hombres atractivos a lo largo de mi vida, pero este no era solo eso. Había algo más. Era como si toda su aura me envolviera, como si la oscuridad que había a su alrededor me jalara como un imán.

¿Cómo podía hacerme sentir de esa manera con solo mirarme?

La canción terminó, pero aún así no dejamos de mirarnos. Todo el ruido a mi alrededor desapareció. Joder, solo quería estirar mi mano y tocar su rostro para confirmar que ese ser era real.

No parecía real.

Solo el sonido de los aplausos fue suficiente para que parpadeara y desviara la mirada. Tragué saliva antes de alejarme por completo, casi corriendo hacia donde dejé mi bata para colocármela. Tomé respiraciones profundas mientras me dirigía mi camerino para poder quitarme todo esto de encima y volver a ser la Lara de siempre.

Llevé mis manos al antifaz para retirarlo justo cuando estuve delante de la puerta.

—Espera —Una voz masculina detrás de mí interrumpió mi acción, por lo que rápidamente bajé las manos y me giré.

Era el mismo hombre de cabello negro y ojos dorados.

Miré alrededor, de repente sintiéndome un poco ansiosa.

—¿Qué haces? —Susurré—. No puedes venir aquí, está prohibido para los clientes.

El hombre hizo una mueca y se rascó una ceja.

—Tengo un par de preguntas para ti.

Y todo el encanto se perdió.

Debía ser otro de esos tipos que cada noche preguntaban cuándo cobraba.

Odiaba a esos tipos.

Metió una mano en sus bolsillos y sacó una hoja. Bueno, una fotografía.

La puso delante de mis ojos.

—¿Has visto a este hombre por aquí? —Su pregunta me desconcertó, así que no pude evitar mirarlo como si fuera de otro planeta.

Después miré la foto con atención.

Y sí, lo había visto varias veces en la oficina de Bruno. Probablemente era uno de sus socios.

Ni modo, no se me permitía hablar de eso.

Automáticamente negué con la cabeza.

—No, nunca lo he visto —Mentí.

Él entornó los ojos en mi dirección.

No me creyó.

—¿Por qué parece que mientes? —Se cruzó de brazos y ladeó un poco la cabeza.

La chaqueta negra se amoldó a su cuerpo. Parecía tener un físico atlético y fuerte debajo de ella.

Era el hombre más atractivo que había visto en toda mi vida.

Sus labios eran apetecibles; un poco rellenos en la parte inferior y de un tono naturalmente rosado. Por unos momentos no pude apartar mi vista de ellos y mientras lo hacía, solo deseé besarlos y morderlos hasta hartarme. Sus facciones eran varoniles, su nariz perfecta y su tono de su piel era claro. También era mucho más alto que yo. Resultaba intimidante.

Nunca había visto a un hombre así jamás.

Uno que pareciera salido del infierno.

Y no porque a simple vista pareciera malo, sino porque todo en él gritaba pecado.

Me miró a través de sus largas y espesas pestañas, esperando una respuesta de mi parte.

—¿Por qué...? —Carraspeé—. ¿Por qué habría de estar mintiendo?

Miré a los lados cuando vi a un par de chicas pasar. Se fueron de largo, sin prestarnos atención ya que iban bastante apuradas. Probablemente era su turno.

—Escucha... —Empecé, de nuevo mirándolo—. No puedes estar aquí, nos meterás en problemas a ambos.

Miró a los lados.

—¿De verdad? —Hizo un mohín—. No veo el problema. Somos dos personas a unos pasos de distancia, teniendo una interesante charla sobre una persona a la que busco. ¿Por qué sería algo malo?

Bueno...en realidad tenía razón.

No estábamos haciendo nada indebido.

Me pasé las manos por las mejillas y la boca.

Solía hacer eso cada vez que estaba nerviosa.

—Está prohibido este lugar para ustedes —Me rasqué el brazo cuando sus ojos recayeron en mis labios.

¿Por qué los miraba así?

¿Quería besarme?

Bueno, yo también quería besarlo.

Pero no podía.

Vete, desconocido. Largo.

Dio un par de pasos hacia mí y se inclinó un poco. Me quedé inmóvil en mi lugar; sin respirar ni parpadear. Mis latidos y mi respiración empezaron a ser erráticos. Solo pude observar todos sus movimientos atentamente.

¿Por qué su cercanía me ponía de esta manera?

Lo vi alzar su mano y acercarla a mi mejilla. Talló suavemente, como si limpiara. Finalmente alzó su pulgar y lo mostró.

—Tu labial —Susurró muy cerca de mí, ocasionando que su delicioso aliento chocara contra mis labios—. Quedó por toda tu mejilla.

De nuevo nuestros ojos se encontraron, nos miramos fijamente. Sus ojos me dejaron perdida, tan hipnotizada.

¿Qué tenía su mirada que hacía que mi lado racional quisiera hacer sus maletas e irse muy lejos?

Solté un suspiro entrecortado.

—Mierda, si voy a sentirme culpable de algo esta noche, entonces que sea por esto —Musité, antes de acortar la distancia y llevar mis manos a sus mejillas. Nuestros labios se encontraron y él no me alejó, al contrario, me siguió el beso.

¿Qué haces, Lara?

Me vuelvo presa de mis instintos, eso es lo que hago.

Gemí cuando el beso se profundizó más y el desconocido llevó sus manos a la parte baja de mi espalda, acercándome más a él. Nuestras lenguas se encontraron, convirtiendo esto en un momento en algo que jamás había sentido con alguien más.

El fuego me estaba quemando por completo.

De alguna manera logré abrir la puerta, entrar junto con él a mi camerino y volver a cerrar para que nadie nos atrapara rompiendo la tercera regla del club:

Nunca te involucres con un cliente.

Esa noche no estaba pensando como la Lara responsable y obediente. Esa noche estaba pensando como la Lara a la que tenía que reprimir para que las cosas no se me salieran de las manos. Estaba pensando como la chica a la que le gustaba sentir algo, a la que nunca habían besado con tanta pasión como ahora.

Era la chica que se estaba dejando llevar y guiar por los movimientos de la boca de un desconocido que fácil podría ser un ángel caído.

Pasé mis manos por todo su cuello hasta llegar a sus hombros y tratar de quitar su chaqueta. Él me ayudó, por lo que pronto solo quedó con la camiseta negra cubriendo su torso.

De un momento a otro ya me tenía en sus brazos, con mis piernas envueltas alrededor de sus caderas. Me llevó al tocador y me sentó en él, estando ahí no perdió la oportunidad de llevar su mano a mi cabello para tirar de él y hacerme inclinar la cabeza hacia atrás. Sus labios encontraron mi piel, marcando un recorrido que iba desde mis clavículas hasta mi cuello.

Un suspiro mezclado con un gemido escapó de mi garganta al mismo tiempo que él besaba, pasaba su lengua y mordía con suavidad.

Jadeé cuando sus caderas empujaron contra las mías.

Dios...que bien se sentía.

El pelinegro alzó la cabeza para observarme a los ojos. Pude notar sus pupilas dilatadas y sus labios rojos e hinchados.

—¿Cuál es tu nombre? —Su tono delataba su excitación.

Negué con la cabeza.

—No tengo permitido decirte eso —Susurré.

—¿Y por qué no te quitas el antifaz?

Tomé una respiración profunda.

—Tampoco puedo hacer eso —Musité antes de buscar sus labios de nuevo, fundiéndonos en otro apasionado beso que calló todas nuestras palabras.

Sus manos se deshicieron del nudo de mi bata, por lo que pronto mi piel quedó expuesta solo para él. Sus dedos hicieron un recorrido por mis piernas, enviando un cosquilleo por todo mi interior. Se presionó contra mí, ocasionando que otro gemido profundo escapara de mi garganta y se perdiera entre sus labios.

Había besado a chicos antes, incluso habíamos llegado a un poco más, como toqueteo y todo eso. Pero jamás había conocido a uno que me provocara tanto como para querer irme a la cama inmediatamente.

Y con él lo habría hecho, pero no era el momento.

Menos el lugar.

Alguien podría atraparnos y Bruno podría despedirme.

Aparte me negaba a perder la virginidad de esta manera.

Ningún orgasmo vale tanto la pena como para arriesgar mi trabajo y dejarnos a mi hermano y a mí en la calle.

—Espera... —Susurré, intentando apartarme—. No puedo...no puedo hacer esto.

Puse mis manos sobre su pecho para conseguir alejarlo lo suficientemente de mí como para no volver a caer por mis bajos instintos.

Él parpadeó, como si tratara de aclarar su mente y de salir del aturdimiento en el que caía cada vez que me miraba a los ojos.

Carraspeó y se alejó lentamente.

—Tienes razón —Formuló con total tranquilidad, aunque se le notaba lo mucho que le costaba contenerse —. Te meteré en problemas si alguien me encuentra aquí.

Asentí rápidamente.

—Tienes que irte, desconocido —Señalé la puerta—. Pueden despedirme y si no te vas ahora...entonces no podré parar.

Sus ojos que en ese momento estaban un poco más oscuros que antes, se posaron en mis labios en cuanto hablé.

—Por favor... —Pedí y de nuevo miré la puerta—. Vete ahora.

Suspiró y asintió.

Caminé a la puerta y la abrí. Una vez que me aseguré de que no había nadie, lo tomé del brazo y lo boté fuera del camerino.

—Adiós, extraño.

Tal vez si nos hubiéramos conocido en otras circunstancias...

—Neal. Puedes decirme Neal.

Tragué saliva y sonreí un poco.

—Adiós, Neal.

Curvó las comisuras de sus labios ligeramente hacia arriba; en una sonrisa apenas visible.

—Adiós, desconocida.

Me quedé con la vista clavada en su espalda mientras él se alejaba con total seguridad, sin decirme o hacer nada más. Una vez que ya no lo vi, me encerré en mi camerino y me recargué de espaldas contra la puerta. Llevé mis dedos a mis labios y los toqué.

Aún podía sentir su boca sobre la mía.

¿Algún día lo volveré a ver?

No.

Hombres así solo se encontraban una sola vez. Solo aparecían una vez y revolucionaban tu mundo, solo una vez necesitaban para hacerte ver que jamás conocerías a otro como ellos.

Cerré los ojos mientras soltaba un suspiro suave.

Hasta nunca, Neal.

14 de mayo, 2016.
PASADO.

Entré al club sin borrar la expresión de molestia en mi rostro.

No podía estar tranquila viniendo al trabajo sabiendo que mi hermano estaba muy enfermo. No había mejorado en lo absoluto, es más, parecía que cada vez se sentía peor.

Realmente debía llevarlo al médico. No me importaba si se negaba como era su costumbre.

—Mañana a primera hora lo levantaré para llevarlo arrastrando si no quiere ir por las buenas —Murmuré.

—¡Hola, pequeña!.

Me sobresalté un poco al escuchar el grito de Monique. Ella estaba de pie delante de mí, extendiéndome una sonrisa.

—Hola, Mon —Le devolví el gesto.

Ella señaló el pasillo.

—Bruno me ha pedido que en cuanto te vea, te diga que vayas a su oficina —Informó—. Así que aquí estoy pasándote el recado.

Hundí las cejas.

¿Por qué quería verme?

Eso nunca había pasado.

—¿Sabes por qué quiere verme?

Se encogió de hombros.

—No me dijo —Hizo un mohín y después ladeó la cabeza—. Aunque bueno, sabes que él es un hombre de pocas palabras.

Reí suavemente y asentí.

—En eso tienes toda la razón —Me acomodé la correa de mi bolso e hice una mueca—. Iré a verlo antes de ir a arreglarme.

La chica asintió antes de que yo me alejara en dirección al despacho de mi jefe. Una vez que estuve delante de la puerta, alcé la mano y di tres suaves golpes.

—Adelante —Escuché su voz proviniendo del interior.

Giré el pomo y abrí. En cuanto entré al lugar y él fijó sus ojos en mí, pude sentir que algo estaba mal.

El ambiente era pesado y tenso.

—¿Quería verme, señor? —Hablé en voz baja.

Él señaló la silla delante del escritorio.

—Toma asiento, Lara —Pidió.

Asentí, dando pasos lentos y vacilantes hacia donde señalaba. Me senté delante de él sin decir ni una sola palabra.

—Hay algo que me está molestando —Finalmente rompió el silencio—, algo que me molesta demasiado si te soy sincero.

Ladeé la cabeza, aun sin entender la situación.

—¿Y eso...tiene que ver conmigo?

Me miró a los ojos.

—Te involucra totalmente.

Bruno giró su portátil hacia mí y pulsó un botón para reproducir un vídeo. Las imágenes que se vieron en la pantalla me dejaron inmóvil.

Era yo delante de la puerta de mi camerino y arrojándome a los brazos del hombre de ojos dorados. Podía verse el momento exacto en el que nuestros labios se buscaban con desesperación, el momento exacto en el que entramos a mi camerino.

Mierda.

Mierda.

Mi jefe cerró el portátil justo delante de mis ojos.

No pude ni moverme.

—Te advertí que no podías involucrarte con los clientes y me desobedeciste, espero que seas consciente de que todo tiene consecuencias.

Tragué saliva y lo miré.

—Señor…si me da la oportunidad de expli…

—Estás despedida —Me interrumpió por completo.

Abrí la boca, intentando que las palabras salieran de ella.

No, eso no podía pasar.

No podía perder este trabajo.

—Retírate y toma tus pertenencias porque ya no eres una empleada de este lugar —Dijo mientras me señalaba la puerta.

—Por favor no me despida, se lo suplico. Mire, si quiere reduzca mi sueldo, hágame trabajar más horas o dar un show extra cada noche, pero por favor no me quite este empleo, es lo único que tengo para mantener a mi hermano —Supliqué en un tono desesperado—. No volveré a fallarle, le juro que no volveré a equivocarme si me da otra oportunidad.

—Reglas son reglas, señorita Spencer.

—Por favor. Sé que he cometido un error, pero haré lo que me pida para ganarme su confianza de nuevo.

Bruno me contempló con atención y esta vez, su mirada no me gustó.

—Solo hay una cosa que puedes hacer para que yo te permita seguir aquí.

Mi corazón se llenó de esperanza.

—¿Cuál? Haré lo que sea.

Ladeó la cabeza un poco.

—Sé mía, Lara.

Sus palabras resonaron en mi cabeza.

¿Qué mierda acababa de decir?

—Disculpe, ¿qué? —Mi voz se llenó de confusión.

—Lo que escuchaste —Se inclinó un poco—. Puedo darte lo que desees, incluso puedo permitir que conserves tu empleo, pero por supuesto que será a cambio de que hagas conmigo lo mismo que hiciste con él; follar por dinero.

La sangre me hirvió.

La rabia inundó cada parte de mi ser.

Me levanté de golpe y para mi mala suerte él imitó mi acción.

—No me vendo. No soy una prostituta, señor Alighieri —Apreté los dientes.

Rodeó el escritorio para acercarse a mí.

—Ah, ¿no? —Entornó los ojos—. No parecía lo mismo en el vídeo.

—No fue así —Mascullé.

Sus dedos se posaron en mi barbilla con suavidad, obligándome a que mis ojos se enfrentaran con sus iris grisáceos.

—¿Cuánto te ofreció? —Habló cerca de mis labios—. ¿Cuánto dinero te dio para convertirte en su puta? Te aseguro que yo puedo darte más.

—¡Hijo de perra! —Bramé, completamente encolerizada.

Lo empujé lejos y sin poder contenerme, estampé mi palma contra su mejilla. El golpe resonó por todo el lugar, pero la verdad es que no me importó porque mi coraje pasó a ser más grande que yo.

Es que, ¿quién se creía para hablarme así?

Jamás creí que podría ser este tipo hombre.

Pero ahora todo su encanto desapareció.

Llevó sus dedos a su mejilla antes de enfocar sus ojos en mí.

Su mirada era más oscura de lo normal.

¿Estaba molesto?

Antes de que me diera cuenta, su mano viajó a mi cabeza para acercarme y juntar sus labios con los míos. El tacto fue brusco, reclamante y posesivo.

Intenté separarme, lo intenté por varios segundos hasta que su sabor dulce y embriagante, me nubló por completo. Dejé de luchar y por algunos momentos me dejé llevar por su beso profundo.

No, Lara.

Fue un imbécil.

Junté toda mi racionalidad para empujarlo lejos de mí. Respiré agitadamente, de nuevo sintiendo cómo el enojo comenzaba a invadirme.

—No vuelva a hacer esto, señor Alighieri —Ordené de forma autoritaria y luego me pasé la mano por la boca para limpiarla—. No seré su amante, no tendré nada con usted. Quédese con su puto dinero y no se preocupe, no volverá a verme.

Una vez que tomé mi bolso, solo me limité a salir sin esperar su respuesta. Una vez que estuve afuera azoté con todas mis fuerzas y corrí a mi camerino. Tomé todas las cosas que me pertenecían y las coloqué en una caja que guardaba en una esquina. Sin despedirme de nadie, salí para buscar un taxi.

Tal vez luego le llamaría a Monique para avisarle que ya no iría. Después de todo era mi amiga, lo mínimo que podría hacer era agradecerle por haberme ayudado a conseguir el trabajo.

Sé que era imposible conservar mi empleo después de lo que hice, pero, ¿me merecía ese trato?

Durante todo el tiempo que había estado trabajando en el club, tuve a Bruno Alighieri en un altar. Creí que era bueno y amable.

Incluso me gustaba.

Si las cosas se hubieran dado diferente, si no me hubiera hablado de esa manera, si no me hubiera tratado así, entonces hubiera caído completamente ante él. El beso que me dio probablemente nos hubiera llevado a más.

Pero ahora que sabía el tipo de hombre que era, no podía sentir nada más que repulsión.

¿Cómo pudo gustarme un hombre tan...imbécil?

Llegué a mi apartamento y subí hasta mi piso. Aún era temprano, ni siquiera habían empezado a llegar los clientes al lugar cuando todo eso pasó. Probablemente mi hermano aun estaba despierto, por lo que preguntaría por qué estaba ahí tan temprano.

¿Cómo iba a decirle esto?

Tomé una respiración profunda antes de abrir la puerta del apartamento. Cerré detrás de mí y coloqué la caja sobre el suelo, luego caminé al interior y escuché...nada.

Solo había silencio.

La sala estaba vacía, él no estaba aquí.

—¿Tommy? —Pregunté, hablando un poco más alto de lo normal—. ¿Tom?

Me acerqué a la puerta de su habitación y me alarmé por completo cuando pude escuchar quejidos y sollozos bajos provenir del interior. Inmediatamente entré y así pude ver a mi hermano en su cama retorciéndose y llorando por el dolor que parecía sentir.

—¿Tommy...? —Susurré, acercándome a paso rápido—. ¿Qué sucede? Dime, ¿qué ocurre?

Intentó hablar, pero cuando otra oleada de dolor llegó, cerró los ojos con fuerza y apretó los puños.

Llevé mi mano su frente. Estaba hirviendo y nadando en su propio sudor.

Se dobló un poco y no pudo contener el vómito. Rápidamente corrí al baño para tomar el cesto de basura y acercarlo a su cama para que vomitara dentro de él. Acaricié su cabello, sintiendo un nudo en mi garganta.

Nunca se había enfermado así.

Cuando sacó todo, acerqué un pañuelo a sus labios y lo limpié.

—Me duele... —Sollozó bajo—. Duele...mucho...

Bajé la cesta y lo ayudé a incorporarse.

—¿Qué duele? —Cuestioné, por lo que sus ojos llorosos bajaron a su abdomen.

Llevé mis manos a él y tenté un poco. El grito ahogado que escapó de su garganta cuando posé mis dedos en su abdomen, me alarmó por completo. Él se dejó caer en la cama y de nuevo se hizo un ovillo. Tembló más y se retorció un poco.

¿Qué mierda estaba pasando?

—Voy a llevarte a un hospital de inmediato —Tragué saliva y me levanté—. Estarás bien, niño. Lo prometo.

Busqué mi celular y llamé a emergencias. Pasaron algunos minutos hasta que por fin llegaron y se llevaron a mi hermano en una camilla. Después bajamos a la recepción y subimos a la ambulancia. Antes tomé algunas cosas como suéteres y dinero que tenía ahorrado para este tipo de situaciones.

Un hospital nunca era barato, pero por fortuna había ahorrado suficiente para los medicamentos.

Tomé su mano todo el camino. Limpié las lágrimas que resbalaban por sus mejillas con cuidado y acaricié su cabeza mientras era atendido por los paramédicos.

Por favor que no sea grave.

Por favor, no dejes que pierda a mi hermanito.

Llegamos al hospital y ellos se lo llevaron a una sala a la que no me dejaron entrar. Me quedé delante de la puerta, abrazándome a mí misma y bajando la cabeza. Caminé por toda la sala de espera durante horas o minutos. La verdad es que ni siquiera sabía cuánto había durado dando vueltas por todo el lugar.

—¿Familiar de Thomas Spencer? —Me preguntó una doctora, por lo que asentí de inmediato.

—Soy su hermana —Tropecé con las palabras—. ¿Cómo está él? ¿Qué tiene?

La mujer hizo una ligera mueca que pretendió pasar por desapercibida. Bajó la tabla y me miró a la cara.

—Su hermano tiene una peritonitis, es ocasionada por la perforación de la apéndice —Explicó—. Necesitamos tratarla de inmediato, antes de que la infección se extienda más.

¿Perforación del apéndice?

—¿Tratarla? —Repetí—. ¿Se refiere a medicamentos?

Ella negó.

—Su hermano está grave. Tenemos que entrar a cirugía de emergencia —Suspiró y metió su mano dentro de los bolsillos de su bata blanca—. De lo contrario puede morir.

Mis ojos se llenaron de lágrimas.

—¿Morir? —Susurré con la voz rota—. No...él no puede morir.

—Vamos a intentar hacer todo lo posible para que todo salga bien. Pero necesitamos su autorización y que liquide el pago para poder intervenirlo. Cada minuto es valioso, señorita Spencer. No podemos desperdiciarlo.

—¿Debo pagarlo antes de la cirugía?

—En esta clínica al menos sí se maneja así.

Me dio un asentimiento de cabeza antes de informarme que debía ir ya a firmar la autorización y a pagar para poder entrar de una vez a cirugía. Fui a preguntar el costo y cuando me lo dieron…realmente lloré frente a la recepcionista.

¿Cómo iba a pagar la cirugía?

No tenía dinero para esto.

No podía pedirle al banco, no nos daban más préstamos por culpa de las deudas que nos dejó mi abuela.

No tenía una casa para hipotecar.

No tenía más familia.

No tenía nada.

Me llevé las manos al rostro y sollocé.

De nuevo se sentía como si todo recayera sobre mis hombros.

Era frustrante.

Ni siquiera tenía un trabajo, no tenía una fuente de ingresos con la cual poder alimentarlo.

Además, era una mala hermana mayor. ¿Cómo no pude ver antes lo mal que se encontraba? ¿Cómo dejé pasar tantos días y dejé que empeorara? Si lo hubiera traído antes, tal vez no habría pasado a mayores. Lo descuidé, no cumplí bien mis obligaciones y ahora él estaba sufriendo.

Eres una mala madre sustituta, Lara.

El taxi me dejó frente al único lugar en el que podría conseguir el dinero que necesitaba.

El club.

¿Estaba tomando la salida fácil?

¿O la única salida que tenía?

Tal vez si tuviera más tiempo o si tuviera otra opción, entonces la tomaría.

Pero no había otra manera, la situación era difícil. Yo estaba en la quiebra por completo y necesitaba pagar la cirugía y el tratamiento.

Me aferré a mi abrigo largo y crucé la puerta.

Esta era la hora en la que ya habían empezado a llegar los clientes, las chicas estaban bailando, por lo que nadie notó mi presencia. Caminé rápidamente a la oficina de mi antiguo jefe y le di suaves golpes a la puerta caoba.

—Avanti —Su voz, proviniendo del interior, me hizo temblar.

Junté todo mi valor para girar el pomo y entrar. Como de costumbre, él estaba detrás de su escritorio leyendo unos documentos con atención.

—¿Sí? —Habló sin apartar sus ojos de las hojas.

Tomé una respiración profunda.

—Buenas noches, señor Alighieri.

Mi voz lo hizo alzar la cabeza para mirarme. Sus cejas se alzaron un poco por la sorpresa.

—Lara —Arrastró mi nombre—. ¿No eres la misma mujer que hace unas horas me aseguró que ya no volvería?

Me mordí el interior de la mejilla.

No lo haría si no fuera necesario.

—¿Qué haces aquí?

Me acerqué a su escritorio, por lo que él contempló cada uno de mis movimientos.

Carraspeé, intentando que las palabras salieran de mi boca.

—Acepto tu trato, Bruno.

Ladeó la cabeza, la sombra de una sonrisa se asomó en sus labios.

—Ahora soy yo el que no desea nada de ti —Volvió a centrar su atención en las hojas—. Será mejor que te vayas.

Aplané los labios y me paré delante de él para captar su atención.

—Escucha... —Cerré los ojos con fuerza—. Sé que no debe importarte, lo sé muy bien, pero mi hermano está muy enfermo, necesita una cirugía de emergencia que le puede salvar la vida, él justo ahora está sufriendo mucho y además necesita tratamiento. No...no puedo pagarlo y por eso...

—Ajá —Interrumpió—. Tienes razón; no me interesa.

Tomé una respiración profunda antes de deshacerme del nudo de mi gabardina y dejarla caer al suelo, mostrando mi cuerpo únicamente cubierto por el sostén y las bragas negras a juego. Sabía que tenía un cuerpo que llamaba mucho la atención, las personas siempre me lo habían dicho: que tenía senos grandes, trasero voluptuoso, cintura estrecha y caderas pronunciadas. Además de un par de piernas hermosas gracias a la danza. En resumen: una hermosa figura que dejaba babeando a cualquiera.

Y de nuevo pude confirmarlo por la manera en la que él me miró.

—Mi hermano es lo único que tengo, haré lo que sea con tal de que esté bien —Aclaré—. Incluso si debo convertirme en el juguete sexual que usted desea. ¿No era esto lo que quería? ¿Mi cuerpo? Estoy aquí, Bruno. Le ofrezco todo lo que desee de mí, puedo ser completamente suya si me ayuda.

—Estás desesperada, no sabes lo que dices —Apuntó—. Ponte el abrigo, Lara.

Por supuesto que estaba desesperada.

Mi hermano estaba muriendo.

—No. Sé perfectamente lo que digo —Me acerqué más—. Este es mi precio; paga la cirugía hoy, cubre los gastos del tratamiento de mi hermano, déjame conservar mi trabajo y entonces te perteneceré. Te daré todo lo que quieras durante las noches que sean necesarias.

Se recargó en su asiento y entornó los ojos en mi dirección.

—¿Te estás vendiendo, Lara? ¿Igual que una prostituta?

Desvié la mirada.

—Sí... —Musité.

—Te propongo esto —Hizo un mohín—: Cubriré todos los gastos del hospital, pagaré tus deudas y te dejaré trabajar en mi club. Pero, este trato no tiene fecha límite. Serás libre de tu deuda conmigo el día que me canse de follarte y de pasar las noches contigo. Por supuesto que eres libre de darte la vuelta ahora y marcharte, no voy a detenerte en este momento, Lara. Pero si aceptas, entonces ya no hay vuelta atrás y tú serás de mi propiedad.

Mi corazón bombeó con fuerza.

No tenía otra opción. Era ahora o nunca.

Estiré mi mano en su dirección, sintiendo como mi alma se desgarraba poco a poco.

—Acepto, señor Alighieri.

Él tomó mi mano y la estrechó al mismo tiempo que sus ojos tormentosos encontraban los míos.

Ganó.

Y yo me condené.

Lo hice.

Cerré el trato.

Firmé un contrato con el diablo.

CAPÍTULO 06.
Sigo intentando.
LARA SPENCER.

20 de octubre, 2019.
PRESENTE.

La puerta del apartamento se abrió, por lo que aparté mi vista del portátil solo para observar cómo mi hermano entraba. Estaba encorvado y con una expresión de odiar a todo mundo.

Sonreí un poco y me recargué contra el respaldo del sofá.

—¿Mal día? —Pregunté. Sus ojos se posaron en mí y suspiró con pesadez.

—Odio la semana de exámenes.

Lancé una pequeña risa y él lanzó su mochila al sillón delante de mí. Después se dejó caer a mi lado y tomó un plumón que estaba sobre la mesa para dibujar algo en mi yeso, lo que ocasionó que lo apartara de un manotazo.

—Eres muy aburrida —Bufó—. Ponle un poco de color a tu vida.

—Mi vida tiene color —Me defendí—. Que no quiera ir por ahí con un pene dibujado en mi pierna, ya es otra cosa.

Thomas sonrió, enseñando los dientes y ocasionando que sus ojos se entrecerraran un poco.

—No iba a dibujar un pene —Soltó, pareciendo divertido—. En realidad, iba a escribir que te amo mucho.

Rodé los ojos.

—Te vi crecer, sé cuándo mientes, Tom —Golpeé su brazo levemente.

Abrió la boca, fingiendo estar ofendido.

—Yo nunca miento, Lara —Frunció los labios y tomó algunas de mis galletas—. Soy un buen chico.

—Claro, buen chico —Lo piqué—, repítelo hasta que te lo creas.

—Es mi tono de llamada.

Curvé las comisuras de mis labios hacia arriba y me levanté de mi asiento. Me estiré como si fuera un gato perezoso y miré a mi hermano.

—Tengo ganas de salir a comer algo, ¿quieres? —Propuse—. Antes de que tengas que ir al trabajo.

—Sí a todo —Se levantó y tomó su mochila—. Solo deja me doy una ducha rápida. No quiero oler a estrés y a tareas en mi trabajo.

Palmeé su espalda.

—Bienvenido a la vida de universitario.

Resopló antes de caminar por el pasillo rumbo a su habitación. Aproveché para hacer lo mismo y arreglarme. No quería ir por ahí con mi pijama de ovejas y mi camisa con manchas de pintura.

Me cambié rápidamente con una blusa de cuello alto y de manga larga color negro. También me puse una falda color cereza, y claro; solo un botín.

Cepillé mi cabello, dejándolo completamente lacio. Ricé mis pestañas y coloqué un poco de rímel. Fui al baño a lavarme los dientes y cuando terminé, me apliqué brillo labial.

Me coloqué las muletas de nuevo debajo de mis brazos para poder moverme por todo el lugar.

Tomé mi bolso y mi cartera antes de salir de mi habitación. Tommy ya estaba listo, con la vista centrada en su celular mientras tecleaba. Me puse a su lado e hice un mohín.

—¿Quién es Melody y por qué te escribe *"quiero repetir lo de anoche"?* —Pregunté de una.

—¡Lara! ¡Que chismosa eres!

Me reí alto.

—¿Hablas con tu novia o qué?

—¿Con cuál de todas? —Me guiñó un ojo, por lo que supe que solo bromeaba.

—Claro, como ninguna te hace caso…

Soltó una risa sarcástica.

—Si tú supieras, *mija*.

La verdad es que mi hermano no era para nada feo. Y no lo decía porque fuéramos familia, pero simplemente que ambos éramos bastante atractivos.

Aún recordaba que cuando era mucho más pequeño, la gente desconocida lo mimaba en la calle y expresaba lo hermoso que era con esos enormes ojos café, su cabello castaño, su sonrisa y sus facciones de revista. Ahora que creció, era incluso más alto que yo y apostaba a que no le era difícil ligar con las chicas.

Nació para ser todo un rompecorazones.

—Andando, se te hará tarde para el trabajo si no vamos de una vez —Dije y abrí la puerta—. Tú conduce, ¿sí?

Él asintió y ambos bajamos al estacionamiento. Una vez que llegamos a mi auto yo subí al asiento del copiloto y mi hermano de su lado. Nos pusimos los cinturones de seguridad y pronto estuvimos saliendo del lugar.

—¿Y a dónde iremos? —Cuestionó, con la vista puesta en la carretera.

—Es un lugar nuevo, es de cortes de carnes. Por lo que supe, ayer lo inauguraron, así que durante la primera semana los precios serán muy bajos —Contesté y estiré los brazos—. Así que hoy comeremos como ricos, pero pagando lo mínimo.

Thomas sonrió.

—Me fascina esa idea.

A mí también.

El restaurante estaba muy cerca de mi trabajo, así que se lo mencionaría a Ellie para comer durante el almuerzo. Bueno, eso si quería porque ahora con esto del embarazo muchas cosas le desagradaban. Claro, casi todo excepto esas fresas con crema.

Enserio, ya hasta soñaba con ellas.

Después de algunos minutos más, mi hermano estacionó frente al bonito y enorme restaurante. Tenía un estilo rústico, sin perder el toque de elegancia que solían tener este tipo de lugares. Había autos aparcados en el estacionamiento y por los ventanales se podían vislumbrar las lámparas encendidas; esas mismas que colgaban del techo.

—Vamos, muero de hambre —Animé a mi hermano y abrí la puerta. Él fue tan amable de bajar mis muletas de la parte trasera y proporcionármelas para que pudiera estar de pie sin irme de cara contra el suelo.

Nos encaminamos hacia el interior y un mesero nos guio a una mesa en el centro. El lugar estaba muy lleno de gente que realmente parecía disfrutar la comida que servían.

Nos sentamos en nuestras respectivas sillas y miré alrededor. En su mayoría, parecían ser parejas las que estaban comiendo, pero también algunos hombres en traje que parecían estar por negocios y un par de familias acompañadas de sus hijos. Y eso que aún era temprano, seguro que por la noche debía verse incluso más lleno.

Nos dieron nuestras cartas y leí con atención. Los nombres eran raros, pero parecía estar rico.

No sabía qué pedir.

Miré a mi hermano.

—¿Ya sabes que ordenarás? —Pregunté, por lo que él despegó su vista de la carta para mirarme.

—¿*Filet Mignon* envuelto en tocino? —Inquirió, sonando algo inseguro—. Suena bien.

Hice un mohín.

Me agradó.

—Yo creo que pediré... —De nuevo leí mi menú—. Filete de ternera con aderezo de trufas. Nunca lo he probado, ¿crees que me guste?

Mi hermano se encogió de hombros.

—Tú comes lo que sea, yo creo que sí —Manifestó. Tenía razón, podré ser lenta para comer, pero casi todo me gustaba.

Una vez que un mesero nuevo se acercó, pedimos nuestras bebidas y nuestros platillos. Agradecimos y él se retiró. Me acomodé en mi asiento y le sonreí a mi hermanito.

—¿Qué tal todo en la universidad? —Posé mis codos sobre la mesa y después mi barbilla sobre mis palmas, dándole toda mi atención.

—En realidad va muy bien, me estoy adaptando y me está gustando —Contó—. No es lo mismo que el instituto, tengo más trabajos y proyectos, pero intento que todo funcione.

Asentí.

—Lo sé, te conozco. Sé que así es —Suspiré—. Estoy muy orgullosa de ti, ¿sabes? Eres muy inteligente, responsable y centrado. A veces me sacas canas verdes y quiero patearte, pero la mayoría del tiempo cuando te veo solo pienso en lo afortunada que soy de tenerte conmigo, Tommy.

Él tomó mi mano y le dio un apretón.

—Yo también estoy muy orgulloso de ti, Lara. Y una vida no me alcanzará para agradecerte todo, por cuidarme, por darme un hogar y por siempre preocuparte por mí. Por hacer a un lado tus sueños de graduarte para que yo no dejara de ir a la escuela —Habló y me sonrió un poco—. Eres la mejor hermana que me pudo haber tocado y te prometo que algún día te recompensaré cada sacrificio.

Parpadeé para eliminar las lágrimas que amenazaban con salir.

—No debes recompensar nada, que tú existas y estés bien, es lo único que me importa.

Porque él era la razón por la que me levantaba cada mañana y luchaba para salir del agujero de dolor en el que seguía inmersa.

Nos trajeron nuestros platos, interrumpiendo nuestra cursi y sentimental charla. Empezamos a comer pronto porque debíamos terminar antes de que mi hermano tuviera que ir a su empleo. Lo que menos quería era que lo regañaran por llegar tarde.

—Lara —Me llamó.

Levanté la vista.

—Dime.

—¿Te gustaría volver a la universidad algún día? —Cuestionó—. Sabes que ya soy mayor y te ayudo con los gastos así que creo que sería bueno que volvieras. Siempre quisiste terminarla.

Hice una mueca.

—Creo que ya soy muy grande para eso —Suspiré—. Tendría que repetir todo, me graduaría casi a los treinta.

—No veo el problema —Respondió—. Hay personas que se gradúan a los ochenta y eso los hace sentir orgullosos. Creo que no importa la edad, sino que luches por ello.

Me recargué en mi asiento.

—Tal vez tendré que pensarlo bien, estoy en un ya veremos —Miré mi comida.

Durante toda la comida ya no volvimos a tocar el tema sobre mis estudios o sobre si terminaría la universidad. Sinceramente, después de todo, perdí interés en muchísimas cosas. Tal vez cuando estuviera lista retomaría todo eso que dejé atrás.

Nunca era fácil avanzar.

No lo había sido por los últimos tres años.

Comí de manera impresionablemente lenta como era mi costumbre, tanto que mi hermano tuvo que esperar a que terminara. Durante todo este tiempo charlamos sobre más cosas, me hizo reír y sentirme relajada.

Y eso era bueno ya que en unos días estaría demasiado ajetreada por ser la dama de honor de Ellie. La boda sería en menos de un mes debido a que quería entrar en su vestido el día que se casara. Estaba muy feliz y andaba de arriba abajo planeando todo.

¿Cómo una mujer embarazada podía tener tanta energía?

No se detenía ni por un segundo.

Una vez que terminé mi platillo, pedí la cuenta y esperamos a que la trajeran.

—¿Ya sabes dónde conseguirás tu traje para la boda? —Cuestioné, mirándolo con atención.

Él asintió.

—Mi traje y yo estamos listos para ver al amor de mi vida casarse con otro.

Rodé los ojos.

—Ya vas a empezar de nuevo.

Thomas soltó una risa suave.

—Solo bromeo, lo sabes.

—Lo sé.

El mesero se acercó nuevamente a nuestra mesa, por lo que me preparé para sacar mi tarjeta de crédito.

—Disculpe, señorita, pero me informaron que su cuenta ya ha sido liquidada —Avisó, ocasionando que tanto mi hermano como yo, lo miráramos con confusión.

Sacudí la cabeza.

—Pero si no hemos pagado.

—Alguien más lo hizo —Soltó.

Contraje el rostro.

—¿Alguien más? —Repetí—. ¿Quién?

Me sonrió.

—Un muy buen amigo del dueño —Contestó—. Y dice que espera que hayan disfrutado la cena.

Procesé sus palabras en mi mente.

—¿Por qué pagó nuestra cena? —La voz de mi hermano me sacó de mis pensamientos.

El mesero se encogió de hombros.

—No sabría responder esa pregunta.

—¿Quién fue? —Cuestioné.

—Prefiere mantener el anonimato —Ladeó la cabeza—. Si me disculpan, debo ir a atender. Espero que la atención haya sido de su agrado, que tengan un buen día.

Nos dio un asentimiento de cabeza antes de alejarse de nosotros.

—Que extraño... —Musitó mi hermano—. ¿Crees que nos secuestren saliendo de aquí?

Golpeé su brazo.

—No digas tonterías.

Rodó los ojos con diversión y me ayudó a levantarme y a darme mis muletas. Caminamos a la salida, dispuestos a salir del lugar que nos dio comida gratis sin tener idea de por qué.

Justo antes de cruzar la puerta, sentí una mirada sobre mí, pero cuando giré, no había nadie mirándome.

22 de octubre, 2019.
PRESENTE.

Sandy y yo pronto estuvimos bajando de mi auto para subir al piso de Derek. Esta noche estábamos aquí para celebrar una reunión entre todos.

Sandy y yo habíamos llegado juntas. Ella era la enfermera del padre de Elaine y nos conocíamos de hace bastante, con el paso del tiempo nos volvimos cercanas.

—Elaine ha dicho que justo acaban de llegar. Se tardaron un poco porque al parecer ella y Mason se detuvieron en una pastelería ya que Elaine tuvo antojo de cupcakes —Me avisó.

Solté una risa baja.

—Ahora no solo son las fresas con crema, su lista aumentó a dos antojos.

—Ya lleva tres, el otro día que fue a visitar a su padre comió pepinillos con mostaza —Hizo una mueca de asco—. Me obligó a callar y no decirle a nadie de sus gustos raros, pero creo que he demostrado que soy una chismosa de lo peor. Como recomendación: jamás me cuentes un secreto.

—Lo tendré en cuenta, no quiero que divulgues mis sucios secretos con todo el mundo.

Ella se echó a reír.

—¿Conoces a Lara Spencer? Oh, ella es un bombón, pero va por la vida diciendo que se quiere coger al policía sin darse cuenta de que él está detrás de ella —Agudizó un poco la voz.

—¡Oh, por favor dime que Elaine no te lo ha contado!

Rio con más fuerza mientras que yo presionaba el botón del elevador.

—¡Y con todos los detalles! —Aplaudió como niña emocionada—. ¿Es cierto que expresaste abiertamente que *«quieres que de te como cajón que no cierra»*? ¿Esa expresión siquiera existe?

Escondí mi rostro entre mis manos.

—Por favor ya no me lo recuerdes, sigo tan avergonzada por eso.

—¿Qué cara puso él cuando te escuchó? —Siguió molestando.

—¡Sandy! —Me quejé.

—No sientas pena que esto es una ventaja para ti, los hombres son muy distraídos así que si antes no se dio cuenta de que te gusta, pues ahora ya lo sabe.

Separé mi rostro de mis manos.

—¿Tanto se nota?

Hizo una mueca.

—Hay que ser ciego como para no notarlo.

Bufé mientras ambas subíamos al elevador. Duramos muy poco en él, por lo que pronto estuvimos bajando para ir a la puerta de Derek.

—¿Crees que él esté aquí? —Pregunté en un susurro.

—Pues es su casa, yo creo que…

—Derek no, me refiero a Neal.

—Ah, Neal pues…sí, ¿no? Elaine dijo que todos estaríamos aquí.

Antes de que pudiera responder algo más, la puerta se abrió y nos mostró a un Derek muy feliz de vernos.

—Pero miren que hermoso regalo de casi navidad —Alagó, mirándonos a ambas.

Rodé los ojos al mismo tiempo que sonreía.

—No es un día productivo si no recibo tan hermosas palabras de ti —Le guiñé un ojo y besé su mejilla—. ¿Ya están todos? ¿Llegamos tarde?

—Un poco. Barbie embarazada, mi amorcito y el gruñón de Neal ya están en la sala.

Se hizo a un lado para dejarme pasar, cuando lo hice pude ver que él y Sandy se saludaron. Después cerró la puerta y nos dirigió a la enorme sala en donde efectivamente, ya estaban los otros tres reunidos. Elaine comía tranquilamente uno de sus cupcakes mientras Mason y Neal charlaban entre ellos. Ella los ignoraba y solo le dedicaba toda su atención al pastelillo.

Alzó la mirada cuando escuchó el ruido de nuestros pasos.

—¡Chicas! —Expresó y se levantó para abrazarnos—. Creí que nunca llegarían. Es aburrido escucharlos hablar.

Señaló a los tres hombres.

—Siempre tan amable —Le regresó Mason.

—Lo sé, soy encantadora.

Nos tomó a Sandy y a mí de las manos y nos hizo sentarnos.

Mason y Neal también nos saludaron. Pude notar el rostro del último algo...diferente. Parecía cansado y miserable, incluso había ojeras notorias debajo de sus ojos.

¿La estaba pasando mal?

—Hice una cita para probarme vestidos el próximo lunes —Habló Elaine—. Así que cancelen todo lo que tengan para ese día ya que también buscaremos sus vestidos.

—Tengo trabajo ese día —Hice una mueca—. ¿Y sabes? Mi jefa es un poco gruñona.

Me miró con expresión de pocos amigos.

—Tu jefa lo entenderá —Señaló y después miró a Sandy—. También la tuya lo entenderá.

—¿Segura? —Inquirió—. Desde que está embarazada y como loca con los detalles de su boda, se ha puesto un poco más mandona.

Mason soltó una risa burlona.

—Y no la conocieron en su faceta de animadora que planea bailes de graduación —Bromeó, señalando a su futura esposa—. Enserio, la veías a kilómetros de distancia y ya estabas listo para correr antes de que sus ojos te enfocaran.

Elaine lanzó un cojín en su dirección.

—Mentira, no te podías alejar de mí.

Él hizo un mohín.

—Me escondía de ti.

—Cabrón mentiroso —Murmuró la rubia, ocasionando que él riera un poco más—. No le hagan caso, sabe que no puede vivir sin mí.

—¿Recuerdas que Mason se ponía a llorar por Elaine cuando éramos adolescentes? —Le preguntó Derek a Neal, el cual en todo este rato no había dicho ni una sola palabra.

—Teníamos que arrastrarlo por todo el piso mientras él berreaba como un bebé.

Mason entornó los ojos en dirección a sus amigos.

—Antes de que estos dos sigan mintiendo, ¿qué tal si mejor comemos?

Todos asentimos, por lo que pronto estuvimos ayudando a preparar las hamburguesas. Después volvimos a la sala y comimos mediante pláticas y más bromas entre ellos porque simplemente parecía que adoraban molestarse y ponerse en evidencia.

El celular de Neal comenzó a sonar, así que se levantó y se disculpó. Lo vi caminar a la terraza del apartamento. Una terraza muy apartada de nosotros.

—Ahora que Neal se ha ido, ¿ya planearon su fiesta sorpresa? —Fue Elaine la que hizo la pregunta que me generaba bastante curiosidad.

Derek tragó su comida y señaló alrededor.

—Esta es su fiesta sorpresa —Soltó, así sin más—. Solo que él no lo sabe, ahora ustedes deben guardar el secreto.

Sandy arrugó la nariz.

—¿Por qué? ¿No le organizarán una al estilo Hardy? —Inquirió, por lo que ambos hombres negaron.

—No —Contestó Mason.

Elaine los miró incrédula.

—Hablamos de Neal, el tipo que hace que sus cumpleaños sean los mejores. ¿No creen que sea justo devolverle el favor? Podemos ayudarlos —Propuso Ellie.

Derek y Mason se miraron entre los dos, antes de enfocarnos de nuevo.

—No es una opción —Contestaron al unísono.

—A lo que nos referimos es que, lo hemos intentado algunas tres veces en los últimos años. Organizamos algo al estilo Neal, no ha funcionado. No lo disfruta, no es una buena fecha y prefiere estar solo. Es algo que respetamos, aunque no lo aceptemos, amor —Siguió Mason—. Ni siquiera nos abre la puerta de su apartamento, por eso no insistiremos con algo que solo lo hunde más.

¿Que lo hunde más?

Mierda, ¿qué fue lo que pasó?

Miré todo atenta, escuché todo sin decir ni una sola palabra.

—Es por eso que Mason y yo hacemos algo sencillo unos días antes para celebrarlo sin que él lo sepa. Ponemos cualquier excusa estúpida, pero por dentro sabemos que es por el día de su nacimiento. Es algo que solo el malnacido y yo entendemos —Secundó Derek—. Aprendimos a la mala que no podemos celebrar nada el treinta y uno de octubre.

Sandy hundió las cejas.

—¿Por qué? ¿Tan malo es cumplir años en noche de brujas? —Preguntó la chica.

—Es algo mucho más complicado y desgarrador que eso —Manifestó Mason, o por su sobrenombre; malnacido.

—Entonces...¿ya tienen fecha para la boda? —Derek cambió el tema rápido cuando notó que Neal de nuevo venía en esta dirección.

Durante toda la noche siguieron hablando de otra cosa que no fuera la razón por la que estábamos aquí, menos cuando se suponía que era un secreto que Hardy no podía saber, eso les arruinaría los años siguientes cerca del fin de este mes.

No había dejado de imaginar cual razón sería esa.

Él había dicho que no era religioso, así que tal vez esto tenía que ver con su familia. ¿Su familia no celebraba los cumpleaños?

Después de un rato decidí tomar un poco de aire fresco mientras los demás jugaban algo en donde estaban apostando. Neal no estaba con ellos, por lo que deduje que probablemente había ido al baño.

Estuve a punto de cruzar la puerta de la terraza cuando vi al pelinegro sentado en una de las bancas, estaba en plena oscuridad y mirando con desagrado su botella de agua.

—Lo que daría porque fueras alcohol —Su voz apenas fue audible. Le dio un trago a su agua y se recargó en su asiento.

Miré detrás de mí y me mordí el labio inferior con fuerza.

¿Y si volvía después?

O...no era tan malo estar a solas con él, ¿no?

Tomé una respiración profunda antes de entrar al lugar. Levantó la vista así que sus ojos dorados me enfocaron.

Me acerqué a la baranda antes de mirarlo.

—Hardy.

—Hechicera, que agradable tenerte por aquí —Me dio un asentimiento de cabeza.

Sonreí un poco cuando él volvió a mirar su botella de agua como si esta lo decepcionara.

—¿Por qué no tomas una cerveza del refrigerador si eso es lo que quieres en realidad? Quedan muchas —Señalé el pasillo.

—Digamos que hoy Derek y Mason me han prohibido el alcohol —Se rascó la barbilla—. Dicen que soy un peligro para la sociedad cuando estoy cerca de una botella. Solo exageran, pero yo soy un niño obediente.

Reí suavemente.

—Pero tú eres el tipo más relajado cuando llevas un par de copas encima. Por lo que he notado, no eres del tipo de ebrio que se altera o busca pelea.

Hizo un mohín.

—Es bueno saber que alguien piense eso —Suspiró y se levantó—. Ahora, ¿qué haces acá afuera cuando todos están divirtiéndose?

—Lo mismo podría preguntarte.

Se encogió de hombros.

—De nuevo salí a responder una llamada.

—Bueno, yo salí a tomar un poco de aire —Me enderecé cuando lo vi caminar a mí.

—¿Tomar aire? —Repitió—. ¿Entonces por qué luces tan desanimada?

—Solo estoy cansada —Mentí y desvié la mirada, enfocándola en la ciudad y las luces—. En realidad, eres tú quien luce desanimado.

—Es mi aura natural.

Sonreí.

—No —Negué con la cabeza—. Tu aura natural es tú siendo sarcástico e intimidándome.

Quise arrepentirme en cuanto las palabras salieron de mi boca.

Me giré para observarlo, él ladeó la cabeza y entornó los ojos.

—¿Te intimido? —Parecía consternado.

—¿Te has mirado a un espejo? —Señalé—. Puedes intimidar a cualquier mujer sin siquiera intentarlo.

Su gran atractivo era parte de las razones.

—Me impresionan tu sinceridad y tu forma de decir las cosas sin titubear —Expresó.

Dio unos pasos más y se puso a mi lado.

Tragué saliva.

—Habilidades que se adquieren con el tiempo —Le resté importancia.

Nos quedamos unos segundos en silencio, simplemente disfrutando de la noche y la leve brisa que nos llegaba al rostro. Posé mis antebrazos contra la baranda y suspiré. Me sostuve con una muleta, ahora solo usaba una debido a que era más fácil.

—¿Por qué el suspiro tan largo? —Su voz me hizo mirarlo.

—Pensaba —Hice una mueca—. Pensaba en que volví al mundo de las citas, pero lo dejé apenas tuve una que no resultó bien. ¿Crees que eso me haga una perdedora?

Anda, platica tus problemas con Neal.

—¿Por qué te haría una perdedora? —Inquirió—. Si no funciona entonces no debes forzarlo. Tal vez ya llegará tu momento indicado.

Bajé la mirada.

—No lo veo posible —Murmuré—. No funciona para mí.

Sentía su mirada sobre mí, por lo que tuve que posar mis ojos en él. Observó cada rincón de mi rostro y después, hizo algo que me dejó estática. Sus dedos viajaron a mi barbilla y me hizo levantar la cabeza despacio para enfrentar nuestros ojos.

—Luces triste, ¿por qué siempre pareces triste? —Interrogó.

Sus ojos en mí me pusieron muy nerviosa.

—No es verdad —Mi tono fue débil.

Ladeó la cabeza.

—Lo es —Musitó—. Pareces desolada, inspiras desconsuelo y…hay algo más en tus ojos. ¿Sabes qué es?

Parpadeé un par de veces.

—¿Qué es?

—Dolor —Soltó—. Hay mucho dolor en tu mirada.

Negué y bajé la cabeza.

Yo también encuentro lo mismo en tu mirada, Neal.

—Eso significa que eres malo para interpretar las emociones de los demás —Intenté desviar el tema—. Eres un policía terrible.

Sonrió un poco.

A pesar de que sus dedos aún sostenían mi barbilla, su tacto no me molestó.

—¿Quién te dañó tanto, hechicera? —Preguntó, inclinándose un poco más y aún sin apartar su mirada de la mía—. ¿Quién te hizo tanto daño como para que cada vez que alguien intente acercarse a ti, tú bajes la cabeza con desconfianza y miedo? ¿Algún exnovio tal vez? ¿Fue un patán y te rompió el corazón? Realmente soy bueno notando cosas cuando observo con atención, hechicera. Y a ti te contemplo todo el tiempo porque eres la única persona a la que no puedo descifrar.

Tragué saliva.

Tomé aire de manera profunda.

—Ojalá hubiera sido así, sería más sencillo, porque un corazón roto con el tiempo logra sanar —Musité, sonriendo débilmente y mirando al pelinegro—, pero las heridas del alma, Neal, esas no cicatrizan jamás.

—La vida es muy corta como para aferrarnos al dolor, Lara.

Llevé mi mano a la suya, para alejarla poco a poco y así poner distancia.

—¿Y qué más se puede hacer si no?

—Avanzar.

Me relamí los labios.

—¿Tú sigues ese consejo? —Indagué.

Neal desvió un poco la mirada, antes de volver a enfocarla en mí y darme una sonrisa apenas visible.

—Lo sigo intentando.

Fue lo último que dijo antes de alejarse por completo y volver al interior de la casa.

CAPÍTULO 07.
No estoy dispuesto a compartirte.
LARA SPENCER.

20 de mayo, 2016.
PASADO.

Había pasado los siguientes días cuidando de Tommy, velando por su sueño, asegurándome de que tomara su medicamento a la hora que correspondía y que descansara bien. Habían sido días difíciles después de la cirugía, apenas si pude dormir de lo estresada y preocupada que me tenía toda esta situación.

Afortunadamente, con cada día que pasaba, él se sentía cada vez mejor.

Aunque...por otro lado estaba Bruno.

Cumplió lo que prometió.

Pagó la deuda del hospital, pagó los medicamentos de Thomas y yo tenía mi trabajo de nuevo. El problema, era que tuve que firmar un contrato en el que básicamente yo pasaba a ser de su propiedad. Después de todo, hablábamos de dinero.

Di mi vida por la de mi hermano.

Y aunque todo esto fuera una mierda total, sabía con seguridad que lo volvería hacer con tal de ver a Tommy bien y vivo.

Porque la triste realidad era que yo era capaz de cualquier cosa por mi hermano, incluso si eso significaba tener que desgarrarme con mis propias manos.

Por suerte, Bruno había sido algo tolerante, me había dejado cuidar a mi hermano estos días y me dejó faltar al club durante estas noches para no separarme de Tom. No me había dicho nada respecto a todo esto de que debía acostarme con él.

Era raro.

Pensé que el mismo día que cerramos el trato, yo tendría que irme directo a la cama con él.

No fue así.

Y esperaba que siguiera así durante varios días más. No estaba preparada aún. No quería.

Me tiré boca abajo en mi cama y cerré los ojos con fuerza.

Seguía pensando si esa fue la mejor decisión.

Si doblegarme y ceder ante lo que Bruno ofreció con tal de mantener mi empleo fue lo correcto.

Nunca lo sabré.

El timbre del apartamento sonó, por lo que me tuve que levantar de inmediato y salir de mi habitación. Al llegar a la puerta y abrir, me encontré con un hombre que sostenía una caja perfectamente decorada sobre sus manos.

Hundí las cejas.

—¿Con la señorita Lara Spencer? —Preguntó, a lo que asentí.

—Soy yo.

Me tendió la caja.

—Tengo un paquete para usted —Informó, aún más confundida tomé la caja. Después me extendió una tabla con unas hojas—. Firme de entregado, por favor.

—¿Quién envía esto? —Cuestioné, pero el hombre solo se encogió de hombros.

—Solo hago las entregas, no sabría decirle —De nuevo me tendió las hojas y una pluma. Firmé rápidamente, sosteniendo la caja con la otra mano—. Muchas gracias, buen día.

—Buen día —Susurré, viendo al chico alejarse del apartamento para caminar por el pasillo.

Sacudí la cabeza y cerré la puerta. Caminé a la sala del apartamento y me senté en el sofá, poniendo la caja sobre mis piernas. La sacudí un poco, pero no obtuve ningún sonido del interior.

Suspiré y retiré el moño poco a poco. Una vez que lo quité, procedí a abrir la caja y lo primero que vi fue papel rosa pastel que cubría algo. Lo quité y me encontré con ropa.

La alcé entre mis manos, dándome cuenta de que era lencería: un baby doll de seda color crema, junto con un albornoz del mismo color.

No entendía.

Yo no lo pedí.

O no recordaba haberlo hecho.

Saqué una hoja con letras escritas junto con una tarjeta que parecía ser para abrir una puerta.

¿Y esto?

Leí la hoja con atención. Lo que encontré en ella, me hizo apretar los puños al mismo tiempo que sentía el enfurecimiento crecer en mi interior.

«Hoy a las 8:00 p.m.
Quiero que lo uses.
B. Alighieri».

Esas palabras junto con la dirección a la que se suponía que debía ir.

Cerré los ojos con fuerza y lancé todo lejos de mí.

No creí que sería tan pronto.

No quería.

No podía hacer esto. No así.

Necesitaba más tiempo.

Me levanté del sofá y empecé a caminar por toda la sala como si estuviera enjaulada. Bueno, así me sentía. Estaba totalmente jodida y enredada entre las telarañas del italiano al que le pertenecía.

Como si fuera un puto objeto.

Me pasé las manos por el cabello, pero rápidamente las bajé cuando vi que la puerta de la habitación de mi hermano se abrió. Disimuladamente cubrí la caja y la lencería con un cojín. Miré al adormilado y cansado Tommy que pretendía salir por esa puerta.

—¿Qué se supone que haces? —Cuestioné.

Sus ojos me enfocaron.

—Tengo sed... —Habló bajito e hizo una ligera mueca de dolor. Su mano sostenía su costado, por lo que supuse aun debía dolerle. Tenía una cicatriz que aun debía sanar.

—Podrías haberme pedido agua —Lo reprendí—, sabes que quiero que permanezcas en tu cama hasta que te sientas mejor.

—Pero no pasará nada si camino un poco hacia la cocina —Señaló el pasillo que lleva a la cocina—. Es un trayecto corto. Y la verdad...no quería molestarte con algo tan simple.

Parecía avergonzado.

Sonreí un poco y me acerqué a él.

—No me molestas, Thomas —Acaricié su cabello—. Jamás podrías hacerlo. Y es mi deber como tu hermana mayor cuidarte cuando no estés bien.

Suspiró con pesadez.

—Pero debes descansar tú también, Lara —Me reprendió—. Sé que han sido días duros y tú ni siquiera has dormido bien por tener que cuidarme. Debes dormir, ve a dormir.

Reí levemente.

—¿Por qué tanto apuro porque vaya a descansar? —Inquirí divertida—. ¿Quieres escaparte de casa e ir a una fiesta de universitarios?

Bufó y señaló el lugar donde estaba su cicatriz.

—Claro, justo iba de salida.

—Conociéndote... —Dejé las palabras al aire.

—Graciosa —Soltó, antes de mirarme con seriedad—. De verdad, Lara. Si no duermes bien entonces podrías enfermar de algo raro como yo. Y...no sabría qué hacer si tú enfermas, no sabría cómo ayudarte.

Su voz decayó un poco, por lo que le sonreí un poco para tranquilizarlo.

Puse mis manos en sus hombros y lo miré a los ojos.

—No me pasará nada, Tom. Recuerda, tienes una hermana muy fuerte, ¿sí? —Expresé y él asintió lentamente—. Y mientras cuide de ti, no dejaré que nada me derrumbe o me vuelva vulnerable, ¿de acuerdo?

—¿Lo prometes?

Lo atraje a mis brazos y lo abracé con cuidado. Besé la coronilla de su cabeza y cerré los ojos con fuerza.

—Lo prometo... —Susurré.

De nuevo volvió a asentir y sus brazos me rodearon.

—Te quiero, Lara.

—También te quiero, Thomas. Mucho.

Me detuve frente a la puerta de su habitación, esta estaba entrecerrada y la luz se encontraba apagada, por lo que deduje que él ya se había dormido.

Me abrí paso a su alcoba, y como lo intuí; lo estaba. Sus ojos estaban cerrados y respiraba con tranquilidad. Me acerqué y besé su frente, despidiéndome por esta noche de él.

—Duerme bien, Tom. Volveré pronto a casa —Suspiré y me alejé—. Te quiero.

Me di la vuelta para caminar a la puerta. Una vez que estuve fuera de su habitación, cerré detrás de mí y me recargué contra la pared. Bajé la cabeza, sintiendo como mi labio inferior comenzaba a temblar.

—Lo lamento, cariño...

Escuché el sonido del timbre así que rápidamente me recompuse para ir a la puerta y abrirle a mi vecina de enfrente.

Sonreí de manera cordial y agradecida.

—Hola, Alicia —Saludé, dejándola entrar. La mujer mayor me devolvió la sonrisa.

—Hola, Larita. ¿Cómo la están pasando? —Cuestionó, por lo que hice una mueca.

—Estamos mejor, pero ya sabes que no puedo dejarlo solo. Puede sentirse mal —Solté—. Gracias por cuidarlo, Alicia. Me estás salvando la vida.

Ella hizo un gesto con la mano, restándole importancia.

—No debes agradecer nada, niña. Aparte no puedes faltar tantos días al trabajo, tus jefes podrían molestarse.

Asentí lentamente.

—Lo sé, fueron bastantes días, es hora de volver. Debo ganarme la vida, ¿no?

Ella rio.

—Bueno, es lo que nos toca —Bromeó.

Sacudí la cabeza y miré la hora.

—Debo irme antes de que sea más tarde —Avisé—. En la mesa está la lista de los medicamentos y a qué hora le toca cada uno. Ya se siente mejor, ahora está dormido y te aseguro que no será difícil que se tome la medicación. Es un buen chico y sabe que es por su bien. No tendrás problemas, pero si algo ocurre, llámame enseguida.

Asintió a mis palabras.

—Estará bien, no te preocupes —Me tranquilizó.

Suspiré.

—Gracias de nuevo —Tomé la perilla de la puerta y antes de salir la miré de nuevo—. Trataré de volver esta misma noche, lo prometo.

—De acuerdo. Si pregunta por ti, le diré que estás trabajando.

Moví la cabeza de arriba abajo.

—Te lo agradezco —Me pasé un mechón de cabello detrás de la oreja—. Buenas noches, Alicia.

—Buenas noches, niña.

Cerré detrás de mí y me aferré a mi bolso mientras caminaba para salir del edificio. Una vez que bajé y estuve en la acera frente al lugar, esperé pacientemente un taxi. Afortunadamente la noche no era tan fría, de lo contrario estaría congelándome debido a que no llevaba nada que cubriera mis piernas.

Detuve un taxi y me subí en él. Le di la dirección al conductor y guardamos silencio durante todo el trayecto.

Realmente no tenía ni idea de donde quedaba el lugar en el que Bruno me citó, nunca había estado ahí.

Después de algunos minutos finalmente llegamos, por lo que pagué, agradecí y bajé. Me paré delante del enorme edificio iluminado y de ventanales enormes.

Respiré hondo antes de empezar a caminar al interior del lugar. Una vez que entré y mostré la tarjeta, el hombre de recepción me indicó el camino al elevador. Subí en él y marqué el piso en donde se suponía que encontraría al señor Alighieri.

Apreté los puños cuando las puertas se abrieron, señalándome la entrada al averno. Tomé una respiración profunda al mismo tiempo que cruzaba el pasillo y sacaba la tarjetita para leer el número de la puerta a la que pertenecía.

Finalmente, cuando la encontré, me planté delante de ella y con las manos temblorosas, pasé la tarjeta por el detector.

Esta se abrió.

Solo había tranquilidad en el interior.

Silencio.

¿Estaba esperándome?

¿Ya estaba en la cama aguardando por mí?

Un escalofrío me recorrió.

¿Realmente iba a hacer esto?

¿Realmente iba a tener sexo con él?

Mis piernas se movieron con inseguridad para llevarme dentro del apartamento. Tragué saliva y dejé que mi vista vagara por todo el limpio y casi vacío lugar.

¿Vivía aquí?

Realmente no me gustaba juzgar, nunca lo hacía. Pero no parecía el tipo de lugar en el que Bruno viviría. Casi no había nada, se sentía solo, triste y sin vida.

No había pinturas, no había decoraciones aparte de los tapices y el suelo de madera muy bonito y elegante. Tampoco tenía fotografías, flores o cosas así. La sala era sencilla, bonita y elegante, pero triste.

Tal vez si hubiera una maceta se miraría más vivo, más alegre.

Bueno, lo decía por mí. Yo era fanática de tener plantas en casa, sentía que le daba más color y calidez al hogar. Se sentía una paz increíble cuando estaban ahí.

En cambio...este apartamento se sentía tan frío.

—Llegaste más temprano de lo que creí —Escuché a mis espaldas. Instintivamente me giré para encontrarme con él. Estaba de pie a un lado de la puerta que ahora se encontraba abierta.

Estaba tan sumida detallando el lugar que no me había dado cuenta de que estaba detrás de mí.

—Me citaste a una hora. No suelo ser impuntual.

Asintió lentamente.

Cerró y se quitó el abrigo. Inmediatamente me puse tensa, cosa que al parecer notó.

No creí que iríamos directo al punto.

—Relájate, Lara —Su voz fue calmada; como de costumbre—. Solo voy a dejarlo en el perchero.

Para reafirmar sus palabras, hizo tal acción, por lo que ahora su abrigo descansaba en el perchero negro.

Tragué saliva cuando de nuevo la mirada de Bruno se posó en mí.

Miré cualquier lugar que no fuera él y dejé salir la pregunta más estúpida que pude haber hecho:

—¿Es tu apartamento?

Paseó sus ojos por todo el recinto.

—No.

Contraje el rostro.

—¿Estamos allanando un lugar? —Solté—. ¿Y si vamos a prisión?

Sus cejas se arquearon ligeramente, casi nada.

—Me refiero a que sí es mío, de lo contrario no estaríamos en él, Lara —Obvió—. Solo no vivo aquí.

Asentí.

—¿Y por qué no vives aquí? ¿No te gusta? —Sabía que no debía preguntar, pero estaba tan nerviosa que no supe qué más hacer.

—Viví en este apartamento hace años, cuando era más joven. Pero eventualmente, las personas maduran, crecen y consiguen un lugar mejor —Para mi sorpresa, él sí respondió.

Me rasqué la ceja.

—Entiendo... —Musité—. ¿Y por qué lo conservaste?

Se encogió de hombros.

—Sentimentalismo.

Tragué saliva cuando sus ojos de nuevo me escudriñaron con atención.

—Es...es muy bonito —Hablé bajo—. Y...y tiene una linda vista.

—¿Por qué tartamudeas? —Preguntó con tranquilidad, dando pasos hacia mí. Me quedé quieta en mi lugar—. ¿Me temes?

—No, señor Alighieri.

Era mentira. Sí le temía.

Hizo una mueca.

—Bruno —Corrigió—. Puedes llamarme por mi nombre, después de todo tendremos una relación más íntima, es justo que dejemos las formalidades. Aparte, no soy del tipo de hombre que tiene un fetiche raro con que lo llamen por su apellido solo para demostrar que tiene el control.

—Pero es justo eso; tienes el control sobre mí.

Frunció los labios.

—Está de más que repitamos algo que ya sabemos —Se limitó a decir, terminando de acercarse. Justo cuando pensé que me haría algo, me pasó por un lado como si mi presencia no le interesara—. ¿Recibiste mi regalo?

Desvié la mirada.

—Lo estoy usando, eso me pediste.

—No sabía que fueras tan obediente. Me gusta.

Bajé la cabeza y tragué saliva.

—¿Por qué pareces tan nerviosa?

—Porque lo estoy, Bruno —Respondí—. Estoy nerviosa.

Soltó una risa sarcástica apenas perceptible.

—Lo dices como si fuera la primera vez que estarás con alguien —Soltó, restándole importancia.

En realidad así era.

Apreté los dientes.

—Bueno, es la primera vez que no soy dueña de mis acciones ni de mi cuerpo.

Me miró a los ojos.

—Te di una salida, la puerta estaba abierta y esperando para que te retractaras. Aceptaste, así que si pretendes culparme de tus decisiones, ambos sabemos que no es justo.

Bajé la cabeza.

—Lo sé.

Tenía razón.

Yo rompí la regla del club, fue mi culpa que me despidieran, no de Bruno. Aunque quisiera culparlo de eso, sabía que era mi responsabilidad.

No la suya.

Lo sentí caminar a mí, después sentí sus dedos en mi barbilla, obligándome a enfocarlo.

—¿Cómo está tu hermano?

Hundí las cejas.

—Mejor —Formulé—. ¿Por qué me preguntas eso?

Entornó los ojos.

—¿No puedo hacerlo? —Inquirió—. No soy tan hijo de puta como crees, Lara. Después de todo es un niño, debió ser difícil.

—Lo…lo fue —Tomé su mano para apartarla.

Evité sus ojos grisáceos y profundos al darme la vuelta para caminar lejos de él, pero aun así pude sentirlos clavados en mi espalda.

—¿Puedo preguntarte algo? —Mi voz tembló.

—Lo harás de cualquier manera.

Me relamí los labios y asentí, ahora sí girando para encararlo.

—¿Habías hecho esto antes...? —Susurré—. Ya sabes…pagar por sexo.

Me miró fijamente.

—No.

—¿Por qué?

—¿Tengo cara de ir por la vida acostándome con simples prostitutas?

Una presión incómoda se asentó en mi pecho.

Jamás creí que terminaría así: siendo usada para que un hombre obtuviera placer a cambio de que me diera dinero.

—¿Y por qué yo? —La pregunta escapó de mí de manera involuntaria—. De todas, ¿por qué yo?

—¿Nunca paras de hacer preguntas?

—Las hago cuando estoy nerviosa.

—Siempre las haces —Señaló.

—Siempre estoy nerviosa —Devolví.

—No lo sé. No sé por qué tú, ¿de acuerdo? —Declaró—. Tal vez es porque te deseo tanto que me enferma, tal vez no tengo ni puta idea. Simplemente así fue, vivamos con eso y ya.

Me encogí al verlo un poco más cerca.

Me relamí los labios y temblé ligeramente.

—¿Sabes? Me gustabas, me sentía idiotizada a tu alrededor, podría haber sentido cosas más fuertes por ti si hubiera sido diferente. Y mentí cuando lo preguntaste, pero sí; te temo porque no conozco tus límites —Me sinceré, por lo que Bruno ladeó la cabeza—. Te temo porque no sé de lo que eres capaz. No te conozco, no sé qué tan malo puedes ser, por eso te temo.

Llegó a mí y se inclinó para hablarme cerca.

—Es mejor así, porque aunque no lo creas, Lara —Habló en un tono frío y distante—, el temor es mucho menos destructivo que el amor.

Dicho esto, llevó su mano a mi nuca y junto nuestros labios, fundiéndonos en un beso profundo y posesivo. Jadeé por la sorpresa, me mantuve quieta y dejé que él me guiara con este beso. Si cooperaba entonces esto sería más rápido.

Podría volver pronto a casa, estar con Tommy y descansar de una vez por todas.

No tenía que hacer esto más difícil de lo que ya resultaba.

Bruno enredó sus dedos en mi cabello y me hizo caminar de espaldas. Me encontré con la pared y su lengua hábil se coló dentro de mi boca para encontrarse con la mía.

No era un mal beso.

Debía admitir que este hombre no besaba para nada mal.

Pero mi cuerpo no reaccionaba como se espera en una situación tan íntima.

Estaba paralizada. Asustada.

Y parecía que él ni siquiera lo notaba.

Puse mis manos en su pecho para alejarlo un poco.

—¿Lo haremos en la sala? —Mi voz bajó.

Él se relamió los labios.

—¿Lo prefieres en la cama? —Inquirió—. Bueno...

De nuevo atacó mis labios, callando mis palabras. Sus dedos hicieron un recorrido por todo mi cuerpo hasta llegar a mi pierna. De un solo movimiento, me alzó entre sus brazos, ocasionando que yo enredara mis piernas alrededor de su cadera para evitar caer.

Empezó a caminar conmigo entre sus brazos sin dejar de besarme. Sus labios sabían dulces, con ese ligero sabor a licor como si hubiera bebido un poco antes de llegar. Era...era una buena combinación.

Aparte eran suaves, hábiles y para nada tímidos. Era como si incluso con un beso supiera que tenía todo el control. No pedía permiso, solo iba por ello.

No supe ni en qué momento nos hizo entrar a una habitación espaciosa, con un olor agradable y con un enorme ventanal.

Me hizo caer de espaldas sobre la cama, poniendo su peso sobre mí y evitando aplastarme. Tragué saliva y cerré los ojos con fuerza.

Vamos, Lara...

Eres su amante. Cumple con tu parte del trato.

«Ayudó a Tommy».

Llevé mis manos a su cabello y lo atraje más a mí, el beso se profundizó más de ser posible y le permití saborearme, sentirme y tenerme.

De alguna manera, nos hice rodar sobre la cama, quedando sobre él. Mi acción lo tomó desprevenido, pero tan rápido como vino el sentimiento, más rápido se fue. Me incliné para seguir besándolo. Y en medio de este «toma todo antes de que salga huyendo», deshizo el nudo de mi gabardina, dejando al descubierto su regalo.

Deslizó el abrigo por mis hombros, haciendo que cayera al suelo muy lejos de nosotros. Sus manos recorrieron mi cuerpo, acariciándome por encima de la delgada tela. Separó sus labios de mi boca solo para enfocarse en mi piel.

Mordisqueó, besó y me marcó lentamente. Hice la cabeza a un lado para darle más libertad y él aceptó sin reproche.

—Chiara... —Su voz fue baja. Puse mis manos sobre sus hombros para apartarme y fruncirle el ceño.

—¿Cómo me llamaste?

Parpadeó.

—¿Eh? —Emitió.

—Me llamaste Chia... —Sus labios sobre los míos interrumpieron mis palabras.

—No hables —Pidió—. Solo...no hables.

Y como la muñeca bien portada que era; obedecí.

Sentí su erección rozando contra mí, respiré agitadamente y cerré los ojos. Bruno se incorporó un poco, para ponernos en una posición en la que yo quedé sobre sus piernas. Él se sacó la camiseta, dejando su torso completamente desnudo.

Esto estaba pasando.

Había menos ropa.

De un momento a otro, en el que Bruno me besaba y yo recibía sus besos, intentando ser recíproca y tratando de mantenerme relajada, la ropa dejó de cubrirnos. La sangre me subió a las mejillas cuando miró con atención mi cuerpo desnudo.

Intenté no mirar por debajo de sus caderas.

Lo intenté de verdad.

Pero comprobé que esto realmente iba a dolerme. Y no creía que este hombre fuera del tipo dulce, tierno o que lo hiciera con delicadeza.

Genial, Lara. Cuidaste tu virginidad tanto tiempo como para perderla de esta manera.

Con un hombre al que no deseas lo suficiente.

De haber sabido que esto iba a acabar así, de haber sabido que de igual forma iban a despedirme, entonces me habría acostado con el tipo de ojos dorados.

Por lo menos cada rincón de mi cuerpo ardía por él en ese momento.

Bruno Alighieri me atrajo a su cuerpo, de nuevo haciéndome quedar sobre él y en medio de la cama. Por suerte, pude ver el momento exacto en el que se colocó un preservativo.

—Lara... —Arrastró las sílabas de mi nombre, con ese acento italiano tan marcado y que tanto me gustaba escuchar todas esas noches antes de conocer su verdadera cara—. Bésame.

Sin protestar, hice lo que me pidió. Atrapé sus labios entre los míos en un beso tímido, nervioso e inseguro. Sus dedos hicieron un recorrido por mi piel, su tacto fue suave, como si realmente le gustara cómo se sentía tocarme.

Después su mano se enredó en mi cabello y yo presioné las mías contra sus brazos cuando lo sentí entrar en mí de una sola estocada; duro y sin cuidado, como intuí que sería.

Bruno dejó salir un gruñido cargado de placer que se perdió en mi boca.

Pero en cambio, de mi garganta escapó un alarido de dolor. Me separé rápidamente y evité su mirada cuando las lágrimas amenazaron con salir.

Dolió.

Realmente dolió.

Sus movimientos rudos se detuvieron apenas empezaban. Buscó mis ojos, pero de nuevo lo evité.

—¿Lara? —Su voz estaba llena de confusión—. ¿Qué ocurre?

Sollocé bajito.

—Yo...no pasa nada. No te detengas, estoy bien —Mentí.

No dejé de temblar.

Sus dedos tomaron mi barbilla y así me obligó a mirarlo.

Noté una chispa de preocupación en sus ojos, una que rápidamente desapareció para darle paso a la frialdad y seriedad que lo caracterizaba.

—¿Por qué lloras? ¿Qué...? —Sus palabras quedaron al aire cuando más lagrimas rodaron por mis mejillas—. ¿Duele?

Me encogí y no contesté.

Sus cejas se hundieron.

—Lara... —Empezó y su voz fue sombría y amenazante—. Respóndeme, ¿eres virgen?

De nuevo no hablé.

—Responde —Demandó.

Asentí lentamente.

—Era...

Cerró los ojos con fuerza y alejó la mano que mantenía en mi cadera.

—¿Por qué no lo dijiste?

—No preguntaste —Me defendí.

Negó con la cabeza y salió lentamente de mí, dejándome sobre la cama e incorporándose.

—Te besaste con ese hombre en el bar y lo dejaste entrar a tu camerino a solas. ¿Que no te acostaste con él? Por eso te eché, Lara —Manifestó.

¿Me estaba regañando?

—Tú solo sacaste tus conclusiones. Yo te dije que no había sido así y preferiste pensar que me vendía. ¿No era eso lo que te gustó de mí? ¿Que no disfrutaste decir que soy una prostituta? Ya sabes, una mujer a la que puedes tener si pagas unos cuantos dólares —Le recriminé mientras me cubría con las sábanas—. Si estoy aquí, Bruno. Si estoy en tu cama y si acabas de estar entre mis piernas, solo fue para salvar a Thomas, porque de lo contrario, jamás me habría vendido, señor Alighieri.

Cerró los ojos con fuerza.

—Joder —Gruñó, dándose la vuelta y alejándose de mí para ir en dirección al baño de la habitación.

Cerró la puerta y solo cuando estuve a solas, me permití hacer otra mueca de dolor. Me tiré en la cama y me cubrí de pies a cabeza.

Aún estaba aterrada, aún estaba temblando.

¿Iba a volver?

¿Íbamos a hacerlo aun así?

Sí...seguramente no le preocupaba mi ya perdida virginidad.

Me incorporé rápidamente cuando escuché el sonido de la ducha. Mis cejas se hundieron por la confusión, pero por un rato solo me dediqué a decidirme si debía marcharme ya o quedarme. Me aterraba tener problemas si me iba, pero...no quería seguir aquí. Finalmente tomé mi decisión de levantarme y marcharme, pero antes de que pudiera tomar mi ropa, él salió del baño con el cabello húmedo y con una toalla envolviendo sus caderas.

Sus ojos recorrieron mi cuerpo desnudo.

Y de nuevo comencé a temblar.

—Yo...yo estaba...—Tartamudeé.

—¿Huyendo? —Inquirió, alzando una ceja—. ¿Te di permiso de marcharte?

—Creí que ya no...

Me callé cuando tomó mi quijada al llegar a mí.

Respiré agitadamente al sentir el miedo llenando cada poro de mi piel.

—¿Creíste que podías marcharte sin avisar y lo que es peor aún, sin cumplir tu parte del trato? Debes empezar a entender que, desde ahora, el que toma las decisiones sobre ti, soy yo. Si no quiero que te vayas, entonces no importa que quieras o pienses tú.

Cerré los ojos con fuerza.

Lo escuché soltar una risa seca.

—Puedes irte, no haremos nada esta noche —Volví a abrir los ojos al escucharlo—. No te follaré con delicadeza, Lara. No podría contenerme y entonces te lastimaría más. No voy a disfrutarlo si te estoy lastimando y estás llorando. Créeme, ningún hombre desea estar en una situación así —Hizo una mueca—. Así que no hoy.

Por poco soltaba un suspiro de alivio.

—¿No hoy?

—Después —Se limitó a responder—. Si me lo hubieras dicho antes...

—¿Si te lo hubiera dicho antes qué? —Inquirí—. ¿Habrías sido tierno?

Pensarlo era ridículo.

—Cuidadoso —Corrigió, mirándome con seriedad.

Se alejó y comenzó a buscar su ropa.

—¿No es lo mismo? —Pregunté.

Se acercó a mí una vez que terminó de vestirse.

—No, son dos cosas muy diferentes, así que no esperes que sea tierno contigo, Lara. No voy a abrazarte después de follarte, mucho menos voy a meterme contigo a la cama y susurrarte palabrerías cursis toda la noche. No vas a conseguir eso de mí —Me miró a los ojos—. Solo es sexo, ese fue el trato.

Me pasó un mechón de cabello detrás de la oreja.

—Pero aun así, debes saber que incluso si esta no es una relación convencional, tú no puedes estar con alguien más que pueda ofrecerte lo que yo no —Mencionó y esta vez, sus dedos sostuvieron mi barbilla—. Eres mía, Lara. No estoy dispuesto a compartirte.

Dicho esto se alejó.

Y sin mirarme o hablarme por última vez, salió de la habitación; dejándome en su maldito departamento sola, desnuda y adolorida.

CAPÍTULO 08.
Feliz cumpleaños, Neal.
LARA SPENCER.

25 de octubre, 2019.
PRESENTE.

Me tiré boca abajo en la cama con los brazos extendidos. Suspiré y cerré los ojos para descansar un poco.

Sandy, Elaine y yo estuvimos todo el día viendo lo de los vestidos. Ella se probaba vestido tras vestido hasta encontrar uno perfecto.

Después de unas cinco horas —no exageraba—, por fin lo encontró. Sus ojos brillaron cuando se vio en el enorme espejo y la decisión fue tomada.

Era hermoso.

Y ahora ya estaba más ansiosa por el día de su boda.

Aún quedaban muchos detalles por ajustar, pero estaba segura de que todo quedaría perfecto para ese día.

También Sandy y yo nos probamos nuestros vestidos de damas. Era color palo rosa y de satén; hermosos y nos llegaban hasta los pies. Estaba ansiosa por usarlo y esperaba que para entonces, ya no estuviera obligada a andar con estas muletas.

Mi teléfono comenzó a sonar, por lo que lo saqué del bolsillo de mi suéter y me lo llevé a la oreja.

—¿Bueno? —Hablé.

—A qué no adivinas lo que el Agente Landon Petsch nos ha informado a Mason y a mí —Soltó Elaine, sonando consternada.

Me giré para mirar el techo.

—Hola a ti también, Ellie —Bufé con diversión—. ¿Qué te ha dicho el rubio guapo?

Tomó aire, como si se preparara para soltar noticias.

—Oliver Cross y sus otros dos cómplices implicados en el accidente que tuvimos, fueron heridos esta mañana por otros reos. Parece que están muy graves —Sus palabras me hicieron alzar las cejas—. No quiero sonar como una maldita, pero realmente se merecían esa golpiza.

Sonreí.

—Se merecen mil más, Ellie. Alguien tenía que darles su merecido.

Casi pierdo la pierna en ese accidente, Karl casi pierde la vida. Elaine fue secuestrada y pudo haber perdido a su bebé o morir.

—Lo sé —Dijo—. Pero eso no es todo, Landon y Neal creen que alguien les pagó a esos reos para golpearlos. Piensan que no fue una coincidencia.

—Ojalá hubiera sido yo la que pagara. Sigo muy molesta, odio tener que usar un solo zapato.

Escuché la risa baja de Elaine.

—Calma, fiera. Controla tu sed de venganza.

—Si pudiera... —Suspiré y me incorporé en la cama—. ¿Y no fue Mason nuestro querido benefactor?

—No, no ha sido él. Lo hablamos —Contestó—. Aparte, él ya le dio su propia golpiza a Oliver el día que me rescató.

Asentí como si ella pudiera verme.

—Espero que Neal y Landon descubran quién fue, estaré eternamente agradecida con la persona que nos hizo ese favor. Esos bastardos se lo merecían.

—Si fue Neal siempre está la opción de agradecerle con besos apasionados —Bromeó.

—Claro, porque como Neal no tiene una placa que le facilita sacar a Oliver de su celda, llevarlo a una sala de interrogatorios y golpearlo cuanto quiera, entonces tiene que recurrir a hacer algo ilegal como pagarle a presos que él mismo encierra.

Elaine resopló.

—Solo bromeaba, listilla.

Tomé el control de la televisión y la encendí.

—Lo sé. Yo también —Sonreí y cambié el canal—. Cambiando de tema, el sábado que viene tengo una pequeña reunión con unos amigos de la universidad que hace mucho no veo. No tengo nada que usar. Así que, ¿vamos de compras mañana?

—¿Cuándo le he dicho que no a ir de compras? —Inquirió—. Me apunto.

—Genial. Paso por ti a mediodía —Avisé.

—Está bien.

Escuché ruido proveniente del lado de la línea de Elaine.

—Mason acaba de llegar a casa —Su tono de voz cambió a una de coquetería y melosidad—. Te dejo, iré a recibir a mi hombre.

—No quiero imaginar cómo lo recibirás —Apunté, por lo que Elaine rio con diversión—. Esa es mi señal para colgar. Hasta mañana, Ellie.

—Hasta mañana, Larita —Se despidió y colgué.

Guardé mi celular y me levanté para ir a la cocina a prepararme unas palomitas, el proceso fue rápido así que pronto estuve volviendo a mi habitación.

Me lancé a la cama y seguí viendo una película que pasaban en la TV. Al cabo de un rato pasó una escena sexual muy explícita que me calentó demasiado y me hizo sentir muy frustrada porque no tenía alguien con quien bajar mi calentura.

Apagué la televisión y me levanté molesta. Fui al baño y me lancé agua al rostro, me lavé las manos y suspiré. Volví a mi cama y me acosté de nuevo, solo que esta vez cerré los ojos para intentar descansar.

No funcionaba. Aún estaba excitada.

Sí, yo era la tipa que estaba sola en su habitación un lunes por la tarde, la que estaba solterona y a la que le faltaba sexo, a la que le faltaba tanto que la escena de una película la excitó demasiado.

Debía ser la más patética en este momento.

Di vueltas por toda la cama.

Una vez más quedé con la vista fija en el techo y tragué saliva.

—Esto no va a funcionar —Susurré.

De nuevo me levanté para ir a uno de mis cajones, lo abrí y en él busqué hasta el fondo hasta dar con una caja que guardaba con mucho recelo.

Había un vibrador dentro.

Lo había usado algunas veces y siendo sincera, lo amaba demasiado.

Tomé el vibrador y un preservativo nuevo entre mis manos y volví a mi cama. Me deshice de toda la ropa y me acomodé mejor sobre el colchón.

Flexioné y separé las piernas para comenzar a tocarme antes de usar ese vibrador en mí. Empecé pasando mis dedos por encima de mis senos, rodeando mis pezones con mis índices. Tracé movimientos circulares que ocasionaron que pronto ambas cimas se endurecieran. No pasó mucho hasta que descendí con suavidad hasta mi coño. Moví mis dedos alrededor de mis pliegues, palpando la humedad en toda la zona.

Suspiré suave antes de proteger el vibrador con el preservativo. Una vez listo, me volví a acomodar y esta vez en lugar de que fueran mis dedos, fue el objeto rosa.

Lo froté contra mí, primero alrededor y después me enfoqué en rozarlo contra mi clítoris. La vibración me hizo arquearme y gemir con fuerza.

Se sentía muy bien.

Solté jadeos y gemidos sin cohibirme. Estaba sola así que nadie podía escucharme.

Me mordí el labio inferior.

—Neal... —Gemí.

Me detuve en automático.

Me incorporé y carraspeé. Mis mejillas estaban calientes y no sabía si era por la vergüenza o por la excitación.

Debía estar volviéndome loca.

Sacudí la cabeza cuando mi celular sonó, anunciando un mensaje. Lo tomé para leer.

Desconocido:

«Lamento haber tardado tanto en saber que habías estado en peligro y no haber hecho algo por ti.

Pero ya me encargué del problema, amore».

Mi pulso se aceleró.

El miedo me invadió cuando pasé todo el mensaje a segundo plano solo para enfocarme en la última palabra.

Sostuve el teléfono con fuerza y cerré los ojos.

Todo mi cuerpo tembló.

—No...no puedes hacer esto —Susurré con la voz desgarrada—. No puedes hacerme esto. No...no puedes volver...

Solo había una persona en todo el mundo que me había dicho *«Amore».*

Bruno.

31 de octubre, 2019.
PRESENTE.

Me planté delante de la puerta del apartamento de Derek y toqué un par de veces. Después de un par de minutos finalmente abrió. Sostenía su celular contra su oreja y estaba hablando a través de él.

Frunció el ceño cuando vio el pastel en mis manos.

—Te equivocaste de cumpleañero —Apuntó.

Sonreí.

—No es para ti —Contesté—. Vengo a pedirte algo muy importante y espero que me puedas ayudar.

Alzó su índice.

—Aguarda un segundo. Termino la llamada y estoy contigo —Informó—. Adelante, ya vengo.

Dejó la puerta abierta para que entrara y se perdió en el pasillo. Parecía que hablaba de trabajo, pero la verdad es que no lo tomé importancia, yo solo me senté y esperé pacientemente a que terminara de hablar.

Así fue luego de unos minutos.

—Bien, ¿en qué puedo ayudarte? —Habló delante de mí.

Tomé una respiración profunda, preparándome para dejar salir las palabras.

—Quiero que me lleves con Neal.

Su rostro se contrajo, después soltó una risa baja entre dientes mientras negaba.

—Eso no pasará —Hizo una mueca.

—¿Por qué no? Es su cumpleaños —Señalé.

—Por eso mismo, es mejor dejarlo solo —Suspiró con pesadez.

—Una persona no debe pasar su cumpleaños sola, Derek. Es horrible —Hundí ligeramente las cejas.

Él se sentó en uno de los sofás frente a mí y se recargó. Torció los labios un poco.

—¿Crees que no me gustaría que todo fuera diferente? Es mi mejor amigo. Me gustaría que lo disfrutara, que fuera feliz y se pusiera la borrachera de su vida rodeado de las personas que lo queremos —Expuso—, pero la vida es injusta y la maldita agonía que Neal tiene que pasar en su cumpleaños fue lo que le tocó.

Sacudí la cabeza.

—Solo quiero ir, quiero intentarlo, ¿podemos? A lo mejor y lo ponemos de buen humor.

—No querrá ver a nadie, Lara. Lo conozco.

—Por favor —Insistí—. Hablamos del hombre que salvó mi vida y el que me devolvió el objeto más preciado que tengo, desearle feliz cumpleaños es lo mínimo que puedo hacer por él.

—No...

—Por favor —Interrumpí, juntando mis manos delante de mi boca a modo de súplica.

Derek aplanó los labios y se levantó de su asiento.

—De acuerdo, pero si su reacción no es lo que esperas, no me culpes.

Asentí frenéticamente.

—Correré el riesgo.

Tomó su chamarra del perchero y señaló la puerta.

—Andando —Formuló y me quitó el pastel de las manos.

Nos encaminamos a la puerta y Derek cerró detrás de nosotros. Bajamos por el elevador hasta donde tenía su auto estacionado, una vez que llegamos a él simplemente nos subimos y lo puso en marcha.

Estaba nerviosa.

Demasiado.

No sabía si era lo correcto ver a Neal, después de todo no éramos los súper amigos ni nada por el estilo, pero una parte muy grande de mí, de alguna forma quería agradecerle las cosas que había hecho por mí; salvarme ese día en el accidente y devolverme el collar de mi abuela. Aparte, no imaginaba lo triste que debía ser pasar un día tan importante completamente solo.

Tal vez si fuéramos cercanos entonces le preguntaría.

O no.

Mejor no. Eran cosas privadas, no podía ir por la vida tratando de averiguarlo.

—¿Por qué de repente estás tan callada? —La voz de Derek me sacó de mis pensamientos.

Lo miré.

—Pienso en que si Neal me odiará por irrumpir entre su soledad y él.

El castaño ladeó un poco la cabeza.

—No creo que te odie, pero sé con seguridad que no es una buena idea —De nuevo su comentario me hizo dudar sobre si ir a verlo era lo correcto—. Lo intenté el año pasado, no funcionó. Me acostumbré a que días antes de su cumpleaños estuviera de mal humor. El treinta y uno de octubre está peor, siendo callado y ermitaño. Después cuando la tormenta pasa, entonces vuelve a ser el Neal que conozco.

—¿Y no te molestan sus cambios de humor?

Derek negó.

—No en esto. Es frustrante, pero no puedo enojarme con él por sentir dolor o sufrir. No puedo juzgarlo porque conozco sus razones. Y créeme, si yo hubiera vivido todo lo que Neal vivió, probablemente me habría suicidado —Su voz se llenó de tristeza —. No sé cómo logró seguir de pie después de todo.

—¿Fue tan horrible? —Pregunté en un susurro.

Me dio una mirada breve.

—Fue un infierno, Lara.

Me aferré al pastel sobre mis piernas y miré breves segundos por la ventana.

—¿Puedo saber qué fue? ¿O no pueden hablar de ello? —Había timidez en mi tono.

Derek hizo una mueca.

—No es eso, sino que son cosas de las que él debería hablar. No Mason, no yo. Al final, creo que a nadie le gusta que hablen sobre los demonios que llevas en la espalda.

—Poético.

Rio por lo bajo y negó con la cabeza.

Tenía razón. Digo, a mí no me gustaría que Elaine fuera por la vida contando todo lo que yo le confié, al final eran cosas que hablamos entre nosotras. Era justo que entre ellos hicieran lo mismo, porque si Neal se sintiera con la suficiente confianza con las chicas y conmigo, entonces nos los diría.

Lo mismo podría pasar conmigo.

Pero no estaba segura.

Estaba bien con que solo Elaine lo supiera.

Derek aparcó frente a un edificio enorme y bonito. Este barrio era conocido por los restaurantes elegantes y modernos. Seguro que yo no podría alquilar un apartamento en este lugar.

—Llegamos —Informó—. Piso catorce, apartamento número seis.

Hundí las cejas.

—¿No vendrás?

—*Noup* —Emitió.

Abrí la boca un par de veces, buscando las palabras adecuadas.

—¿Por qué? —Formulé finalmente.

—Ya pasé por esto. Anda, te espero aquí —Me animó y tomó mi muleta del asiento trasero para dármela—. Suerte.

Bufé.

—Gracias.

Bajé del auto y tomé el pastel con cuidado. Cerré la puerta y le di una breve mirada a Derek antes de darme la vuelta y empezar a caminar.

—Lara —Me llamó. Me giré para encararlo.

—¿Sí? —Elevé una ceja.

—Normalmente puedes encontrarlo en la terraza. Probablemente esté ahí ahora si no lo encuentras en su apartamento.

Asentí lentamente.

—De acuerdo, gracias —Musité. Me alejé del auto y me adentré al edificio. Caminé en dirección al elevador y presioné el botón para llamarlo.

Esperé pacientemente a que llegara y una vez que pasó, entonces subí en él. Me debatí entre el número de su piso y la terraza, finalmente opté por la terraza. Si no estaba ahí entonces iría a su apartamento.

Con cada piso que marcaba la pequeña pantallita, mi corazón latía más rápido y mis nervios aumentaban. Me preocupaba que cuando me viera, pensara que estaba loca o que era…muy intensa.

No lo hacía con otra intención más que la de ser agradecida.

Esto era un: *«Hola, Neal. Te agradezco por salvar mi pierna, ¿me dejas ponerla sobre tu hombro?»*

Era broma.

Solo era mi subconsciente tratando de relajarme con bromas estúpidas.

Tomé un par de respiraciones profundas cuando las puertas se abrieron, mostrándome el exterior.

Con pasos temblorosos y lentos, salí del elevador y miré a mi alrededor. Era solitario, justo como solía ser una terraza. Solo estaban los cubos de aire acondicionado industriales. Caminé hasta introducirme más, quedando en medio del lugar.

Logré vislumbrar una figura masculina de pie junto al tejado. En el piso había una botella de ron a la mitad; justo a unos pasos de él. El hombre estaba vestido completamente de negro, lo que contrastaba con su cabello del mismo color.

Era Neal.

—No planeas lanzarte, ¿o sí? —Hablé. Él giró un poco al escucharme y me miró por encima de su hombro.

—Solo admiro la vista —Su voz sonaba cansada y sin vida.

Di un par de pasos.

—¿Te encuentras bien?

—Estoy bien, hechicera —Respondió en automático.

—No lo pareces.

—Estoy bien —Reiteró—. ¿Cómo supiste que estaba aquí?

Hice una mueca.

—Le pedí este favor a Derek.

Asintió y metió las manos en los bolsillos de su pantalón.

—Ah... —Emitió—. No sabía que teníamos una reunión.

Recargué todo mi peso en mi pierna sana y ladeé la cabeza.

—No en realidad. Solo...sé que es tu cumpleaños y quería felicitarte y agradecerte con esto —Neal se giró ante mis palabras y sus ojos recayeron en el pastel sobre mis manos.

—¿Agradecerme?

—Ya sabes...por todo lo que has hecho. Salvaste mi vida, ayudaste en el rescate de Elaine y te involucraste en el caso de Cross para que lo encerraran.

—Solo hice mi trabajo.

—Hiciste más que eso.

Negó.

—No fue nada —Se encogió de hombros—. Y no quiero ser un malagradecido, Lara, pero hay días de mi vida en los que realmente necesito estar solo. Este es uno de ellos.

Se dio la vuelta y se inclinó un poco para tomar la botella.

—Tú no te ves para nada bien, ¿sabes?

—¿Qué te parece si mañana hablamos de cómo me veo hoy? —Contestó.

—Disculpa, pero, ¿qué clase de persona sería si dejo a un hombre ebrio en una terraza de la que puede caer y morir? Sé que estoy siendo algo metida, pero es…peligroso. Puedes caer desde donde estás.

Me miró por breves segundos, entornando los ojos.

—Ve tranquila, no pasará —Intentó calmarme.

—Pero...

—De verdad, hechicera. Estoy enojado, he estado bebiendo y de verdad, de verdad que he tenido un mal día —Expuso, antes de darle un trago a la botella y girarse para seguir admirando la ciudad—. Ve a casa, porque todo lo que acabo de decir no es una buena combinación. No quiero ser grosero contigo, Lara. No quiero que la amistad que apenas va empezando se arruine cuando veas que puedo ser un completo cabrón en mis peores días, porque realmente me agradas y sé que tus intenciones son buenas, así que solo ve a casa.

No dije nada por algunos segundos, por lo que pude ver sus músculos relajarse cuando creyó que estaba solo.

Le dio otro trago al ron y se giró. La boquilla de la botella aún tocaba sus labios, sus ojos dorados me observaron con fijeza.

Bajó el ron para hablar.

—Creí que te habías ido.

Carraspeé ligeramente.

—Déjame escucharte. Somos amigos, tú lo dijiste, ¿no? —Inquirí—, entonces déjame estar ahí para ti.

Me miró a los ojos.

—Hoy no, Lara. Realmente no soy buena compañía esta vez —Musitó y señaló el elevador—. Por favor.

Miré la dirección a la que apuntaba, para después regresar mi vista a él.

—Neal...

—Por favor —Repitió.

Aplané los labios y asentí lentamente.

—De acuerdo, como desees. Realmente lamento el haber venido sin avisar y haberte molestado —Susurré mientras me inclinaba para dejar el pastel con cuidado sobre el piso. Me incorporé y lo miré—. Feliz cumpleaños, Neal.

Lo vi cerrar los ojos con fuerza y bajar un poco la cabeza.

Me di la vuelta y empecé a caminar al elevador.

Realmente se notaba que no la estaba pasando muy bien, todo en su rostro gritaba que estaba de la mierda, se notaba cansado, apagado y sin la chispa maliciosa que siempre llenaba sus ojos. Y yo ni siquiera podía adivinar el por qué estaba así, pero aun así quería estar ahí y ser su amiga por una vez en mi vida sin tener que estar huyendo.

Presioné el botón del elevador y cuando llegó subí a él.

No lo noté mirarme ni decirme nada más.

Las puertas se cerraron y esta vez, lo perdí de vista.

De acuerdo, no debí haber venido.

Derek tenía razón. Debí escucharlo.

Invadí la privacidad de Neal y aunque no lo hice con mala intención, solo lo incomodé en un día en el que él no quería ver a nadie.

Salí del ascensor una vez que llegué al primer piso y caminé hacia el auto estacionado de Derek. Abrí la puerta y subí en él. Me coloqué el cinturón de seguridad sin decir nada sintiendo cómo él me observaba.

—¿Qué ocurrió?

Le eché una mirada rápida.

—Tenías razón, ¿sí? Él no quiere estar con nadie hoy.

—¿Fue grosero?

—No. Por suerte no, pero quiere estar solo, debí respetarlo y debí escucharte cuando lo dijiste.

Derek suspiró con pesadez y miró el edificio. Negó con la cabeza lentamente y encendió el auto.

—Solo necesita tiempo y soledad para reflexionar. Mañana volverá, siempre vuelve.

Hundí las cejas.

—¿Volver de dónde? —Formulé.
Bajó los hombros y me miró de reojo.
—De la miseria —Soltó finalmente.
Y sin decir nada más respecto a Neal, nos llevó lejos de ese edificio.

CAPÍTULO 09.
No te preocupes por él.
LARA SPENCER.

14 de agosto, 2016.
PASADO.

Bruno había estado raro últimamente.

En la última semana apenas si me vio o me dirigió la palabra. Esto era como cuando recién nos conocimos, que solo era formal. En ese entonces solo me daba un asentimiento de cabeza para no ser maleducado y después seguía con su camino.

Lo más extraño de todo es que...en los últimos siete días, él no me había tocado, no habíamos tenido relaciones.

No era como si lo extrañara.

Simplemente que resultaba raro ya que por lo poco que lo conocía, podía asegurar que a Bruno le gustaba demasiado el sexo. Le gustaba tenerme en su cama, desnudarme y follarme. Incluso antes de mí, podría jurar que era del tipo de hombre que iba de cama en cama hasta saciarse por completo.

Y bueno, no habíamos estado juntos. No había bajado su calentura como siempre que recurría a mí desde hace unos meses. Para ser exacta; desde esa primera vez en su apartamento.

Tal vez, finalmente se aburrió de mí y ya no me deseaba.

Tal vez me liberará.

Suspiré y terminé de ponerme el antifaz. Me miré en el espejo una última vez antes de salir a dar mi espectáculo de la noche. Me acomodé la bata púrpura y caminé por el pasillo, pero me detuve unos segundos frente a la puerta del despacho de mi jefe al notar que esta estaba abierta y el lugar completamente vacío.

¿Salió?

Sacudí la cabeza y seguí con mi camino hasta que llegué a la parte trasera de la tarima. Mi compañera terminó su show y pasaron alrededor de cinco minutos hasta que me nombraron por los altavoces, esperando mi entrada. Tomé aire y colgué mi bata.

Plasmé una sonrisa enorme en mis labios, caminando lentamente hasta el escenario. Como cada noche, bailé para los demás, para todas esas personas que posaban sus ojos en mí y me contemplaban como si fuera el ser más perfecto que habían visto en toda su vida.

Mis compañeras decían que había algo en mí cuando bailaba, algo que te hipnotizaba y te envolvía. Decían que tal vez solo eran mis movimientos, otras decían que mi mirada, que mi forma de mirar nublaba cualquier pensamiento coherente de cualquiera que posara sus ojos en los míos.

Tal vez solo eran exageraciones de ellas.

Pero tampoco iba a desmentirlas en algunas cosas.

Sabía que era una excelente bailarina. No solo con el pole dance, yo podía bailar de todo y también era buena en ello. Tal vez por eso la academia de baile siempre iba a ser una parte importante en mi vida, ya que pude explotar mi talento en ella.

La canción terminó y los hombres empezaron a aplaudirme. Antes de bajar me fijé al fondo del lugar y enfoqué a una sola persona entre todas las demás.

Bruno.

Estaba recargado contra la pared, mirando fijamente en mi dirección mientras se llevaba un vaso de cristal lleno de un líquido ámbar a los labios.

Llevaba una camiseta gris que dejaba sus brazos al descubierto y su cabello estaba un poco desordenado. Carraspeé y aparté la mirada, bajé rápidamente del lugar y fui por mi bata para colocármela.

Suspiré una vez que fui al pasillo y caminé hacia mi habitación. Entré a ella y empecé a desvestirme para ponerme la ropa con la que vine.

Justo cuando terminé de colocarme mis bragas, la puerta se abrió.

Giré rápidamente al sentir el pánico invadiéndome. Mi miedo disminuyó un poco al ver que solo se trataba de Alighieri, pero eso no quería decir que no me sentía un poco intranquila al estar desnuda frente a él, es por eso que me llevé los brazos a los pechos para cubrirlos.

—Bruno —Me quejé—. ¿No ves que estoy cambiándome?

Sus ojos se pasearon por todo mi cuerpo.

—Te he visto desnuda antes, Lara —Me recordó—. ¿Por qué sientes vergüenza ahora?

Rodé los ojos.

—No es vergüenza —Mentí—. Es solo que no puedes entrar a la habitación de las chicas cuando se te plazca.

Ladeó la cabeza.

—Solo entro a tu habitación —Contestó—. En fin, no vengo a discutir contigo sobre lo bueno y lo inmoral. Vengo a decirte que me voy, te aviso para que no me esperes en el apartamento.

Hundí las cejas sin entender.

—¿Te vas? —Pregunté confundida.

—A Italia, salgo hoy —Informó—. Estaré fuera una semana, así que eres libre por una semana, Lara.

Me acerqué un poco a él bajo su atenta mirada.

—¿Y por qué me lo dices? —Cuestioné—. No me debes explicaciones o no debes avisarme de lo que harás.

Asintió.

—Lo sé —Soltó—. Pero sé que estás acostumbrada a estar en el apartamento los días que nos vemos, no me parece amable que estés ahí esperando a que llegue cuando está claro que no lo haré. Por eso te estoy avisando que no asistiré.

Fruncí los labios y moví la cabeza de arriba a abajo lentamente.

—Entiendo entonces —Suspiré—. Que tengas buen viaje, Bruno.

—Bien, gracias —Se dio la vuelta, dispuesto a salir.

Bien, realmente sí estaba siendo raro.

—Bruno —Lo detuve antes de que girara la perilla. Me miró desde su lugar y alzó una ceja, esperando a que hablara—. ¿Está todo bien?

Frunció el ceño.

—Lo está —Se limitó a responder—. Descansa.

Ignoré su despedida y bajé mis manos para mostrar mis pechos. El hombre miró en todas las direcciones posibles para evitar verme a mí.

—¿Entonces por qué no me miras? —Pregunté, dando algunos pasos más—. ¿Por qué no me tocas? Es más, ¿por qué me evitas?

—No te evito, Lara —Me miró al rostro—. No sé qué te hace pensar algo como eso.

—Lo haces, toda la semana lo has hecho —Señalé—. Es como si ya no quisieras nada de mí o como si te frenaras y te controlaras para no lanzarte encima de mí y poseerme como siempre lo haces. ¿Qué te detiene?

De nuevo evitó verme a los ojos, al menos hasta que finalmente adoptó una expresión de frialdad. Me observó con atención y dureza antes de hablar.

—Simplemente, en este momento no deseo nada de ti, Lara.

Fue lo único que salió de su boca antes de que se diera la vuelta y ahora sí abriera la puerta. Salió de mi camerino, dejándome sola y totalmente confundida.

¿Que no deseaba nada de mí?

¿Ahora qué era lo que pasaba con él?

22 de agosto, 2016.
PASADO.

Crucé la puerta del club justo cuando mi celular empezó a sonar, cuando vi que se trataba de una llamada de mi apartamento, me salí de nuevo para poder hablar tranquilamente sin todo ese ruido de allá dentro.

Contesté la llamada y me llevé el teléfono a la oreja, esperando a que hablaran del otro lado.

—¿Lara? —Escuché la voz de mi hermano.

—Dime, ¿qué ocurre? —Pregunté—. ¿Está todo bien? ¿Estás bien?

El chico rio levemente.

—Calma, está todo bien. No me bombardees con tu preocupación —Bufó con diversión—. Solo quería saber si de casualidad has visto el control del *DVD*. Lo busqué por todos lados y no lo encuentro. Quiero ver una película, pero la cosa esa ni siquiera está donde lo dejé.

Sonreí y negué con la cabeza.

—Nuestra vecina de enfrente fue a preguntar en la mañana si no teníamos uno que le prestáramos porque lo ocupaba un poco. Ve a su apartamento y pídelo, dile que lo necesitas —Informé, pasándome una mano por el cabello—. Por cierto, quedó carne en la estufa, come un poco y cierra bien una vez que vuelvas a casa.

—De acuerdo, muchas gracias, Larita —Expresó—. Te quiero, adiós.

—También te quiero, chao —Me despedí y colgué.

Guardé mi celular y tuve que parpadear repetidas veces cuando las luces de dos autos me cegaron. Eso era raro, era muy temprano como para que los clientes empezaran a estacionarse aquí.

Hundí las cejas cuando del lado del piloto de uno de los coches se bajó un hombre al que conocía muy bien ya que era la mano derecha de Bruno. Se apresuró a ir a la parte trasera del auto para abrir la puerta.

Oh, sorpresa.

No era un cliente.

Era Bruno Alighieri, llegando como un rey a su castillo y seguido de sus caballeros con armadura que lo protegían como si fuera mafioso y tuviera muchos enemigos.

Sus empleados también bajaron del otro auto detrás de él y se encaminaron a la entrada, justo donde yo estaba. Me quedé quieta en mi lugar, observando a Bruno. Se miraba tan tranquilo, pero al mismo tiempo exhausto y con expresión de querer mandarnos a todos a comer mierda.

Me echó una breve mirada antes de pasarme de largo como si no existiera, como si alguien como yo, no tuviera cabida en su mundo. Así me sentí con la mirada de indiferencia que me brindó.

¿Por qué parecía haber empeorado con esta semana que estuvo fuera? ¿Por qué me miraba de esa forma?

Sacudí la cabeza y esperé a que todos ellos estuvieran lo suficientemente lejos para poder entrar de una vez por todas y empezar a arreglarme.

Abrí la puerta del club y miré en todas las direcciones, cuando comprobé que mi jefe se había encerrado como de costumbre en su despacho, fui a mi camerino. Empecé a rizar mi cabello y a maquillarme. Después me coloqué un conjunto rojo que llevaba unas ligas que se ajustaban en mis muslos.

Me quedé en mi camerino durante todo este rato, ni siquiera salí a ensayar para evitar encontrarme a Bruno y que de nuevo fuera un imbécil que ni siquiera me dirigía la palabra.

Digo, si ya se aburrió de mí que por lo menos me lo diga. Si ya no quería nada de mí, entonces no sabía qué esperaba para liberarme.

Por ese maldito contrato es que me estaba perdiendo de muchas cosas que cualquier chica a mi edad debería disfrutar.

Cuando dio la hora de mi espectáculo entonces hice lo mismo de siempre de la mejor manera. Una vez que terminé de bailar, salí por el mismo lugar por el que entré y la siguiente chica subió.

Me coloqué la bata y fui al pasillo.

Me detuve frente a la puerta cerrada del despacho.

Cerré los ojos como si eso me fuera a ayudar a armarme de valor.

Solo ve, Lara.

Solo hazlo y ya.

Me quité el antifaz y lo guardé en el bolsillo de la bata. Carraspeé y toqué la puerta suavemente con mis nudillos. Esperé pacientemente a que respondiera.

—Adelante —Habló desde el interior.

Tragué saliva y abrí la puerta lentamente. Pude verlo de pie frente al librero, parecía estar muy concentrado buscando algo en él. Giró en mi dirección cuando cerré la puerta detrás de mí y me miró con atención antes de adoptar una expresión de frialdad.

—¿Se te ofrece algo? —Su tono fue seco.

Aplané los labios.

—Y de nuevo lo haces —Musité.

Me miró sin entender.

—¿Hacer qué?

—Tratarme con indiferencia o como si realmente no te interesara en lo absoluto verme o tenerme cerca —Aclaré, adentrándome más al despacho.

Contrajo un poco el rostro.

—¿Y tanto te molesta? —Inquirió, girándose de nuevo al librero—. Hasta donde yo sé, dices tenerme miedo. No entiendo por qué estás aquí con esa expresión de querer algo de mí.

Abrí la boca para contestar. Intenté un par de veces, pero no conseguí que nada sensato saliera de ella.

—¿Necesitas algo más o simplemente vas a quedarte de pie sin hablar?

—No quiero nada de ti, no estoy aquí por eso —Apreté los dientes—. Solo quiero saber si ya no me deseas. Si no lo haces, entonces termina con esto. Si ya no quieres tenerme entonces libérame de tu trato de una vez en lugar de dejarme en la línea de espera mientras te veo pasar e ignorarme.

Sacó un libro y me echó una mirada de reojo.

—No voy a liberarte, Lara —Soltó—. Jamás he dicho que dejé de desearte. Simplemente no quiero y no puedo estar cerca de ti en este momento.

—¿Por qué? —Cuestioné—. ¿Por qué no? Llevas así incluso unos días antes de marcharte. Apenas si me sostienes la mirada o me hablas.

Lo vi tensar su mandíbula.

—¿Por qué te preocupa tanto? Solo para ya.

Me acerqué dando pasos rápidos hasta él. Me planté delante del hombre y le sostuve la mirada.

—No, no voy a parar hasta que hables conmigo —Reiteré y lo señalé de arriba abajo—. No me detendré hasta saber el porqué de esta actitud.

—¿Por qué te obsesiona mi actitud? —Gruñó—. ¿Por qué te molesta tanto?

—Porque quiero entenderte —Expresé.

—No lo hagas, no quiero que me entiendas. Solo quiero que te largues —Señaló la puerta.

Pude notar la molestia en su tono de voz.

—No me iré —Lo reté.

Y tal vez estaba insistiendo mucho con esto.

Pero...no tenía ni idea del por qué lo hacía.

Tal vez...algo cambió respecto a cómo lo miraba.

Tal vez...era solo que empecé a sentir más.

Y no me refería a miedo, sino a...otras cosas que quería disfrazar con coraje.

¿Realmente quiero que me libere?

—¿Por qué sigues con esto? ¿Por qué insistes? —Entornó los ojos y dio un paso más, quedando a milímetros de mí—. ¿Tanto extrañas meterte en mi cama? ¿Tanto me necesitas?

Mi respiración se agitó un poco más de lo normal por su cercanía.

—Yo nunca he dicho... —Tragué saliva—. Jamás dije que te necesitaba.

Dejó el libro y se inclinó más hacia mí.

—¿Entonces por qué sigues aquí? —Susurró, alzando su mano para acariciar mi cuello. Cerré los ojos unos momentos cuando se acercó más para hablarme al oído—. ¿Qué quieres en realidad, Lara? Solo dilo y te lo daré.

—Yo... —No encontré las palabras.

—Solo pídemelo y lo tendrás —Volvió a hablar en voz baja, repartiendo besos lentos en mi cuello.

Yo aún mantenía mis ojos cerrados.

Joder, sus besos enviaron un escalofrío por todo mi cuerpo.

Y no uno malo.

Me gustaron sus caricias. Sus labios sobre mí, la forma en la que puso a vibrar a mi corazón con algo tan mínimo.

Fue por eso que solté las palabras que jamás creí que le diría a él:

—Quiero que me hagas tuya, Bruno —Parecía más una súplica.

De un momento a otro, sentí sus labios sobre los míos. Le seguí el beso de una manera necesitada, tal vez tanto tiempo sin probarlos había causado otro efecto en mí. Uno nuevo, uno que me estaba aturdiendo.

Una de sus manos se perdió en mi cabello y la otra me sostuvo de la cintura. Solté un gemido de gusto cuando me atrajo más a su cuerpo. Pasé mis dedos por todo su pecho, hasta subir a su cuello y sostenerme.

—Bruno... —Jadeé sobre su boca cuando me alzó y me hizo envolver sus caderas con mis piernas. Nos llevó a su escritorio y me hizo sentarme en la madera.

Nuestras lenguas se encontraron, yo acepté la suya sin rechistar o sin oponerme, porque esto no era como las primeras veces.

Realmente algo dentro de mí, algo que era más fuerte que yo, deseaba esto.

Esa parte insistía en tenerlo. Lo reclamaba.

Deseaba que fuera él porque hasta el diablo tenía su encanto.

Sus dedos se deshicieron del nudo de mi bata, me la quitó y la arrojó a algún lugar en el suelo. Trazó un recorrido de besos por mi cuello hasta llegar a mis clavículas.

—Bruno... —Musité—. Alguien...alguien podría entrar...

Y yo estaba casi desnuda.

—Eso me importa una mierda —Gruñó, mordisqueando mi cuello y arrancándome otro gemido.

Se deshizo del broche de mi sostén y lo bajó por mis hombros, descubriendo mis pechos y teniéndolos a su merced. No desaprovechó su oportunidad, por lo que inmediatamente estuvo dándoles atención. Me arqueé sobre la mesa cuando su lengua se paseó por mi pezón derecho y luego lo atrapó con sus dientes. Con su mano libre masajeaba el otro para no dejarlo desprotegido.

Me mordí el labio inferior y eché la cabeza hacia atrás. Deseé con todas mis fuerzas que me besara de nuevo.

Contrario a lo que deseé, él fue dejando un camino de besos húmedos por todo mi abdomen, hasta que llegó al comienzo de mi ropa interior. Tomó una de las ligas y la alzó un poco, para después dejarla caer de nuevo con delicadeza.

Besó mis muslos mientras me hacía acomodarme y recostarme sobre el escritorio, haciendo todo lo que había en él de lado. Esperé ansiosa lo que haría, muriéndome de ganas de gritarle que dejara de torturarme.

Bajó mi ropa interior lentamente por mis piernas, hasta que finalmente estuve completamente desnuda frente a él. Mis mejillas se sonrojaron cuando me hizo abrir las piernas para darle total libertad. Bruno me miró a través de sus pestañas y de esa manera noté que sus pupilas se encontraban dilatadas. Parecía disfrutar la vista.

Sin previo aviso, su lengua se encontró con mi intimidad. Me arqueé más cuando una ola de placer me alcanzó de una manera muy fuerte.

En toda mi vida y en todo el tiempo que llevaba con Bruno, nunca había recibido sexo oral.

Y mierda, me estaba gustando.

Su lengua y su boca hicieron muy bien su trabajo, me brindó placer de una forma en la que jamás creí que recibiría. Se enfocó en mí, en hacerme sentir bien.

Pasaron algunos minutos más, en los que él sostuvo mis piernas a un lado de sus brazos.

Una presión empezó a formarse en mi vientre, así que no pude evitar cerrar los ojos con fuerza y soltar jadeos que no pude controlar. Apreté mis manos en puños cuando sentí mi cuerpo tensarse por completo. Bruno no se detenía y yo no quería que se detuviera.

—Bruno... —Gemí por lo bajo, aún sin abrir los ojos.

Sus dedos se presionaron contra mi piel desnuda.

—¡Mierda! —Exclamé finalmente cuando un orgasmo me alcanzó. Mi corazón parecía haber perdido el ritmo con el que latía, estaba frenético, al igual que mi respiración.

Me mordí de nuevo los labios con fuerza para evitar gritar o hacer más ruido. Aún había mucha gente en el club y no quería que me escucharan.

Me tomé unos segundos para intentar tomar aire con normalidad.

Bruno me soltó lentamente y se incorporó. De la manera en la que estaba se veía incluso más alto e imponente. Me alcé un poco para poder estar a su altura y mirar sus ojos.

Solté un jadeo de sorpresa cuando me tomó por los muslos y me arrastró un poco por el escritorio para acercarme más a él y meterse entre mis piernas.

—Entonces... —Empezó a hablar, pasando un mechón de mi cabello detrás de mi oreja—. ¿Qué más decías que querías de mí?

Tragué saliva.

—¿Me harás decirlo? —Inquirí, de nuevo sonando tímida.

—Quiero escucharte.

Lo miré con atención, esperando a que se retractara, cosa que no hizo. No, él esperó pacientemente a que yo hablara.

Me incliné un poco hacia él, pasé mis dedos lentamente por todo su cuerpo, deteniéndome un poco en la cinturilla de su pantalón para terminar mi recorrido posando mi mano en su erección y así acariciarlo por encima de su ropa. Sus músculos se tensaron por mi caricia.

Si él me provocaba ¿por qué yo no podía hacerlo?

—Te deseo a ti, Bruno. Te quiero dentro de mí —Susurré, trazando más caricias. Me acerqué más para hablar cerca de su boca—. Y no quiero que seas cuidadoso ni delicado.

Me relamí los labios y lo miré a los ojos, esos que se encontraban llenos de excitación.

»No quiero que te contengas —Finalicé.

—No pretendía contenerme.

Atacó mi boca de nuevo.

Sabía que era incorrecto desearlo porque no era un hombre bueno, porque sus acciones me hirieron y me hicieron temerle.

Pero, ¿cómo hacía para controlar la forma en la que mi cuerpo y mis sentidos reaccionaban a él?

No había manera.

No conocía una.

Era por eso, que solo me concentré en su beso y en desnudarlo por completo para que estuviéramos en las mismas condiciones. Su ropa quedó en algún rincón de su despacho, siendo completamente ignorada. Sacó un preservativo de uno de los cajones del escritorio y lo abrió, se lo colocó bajo mi atenta mirada. Una vez que terminó, de nuevo se acercó y me hizo rodear sus caderas con mis piernas.

Solté un gemido bajo cuando su miembro se rozó a propósito con mi entrada. Llevó su mano a mi nuca y se inclinó.

—¿Sabes...? —Habló, con sus ojos fijos en los míos—. Siento lastima por todos esos hombres allá afuera que te ven bailar y desean tener siquiera un gramo de tu atención. Esos que desean tenerte de la misma manera en la que yo te tengo. Siento lastima por ellos, ya que soy el único que puede disfrutarte y escucharte gemir todas las noches.

Una vez que terminó de hablar, se adentró en mí de un solo movimiento. Me aferré a sus hombros ante la invasión y haciendo honor a sus palabras; dejé escapar un gemido de placer.

Empezó a entrar y salir con rudeza y rapidez. Me arqueé y eché la cabeza hacia atrás cuando empezó a besar y mordisquear mi cuello. Le di total libertad para que tocara y besara lo que quisiera.

Debía admitir que si tal vez las primeras veces en las que estuve con él, no lo disfruté como debía hacerlo debido a la pena e incomodidad que sentía, las cosas fueron cambiando conforme pasaba el tiempo.

Pero no hasta este punto.

No hasta el grado de suplicarle o de dejar de cohibirme con él. Nunca había sido así.

Hoy después de tanto tiempo, me estaba entregando por completo.

Y lo estaba disfrutando muchísimo.

Esta era la mejor sensación.

Y sabía que no podía compararlo con nada más porque no tenía experiencia, pero estaba segura de que no habría nadie que me hiciera sentir lo que sentía en este momento.

Sus movimientos fueron más rápidos y bruscos. Gemí descontroladamente y me prendí más al escuchar los sonidos que él dejaba salir. Eran gruñidos y gemidos masculinos que me estaban haciendo perder la poca cordura que según yo, aún me quedaba.

Enterré mis uñas en sus hombros fuertes y seguí sus movimientos, seguí el ritmo de sus caderas empujando contra las mías.

—Más... —Rogué.

Sus dedos se enredaron en mi cabello.

—¿Dónde quedó la chica buena?

—No hay una chica buena —Expresé.

Mordió mi labio inferior y yo busqué besarlo de nuevo. No se opuso a mi beso, me dejó invadir su boca para que mi lengua se encontrara con la suya.

Su mano se aferró a mí cintura, sus dedos hicieron presión en mi piel. Cerré los ojos con fuerza sintiendo como el segundo orgasmo de la noche estaba por llegar.

Después de unos movimientos más, finalmente me alcanzó.

—¡Bruno! —Grité su nombre, por lo que inmediatamente escondí mi rostro en la curvatura de su cuello, evitando así, que más sonidos altos escaparan de mí.

Él siguió entrando y saliendo, buscando su propia liberación. Una que después de unos momentos, finalmente consiguió.

—Lara... —Susurró mi nombre, con voz ronca y arrastrando las sílabas. Su cuerpo entero se tensó mientras se corría y me apretaba contra él.

Mis piernas se sentían temblorosas, débiles. Tanto que creí que me caería al suelo si intentaba levantarme.

Ambos respiramos agitadamente, tratamos de regularnos. Me separé un poco para mirarlo, sus ojos oscuros observaron los míos antes de que esa expresión de lujuria cambiara a una fría.

—¿Qué ocurre? —Pregunté en voz baja, intentando llevar mis manos a sus mejillas. Me apartó rápidamente, como si no quisiera tenerme cerca. Salió de mi interior y se alejó un par de pasos—. Bruno, ¿qué pasa?

¿Hice algo mal?

No entendía su actitud. Sabía que podía ser frío y todo eso, pero jamás me había mirado así después de que estábamos juntos.

Esta vez me miraba con odio...

—Vístete, Lara.

Parpadeé e intenté asimilar sus palabras.

—¿Qué? —Formulé.

Apretó los dientes.

—Quiero que te vistas y te largues ahora —No había ni un atisbo de broma en su tono.

—¿Por...por qué? —Cuestioné—. Estábamos bien, ¿qué fue lo que pasó?

Negó con la cabeza y empezó a tomar su ropa del suelo. Empezó a vestirse sin mirarme.

—Bruno...¿qué pasa?

Se terminó de poner los pantalones y me miró.

—Tú. Tú me pasas.

Hundí las cejas.

—¿Yo? —Alcancé a formular—. ¿Por qué?

—Porque te detesto, porque detesto lo abrumado que me haces sentir.

Mi corazón se encogió.

—¿Me...me detestas? —Mi voz tembló.

Me miró con dureza.

—Sí.

Inevitablemente sentí ganas de llorar. Un nudo se formó en mi garganta, uno que intenté eliminar.

Estaba siendo hiriente.

—¿Por qué me dices esto después de lo que acaba de pasar? ¿Por qué me haces creer que me deseas si no es así?

Sus labios formaron una línea fina.

—Porque también te deseo —Contestó.

Contraje el rostro.

—No entiendo —Expuse.

Gruñó y se pasó las manos por el cabello.

—¡No quiero que lo entiendas! —Alzó un poco la voz.

—Explícame —Exigí, mientras me levantaba para buscar mi bata y así no estar desnuda por todo el lugar. Me la puse y me aferré a la tela.

—No puedo explicarlo, Lara. Lo que me haces sentir, simplemente no puedo explicarlo —Evitó verme a la cara.

Me acerqué a él y coloqué mis manos en sus mejillas.

—Solo inténtalo... —Supliqué. Mi voz se rompió.

Tomó mis muñecas para alejarme bruscamente.

Por poco perdí el equilibrio.

—No me toques.

—Bruno...¿por qué estás comportándote como un imbécil? —Carraspeé para eliminar el nudo en mi garganta.

—Porque no quiero que estés cerca ahora. Lo que acaba de pasar en ese escritorio —Señaló el escritorio—, pasó porque no puedo resistirme a ti cuando estás cerca, no puedo contener todos estos impulsos que me hacen querer tenerte. Y no es correcto, no puedo hacerlo. Por eso solo vete antes de que acabes conmigo.

—Bruno...

—Vete, Lara.

Negué lentamente.

—Por favor... —Pedí.

—¡Que te largues de una puta vez, zorra de mierda! —Sus palabras me hicieron saltar en mi lugar.

Mis dientes castañearon, y antes de que alguna de mis lágrimas escapara delante de él, me di la vuelta y salí de su oficina.

Corrí a mi camerino y abrí la puerta, apenas puse un pie dentro cuando un sollozo escapó de mi interior.

Me sentía humillada.

Como un juguete desechable.

Era una persona, una que sentía de verdad. No era lindo estar con un hombre que después te hace sentir como basura o como si tus sentimientos no importaran nada.

Me hizo pasar la mejor noche de mi vida, para después tratarme de la mierda.

Si me odiaba tanto, entonces era mejor que me dejara ir.

Nos evitamos problemas.

Y yo dejaría de pensar que las cosas podían ser diferentes entre nosotros.

Me coloqué mi ropa con rapidez y me puse mi abrigo encima. No me tomaría el tiempo de desmaquillarme o arreglar mi cabello. No quería quedarme más tiempo.

Solo esperaba que Tommy ya estuviera dormido para que no me mirara llegar así.

Tomé mi bolso y salí de mí camerino, di zancadas rápidas por todo el pasillo, sin detenerme a saludar a las chicas que aún seguían aquí. Estaban bebiendo y platicando después de un día largo de trabajo.

Accidentalmente choqué con una de ellas.

—Pequeña, ¿qué ocurre? —Era Monique, la cual parecía preocupada—. ¿Por qué tan alterada?

Negué rápidamente.

—Solo estoy cansada y quiero ir a casa —Hablé rápidamente—. Buenas noches, Mon.

Pasé de largo para irme, pero en última instancia me detuve y la miré.

—¿Mon?

Me dio un asentimiento de cabeza.

—Dime.

Me mordí la lengua, pensando en si debería preguntar o no.

Lo pensé por varios segundos, por lo que noté que empezó a desesperarse.

A la mierda.

Tenía que hacerlo.

—¿Sabes por qué Bruno ha estado tan raro últimamente? —La pregunta salió de mí.

Alzó una ceja.

—¿Bruno? —Inquirió—. Bruno siempre es raro, cariño.

Ladeé la cabeza.

—Eso lo sé —Hice una mueca—. Me refiero a que, está siendo más serio y arisco de lo normal.

Hundió las cejas y miró el techo, pensando o recordando algo. Finalmente me enfocó con los ojos entornados.

—¿Qué día es hoy? —Interrogó. Su pregunta fue tan inesperada que tuve que contraer el rostro por culpa de la confusión.

—Veintidós de agosto —Respondí.

La boca de Monique formó un círculo.

Se acercó a mí, como si estuviera a punto de contarme el mayor secreto de todos.

Se inclinó un poco para que nadie escuchara.

—El asunto es que, Bruno está siendo más callado y frío de lo normal porque ayer fue el aniversario de su boda —Soltó.

Y me quedé en blanco.

—¿Su...su boda? ¿Es casado? —Susurré.

El pánico se apoderó de mí.

¿Me estaba acostando con un hombre casado?

Hijo de puta.

Monique hizo una mueca.

—Técnicamente...lo es —Suspiró con pesadez.

Fruncí el ceño

—¿Técnicamente?

Asintió.

—Es viudo, Lara —Reveló—. Su esposa murió hace dos años dando a luz.

Parpadeé varias veces, intentando asimilar sus palabras.

—¿Qué...? —Formulé con dificultad.

—Su esposa tuvo un accidente de auto, eso le indujo a un parto prematuro en el que ella y la bebé que iban a tener perdieron la vida —Aclaró—. Es por eso que no puedo juzgarlo cuando simplemente no quiere ver a nadie o no quiere hablar. Nos hemos acostumbrado a su frialdad e inexpresividad, tiene razones justas para ser tan arisco. Después de todo perdió a su familia en un mismo día.

Miré por el pasillo, sintiendo su puerta tan lejos. Era como si lo que me acababa de decir Monique hubiera aumentado la distancia entre nosotros.

Estuvo casado.

Iba a ser papá.

Y perdió todo.

¿Por eso había estado evitándome?

¿Por eso dijo que no era correcto desearme?

De alguna manera, ¿sentía que le estaba fallando a su esposa por haberse fijado en mí?

Mi corazón de nuevo se encogió.

—Y ella...su esposa —Musité—, ¿cómo se llamaba?

Sonrió con tristeza y miró en la misma dirección en la que yo lo hacía.

—Se llamaba Chiara —Soltó y señaló con su cabeza el pasillo, como si Bruno estuviera ahí—, era el amor de su vida.

Y la distancia, aumentó más.

CAPÍTULO 10.
Toalla escurridiza.
LARA SPENCER.

03 de noviembre, 2019.
PRESENTE.

Conté mentalmente, tratando de que eso me ayudara a conciliar el sueño de una vez por todas.

Era difícil.

Noviembre no era mi mejor época del año.

Al igual que le pasaba a Neal, había fechas que realmente no me agradaban. Había días que eran malos, terribles. Y por más que trataba de ignorarlos o hacerlos de lado para no martirizarme, nunca lo conseguía. Y el intentar y después fallar, solo lo volvía peor.

Me removí por toda la cama.

Una pesadilla —por suerte no tan horrible como otras—, me despertó a altas horas de la madrugada. Ahora no podía volver a dormir y ya era bastante tarde, en cualquier momento mi alarma iba a sonar, indicando que debía arreglarme para ir al trabajo.

Había estado un rato largo despierta, deseando que por obra divina, el sueño me alcanzara de nuevo.

Sabía que no sería posible.

Y no porque me aterrara dormir.

No era eso.

Sino porque, aunque no lo deseara, cuando soñaba con algo que sucedió hace tiempo, simplemente no podía dejar de darle vueltas al asunto. Pensaba en los posibles escenarios que podrían haber pasado si todo hubiera sido diferente. Pensaba en las consecuencias que tuvo, en los por qué.

Y sabía que no debería hacerme algo como eso.

Pero, ¿cómo se lo explicaba a mi mente?

¿Cómo le pedía que dejara de atormentarme con todos esos pensamientos que me desgarraban por dentro?

No había manera.

Era imposible.

De nuevo rodé por la cama y permanecí en ella aunque el sol ya comenzaba a filtrarse en la habitación.

No me levantaría hasta que fuera la hora en la que tenía que hacerlo. Tenía demasiado frío como para salir de la comodidad de mi cama.

Así que después de un largo rato más, finalmente la alarma sonó. Suspiré y tomé el celular para quitarla. Me pasé las manos por el rostro y me tallé los ojos.

Me levanté de la cama y caminé directo al baño para darme una ducha y así poder despertar bien. Usualmente no me duchaba en las mañanas, lo hacía por las noches porque si no luego se me hacía tarde. Además, porque siempre terminaba temblando como perrito en pleno invierno.

Me quité mi ropa para dormir y me metí a la regadera. Me coloqué debajo del chorro caliente y cerré los ojos. Lavé mi cabello y mi cuerpo rápidamente mientras tarareaba la primera canción que se me vino a la cabeza.

Una vez que terminé, salí y fui rápido a cambiarme. Me coloqué ropa cómoda y caliente.

No apoyé el pie en el suelo, caminé con uno para no ir por la muleta por toda la habitación. Solo la usaba cuando el trayecto era largo.

Dios, solo quería que mi pierna se recuperara al cien por ciento ya, pero parecía que debía esperar un poco más.

Me cepillé el cabello y me maquillé un poco para esconder mis ojeras. Me lavé los dientes y salí de la habitación, ahora sí con ayuda de la muleta estorbosa que cargaba.

Mi hermano ya se encontraba desayunando para irse a la universidad. Me acerqué y palmeé su espalda para luego ir directo a la cafetera y llenar un termo con café para tomar en el camino.

—Buenos días, Larita —Canturreó.

Bufé.

—¿Qué tienen de buenos? —Masculle.

—Ay, que humor tienes en las mañanas. Vete a dormir otro rato, ¿no? A ver si se te pasa para que así no me arruines el día —Se burló de mí—. Hoy descanso, así que no quiero que arruines mi buen humor.

Sonreí y me giré para mirarlo sin dejar de sostener mi termo. Le di un sorbo a mi café antes de hablar.

—Cierto que tendré que aguantarte toda la tarde —Suspiré con pesadez—. Me gusta más cuando estás trabajando y puedo descansar y disfrutar la soledad.

Entornó los ojos en mi dirección.

—Eso dices, pero lloras sangre cuando no estoy cerca —Se encogió de hombros con un aire egocéntrico rodeándolo—. Admítelo, no puedes estar sin tu hermano menor.

Caminé fuera de la cocina.

—No tengo nada que admitir —Seguí—. Me voy, se me hace tarde. Ve con cuidado, Tom.

—Iré con cuidado, Lara —Regresó—. Te quiero, nos vemos por la tarde.

Le lancé un beso.

—También te quiero, chao.

Abrí la puerta de la entrada y salí. Caminé por el pasillo hasta llegar al elevador y tomarlo para bajar hasta donde estaba mi auto. Después de algunos segundos finalmente llegué y subí a él.

Mi hermano se iba de casa después que yo, por eso no lo llevaba a la universidad. Aparte que él se iba con sus amigos.

Pasaron varios minutos en los que estuve conduciendo hasta que finalmente llegué a la editorial, fui a mi piso y dejé mi café en mi escritorio. Ordené un poco el lugar y me senté en mi habitual silla.

Ellie aún no llegaba.

Suspiré y encendí mi computadora para empezar a trabajar. Tenía algunos trabajos pendientes que dejé por la tarde antes de irme. Tenía que revisar algunas cosas y mandar algunos documentos, aparte debía ordenar el itinerario de esta semana.

Las puertas del elevador se abrieron y por él salió una Elaine más blanca que el papel, un poco encorvada y con una expresión de querer morir.

Caminó por todo el pasillo hasta que llegó a mi lado.

—¿Todo bien en casa? —Pregunté, alzando una ceja.

Elaine resopló.

—Odio las náuseas y el vómito —Se quejó—. Mason tiene la culpa, él me embarazó. Bueno, no, también yo tuve que ver, pero no debo ser la única que debe soportar todos estos síntomas de mierda. Voy a ponerme a llorar porque él anda como si nada porque no tiene a un bebé creciendo dentro de su vientre.

Se cruzó de brazos y parpadeó para eliminar las lágrimas.

Creí que era un mito cuando decían que los cambios de humor de una mujer embarazada podían ser bruscos. Con Elaine comprobé que no era así.

—¡Embarazo! ¡Sí! —Celebré a modo de broma, ella entornó los ojos, por lo que sonreí—. Calma, solo unos siete meses más y serás libre, mami.

—Solo siete meses más de sueño, náuseas, vómito, ascos y cambios de humor. Genial —Bufó y se pasó una mano por el rostro—. Por favor, Lara. Si alguna vez se me sale la estupidez de decir que el embarazo es algo hermoso e increíble, golpéame en el rostro.

Reí por sus palabras.

—Sé que lo dirás, lo dirás cuando veas a tu bebé en las ecografías o cuando lo sientas patear. Conociéndote sé que vas a gritar que es lo mejor del mundo —Señalé—. Lo he visto mucho en *Discovery Home and Health*, todas esas mujeres dicen lo mismo: que es maravilloso.

Ella miró su vientre y sonrió un poco.

—Me iré preparando para esos golpes —Hizo una mueca.

—Trataré de ser amable —Le guiñé un ojo.

Negó con la cabeza, un tanto divertida y fue a su oficina. Todo el día transcurrió de manera tranquila, tanto que sentí que en cualquier momento iba a quedarme dormida debido a que estuve casi toda la madrugada despierta.

Por la tarde, Elaine ya se sentía mejor, incluso estaba muy emocionada hablándome sobre su padre y su nueva novia. Sabía que el que él fuera feliz con alguien más que no sea su madre, la tenía muy alegre y tranquila. Después de todo el señor Morgan había estado tantos años solo después de que su esposa murió.

Incluso yo me sentía feliz por él.

Y Sandy seguro que más. Dijo que ahora no tendría que soportar su mal genio ya que su novia lo mantenía muy ocupado.

Sus palabras, no las mías.

—No puedo creer que falte tan poco tiempo para tu boda —Solté ya que ahora estábamos hablando de eso—. Espero no caerme por culpa de la muleta a mitad de la fiesta.

—Diremos que es un nuevo paso de baile —Me guiñó un ojo—. Incluso se puede volver tendencia.

—O viral en una página de peores vergüenzas en bodas —Apunté y comí un poco de mi gelatina—. «Las caídas más estúpidas que verás. Intenta no reír».

—Pido ser yo la que suba ese vídeo —Dijo.

La miré mal.

—Si es que antes no lo hace Tommy.

Ella rio.

—Por una vez debe dejarme ganar. Sé que no es tan malo —Hizo un gesto con la mano.

Bufé.

—Si lo conocieras... —Dejé las palabras al aire.

Miré el reloj y alcé las manos como si celebrara.

—¡Hora de ir a casa! —Expresé por lo alto y me levanté—. Mi cama debe estar esperando a que llegue.

Elaine bostezó y se estiró.

—Mi retrete seguro debe estar esperando a que llegue para meter mi cabeza en él y devolver mi desayuno —Mencionó, ocasionando que yo hiciera una mueca de asco.

—Y volvemos a la sección de información que realmente no necesitaba saber —Manifesté y sacudí la cabeza.

—Lo siento —Me regaló una sonrisa pequeña de disculpa—. Pero anda, ve a casa. Tienes mucho sueño y necesitas descansar.

Asentí.

—Muy bien, nos veremos mañana entonces —Solté un suspiro y me pasé una mano por el cabello—. Te quiero, Ellie. Ve con cuidado.

Me lanzó un beso.

—También te quiero, Larita. Me envías mensaje cuando llegues a casa.

Después de un intercambio de palabras, finalmente recogí mis cosas y subí al elevador. Conduje a casa escuchando alguna canción en la radio que me distrajo un poco. Cuando llegué al lugar, aparqué y tomé mi muleta para caminar al interior.

Subí y llegué a mi apartamento. Thomas ya estaba aquí sonriéndole a su teléfono y tecleando en él.

—Hola, soy Lara y vivo aquí. ¿Cuál es tu nombre, niño sentado en mi sofá? —Fue mi manera de saludarlo, así que él se giró para mirarme.

—Hola, soy Thomas y la puerta estaba abierta, anciana dueña del apartamento que allané —Me regresó de la misma manera.

Fruncí los labios.

—Creo que llamaré a la policía. No por lo de allanar, sino porque me has dicho anciana.

—Yo creo que no lo harás porque te invitaré un helado si dejas que este niño abandonado pase una noche aquí —Hizo un puchero.

Alcé una ceja.

—Dime más —Cerré la puerta detrás de mí y me quité el abrigo para dejarlo en el perchero.

—Un helado grande de fresa —Propuso—. O de galleta.

Fingí pensarlo.

—Te dejaré quedarte sin pedirte nada a cambio solo porque me agradaste —Expresé y alcé mi índice—. Pero solo una noche.

Hizo un gesto de victoria.

—Eres genial —Soltó y se levantó—. Oye, iré a comprar dulces y botanas para ver una película, ¿te apuntas?

—Claro. En lo que vas me ducharé, cuando vuelvas escogemos que ver —Bostecé—, llévate mi auto para que no tardes.

Le lancé las llaves y él las atrapó.

—Va, no tardo —Anunció antes de ir a la puerta y abrirla.

—¡Tráeme oreo! —Grité antes de que cerrara.

—¡De acuerdo!

Cerró la puerta y yo caminé a mi habitación para quitarme la ropa y ducharme rápido. Sí, de nuevo me estaba duchando.

Disfruté el chorro caliente de la regadera y masajeé mi cuero cabelludo para relajarme un poco y liberarme del estrés que había sobre mí. Suspiré antes de cerrar la llave, el agua había sido suficiente para desaparecer el sueño un rato. Eso me ayudaría a disfrutar la película.

Estuve a punto de salir del baño cuando escuché el timbre del apartamento.

Rodé los ojos y envolví mi cuerpo en una toalla.

Se suponía que Thomas se llevó mis llaves, ¿entonces por qué el muy tarado tocó el timbre?

Oh…si se le quedaron en el auto…

Tomé mi muleta y caminé lo más rápido que pude ya que estaba mojando todo el suelo con las gotas que caían de mi cabello.

Giré la perilla para abrirle a mi hermano.

—¿Es enserio que estás tocando el tim...? —Me detuve al instante al ver que no era Thomas—. Neal.

Sus ojos recorrieron mi cuerpo semidesnudo hasta detenerse en mis ojos.

—Puta madre —Fue lo que salió de su boca.

Mantuvo sus ojos en mi rostro.

Me acomodé la toalla y me encogí un poco en mi lugar.

¿Puta madre?

—¿Qué haces aquí? ¿Cómo supiste donde vivo? —Cuestioné.

—Elaine —Respondió.

Debí suponerlo.

Asentí lentamente.

—¿Y qué haces aquí?

—Quería hablar contigo, pero si no es buen momento entonces será después —Arrugó un poco la nariz.

—Creí que en estos días preferirías estar solo —Señalé y me crucé de brazos.

Hizo una mueca y asintió.

—Es justo sobre eso de lo quiero hablar contigo —Manifestó y se rascó la barbilla. Me tomé mi tiempo de detallar ese gesto y todo lo demás. A diferencia de los días anteriores, parecía ser el mismo Neal de siempre; el Neal relajado y lleno de malicia, el Neal que me hacía temblar cada vez que me miraba—. Sé que seguro estás molesta por...

—No, no estoy molesta —Interrumpí—. Debí escuchar cuando me dijeron que querías estar solo, no lo respeté, te incomodé y no debí hacerlo. Así que no debes disculparte, debo hacerlo yo; así que perdóname, Neal.

Ahora, si me permites, estoy muy mojada.

Él parpadeó.

Sacudí la cabeza.

—No ese tipo de *mojada* por si acaso. No estoy caliente, a lo que me refiero es a que estoy mojando el suelo con mi cabello —Hablé rápido, por lo que él reprimió una sonrisa—. Así que adiós.

—Escucha, hechicera... —Se detuvo al instante en el que todo empezó a sacudirse.

¿Qué carajo?

Los cuadros de mi apartamento empezaron a caer junto con mis plantas, las lámparas de los pasillos ya estaban en el suelo y completamente destrozadas.

Me aferré a la puerta y el miedo me empezó a invadir.

Un sismo.

—Neal... —Susurré, sintiendo la ansiedad causar estragos en mi interior.

Era la persona más nerviosa y asustadiza de todo el mundo. Por supuesto que el que la tierra se moviera de esta manera me asustaba mucho.

Todo empezó a sacudirse con más violencia, algunas personas empezaron a salir de sus apartamentos y empezaron a correr rumbo a las escaleras, empujándose entre ellos.

—Mierda —Siseó el pelinegro, entrando a mi apartamento y envolviéndome entre sus brazos. Sin darme oportunidad de reaccionar, nos guio hasta la barra de la cocina y nos metió debajo de ella, por suerte esta en medio tenía un hueco en el que pudimos entrar y cubrirnos.

Claro, solo que quedamos muy pegados el uno del otro.

Muy cerca.

Me aferré a él con fuerza, esperando que el temblor parara. Respiré agitadamente al escuchar cómo tantas cosas caían y se destrozaban en el suelo.

—Tengo miedo —Musité y tomé su chaqueta entre mis puños, enterré mi cabeza en su pecho y rogué que nada le cayera a mi pierna. Estaba estirada debido a que aún no podía doblarla. Me dolía cada vez que lo intentaba.

Hardy me rodeó con sus brazos.

—Está bien, está bien —Intentó calmarme—. No pasará nada, estaremos bien, ¿de acuerdo? Ya pasará.

Mi cuerpo estaba temblando y tratar de pensar en cosas bonitas, no funcionó para calmar mis nervios.

Finalmente, todo se detuvo y ningún sonido se escuchó. Neal y yo no dijimos absolutamente nada por algún tiempo, solo nos quedamos abrazados lo cual me dio el privilegio de poder inhalar su olor.

Neal realmente olía maravilloso.

Me gustó.

Poco a poco nos separamos. Una de sus manos se posó en mi hombro, al instante pude sentir su piel caliente quemando la mía.

Eso no fue todo, porque por la posición en la que estábamos, su mano derecha quedó en medio de mis piernas un poco abiertas. Quedó apoyada contra el suelo y las mías apoyadas contra su pecho.

Nuestros rostros estaban a milímetros.

Sus ojos se veían incluso más hermosos de cerca, cubiertos de esas largas y muy negras pestañas.

Mi vista recayó en sus labios, esos labios que hasta la fecha, seguían siendo los que me habían dado el beso de mi vida.

La mano que mantenía en mi hombro subió a mi cabello.

Mi respiración se aceleró cuando él me contempló con atención.

—¿Estás bien? —Preguntó. Asentí, perdida en sus iris dorado—. ¿No te lastimaste?

Esta vez negué.

—Estoy... —Carraspeé, afectada por su cercanía—. Estoy bien.

—De acuerdo —Dijo y bajó un poco su vista para alejar esa bendita mano que por poco rozaba mi piel, contrario a lo que creí, él no la movió. Su mirada de nuevo subió a la mía, sus músculos se tensaron y sus ojos se oscurecieron—. Lara, estás desnuda.

Parpadeé, intentando asimilar sus palabras.

—¿Qué? —Alcancé a formular, bajando la cabeza.

—Estás desnuda, hechicera. Jodidamente desnuda.

La sangre me subió a las mejillas cuando fui consciente de que la toalla se movió por completo, descubriendo mis senos, mi abdomen y todo.

Neal me vio las tetas.

No, no solo vio eso.

Estaba abierta de piernas, casi debajo de él y sin nada cubriéndome.

Rápidamente me cubrí bien con la toalla y junté las piernas.

Grave error.

Su mano aún seguía ahí.

Y quedó encerrada entre mis muslos.

Alzó una ceja y ladeó la cabeza.

—Si no quieres que me vaya, solo debes pedírmelo y te complaceré —Se inclinó un poco—, pero es correcto secuestrar a quien intenta protegerte de un sismo.

—No quiero secuestrarte —Tragué saliva. Mis mejillas seguro estaban más rojas que una manzana. No era una situación en la que me habría imaginado con semejante hombre.

Una situación en la que yo estaba casi desnuda después de la ducha, el policía guapo llegando a mi apartamento para hablar conmigo, que a la bendita tierra se le ocurriera bailar, después yo debajo de una barra con él y con su mano a milímetros de mi vagina. No era una situación horrible, pero tampoco la más agradable.

—¡Lara! ¡¿Estás bien?! —La voz alterada de mi hermano quien venía corriendo para entrar al apartamento, me hizo apartar la vista de Neal. Thomas se detuvo junto a la puerta y miró la escena. Lo vi parpadear un par de veces antes de hablar—. Oh, hola tipo que básicamente está encima de mi hermana.

Neal se liberó solo al sacar su mano de mis muslos, rozando mi piel de manera involuntaria. Se giró un poco para mirar a Thomas y le dio un asentimiento de cabeza.

—Hola, hermano de la mujer que básicamente está debajo de mí. ¿Qué tal todo?

—Todo genial, excepto por esto que realmente no debería haber visto y es algo que espero se pueda borrar de mi mente —Nos señaló a ambos—. Aparte, ¿quién eres?

—Cierto, mis modales —Expresó el pelinegro y se señaló a sí mismo—. Soy Neal, amigo de Lara.

—Pues yo soy Thomas, hermano de Lara —Alzó la barbilla—. Y soy un hermano celoso y sobreprotector.

—Eso no es verdad —Bufé.

Mi hermano me ignoró y entornó los ojos en dirección a Hardy.

—Espero que tengas una muy buena explicación para esto, amigo —De nuevo nos señaló.

Neal iba a hablar, pero me adelanté.

—Neal no te debe explicaciones, Tommy —Manifesté—. Aparte, él ya se iba. ¿No es así, Hardy?

Neal frunció los labios un poco.

—Seguro.

Se levantó lentamente y me ayudó a incorporarme. Me miró al rostro fijamente y esbozó una sonrisa de lado.

—Fue un placer, hechicera —Expresó—. Supongo que te veré después.

Asentí y desvié la mirada.

—Adiós, Neal.

Se giró hacia mi hermano y le dio un asentimiento de cabeza. Caminó hacia la puerta para salir de mi apartamento.

—Adiós, Thomas —Se despidió de mi hermano una vez que salió.

—Adiós —Se limitó a responder el chico, cerrándole la puerta en la cara.

—¡Thomas! —Lo reprendí al instante—. Eres un maleducado.

Chasqueó con la lengua y se giró para mirarme. Señaló detrás de sí, para ser exacta; a la puerta.

—Oye, me cayó bien —Soltó.

Lo miré incrédula.

—¿Entonces por qué le azotaste la puerta en la cara? —Inquirí.

Se encogió de hombros.

—Si va a ser mi cuñado tiene que ganarse mi cariño primero —Se miró las uñas con desinterés.

—Neal no va a ser tu cuñado.

Me miró y alzó una ceja.

—Por la posición en la que los encontré, yo creo que sí —Canturreó.

Resoplé y rodé los ojos.

—Idiota —Insulté—. Mejor dime, ¿dónde estabas cuando empezó a temblar?

—Bajando de tu auto, busqué un lugar para cubrirme y vi a todas las personas bajar. Pensé que estarías ahí pero no te vi —Respondió—. Dejé las compras en el coche, iré por ellas, ¿de acuerdo?

Asentí.

—De acuerdo, ve con cuidado.

Mi hermano salió del apartamento, así que yo me quedé arreglando el desastre que el sismo causó. Por suerte los daños no fueron muchos y ni mi hermano ni yo resultamos heridos.

Todo estaba bien.

10 de noviembre, 2019.
PRESENTE.

Moví la cabeza de un lado al otro, siguiendo el ritmo de la canción aleatoria que salía de mi celular. Abrí el refrigerador y saqué dos papas, las lavé bien y empecé a quitarles la cascara para después empezar a cortarlas.

No me había encontrado con Neal después de que me vio todo, así que eso me tenía de buen humor. Se me calentaban las mejillas de solo pensar en encontrarmelo.

Supe que no estaba en Chicago, salió un día después de que estuvo aquí.

Creí que no viajaría por trabajo en todo un año.

Tal vez salió por un asunto familiar.

Me encogí de hombros.

Como sea.

Esperaba no encontrarmelo hasta el día de la boda.

Mi hermano entró a la cocina y olió la comida. Olía bien, lo sabía

—Hambre —Formuló, ocasionándome una sonrisa.

—Ya casi.

Asintió complacido y abrió el refrigerador para sacar limones. Tomó otro cuchillo y empezó a partirlos por la mitad.

—Haré limonada —Informó.

—De acuerdo.

También empezó a mover la cabeza al ritmo de la canción y se movió a la barra para terminar de preparar la bebida y darme más espacio para cocinar.

—Por cierto, ayer uno de tus amigos fue a mi trabajo —Habló desde su lugar.

—Ah, ¿sí? ¿Y qué te dijo? —Cuestioné, alzando una ceja.

—Pues nada, compró un café y al parecer me reconoció como tu hermano. Fue muy amable y te mandó saludos, dijo que espera verte pronto —Contó.

Asentí, frunciendo los labios.

—¿Y te dijo su nombre?

Tal vez era alguno de mis ex compañeros de universidad.

—Sí, dijo que su nombre es Bruno —Las palabras de mi hermano me dejaron helada.

Involuntariamente me corté un poco el dedo con el cuchillo, ocasionando que la sangre empezara a salir.

Solté un siseo de dolor.

Me acerqué al grifo de agua y lo abrí para lavar mi dedo. Apreté los dientes y cerré momentáneamente los ojos.

¿Bruno?

—Mierda, Lara. ¿Estás bien? —Preguntó mi hermano, sonando un tanto alarmado.

—Estoy bien, descuida —Hice una mueca—. Bruno...¿te dijo algo más?

Hundió las cejas.

—No, no dijo nada más —Contestó—. ¿Pasa algo?

Negué rápidamente.

—No, no pasa nada. Es solo que hace bastante que no lo veo —Sonreí para tranquilizarlo—. Si vuelve a ir a tu trabajo, ¿podrías avisarme?

Mi hermano ladeó la cabeza.

—Seguro, pero...¿por qué pareces tan alarmada? ¿Tienes algún problema con él? —Interrogó.

De nuevo negué.

—No, todo perfecto con Bruno. Solo, me gustaría saludarlo —Mentí—. Iré a buscar el botiquín, vigila la comida.

Me alejé rápidamente y fui rumbo al baño. Una vez que llegué, entré y me encerré en él. Me recargué contra la puerta y cerré los ojos con fuerza.

Presentarse ante mí era una cosa, pero ir al trabajo de mi hermano, ya era demasiado. Hablarle a mi hermano, era demasiado.

No lo quería cerca de Tommy, no quería que volviera a hablarle o a preguntarle por mí. No lo quería cerca de nosotros.

Pensar en su sola presencia me revolvía el estómago.

Confiaba en que no fue casualidad su encuentro. No, Bruno fue a propósito para encontrarse con Tommy, fue a propósito para hablarle. El Bruno que yo conocía no se pararía en una cafetería ni volviendo a nacer.

Bruno odiaba el café más que a nada en el mundo.

El simple olor le daba nauseas.

Él no se atrevería a entrar a un lugar lleno de ese aroma.

CAPÍTULO 11.
Perlas.
LARA SPENCER.

08 de septiembre, 2016.
PASADO.

Serví un poco de café en una taza y lo endulcé ya que no me gustaba tan amargo. Tomé la taza y me la llevé a los labios para darle un sorbo largo. Cerré los ojos unos momentos mientras aspiraba el aroma a café.

Los abrí cuando escuché unos pasos venir en mi dirección.

Era Bruno quien venía saliendo de la habitación mientras se ponía su camiseta.

Las cosas entre nosotros estuvieron tensas.

Muy tensas.

No hablábamos, no nos veíamos, nos evitábamos y sobre todo, no teníamos sexo. Después de lo que supe gracias a Monique, preferí darle su espacio para evitar salir insultada a causa de ese debate interno que estuvo atravesando.

No quería otra humillación o que fuera grosero.

Así que le sacaba la vuelta. No fue difícil porque él hizo lo mismo.

Hasta ayer.

Quería verme, me recogió en mi apartamento y me trajo aquí, me hizo suya y después dormimos juntos toda la noche. Y siendo sincera, no me opuse. Y no por el contrato, sino porque también lo deseaba, tanto tiempo sin sentirlo calaba hondo y dolía, porque había descubierto que realmente me gustaba tener sexo, me gustaba el placer y la rudeza con la que nuestros cuerpos colisionaban.

Era como una droga a la que me volví adicta.

Me miró una vez que terminó de ponerse la camiseta.

Carraspeé y señalé la cafetera.

—¿Café? —Ofrecí.

Hizo una mueca de asco y negó.

—No, gracias —Contestó, pasándose una mano por su cabello muy despeinado. No quería ni pensar en cómo estaba el mío.

—¿No tomas? —Alcé una ceja.

—No me gusta el café —Hizo una mueca—. Para ser sincero, lo odio. Es que el simple olor siempre me ha dado nauseas, no lo soporto.

Ladeé la cabeza, sonriendo un poco.

—¿Nauseas? —Repetí—. ¿Y qué tomas por las mañanas?

Se encogió de hombros, caminando el refrigerador para sacar una botella de agua fría.

—No solo existe el café, belleza. Aunque no lo creas, existen el jugo, chocolate, agua y muchas bebidas más —Comentó y alzó su botella de agua para reafirmar sus palabras.

Chasqueé con la lengua y le di un sorbo a mi café para después hablar.

—Sé que existe todo eso, no es necesario el sarcasmo.

Hizo un mohín desinteresado antes de beber de su agua. Una vez que terminó, dejó su botella en la encimera y me miró de pies a cabeza. Solo llevaba una bata delgada, eso explicaba su mirada tan hambrienta cuando posaba sus ojos en mí.

Era imposible que algo no se me removiera dentro cada vez que me miraba con tanto deseo y…anhelo.

Como si quisiera más de mí.

—Detente. Deja de mirarme así, es aterrador —Fingí un escalofrío.

Elevó una ceja.

—¿Soy aterrador? —Cuestionó.

Asentí rápidamente.

—Sí, lo eres y mucho —Bromeé.

Sonrió un poco y entornó los ojos mientras daba algunos pasos en mi dirección. Cuando estuvo cerca, me quitó la taza de las manos para dejarla sobre la barra y me acercó a su cuerpo al tomarme de la cintura.

Tomé una respiración profunda y miré sus labios rosados y suaves con fijeza.

—No te recuerdo en la habitación diciendo que soy aterrador —Musitó y besó mi barbilla. Cerré los ojos cuando empezó a trazar un recorrido de besos hasta mi cuello.

Lamió lentamente, por lo que gemí bajo y eché la cabeza a un lado para dejarlo continuar con su labor.

—En realidad...te recuerdo gimiendo y suplicando por más y más —Besó de nuevo—, y más.

Me mordí el labio.

También recordaba eso.

Esta vez sus labios subieron a los míos y los besó ansiosamente, como si no hubiera tenido suficiente de mí por hoy. Le seguí el beso, disfrutando cada momento de él, disfrutando de cada movimiento de su boca sobre la mía y de su lengua invadiéndome.

Me saboreó mientras su mano se mantenía en mi cabello, trazando caricias que me atontaron por completo.

Después de unos segundos se separó un poco y me miró a los ojos.

—¿Sabes qué? —Empezó en voz baja y ronca—, creo que podría gustarme el sabor del café, pero...solo si lo pruebo de tu boca. Podría acostumbrarme.

Respiré hondo, conteniendo mis impulsos un poco más.

Encendió el fuego, ahora tenía que apagarlo.

—Bien, pues prueba otro poco más hasta que te convenza —Me apresuré a buscar sus labios de nuevo. Ahora era yo la que marcaba un ritmo ansioso y necesitado. Uno desesperado.

Llevó sus manos a mi trasero para alzarme y hacerme rodear sus caderas con mis piernas. Caminó conmigo entre sus brazos hasta la sala. Se sentó en el sofá, por lo que quedé encima de él, sintiendo su erección rozándome. Jadeé cuando empezó a acariciar mi piel.

Me moví encima de él lentamente, ocasionando que un gruñido escapara de su boca.

Mordió mi labio inferior antes de alejarse un poco y descender por todo mi cuello hasta llegar a mis clavículas. Sus dedos viajaron al nudo de mi bata para deshacerlo y abrirla, de esa manera descubriendo mis pechos. Sus pupilas se dilataron más al verlos. Atrapó uno de ellos entre su mano, lo masajeó y ocasionó que un escalofrío me recorriera.

Gemí cuando se inclinó para besar el otro. Pasó la punta de su lengua por mi cima, tuve que arquearme y cerrar los ojos cuando lo sentí.

Bruno se dedicó a darle toda su atención a mis pechos.

Los dedos de su mano libre me acariciaron por fuera de las bragas. Me mordí el labio una vez más cuando me provocó un estremecimiento. De nuevo subió, esta vez dejando un camino de besos por mi cuello.

Mordisqueó con suavidad, antes de hacer un lado las bragas para esta vez, encontrarnos piel con piel. Jadeé, consumida completamente por el placer cuando se deslizó ávidamente por mis pliegues.

Esto se sentía tan bien.

—Chiara... —Gruñó y esta vez, el deseo se esfumó en un abrir y cerrar de ojos.

Me quedé quieta y...él también.

La respiración se me cortó, un nudo espantoso se instaló en mi estómago y...el corazón me dolió.

Realmente dolió.

Aceptar la realidad dolía tanto.

No era *Lara* para él, no era un *futuro* para él, ni quería más de mí como estúpidamente creí hace unos minutos.

Yo era el recuerdo que él tenía de esa mujer.

No me veía a mí, la veía a ella cada vez que me enfocaba, la besaba a ella cada vez que sus labios buscaban los míos y la sentía a ella cada vez que a mí me hacía suya.

—Lara, yo...

Muy tarde, las lágrimas ya se habían acumulado en mis ojos.

Ni siquiera debería doler. Después de todo, lo que empezaba mal, siempre terminaba peor.

Y lo nuestro fue un desastre desde el inicio.

—¿Me parezco a ella? —Hablé bajito, lo suficientemente alto como para que Bruno me escuchara.

Alejó la cabeza y esta vez me miró.

—¿Qué? —Interrogó, hundiendo las cejas.

Lo miré a los ojos.

—A Chiara...tu esposa... —Tragué saliva—. ¿Me parezco a ella?

Su mandíbula se tensó al escucharme.

—¿Quién te habló de Chiara? —Toda la lujuria o el deseo que había en sus ojos, simplemente se esfumó de la nada—. ¿Cómo sabes quién es?

—Eso no importa, no importa quién me habló de Chiara —Respondí. No pretendía echar de cabeza a Mon—. Solo respóndeme con la verdad, ¿hay parecido entre nosotras dos, Bruno?

Sus dientes se apretaron.

—No. No se parecen en absolutamente nada —Ahora su voz era distante y hostil.

—Me has dicho su nombre varias veces...acabas de gemir su nombre en mi oído —Mi voz salió desgarrada—. ¿Te la imaginas a ella cada vez que estás conmigo?

Me tomó de las caderas y me dejó bruscamente en el sofá. El aturdimiento llegó, así que tuve que parpadear.

Él se levantó de inmediato.

—No digas estupideces —Me miró con fijeza—. Además, si así fuera, eso es algo que no es de tu incumbencia.

Contraje el rostro.

—Por supuesto que lo es, también estamos hablando de mí —Musité, señalándome—. Me haces sentir que soy un reemplazo o un premio de consolación y duele, te juro que duele sentirme así.

Aplanó los labios y negó lentamente.

»Así que por favor dime, ¿soy su reemplazo? —Mi voz fue baja.

Guardó silencio por unos segundos eternos, tal vez pensando en lo que diría, tal vez simplemente no respondería y guardaría silencio como todas las veces que algo no le gustaba o no le parecía.

—Son diferentes, Lara. No existe tal reemplazo, déjalo estar —Manifestó. En sus ojos aún podía notar el brillo del enojo contenido—. No quiero escuchar más sobre esto.

Se dio media vuelta, dispuesto a ir a la entrada para salir y dejarme aquí.

Tomé valor antes de hablar.

—Has dicho su nombre cuando estás conmigo, así que por favor dime, ¿qué nos hace diferentes si esto ha pasado tantas veces? —Estaba metiéndome en terreno peligroso, lo sabía.

Me miró por encima del hombro.

—¿Realmente quieres saberlo? —Inquirió, sonando un tanto seco.

—Necesito saberlo, Bruno —Susurré—, porque si no seré correspondida y solo la reflejarás a ella en mí, entonces prefiero poner mi esfuerzo en borrar cualquier sentimiento que tengo por ti.

Me echó una mirada fría.

—¿Qué tienen las mujeres con siempre enamorarse del primero que se las coge?

No hice ningún movimiento después de escuchar esas palabras saliendo de su boca.

No sabía que unas simples palabras podían herir tanto.

—Bruno...

—¿Quieres la diferencia? Bien, la diferencia es que a ella la amo —Soltó sin un atisbo de arrepentimiento—, en cambio por ti no siento nada. Nuestro contrato solo se basa en follar cada vez que yo lo decida, Lara, así que déjate de ilusiones porque para mí no eres más que otra puta a la que me tiro cada vez que se me da la gana.

Antes de que pudiera responder, él se alejó y caminó rumbo a la puerta. Lo escuché salir de su apartamento sin siquiera dirigirme una última mirada.

Como todas las veces, me dejó sola.

Y esta vez, a diferencia de las demás, sí permití que las lágrimas salieran.

18 de septiembre, 2016
PASADO.

Me terminé de aplicar el pintalabios y me miré al espejo para comprobar que estaba perfecta. Suspiré e hice una mueca.

Bien, otro día más. Otro baile más.

Me sobresalté cuando escuché el sonido de la puerta ser tocada. Me giré hacia ella y carraspeé.

—¿Sí? —Hablé alto para ser escuchada.

—Soy Bruno —Fue todo lo que dijo.

Tragué saliva y me giré de nuevo hacia el espejo.

Tomé una respiración profunda y cerré los ojos unos instantes.

—Adelante —Mi voz tembló ligeramente.

La puerta se abrió y por ella entró un Bruno Alighieri tranquilo y ligeramente inexpresivo. Cerró detrás de él y se adentró más al camerino, miré todos sus movimientos a través del cristal frente a mí. Dio pasos en mi dirección, hasta estar lo suficientemente cerca. Estaba sentada en la silla de mi tocador, por eso se veía incluso más alto.

—¿Se te ofrece algo? —Pregunté de mala gana.

Hizo una mueca y llevó sus manos a mis hombros para empezar a masajear lentamente.

—No quiero esto, Lara —Se inclinó para susurrar cerca de mi oído.

Me relajé un poco con su masaje.

—¿No quieres qué? —Inquirí, un tanto confundida.

Besó la curvatura de mi cuello.

—Estar lejos de ti, no mirarte ni tenerte está volviéndome loco —Se sinceró.

Aplané los labios y asentí lentamente. Desde que se fue de su apartamento el día que lo enfrenté por lo de Chiara, las cosas volvieron a ser tensas entre nosotros, fue como si todo el avance simplemente se hubiera esfumado. Él no quería hablar conmigo ni yo con él, de hecho, esta era la primera vez que compartíamos palabras desde entonces.

—Y es que siempre se va a tratar de sexo, ¿no? —Expresé y solté un suspiro exhausto—. Es lo único que te importa.

Ya lo dejó claro y yo ya lo acepté.

—Es más que eso, lo sabes —Respondió—. Si quisiera sexo, entonces lo buscaría en cualquier lugar. Pero, no es así. No hay ninguna mujer que despierte los instintos y los sentimientos que tú despiertas en mí. Aunque lo niegue, sé que así es y que no puedo cambiar la necesidad que tengo por estar contigo. Porque eso eres; mi necesidad.

Parpadeé y negué.

—Dijiste que no sentías nada por mí —Carraspeé—. Que no era más que otra pu…

—Las personas dicen tonterías cuando se enojan, belleza —Me interrumpió.

¿Era así?

Miré el suelo.

—No puedo creerte ahora, porque cuando siento que me estoy acercando a ti, tú retrocedes y me ofendes. No voy a intentarlo más, Bruno —Parpadeé—. Es mejor que te vayas, no falta mucho para que tenga que salir, debo terminar de arreglarme.

Me miró a través del espejo, por lo que yo tuve que desviar los ojos. Suspiró con pesadez y llevó su mano al bolsillo de su abrigo. De él sacó una caja larga y delgada de terciopelo. La puso delante de mí, por lo que la observé con confusión.

¿Qué era eso?

Como si hubiera escuchado mi pregunta, optó por abrirla y mostrar el hermoso collar de perlas que había en el interior. Era blanco, reluciente y…tan perfecto.

—¿Qué...?

—Es para ti —Interrumpió.

Contraje el rostro.

—¿Para mí?

Bruno asintió y tomó el collar. Me hizo el cabello a un lado lentamente, rozando mi piel con sus dedos mientras colocaba el collar para que adornara mi cuello. Llevaba puesto el crucifijo de mi abuela, por lo que no estaba tan vacío antes de las perlas.

Me miré al espejo una vez que terminó.

Se miraba hermoso y caro.

Debió haber costado más que mi sueldo de dos meses juntos.

—No lo quiero. Si vas a usar esto también como una manera de recordarme que soy tu propiedad, mejor llévatelo.

Negó.

—No, no lo es. Quiero que lo tengas porque mereces cosas buenas —Respondió de la misma manera y se inclinó para besar mi mejilla. La presión apenas duró unos segundos, dado a que se incorporó y me miró a través del espejo—. Te dejo para que termines, te veré después, Lara.

—De acuerdo —Musité. Me dedicó una última mirada antes de caminar a la entrada y marcharse de mi habitación.

Cuando me quedé a solas, llevé mis dedos a la joya y la acaricié con suavidad. Negué con la cabeza para enfocarme en terminar de arreglarme y así salir antes de que se hiciera más tarde. Me levanté para colocarme mi vestuario de esta noche, una vez que terminé tomé mi antifaz y me lo coloqué.

Después de que terminó mi turno, volví a mi habitación para quitarme todo esto de encima.

Me quité los aretes, las pulseras y los anillos para poder lavarme el cabello sin que estorbaran, lo único que dejé fue el collar de perlas y el de mi abuela. Me desmaquillé y después corrí al baño para lavar rápidamente mi cabello. Una vez que terminé volví a mi habitación y me cambié las prendas que apenas y me cubrían por un pantalón holgado y una blusa verde de manga larga.

Encendí la secadora y me dispuse a secar mi cabello para irme a casa lo antes posible y tal vez, si Tommy aún seguía despierto, ver alguna película o serie con él.

Nosotros teníamos la tradición de rentar películas en un videoclub. Casi siempre veíamos las mismas, pero lo amábamos y era algo tan nuestro que ambos apreciábamos.

Comíamos palomitas y dulces, pero antes de eso podíamos estar peleando en el videoclub mientras elegíamos qué película ver. Nuestros gustos eran muy diferentes, pero aun con eso, era tan lindo pasar esos momentos con él.

La puerta se abrió lentamente, por lo que detuve mi acción y me giré rápidamente para mirarla. Me levanté de golpe cuando un hombre que jamás en mi vida había visto, entró y cerró detrás de él, colocando el pestillo.

Me aferré a la secadora con fuerza al sentir el miedo invadiéndome.

Una sensación horrible.

—Señor...usted no puede estar aquí, tiene que marcharse —Susurré y tragué saliva.

Me miró con fascinación.

—Eres ella, ¿cierto? —Ignoró todo lo que dije—. La penúltima chica que bailó, la del antifaz negro. Eres tú, ¿cierto?

Me encogí un poco cuando dio pasos en mi dirección.

—Yo...

—Podría reconocer esa mirada tan encantadora y envolvente a kilómetros de distancia —Se relamió los labios—. Puedo reconocer fácilmente ese cuerpo de diosa.

Retrocedí por inercia y negué.

—Tiene que irse, le repito que no puede estar aquí.

Ladeó la cabeza y me observó de arriba abajo.

—He estado observándote por semanas. Eres la única razón por la que vengo a este lugar, porque me gusta verte bailar y admirarte. Eres completamente hermosa —Manifestó, de nuevo ignorando mis palabras—. ¿Cuál es tu sueldo? Puedo pagarte el triple solo porque pases esta noche conmigo, lo que sea que quieras, puedo dártelo.

Contraje el rostro.

—Se está confundiendo, esto no es un burdel y yo solo soy bailarina —Expresé, señalando la puerta—. Váyase, no acepto su oferta.

Hizo una mueca.

—Conozco a las de tu clase, fingen que no están interesadas hasta que aumentan la oferta. Solo déjate de rodeos y dime cuánto quieres, lo que sea que desees lo tendrás. Solo déjame probarte, es lo que he deseado desde la primera vez que te vi en el escenario.

Dio más pasos en mi dirección, yo retrocedí.

—He dicho que no —Apreté los dientes.

—No me gustan las negativas. Estoy haciendo esto por las buenas, no me obligues a tomarlo por las malas —Su voz molesta y fría me envió un escalofrío.

Temblé ligeramente.

—Que...que he dicho que se largue de mi camerino. No lo quiero aquí. Llamaré a seguridad si no se marcha de inmediato —Mi voz bajó un poco.

Tuve que aferrarme más a la secadora cuando el miedo aumentó.

—Inténtalo si quieres, pero te advertí que no me gusta que me nieguen algo que quiero —Expresó. Terminó de llegar a mí y me jaloneó del brazo para acercar mi cuerpo al suyo.

Me sacudí con fuerza para que me soltara.

—¡Suéltame! —Vociferé y le planté un golpe con la secadora en su mejilla.

El hombre parpadeó y se quedó inmóvil, como si estuviera captando lo que acababa de hacer, como si no terminara de creerse que realmente lo había golpeado.

—Maldita zorra —Gruñó, tomándome del cabello y con su mano libre regresándome el golpe con más fuerza y furia. El lado derecho de mi rostro ardió como nunca lo había hecho, y era que para ser sincera, jamás había recibido un golpe por parte de alguien más.

Aún mantenía sus dedos apretando mi cabello con fuerza, tanto que mi cuero cabelludo comenzó a doler y a picar. Estrelló mi cabeza contra el espejo y este se fracturó un poco ante el impacto.

Parpadeé, sintiéndome aturdida y mareada.

—Para...solo detente... —Balbuceé.

Negó con la cabeza y me lanzó al suelo. Se colocó encima de mí por lo que me retorcí intentando alejarlo.

—Lo preferiste a la mala —Insinuó y quiso besarme, giré mi cabeza en todas las direcciones para que no lo lograra, incluso lo golpeé y arañé para ver si eso me servía para alejarlo.

—¡Que te alejes! ¡Déjame en paz! —Supliqué, sintiendo mis ojos llenos de lágrimas.

Cuando las manos de este hombre recorrieron mi cuerpo, unas ganas inexplicables de gritar, llorar y vomitar sacudieron violentamente cada centímetro de mí.

—¡Ayuda! ¡Alguien ayúdeme...! —Mis gritos se vieron interrumpidos cuando de nuevo me abofeteó y después cubrió mi boca con su mano.

—Cállate, si cooperas será más rápido —Besó mi cuello.

Solté un sollozo ahogado y negué.

El sonido de la puerta siendo tocada, hizo que el alma me regresara al cuerpo.

—¿Lara? —Era Bruno—. He escuchado gritos, ¿estás bien?

El hombre me hizo una seña de que guardara silencio, seña que ignoré porque intenté gritar, solo que la mano del señor no me lo permitió. Solo se escuchaban quejidos bajos cada vez que lo intentaba.

—¿Lara?

—Shh...silencio —Susurró el tipo en mi oído.

Enterré mis uñas en su cuello cuando se distrajo por los golpes en la puerta, logré que siseara por el dolor y aflojara su agarre.

—¡Bruno! ¡Ayúdame! —Sollocé alto.

—¡Que te calles! —Otro golpe más.

La perilla de la puerta se movió con violencia.

—Lara, abre la puerta —Habló Bruno del otro lado.

Más lágrimas escaparon de mis ojos.

No puedo abrir.

No me deja moverme.

El hombre no se movía, solo permanecía alerta escuchando el sonido de afuera. Ahora parecía asustado, el hijo de puta ahora sí tenía miedo.

Sonó un impacto en la puerta.

Luego otro.

Y finalmente en el tercero, logró derribarla y entrar.

El rostro del desconocido palideció. Bruno frunció el entrecejo y tensó la mandíbula, dio pasos rápidos a nosotros y me quitó al tipo de encima. Me pegué rápidamente a la pared, rodeando mi cuerpo con mis brazos al ver a Bruno golpeando a ese hombre.

Pude ver que los ojos de mi jefe están llenos de rabia y preocupación. Tuvieron que llegar algunos guardias del lugar para separarlos e inmovilizar al tipo. Bruno hizo una seña con la cabeza para que se lo llevaran lejos y sin rechistar, hicieron lo que ordenó mientras que el desconocido gritaba que lo soltaran. Mientras lo sacaban, noté que su cara estaba ensangrentada por los golpes.

Sollocé y temblé porque el maldito miedo aún no disminuía.

Bruno me miró y bajó los hombros. Se acercó a paso cauteloso e inseguro, una vez que estuvo lo suficientemente cerca, se arrodilló frente a mí y trato de buscar mi mirada. No lo pensé ni dos veces antes de lanzarme a sus brazos, buscando un poco de protección y seguridad.

Llevó su mano a mi cabello y acarició con suavidad mientras yo lloraba contra su pecho.

—Estoy aquí, está bien. Todo está bien —Susurró, abrazándome con fuerza.

—Él intentó...intentó... —No podía ni terminar la oración.

Me apreté más contra su cuerpo, sus músculos se tensaron por completo.

—Me duele todo...me golpeó y yo... —Sollocé—. Creí que...

Creí que nadie me escucharía.

Se separó un poco para mirar mi rostro. Lo tomó entre sus manos y observó mis golpes. No sabía cómo se veían, solo sabía que ardía demasiado. Sus ojos se volvieron fríos, apretó los dientes y negó con la cabeza.

—Voy a matarlo, Lara —Siseó—. Quédate aquí.

Me soltó y se levantó rápidamente. Parpadeé, intentando captar sus palabras.

—Bruno… —Tragué saliva.

No me respondió, contrario a eso se encaminó a la puerta y salió, dejándome a solas en la habitación.

¿Qué haría?

Me incorporé y respiré agitadamente. Corrí detrás de él, temiendo del significado verdadero detrás de su última oración. Era Bruno, podría ser capaz de lo que fuera. Y lo que sea que pensara, no quería que lo hiciera, no quería que se hiciera esto.

Tomé su brazo una vez que lo alcancé y lo obligué a mirarme.

—¿A dónde vas? —Mi voz tembló—. ¿Qué harás?

Entornó los ojos.

—Te dije lo que haría —Soltó—. Espérame en la oficina. Volveré pronto.

Negué con la cabeza.

—No te dejaré hacerlo. No vale la pena, ese tipo no lo vale —Musité, él tensó la mandíbula y miró mi mano sobre su brazo.

—La cuestión es, que no te pedí permiso —Me apartó—. Y no voy a quedarme de pie sin hacer nada después de que él te puso las manos encima y te...

Me señaló de arriba abajo.

—No puedo verte así y no hacer algo al respecto, así que vete.

Caminó en dirección contraria, dirigiéndose al final del pasillo. Lo seguí y de nuevo traté de detenerlo. Pude sentir el ritmo frenético de mi corazón golpeando contra mi pecho, también pude sentir lo agitada que estaba mi respiración.

Abrió una puerta y cuando quise entrar, me apartó y cerró. Intenté abrir, pero él colocó el pestillo desde adentro, bloqueándome la entrada.

—¡Bruno! ¡Abre la puerta! —Toqué desesperadamente—. Lo que sea que estés pensando, no lo hagas. No te manches las manos, no te hagas esto por favor…

Ese hombre no valía la pena.

Golpeé más, con más fuerza y repetidamente. Mis intentos fueron inútiles, no pude derribarla.

Me llevé las manos al cabello, llena de miedo y frustración.

Miré en todas las direcciones posibles hasta que recordé que podía ser que en su oficina tuviera llaves de repuesto. Fui rumbo a esa dirección rápidamente y entré al lugar. Abrí los cajones uno por uno buscando algún juego de llaves hasta que lo encontré.

Por favor, que sean estas.

De nuevo fui a esa puerta y probé con todas las llaves que había, después de varios intentos por fin logré abrir y entrar. Por poco caí al suelo al no fijarme que tenía que bajar por unas escaleras.

Escuché voces proviniendo de abajo, sonidos fuertes y quejidos. Bajé rápido, teniendo cuidado de no caer ya que no había tanta luz en el lugar.

—No tocas a las bailarinas, mucho menos a ella —Era Bruno quien estaba hablando.

Alguien rio por lo bajo, apenas perceptible.

—Claro, porque eres el único que puede cogerse a esa puta —Le contestó quien pude reconocer como el hombre que estuvo en mi camerino.

Un golpe.

Un siseo de dolor.

—Te prohíbo que te expreses de ella de esa manera. Es más, te prohíbo hablar, de tu boca solo sale pura mierda —Masculló Alighieri y...realmente se escuchaba enfadado.

—¿No es eso lo que es? —Inquirió el hombre—. Llevo bastante tiempo viéndola, observando y siguiéndola. Sé que se te vendió, sé dónde se ven, dónde vive y con quién. Sé que pagando podría tenerla. Solo que... no sabía que sería tan difícil convencerla. ¿Cómo es que tú lo lograste?

Otro golpe.

—Puto enfermo de mierda —Gruñó Bruno. El sonido de un arma siendo cargada me puso en alerta y me hizo salir de mi escondite.

Vi a Bruno apuntarle al tipo, este último ahora realmente parecía asustado, su rostro no tenía ningún color, claro, ignorando el de la sangre.

—¡Espera! —Interrumpí antes de que le disparara. Había tres hombres sosteniendo al desconocido, por lo que no podía moverse. Mi jefe me miró y frunció en entrecejo.

—Lara...te dije que te fueras —Expresó con los dientes apretados.

—No dejaré que te conviertas en un asesino —Ignoré sus palabras—. Esto...no tienes que hacer esto, no es tu trabajo. Deja que la policía se encargue, deja que la justicia le dé lo que merece, no dejes que tu rabia te haga hacer algo de lo que puedas arrepentirte.

Soltó una risa irónica.

—¿Por qué me arrepentiría? —Inquirió, encogiéndose de hombros—. Esto es lo que merece.

—No. Lo correcto sería que vaya a la cárcel y pase mucho tiempo ahí, la solución no es que lo mates y te manches las manos con su sangre. No vale la pena que te hagas esto, no puedo dejar que te conviertas en un homicida —Mi labio inferior tembló—. No me perdonaría jamás que... que te hagas esto, que arruines tu vida y seas tú quien se pudra en prisión solo por defenderme, así que por…

—¿La cárcel? —Entornó los ojos—. ¿Crees que pasará mucho tiempo en la cárcel? Lo lamento, belleza. Lamento reventar tu burbuja de un mundo dulce y rosado, pero el mundo real no funciona así. Esto es lo que pasará: Estará dos noches en una celda, pagará una fianza y saldrá de nuevo, tendrá el camino libre para acercarse de nuevo a ti y lastimarte. ¿Eso es lo que quieres?

—La justicia... —Empecé.

—La justicia ni una mierda. Vete ahora —Ordenó y señaló el lugar que daba a las escaleras.

Di pasos en su dirección.

Solo quería que fuera razonable.

Si mataba a este hombre, la policía lo descubriría y él iría a prisión por muchos años.

—Por favor vámonos de aquí, no hagas esto por mí. Bruno, no quiero perderte.

—Lárgate —Zanjó.

Me posé delante de él, quedando en medio de ambos hombres.

—No.

—Lara... —Masculló.

—No hagas esto...hay otras maneras. Maneras correctas —Me relamí los labios y supliqué con la mirada.

—Esta es la manera correcta —Se inclinó un poco—. Largo.

—No me iré, Bruno. Solo mírame, te estoy suplicando para que entres en razón. No dejes que la furia te domine. Sé que eres bueno y que en el fondo sabes que esto es algo de lo que te arrepentirás —Susurré—. No eres un asesino.

Sus ojos fríos observaron los míos.

—Por última vez, Lara, vete —Manifestó.

Negué.

—No. Así me grites o me odies, no me iré y no dejaré que arruines tu vida por este tipo que no vale la pena.

—Lara... —Advirtió de nuevo.

—Que no —Apreté los dientes.

Asintió lentamente.

—De acuerdo, no quieres irte —Dio un paso hacia mí—. No quieres que lo mate. Bueno, entonces hazlo tú.

Me tendió el arma.

Contraje el rostro.

—¿Qué...? —Miré la pistola y negué con la cabeza—. No.

Tomó mi mano con fuerza y me hizo tomar el arma junto con él. Intenté alejarme, pero su agarre no me dejaba.

—No me gusta repetir las cosas —Expresó fríamente y apuntó el arma en dirección al tipo, él tembló y miró la escena con pánico—. Te dije que te fueras, Lara.

Y todo pasó tan rápido.

No pude...no pude ni asimilar todo lo que estaba pasando y todo lo que Bruno estaba diciendo hasta que escuché el sonido del disparo.

Me hizo jalar el gatillo.

La bala impactó contra la frente del hombre y él cayó al suelo una vez que los empleados de Bruno lo soltaron. El líquido carmesí empezó a recorrer su frente y un charco de este mismo empezó a formarse en el suelo.

Solté el aire contenido y mis ojos se llenaron de lágrimas.

No...

No lo hizo.

No me hizo esto.

Se guardó el arma y se inclinó para hablarme al oído.

—Y si me hubieras escuchado la primera vez, esto no habría pasado —Siseó lentamente.

No encontré palabras para contestar, solo pude mirar al desconocido tendido en el suelo sin vida.

Bruno se alejó y empezó a caminar rumbo a las escaleras sin decirme nada más. Una vez que lo perdí de vista, solté un sollozo y miré mis manos que justo ahora temblaban como nunca habían temblado.

Las lágrimas empezaron a bajar por mis mejillas y la vista se me nubló debido a ellas. Negué frenéticamente con la cabeza, aún sin poder creer que me hizo disparar.

Me llevé la mano al pecho, tratando de tranquilizarme, pero me fue imposible.

Mi corazón latía con fuerza, con un ritmo descontrolado.

Mis dedos tocaron el collar de perlas, por lo que de nuevo solté otro sollozo.

Mi abuela siempre dijo que las perlas simbolizaban pureza.

Pero...yo ya no era pura.

Era una asesina.

CAPÍTULO 12.
La boda.
LARA SPENCER.

18 de noviembre, 2019.
PRESENTE.

Me terminé de colocar perfume y me miré en el espejo para comprobar que todo estuviera perfecto. Afortunadamente así era. Mi maquillaje era sutil y hacía resaltar mis ojos. Mi cabello estaba en ondas ligeras y se miraba precioso.

Y el vestido...

El bendito vestido.

Era de satén, tirantes y tenía un escote pronunciado en la espalda. Se ajustaba a mi cuerpo; realzando mi trasero y mis pechos. Cubría mis pies, la cola corta se arrastraba en el suelo. El color también era hermoso; palo rosa.

Por suerte, la boda era en un salón enorme lleno de invitados, por lo que no tendría tanto frío.

Me coloqué los aretes y tomé mi pequeño bolso, me pasé la cadena por el hombro y le sonreí a mi reflejo.

Me sentía hermosa.

Ya estaba completamente lista, antes ya había tomado mi cargador, mi celular y me había cepillado los dientes, así que todo estaba bien.

Salí de mi alcoba y toqué la puerta de la habitación de mi hermano.

—¿Tom? ¿Ya estás listo? —Pregunté—. Soy la dama de honor, recuerda que debo llegar mucho antes que todos.

—¡Un momento, hermanita! —Expresó desde el interior.

Asentí aunque él no pudiera verme y fui en dirección a la cocina para asegurarme que todo estuviera cerrado para evitar que algo malo pasara mientras no estábamos. Volveríamos tarde a casa, por lo que se quedaría sola por mucho tiempo.

Escuché los pasos de mi hermano venir desde el pasillo, por lo que giré y solté un silbido, señalándolo de arriba abajo. Él sonrió con egocentrismo y dio una vuelta como si estuviera modelando para una marca famosa o algo por el estilo.

—¿Qué tal me veo? —Preguntó.

—Serás la envidia de los padrinos del novio —Le guiñé un ojo—. Y el delirio de las damas.

Rodó los ojos, un tanto divertido por mis palabras.

—Prefiero ser el delirio de la novia —Hizo un puchero—. Le gustan los hombres en traje, ¿no? Entonces tendré que gustarle yo.

Lo miré mal.

—Creí que tu enamoramiento hacia Elaine ya había quedado atrás —Señalé.

Suspiró con dramatismo y se llevó una mano al pecho.

—Nunca. Es el gran amor de mi vida —Expresó—. Si le gustaran menores te apuesto a que la habría conquistado.

Reí levemente.

—Estoy segura de que sí, Tommy —Lo animé—. ¿Yo que tal me miro?

—Luces hermosa, Lara.

Sonreí.

—Parece que es de familia.

Solo había visto a mi hermano vestido formal un par de veces en toda mi vida; en su graduación de preparatoria, en el funeral de mi abuela hace muchos años y en esta ocasión; la boda de mi mejor amiga.

El traje se ajustaba a su cuerpo y lo hacía ver bastante elegante. Su cabello castaño estaba peinado para que no se mirara como todo el tiempo lo llevaba; desordenado. Sus ojos lucían resplandecientes y sus pestañas largas y rizadas como siempre.

Los Spencer teníamos buenos genes.

Miré la hora en el reloj de la pared y me apresuré a ir a la puerta.

—Vamos, se hace tarde.

Mi hermano fue detrás de mí y cerró la puerta detrás de él. Subimos al elevador y esperamos a llegar al primer piso. No estaba usando muletas, aunque aun no estaba del todo bien, preferí no usarlas. Solo procuraría no apoyar mucho el pie.

Igual no iba a bailar.

Ya no me gustaba bailar.

Sabía que era la boda de mi mejor amiga, pero ella lo entendía.

Le di las llaves del auto a mi hermano una vez que llegamos a donde estaba aparcado y subí del lado del copiloto.

Me coloqué el cinturón de seguridad mientras mi hermano subía de su lado e imitaba mi acción. Puso el auto en marcha para alejarnos del edificio y llegar a tiempo.

Me recargué en mi asiento y encendí la radio, poniéndola a un volumen un poco bajo.

Miré a mi hermano. Él estaba tranquilo, toda la semana estuvo tranquilo mientras que yo me mordía las uñas por los nervios. Mi mente había sido un torbellino los últimos días debido a que Bruno fue al trabajo de mi hermano. No podía dejar de pensar en eso y seguro que él lo sabía. Sabía que Thomas era mi punto débil, era por eso que intentaba acercarse por medio de él.

—Eres escalofriante... —Canturreó sin despegar su vista de la carretera—. Me evalúas más que la mujer que me hizo mi examen para la licencia.

Sonreí.

—Trato de intimidarte, niño.

—Intimidarme —Bufó—. Tú no intimidas ni a una ardilla.

Entorné los ojos.

—Por supuesto que intimido. ¿No ves que soy muy ruda?

Soltó una carcajada.

—Ruda para las hormigas tal vez.

—Come mierda.

De nuevo rio, pero esta vez se encogió de hombros y se detuvo en un semáforo en rojo, subió un poco la radio cuando comenzó a sonar una canción que le gustaba.

—Es mi comida favorita —Le restó importancia—. Cambiando de tema, tu amigo el arquitecto estará en la boda, ¿no?

—¿Derek? —Inquirí, a lo que él asintió—. Sí, es el mejor amigo del novio y uno de sus padrinos.

—Genial, hay algunas cosas que quiero preguntarle sobre la carrera. ¿Crees que quiera responder mis preguntas?

Thomas también estudiaba arquitectura.

—Es un tipo agradable, apuesto a que sí —Contesté, viendo como el semáforo cambiaba a verde—. Solo no lo asfixies con tantas preguntas al mismo tiempo. Ya te conozco.

—No lo asfixiaré, seré decente —Expresó y arrugó la nariz—. En realidad, solo son un par de preguntas rápidas, ni se dará cuenta de que estuve ahí.

—Preguntaría cuáles son tus dudas, pero sé que no entendería nada —Hice un mohín—, así que me quedo como estoy.

Tommy rio levemente.

—Mejor.

Siguió conduciendo algunos minutos más hasta que finalmente llegamos a la capilla en la que sería la boda. Aún faltaba para que la ceremonia comenzara, seguro Ellie debía estar terminando de prepararse.

Mi hermano aparcó, por lo que abrí la puerta y salí. Alcé un poco la falda de mi vestido para evitar tropezar y miré al chico.

—Estaré con Elaine, si me necesitas me llamas, ¿de acuerdo?

Asintió.

—De acuerdo.

Sin contestar nada más, fui al interior de la capilla y subí hasta la habitación en la que sabía que se encontraría, una vez que estuve delante de la puerta, toqué suavemente un par de veces.

—¡Soy Lara! —Informé antes de que preguntara.

—¡Adelante!

Abrí y vi a Elaine sentada mientras terminaban su maquillaje. Sus ojos estaban cerrados mientras la arreglan.

Lucía hermosa.

—El novio se va a volver a enamorar en cuanto te vea —Halagué, por lo que Elaine sonrió enormemente.

—Eso ha calmado un poco mis nervios —Admitió—. Por cierto; si no lo has notado, estoy muy nerviosa.

Alzó su dedo y se señaló para dejar claro que hablaba de ella.

—¿Y por qué lo estás?

—Porque es mi boda, Lara. ¿Qué mujer no está nerviosa en su boda? —Inquirió, por lo que solté una pequeña risa y me encogí de hombros.

—No lo sé, nunca he tenido una boda —Le recordé. Me acerqué a uno de los espejos y me miré en él. Mi maquillaje seguía bien. Sandy y yo también tuvimos personas que nos maquillaron por ser damas, después de que terminaron su trabajo cada una fue a casa a terminar de arreglarse para venir acá.

Posiblemente ella ya estaba por llegar.

—Bueno, esta también es mi primera vez, quiero que todo salga perfecto —Se mordió el labio inferior, mostrándose un poco ansiosa—. Ya sabes lo obsesiva y perfeccionista que puedo ser.

Caminé a Elaine y me coloqué detrás de ella, froté sus hombros un poco para intentar tranquilizarla mientras la maquillista permanecía en silencio haciendo su trabajo.

—Calma, Ellie. Todo irá bien —Expresé—. Disfruta tu día como lo mereces, tienes a tus damas para que nos ocupemos de que todo salga como debe ser, ¿de acuerdo? Tú mantén la calma, deja que seamos nosotras las que nos volvamos locas con todos los detalles.

Tomó una respiración profunda y asintió.

—Listo —Informó la chica. Elaine abrió los ojos y se miró en el espejo. Su mirada brilló en cuanto se admiró.

—Dios... —Susurró—. No tengo palabras...

—¿Te gusta?

—Me encanta —Respondió mi amiga.

La maquillista asintió complacida.

—Anda, pruébate tu vestido, se verá mucho mejor cuando lo tengas puesto.

Ela asintió frenética y totalmente emocionada mientras se levantaba de la silla con rapidez. Corrió al vestidor del lugar, aquel en donde se encontraba su vestido de novia protegido para que no se dañara.

La chica y yo esperamos mientras Elaine se vestía, pasaron algunos minutos hasta que la puerta del lugar fue tocada. Caminé a ella y abrí un poco, encontrándome con el señor Morgan.

Le sonreí y lo dejé entrar.

—Señor Morgan, ¿cómo está?

—Muy bien, Lara. ¿Cómo estás tú? —Regresó—. ¿Cómo se encuentra tu hermano?

Me encogí de hombros.

—Estamos muy bien, ya sabe, discutiendo como todos los hermanos —Respondí. Me vi interrumpida cuando finalmente Elaine salió. Los ojos de su padre brillaron con amor y adoración mientras veía a su única hija vestida de blanco.

Caminó a ella y tomó sus manos con delicadeza.

—Mi Ellie...eres la novia más hermosa que podrá existir —Le sonrió—. Mason realmente tiene que sentirse como el hombre más afortunado del mundo, cariño.

Ella curvó las comisuras de su boca hacia arriba y negó con la cabeza.

—Estás exagerando solo porque eres mi padre —Rio suavemente.

—No exagero, solo hablo con la verdad —Defendió y acarició su cabello con ternura—. Tu madre amaría verte así; casándote con el hombre que amas. Amaría ver la sonrisa de felicidad que tienes en este momento.

Ella parpadeó, sus ojos brillaron por sus palabras. Por su expresión pude adivinar que estaba pensando en su madre. Había tanto amor en su mirada cada vez que la recordaba.

La echaba de menos.

De nuevo la puerta fue tocada, por lo que gritamos un "adelante" para quien sea que estuviera ahí.

Sandy entró.

Ella también lucía preciosa.

—No llego tarde, ¿cierto? —Hizo una mueca antes de enfocarse en Ela—. ¡Oh, Dios! ¡Luces espectacular!

—Muchas gracias, Sandy. También has ayudado a disminuir mis nervios —Le sonrió—. Y respondiendo a tu pregunta, llegas justo a tiempo.

Ella suspiró aliviada.

—No le mientas, Elaine, Sandra siempre es impuntual —Bromeó su papá. Sandy entornó los ojos en su dirección.

Lo señaló con su dedo.

—Si llego tarde es porque me abres la puerta veinte minutos después de que toqué el timbre.

Él la miró mal.

—Son veinte minutos más sin tener que aguantarte, ¿por qué los desaprovecharía? —Bufó. Elaine y yo reímos, un tanto divertidas por el intercambio de palabras.

Sandy abrió la boca a modo de indignación.

—Siempre eres grosero conmigo.

—Y tú siempre te quejas por eso —Le respondió el hombre mientras rodaba los ojos.

La chica chasqueó con la lengua y se cruzó de brazos.

—En el fondo sé que te agrado mucho —Se miró las uñas con indiferencia—. Aunque lo niegues.

—Sueñas —Resopló.

Discutieron por algunos minutos más mientras que Elaine y yo reíamos de las ocurrencias y la familiaridad con la que se trataban. Ellos realmente sí se llevaban muy bien, solo les gustaba molestarse.

Después de un rato, nos anunciaron que era el tan esperado momento. Para entonces, la abuela de Ellie ya estaba en el lugar, llegó un poco después que Sandy y lloró al ver a su única nieta estar tan cerca del altar.

¿A mi abuela también le habría gustado que yo me casara?

Apostaba que sí, habría amado ver que ese día llegara. También habría amado ver a mi hermano casarse cuando llegara el momento.

Suspiré, tomando mi lugar para entrar a la capilla.

Las personas ya se encontraban en el interior junto con Mason, el cual aguardaba por ver a su futura esposa. Solo las damas, los padrinos, la novia y su padre estábamos afuera esperando que nos indicaran el momento de entrar.

Contuve la respiración cuando mis ojos enfocaron al hombre de cabello azabache, el hombre cuya presencia despertaba mis más profundos deseos.

Neal Hardy.

El bendito Neal Hardy en traje.

En un bendito traje que lo hacía ver incluso más atractivo de lo que era.

Estaba segura de que en todo el año esta era la segunda vez que el iba tan formal. La primera vez fue cuando nos reencontramos en la gala de los Vaughn, pero esta ocasión pude apreciarlo mejor.

Y me gustó lo que vi.

Carraspeé cuando nos llamaron y me coloqué a un lado de Derek. Tomé su brazo y le sonreí.

—¿Vienes a una boda o a alterar las hormonas de las chicas? —Bromeé, ocasionando que él riera.

—Tan ingeniosa siempre —Alagó—. Y por supuesto que vengo a alterar las hormonas de las chicas, veremos cuantas sacan a este tipo a la pista ya que la dama de honor a mi lado odia bailar.

Hizo un puchero.

—Tendrás que soportarlo —Me encogí de hombros.

Elaine era la mejor amiga del mundo ya que me había puesto a un lado de Derek para que entrara tomada de su brazo, en lugar de que fuera con Neal; el cual iba detrás de nosotros tomando el brazo de Sandy.

La melodía sonó mientras caminábamos por el pasillo y mientras todos nos veían. Llegamos a nuestro lugar y la canción pronto fue reemplazada por la marcha nupcial, las personas permanecieron de pie sin dejar de mirar a Ellie, la cual caminaba hacia acá de la mano de su padre.

La mirada de Mason se iluminó, al mismo tiempo que una sonrisa de felicidad absoluta se formaba en sus labios. Parecía embelesado mientras miraba a ese ángel rubio caminar hacia él para unir sus vidas para siempre.

Esto era bonito.

Ambos estaban tan felices.

Cuando ella por fin fue entregada por su padre, todos fuimos a nuestros asientos. Yo tomé asiento a un lado de mi hermano y Sandy.

Miramos atentos toda la ceremonia, pero en algún momento desvié mi mirada para enfocarla disimuladamente en Neal. Su espalda ancha y sus brazos fuertes hacían que el saco del traje se le mirara de maravilla. El color era un azul oscuro, uno que hacía resaltar su cabello.

Al parecer sintió mi mirada sobre él ya que giró en mi dirección. Nuestros ojos se encontraron por lo que me pareció una eternidad. Ninguno la apartó en ningún momento.

Su mirada fue tan profunda y atrayente que me cortó la respiración.

Lo vi esbozar una sonrisa de lado aún sin quitarme los ojos de encima.

Era tan atractivo.

Cada gesto, cada mirada y cada movimiento en él me resultaba tan adictivo.

Tragué saliva y desvié la mirada.

Era difícil estar en el mismo lugar que él después de lo que pasó.

¿Y si decía algo respecto a ese día?

¿Y si mencionaba que me vio desnuda?

Que maldita vergüenza.

Sacudí la cabeza y seguí escuchando la ceremonia. Elaine y Mason se dijeron sus votos matrimoniales y fueron tan hermosos que a casi todos nos hicieron llorar.

—¿Hay alguien aquí presente que tenga razones para que esta pareja no se una en sagrado matrimonio? —Habló el padre—. Que hable ahora o calle para siempre.

Thomas se inclinó un poco hacia mí para hablarme cerca y bajo.

—Este es mi momento —Susurró.

Lo miré mal y lo apunté con mi dedo.

—Ni se te ocurra —Advertí.

Bufó y volvió a su lugar.

—Aburrida —Se quejó.

Después de unos momentos más la ceremonia acabó, el padre los declaró marido y mujer y ellos se dieron ese beso que selló su unión.

Me sentía tan feliz por Ellie.

Merecía esto.

Unas horas después ya nos encontrábamos disfrutando de la fiesta en un salón elegante y hermoso con muchos invitados. Algunas personas se encontraban en la pista de baile puesto que los novios ya la habían abierto. Yo me encontraba en la mesa junto con Sandy y mi hermano, los tres estábamos platicando.

Miramos en dirección a la mesa de Ellie y de Mason, ellos estaban sentados uno al lado de otro hablando cerca y con sonrisas enormes en sus rostros. Sus miradas eran cómplices, brillosas y de absoluta felicidad.

Se les notaba lo enamorados que estaban el uno del otro.

—Que hermoso sería encontrar un amor como el de ellos dos —Suspiró Sandy y le dio un trago a su copa—. Pero bueno, nos queda seguir buscando.

Hizo un mohín, por lo que reí.

—Mira frente a ti —Habló mi hermano, captando la atención de mi amiga. Cuando ella lo miró, él sonrió y se señaló a sí mismo con el dedo—. Ya lo encontraste, ¿no es genial?

Sandy rodó los ojos y sonrió un poco.

—Sigues siendo muy niño para mí, Tommy, pero puedes sacarme a bailar —Le guiñó un ojo. Haciéndole caso a sus palabras, él se levantó y le tendió la mano a la chica. Ella la tomó gustosa y me miró—. Si me lo permites, Larita, sacaré a tu hermano a bailar.

—Adelante, todo tuyo —Expresé. Ella me lanzó un beso y mi hermano alzó y bajó las cejas en mi dirección mientras se alejaba.

Miré a las personas bailar y sonreí un poco antes de llevarme mi copa a la boca para beber. Todos se estaban divirtiendo y disfrutando de la música.

Dejé mi copa sobre la mesa y tomé una fresa. Mordí con suavidad y mastiqué.

Tragué duro cuando noté a Neal venir en mi dirección con pasos tranquilos y seguros. Solo pude mirarlo cuando se inclinó al llegar a mí.

—¿Bailas? —Su voz hizo que mi corazón latiera deprisa. Extendió la mano en mi dirección, por lo que la observé.

—Sabes que yo no...

No pude ni terminar de hablar, porque antes de eso él me tomó de la mano solo para llevarme a la pista en donde nos rodeamos de más personas.

Me hizo colocar mi mano libre sobre su hombro mientras que él sostenía la otra. Su otra mano fue a mi espalda, por lo que tuve que tomar una respiración profunda al sentir sus dedos en mi piel desnuda.

Respira, Lara.

Solo respira.

Empezó a movernos, siguiendo la melodía de la canción, esta era lenta y suave. Era perfecta. Y Neal bailando también era perfecto, se desenvolvía con naturalidad y elegancia. Parecía que siempre estaba seguro de lo que hacía o la manera en la que lo hacía.

Me gustaba que fuera así de seguro.

—¿Por qué no? Es una canción muy bella. No te preocupes por pisarme, sé que me lo mereceré —Expresó. Me hizo dar una vuelta para después volver a ponerme en la posición en la que estaba y así acercarme más a su cuerpo—. Aunque, me atrevo a decir que eres una excelente bailarina. Me da la impresión de que si no bailas no es porque no seas buena en ello, debes tener otra razón.

La tenía.

Ese hijo de perra que me arruinó la vida entera.

—La razón por la que no bailo, es porque no me gusta —Mentí, evitando sus ojos.

No pude ignorar sus dedos en mi espalda baja. Enviaban un escalofrío por todo mi cuerpo, pero no como los de siempre, no como los que tenía cuando alguien me tocaba o tenía algún gesto íntimo conmigo, por más pequeño que fuera. Esto era diferente. Su tacto no me alejaba, al contrario, me acercaba a él, encendía todo ese fuego que él provocaba en mí y el mismo que en cualquier momento, iba a terminar por quemarme.

—Entonces no puedo entender tu razón, ¿sabes? —Inquirió, sin perder el ritmo—. La danza es vital y apasionada. Es un arte. Incluso, hay ocasiones en las que todo a tu alrededor desaparece, la canción suena lejana, los movimientos te hipnotizan y tu pulso se acelera. No puedes pensar en nada más y no puedes mirar nada más que los ojos de la persona frente a ti. ¿A ti no te ha pasado, hechicera?

Tragué saliva cuando sus ojos profundos miraron fijamente los míos.

Sí.

Me pasó contigo hace algunos años.

La noche en la que te conocí.

—¿Qué quieres, Neal? —Cambié el tema—. Hace unas semanas me tratabas como si fuera una desconocida y ahora estás aquí diciendo todo esto. La verdad es que por más que lo intento, simplemente no logro descifrarte, no consigo entenderte.

Una vez más me hizo dar una vuelta, haciendo que esta vez mi espalda quedara contra su pecho. Su mano tomó mi cintura antes de permitirse inclinarse más hacia mí.

Cerré los ojos cuando me hizo el cabello a un lado, rozando la piel de mis hombros con delicadeza.

Acercó sus labios a mi oreja para hablarme.

—Quiero disculparme contigo, Lara —Susurró. Inevitablemente incliné la cabeza hacia el lado contrario cuando sentí su aliento cálido golpeando contra mi cuello.

Me relamí los labios.

—¿No crees...no crees que ya ha pasado bastante tiempo como para pedir una disculpa? —Formulé después de unos segundos.

—Lo sé. Intenté disculparme antes, cuando fui a tu apartamento, pero tal parece que la naturaleza no quiso que me disculpara antes de irme —Contestó. Todo a mi alrededor se congeló en el momento en el que él volvió a hablarme al oído. Joder con ese hombre. Me encantaba demasiado—. Y bueno, no sé si lo sepas, pero no estuve aquí después del sismo. Mi hermano mayor se casó, por lo que tuve que asistir a su boda. Acabo de regresar, pero lo primero que quise hacer, era darte la disculpa que te debo.

Entonces esa fue la razón por la que no estuvo aquí.

—¿Por qué? —Pregunté, dándome la vuelta y permaneciendo cerca—. Quiero decir, ¿por qué me alejaste así? ¿No se supone que somos... amigos?

Se separó un poco y asintió.

Miró el techo brevemente y aplanó los labios antes de volver a enfocarme y mirarme a los ojos.

—Es solo...este lugar; Chicago. Este lugar me enferma —Admitió y un rayo de dolor cruzó rápidamente por sus ojos, uno que antes de que me diera cuenta desapareció—. Y sé que esa no es una justificación para haber sido un completo desagradecido y tratarte así, sé que intentabas estar ahí, ser mi amiga y apoyarme en toda esta mierda que soy cuando pierdo el camino.

Sus manos subieron a ambos lados de mi cara y se inclinó un poco. Sus dedos tocaron mi cabello, acariciaron con suavidad.

—Y...no sé si una simple disculpa tenga valor ahora, pero realmente lo lamento, hechicera —Finalizó.

La canción finalizó y algunas cuantas personas fueron a descansar un rato. Neal bajó sus manos cuando no obtuvo una respuesta inmediata.

Suspiré bajito.

—No tengo nada que perdonarte, Neal —Sonreí sutilmente—. Entiendo que hay momentos de nuestra vida en los que no podemos rodearnos de gente, que hay momentos en los que realmente nos sentimos perdidos. Así que no puedo culparte, no puedo culparte por sufrir. No puedo culparte de lo que sea que te haya pasado. Y sobre todo, no puedo culparte después de que yo irrumpí ese día sin avisar y sin tomar en cuenta que no querías ver a nadie.

Parpadeó un par de veces y apartó la mirada. Después de unos segundos volvió a mirarme y me regaló una sonrisa ladeada, de esa forma en la que solía sonreír siempre.

Acarició mi mejilla y se alejó.

—Entonces...gracias por entenderlo —Carraspeó.

Me balanceé sobre mis pies, buscando las palabras adecuadas y cuando creí que las había conseguido, el sonido de su teléfono sonando, no me dejó hablar. Miró en dirección en la que se suponía que se encontraba su celular y arrugó un poco la nariz.

—Contesta, puede ser importante —Alenté—. Yo...iré por una bebida.

Me alejé antes de que me dijera algo más, fui con el mesero más cercano y tomé una copa de cristal con lo que parecía ser champaña. Y durante las siguientes dos horas estuve evitando a Neal. Ya había sido mucha cercanía.

Me dediqué a platicar con mi hermano, con Derek, con Sandy y con Elaine, la cual estaba algo ajetreada ya que, al ser la novia, toda la gente quería hablar con ella o estar cerca tanto de Ellie como de Mason.

También bailé una pieza con Derek y otra con mi hermano. Digo, era una boda, sería extraño que me quedara sentada toda la noche después de que ambos me vieron bailar con Neal cuando muchas veces repetí lo mucho que odiaba bailar. No quería quedar como una mentirosa.

Cuando ya no quise bailar más, puse mi pierna como excusa. Gracias al cielo así quedó todo.

Suspiré cuando salí al balcón que tenía unas luces hermosas y pequeñas rodeándolo. La brisa me golpeó en el rostro, por lo que maldije por lo bajo cuando recordé que había dejado mi abrigo en el auto. Me rodeé con mis brazos y me acerqué a la baranda para mirar las luces de la ciudad.

—Y de alguna forma, siempre terminamos a solas... —La voz de Neal me sobresaltó, miré rápidamente en la dirección en la que escuché su voz, al mismo tiempo llevándome una mano al pecho. Él estaba del otro lado del balcón bebiendo tranquilamente. Hizo una mueca cuando notó que me asustó—. Lo siento, no pretendía que lo que dije me hiciera sonar como un psicópata o que te asustara.

Negué lentamente con la cabeza.

—No sabía que estabas aquí —Contesté, rascándome el brazo con nerviosismo—. Puedo volver después.

Señalé el interior.

—No.

Ladeé la cabeza.

—¿No?

Caminó en mi dirección y movió la cabeza de un lado a otro.

—No —Manifestó y dejó su copa sobre la baranda—. No quiero que te vayas

—Estoy interrumpiendo tu soledad, te gusta estar solo.

—Ya no.

Hundí las cejas.

—¿Ya no? —Repetí.

Neal asintió.

—Estoy relajado, las personas que me importan están viviendo momentos felices. Eso me gusta. Así que estoy bien y estoy siendo ese Neal que dices que...¿te intimida? Sí, creo que eso era —Me sonrió con inocencia.

—Lo recuerdas... —Musité, avergonzada.

Me miró a los ojos.

—Recuerdo muchas cosas, Lara.

Me relamí los labios y enfoqué la vista de nuevo en las luces.

Nos quedamos unos segundos en silencio y en los que yo no contesté. Hasta que después de unos momentos carraspeé.

—Así que...tu hermano acaba de casarse —Cambié el tema.

Asintió.

—Hace unos días —Respondió—. Fue lindo.

—¿Cuántos hermanos tienes? —Ladeé la cabeza—. Dijiste que el que se casó es tu hermano mayor, por lo que imagino que eres el bebé de la casa.

Sonrió sutilmente.

—Somos cuatro en total. Y no, no soy el bebé, de hecho, tengo un hermano menor —Reveló.

Abrí la boca con sorpresa.

Seguro que era agobiante tener más de un hermano.

Yo solo tenía a Tommy y a veces sentía que me volvía loca.

—¿Y cómo se llaman? —Inicié un nuevo tema de conversación.

—Primero está Nathan; el que acaba de casarse, después...está Savannah, de ella sigo yo y por último Samuel. Él es mucho menor que yo —Se encogió de hombros—. Nos llevamos diez años, así que debe tener unos diecisiete.

—Esos son muchos años —Reí suavemente—. Yo solo tengo seis años más que Thomas y a veces me siento muy anciana a su lado.

—Si lo miras por el lado egoísta, él tendrá que cuidar de ti cuando te retires —Insinuó.

Sonreí y negué la cabeza.

—Oh, no te imaginas cuánto voy a explotarlo. Limpiará la casa cuatro veces al día y me preparará todo lo que pida —Declaré—. Seré tan mala que querrá asfixiarme con mi almohada.

Soltó una risa baja.

—Siempre está la opción de que lo asfixies tú primero.

—No podría, tengo un corazón muy blandito —Solté un suspiro mientras me llevaba las manos al pecho—. Tal vez contrate a alguien para que lo haga por mí —Fruncí un poco los labios—, ¿quieres hacer el trabajo sucio?

Él me miró.

—¿Le pides a un militar que asesine por ti?

Hice una mueca pequeña.

—¿Eso me mete en problemas?

—No. Si me lo pides, entonces podría asesinar a alguien por ti.

Reí por su chiste. Era divertido cuando no estaba serio ni decaído.

—De acuerdo, pero a mi hermano no —Le seguí la corriente.

Se llevó la mano a la frente e hizo un saludo militar.

—Lo que ordenes, hechicera.

Sonreí mientras me abrazaba por culpa del frío.

—Toma —No entendí sus palabras, por lo que lo miré justamente cuando estaba quitándose el saco de su traje, lo puso por encima de mis hombros para cubrirme, por lo que solo se quedó con la camisa blanca de vestir que remarcaba su trabajado cuerpo.

Neal no tenía para nada un físico de adolescente.

Era todo un hombre.

Y vaya, que hombre.

—Gracias... —Susurré—. Eres un caballero.

Entornó los ojos.

—¿Lo crees? —Hizo un mohín, no muy convencido de eso.

Asentí con seguridad.

—Lo eres y no solo por esto —Señalé el saco—. Sino porque, en todo este rato ni siquiera has mencionado lo que sucedió en mi apartamento, cualquiera en tu lugar mencionaría algo respecto a que básicamente me vio completamente desnuda.

Ladeó la cabeza.

—No soy caballeroso, solo no pretendo incomodarte —Le restó importancia.

—Eso te hace caballeroso —Reí.

Entornó los ojos en mi dirección y dio varios pasos hacia enfrente, lo que me obligó a retroceder al sentirme intimidada. Mi espalda se encontró con el esquinero de la baranda y eso fue suficiente para que Neal detuviera sus pasos.

Se inclinó un poco y me miró fijamente. Sus nudillos rozaron mi barbilla con suavidad, consiguiendo que un jadeo escapara de mi interior.

—Neal...

—No soy un caballero, te darías cuenta de eso si supieras todo lo pienso cuando te miro o si supieras todo lo que quiero hacerte cuando te tengo cerca —Susurró, ahora acariciando mi labio inferior con su pulgar y enfocando sus ojos dorados en esa dirección.

Tragué saliva, de repente sintiendo demasiado calor por su cercanía.

—¿Las cosas que quieres hacerme? —Formulé—. ¿Qué quieres hacerme?

Neal sonrió de lado; con malicia y perversión.

—Quiero probarte, hechicera, quiero tocarte, quiero besarte... —Manifestó sin una pizca de pena, porque así era Neal; muy directo. Se inclinó más hasta el punto de rozar mis labios con los suyos y hacerme cerrar los ojos ante el contacto. También colocó sus brazos a mis costados, aprisionándome más y manteniéndome pegada a su cuerpo—, y quiero follarte tan duro para que así me sientas dentro de ti aun cuando no lo esté.

Joder.

Mierda.

Madre mía.

¿Realmente acababa de decirme eso? ¿Realmente acababa de desestabilizarme con esas palabras tan…Dios…?

¿Dónde quedó el Neal serio y silencioso de hace unos días?

—Lara, Elaine me dijo que te vio sal... —La voz de mi hermano me hizo empujar a Neal rápidamente. Thomas se había callado abruptamente en cuanto nos miró—. ¿Por qué siempre tengo que interrumpirlos? ¿Por qué?

Miró al cielo como si buscara alguna explicación divina.

—Thomas —Carraspeé; incómoda—. ¿Cuánto tiempo llevas aquí?

Me rasqué la ceja con nerviosismo.

—Por suerte no mucho —Contestó y miró a Neal con desdén—. Tienes algo con siempre estar muy cerca de mi hermanita, ¿no crees?

—Es una manía —Contestó el pelinegro, restándole importancia.

—Ah, míralo... —Expresó mi hermano, asintiendo como si fuera una madre a punto de reprender a su hijo.

—Thomas, volvamos adentro —Señalé el interior—. Tengo...tengo hambre.

La peor excusa de todas.

Miré a Neal y me mordí el labio con nerviosismo.

—Yo...supongo que te veré adentro, Hardy.

Me quité su saco de encima y se lo tendí. Él lo miró unos segundos antes de finalmente tomarlo.

Me acerqué a mi hermano y tomé su brazo, instándolo a caminar. El chico le lanzó una mirada asesina a Neal mientras caminábamos para alejarnos del balcón. Y mientras volvíamos a la fiesta, yo no pude dejar de pensar en lo que sucedió antes de que Thomas llegara.

En todo lo que Neal dijo.

No era capaz de pensar en otra cosa más que en esas palabras.

CAPÍTULO 13.
El peor de los monstruos.
LARA SPENCER.

18 de septiembre, 2016.
PASADO.

Al llegar a casa, lo primero que hice fue meterme a mi habitación para no encontrarme a Tommy.

Apenas si me recargué contra mi puerta cuando un sollozo me desgarró la garganta. Intenté frenarlo al poner mi mano sobre mi boca, pero no funcionó.

De deslicé contra la madera, terminando en el frío y duro suelo.

Aún no podía creerlo.

No podía aceptarlo.

Aunque sabía que ese hombre merecía un castigo, no podía aceptar el que yo fuera obligada a dárselo.

No quería convertirme en una asesina.

Más lágrimas empezaron a bajar por mi rostro, pero no fui capaz de contenerlas.

Bruno era un monstruo.

Era un animal.

Era...agresivo, impulsivo y despiadado.

Realmente le tenía miedo. Toda la preocupación, la empatía e incluso el cariño tan tóxico que pude llegar a sentir por él, desapareció en cuanto la bala impactó contra la cabeza de ese hombre.

Desapareció en el momento en el que me hizo disparar.

Ahora solo quería terminar con esto.

Ya no quería estar con él, mucho menos volverlo a ver.

Pero, sabía que era imposible. No tenía dinero, no podría regresarle lo que pagó y así liberarme.

Aparte, después de esto, ¿él estaría dispuesto a dejarme ir?

Escondí mi rostro entre mis manos sin dejar de llorar y sollozar. Intenté no hacer tanto ruido ya que no quería alertar a mi hermano.

Mi intento fue inútil, ya que escuché el sonido de mi puerta siendo golpeada con delicadeza. Por varios segundos me quedé en silencio esperando que se fuera, pero no lo hizo. Los toques se volvieron más insistentes.

—¿Lara? ¿Estás bien? —Su voz estaba llena de preocupación.

Cerré los ojos con fuerza.

—Estoy bien, Thomas. Solo estoy un poco cansada, ¿bien? —Hablé—. Ve a dormir, es tarde.

—¿Segura?

Me intenté limpiar las lágrimas.

—Estoy...sí, segura —Musité.

Ya no escuché más ruido, por lo que intuí que se marchó. Pasaron algunos segundos en los que me aseguré de que estaba completamente sola para poder seguir llorando. Abracé mis piernas, acercándolas a mi pecho y bajando la cabeza. Cerré los ojos y solté sollozos bajos.

—Lara...por favor abre la puerta —La voz de mi hermano me puso en alerta—. Puedo oírte llorar, por favor abre la puerta.

Me llevé una mano a la boca y negué.

—Por favor, Lara... —Suplicó—. Lo que sea que pase, déjame estar ahí para ti, déjame abrazarte.

—Estoy bien, Tommy. De verdad que estoy bien, solo quiero estar sola —Me aclaré la garganta—. Solo ve a la cama, por favor deja que esté sola por hoy, por favor.

—Lara... —Insistió mientras tocaba la puerta.

—Por favor —Sollocé—. Solo vete.

Thomas soltó un suspiro exhausto.

—Si necesitas hablar o desahogarte, aquí estoy. Sabes que estoy en la habitación junto a la tuya. Si necesitas a alguien, sabes que me tienes a mí —Manifestó—. Siempre me vas a tener a mí, hermana.

Ahogué un sollozo al escucharlo hablar.

Ya no te tendré si descubres todo lo que he hecho.

Ya no me vas a querer, hermanito.

22 de septiembre, 2016.
PASADO.

Mantuve mis ojos fijos en la ventana. No parpadeé, no me moví, solo… recordé esa noche.

Venía a mi mente una y otra vez. Se repetía una y otra vez.

Yo arrebatándole la vida a ese hombre.

Me sobresalté al sentir una mano sobre mi hombro.

Giré de inmediato, encontrándome con Tommy quien fruncía el ceño y me miraba con una expresión de preocupación.

—¿Te encuentras bien? —Me preguntó.

Parpadeé.

—Eh…sí —Susurré—. Solo pensaba en la abuela.

Sonreí un poco para tranquilizarlo.

—Entiendo —Asintió con la cabeza—. ¿No se te hace tarde para trabajar? Son casi las siete.

El estómago se me revolvió al instante.

Habían pasado varios días desde esa noche, así que ya empezaban mis días de trabajo una vez más.

Nueva semana.

De nuevo tendría que verlo a él.

Y no quería, no quería encontrármelo, no quería mirarlo y no quería dirigirle la palabra.

Le temía mucho.

No quería estar cerca de él. No podía.

Carraspeé un poco y asentí con la cabeza.

—Sí, me daré una ducha y me marcho.

Me levanté del sofá y fui directamente al baño sin darle la oportunidad a mi hermano de decirme algo más.

Después de algunos diez minutos, salí de la ducha y fui a mi cuarto para cambiarme. Me coloqué una sudadera y unos pantalones negros. Sequé mi cabello y preferí no ponerme nada de maquillaje.

Tomé mi bolso para salir del lugar, pero antes de siquiera conseguirlo, un mareo horrible me azotó con fuerza. Tuve que recargarme contra el umbral de la puerta y aferrarme a él para no caer.

Cerré los ojos hasta que el mareo pasó y pude recomponerme.

Tomé una respiración profunda.

Debía ser que no había comido bien.

Sacudí ligeramente la cabeza y mejor me dispuse a ir a la cocina, en la cual Thomas se encontraba haciendo tareas de la escuela. Alzó la cabeza y me sonrió cuando me notó llegar.

—¿Te vas? —Preguntó.

Asentí y tomé una botella de agua.

—Tengo que —Bufé.

Silbó antes de tomar su lápiz de nuevo y volver a escribir.

—Cuando sea mayor y tenga mucho dinero para diseñarte y construirte una casa, no volverás a trabajar. Te quedarás en tu piscina disfrutando del sol mientras bebes piña colada —Manifestó. Curvé las comisuras de mis labios hacia arriba y negué levemente con la cabeza—. Tendrás sirvientes que harán todo por ti, incluso tendrás un chihuahueño al que le pondrás un nombre pomposo, así como las señoras millonarias le ponen a sus perros rata.

Ladeé la cabeza y me crucé de brazos.

—¿Ya tienes toda mi vida planeada? —Inquirí.

Asintió y me miró.

—Claro, es por eso que saco las mejores notas, para graduarme con honores, estudiar arquitectura en una buena universidad, tener buenas referencias y tener un gran trabajo —Señaló y frunció los labios—. Para algún día si se puede, devolverte un poco de todo lo que tú me has dado.

—No me debes nada, lo sabes.

—No te digo esto porque sienta que te debo algo o así, lo hago porque es lo que quiero —Se defendió—. Mereces todo y doy mi mejor esfuerzo para algún día poder dártelo.

Parpadeé cuando mis ojos se llenaron de lágrimas. Me acerqué a Tommy y lo rodeé con mis brazos por unos momentos, después me separé un poco para besar su cabello.

Todos los sacrificios valían la pena si eso significaba tener a mi hermano conmigo.

—Debí hacer algo bien en la vida como para tenerte a ti como hermano —Susurré y lo abracé con más fuerza—. Te quiero tanto. No imaginas cuánto te quiero.

—También te quiero, Larita —Me regresó—. Nuestra abuela estaría muy orgullosa de ti.

Cerré los ojos y carraspeé un poco para aclarar mi garganta.

—Eso espero... —Musité y me separé—. Debo irme antes de que se haga más tarde, ¿de acuerdo?

Movió la cabeza de arriba abajo.

—Ve con cuidado.

—Lo haré —Contesté y me acomodé la correa de la bolsa—. Nos vemos.

—Nos vemos —Se despidió antes de que yo saliera del apartamento y cerrara la puerta.

Caminé hasta llegar a la recepción y después hasta llegar a la salida. Esperé que pasara un taxi para detenerlo y subirme en él.

Por suerte llegó uno antes de que se hiciera más tarde. Subí en él y le di la dirección del club, durante el trayecto me dediqué a mirar por la ventana y a escuchar la canción que sonaba en la radio para no aburrirme.

Después de unos minutos más finalmente llegamos y bajé una vez que pagué. Caminé al interior del club y entré, saludé a algunas de mis compañeras; las que se encontraban cerca puesto que las demás seguramente se estaban preparando.

Dejé mi bolso en mi camerino para ir a practicar antes de vestirme.

Realmente no tenía ganas de bailar, mis ánimos estaban por los suelos y solo quería acostarme y no levantarme por días, pero desafortunadamente este era mi trabajo y no me quedaba de otra más que aguantar si quería mantenernos a Thomas y a mí.

Ensayé un par de veces antes de irme de nuevo a mi camerino y empezar a arreglarme.

Ricé mi cabello como cada noche, me maquillé utilizando sombras que quedaran con mi ropa, coloqué un poco de rubor y al final usé labial rojo. Me levanté y tomé mi ropa del perchero.

Me vestí con el body rojo de encaje, encima me coloqué mi característica bata negra y obviamente, el antifaz que no podía faltar por nada del mundo.

Me miré una última vez en el espejo, lista para salir y esperar mi turno.

En el pasillo me encontré con Monique, la cual acababa de finalizar su baile. Me sonrió y se acercó.

—Hola, pequeña —Me saludó y se inclinó para besar mi mejilla—. No te vi llegar esta noche.

—Pregunté por ti pero me dijeron que estabas arreglándote porque serías de las primeras en salir. ¿Por qué saliste temprano?

Bueno, parecía que era por una razón buena porque comenzó a dar brinquitos.

—Es el cumpleaños de mi hijo, lo llevaré a cenar y al parque de diversiones —Contó—. Bruno me ha dado permiso de salir temprano, incluso se ofreció a pagar. Es el mejor tipo de todos.

Forcé una sonrisa.

Tal vez al final, aquí nadie conocía cómo era Bruno en realidad.

De bueno no tenía ni una mierda.

—Eso es muy amable de su parte —Contesté y metí las manos en los bolsillos de mi bata—. Felicita a Kirian de mi parte, realmente espero que disfruten de su cumpleaños.

Me abrazó de nuevo brevemente, cuando se separó colocó sus manos en mis hombros.

—Muchas gracias, peque. Yo le haré llegar tus felicitaciones —Agradeció y se alejó—. Debo marcharme antes de que se haga más tarde.

—De acuerdo, corre —La animé y empecé a caminar en la dirección contraria a ella—. ¡Suerte!

Me lanzó un beso.

—¡Suerte a ti! —Me regresó y se pasó una mano por el cabello—. Ve y aniquila a esos hombres, bombón.

Negué con la cabeza y reí levemente. Me giré y esta vez sí llegué a mi lugar, esperé durante un rato corto hasta que fuera mi turno y me llamaran para subir al escenario.

Una vez que eso pasó, subí y bailé frente a todos ellos con naturalidad, como cada noche que debía hacerlo. Cuando la canción terminó bajé y me coloqué la bata, caminé por todo el pasillo para llegar a mi habitación y poder quitarme esto e ir a casa.

—Lara —La voz de Bruno detrás de mí, me hizo detener mi paso. Me giré para encontrarlo de pie en el umbral de su oficina—. Ven a mi despacho por favor.

Sin decirme nada más, entró y dejó la puerta abierta para que yo también lo hiciera. Tragué saliva y obligué a mis pies a moverse en esa dirección y hacer lo que pidió.

Entré y él señaló la puerta.

—Cierra.

Cerré detrás de mí, sintiendo su mirada.

Tomé una respiración profunda y después lo enfoqué. Ahora se encontraba detrás de su escritorio, siendo inexpresivo como solo él podía serlo.

—¿Necesita algo, señor Alighieri?

Alzó una ceja.

—¿Es así como me llamarás ahora? —Inquirió y se inclinó un poco—. ¿Cómo pasamos a eso?

—Usted es mi jefe, solo le brindo el respeto y la formalidad con la que se debe tratar —Respondí, por lo que su mandíbula se tensó. No le gustaba que fuera formal con él. A Bruno le encantaba que lo llamara por su nombre—. Ahora, ¿necesita algo?

—Sí, lo necesito.

Moví mi mano, indicando que podía seguir hablando.

—Quiero que bailes para mí —Soltó.

—¿No tuviste suficiente con lo que hice allá afuera?

—No, no puedo disfrutarlo si todos esos cabrones te comen con la mirada, por eso quiero que bailes solo para mí.

—No quiero.

—¿No? —Alzó una ceja.

—He dicho que no.

—¿Y a ti quién te dijo que tú podías decidir? Si te digo que bailes, entonces sin rechistar, tú lo haces. No quiero tus putos berreos de niña pequeña y malcriada, no estoy de humor para eso, así que baila ya.

—¿Berreos de niña pequeña? —Mi voz tembló—. Asesinamos a alguien, ¿y tú lo ignoras y me pides que baile para ti? ¿Qué acaso no piensas en las consecuencias?

Ladeó la cabeza.

—¿Asesinamos? —Repitió—. Hasta donde sé, son tus huellas las que están sobre el gatillo del arma, no las mías.

Mi pulso se aceleró.

—Eres un…

—¿Un qué?

—Un hijo de puta, eso es lo que eres. Me hiciste matar a alguien. No puedo comer, dormir o estar en paz desde entonces, esa noche viene a mi mente cada segundo y está volviéndome loca.

—No te aferres a eso, ya supéralo. Ese bastardo se lo merecía, lo sabes muy bien.

—Se lo mereciera o no, yo solo intentaba que tú no arruinaras tu vida matando a alguien y tú…arruinaste la mía.

—¿Arruiné tu vida? ¿Arruiné tu vida al intentar protegerte? Perdóname por no quedarme de brazos cruzados después de ver cómo ese animal te lastimaba.

—No tenías que obligarme a disparar.

—¿Y qué más querías que hiciera? Te dije una y otra vez que te marcharas, pero no lo hiciste. Eres terca, imprudente, insistente y por eso todo te sale mal, por eso tu vida es una jodida mierda, porque haces todo mal.

—Mi vida es una jodida mierda desde que firmé ese contrato.

—Ah, claro, desde el día que aceptaste convertirte en una prosti…

No terminó la oración porque me incliné sobre el escritorio solo para golpear su mejilla con dureza. La sangre me hirvió por completo y eso me dio la jodida fuerza para que el golpe resonara por todo el lugar.

Lo vi tensarse.

—Sabes muy bien por qué lo hice, sabes muy bien que mi hermano estaba muriendo y por eso firmé ese contrato. Yo no soy una prostituta.

—Si buscas en cualquier diccionario, leerás que la definición de prostituta es toda aquella mujer que ofrece favores sexuales a cambio de dinero.

Estuve lista para golpear su mejilla nuevamente, pero esta vez él me lo impidió. Tomó mi muñeca con fuerza y me empujó hacia atrás, de esta manera consiguiendo que yo quedara sentada sobre el sofá.

Parpadeé varias veces.

—En tu puta vida se te ocurra golpearme de nuevo.

Cerré los ojos con fuerza.

No respondí nada, así que él suspiró con pesadez después de un rato.

—Estábamos tan bien, *amore*. Habíamos avanzado tanto, ¿por qué lo arruinaste de esta manera? No quiero ser un cabrón contigo, Lara, realmente no quiero, pero tu actitud me está hartando.

Mi labio inferior tembló.

—¿Y qué otra actitud esperas que tenga? Me hiciste matar a un hombre.

—Un hombre que lo merecía —Se excusó.

—¡Eso no importa ahora! ¡Importa que esa no era la manera, maldita sea, no era la manera! —Apreté los dientes—. Su recuerdo no me deja en paz, cada vez que cierro los ojos puedo verlo en el suelo y…no puedo más. No aguanto más, por eso…estos días estuve meditando y lo mejor es que vaya con la policía para contarles la verdad, para que no sea peor una vez que lo descubran.

Bruno se levantó cuidadosamente de su asiento para después dirigirse con lentitud hasta mi lugar.

—Ah, quieres ir con la policía —Frunció un poco los labios, asintiendo con lentitud—. ¿Y qué les vas a decir?

—La verdad; que yo no quería hacerlo, que tú me obligaste.

—Yo te obligué —Repitió en un susurro estremecedor—. Anda, ve y cuéntale a todo el mundo que yo te obligué a matar a alguien, ve con la puta policía a ver si te creen la mierda que sale de tu boca.

Me quedé quieta cuando me tomó del cabello.

Todo mi cuerpo comenzó a temblar.

El miedo me invadió por completo.

—Por favor…—Susurré.

Las lágrimas se acumularon en mis ojos.

Se inclinó un poco.

—¿Sabes lo que va a pasar si vas con la policía? —Cuestionó, pero yo no respondí—, serás tú quien vaya a prisión, no yo. Tu hermano quedará solo, si tiene suerte irá a un orfanato porque bien sabes que es menor de edad. Ah, pero si la gente del hombre que asesinaste se entera de que eres la culpable, ¿crees que tu Tommy va a sobrevivir? No, lo van a torturar y desmembrar como si fuera un juego para niños y después te van a arrojar sus restos a tu puta celda y te obligarán a comerlo —Siseó y sus simples palabras, fueron suficientes para que el pecho me doliera, para que las lágrimas escaparan de mis ojos—. ¿Eso es lo que quieres? ¿Quieres que maten a tu hermano solo porque tú no puedes mantener la jodida boca cerrada? Te creí más inteligente, *amore,* pero ya veo que eres igual de estúpida que todas las prostitutas.

—Pero…yo no fui, tú me obligaste.

—¿Y tú crees que te va a funcionar ir a despotricar esa mierda sobre mí? ¿Crees que no tengo el poder y dinero suficiente como para voltear todo a mi favor y así seas tú quien se pudra en prisión? —Sollocé al escucharlo hablar de nuevo—. Es tu palabra contra la mía, ¿cuál crees que pesará más?

—Eres el peor hombre que he conocido.

—Lástima que también soy el hombre al que le perteneces, así que ahora baila para mí.

Me soltó bruscamente, consiguiendo que yo me tambaleara.

Por suerte no caí, por suerte, al menos no le di el gusto de verme en el suelo por su culpa.

Fue hasta el sillón de cuero que se encontraba en el despacho, se sentó en él y casi en cuanto lo hizo una canción lenta comenzó a sonar por todo el despacho. Él me observó con atención mientras se servía un poco de whisky en un vaso de cristal.

—Baila.

Tomé un par de respiraciones profundas y después de ellas, hice lo que pidió.

Comencé a bailar frente a él de la misma manera en la que lo hacía frente a todo el público; mis movimientos fueron suaves y lentos, fue por eso que él me observó con atención.

—Quítate la ropa.

No hice ningún movimiento.

—No…

—Lara…—Advirtió, brindándome una mirada severa—. Quítate la ropa como lo haces siempre que bailas para mí. Ahora.

Llevé mis manos temblorosas a mi ropa y tomando respiraciones profundas, comencé a desvestirme al ritmo de la música para evitar que él se enojara más y todo fuera peor para mí.

Cuando estuve totalmente expuesta, sus ojos recorrieron cada centímetro de mi piel. Lucía fascinado, complacido.

Sentí nauseas al instante.

—Gatea hacia mí.

Me quedé inmóvil al escuchar sus palabras.

—¿Qué?

—Que te pongas de rodillas y gatees hasta llegar a mí.

—Pero…

Me brindó una mirada seria y fría.

—No lo repetiré una vez más, Lara.

La sequedad y…la amargura en su tono lograron que mis piernas flaquearan. El miedo de terminar mal solo por retarlo me ganó, así que pronto estuve de rodillas gateando hacia él con lentitud. Con cada movimiento, mi cuerpo temblaba más y mi corazón latía más deprisa.

Al estar frente a él, lo vi desabotonar su pantalón y bajar su cierre para liberar su polla dura y erecta.

Se señaló con la cabeza.

—Hazlo.

Sabía exactamente a qué se refería.

Y aunque no deseaba hacerlo, sabía que negarme solo lo haría peor.

Si obedecía todo estaría bien, ¿no?

Cerré los ojos y permití que él me guiara tal y como quería.

Y mientras me mantenía a su merced a pesar de que odiaba estar así y de que lo odiaba a él, solo pude pensar una cosa:

Que a pesar de todo y que a pesar de que obedeciera, las cosas siempre se podían poner peor para mí.

CAPÍTULO 14.
Belleza irreal.
NEAL HARDY.

25 de noviembre, 2019.
PRESENTE.

Observé el reloj con atención. Los números cambiaban con rapidez, el conteo iba hacia atrás hasta llegar a cero, lo cual nos indicaba el momento exacto para empezar.

—¿Qué crees que encontremos ahí? —La voz de Landon me obligó a enfocarlo.

—Mierda. Eso es lo que encontramos la mayoría de las veces.

Por *«mierda»* me refería a todo tipo de drogas.

El helicóptero militar se sacudió ligeramente cuando el piloto se posicionó en un solo lugar. Al asomarme por el portal abierto, alcancé a ver un poco hacia abajo y pude notar que el tren aún se movía y que nosotros, estábamos a unos metros por delante de él para comenzar a bajar y aterrizar en él según el plan.

—O'Hara tiene la teoría de que encontraremos turcos ilegales. Son los que normalmente se mueven por tren.

—A ver si dejan su platicadera y se ponen a trabajar —Nos reprendió nuestro capitán; Dean Causer—. Prepárense para descender

—Que le saquen el palo del culo —Murmuró Landon solo para él y para mí.

Solté una risa entre dientes.

Me quité el cinturón que me protegió durante el tiempo que estuvimos arriba y me preparé para bajar del helicóptero: ajusté el arnés a mi cintura y una vez que me dieron la orden a través del micrófono, no quedó otra más que comenzar a deslizarnos por la soga que iba desde un tubo lateral dentro del helicóptero y terminaba en el techo de los vagones.

Fui de los primeros en descender y al hacerlo, rápidamente me deshice del arnés. Mi arma quedó detrás de mi espalda y mis pasos fueron cuidadosos para poder moverme a través del tren en movimiento.

Salté al siguiente vagón e intenté mantener el equilibrio. Sentí a mis compañeros ir detrás de mí, de vagón en vagón mientras todos seguíamos al capitán quien era el que encabezaba la misión.

—La cámara del helicóptero alcanza a captar la puerta de unos vagones abierta —Informó Wesley a través del auricular; él era mi guía en todas mis misiones—. Dos más y llegan a él. Movilizaremos al dron en esta dirección, pero no aseguro que podamos detectar calor dentro.

—Entendido —Murmuró el capitán.

Continuamos avanzando hasta que sucedió; las balas comenzaron a atravesar los techos metálicos de los vagones. Quien sea que estuviera dentro, lo hacía con la intención de alcanzarnos a pesar de no poder vernos. Los pasos fueron lo suficientemente pesados como para que buscara seguirnos.

—Veo mucho movimiento dentro, mucho calor moviéndose por dentro de los vagones —Volvió a informar Wesley—. Los están esperando.

Joder.

—Prepárense, vamos a entrar —Avisó el capitán. Después lo vimos maniobrar para deslizarse hacia al vagón con ayuda de los barandales en los laterales del tren.

Pronto escuchamos más disparos en el interior.

Repetí su acción, me puse al borde del techo del vagón y cuando lo hice, lo vi en movimiento; pasar por todo el camino lleno de grava que estaba junto a los rieles. Ciertamente, no me asustó.

Me giré y me puse de cuclillas sobre el borde. Después me aferré a estos y de un solo salto, logré terminar dentro del vagón. Mis rodillas tocaron el metal en un golpe seco y duro del que no me tomé el tiempo de recomponerme.

Rápidamente me cubrí cuando los disparos me llovieron encima, pasé mi fusil frente a mí y lo sostuve con firmeza para regresar los disparos en contra de los turcos que solo gritaban pendejadas. Vi a mis compañeros entrar y comenzar a abrir fuego contra ellos al igual que los que ya estábamos dentro.

—NAHA, lo necesito en el siguiente vagón —Me ordenó Causer—. Llévese a cuatro hombres y revisen los vagones del inicio, vamos a confiscar lo que sea que estos escondan.

—Sí, capitán —Asentí.

Le hice una seña a varios para que me acompañaran mientras los demás nos cubrían.

Tuvimos que abrir las compuertas metálicas y saltar para no caer a los rieles cada vez que terminábamos fuera de los vagones para conseguir cruzar al otro extremo.

En los tres primeros no encontramos nada. No armas, no drogas y no más hombres.

En el tercero, encontramos jaulas.

Jaulas con niños dentro.

Había más de diez niños menores de diez años por jaula.

—¿Qué mierda? —Masculló al verlos.

Mis compañeros soltaron un jadeo de horror.

Eran más de catorce jaulas solo en este vagón.

Esperaba encontrar un gran cargamento de droga, esperaba encontrar armamento ilegal, personas ilegales incluso mujeres secuestradas porque no sería la primera vez que encontrábamos mujeres, pero…¿niños?

—Ustedes dos busquen llegar al maquinista para parar el tren, los demás se quedan conmigo que vamos a abrir estas jodidas jaulas.

Ellos me obedecieron sin rechistar.

Era el segundo al mando, así que siguiendo las reglas de la FEIIC; tenía la autoridad para dar órdenes cuando Causer no estaba cerca.

Nos acercamos a las jaulas que para nuestra mala suerte se encontraban bloqueadas con candados.

—Van a estar bien, pequeños —Escuché la voz de Landon—. No lloren que verán que los sacaremos de aquí.

Uno de los niños dijo algo que no pude entender.

No hablaban nuestro idioma.

—¡*Lanet olası davetsiz misafirler!* —Gritó un hombre desconocido al llegar a este vagón.

«¡*Malditos intrusos!*».

—Tu puta madre —Le respondí.

Los disparos llegaron pronto cuando más hombres arribaron en el lugar para detener nuestros planes de llevarnos a los niños. Les gritamos y les hicimos señas a los pequeños para que se tiraran de pecho contra el suelo y se cubrieran los oídos. Por suerte ellos lo hicieron, así que mi preocupación de que alguno saliera herido disminuyó un poco.

Ajusté bien mi arma contra mí y fui disparando a cada uno de los hombres que iban entrando por la puerta que llevaba a otro vagón.

Todos cayeron uno tras otro no solo gracias a mis balas, sino también a las de mis compañeros.

La pila de hombres comenzó a amontonarse en el lugar y cada minuto comenzaban a llegar muchos más.

¿Cuántos de esos hijos de puta había aquí?

Gruñí.

Salí de mi escondite sin dejar de dar tiros perfectos a todos ellos; en la frente, en el pecho y en la garganta.

Seguí avanzando para ir al siguiente vagón que para mi mala suerte también se encontraba lleno de niños.

—Mierda —Siseé.

Antes de poder hacer algo más, algo me tacleó por un lado, lanzándome a las compuertas abiertas del vagón. Caí de espaldas, pero al momento de girar un poco noté que pasábamos las vías con rapidez.

El hombre se me lanzó encima y me tomó del chaleco antibalas para intentar empujarme fuera del tren.

De un solo movimiento logré quitármelo de encima y quedar sobre él. Mi puño fue directo a su rostro tres veces mientras él intentaba quitarme de encima. Y yo pude hacer lo que él no: yo sí pude tirarlo fuera del tren, yo sí pude ver como su cuerpo se perdía debajo de los vagones mientras sus gritos desgarradores resonaban por todo el lugar.

—Capitán, hemos encontrado a más de cien niños enjaulados —Le avisé a través del micro—. Dos de nuestros hombres van en camino a detener el tren. Esperamos sus órdenes.

—¿Niños? —Siseó—. No hay nada más de este lado más que hombres atacando. Vamos en camino, prepárense para separar los vagones.

—Bien.

—El maquinista se negó a parar el tren así que lo hemos inmovilizado —Avisaron los hombres a los que mandé a la parte frontal del tren—. Esperamos señales para pararlo de una vez.

Me incorporé y seguí con camino hasta las jaulas repletas de los niños que no me entendían.

—Los pondremos a salvo, estarán bien —Les dije a pesar de eso.

Fui al siguiente vagón en el cual ya estaban ingresando mis compañeros y me acerqué hasta la parte final de este para ayudar a separar los vagones.

—Cuando diga ya, quiero que tiren de las palancas para detener el tren —Mencionó Causer, dirigiéndose a los dos hombres que esperaban

Ellos dieron una respuesta afirmativa.

Pronto, entre tres hombres logramos quitar ese engranaje de acero que mantenía los vagones unidos.

Todos esos, en los que aún había hombres armados y dispuestos a seguir atacando, retrocedieron con rapidez hasta descarrilarse por completo y volcarse fuera los rieles.

—¡Deténganlo ya!

Los hombres obedecieron, así que durante unos minutos tuvimos que aferrarnos a las barras metálicas de las jaulas para no caer a causa del golpe seco que causó el frenar de esa manera.

Pronto más refuerzos llegaron cargados de herramientas para abrir las jaulas y así liberar a los niños.

Al final, logré contar al menos unos trescientos niños.

—¿Qué pasará con ellos? —Le pregunté a Causer una vez que estuvimos solos.

—Parecen ser niños víctimas de trata de personas, por los que iniciaremos una investigación para saber si alguno de ellos ha sido denunciado como desaparecido en su país —Me dijo—, son bastantes, así que no dudo que haya demasiadas denuncias de sus padres.

Estaban tan lejos de sus casas y estaban completamente aterrados. Logramos identificar que el país de procedencia era Turquía, así que básicamente estaban aquí solos.

Mi cuerpo se tensó.

Eran tantos niños, estaban aterrados y lejos de sus familias.

Y quién sabe por cuánto tiempo lo habían estado.

¿Por qué esos hijos de puta tenían a esos niños enjaulados?

Me dejé caer sobre el asiento en cuanto llegamos al pub. Eché la cabeza hacia atrás y cerré los ojos.

—¿Te vas a dormir? —Me preguntó Derek—. Las chicas ya están por llegar.

—Puedo dormir en lo que llegan.

—Pero si no te levantas a saludar te voy a patear por maleducado.

Solté una risa baja.

—Tuve un día pesado en el trabajo —Murmuré, de nuevo abriendo los ojos y acomodándome para parecer una persona decente—. Estoy muerto. No, ojalá estuviera muerto, así podría dormir unas cuantas horas más.

—Baboso, no digas eso —Murmuró, sonando algo enfadado—. Te hubieras recluido en tu cueva —Se encogió de hombros—, o cambia de trabajo, así podré verte más, bebé.

—¿Sabías que elegí ser militar porque eso me hace viajar y así no estoy obligado a verte, solecito?

—Eres un hijo de perra. Yo que te doy todo mi amor y tú me rechazas.

—Tu amor no tiene valor.

Se llevó una mano al pecho y fingió indignación.

—Por eso Mason me gusta más, él me prefiere a mí.

—¿Dónde está tu Mason ahora? ¿No se supone que está en su luna de miel con su esposa? —Alcé una ceja—. Ahí se nota la preferencia.

Entornó los ojos.

—Esa maldita mujer me robó su amor —Suspiró con pesadez—. Cuando llegue una mujer que me robe tu amor, entonces lloraré todo el día.

Solté una carcajada alta.

—Lara —Dejé de reír al escucharlo.

—¿Qué pasa con Lara?

—Lara y Sandy están aquí.

Se levantó de inmediato, por lo que parpadeé varias veces antes de girar sobre mi asiento para verlo ir a ellas.

Mi mirada recayó en ella.

«Lara».

Ah, Lara estaba aquí.

Usaba un pantalón que abrazaba sus pronunciadas caderas y sus piernas. Llevaba un top de tirantes y detalles de diamantes que le llegaba por encima del ombligo, así que su abdomen plano y su cintura estrecha estaban descubiertas.

Por supuesto que se miraba preciosa.

Su cabello chocolate estaba suelto y sus ojos resplandecientes eran una cosa muy llamativa. Me gustaba verla a los ojos a pesar de que me noqueaba totalmente cuando posaba su mirada en la mía.

Ella, jodidamente todo en ella era hipnotizante.

Hechizante.

Era una mujer hecha para pecar, hecha para adorar.

Hecha para admirarla por completo. Era por eso que todos esos hombres que estaban dentro del lugar se la comían con los ojos, recorrían cada centímetro de belleza en ella.

Jodidos cabrones de mierda.

Y más cabrón yo que tampoco me molestaba en disimular lo mucho que me encantaba esa mujer.

Me obligué a carraspear y levantarme cuando sus ojos hechizantes recayeron en mí.

Lamentablemente Lara estaba ocupada con Derek, así que tuve que saludar a Sandy primero, pero una vez que pude acercarme a la hechicera, me tomé mi tiempo.

Besé su mejilla con lentitud mientras ella se quedaba quieta justo como lo estuvo esa noche en la boda que me insinué descaradamente a ver si así lo captaba.

—Hola, hechicera —La saludé una vez que me separé.

Ella tragó saliva.

—Hola, Neal.

Oír su voz era el mayor privilegio que había experimentado en toda mi vida. Era sensual, relajante y hermosa. Era como un puto estimulante.

¿Qué soy? ¿Un puto adolescente?

Estuve tentado a rodar los ojos por culpa de mis pensamientos.

Ellas se sentaron frente a nuestras mesas y mientras pedían las bebidas, me quedé callado buscando reprimir por ahora todo lo que pensaba cuando la tenía cerca.

Mierda, estaba perdiendo la cabeza.

—Siento feo de estar aquí sin Ellie y Mason. ¿Somos malos amigos por irnos de fiesta sin ellos? —Volví a poner mi atención en la charla que mantenían cuando Lara habló.

—Nah, ellos están aprovechando su luna de miel solitos y juntitos —Insinuó Derek.

—Dejemos que aprovechen el tiempo a solas porque una vez que nazca el bebé, estarán vueltos locos y de arriba abajo. Ni siquiera podrán dormir, los bebés lloran mucho —Dijo Sandy—. Es por eso que elegí ser enfermera y no niñera.

Yo permanecí callado.

—Buena elección —Contestó mi amigo—. Yo no sé, pero yo opino que al que se le caerá primero el bebé, será a Mason.

—Yo no sabría a quién elegir —La enfermera hizo una mueca.

Entorné los ojos.

—¿Realmente están apostando sobre a quién se le caerá el *malnacidito* primero? —Cuestioné, por lo que Derek asintió—. Cien dólares a que será Mason.

Lara sonrió.

—Yo apuesto a que será a Elaine —Pronunció con suavidad.

—¿Elaine la *«mamá osa»*? ¿Hablamos de la misma Elaine paranoica y extremadamente cuidadosa? —Inquirió Sandy.

Lara le dio un trago a su cerveza y asintió.

—Amo a Ellie, pero hablamos de la misma mujer que cuando fue a alimentar patos a un estanque, les lanzó su celular en lugar de lanzarles el pan.

Derek y Sandy rieron con fuerza.

Yo me dediqué a ocultar una sonrisa divertida al beber de mi botella.

Nos pusimos a charlar y beber un rato más entre todos hasta que la enfermera y Derek se levantaron para ir a bailar. Por supuesto que Lara no se levantó, después de todo tenía entendido que no le gustaba bailar.

Era una lástima ya que era una excelente bailarina.

La observé con atención mientras ella se removía inquieta frente a mí.

—Es raro… —Murmuró.

¿Qué era lo raro? ¿Yo? ¿Ella pensaba que yo era raro?

—¿El qué es raro?

—Verte seguido.

Ah, eso era lo raro.

—Sabes que mi trabajo me mantiene ocupado.

—Lo sé, pero escuché que por todo un año no será así. Elaine dijo que no viajarás por un año.

—¿Mi nombre sale de tu boca cuando hablas con más personas, hechicera?

Entornó los ojos y se inclinó un poco hacia mí.

—Ella lo mencionó al azar, no te sientas tan especial.

—¿No soy especial para ti? Eso me entristece.

Soltó un bufido burlón y bajo.

—¿Qué harás después de que el año termine? —Me preguntó, por supuesto cambiándome el tema.

Me encogí de hombros.

—Me iré de nuevo, solo que esta vez como por dos años. Es decir, no estaré aquí durante dos años.

—¿No te veremos durante dos años? —Por alguna razón, encontré algo de decepción y tristeza en su tono.

Ladeé un poco la cabeza.

—Exactamente.

Ella asintió con lentitud mientras enfocaba los ojos en su cerveza.

—Supongo que tendremos que echarte de menos.

Las comisuras de mi boca se alzaron sutilmente.

—Lo entiendo porque yo también echaré de menos a algunas personas.

Sintió mi mirada sobre ella, por lo que pronto volvió a mirarme.

Mis ojos recayeron en sus labios carnosos y rojizos cuando los relamió sutilmente.

Ella carraspeó.

—¿Puedo preguntarte algo?

—Dime.

Se removió sobre su asiento y después se inclinó un poco más.

—Lo que dijiste en la terraza…¿lo dijiste porque estabas ebrio?

¿Ebrio?

¿Parecía ebrio esa noche?

Apenas si bebí dos tragos, pero parecía que ella subestimaba mi aguante.

—No, no estaba ebrio —Fui sincero.

—Entonces estabas bromeando —Afirmó.

Solté una risa seca.

¿Bromeando?

¿Decirle directa y descaradamente que me la quería follar, para ella contaba como una puta broma? Porque para mí no.

Sí lo quería.

No, lo deseaba con cada respiración.

Lo deseaba desde la jodida noche que la vi en esa gala vistiendo ese bendito vestido negro. Desde ese momento supe que este demonio disfrazado de mujer sería mi puta perdición.

Me incliné hasta que nuestros rostros fueron separados por apenas unos cuantos centímetros

—Tampoco estaba bromeando, hechicera.

—¿Entonces?

—Digamos que no eres la única que siente deseo o la que no tiene intenciones puras con el otro. Esto es como lo que dijiste esa noche en la cocina —Hablé con lentitud y firmeza—, solo que a mí me gusta utilizar otras palabras. De todas maneras, te lo repetiré una vez más para que te quede claro; hechicera, aún quiero follarte.

Sentí su cálido y delicioso aliento chocar contra mis labios. Los ojos de la mujer me observaron con atención e intensidad.

Porque ella jodidamente lo sabía, sabía perfectamente que se sentía igual de atraída por mí, pero le encantaba fingir que no y encima, evitarme como si yo fuera una peste que no ponía tener cerca.

Huía una y otra vez.

Justo como ahora que prefirió huir a la pista de baile a pesar de que ni siquiera le gustaba bailar.

Negué con la cabeza y rodé los ojos.

Hacía esto siempre: huía cada vez que me acercaba a pesar de que sabía que no me quería lejos. Lo notaba en sus ojos, lo escuché de su misma boca; me deseaba tanto como yo a ella.

Pero apenas si me hablaba, prefería evitar esto que sentía por mí y joder que prefería enfocarse en otras personas antes que hablar más de cinco minutos conmigo.

Ah, pero no fuera Derek porque ahí sí pura puta risita con él.

Un gruñido escapó de mí cuando los vi a ambos en la pista. Claro que también estaba Sandy, pero mis ojos no se apartaron de Lara y Derek que comenzaban a bailar cerca y con toda la familiaridad del mundo.

«Y ella dice que no le gustaba bailar».

Derek era como mi hermano, pero podría ir ahora y sacarlo a putazos de la pista con tal de que dejara de bailar tan cerca de ella como lo hacía en ese momento.

Pendejo.

Tomé un par de respiraciones profundas.

Me estaba comportando como un adolescente celoso y ella ni siquiera se me acercaba por más de dos minutos. Ni siquiera éramos *«cercanos»*.

Después de algunos minutos Derek volvió a la mesa sosteniendo otra bebida.

—¡Ve a bailar, deja de estar tan amarga…! —Se detuvo al notar mi mirada—. ¿Por qué me ves como si me quisieras asesinar?

Apreté los dientes.

—No te miraba a ti.

—Pues debes estar bizco porque tus jodidos ojos están en mí y no en nadie más.

—Ahora te miro porque te hablo, pero antes no te miraba a ti —Gruñí bajo.

—Pues pareces enojado.

—Que no mierda —Mascullé.

—¿Me miras así porque bailaba con Larita?

Le fruncí el ceño.

—¿Qué tiene que ver Lara en esto? —Resoplé.

—Ay, sabes muy bien que esa mujer te encanta. Hasta el bebé no nato de Elaine y Mason sabe que babeas como un pendejo por Lara Spencer.

—Sí, es verdad. Lara Spencer me tiene hecho un pendejo. ¿Tienes problema con eso? ¿Acaso tú también estás interesado en ella?

—Es guapa, sí, seguramente la mujer más guapa que he visto en mi larga vida —Se encogió de hombros—, pero no estoy interesado en ella de esa manera, de hecho, la veo como a una hermanita menor —Derek se inclinó un poco y me brindó una sonrisa maliciosa—, pero, ¿si yo tuviera algún interés en ella, tendrías algún problema con eso, bebé?

—Tú tendrías un problema, Castle.

—Tal vez no. ¿Qué tal si yo le intereso? —Me retó—. Al parecer prefiere estar cerca de mí y no de ti.

—¿Acaso eres un jodido ciego y no notas la manera en la que me mira?

—Hasta el bebé no nato de Elaine y Mason nota que ella también se muere por tus huesitos, amorcito —Se burló de nuevo—. A ver si se dejan de hacer pendejos y ceden. Quiero ir a otra boda, así que no se tarden porque no quiero que mi traje se empolve.

Derek volvió a la pista y yo solo me quedé en la mesa y dejando de beber porque por lo que veía, tendría que ser el conductor designado esta noche.

Con cada minuto que pasaba ellos bebían y bailaban mucho más.

Bueno, Lara más que todos.

Jamás la había visto bailar más de un par de canciones y hoy no salía para nada la pista. Realmente estaba tan ebria que ni siquiera notaba a los hombres que se le acercaban con toda la intención de rozar su cuerpo.

Golpeé ligeramente la mesa con mis nudillos.

—¡Joder! ¡¿Dónde están mis cosas?! —Exclamó Sandy, llegando a la mesa casi tambaleándose. Derek la seguía por detrás—. ¡Oh, creo que esta es!

Tomó un bolso, se lo acomodó sobre el hombro y después le frunció el ceño a la pantalla del teléfono.

Estaba tan ebria como Lara.

—Le han llamado, al parecer es una emergencia —Aclaró Derek—. Lara está tan ebria que ni siquiera sabe cómo se llama, así que creo que no conducirá esta noche.

—Mierda, es que ella me ha traído.

—Yo te llevaré, no estoy ebrio —Le dijo él.

—¿Y qué pasará con Larita? —Se quejó—. Intenté traerla conmigo, pero no quiere salir de la pista.

—Yo la llevaré a su casa, no se preocupen por ella —Me encogí de hombros.

—¿Seguro? —Cuestionó Derek.

—Seguro. Dejemos que se divierta un rato más.

—¡Si le pasa algo te juro que te castro! —Me avisó la enfermera, señalándome con su dedo—. ¡Así que mucho cuidado, Neal! ¡Si te aprovechas de ella…!

—Ella estará bien —La interrumpí.

Preferiría amputarme ambas manos antes que aprovecharme de ella o de cualquier mujer.

Podré ser un cabrón, pero no era un aprovechado y mucho menos un abusador.

—Cuídala mucho por favor, hay muchos hombres aquí que no dejan de mirarla —Habló la chica de nuevo.

Sí, me había dado cuenta.

Solté un gruñido.

—Lo haré, Sandy.

Ambos se despidieron de mí antes de que Derek la ayudara a ir a la salida, pasando entre todas las personas que estaban dentro del lugar.

Cuando se fueron, mi vista recayó en Lara. A pesar de mirarse tan ebria, sus pasos no eran torpes ni graciosos. No, ella era una excelente bailarina, sabía moverse y era por eso que tenía todas las miradas encima.

Sabía cómo obtener atención sin estarla buscando.

Sabía perfectamente cómo conseguir ser venerada y adorada sin intentarlo.

A esa mujer solo le bastaba con respirar para tener a todos comiendo de la palma de su mano.

Tal vez estuvo una hora más de la barra a la pista hasta que un tipo se le acercó y le susurró algo al oído. Cuando rozó su mano sobre el brazo de Lara, me levanté de mi asiento.

—¡Gracias pero tengo herpes! ¿¡Sabías que da mucha comezón!? —Me detuve al escucharla gritar por encima de la música.

Muchas personas la miraron.

El hombre de inmediato dio dos pasos atrás.

—¡Oye! ¿Por qué te alejas? ¿No dijiste que tengo buenas tetas? —Se quejó cuando él comenzó a caminar lejos de ella—. ¡No seas un cabrón miedoso, solo es un poquito de comezón! ¿¡Mis tetas no lo valen!?

Soltó una carcajada cuando él tipo continuó ignorándola.

Volvió acá dando saltitos y bebiendo lo que parecía ser una piña colada con alcohol.

—¿Has visto cómo lo he ahuyentado? Mi hermano menor siempre me ha dicho que si quiero evitar a un hombre que me incomoda, le debo soltar que tengo alguna enfermedad y se irán corriendo como criminales.

—Veo que ha funcionado.

Asintió emocionada.

Después dejó su bebida sobre la mesa y antes de que pudiera reaccionar, se acercó a mí y rodeó mi cuello con sus brazos.

—Baila conmigo, Hardy.

—Esto es nuevo —Fruncí un poco los labios—, estás muy ebria.

—No, no lo estoy —Negó con la cabeza—. Si estuviera ebria, ¿podría hacer esto?

Me soltó y de inmediato intentó levantar una pierna para solo mantenerse de pie con una. Por supuesto, no lo logró y casi caía al suelo de no ser porque logré abrazarla antes de que cayera.

—Anda, te llevaré a casa que es muy tarde.

Se alejó de nuevo, negó y sacudió sus manos delante de mí.

—No, no, no, iré con Sandy.

—Sandy se fue hace un rato, te dijo que le surgió una emergencia, por eso Derek la llevó a su casa.

Abrió la boca.

—Bueno, conduciré a casa. ¿Recuerdas qué color es mi auto?

—Verde —Mentí.

—Que horrible color, no combina con mis uñas —Hizo un puchero—. Bueno, ya me voy.

—Ni de coña. Tú no vas a conducir.

La tomé de la mano una vez que me aseguré de pagar la cuenta y no dejar nada olvidado en la mesa. Cuando estuvimos fuera del club, ella se colgó de mi brazo como si buscara protección.

—Tengo frío.

La miré de inmediato, sus ojos chocolate me enfocaron con atención, por lo que lo único que atiné a hacer fue sacarme la chaqueta y ponerla sobre sus hombros.

Ella sonrió.

Abrí la puerta para ella cuando llegamos a mi auto, cuando le señalé que subiera, ella solo se quedó de pie y me frunció el ceño.

—Este no es mi auto. Es tu auto.

—Estás equivocada si crees que dejaré que conduzcas en ese estado.

La tomé de los hombros y la alcé un poco para acercarla más al auto, después la hice subir y le coloqué el cinturón de seguridad antes de que se le ocurriera escapar.

—Hmm, eres un fortachón. Me encanta que seas tan fuerte —Ronroneó en mi oído antes de que yo pudiera alejarme.

Me retiré solo para observarla.

Definitivamente no se parecía en nada a la Lara sobria. Justo ahora estaba más habladora y cómoda a mi alrededor.

Que jodido que las únicas veces que no quería huir o esconderse de mí, fueran solo las veces que se emborrachaba.

Sus ojos, esos mismos que me aturdían desde…esa noche, me enfocaron con atención.

Me alejé más, cerré su puerta y fui a mi lugar para subir y encender el auto.

—¿Qué pasará con mi coche?

—Mañana estará frente a tu edificio.

Ella asintió y soltó un suspiro largo.

Pensé que el trayecto sería tranquilo, pero entonces por largos minutos solo pude sentir su mirada intensa en mí.

—Siento tu mirada —Insinué—. ¿Por qué me miras tanto?

La miré de reojo.

—Eres muy guapo, Neal. Desde que te conozco me he…preguntado si eres un ángel o un demonio, porque tienes la belleza de un ángel —Volvió a suspirar—, pero luces tan malo, tan caliente y despiertas todos esos pensamientos oscuros en mí tal como un demonio lo haría. Despiertas tales sentimientos en mí que incluso me he masturbado pensando en ti. Eres mi fuente de inspiración.

Me detuve de golpe en el semáforo en rojo. Parpadeé varias veces antes de enfocarla.

—Estamos desbordando sinceridad esta noche, ¿no?

—¿Crees que soy sincera?

—Sí.

—¿Y crees que soy hermosa? —Volvió a preguntarme.

—Tu belleza es irreal, hechicera.

—¿Irreal? ¿Qué quieres decir?

—Que tu belleza no parece ser de este mundo, eres simplemente el ser más hermoso que mis ojos han visto y es por eso que tu belleza me resulta irreal; porque no puedo entender cómo alguien como tú puede ser humana.

—¿Cómo un ángel? —Cuestionó.

—A tu lado, un simple ángel no tiene comparación.

Hablaba enserio.

Esta mujer era jodidamente preciosa, pero no poseía el tipo de belleza angelical. No, este ser fue trazado y pintado a mano por un demonio que tenía el propósito de enloquecer a cualquiera que se atreviera a posar sus ojos en ella.

La sentí inclinarse en mi dirección.

—Pues esa *«belleza irreal»* que acabas de halagarme, no es más que una maldición —Susurró en un tono amargo—, el peor de los monstruos se obsesionó con ella y…fue capaz de marchitarme con tal de no perderla.

Volvió a su asiento y guardó silencio. No le respondí porque simplemente me dejó sin palabras, así que solo comencé a conducir a su casa. Pasaron algunos minutos hasta que ella habló de nuevo:

—Neal.

—Dime —Le respondí.

—¿Tienes mi bolso?

La miré brevemente.

¿Su bolso?

—¿Por qué tendría tu bolso? —Inquirí, hundiendo ligeramente las cejas.

Soltó una risa suave.

—Entonces lo dejé con Sandy y ahora no tengo llaves para entrar a casa —Hizo un puchero—. ¡Sorpresa, hombre!

Contraje el rostro.

—Pero está tu hermano, ¿no?

—*Nop*, salió con unos amigos y no volverá hasta mañana —Bufó bajo—. ¿Puedes llevarme a…un…? ¿Cómo se llaman esos lugares donde pagas por dormir?

—¿Hotel?

—El otro, el más barato…¡Motel!

—No.

—¿Qué pretendes? ¿Qué duerma en la calle?

—No voy a llevarte a un motel —Le dije—. Estás muy equivocada si crees que haré eso. El mundo es muy peligroso, Lara.

Sin decir nada, giré en una calle para tomar un nuevo rumbo que me llevaría al lugar que necesitaba: mi apartamento. Conduje por algunos minutos más en los que ella solo se dedicó a cantar hasta que por fin llegué y aparqué en el estacionamiento subterráneo del edificio.

—Quédate aquí —Le pedí.

Abrí la puerta para bajar, pero antes de siquiera conseguirlo, ella se pasó a mi asiento y se tiró a mis brazos. Se sentó a horcajadas y llevó sus manos a mi cabello.

—Ya veo…—Musitó, inclinándose para rozar mis labios con los suyos—. Me trajiste a tu apartamento para que estemos solos y podamos follar como tanto deseamos. Eres un hombre muy inteligente, Hardy.

La empujé un poco de los hombros.

—Estás ebria, hechicera. Traerte a mi apartamento con la intención de follarte, no me hace inteligente, me hace un jodido cabrón abusivo y aprovechado —Le aclaré—. No te equivoques, solo dormiremos.

—No quiero dormir, quiero tener sexo —Protestó.

Solté un suspiro pesado.

—En otro momento encantado —Resoplé—, pero hoy no. No estás en tus cinco sentidos y el alcohol siempre lleva a tomar malas decisiones.

De nuevo empujé la puerta para señalar con la cabeza el exterior.

—Anda, caminaremos.

Negó varias veces.

—No, no, no —Se quejó de nuevo—. Déjame cabalgarte como si fueras un caballito.

Comenzó a restregarse contra mi polla una y otra vez, por supuesto que consiguiendo que esta reaccionara a ella. No era de piedra, esta mujer me ponía duro con solo posar esa mirada hechizante en mí, por supuesto que conseguiría empalmarme enseguida si se restregaba de esa manera contra mi verga.

Tomé una respiración profunda.

Que mierda de situación.

Joder.

—Muy bien, no quieres caminar —Masculle, llevando mis manos a sus caderas para alzarla y salir con ella en brazos. Al instante, me rodeó con sus piernas y brazos.

Caminé hasta el elevador y al llegar a él, presioné el botón. Las puertas se abrieron casi al instante, por lo que ambos subimos y en él marqué mi piso.

Me tensé en el instante que comenzó a besar mi cuello, a pasear sus labios por mi piel como toda una experta.

—No, no, sin besar —Le advertí.

—¿Y tocar?

—Tampoco tocar, hechicera.

Soltó un quejido.

Por suerte las puertas volvieron a abrirse, así que instintivamente bajé para ir a mi apartamento, abrir gracias a la llave y entrar. No me detuve hasta llegar a mi habitación para tirarla sobre mi cama.

—¡Quiero quedarme toda la vida en este lugar! Me encanta como huele, joder. Y me encanta como hueles tú —Suspiró con dramatismo.

Se abrazó a mí cuando quise alejarme.

—Mi perfume se llama *«por favor suéltame»*.

Soltó una risa baja.

—No quiero —Me respondió—. Lo que quiero es que te metas a la cama conmigo, lo que quiero es que me beses de nuevo.

Negué.

—Nunca nos hemos besado, Lara.

Pero las ganas de comerle la boca jamás me habían faltado.

—Sí que lo hemos hecho —Soltó con simpleza—. Y déjame decirte que tú, Neal Hardy, me diste el beso más alucinante de toda mi vida.

Volví a negar.

—Te aseguro que lo recodaría —Insinué, de nuevo intentando alejarme. Ella por supuesto no me dejó—. Vamos, nena. Quédate en la cama.

Tiró de mi cabello.

Llevó su boca a mi oreja.

—Nos besamos la noche que nos conocimos. Tú me viste bailar y yo quedé perdida en tus ojos —Susurró, esta vez moviéndose un poco para mirarme a la cara—. Cuando la canción terminó, tú fuiste detrás de mí, nos besamos en el pasillo y…en ese momento supe que nadie jamás me haría sentir lo que tú lograste que sintiera esa noche.

Enfoqué sus ojos.

—Entonces sí eres tú…

No estaba seguro, quise convencerme de que estaba equivocado.

Pero…¿quién era capaz de olvidar una voz como la suya? ¿Quién era capaz de olvidar una mirada como la suya?

El antifaz ese no fue suficiente como para que yo consiguiera olvidar a una mujer como ella.

Desde que la vi en esa gala, una parte de mí supo que años antes ya me había tomado entre sus manos.

—No me gusta hablar de eso y seguro que mañana me arrepentiré de decírtelo, pero quiero que sepas que es justo esa noche la razón por la que me alejo tanto de ti, porque…todo mi sufrimiento empezó la noche que te besé.

Sostuve su barbilla con mi mano.

—¿Por eso huyes de mí?

—Por eso tengo que correr lejos de ti —Respondió.

Presioné mis dedos un poco más.

—Sigue huyendo todo lo que quieras, hechicera. Lo único que quiero que sepas, es que en cualquier momento terminaré por alcanzarte.

—¿Y por qué no intentas hoy? —Cuestionó en un tono bajo—. Estoy aquí.

—No, estás ebria así que duerme.

Me soltó en cuanto terminó de hablar, así que aproveché para levantarme de inmediato.

—Quédate aquí, si necesitas algo no dudes en llamar, ¿bien?

—No, no está bien. Después de lo que dijiste en la boda, ¿ahora te estás arrepintiendo como un cobarde?

—No me estoy arrepintiendo, es solo que este no es el momento.

Se relamió los labios antes de sonreír con malicia. Llevó sus manos a su pantalón y lo desabotonó con rapidez.

—Lara, no —Le advertí.

Me tiró sus pantalones a la cara, por lo que parpadeé varias veces. Lo dejé caer al suelo y cuando volví a mirarla, ella ya se encontraba quitándose el top.

Tomé una respiración profunda cuando noté que ahora lo único que la cubría, eran esas bragas rojas. Sus tetas; grandes, preciosas, firmes y con pezones rosados adornándolas ahora estaban expuestas. La polla se me hinchó al verlas de nuevo, mi cuerpo entero se tensó y la sangre me hirvió como si de pronto estuviera quemándome en el jodido infierno.

Que tortura.

Sí, definitivamente esta mujer fue creada para volver loco a cualquiera, para tener arrastrándose a cualquier pendejo que se atreviera a mirarla.

Tomé una respiración profunda.

Definitivamente tuve que haber hecho algo muy malo como para que el puto infierno me castigara de esa manera.

—¿Sigue sin ser el momento, Hardy?

Apreté los dientes.

—Sigue sin serlo.

Ella resopló.

—¿Por qué no?

Avancé hasta ella con rapidez, la tomé de los hombros y la tiré a la cama con brusquedad. Ella jadeó cuando me acomodé encima de su cuerpo sin previo aviso, tomando sus muñecas para presionarlas contra el colchón.

Volvió a jadear cuando me presioné contra su coño.

—Porque el día que tenga en mi cama o en cualquier lugar en el que pueda admirarte y follarte hasta que no puedas más, hasta que tu cuerpo esté débil y deshecho por el placer, será cuando estés sobria y cada parte de ti lo desee, pasará cuando al día siguiente que puedas recordar cada uno de mis besos y mis caricias —Gruñí contra sus labios—. Y sí, no he dejado de desearte, eres mi única fantasía y te necesito tanto que duele, pero no haré esto esta noche, Lara.

Jadeó suavemente.

—Pero yo quiero.

Negué con la cabeza antes de soltarla para levantarme e ir a mi armario para buscar algo con qué cubrirla. Al final tomé una sudadera roja, volví a ella y pese a sus protestas, la vestí y la obligué a meterse debajo de las sábanas.

En cuanto me alejé, ella volvió a levantarse.

—No, no te levantes.

De nuevo la acomodé en la cama.

Apenas si di dos pasos lejos cuando ella volvió a levantarse, esta vez irritándome demasiado.

—Por las malas entonces.

Me coloqué encima de ella, atrapándola debajo de mi cuerpo mientras me disponía a buscar las esposas metálicas en mi mesita de noche. Mientras buscaba, ella de nuevo comenzó a restregarse contra mí, logrando nada más que mantenerme duro y necesito por ella.

Llevó sus labios a mi cuello para besar y morder.

Me alejé un poco.

—¿Qué dijimos de besar y tocar, Lara? —Masculló.

—Dijimos que está bien.

La miré mal.

No le di una respuesta, simplemente tomé las esposas, coloqué un extremo en su muñeca y el otro lo ajusté a la cabecera de la cama.

—¿Este es algún tipo de fetiche? Ya sabes, algo así como que yo soy una *sexy criminal* y tú eres el *poli* que me tiene a su merced —Insinuó juguetonamente—. No sabía que te iban este tipo de cosas en la cama, Hardy.

—Me van muchas cosas en la cama, hechicera.

Me levanté y me alejé finalmente de ella.

—¿Qué…? —Intentó formular.

—Tú ahí —Le dije mientras la señalaba con mi dedo—. Y yo muy, pero muy lejos de ti.

La escuché gritarme una sarta de tonterías después de que salí de la habitación, pero no me detuve a contestar ni a poner atención a sus palabras. No, entre más lejos mejor.

Dejé la puerta abierta por si acaso porque tampoco es que como que quisiera que se vomitara encima y muriera a causa de esto.

Me serví un trago al llegar a mi oficina, lo tomé de una y después me llevé las manos al rostro para tallarlo una y otra vez.

Mi erección no disminuía y estaba jodidamente tentado a liberar mi polla y comenzar a masturbarme hasta correrme en su nombre.

La única razón por la que no lo hice, fue porque ella estaba aquí y la respetaba tanto como para jalármela mientras ella estaba en la otra habitación.

Durante las siguientes dos horas me dediqué a leer algún libro para relajarme e ignorar su presencia. Al menos eso hice hasta que me levanté y volví a la habitación.

Ahora estaba totalmente dormida.

Por suerte.

Suspiré bajo mientras me dirigía al baño del lugar. Cerré la puerta y me desnudé para entrar a la ducha y darme un baño con agua helada.

Era noviembre, pero la sangre me hirvió de solo pensar en ella, en la manera en la que se desnudó frente a mí y se me insinuó.

Recargué mis palmas contra la pared, dejando que el agua fría cayera sobre mí como una cascada meramente de hielos.

Pasé los siguientes minutos en la ducha hasta que opté por salir y secarme. Me rodeé la cintura con una toalla seca y después fui a buscar ropa limpia al armario.

Unos pantalones cómodos fueron suficientes.

Al verla de nuevo en la cama, estuve tentado a reír.

No parecía estar en una posición cómoda.

Su brazo derecho estaba esposado a la cabecera, así que debía permanecer casi sentada sobre le cama.

Caminé lentamente hacia ella, abrí el cajón y saqué las llaves de él. Una vez que solté el extremo que estaba en la cama, quise quitarle el otro, pero ella se removió.

Incluso tembló.

—No me toques…—Suplicó, haciéndose un ovillo sobre la cama—. Me…me estás lastimando, por favor detente, me lastimas.

Alejé mi mano al instante.

No me hablaba a mí.

Sus ojos estaban cerrados.

—Me lastimas…—Susurró—. Por favor para, me duele…

Di un par de pasos hacia atrás.

«¿Quién te hizo tanto daño?».

El terror en su voz.

El temblor en su cuerpo.

El temor en sus ojos.

Su desconfianza.

Lo reconocía muy bien.

Una presión incomoda llegó a mi pecho.

La rabia llenó cada parte de mí.

Hijo de puta.

—Ojalá que nunca digas su nombre frente a mí, porque si lo haces, entonces no habrá ni un solo lugar en donde él pueda esconderse.

CAPÍTULO 15.
Cruel.
LARA SPENCER.

17 de octubre, 2016.
PASADO.

Quería estar lejos de él.

No soportaba mirarlo.

No soportaba que me tocara.

No soportaba que intentara hacer más que solo tocarme.

No soportaba estar a su lado.

Había hecho hasta lo imposible para no tener que cumplir con mi rol de amante, pero cada vez era más difícil, cada vez era más difícil evitarlo porque él se estaba hartando de que no le correspondiera, me tensara, temblara o me pusiera a llorar.

Se llenaba de rabia cada vez que hacía eso y entonces, se iba azotando la puerta.

Tenía miedo de que un día simplemente se cansara de mi rechazo y ya no le importara más.

Tomé una respiración profunda antes de levantarme temblorosamente. Limpié mi boca y le bajé al retrete.

Acababa de vomitar.

Igual que esta mañana que Thomas preparó huevos revueltos para mí e igual que las mañanas anteriores.

Los mareos y las náuseas se volvían peor con los días, así que supuse que tendría que ir al médico cuanto antes.

Suspiré y salí del cubículo para lavarme la boca y así, finalmente irme del club. Para cuando salí del baño, aún había personas vagando por ahí; los de seguridad y los de limpieza. Anduve casi de puntitas cuando pasé frente a la oficina de Bruno y por suerte, no me lo topé dentro del lugar.

De hecho, cuando salí estuve a punto de suspirar de no ser porque me lo encontré frente al establecimiento.

Estaba recargado contra su auto y miraba fijamente en mi dirección.

—Súbete.

—¿Por qué?

—Te llevaré a mi apartamento.

Retrocedí un paso y negué con la cabeza.

—Debo…debo ir a casa, mi hermano está solo y yo…—Me tropecé con las palabras.

—Tu hermano ya es lo bastante grandecito como para pasar una noche solo, así que sube.

—No quiero, Bruno —Susurré—. Por favor, solo deja que vaya a mi casa. Quiero ir a mi casa.

—Sabes que no me gusta repetir las cosas, belleza.

—No quiero.

Tomó una respiración profunda y su gesto se endureció. Estaba harto, estaba cansado de que me negara y lo demostró en el momento que avanzó hasta llegar a mí para arrastrarme directo a su auto.

Intenté plantarme bien en mi lugar para que no lo consiguiera, pero fue imposible: él era mucho más fuerte que yo.

Abrió la puerta y casi que me lanzó al interior para después cerrar con fuerza.

No me atreví a moverme, no me atreví a salir corriendo porque la verdad…¿podría huir de él? Por supuesto que no. Él me tenía atada con cuerdas que no era capaz de romper.

Le debía mucho dinero y encima, era capaz de enviarme a prisión por lo del asesinato de ese hombre.

Era capaz de joderme más la vida si me atrevía a retarlo.

Y no podía permitirme que lo hiciera, no cuando aún debía cuidar de mi hermano menor.

No podía dejar a Tommy desprotegido y expuesto para alguien que quisiera dañarlo así como Bruno dijo hace unas semanas.

Alighieri subió al auto y colocó los seguros para después encender el coche y arrancar.

—No me siento bien, Bruno —Mentí con la voz temblorosa—. Por favor otra noche, hoy no.

—Todas las noches estás indispuesta y la verdad es que ya me cansé de eso —Masculló, girando en una calle—. Que no se te olvide que tenemos un contrato y en él, no está la maldita cláusula que diga que nos veremos solo cuando tú lo quieras. No, en realidad la cláusula estipula que las citas serán cuando a mí se me de la puta gana.

No supe qué más decir, el miedo se tragó todas mis palabras.

Él condujo mientras yo guardaba silencio y cuando aparcó frente al edificio, me hizo bajar para llevarme al interior. Me aferré a mi bolso y él se aferró a mi brazo para arrastrarme hasta el apartamento.

Cerró la puerta detrás de nosotros y me liberó finalmente. Lo vi colocar el seguro y cuando volvió a mirarme, solo gruñó mientras se aflojaba la corbata del traje.

Me pasó por un lado para ir al minibar y así servirse un trago que se pasó tan rápido que apenas si me di cuenta. Una vez que terminó, dejó el vaso de cristal en la barra y volvió a mí con pasos lentos.

—¿Ya estás más relajada?

¿Qué clase de pregunta era esa?

—¿Cómo pretendes que esté relajada? —Susurré al mismo tiempo que me rodeaba el cuerpo con los brazos—. No quiero estar aquí, Bruno. Quiero ir a mi casa con mi hermano.

Lo vi tomar una respiración profunda.

—No podemos seguir así, Lara.

Temblé cuando llevó sus manos a mis hombros. Ese simple gestó bastó para que su gesto se endureciera.

—No hagas eso. Estoy harto de que me mires como si fuera un monstruo o como si alguna vez te hubiera maltratado.

«¿Obligarme a chupártela no es maltratarme? ¿Hacerme bailar a pesar de que no quiero, no es maltratarme? ¿Jalonearme, amenazarme, ser brusco conmigo, herirme con palabras y actitudes no es maltratarme?».

—Te tengo miedo, Bruno —Susurré con la voz rota—. Te tengo mucho miedo.

Su mirada se suavizó.

Sus manos subieron a mis mejillas y tan pronto me di cuenta, él se inclinó repetidas veces para besar mis labios.

—No me temas, *amore*, solo mírame como antes, mírame como lo hacías antes de todo.

—No puedo.

—Yo voy a enseñarte, ¿bien? Voy a enseñarte a quererme de nuevo.

Sus labios buscaron los míos de nuevo, pero esta vez con más fuerza y posesividad a pesar de que no correspondí. No, de hecho, en cuanto notó mis nulas ganas, en lugar de separarse, solo insistió con un beso desesperado que no disfruté, que no quería y que solo deseaba que terminara.

Me tomó de las caderas con fuerza y me pegó a su cuerpo. Intenté alejarme, hacerlo retroceder, pero él solo terminó tirándome al sofá para colocarse encima de mí e inmovilizarme bajo su cuerpo.

—No quiero, Bruno…

Sus labios de nuevo se estamparon contra los míos, esta vez fue más agresivo y duro. Intenté colocar mis manos sobre él para empujarlo, pero la presión que mantuvo en mi cuerpo fue más fuerte.

—Bésame, Lara.

No quiero.

—Por favor suéltame —Le supliqué en un hilo de voz—. No quiero.

Sus manos fueron a mi blusa para alzarla. Me removí inquieta, el miedo me asfixió y las ganas de querer desaparecer se hicieron más grandes.

Por favor no.

Cuando hice todo intento de detenerlo, entonces él solo tomó la opción que le quedaba: me arrancó la blusa y la hizo trizas de un solo movimiento tosco y lleno de ira.

Bajó los tirantes de mi sostén hasta dejar mis senos al desnudo. Bajó con besos por toda mi piel sin importarle nada.

—No quiero. Por favor, Bruno, no quiero.

Lo escuché gruñir.

—Tenemos un contrato, Lara.

Pataleé cuando me quitó los pantalones, cuando los bajó a pesar de que me removí, luché y le supliqué.

—Te di lo que necesitabas, ahora tú dame lo que yo necesito —Masculló con los dientes apretados.

—¡Te lo suplico, no quiero! —Sollocé cuando él ejerció más presión, más fuerza en mí que yo no fui capaz de igualar.

Esa era la realidad.

Yo era más pequeña.

Más débil.

Más frágil.

Y él se aprovechó de eso para…para terminar de desnudarme.

—¡Bruno, no! ¡Para, te lo suplico!

Lo escuché gruñir de nuevo.

El forcejeo solo ocasionó que el collar de perlas se destrozara y que todas las piezas quedaran regadas sobre el suelo. Y eso lo molestó.

—¡Deja de temblar como si fuera un puto desconocido que jamás te ha tocado! ¡Eres mi jodida mujer y estás atada a mí por la puta ley!

Lo sentí bajar el cierre de su pantalón y separar mis piernas a la mala, a la fuerza. Mi voz se desgarró cuando él entró en mí con un solo movimiento brusco y tosco.

—¡Me estás lastimando, por favor detente! —Le supliqué entre sollozos sintiéndolo a él arremeter contra mi cuerpo una y otra vez—. ¡Me duele mucho! ¡Por favor para!

Siseó y gruñó mientras cubría mi boca para ahogar mis gritos y mi llanto. Yo me removí, intenté quitármelo de encima, intenté gritar de nuevo, luchar sin parar, pero…nada sirvió.

Por minutos lleno de agonía no fui yo, fui solo un ser débil e inferior que deseó con todas sus fuerzas desaparecer para siempre, huir de tanto dolor y sufrimiento.

Él no paró hasta quedar satisfecho y joder, cuando terminó quitó su mano de mi boca para acariciar mi cabello como si fuera mi puto novio cariñoso en lugar de ser el hombre que acababa de abusar de mí.

Que acababa de atentar contra mí a pesar de que le supliqué una y otra vez que parara.

—Lara —Me llamó.

—Me das asco, me das tanto asco…—Mi voz se rompió—. Maldito repugnante, asqueroso, hijo de perra. Me das tanto asco, hijo de puta.

Él se alzó un poco para verme a los ojos.

Los suyos estaban llenos de confusión.

¿Tú estás confundido, hijo de perra? ¿Tú estás jodidamente confundido?

Se retiró con lentitud y finalmente se levantó. Me hice un ovillo al instante, intenté cubrir mi cuerpo desnudo al abrazarme yo sola.

—No eres mejor que ese hombre, no eres mejor que el cerdo que intentó violarme. No, tú eres mil veces peor —Susurré con un hilo de voz—, pero claro, al final tú puedes escudarte detrás de un contrato. Un maldito papel con el que te quieres convencer de que no eres igual a ese hombre.

Dio un par de pasos hacia atrás, parpadeó varias veces y después, negó con la cabeza.

—Perdóname, *amore mio…*

Lo vi largarse del apartamento sin decir ni una sola palabra. Me dejó sola y joder que sentí un poco de tranquilidad, aunque eso no disminuyó el dolor que sentí.

Me sentía tan sucia y lastimada.

Todo dolía.

Solté sollozos bajos mientras mi cuerpo se sacudía por el llanto y el pánico. Me obligué a levantarme para ir al baño y arrodillarme frente al retrete cuando unas inmensas ganas de vomitar me azotaron. Dejé salir todo, todo ese maldito asco que sentía por él y por mí.

Me sentía asqueada.

Sollocé cuando dejé de vomitar.

Me arrastré hasta la regadera sin siquiera tomarme la molestia de quitarme solo lo único que me cubría; unas bragas tan maltratadas como yo. Abrí la llave por lo que de inmediato el agua me empapó.

Aún sin dejar de temblar y llorar, tomé la esponja, la llené de jabón y comencé a tallar todo mi cuerpo con fuerza hasta dejarme la piel roja y lastimada.

Tallé una y otra vez para intentar quitar su olor, su maldito tacto y sus malditos besos. Tallé fuerte y rápido como si esto fuera a quitar la sensación de repulsión y odio.

No supe cuánto estuve debajo del agua.

No supe cuánto tiempo lloré.

Tampoco supe con certeza cuánto dolía todo mi cuerpo.

Solo sabía que la muerte era el mejor regalo que podría haber recibido esa noche.

Lástima que nunca llegó.

26 de octubre, 2016.
PASADO.

Los mareos y las náuseas matutinas cada vez eran peores.

No solo eso aumentó con el paso del tiempo, Bruno también lo hizo.

Ya no paraba, ya no lo hacía por más que yo suplicara y llorara como la primera vez. No, él solo me retenía debajo de él y no le importaba nada hasta quedar totalmente satisfecho.

Yo solo deseaba morir.

Quería que esa maldita pesadilla terminara.

Tomé mi bolso y como todas las noches, estuve dispuesta a salir del club. Bruno me advirtió que no me fuera porque él me llevaría a su apartamento, pero iba a intentar persuadirlo para que no lo hiciera. Iba a inventarme que tenía una emergencia en casa a ver si eso me ayudaba siquiera un poco.

Pasé a un lado de la puerta del despacho de Bruno y me acerqué lo suficiente para tocar, pero me detuve al escuchar su voz provenir del interior.

Parecía molesto.

—¿Un puto policía se infiltró entre los hombres de Lorenzo? ¿Cómo pudo ser tan imbécil y no darse cuenta? —Gruñó.

—Sabes que Lorenzo es de los que confía ciegamente a la más mínima muestra de respeto —Contestó alguien más; un hombre.

—Pues mira a donde lo llevó —Soltó irónicamente—. Joder, sabía que solo nos iba a traer problemas y no me equivoqué. ¿Sabes si ya lo interrogaron? ¿Saben algo más?

—Creo que aún no, solo lo atraparon a él y por lo que sé, no ha dicho nada.

Hubo unos cortos segundos de silencio.

—¿Y el policía? ¿Sabes cómo se llama? —Preguntó mi jefe.

—No, nadie sabe quién es.

—Bien, como sea —Soltó un suspiro largo y exhausto—. Encárgate de Lorenzo antes de que abra la boca y nos arrastre con él a su miseria.

—Hecho —Respondió de inmediato—. También veré si puedo averiguar algo del infiltrado, aunque será difícil. Parece que trabaja para la FEIIC, sabes que ellos son muy cuidadosos con sus métodos y jamás dejan rastro.

—No me importa si andan a puntillas o la mierda que hagan, quiero que me traigas a ese hombre —Ordenó con frialdad—. Y sobre todo, quiero que hagas lo que sea para silenciar al imbécil de Lorenzo. No me interesa si le tienes que arrancar la lengua o coser la boca, si suelta algo entonces todos vamos a estar igual o más jodidos que él.

¿Lorenzo?

Sabía quién era.

Era un socio de Bruno. Ese al que el hombre de ojos dorados buscaba hace unos meses esa misma noche que nos besamos en mi camerino.

¿Qué era lo que Bruno quería ocultar?

¿En qué cosas turbias estaba metido?

—Voy a encargarme, Bruno.

Salí corriendo cuando escuché las pisadas acercándose a la puerta. Doblé por un pasillo y me escondí detrás de la pared para que no me atraparan escuchando su conversación.

Me asomé un poco y logré ver a un hombre un poco mayor saliendo del despacho de Bruno, cerró la puerta y caminó por el pasillo para alejarse del lugar.

Me esperé un par de minutos para esta vez ser yo la que entrara al despacho.

Cuando estuve delante de la puerta, toqué suavemente un par de veces, esperando a que él me diera permiso de entrar.

—Adelante.

Respiré hondo y entré. Bruno estaba recargado contra su asiento, luciendo pensativo. Cuando me escuchó entrar, sacudió levemente la cabeza y me miró.

—¿Necesitas algo? —Cuestionó.

—Sí, necesito decirte algo —Contesté.

—Te escucho.

Asentí y cerré la puerta detrás de mí.

—No podré verte esta noche, sé que tu plan era pasar la noche conmigo y que querías que estuviera ahí, pero realmente hoy no me siento bien. Estoy enferma y tengo dolor de estómago horrible, por lo que solo quiero ir a casa —Hablé rápido a causa del nerviosismo—. Por favor solo te suplico que esta noche no me hagas...

—Está bien —Me interrumpió—. Vete a casa.

Contraje el rostro, un poco sorprendida por su respuesta.

—¿De verdad? —Mi tono pronto se llenó de ilusión.

Entornó los ojos.

—Vete a tu casa, esta noche no tienes que ir a mi apartamento —Reiteró—. De cualquier manera, yo también tengo que faltar. Tengo cosas que hacer, así que solo ve a casa y descansa.

Asentí lentamente.

—De acuerdo —Musité.

—Adiós —Se despidió antes de que yo saliera y cerrara la puerta.

Me alejé de su despacho y caminé en dirección a mi camerino.

¿Las cosas que dijo tenían que ver con Lorenzo?

Sacudí la cabeza y di pasos rápidos, al menos hasta que tuve que detenerme en seco.

—Dios, no —Gemí dolorosamente cuando una arcada me invadió de la nada. Rápidamente corrí al baño, me metí al primer cubículo que se me cruzó enfrente y como todos los días; vomité.

Estaba harta.

Escuché la puerta del baño ser abierta y cerré los ojos, sintiendo un poco de vergüenza porque quien sea que estuviera allá afuera podía oírme vomitar.

—¿Hola? —Mierda, no. Era Monique—. ¿Necesitas ayuda?

Guardé silencio mientras terminaba y me limpiaba la comisura de la boca.

—¿Te sientes bien? —Volvió a hablar.

Carraspeé.

—Sí...estoy bien.

—¿Peque? ¿Eres tú? —Cuestionó. Me llevé las manos al rostro, más nerviosa que antes—. ¿Necesitas algo?

Negué y me levanté lentamente para salir. Abrí la puerta, encontrándome a la chica que lucía bastante preocupada.

—Solo estoy un poco enferma —Suspiré—. Ya pasará.

Asintió lentamente.

—¿Ya fuiste al médico? —Preguntó—. Si sigues así entonces será peor, vas a marearte en el escenario y las cosas no van a terminar bien.

—Hasta ahora no ha pasado, espero que siga así —Forcé una sonrisa.

—¿Hasta ahora? ¿Cuánto tiempo llevas enferma?

Hice una mueca.

—Unos días —Mentí.

—¿Unos días? —Repitió, entornando los ojos—. ¿Cuánto exactamente?

Cerré los ojos y suspiré.

—Como tres semanas —Susurré bajito.

—¡¿Tres semanas?! —Exclamó una Monique muy incrédula—. Dios, Lara. Eso es bastante tiempo.

—Lo sé.

Su expresión después cambió a una de preocupación.

—Lara...¿se te ha atrasado la regla? —Desvié la mirada al escucharla preguntar.

—Sí... —Susurré, bajando la cabeza.

Ella puso su mano en mi hombro y me dio un suave apretón.

—Cariño, si tienes náuseas, mareos y la regla se te retrasa entonces deberías ir a ver a un médico, puedes tener algo grave —Empezó—. O podría significar que...

—Sé lo que puede significar, Monique —Interrumpí.

Malditamente lo sabía.

Lo supe desde el momento en el que me di cuenta de que las cosas no iban bien conmigo, en el momento en el que me di cuenta de los días que tenía de retraso.

Sabía que tenía que ir al médico o algo, pero nunca encontraba el valor y solo me ponía excusas para no ir y confirmar lo que hace varios días sospechaba.

—¿No te has hecho una prueba? —Preguntó, por lo que negué—. ¿Por qué?

Contuve las lágrimas, aun mirando el suelo.

—Porque tengo miedo, porque si la hago entonces todo esto se volverá real —Susurré—. No quiero que se vuelva real...

—Se hará de todas maneras cuando esto empiece a crecer más y el tiempo solo lo confirme. Igual tal vez podría ser algún desajuste hormonal y ya, no tengas miedo. No tiene que significar embarazo, hay muchas posibilidades más, pequeña.

Me llené de esperanza.

—¿Lo crees?

Ella asintió muy segura y me sonrió para tranquilizarme.

—Sí, pero te recomiendo que hagas una prueba para confirmarlo. Es mejor que estés segura.

Tomé una respiración profunda.

—Me da tanta vergüenza comprar una prueba de embarazo.

—Por suerte tienes una amiga genial que tiene experiencia comprando estas pruebas —Me sonrió encantadoramente—. ¿Qué te parece si voy a la farmacia más cercana y compro una mientras tú me esperas aquí?

—¿Harías eso por mí?

—Por supuesto que sí, pequeña —Asintió con la cabeza—. Espera aquí, ¿bien? No me tardo.

—Gracias, Mon.

Ella me sonrió con ternura antes de salir del lugar. Y por los siguientes diez minutos solo esperé a que ella regresara. Di vueltas en círculos por todo el baño, comiéndome las uñas y casi arrancándome el cabello al menos hasta que la puerta volvió a abrirse y ella entró.

—Estoy aquí, lamento la tardanza —Me dijo, antes de sacar una bolsita del interior de su bolso—. Traje dos, ya sabes, para estar seguras. ¿Sabes cómo hacerlas?

—Sí, lo he visto en películas —Hice una mueca.

—Bien, entonces entra. Te esperaré aquí —Me animó—. Todo estará bien, peque. Tranquila.

Tragué saliva y moví la cabeza de arriba abajo un poco.

—De acuerdo —Formulé y apreté las cajas contra mi pecho mientras me dirigía al cubículo—. Gracias, Monique.

Me deseó suerte antes de que yo cerrara la puerta. Leí las instrucciones de las pruebas y me senté en el retrete para seguir las indicaciones. Una vez que terminé, me levanté y suspiré. Bajé la palanca del baño para salir y encontrarme con Monique, me acerqué al lavabo y dejé ambas pruebas sobre el mármol para poder lavarme las manos.

—Debo esperar cinco minutos —Carraspeé y caminé lejos de la prueba—. Estoy nerviosa y asustada. Por favor, ¿podríamos guardar silencio en lo que esperamos? Si hablo más siento que de nuevo vomitaré.

—Está bien —Asintió.

Durante el tiempo que debía esperar guardamos absoluto silencio. Entre más segundos pasaban, más nerviosa me sentía. Realmente me aterraba que mis sospechas se volvieran reales.

No sabía qué mierda haría si...

—Ya pasaron cinco minutos —Soltó Monique—. ¿Lista?

Me mordí el labio y negué.

—No, no estoy lista, pero ya he retrasado esto lo suficiente —Contesté.

Tomé respiraciones profundas y caminé a paso lento y tembloroso hasta el lavabo de nuevo. Tomé las pruebas de embarazo entre mis manos y cerré los ojos unos momentos para armarme de valor.

Vamos, Lara.

No seas cobarde.

Solo mira.

Abrí los ojos de nuevo para mirar por fin el resultado. Mi corazón se detuvo por unos segundos mientras mi vista estaba fija en las pruebas.

—No, no, no. Por favor no —Sollocé. Sin poder evitarlo, las lágrimas empezaron a salir de mis ojos—. No puede ser verdad.

—¿Lara? —Me llamó la chica.

Me giré y bajé la cabeza.

—Es...es positivo.

Estaba embarazada.

Bruno y yo...

Dios, ni siquiera podía pensarlo.

No con él.

Con el que fuera, menos con él.

Me recargué contra la pared y solté más sollozos bajos, poco a poco me deslicé hasta quedar sentada en el suelo y ahora sí, llorar mucho más.

Pronto sentí los brazos de Monique rodeándome y tratando de brindarme un poco de apoyo y consuelo. Acarició mi cabello con ternura y me permitió aferrarme a ella.

—Sé lo que debes sentir, entiendo totalmente el miedo que debes sentir en este momento. Nunca estás preparada para el positivo en esa prueba, te lo digo yo que tuve que enfrentarlo a los diecisiete —Susurró—. Y si no quieres tenerlo está bien, el ser madre tiene que ser algo que realmente desees, es tu decisión. Si deseas interrumpirlo o si deseas tenerlo, quiero que sepas que yo te apoyaré. Estaré contigo con lo que sea que decidas.

—No sé qué debo hacer, realmente no tengo idea. Esto…esto me aterra. Decirle al padre me da pavor, Mon —Intenté aclarar mi garganta—. Él no es bueno...no es una buena persona y no quiero ni imaginar la vida que le espera a este niño si decido tenerlo a su lado.

Si Bruno se enteraba tal vez ese sería motivo suficiente para no dejarme ir nunca. Tal vez...lo miraría como su premio de consolación después de perder a su esposa y al bebé que iban a tener.

Incluso si no fuera así, él no era una buena persona. Era peligroso, era un asesino y un monstruo.

—Pronto empezará a notarse más y él se dará cuenta, tienes que tomar una decisión antes de que eso pase —Expresó y se separó un poco.

—Lo sé —Musité—. Pero no estoy lista para hacerlo.

—Entonces por lo menos deberías decírselo a Bruno.

Abrí los ojos de par en par y negué frenéticamente.

—No, no puedo decirle a él... —Me tropecé con las palabras—. Él... podría despedirme.

Hundió las cejas y contrajo el rostro un poco.

—No haría eso, es un buen hombre y lo entenderá —Manifestó, logrando que por poco saliera una risa de mi interior—. Tendrá que darte la incapacidad por maternidad o algo en caso de que sí decidas tenerlo. Y así, para cuando vuelvas, aún puedas tener tu empleo.

Miré el suelo y suspiré.

—No es tan fácil.

—Yo sé que no, pero lo que sé es que él te ayudará. Podrá ser serio e inexpresivo, pero aunque no lo creas, es un hombre bueno y compasivo.

Cerré los ojos una vez más.

—No lo sé, Mon. Pero hasta que yo no lo haga, por favor no le digas esto a nadie, ni siquiera a Bruno. Deja que lo haga yo después de tomar una decisión. Solo déjame tomar una decisión.

No sabía qué hacer.

Mi cabeza era un lío.

Estaba aterrada.

—De acuerdo, haremos las cosas como quieras, peque —Me regaló una sonrisa pequeña—. Lo que sea, sabes que puedes contar conmigo.

De nuevo las lágrimas amenazaron con salir, por lo que inmediatamente me lancé a sus brazos.

¿Cómo podría decir en voz alta que el mismo hombre al que ella consideraba bueno y compasivo, era el mismo tipo del que yo hablaba, ese que dije que era malo? ¿Cómo le decía que su jefe bueno y comprensivo, era el monstruo que me estaba volviendo mierda la vida?

CAPÍTULO 16.
Sin autocontrol.
LARA SPENCER.

26 de noviembre, 2019.
PRESENTE.

Abrí los ojos lentamente, adaptándome a la luz del lugar. Casi de inmediato, me llevé la mano a la cabeza mientras soltaba un siseo de dolor.

Maldita resaca.

No debí tomar.

Intenté moverme, pero un peso en mis piernas me hizo quedarme inmóvil.

Alcé lentamente la cabeza para mirar en esa dirección. Lo que me encontré fue un gato negro acurrucado y muy cómodo.

Llevaba un collar lila y tenía los ojos cerrados.

Traté de ser cuidadosa con mis movimientos para no despertarlo y se asustara, pero mi intento fue inútil ya que saltó de la cama de un solo movimiento.

Me miró desde donde estaba con sus ojos dorados y muy bonitos.

Era una versión gatuna de Neal.

Neal...

Los recuerdos de la noche anterior me golpearon con fuerza.

¿Qué otras cosas hice? ¿Qué tanto dije?

No conseguía recordar todo con exactitud.

Recordaba haberme insinuado, subirme encima de él en su coche y decirle que...me había masturbado pensando en él.

Solté un bufido y enterré mi rostro entre mis manos.

¿Por qué siempre tenía que pasar vergüenzas delante de Neal?

Escuché el sonido de algo metálico cuando me moví, por lo que rápidamente levanté la cabeza.

Alcé mi mano y de inmediato hundí las cejas cuando noté que llevaba unas esposas colgando de ella.

¿Qué mierda?

Carraspeé y me bajé lentamente de la cama, en cuanto lo hice, sentí el suelo frío bajo mis pies porque nada los cubría. Ni siquiera supe en qué momento perdí los zapatos.

O el resto de mi ropa.

Me dirigí al baño de la habitación, haciendo el intento de ser silenciosa. No sirvió de mucho porque el gato comenzó a maullarme en cuanto cerré la puerta.

Me miré al espejo una vez que estuve enfrente e hice una mueca al ver todo mi maquillaje corrido.

Dios, que horror.

Me lavé la cara hasta que no quedó ningún rastro de la noche anterior y hasta que mi rostro estuvo limpio.

¿Neal se molestaría si le robaba un poco de su enjuague bucal?

Me mordí el labio cuando también vi unos cuantos cepillos de dientes nuevos y empaquetados.

A la mierda, seguro que él no se daría cuenta.

No quería encontrarmelo y tener aliento a ebria.

Tomé uno y lo saqué de su empaque, le coloqué pasta y empecé a cepillarme. Una vez que terminé, tomé el enjuague bucal.

Suspiré e intenté arreglar el desastre de mi cabello. Ya no quedaban rastro de mis rizos, ahora solo quedaba un intento de ellos.

Me di un último vistazo y salí del baño. Metí mis manos dentro de las bolsas del suéter —uno que realmente esperaba haberme puesto yo sola—, y empecé a merodear por toda su habitación.

Era espaciosa, ordenada y limpia. Tenía ventanales enormes por los que se filtraba la luz que no me dejó dormir más tiempo.

Me acerqué a su mesita de noche y tomé la placa que estaba sobre ella. Las letras estaban grabadas con su cargo.

«*Agente especial*».

Debajo estaba el que supuse que era el nombre de la organización.

«FEIIC».

¿Qué significaban?

Dejé la placa como estaba y tomé la fotografía que se encontraba a un lado. En ella aparecía un Neal muy joven; adolescente para ser exacta. A su lado estaba una chica de cabello negro y ojos color miel. Él la abrazaba por los hombros mientras ambos miraban a la cámara. Ambos sonreían.

Supuse que era su hermana ya que se parecían bastante.

Bajé la foto cuando sentí al gatito restregarse contra mis piernas. Sonreí y me arrodillé para tocarlo.

—¿Y bien? ¿Dónde está el humano que vive en tu casa? —Susurré. El gato ronroneó por mis caricias, al mismo tiempo que se restregaba contra mi mano—. Eres muy tierno, gatito.

Me incorporé y tomé valor para encaminarme a la puerta, la abrí lentamente, tratando de ser tan sigilosa como el gato negro.

Un aroma delicioso me llamó, me hizo caminar hasta encontrar el lugar del que provenía.

Dicho lugar era la cocina.

Y el causante del delicioso aroma, era Neal Hardy vestido solo con unos pants negros.

La parte superior de su cuerpo estaba desnuda.

Sus brazos eran fuertes, sus hombros y su espalda anchas. Debía admitir que también tenía un trasero demasiado agradable para la vista. Seguro que su uniforme de trabajo se miraba tan bien en él.

Me perdí tanto que ni siquiera desvié la mirada cuando él se giró.

—Ah, buenos días —Saludó, ladeando la cabeza—. ¿Cómo te sientes?

Parpadeé.

—Eh...bien, solo me duele la cabeza —Hice una mueca—. ¿Qué huele así?

Señaló la estufa.

—Panqueques —Contestó—. Toma asiento.

Asentí e hice lo que pidió. Lo seguí con la mirada mientras tomaba una botella de agua sellada junto con una pastilla. Las dejó delante de mí y las señaló con su cabeza.

—Esto te ayudará para el dolor —Dijo, dándose la vuelta y siguiendo con su labor de cocinero—. Por cierto, pedí que lleven tu auto a tu apartamento, ya debe estar allá.

Tomé la pastilla y el agua antes de hablar. Cerré los ojos y tragué para después mirarlo.

—¿Cómo? —Hundí las cejas—. Sandy tiene mi bolso.

—Una grúa lo llevó —Aclaró.

Asentí de nuevo y me quedé en silencio, al menos hasta que recordé lo que quería preguntar.

Carraspeé para llamar su atención.

—¿Puedo preguntarte algo? —Musité.

Movió la cabeza de manera afirmativa mientras se daba la vuelta para enfocarme.

Alcé mi mano derecha, esa que tenía las esposas colgando.

—¿Por qué mi mano está esposada? —Cuestioné.

Una expresión divertida cruzó por su rostro brevemente.

—Te estabas portando mal —Le restó importancia—. Fueron de mucha ayuda.

Me mordí el labio y fijé mis ojos en la barra.

—¿Esa es una clave para decir que tú y yo...? —Bajé un poco más la voz—. Ya sabes, que nosotros…tuvimos sexo.

—No, no es ninguna clave, hechicera.

Alcé la cabeza.

—¿Entonces qué le pasó a mi blusa y a mi pantalón? ¿Por qué tengo ropa distinta? —Pregunté—. ¿Tú me desnudaste?

Se giró para sacar un panqueque que ya estaba listo y después lo colocó en un plato. Caminó en mi dirección y lo puso frente a mí.

Miré brevemente las cicatrices en su abdomen. Eran varias, pero parecían ser viejas y profundas.

¿Cómo se las hizo?

¿Eran disparos?

—¿Quieres que te mienta o que te diga la verdad? —Su voz me sacó de mis pensamientos.

—La verdad, quiero la verdad.

Ladeó la cabeza y me miró fijamente.

—Te estabas desnudando frente a mí —Soltó—. Aunque tampoco voy a quejarme por ello, fue una vista impresionante y estimulante.

Su tono coqueto y malicioso me hizo pasar saliva.

—¿Estimulante? —Repetí.

—Sí, estimulante para mi miembro.

Abrí los ojos exageradamente al sentirme sorprendida por sus palabras.

—¿Siempre eres así de directo y honesto? —Cuestioné.

Se cruzó de brazos, mostrándose despreocupado.

—La mayor parte del tiempo.

—Ya veo.

Miré mi plato fijamente.

Tomé mi tenedor y comencé a comer para evitar seguir hablando.

Él ya había terminado de cocina, pero no comió conmigo.

De hecho, solo se dedicó a tomar jugo de naranja.

El sonido de un cascabel me distrajo; era el gatito negro viniendo en esta dirección.

—Tu gatito es muy bonito y tierno. ¿Cómo se llama? —Pregunté.

Miró en dirección a su gato y dejó su bebida sobre la barra para caminar a él y alzarlo en brazos. El gato se acurrucó contra su pecho y ronroneó.

—Tiene un nombre muy estúpido —Admitió, acariciando la cabecita del animal.

Sonreí.

—Me gustaría saberlo.

Frunció los labios y arrugó la nariz.

—Se llama Nela. Es mi nombre, pero de una forma en la que suena femenino —Dijo y la dejó en el suelo.

Así que era *ella* y no *él*.

Hundí las cejas y lo miré con diversión.

—¿Nombraste a tu gatita como tú?

Negó con la cabeza.

—Era de mi hermana, ella la nombró así porque cuando recién la adoptó hace unos diez años, dijo que tiene tanto de mí —Contó, rodando los ojos—. Ya sabes; cabello negro y ojos ámbar.

Lo mismo pensé cuando vi a Nela.

Es que ella realmente era una versión gatuna del hombre semidesnudo frente a mí.

—Entonces es de tu hermana y ella la nombró —Repetí lo que había dicho—. ¿La deja contigo cuando no está?

Frunció los labios, moviendo la cabeza hacia los lados.

—Savannah ya no pudo cuidarla más —Suspiró y miró mi plato vacío—. ¿Quieres otro?

Sonreí un poco.

—No, gracias. Realmente me encantaron, pero ya no tengo hambre. Comí suficiente.

Me levanté y acomodé la silla en su lugar. Neal tomó mi plato y mi vaso para dejarlos en el lavavajillas.

Me recargué contra la barra y me balanceé sobre mis pies, un poco nerviosa. Miré disimuladamente su apartamento, buscando entretenerme en algo.

Era un lugar muy bonito y espacioso. De camino a la cocina pude notar que tenía algunos objetos o adornos traídos de otros países.

Recuerdos de los lugares que había visitado a lo largo de su vida.

También miré fotografías. Parecían ser con sus hermanos y un par con sus amigos cuando eran jóvenes.

Me gustaba su apartamento, era ordenado, limpio y olía bien.

—¿Puedo preguntarte algo más, Neal?

Caminó en mi dirección y asintió.

—Te escucho —Me animó a hablar.

Me mordí el labio, ocasionando que por pocos segundos su mirada recayera en ellos, eso antes de fijar sus ojos en los míos.

—¿Hice o dije algo que...no debía decir? —Pregunté, llevándome la mano a la cabeza—. No recuerdo mucho y de verdad, de verdad que si hice algo que te incomodara, lo lamento. No fui yo, fue el espíritu alcohólico que me poseyó.

Soltó una risa suave cuando terminé de hablar.

—Tu espíritu alcohólico no causó que dijeras o hicieras algo que me incomodara. Así que tranquila, no pasó nada de lo que debas avergonzarte —Me tranquilizó.

—¿Seguro?

—Seguro, hechicera.

Suspiré, un poco más aliviada. Realmente me alegraba no haber hablado de más.

—Bien —Musité—. Ahora, ¿podrías quitarme esto? Hacen que me sienta como si estuviera en una película erótica.

Hizo un mohín, como si le hubiera gustado la idea.

—Prefiero reservarme mis comentarios, estoy intentando ser el caballero que dices que soy —Contestó y se dio la vuelta. Simplemente se alejó, dejándome con la palabra en la boca.

Sacudí la cabeza y suspiré.

Al cabo de un par de minutos, él regresó y se acercó a mí. Me quedé quieta cuando quedó a centímetros y tomó mi mano para insertar la llave en la cerradura de las esposas. Me acaricié el área de mi muñeca una vez que fui libre.

Neal enfocó mi rostro y estiró la comisura de sus labios en una sutil sonrisa.

—Listo.

—Listo... —Repetí en un susurro.

Carraspeé y desvié la mirada.

—Yo...lamento haberte ocasionado problemas y que hayas tenido que recurrir a esposarme. De verdad lo lamento —Hice una mueca de pena.

—No fue nada —Le restó importancia—. Para ser sincero, hiciste de mi noche algo muy interesante.

—¿Fue interesante escuchar lo que te dije en tu auto? —Inquirí—. Recuerdo eso y déjame decirte que no es interesante, es vergonzoso.

Alzó una ceja.

—¿Te avergüenza admitir que no me eres indiferente?

Me relamí los labios cuando se acercó más.

—Me avergüenza que tenga que estar ebria para admitir las cosas que me provocas.

—Pues dilas ahora, estás sobria y tienes toda mi atención. Quiero escucharte —Me animó, mirando mis labios.

Mi pecho subió y bajo rápidamente, todos mis sentidos se pusieron en alerta al notar la mirada que me daba.

—Yo...

Se inclinó.

—¿Tú?

—Haces que todo mi cuerpo arda cuando me miras, haces que...solo desee sentirte y probarte.

Fijó sus ojos en los míos.

—Entiendo perfectamente porque eso es exactamente lo que tú me provocas —Picó mi nariz.

—¿Te provoco eso? —Musité, pérdida en su mirada

—Sí —Elevó la comisura de su boca—. ¿Y sabes qué?

Tragué saliva.

—¿Qué?

Enredó su dedo en un mechón de mi cabello, aún sin dejar de mirarme.

—Mi autocontrol tiene un límite, Lara, uno que terminaste por alcanzar.

Antes de que pudiera reaccionar, Neal subió sus manos a ambos lados de mi cuello y terminó con la distancia que nos separaba.

Sus labios encontraron los míos, el acto fue tan repentino que me hizo jadear. Después, cuando el movimiento suave del principio cambió a uno más rápido y voraz, simplemente solté un gemido de satisfacción que se perdió en su boca.

Joder, seguía dando unos besos desarmantes, justo como lo recordaba.

Incluso mejor.

Una de sus manos se enredó en mi cabello, mientras la otra bajó para rodear mi cintura y pegarme más a su cuerpo. Nuestras lenguas se encontraron, profundizando más el beso y volviéndolo más apasionado y reclamante.

Mis ojos permanecieron cerrados mientras disfrutaba de ese momento que no hace más que enardecerme.

Quería más.

Neal me hizo retroceder hasta que mi espalda chocó contra la barra. Sin perder el ritmo, me alzó y me hizo sentarme en ella. De manera automática, rodeé sus caderas con mis piernas, manteniéndolo cerca.

Sus manos se colaron por debajo de la sudadera, sus dedos acariciaron mi piel con delicadeza, su tacto me gustó tanto que pronto sentí un escalofrío recorrerme y la excitación crecer con más fuerza dentro de mí.

Me moví contra él, causando fricción y logrando que un sonido de gusto escapara de su garganta.

Se separó un poco y mordió mi labio inferior lentamente, haciéndome suspirar.

Descendió, trazando un camino de besos desde la comisura de mi labio, bajando por mi mentón y por todo mi cuello. Eché la cabeza a un lado cuando lo sentí repartir besos y sutiles mordiscos. Llevé mis manos a sus hombros fuertes y desnudos para aferrarme a ellos.

—Neal... —Susurré, aún sin abrir los ojos.

Se incorporó y acarició mi labio con su pulgar, bajando hasta llegar a mi mentón.

—Quiero más, Lara —Me dio un beso corto, para después proceder a quitarme el suéter y dejar mis pechos a la vista.

Me tomó de la cintura y me llevó hasta su sofá mientras yo me encargaba de besar su cuello y pasar mi lengua por su piel. Neal soltó un gruñido cuando enredé mis manos en su cabello y busqué sus labios de nuevo.

No me negó su beso, al contrario, lo intensificó más mientras me colocaba en el sofá, acomodándose encima de mí.

Esta era la primera vez en tanto tiempo que alguien me tocaba más de lo que había permitido. Y lo mejor era que no había hecho nada para alejarlo.

Todo mi cuerpo lo reclamaba y lo deseaba.

Mordí su labio inferior y bajé una de mis manos para acariciarlo por encima de la tela del pantalón. Mi tacto lo hizo endurecerse más.

Bien, entendí perfectamente lo que le provocaba. Podía sentirlo.

Soltó otros sonidos de satisfacción que me calentaron la cabeza cuando colé mis dedos por debajo de su pantalón para mover mi mano de arriba abajo, rodeando y masturbando su miembro caliente, erecto y grueso.

Quería sentirlo dentro de mí.

—¿Lo sientes? ¿Puedes sentir lo duro que me pones, hechicera? —Gruñó contra mi boca.

El tono ronco de su voz me hizo pasar saliva. Podía asegurar que mis bragas eran un desastre húmedo, un desastre que él provocó desde el segundo en el que empezó todo esto.

Su pulgar acarició uno de mis pezones, arrancándome otro gemido.

Esto era mucho mejor que tocarme pensando en él.

Ahora lo tenía aquí sintiendo sus caricias, su calor y su piel contra la mía.

Se separó para descender por mi cuerpo y enfocarse en mis pechos. Me arqueé debajo de él cuando su boca atrapó uno de mis senos, mientras que la otra se encargaba de magrear el otro. Le estaba dando toda su atención a mis tetas mientras yo me derretía de placer contra su cuerpo.

—Mierda... —Siseé. Cerré los ojos y me mordí el labio.

Su boca liberó mi pecho.

—Quiero probarte entera, hechicera —Lo escuché decirme.

No fui capaz de pensar coherentemente.

—¿Qué?

Me observó, sus ojos lucían más oscuros y sus labios rojos e hinchados. Dios, cuando creí que no podía ser más atractivo me salía con esto.

Lo dejaría de decir hasta el día en que me muriera; que Neal seguramente no era humano.

Su belleza sobrepasaba los límites humanos.

Esbozó una sonrisa pequeña y maliciosa.

—He dicho que quiero comerte el coño —Gemí al escucharlo.

Su manera de hablar, la forma en la que no le asustaba decir lo que quería o pensaba me excitaba tanto.

Hizo un recorrido de besos por todo mi cuerpo hasta detenerse en mis muslos. Sus dedos tiraron ligeramente del borde de mis bragas, la única prenda que me cubría.

En su mirada pude ver la lujuria y el deseo reflejados.

Besó mis muslos con lentitud, rozó mi piel con sus labios y envió un cosquilleo por todo mi sistema.

Me enloqueció con sus caricias.

Eché la cabeza hacia atrás y abrí un poco más las piernas, dándole más acceso. Me mordí el labio con fuerza cuando lo sentí subir más.

Estaba tan dispuesta a más, pero cuando acarició mi centro por encima de la delgada tela de la ropa interior, mi cuerpo entero se paralizó. Las palabras se quedaron atascadas en mi garganta y el pánico me invadió por completo.

Creí que podría.

Creí que podría ir más lejos.

—No, no quiero. Neal, por favor... —Susurré, apartándolo bruscamente—. Lo siento...no puedo. Lo siento de verdad...

Él parpadeó muy confundido, mientras que yo intentaba controlar el temblor de mis manos. Me levanté deprisa para poner distancia.

Sacudió la cabeza, intentando enfocarse y concentrándose en mis manos que no dejaban de temblar.

—¿Lara? —Me llamó. Negué con la cabeza mientras me inclinaba para tomar el suéter y cubrirme.

—Lamento que...lamento esto —Me escuché emitir.

Lo sentí acercarse para posar sus manos en mis mejillas, de esta manera obligándome a verlo.

—Oye, oye, calma —Pidió. Intenté mirar en otra dirección, pero su agarre no me lo permitió—. Mírame, Lara. No tienes que pedir perdón, no pasa nada. Está bien, si quieres detenerte está bien.

—Quiero irme a casa, por favor —Supliqué, aguantando las lágrimas.

Él asintió lentamente y me sonrió en un intento de tranquilizarme.

—Dame un segundo, ¿de acuerdo?

Se separó y caminó rumbo a su habitación antes de que le contestara. Aproveché su ausencia para tratar de calmar mis nervios.

¿Y si pensaba que yo solo era una calienta pollas?

Al cabo de unos minutos volvió; ya vestido y sosteniendo mis zapatos y mi pantalón. Me los ofreció, por lo que los tomé después de agradecer.

Una vez que estuve lista, nos encaminamos a la salida. Yo no hablé durante todo el trayecto, no pude hacerlo. Sentía vergüenza, rabia y nerviosismo.

Quería hacerlo, de verdad que quería terminar con lo que empezamos, pero...no pude.

Miré por la ventana del auto mientras él conducía, respetando mi silencio y sin preguntar nada.

Eso era bueno.

Me hacía sentir mejor.

Después de un rato, finalmente llegamos. Aparcó y apagó el coche.

Me giré para mirarlo.

—Yo...gracias por traerme, Neal —Carraspeé—. Y de nuevo lo...

—No, no te disculpes de nuevo, Lara —Pidió, enfocando sus ojos dorados en los míos—. Entiendo cuando no es no, así que no voy a forzarte ni culparte por detenerte, ¿bien?

Froté mis palmas contra mis rodillas y miré en esa dirección.

—¿No estás molesto?

—Por supuesto que no, hechicera —Sus palabras me tranquilizaron—. No soy un animal que solo piensa en sí mismo y en su placer. Quiero que tú lo disfrutes y te sientas cómoda conmigo. Así que el día que estés lista y quieras terminar con lo que empezamos hoy, estaré esperando.

—¿Y si te cansas de esperar?

Entornó los ojos e hizo un ligero mohín mientras negaba.

—Sé que no lo haré.

—¿Y por qué estás tan seguro? —La voz me tembló.

La comisura de su boca se alzó ligeramente en una sonrisa ladeada.

—Porque voy enserio contigo, hechicera —Fue directo y claro—. Voy jodidamente enserio, pero no daré ni un solo paso que tú no quieras que dé.

Tomé una respiración profunda, mirándolo con atención por su insinuación. Tragué saliva y sacudí la cabeza.

—Yo...eh...gracias por entender —Hice una mueca—. Debo irme.

—Hasta luego, Lara —Se despidió, quitándole los seguros a la puerta para que pudiera abrir.

—Hasta luego, Neal —Respondí.

Me bajé de su auto y me despedí con la mano. No fue hasta que me metí a mi edificio que vi su auto alejarse.

Suspiré y me tallé el rostro. Subí a mi edificio a regañadientes.

Toqué la puerta, esperando que por lo menos mi hermano ya estuviera aquí y la vida no fuera tan jodida como para tenerme esperando en el pasillo.

Afortunadamente, la puerta se abrió y Thomas se asomó.

—Hola —Saludó, tallándose los ojos.

Se hizo a un lado y empezó a caminar en dirección a la sala. Entré y cerré detrás de mí. Pronto vi a mi hermano lanzarse al sofá.

—Hambre, sueño, cabeza, morir —Se quejó.

—No entiendo cuando hablas como un niño de tres años, Tommy.

Se giró para mirarme y bufó.

—Tengo resaca —Aclaró y después señaló el perchero—. Sandy trajo tu bolso.

Me giré en esa dirección y efectivamente ahí estaba.

—¿Cuándo?

—Esta mañana. Dijo que olvidó entregártelo ayer en el club, así que supongo que no dormiste con ella —Se rascó la barbilla con aire pensativo—. Y si Elaine tampoco está, entonces deduzco que estabas con mi cuñado.

Niño chismoso.

—Ya te he dicho que Neal no es tu cuñado.

Alzó las cejas.

—¿En qué parte de mi oración, mencioné al tipo invade espacio personal de hermanas? —Inquirió con burla.

Me mordí la lengua y alcé el dedo medio en su dirección.

—Cállate —Resopló—. Me iré a dormir.

Fui a mi habitación y busqué algo de ropa para ducharme. Después fui al baño a darme una ducha rápida para ir a la cama y descansar.

Ya con mi celular en mano y mi cuerpo limpio después de un baño en el que estuve intentando borrar los besos de Neal de mi cuerpo —lo cual fue imposible ya que se quedaron tatuados en mi piel—, me arrojé a la cama e intenté distraerme con mi celular.

Me puse a mirar vídeos para intentar conciliar el sueño, incluso mi alma curiosa me pidió investigar de donde provenían las siglas de la placa.

Y el resultado fue mucho más interesante de lo que esperé.

«Fuerza Especial e Internacional de Investigación Criminal».

Internet dijo que se encargaba de los peores grupos criminales de todo el mundo, de terrorismo, misiones especiales y operaciones encubierto. En sí, era la organización militar más importante de todo Estados Unidos e incluso, de la mayoría de los países.

Ahora entendía por qué viajaba tanto.

Entendía que era un trabajo peligroso.

¿Cómo era que no tenía miedo de que algo pudiera pasarle?

O bueno, puede que sí lo tuviera, solo que no lo decía.

Dejé el celular en mi mesita de noche y traté de dormir.

Cuando creí que estaba a punto de dormirme, todos los momentos de la noche anterior llegaron a mi mente.

Me incorporé; alarmada y asustada.

No, no, no.

Se lo dije todo.

Le dije dónde nos conocimos...

CAPÍTULO 17.
El odio aumenta.
LARA SPENCER.

11 de noviembre, 2016.
PASADO.

—Lara —Me llamó mi hermano, el cual se encontraba al otro lado de la sala.

Le di un asentimiento de cabeza mientras pasaba la siguiente capa de barniz sobre mis uñas.

—¿Sí?

Tomó una respiración profunda antes de hablar.

—Ya casi se cumple un año desde que la abuela... —Susurró.

—Lo sé —Interrumpí antes de que terminara. La palabra «murió» no le gusta en lo absoluto. Aunque después de tantas pérdidas que habíamos tenido en nuestra familia, era algo a lo que debíamos estar acostumbrados—. Iremos a visitarla, ¿quieres?

Asintió con la cabeza.

—Sí, eso quiero.

Nos quedamos en silencio unos segundos hasta que yo solté un suspiro largo. Hablar de la abuela era algo difícil para Thomas. Era la mujer a la que vio como a su madre ya que mis padres se fueron cuando él apenas tenía dos años y bueno, no los recordaba mucho. Fue la abuela quien lo crio.

Básicamente, se iba a cumplir un año desde que Tommy perdió a su mamá.

—¿Cómo crees que serían las cosas si ella aún estuviera? —Pregunté en un susurro.

Ladeó la cabeza mientras me miraba, después sonrió débilmente.

—Sería como antes, tú aún bailarías en la academia y habrías continuado con tus estudios en lugar de sacrificar todo por mí. Creo que... estaríamos relativamente bien —Respondió, dibujando distraídamente en las hojas de su cuaderno.

Tal vez tenía razón.

Tal vez si aún tuviéramos a la abuela, yo no habría terminado trabajando para Bruno y las cosas no habrían terminado así de mal.

Sacudí la cabeza.

—¿Y qué es lo que más extrañas de ella? —Cuestioné mientras intentaba secarme las uñas.

Frunció los labios y miró al techo.

—Extrañaré su arroz con leche o el flan que preparaba —Contestó—. ¿Y tú?

—Las clases de español.

Mi abuela era mexicana, por lo que mi hermano y yo teníamos raíces latinas gracias a ella y a mi madre. Los dos manejábamos ambos idiomas a la perfección.

Por el contrario, mi padre era de Florida, junto con su familia a los cuales ni siquiera conocíamos. Obviamente, nuestro primer apellido era por él.

Mi nombre completo era Lara Spencer Cabrera.

Thomas hizo una mueca, algo disgustado.

—Si duda yo no las extrañaré, siempre me reprendía cuando me enseñaba.

—Porque solo querías decir malas palabras, Thomas.

Mi hermano rio por lo bajo.

—Las malas palabras siempre sonarán mejor en español —Se defendió—. Pinche cabrón es mi favorita.

Tomé un cojín y lo lancé directo a su rostro, dando justo en el blanco.

—Grosero —Masculle—. No puedes decir groserías, eres un niño.

—No soy un niño.

—Un bebé entonces.

—¡Lara! Ya soy mayor —Hizo un puchero y me lanzó el cojín de regreso.

—No eres mayor —Lo molesté. Me levanté de mi lugar y me estiré perezosamente—. Niño pequeño, iré a ducharme porque debo ir a trabajar.

—De acuerdo, anciana.

Le mostré el dedo medio, por lo que él rio burlonamente antes de regresar su vista a su tarea. Me encaminé a mi habitación para tomar mi ropa y después ir al baño para tomar una ducha rápida para que no se me hiciera más tarde.

Estuve por lo menos unos diez minutos debajo de la regadera hasta que salí, envolví mi cuerpo en una toalla y coloqué otra en mi cabello. Me paré delante del espejo y me miré en él con atención.

No estaba bien.

Tenía ojeras notorias porque no podía dormir bien. Estaba pálida por los mareos, me sentía muy cansada y mis pechos estaban sensibles.

Pero sobre todo, mi cabeza era un torbellino.

Estas últimas dos semanas no habían servido para nada, no sabía cuál camino debía elegir.

En el fondo sabía que abortarlo era la mejor opción porque tal vez no podría cuidarlo. El embarazo me haría dejar de trabajar y no tendríamos dinero. ¿Cómo podría mantener a mi hermano y a este niño si no tenía dinero?

Y sabía que decirle a Bruno que sería padre, no era una opción ni por asomo. Me daba pánico hacerlo, me aterraba imaginar todos los escenarios en los que esto podría terminar si él se enteraba.

¿Y si me obligaba a quedarme por el resto de mi vida junto a él si se enteraba que sería la madre de su hijo?

¿Y si me lo quitaba una vez que naciera?

No podría sobrevivir si eso llegara a pasar.

Sabía...sabía que no podía ofrecerle la vida que merecía, no con Bruno a mi lado.

Pero, ¿me hacía egoísta pensar siquiera en la posibilidad de que naciera?

¿Me hacía egoísta imaginar una vida en la que me llevaba a mi hermano y a este bebé a un lugar en el que Bruno no pudiera encontrarme? Una vida en la que como lo había hecho hasta ahora, intentaba salir adelante aún con todas las dificultades.

¿Podría hacerlo?

Subí mi mano temblorosa lentamente a mi vientre para tocarlo, pero me detuve antes de hacerlo. Bajé la mano de nuevo y tomé una respiración profunda.

Era solo que…no sabía qué hacer.

Me sentía perdida, sentía que me estaba ahogando. Sentía que estaba atrapada y que no tenía ninguna salida cerca. No había salida.

O bueno, solo dos:

Huir y tenerlo lejos de Alighieri.

O no traerlo a un mundo en el que solo sufriría por culpa del miserable de su padre.

No sabía.

Solo sabía que...la parte más grande de mí, odiaba que el aborto fuera lo mejor que podía ofrecerle a mi bebé.

Solo necesitaba un poco más de tiempo para tomar mi decisión.

Carraspeé y me vestí de una vez por todas. Después me sequé el cabello como de costumbre. Una vez que terminé, salí y fui directo a mi habitación para tomar lo que me faltaba; mi bolso y mi celular.

Caminé al pasillo y me despedí de mi hermano. Pintarme las uñas y ponerme a platicar con él, me distrajo un poco y por ende se me hizo algo tarde para ir al club. Por suerte no me aparecía ensayar, así que era una ventaja.

Cuando bajé a la recepción del edificio, esperé un taxi para que me llevara a mi trabajo, por suerte pasó uno a los cinco minutos y pude subirme a él. El hombre condujo mientras tarareaba la canción de la radio. Después de unos momentos más finalmente llegamos al club.

Le pagué y bajé para poder cruzar la calle y finalmente, llegar a mi trabajo.

Como de costumbre, el interior se encontraba iluminado y las chicas ya se encontraban repasando su rutina. Entré silenciosamente, por lo que ni siquiera notaron mi presencia. Mejor para mí. Me miraba como un desastre y lo único que quería hacer, era ocultarlo con maquillaje.

Llegué a mi camerino, me vestí rápidamente y me arreglé hasta quedar como la Lara que dedicaba sus noches a bailar frente a hombres que no conocía.

La Lara que bailaba por amor a su hermano, incluso cuando bailar se convirtió en una de las cosas que más odiaba.

Irónico; amaba bailar y ahora simplemente deseaba que los días se me pasaran rápido para no hacerlo más.

Me recosté sobre la silla hasta que dio la hora de mi espectáculo.

—Lara, es tu turno —Habló una chica del otro lado.

—¡Voy!

Tomé mi antifaz y me levanté deprisa, ocasionando que un ligero mareo me alcanzara. Apreté el respaldo de la silla con fuerza y tomé un par de respiraciones profundas. Tragué saliva y esta vez caminé lentamente, asegurándome de que estaba bien y no iba a caerme o vomitar.

Me coloqué el antifaz y abrí la puerta para ir a dar mi espectáculo de esta noche. Llegué a la tarima y antes de subir coloqué mi bata en el perchero. La canción empezó a sonar y yo estuve lista para empezar a mover mis caderas, haciendo que las monedas del cinturón empezaran a sonar un poco.

Opté por danza árabe.

Era buena en ello ya que fue de las primeras cosas que aprendí a bailar.

Alcé mis manos, sin perder el ritmo de mis movimientos.

Hice ondulaciones, contrayendo mi estómago repetidas veces y marcando un vaivén suave. Pasé mi mano por mi estómago, deslizando por todo mi cuerpo, subiendo hasta mi pecho, mi cuello y finalmente colocándolo por encima de mi cabeza. Me di la vuelta y miré por encima de mi hombro, dando un paso hacia enfrente y colocando mi otro pie detrás. Mi cadera se alzó un poco debido a la posición. Repetí el movimiento un par de veces, alternando los pasos.

Moví mi cabeza de izquierda a derecha suavemente y de nuevo me giré para observar a las personas. Moví mis brazos a mis costados como si fuera una serpiente, ocasionando que mis hombros también bajaran y subieran suavemente y que las monedas del badlah dorado en la parte de mi pecho también se movieran.

Las luces del lugar le daban el toque a mi baile, los hombres me miraban como si estuvieran venerando a una diosa, una diosa que ni siquiera quería estar frente a ellos.

Pretendí bajar las escaleras, hasta que de nuevo un mareo me alcanzó, esta vez haciéndome perder el equilibrio y logrando que resbalara. Mi vista se nubló por completo y mis ojos empezaron a pesar.

La música se detuvo, mis compañeras gritaron y yo luché por enfocarme, al menos hasta que sentí unas manos en mis mejillas. Pronto conseguí enfocar a la persona frente a mí.

Alighieri.

—No me toques —Siseé.

—Cierra la puta boca —Regresó de la misma manera.

Sin importarle nada más, me alzó en sus brazos y me llevó lejos del lugar y de la gente confundida. Cerré los ojos, esperando a que el mareo pasara definitivamente. Monique vino detrás de nosotros, tratando de asegurarse de que yo estuviera bien. Bruno abrió la puerta de su despacho y nos hizo adentrarnos, una vez que lo hicimos se acercó a uno de los asientos y me depositó en él.

Me llevé una mano a la frente y la masajeé con lentitud.

—¡Dios! Nos has dado un susto de muerte —Expresó Mon, colocándose a mi lado para frotar mi hombro—. Te advertí que esto podía pasar, no puedes hacer esfuerzo.

—Estoy bien —Hablé bajo, alternando mi vista de ella a Bruno disimuladamente.

—¡No! No estás bien. Mírate; estás cansada, te esfuerzas mucho y sabes que no debes. En tu estado no deberías bailar, peque.

—¿En tu estado? ¿Estás enferma? —Interrumpió Bruno.

—No, no lo estoy —Respondí a secas—. Mon, solo no hablemos de esto.

La chica suspiró con pesadez y negó.

—Sé que no querías que nadie se enterara, pero Bruno debe saberlo para que pueda ayudarte, él entenderá que no puedes seguir bailando por ahora, Lara. Podrías hacerte daño —Me reprendió—. ¿Qué tal si la próxima vez que te pase estás en la cima y te das el golpe de tu vida?

—¿De qué estás hablando, Monique? —Interrumpió el hombre en la habitación.

—Mon... —Empecé, lamentablemente sonando aterrada.

No quería que se lo dijera. Dios, no quería que él se enterara.

La pelirroja miró a Bruno.

—Lara está embarazada.

Negué con la cabeza rápidamente, sintiendo un nudo en mi garganta. Bruno parpadeó repetidas veces como si estuviera asimilando las palabras de Monique. Abrió la boca, buscando algo que decir, cuando no encontró las palabras, simplemente guardó silencio y me miró fijamente.

—Ella no quería que te dijera porque tiene miedo de que la despidas, pero le he dicho que no eres así y que puedes ayudarla. Y no puedo callar más sabiendo que puede lastimarse...

—Monique, sal del despacho —La calló abruptamente.

La chica contrajo el rostro.

—¿Qué?

—Que salgas, necesito hablar con Lara —Le echó una mirada breve—, a solas.

—Pero...

—Por favor vete.

Ella aplanó los labios y me observó unos segundos con arrepentimiento y disculpándose con la mirada. Caminó a la puerta y salió cerrando detrás de ella. Me quedé en silencio cuando nos quedamos solos.

—¿Hace cuánto? —Preguntó.

Alcé la cabeza.

—¿Hace cuánto qué? —Inquirí en voz baja.

—¿Desde cuándo lo sabes?

Tragué saliva, evitando sus ojos inexpresivos.

—Dos semanas... —Susurré—. Lo sé desde hace dos semanas.

Él asintió lentamente.

—Deshazte de él.

Lo miré rápidamente al escuchar sus palabras. Mi mente no consiguió carburar que eso salió de su boca. De todos los escenarios posibles, una sugerencia así no la había imaginado. Creí que me obligaría a tenerlo, que me lo quitaría una vez que naciera y me mandaría lejos o que su contrato sería de por vida y cosas así.

Pero...que me dijera eso, simplemente...no lo esperaba.

—¿Qué? —Formulé.

—No va a nacer —Soltó gélidamente—. No quiero que nazca.

Parpadeé un par de veces, antes de fruncir el entrecejo.

—¿Y piensas que puedes decidir eso por mí? —Inquirí—. Es mi cuerpo, por lo tanto, mi decisión.

Inevitablemente sentí una esperanza con su petición. Si no quería que lo tuviera, entonces no planeaba usarlo para retenerme. No, esta podía ser mi oportunidad para librarme de su contrato y así darle una vida tranquila a mi hijo lejos de Bruno.

—Me odias, ¿por qué querrías tener un hijo conmigo? —Expuso y caminó un par de pasos en mi dirección—. Ambos sabemos que es mejor que no continues con el embarazo, así que ve a una puta clínica, tírate de unas escaleras si hace falta, pero terminalo ya.

—¿Y sí no lo hago? ¿Si decido tenerlo qué harás? —Lo miré con fijeza—. Si no quieres estar en su vida entonces puedes liberarme de tu contrato. Es fácil, solo déjame ir y no volverás a saber nada de nosotros.

—No voy a dejarte ir, así que obedece y haz lo que te digo.

Aplané los labios.

—Me importa una mierda lo que quieras tú, ya me harté de que todo el tiempo me arrebates mis decisiones. No lo harás esta vez —Masculló y me levanté para caminar a la salida, dejando a Bruno detrás de mí.

—No me des la espalda —Gruñó—. ¡Ven aquí!

—Vete a la mierda —Concluí sin siquiera mirarlo y antes de salir de su despacho para alejarme rápidamente del lugar.

Entré a mi camerino y me encerré en él, me tallé el rostro con las manos, completamente nerviosa.

Caminé al tocador y me desmaquillé como pude puesto que estaba temblando. Después me até el cabello en una trenza para disimular que estaba arreglado.

Una vez que terminé con eso, me vestí con la misma ropa con la que llegué y tomé mi bolso, lista para irme y dejar el lugar por esa noche.

18 de noviembre, 2016.
PASADO.

Jugué con el lapicero al sentir su mirada sobre mí. Simplemente guardé silencio y esperé a que él fuera el primero en hablar.

Finalmente lo hizo.

—¿Ya has decidido lo que harás?

Me mordí el interior de la mejilla. No respondí, solo me quedé más tiempo en silencio.

Sí, lo pensé y lo medité bien.

Tomé mi decisión.

—Mírame cuando te hablo y respóndeme, Lara —Por su tono, pude deducir que estaba molesto.

Alcé la cabeza y lo miré al rostro sin demostrar alguna expresión en el mío.

—Decidí tenerlo.

—No, no traerás a este problema al mundo.

—Problema —Susurré—. ¿De verdad no te importa en lo absoluto?

—¿Por qué querría criar a un niño cuando sé que no seré el padre que necesita? ¿Para qué quieres traerlo al mundo si solo sufrirá? —Inquirió y negó con la cabeza lentamente—. Míranos, vivimos en una constante guerra, siempre nos retamos y la mayoría del tiempo estás odiándome. No serviremos para esto, no seremos buenos padres, Lara. Entonces, ¿qué podríamos ofrecerle?

Me relamí los labios con nerviosismo.

—Quiero tenerlo lejos de ti. Quiero criarlo sin que estés presente, si eso es lo que te preocupa entonces no tienes que hacerte cargo —Expresé—. Solo...lo que has pagado por los medicamentos y la cirugía de mi hermano, te lo devolveré si me liberas. Y no te preocupes, no quiero tu dinero, no intentaré conseguir una fortuna usando a mi beb...

—Esto no es por el dinero.

—Entonces si lo que deseas es sexo, puedes conseguirlo con alguien más. Hay muchas mujeres allá afuera que matarían por estar contigo, pero yo no. Yo solo quiero alejarme de ti —Masculé, tallándome las rodillas.

Entornó los ojos.

—Tampoco es por el sexo.

—¿Entonces qué? ¿Qué más quieres de mí?

—Te quiero a ti, ¿entiendes? —Soltó—. Te necesito a mi lado, Lara. No podría pensar en dejarte ir, porque de alguna manera, me has calado hondo y sé que te quiero.

Solté una risa seca.

—¿Cómo puedes decir que me quieres si ni siquiera te importa hacerme mierda? —Siseé y lo apunté con mi índice—. No me quieres a mí, te gusta saber que te pertenezco y que puedes tenerme a la hora que sé te dé la gana, pero mi embarazo te resulta un obstáculo, ¿no?

—No es...

—¿No es qué? ¿No es un obstáculo? —Inquirí fríamente—. ¿O simplemente no puedes pensar en la posibilidad de tener hijos con alguien más que no sea tu difunta esposa? ¿Eso es?

Me miró a los ojos y abrió la boca un par de veces, intentando encontrar las palabras correctas para contestar. No lo logró, por lo que solo guardó silencio.

Formé una línea recta con mis labios y asentí.

—Eso es entonces —Manifesté—. No te preocupes por eso, no importa lo que tenga que hacer, voy a tener a mi bebé lejos del hombre que solo sabe lastimarme.

Tomé mi bolso y me dispuse a caminar rumbo a la salida.

—Sé que soy egoísta, sé que te lastimo con las cosas que digo y con las decisiones que tomo, pero yo ya no sé querer de otra manera —Habló a mis espaldas—. Esta es la única manera en la que puedo quererte.

—Entonces prefiero que no lo hagas —Fue lo único que contesté.

Terminé con la distancia que me separaba de la puerta y salí del apartamento.

Estaba tomando la decisión correcta.

Sí, para mí era la decisión correcta.

Yo era el tipo de mujer que jamás juzgaría a otra si se decidía a abortar, cada una tomaba sus propias decisiones y hacía lo mejor para sí misma. En otro momento, si fuera más joven y me sintiera totalmente incapaz de darle una vida digna, entonces también habría abortado.

Pero me sentía capaz y decidida.

Si, tuve miedo de no poder alimentar a mi hermano y a mi hijo, y aún lo tenía, pero lo pensé bien y llegué a la conclusión de que si yo sola pude sacar adelante a mi hermano, también podía salir adelante con mi embarazo.

Podía hacerlo.

Confíaba en mí.

Suspiré cuando subí al elevador y las puertas se cerraron. Mi celular empezó a vibrar en mi bolsillo, por lo que lo tomé y contesté.

—Tengo el plan perfecto para ti este día —Dijo mi hermano una vez que respondí.

Alcé una ceja.

—¿Y cuál es el plan? —Cuestioné.

—Una cita con tu fabuloso hermano menor —Soltó animadamente—. Películas, helado y pizza. ¿Te apuntas? Es que estoy aburrido.

Reí.

—¿Soy tu cita solo porque estás aburrido? —Inquirí—. Eso hiere mis sentimientos, Tommy.

Bufó con diversión.

—No es eso lo que he querido decir, Lara. Lo sabes —Señaló—. Entonces, ¿te apuntas?

—Me apunto.

—Excelente —Rio—. ¿Puedes pasar a la tienda de vídeos y escoger algo?

—Claro, ¿qué te apetece ver?

Lo pensó unos segundos.

—Terror o comedia —Respondió.

—Primero terror y luego comedia, ya sabes, para que no tengamos pesadillas por la noche—Fingí un escalofrío—. Iré por las películas y el helado, tú pide la pizza.

—De acuerdo, hermana mayor —Dijo, por lo que sonreí —. No tardes.

—Bien, estaré en casa pronto.

Una vez que nos despedimos, colgué y me apresuré a ir a la entrada del edificio para tomar un taxi. Tomé uno y me llevó a la tienda de vídeos, después de estar un rato escogiendo las películas que veríamos, por fin encontré una buenas.

Cuando salí, caminé a la tienda más cercana para comprar helado y algunas cosas más para comer con Tommy.

Debía darme prisa e ir a casa antes de que la pizza se enfriara o se hiciera más tarde.

Tomé otro taxi para que me llevara a mi edificio y después de un corto recorrido, finalmente llegué y le pagué al conductor. Bajé del auto y empecé a caminar rumbo al interior, eso hasta que sentí unos brazos rodearme e inmovilizarme.

Después alguien puso un pañuelo sobre mi nariz y mi boca. Intenté zafarme y sacudirme con violencia, intenté gritar con todas mis fuerzas, pero fue inútil. No pude.

Poco a poco, mis movimientos se hicieron más débiles y mis párpados empezaron a pesar.

Después, cuando caí en la inconsciencia, no supe nada más.

CAPÍTULO 18.
Fuente de inspiración.
LARA SPENCER.

10 de diciembre, 2019.
PRESENTE.

Y entonces habían pasado dos cosas desde la última vez que vi a Neal en su apartamento, para ser exacta cuando casi dejé que me diera sexo oral en su sofá.

La primera, era que lo había estado evitando desde entonces por todo lo que le dije, por todo lo que mi falta de filtro dejó salir.

¡Dios!

¿Cómo pude decirle que era yo la chica con la que se besó esa noche en el club? ¿Cómo pude insinuarme a tal manera de que me desnudé delante de él y básicamente le rogué para que tuviera sexo conmigo?

Si Lara sobria a veces me daba pena ajena, Lara ebria me provocaba ganas de morir.

En fin, la segunda era que por más que lo evitara o por más que deseara borrar sus besos y sus caricias, no lo conseguía. Ardía en llamas cada vez que lo imaginaba de nuevo sobre mí, cada vez que pensaba en sus labios, en su cuerpo, en sus palabras sucias y todo en él que me hacía desear más y querer ir por ello. Pero como todo el tiempo, había algo que siempre me detenía.

Con Neal no fue la excepción.

Huí.

Miré a Elaine, la cual acababa de regresar de su luna de miel ayer por la mañana. Estaba sentada en la silla detrás de su escritorio bebiendo jugo de naranja y revisando sus correos. Aún no sabía lo que pasó entre Neal y yo, no quería contárselo por teléfono y mucho menos interrumpirla mientras estaba disfrutando de sus días libres.

Ahora estaba aquí, por lo que podía decirle.

—Le dije a Neal que nos conocimos en el club nocturno y que nos besamos esa noche. También me puse ebria y me desnudé delante de él, quería acostarme con él y me insinué como adolescente hormonal —Solté todo de golpe—. Le dije que quería cabalgarlo, me esposó a su cama para que dejara de desnudarme y a la mañana siguiente casi recibo sexo oral en su sofá. Ah, y nos besamos.

Elaine tosió con fuerza al atragantarse con su jugo, fue tanto que el líquido empezó a salir por su nariz mientras intentaba controlarlo. Sus ojos se pusieron llorosos y su rostro completamente rojo. Rápidamente me levanté y golpeé su espalda mientras ella seguía tosiendo.

Debí ser más sutil.

Después de unos momentos más, ella finalmente se recompuso.

Me miró fijamente.

—Esa fue demasiada información para procesar —Carraspeó un poco—. ¿Qué tú y Neal qué?

—Nos besamos. Y que el diablo me arrastre al infierno si digo que ese no fue el beso más espectacular de toda mi jodida existencia —Suspiré—, porque sí lo fue. Ese hombre, amiga, ese hombre me tiene mal.

Parpadeó antes de alzar las cejas.

—¿Se besaron? —Repitió—. ¿Tú y él? ¿La mujer que escapa cada vez que lo ve y el hombre serio y misterioso?

—Sé que está de locos, pero sí.

—Sigo sin creermelo —Expresó—. Ahora, ¿te esposó a su cama? ¡Dios! ¿Antes o después del beso ardiente?

—Antes —Contesté y ella me miró con malicia—. Pero te dije que era para que me quedara quieta, estaba muy ebria y él se fue y me dejó sola. Neal podrá ser serio y sombrío por momentos, pero es un caballero que no me tocó ni un solo cabello cuando yo no estaba en mis cinco sentidos.

Lo cual agradecía demasiado.

De haber sido otro tipo de hombre, le hubiera importado una mierda cómo me encontraba esa noche y se hubiera aprovechado de eso.

—Neal es un buen hombre entonces —Asintió convencida—. Y por último, pero no menos importante…¡¿Que le dijiste qué?!

Su grito me hizo cerrar un poco los ojos.

—Le conté donde nos conocimos —Hice una mueca—. Estaba ebria, no sabía lo que decía y le solté todo. Ahora no puedo ni verlo a la cara porque me acordaré de todo eso y querré hacer mis maletas para mudarme a Alaska.

—Mierda, ¿entonces ya sabe que eras bailarina?

Asentí.

—Bueno, tal vez en algún punto iba a enterarse, es agente y ellos siempre saben cosas —Intentó consolarme—. Mejor ahora que después.

Bufé.

—Hubiera preferido que después, pero tienes razón con eso de que tal vez iba a saberlo por él mismo. Después de todo creo que esa noche estaba haciendo una investigación policial y creo que ya intuía que nos conocimos ahí —Me mordí el labio con nerviosismo—. Hay veces en las que detesto que sea agente, no es fácil mentirle. Si lo hubiera descubierto él mismo y me hubiera preguntado, entonces yo le habría mentido sin éxito.

Ellie ladeó la cabeza y frunció los labios.

—No creo que sea tan malo a lo que se dedica —Señaló—. Mira el lado positivo; puedes pedirle que te muestre su pistola y no se verá tan raro.

Alzó y bajó las cejas de forma sugerente.

—¡Elaine! —La reprendí, por lo que rio con ganas.

—Lo siento —Me sonrió—. Pero ya, fuera de broma creo que no tiene nada de malo que él sepa donde trabajabas. ¿Y qué si se entera? ¿Por qué tendría que ser algo malo o algo de qué avergonzarte? Ni Neal, ni nadie tendría por qué juzgarte por tu antiguo empleo. Igual no creo que él vaya a juzgarte por algo así, seguro ahora que sabe que eres una diosa de la danza y que lo tuviste comiendo de la palma de tu mano la noche en la que se conocieron, debe pensar que estaría loco si te deja ir.

Rodé los ojos y negué.

—No lo tuve comiendo de la palma de mi mano, Elaine.

—Lo hechizaste desde el primer momento, hechicera. Lo sabes perfectamente bien.

Se inclinó contra su asiento y se llevó una mano al vientre para acariciar de manera distraída. Aún no se notaba tanto, apenas era una cosita que iba tomando forma. Después de todo aún no tenía ni cuatro meses, pero se vía radiante. Su rostro y sus ojos estaban iluminados. Deseaba esto, realmente la hacía feliz formar una familia con su marido.

—Mucha charla de Hardy, mejor volveré a mi puesto porque llevo como dos horas aquí y mi jefa se puede enojar —Bromeé. Me levanté de mi asiento y tomé mi taza de café.

—De acuerdo, aparte tu jefa está muy atrasada por haber faltado tanto tiempo.

—Se le perdona porque estaba disfrutando de su luna de miel —Hice un gesto con la mano, restándole importancia.

Se mordió el labio inferior y puso una expresión soñadora.

—Las mejores semanas de toda mi existencia —Suspiró—. Amo a mi chico malo.

—A tu chico malo rehabilitado, recién casado y futuro papá.

Rio y negó con la cabeza.

—Que lindo suena eso, me gusta.

Sonreí y caminé hacia la puerta.

—Me voy antes de que empieces a babear —La molesté un poco antes de salir y volver a mi lugar para continuar trabajando.

Estuvimos hablando antes sobre la gala que los Vaughn hacen cada año, este año lo retrasaron un poco porque el evento del año fue la boda y no hubo tiempo de enfocarse en la organización de la gala. Pero parecía que sería en unos meses.

En esa misma gala fue en donde me reencontré con Neal Hardy hace un año.

Suspiré y me concentré en otra cosa que no fuera él. Por la tarde regresé a casa y tomé un objeto que necesitaba para hacer algo que debí haber hecho hace días en lugar de posponerlo por más tiempo.

Ya no lo iba a posponer.

Me paré delante de la puerta, toqué el timbre y esperé a que me abrieran. Tomé una respiración profunda y carraspeé disimuladamente. Cuando finalmente me abrió, el hombre delante de mí alzó las cejas, un poco sorprendido por mi presencia.

—Hechicera —Arrastró la palabra lentamente.

—Hardy —Contesté de la misma manera.

Lo observé con atención. Llevaba chaleco antibalas y en la cinturilla llevaba su arma, debajo del chaleco vestía una camisa verde olivo de manga larga que se apretaba contra sus brazos.

—Lo lamento, no sabía que ibas de salida —Hice una mueca.

—En realidad acabo de llegar —Respondió.

—Oh, entonces debes estar cansado, no te interrumpo más —Dije, abrazando su suéter contra mi pecho.

—No me interrumpes, adelante —Se hizo a un lado, invitándome a entrar. Por unos segundos no me moví porque solo pude pensar en lo atractivo que se vía con el chaleco—. O si prefieres, puedes quedarte en el pasillo.

Sacudí la cabeza, por fin saliendo de mi trance. Pasé a su apartamento y él cerró la puerta detrás de mí. Sonreí al ver a su gatita acostada sobre una cama en el suelo.

—¿Y bien? ¿Qué te trae por aquí? —Preguntó, sonando algo curioso. Le tendí su sudadera, por lo que él la miró.

—Vine a devolverte esto, es tuya y creo que la he tenido por muchos días. Lo siento —Expresé—. Es solo que...venir creo que habría vuelto todo muy incómodo.

—¿Incómodo? —Inquirió, enarcando una ceja.

—Sé lo que te dije Neal, sé que te dije en donde nos conocimos mientras estaba ebria. Lo recordé todo y...si me besaste por esa razón entonces si es incómodo —Solté todo de golpe, rápido y sin pensarlo.

Él parpadeó por mis palabras.

—Espera... —Formuló—, ¿crees que te besé solo por eso?

—Si no, ¿entonces por qué?

Ladeó la cabeza y entornó los ojos en mi dirección.

—Te lo he dicho antes, es porque lo deseaba. No besé a la Lara de hace tres años, besé a la Lara que conocí en la gala, la que me hace sentir débil cada vez que me mira —Habló mientras daba pasos hacia mí—. A la mujer que me envuelve cada vez que pone sus ojos en mí, a la que no puedo dejar de desear y a la que no puedo sacar de mi mente.

Mi respiración se volvió errática al sentirlo tan cerca.

—Lo que pasó hace unos días no tiene nada que ver con la noche que nos vimos por primera vez porque ya sentía todo este deseo por ti incluso antes de confirmarlo —Señaló y después tomó el suéter con cuidado—. Gracias.

Exhalé cuando se alejó de mí para colgar el suéter en el perchero. Su ceño se encontraba ligeramente fruncido, como si algo lo molestara.

—¿Estás enojado? —Interrogué, rompiendo el silencio después de algunos segundos.

—No, ofendido tal vez —Hizo una mueca—. Sé que no nos conocemos lo suficiente, pero me ofende un poco que pienses que soy del tipo de hombre que solo te utilizaría por satisfacción.

«Es lo que los hombres quieren».

—Por si no lo recuerdas, fui stripper, Neal. Satisfacción era exactamente lo que los hombres querían de mí —Declaré, cruzando mis brazos frente a mi pecho.

—Y entiendo perfectamente tu punto, entiendo que te cueste creer que quiero más de ti.

—Pues yo...pues yo lo que quiero es ser tu amiga —Expresé—. Creo que es lo mejor porque así nos evitamos estas situaciones.

Mentirosa.

Eso es lo que soy.

Neal sonrió, sus ojos se achicaron un poco debido a eso. Parecía que le acababan de contar el mejor chiste de todos porque había un poco de diversión en ese gesto que me dejó sin aliento, ese simple gesto en él siempre me dejaba sin aliento.

Y es que, ¿alguna vez habías visto a un demonio sonreír?

Porque yo justo ahora lo estaba viendo.

Y los demonios tenían la sonrisa más encantadora de todas, tal vez por eso era fácil caer a sus pies.

De nuevo empezó a caminar en mi dirección, esta vez haciéndome retroceder.

—Tú no quieres ser mi amiga, quieres algo más de mí, Lara. Lo sabes, sabes que hay algo más entre nosotros —Se inclinó un poco, aún sin despegar sus ojos intensos de los míos—. ¿Por qué sigues negándolo? ¿Por qué continúas mintiéndote a ti misma? ¿Por qué sigues fingiendo que no deseas que te arranque la puta ropa y que te folle una y otra vez hasta dejarte sin aliento?

Tenerlo tan cerca me ponía muy nerviosa y cuando me sentía nerviosa, lo único que se me ocurría, era huir. Y era justo lo que pretendía hacer, me di la vuelta para huir de él, pero mi salida era la pared frente a mí. Recargué mi cabeza y mi pecho en ella, dándole la espalda a Neal y maldiciendo mi suerte de mierda.

Colocó sus manos en la pared, a ambos lados de mí para atraparme entre su cuerpo y entre ella.

—Neal... —Musité, temblando ligeramente.

—No voy a tocarte, hechicera. No voy a hacerlo a menos que cada parte de ti lo desee, no hasta que me lo pidas —Susurró contra mi oído, su voz y su cercanía detrás de mí, lograron que mi corazón empezara a latir erráticamente como si hubiera perdido el ritmo y pretendiera salir corriendo de su apartamento—. Así que no me temas, no voy a lastimarte.

—No te temo —Tragué saliva—. Pero me pones nerviosa. Para ser sincera, me pones muy nerviosa.

—Lo he notado —Siguió hablándome cerca.

—¿Entonces por qué continúas haciéndolo? —Cuestioné.

—Llámame raro, pero me gusta.

Reí entre dientes.

—Lo he notado —Regresé—. Escucha, Neal, tú siempre eres sincero y directo, así que creo que es mi turno de serlo en algo.

—Ujum —Emitió—. Te escucho.

Tomé una respiración profunda.

—Me aterra tener sexo, ¿bien?

Parecía ser que mi declaración lo tomó por sorpresa, porque por algunos segundos no respondió.

—¿Te aterra tener sexo? —Repitió y sí, estaba confundido.

Cerré los ojos y asentí lentamente.

—La sola idea de alguien tocándome superficialmente, me aterra —Dije, mi tono fue bajo pero suficientemente alto como para que él lograra escucharme—. No he tenido buenas experiencias con el sexo antes y...es vergonzoso admitirlo, pero lo que pasó en tu sofá el otro día, es lo más lejos que he llegado con alguien en años.

—Bien...creo que eso es algo que enserio no me esperaba —Soltó.

—Eso no es todo. Mira, tú realmente me hiciste desear mucho más, antes me detenía con cualquier roce, pero tú me hiciste llegar mucho más lejos y solo puedo pensar en ello y en lo mucho que quiero dejarme llevar por completo —Carraspeé, presionando mis palmas contra la pared—. Pero siempre hay algo que me detiene, ¿entiendes? Yo solo... entro en pánico, me asusta y odio que eso me pase y me haga retroceder. Y tienes razón, no quiero ser tu amiga, pero intentar mantenerme al margen es lo único que me queda, porque no sé si sea capaz de entregar todo de mí.

—Si sigues manteniéndote al margen entonces jamás sabrás hasta donde puedes llegar, pero con eso no quiero decir que tengas que forzarte a ti misma para lograrlo, eso solo te hará más daño. Si necesitas ir lento hasta que te sientas lista, entonces estás en todo tu derecho.

Tomé una respiración profunda.

—Tú...¿estarías dispuesto a ir lento?

—Tan lento como tú quieras —Contestó.

—¿Incluso después de saber a lo que me dedicaba antes? He tomado muchas decisiones malas que me han hecho lo que soy ahora —Declaré en un susurro—. Sé que no eres tonto y que después de saber en donde trabajaba y que tenga tanto miedo a intimar, probablemente tu mente haya maquinado las razones de ello. Tal vez hayas llegado a una sola conclusión y tal vez hayas acertado. Aún así...¿no te molestaría involucrarte conmigo? ¿No te molestaría involucrarte con…con una prostituta?

La palabra me quemó la garganta.

Me dolía recordar todas esas veces que ese monstruo me repitió lo que fui.

Una prostituta.

—No voy a sentenciarte por tus decisiones pasadas, no voy a juzgar tu pasado. Créeme, estás hablando con el tipo que ha tomado las peores decisiones de su vida. Yo le he abierto la puerta al trauma, a la tortura y al dolor, así que te equivocas si crees que voy a juzgarte por lo que sea que te haya ocurrido. Tú misma me lo dijiste antes; no podría culparte por sufrir —Su tono fue determinado—. Cualquiera que sea tu pasado, no va a hacer que deje de sentir todo esto que siento.

—¿Hablas enserio?

Me hizo el cabello a un lado suavemente.

—Lo hago. Y si necesitas ir lento, bien. Si necesitas que te espere hasta que estés lista, entonces bien. Si solo te sientes cómoda iniciando con besos... —Dijo, acercando sus labios a mi cuello y depositando un beso lento en mi piel—, entonces voy a besarte hasta que todos tus miedos desaparezcan.

Incliné la cabeza hacia atrás cuando sus labios rozaron de nuevo mi piel expuesta, le di más acceso y cerré los ojos para disfrutar de la sensación.

—Bésame, por favor bésame —Pedí en voz baja.

Me di la vuelta lentamente, ahora sí para que nos miráramos a la cara. Él no protestó por mi petición, simplemente llevó sus manos a mis mejillas y acortó la distancia.

Su beso fue lento y suave, como si quisiera saborearme por completo, como si quisiera disfrutarme.

Cerré los ojos, haciendo lo mismo que él; disfrutarlo.

Poco a poco, los movimientos de sus labios sobre los míos tomaron un ritmo más ansioso e intenso. Le di permiso para que su lengua se encontrara con la mía mientras yo enredaba mis manos en su cabello para atraerlo más.

Mi espalda se encontraba presionada con la pared, por lo que no tenía escapatoria, aunque siendo sincera, no necesitaba una.

Solo necesitaba quedarme así, sentir la suavidad de sus labios y su tacto en mi rostro.

Bajó una de sus manos y la llevó a mi cintura sin dejar de besarme. No tenía idea de cómo lo conseguía, pero sus besos cada vez me gustaban más.

Es que Neal tenía una forma de besar que simplemente hacía volar mi mente. Pasó la primera vez, pasó la segunda y también estaba pasando ahora.

Sus besos eran intensos.

Sus labios adictivos.

Tuve que soltar un suspiro cuando sus dedos se presionaron contra mi piel y cuando mordió mi labio inferior con suavidad.

Su rodilla se rozó contra mis muslos, enviando un cosquilleo a mi vientre.

Gemí contra su boca cuando su rodilla se rozó más.

Bien, eso se sintió muy bien.

Quería que lo hiciera de nuevo.

—Neal...—Alcancé a formular con dificultad y en medio de un suspiro.

Él gruñó bajo antes de separarse poco a poco y negar con la cabeza.

Lo miré con confusión sin entender su distanciamiento.

—Creo...creo que debo parar ya —Susurró, aún sin abrir los ojos—. Antes de perder la poca cordura que sé que tengo.

Soltó un suspiro y por fin me miró, alejó sus manos lentamente y puso total distancia entre los dos.

Me relamí los labios, por lo que él desvió la mirada.

—Joder...—Masculló.

Tragué saliva.

—Sí…es lo mejor —Intenté respirar con normalidad.

—Sí, lo es.

Carraspeé un poco antes de tomarme el atrevimiento de besar su mejilla.

—Debo irme, debo volver a casa y tú ni siquiera te has quitado tu chaleco. Me imagino que debe de pesar mucho —Hice una mueca.

—Estoy acostumbrado a él —Contestó, encogiéndose de hombros—. Espera, antes de que te vayas, ¿podrías prestarme tu celular?

Hundí las cejas y asentí, lo saqué de mi bolsillo y se lo tendí. Él tecleó rápidamente y después volvió a pasármelo.

Curvó los labios hacia arriba ligeramente.

—Listo —Soltó.

Ladeé la cabeza.

—¿Qué hiciste?

—Me di cuenta de que no tenemos nuestros números de teléfono, bueno, ahora sí —Manifestó con simpleza—. Ahora puedes escribirme a la hora que desees, hechicera.

—Eso suena como una invitación a tener sexo telefónico —Mencioné.

Neal rio levemente.

—No me molestaría. Me gusta hablar sucio.

—Oh, créeme que me he dado cuenta —Respondí y me pasé un mechón de cabello detrás de la oreja—. A mí me gusta ser honesta, así que voy a admitir que me gusta que me hables sucio.

Se inclinó un poco y frunció los labios.

—Lo sé.

Sonreí de lado y negué con la cabeza.

—Adiós, Neal. Gracias por escuchar todo lo que dije antes y gracias por entenderme —Lo miré a los ojos—. Y gracias por...respetarme.

—No debes agradecer —Señaló, abriendo la puerta para mí una vez que me acerqué a ella—. Descansa, hechicera.

—Descansa, Neal —Me despedí. Me acerqué a él y otra vez presioné mis labios contra su mejilla unos segundos antes de separarme de nuevo—. Nos vemos.

Nos miramos una última vez antes de que yo me encaminara al elevador para subir a él. Una vez que las puertas se cerraron, saqué mi celular y me puse a buscar su contacto.

Fruncí el ceño cuando no encontré su nombre ni su apellido por ningún lado.

¿Dónde estaba?

Busqué entre todos hasta que di con uno que yo no registré.

Reprimí una risa al leerlo.

Fuente de inspiración.

Así guardó su contacto.

Cabrón.

De nuevo guardé mi celular y maldije por lo bajo.

Que él se enterara de que era mi fuente de inspiración cada vez que me masturbaba, era algo con lo que iba a cargar siempre.

Llegué al estacionamiento y subí a mi auto para dirigirme a casa. Mientras conducía, no pude evitar pensar en unas palabras que Neal dijo, unas que se quedaron grabadas en mi mente.

«Le he abierto la puerta al trauma, a la tortura y al dolor».

¿Qué significaba eso?

¿Era una forma de decir que lo habían torturado?

Inevitablemente pensé en las cicatrices de su abdomen.

¿Tenían que ver con eso?

Sacudí la cabeza y me enfoqué en otra cosa. No debía entristecerme por cosas en las que seguro estaba mal. Tal vez cuando hablaba de tortura no se refería a que fue físicamente, tal vez fue algo más, tal vez fue algo diferente.

Una vez que llegué a casa, subí a mi apartamento y entré en él. Alcé las cejas al ver a mi hermano tirado en el sofá, estaba dormido y está en una posición muy incómoda.

Su cabeza sobresalía del sillón, su pierna estaba encima del respaldo y ni siquiera se tomó la molestia de quitarse los zapatos.

Caminé a él y tomé el control de la televisión para apagarla debido a que nadie la estaba viendo.

—Tom —Lo llamé, moviéndolo levemente—. Thomas.

Estaba en un sueño profundo.

Me incliné un poco más para hablarle cerca.

—¡Tommy!

Abrió los ojos de golpe y se movió rápidamente en el sillón debido a mi grito. Fue tanto su exalto que cayó al suelo antes de soltar un quejido de dolor.

—¡Lara! —Reclamó, permaneciendo en el suelo—. ¿Acaso estás demente? Pudiste provocarme un infarto.

—O que te cagaras en los pantalones.

Refunfuñó y se dio la vuelta. Se llevó una mano al pecho y se acarició.

—Solo no llores cuando te despierte de la misma manera —Me apuntó con su dedo acusatoriamente.

—Ya lo has hecho muchas veces.

Puso los ojos en blanco.

—Bueno, hermana vengativa, te trajeron un paquete —Informó—. Lo dejé en la cocina.

Alcé una ceja.

—¿Un paquete? —Repetí.

Afirmó antes de que me alejara de él para ir rumbo a la cocina.

Miré la caja negra sobre el mesón. Estaba sellada y rodeada con un listón negro. Fruncí los labios y lo retiré. Alcé la tapa, encontrándome con una pequeña tarjeta por encima del papel azul.

Lo tomé y lo leí.

Contraje el rostro al instante.

«¿No volverás a ponértelo?».

¿Ponérmelo? ¿El qué?

Coloqué la nota de lado y procedí a quitar el papel china, finalmente descubriendo el regalo que mandaron.

Me quedé sin aliento al reconocerlo.

Mi antifaz.

El antifaz que usé por todo un año, ese que podría reconocer incluso si volviera a nacer.

Alejé mis manos temblorosas de la caja. Ni siquiera fui capaz de tocarlo.

Mi pulso se aceleró, mi respiración se volvió errática y el pánico invadió todo mi sistema.

¿Quién mierda me ha enviado esto?

CAPÍTULO 19.
Llevarás mi muerte en tu consciencia.
LARA SPENCER.

18 de noviembre, 2016.
PASADO.

Los ojos me dolieron cuando intenté abrirlos. Tardé mucho en adaptarme a la luz, pero en cuanto lo hice observé la habitación blanca y limpia.

¿Dónde mierda estaba?

Me removí un poco al sentir un dolor horrible en mi vientre. Me llevé las manos a él e hice una mueca.

—¿Cómo te sientes? —Preguntó una voz que reconocía muy bien; Bruno.

Rápidamente giré mi cabeza en esa dirección. Él estaba sentado en una silla en la esquina. Al notar la habitación en la que estábamos, el pánico me invadió.

—¿Dónde estamos? —Pregunté y me incorporé lentamente, por los movimientos, el dolor se hizo un poco más fuerte.

—Estamos en una clínica —Su tono fue serio.

Parpadeé, sintiendo como mi pulso se aceleraba más.

—¿Clí...clínica? —Repetí en medio de un susurro—. ¿Por qué me has traído aquí?

Se levantó de su asiento y dio un par de pasos en mi dirección.

—Terminé con lo que tú y tu necedad se negaban a hacer —Soltó con frialdad—, antes de que fuera más tarde.

—No, no, no lo hiciste.

—Te traje aquí para que interrumpieran el embarazo.

Negué con la cabeza.

—No...no es verdad —Mis ojos se llenaron de lágrimas—. Estás mintiendo.

Apretó los labios y me miró con fijeza.

—Estoy diciéndote la verdad, Lara —Expresó—. El problema se fue.

Me llevé una mano al vientre y de nuevo sacudí la cabeza de un lado a otro.

—No lo hiciste, por favor dime que no lo hiciste —Rogué. Las lágrimas empezaron a escapar de mis ojos, nublándome la vista. Bruno guardó silencio. No me dio ninguna contestación—. ¡Responde! ¡Por favor dime que no me has hecho esto!

—Lo hice.

—No...no podrías —Formulé—. No me hiciste esto, no es verdad.

—¡Lo hice, Lara! ¡Lo hice! —Bramó.

Los sollozos comenzaron a escapar de mí.

—Monstruo…

Tomó una respiración profunda.

—Pronto te darán de alta, intenta descansar.

De nuevo lo miré, pero esta vez con odio y resentimiento.

Ni siquiera le importaba cómo me sentía, no le importaba nada.

Hijo de puta.

Maldito.

—¡Eres un maldito enfermo! —Bramé alto—. ¿¡Cómo pudiste hacerme esto!?

Desvió la mirada y negó con lentitud.

—Tal vez no lo veas ahora, pero esta era la mejor decisión —Expresó y en su tono, encontré un sentimiento que no pude identificar —. Estaré afuera.

¿La mejor decisión?

—¡Te odio! ¡Eres un maldito! —Sollocé alto—. ¡Te dije que yo sí lo quería! ¡Te supliqué que me dejaras libre porque yo sí quería tenerlo!

—Cálmate, no sirve de nada que te alteres —Me pidió. Hice caso omiso y me arranqué el catéter para intentar levantarme—. ¡No hagas eso!

Las piernas me temblaron cuando me puse de pie. Él de inmediato se acercó para inmovilizarme, pero apenas estuvo frente a mí cuando yo empecé a lanzar golpes hacia su rostro y pecho sin importarme nada más que herirlo.

—¡Te odio! ¡Te odio! ¡Maldito monstruo! ¿¡Cómo pudiste hacerme esto!? ¿¡Cómo pudiste, miserable!? ¡Ojalá de mueras!

—Tranquilízate.

—¡Te odio, me das tanto asco, hijo de puta! ¡Te odio! —La voz se me desgarró. Pataleé y lo aruñé para quitármelo de encima—. ¡No me toques! ¡Me das tanto asco, hijo de perra! ¡Te tengo tanto asco que todo lo que quiero es que te mueras! ¡No sabes cuánto deseo que te mueras!

—¡Te vas a lastimar, cálmate ya!

Sí, todo dolía. Todo mi cuerpo dolía, pero eso no se comparaba con lo desgarrada que me sentía por dentro.

Las enfermeras y un par de médicos pronto llegaron a la habitación para alejarme de él. Vi a uno acercarse con una jeringa llena de un líquido rosado.

—¡No me toquen! ¡No me toquen! ¡Ustedes me quitaron a mi bebé! ¡Me quitaron a mi hijo! —Sollocé alto, removiéndome una y otra vez mientras ellos me tomaban con fuerza para detenerme—. ¡No! ¡No! ¡Suéltenme!

Uno de ellos clavó la aguja en mi brazo y liberó el líquido que poco a poco cesó mis gritos, mi llanto alterado y mis movimientos.

Pronto caí en la inconsciencia.

Había pasado un día entero.

No dormí en casa, así que mi hermano no paraba de llamar y enviar mensajes.

Estuve inconsciente por horas después de que me inyectaron un sedante. Acababan de darme de alta, así que estaba en el auto con Bruno.

Y no me sentía yo.

Sentía que justo ahora, no era una persona.

Solo un...bulto.

No podía llorar porque me había quedado sin lágrimas, no podía hablar porque me había quedado sin voz, no podía insultarlo porque me había quedado sin fuerza. No podía…no podía hacer nada.

Solo quedarme quieta y con la mirada perdida en la ventana.

Solo volví al mundo real cuando sentí su mano sobre mi hombro. Me alejé al instante y me encogí sobre mi asiento.

—Llegamos a tu apartamento —Me informó—. No es buena idea que te quedes aquí, tu hermano se preocupará más si te mira en este estado y…

No me quedé a responder o a escuchar cómo terminaba su oración, simplemente abrí la puerta y bajé con movimientos lentos y exhaustos.

Mi cuerpo pesaba, mi mente estaba totalmente desconectada.

—Lara, no te vayas así —Lo escuché hablar desde su auto.

Arrastré mis pies hasta llegar a la entrada de mi edificio. Y después, me arrastré por las escaleras para llegar a mi piso.

Giré la perilla de la puerta con cuidado, intentando no hacer ruido. Cerré detrás de mí y recargué mi cabeza contra la puerta. Cerré los ojos con fuerza, sintiendo cómo mi cuerpo temblaba nuevamente por otra ola de llanto que no pude contener.

—¿Lara? —La voz de mi hermano me puso en alerta. Me sequé rápidamente las lágrimas aún sin girarme—. ¡Dios! ¡Me preocupé demasiado, no supe de ti por más de veinticuatro horas! Fui a la policía, pero me dijeron que debía esperar cuarenta y…

—Estoy bien —Formulé—. Ve a dormir.

—¿Dónde estabas? —Ignoró mi petición—. ¿Por qué tardaste tanto?

Me giré y negué con la cabeza.

—Por favor, ve a tu habitación.

Mi hermano hundió las cejas y dio unos cuantos pasos en mi dirección.

—Lara, ¿qué pasó? —Cuestionó preocupado—. ¿Por qué lloras?

Solté un sollozo, bajando la cabeza.

—¿Qué está mal? —Terminó con la distancia, colocando sus manos en mis hombros para que lo enfocara—. ¿Qué te hicieron? Por favor dime quién te hizo llorar. Dime.

Lo rodeé con fuerza, buscando refugio en él para seguir llorando. Mi cuerpo se sacudió por el llanto mientras mi hermano me sostenía. Poco a poco mis piernas perdieron su fuerza, por lo que terminamos en el piso. Apreté su camisa con mis manos y sollocé sin parar.

Dolía.

Esto realmente dolía.

—Hermana...—Susurró, acariciando mi cabello en un intento de calmarme.

—Por favor, por favor dime que siempre estarás conmigo —Mi voz salió rota; justo como sentía—. Por favor dime que nunca te irás de mi lado, Tommy. Por favor...

Me apretó con fuerza.

—Nunca voy a dejarte —Manifestó—. Mientras viva, tú vas a tener quien te sostenga. Te lo prometo, Lara.

Yo te prometí que mientras cuidara de ti, no dejaría que nada me derrumbara, pero...no pude evitar romper mi promesa.

25 de noviembre, 2016.
PASADO.

Apagué el celular para que no volviera a llamar y luego, lo dejé en mi mesita de noche.

Suspiré y me encogí en mi cama. Cerré los ojos con fuerza, abrazándome a mí misma. Apenas si me había levantado en toda la semana, apenas si había comido durante estos días.

Estaba destrozada, sin ganas de nada después de...

Cerré los ojos con fuerza.

No sabía que podía querer tanto algo que apenas comenzaba. No sabía que podía doler tanto el perderlo.

No sabía que podía odiar tanto a Bruno hasta el punto de desearle la muerte, pero lo hacía.

Lo odiaba tanto.

Me limpié las mejillas para quitar cualquier rastro de lágrimas cuando escuché la puerta de mi habitación ser golpeada suavemente.

—Adelante —Musité.

Esta se abrió y por ella se asomó Tommy, su expresión fue de preocupación y cautela. Sostenía un plato de comida junto con un vaso con lo que parecía ser jugo. Entró y cerró lentamente.

—Te he...te he traído desayuno —Informó, dando pasos hacia la cama—. No has comido bien durante estos días, puedes enfermarte si no te alimentas bien.

—No tengo hambre —Susurré—, pero muchas gracias...

—No, ya me has dicho eso tantas veces y te lo he dejado pasar, pero no hoy. Vas a comer por lo menos la mitad de lo que he preparado y sin rechistar, ¿bien? —Interrumpió en un tono serio y autoritario.

—Thomas...

—Por favor, Lara. Por favor come algo, no quiero que enfermes —Me rogó, acercando el plato y el vaso. Asentí lentamente y los tomé en silencio—. Eso es.

Se sentó en el borde de la cama para asegurarse de que comiera en lugar de tirarlo o dejarlo de lado. Comí silenciosamente, enfocando mi vista en el plato y sin mirar nada más. Thomas empezó a tararear una melodía baja que me tranquilizó un poco y me hizo sentir cómoda.

Después de unos minutos, dejé el plato a la mitad y aunque se disgustó, lo aceptó y se lo llevó. De nuevo quedé sola, por lo que me tiré en la cama boca arriba y miré el techo.

Vamos, Lara.

Eres fuerte.

Ve y enfréntalo.

Tensé la mandíbula y encendí de nuevo mi celular, rápidamente tecleé un mensaje y una vez que lo mandé, me levanté de la cama y fui directo a la ducha. No tardé tanto tiempo dentro de ella. Cuando terminé, salí y me vestí rápidamente.

Tomé mi caja con todos mis ahorros y la metí dentro de mi bolso. Salí de mi habitación, encontrándome a Tommy en el pasillo puesto que él se dirigía a su dormitorio.

—¿A dónde vas? —Cuestionó, un poco confundido.

—Tengo cosas que hacer —Me acerqué a él y sin previo aviso lo rodeé con mis brazos—. Te amo. Lo sabes, ¿no?

Él asintió.

—Lo sé, yo también lo hago —Contestó—. Pero, ¿por qué lo dices ahora?

Tragué saliva y negué con la cabeza.

—Solo quería recordártelo, solo...solo quería que supieras que siempre voy a estar contigo, pase lo que pase —Musité, separándome un poco. Tomé sus mejillas y deposité un beso en su frente, por lo que él hundió el entrecejo, aún más confundido—. Siempre voy a cuidarte.

—Lara... —Empezó.

—Debo irme —Interrumpí y me separé por completo de mi hermano.

Antes de que dijera algo más, caminé hacia la puerta y salí, cerré detrás de mí, colocando el seguro para que no viniera. La perilla se movió violentamente y casi de inmediato, mi hermano gritó desde el interior.

—¡Lara! ¡Lara abre la puerta! —Vociferó—. Por favor, por favor abre la puerta. No me dejes aquí, no hagas ninguna locura, por favor.

Puse mi palma sobre la madera y parpadeé para eliminar las lágrimas que amenazaron con salir.

—Lo lamento... —Musité.

Me alejé por completo y caminé al elevador porque él podía encontrar el otro juego de llaves y salir a buscarme. Después de unos momentos más, llegué al primer piso y salí del edificio para buscar un taxi, por suerte tomé uno rápido y le di indicaciones sobre el lugar al que debía llevarme.

El trayecto fue el mismo que todas las veces que había ido a ese lugar. No tardamos mucho en llegar y cuando lo hicimos simplemente bajé y pagué al taxista. Sin esperar mi cambio, me dirigí al interior del edificio. Miré la hora en mi celular para asegurarme de que aún tenía tiempo antes de la hora acordada.

Subí las escaleras rápidamente para no usar el elevador, después de unos minutos más, finalmente llegué al piso en el que estaba el apartamento.

Tomé una respiración profunda cuando me acerqué a la puerta. Pasé la tarjeta y me adentré al apartamento, el cual estaba exactamente igual a la última vez que estuve aquí. Sin perder más el tiempo, me puse a rebuscar por toda la habitación el objeto que necesitaba y una vez que lo encontré, lo coloqué en el bolsillo trasero de mi pantalón y me incorporé.

Me puse en alerta cuando escuché la puerta de la entrada, rápidamente fui en esa dirección para encontrarme con él y encararlo.

Estaba de pie junto a la entrada, dejando su abrigo en el perchero. Me miró una vez que me escuchó llegar.

—¿Por qué querías verme? —Fue lo primero que dijo—. Hasta donde sé, no querías ni tenerme cerca.

Saqué la pequeña cajita de mi bolso y la arrojé a sus pies. Él observó en esa dirección con confusión y yo lo observé a él. Lucía cansado, tenía ojeras marcadas como si hubiera dormido muy poco.

Seguro la falta de sexo le había afectado tanto que ni siquiera podía descansar bien.

—Tómalo —Señalé la caja.

—¿Qué es?

Me crucé de brazos.

—Dinero —Respondí fríamente—. No es mucho, pero es todo lo que tengo por el momento. Cuando tenga más, entonces te pagaré el resto de todo lo que te debo.

Alzó la cabeza, entornando los ojos.

—Te dije que esto no era por el dinero.

—Pues me importa una mierda si no, quiero que lo aceptes —Apreté los dientes—. Quiero que me liberes ahora y como una mierda que quiero que te alejes para siempre de mí.

Negó lentamente con la cabeza.

—Lara...

—Se acabó, Bruno —Interrumpí—. Acabaste conmigo. No sé qué más quieres de mí si ya me has quitado todo. ¿Qué más necesitas para destruirme por completo?

—No quería acabar contigo —Dijo, mirándome a los ojos—. Yo... sé que he cometido errores y que no merezco nada de ti, pero por favor, déjame arreglarlo. Puedo arreglarlo, puedo…enmendar mis errores, solo déjame demostrarte que realmente me arrepiento de todo lo que te he hecho, de cada cosa que he dicho y de todo el llanto que te he provocado. Permíteme conseguir tu perdón, amor.

—¿Arreglarlo? ¿Quieres arreglarlo? —Me burlé, aguantándome las lágrimas—. No puedes arreglar lo que ya está muy roto, no hay nada que puedas hacer salvo dejarme ir y dejarme sanar mis heridas yo sola.

—No puedo hacer eso, no puedo dejarte ir —Negó con la cabeza, dando un par de pasos hacia mí—. Te necesito a mi lado.

Alcé la mano, deteniendo su caminata.

—¿No lo ves? ¿No ves el daño que me hace verte o estar contigo? Siento asco de ti, siento asco de mí misma. Te tengo miedo y el estar contigo va a terminar por matarme. Eso es lo que quieres, ¿quieres verme muerta? —Inquirí, limpiándome una lagrima que consiguió escapar—. Te detesto, detesto todo lo que tenga que ver contigo. Solo déjame ir, termina con esto ya.

Cerró los ojos unos momentos antes de abrirlos y enfocarme.

—Escúchame, si me das la oportunidad te prometo que solucionaré toda la mierda que te he hecho pasar, te compensaré todo y esta vez haré las cosas bien —Formuló, dando más pasos en mi dirección.

Sentí pánico cuando se acercó más.

—No te acerques.

—Amor, esta vez será diferente. Iremos lento, te daré el tiempo y el espacio que necesites y me encargaré de ganarme tu perdón y tu afecto. Te juro que será diferente esta vez.

—No te acerques —Le repetí cuando él continuó avanzando.

—Lara…

Tomé el arma que tenía en el bolsillo de mi pantalón y le apunté.

—¡Te dije que no te acerques! —Bramé. Bruno miró la pistola con fijeza, deteniendo sus pasos—. Termina con lo que tenemos ya o tendré que hacerlo yo. Y si lo hago, entonces te darás cuenta de que solo hay una manera.

—¿Matarme es tu manera? —Inquirió—. Hazlo, si lo necesitas, si es lo que crees que mejorará todo, entonces dispárame.

—No te acerques —Supliqué.

—Dispara. Sé que lo merezco y está bien. Si muero entonces serás libre y podrás reconstruir la vida que te he quitado —Susurró, dando un paso más—. Solo hazlo, no pienses en nada más.

Solté un sollozo y bajé la cabeza.

—¡Dispara! —Me animó.

El disparo resonó por todo el lugar y seguido de eso, un quejido alto de dolor. Al instante, Bruno pegó su mano izquierda a su pecho, ocasionando que toda esa sangre que ahora salía como una fuente, manchara su camiseta.

Le había destrozado el dedo anular.

La bala acababa de arrancarle la mitad del dedo anular.

Todo mi cuerpo tembló.

—Joder, joder —Soltó otro gruñido de dolor—. Mejor…mejor baja el arma, ¿quieres? Hablemos como personas civilizadas, ¿bien?

—No tengo nada más que hablar contigo.

Me alejé de espaldas, aun apuntándolo para que no viniera por mí. Él frunció el entrecejo, sin entender qué hacía.

—¿Qué haces? —Cuestionó. No contesté, simplemente seguí caminando de espaldas hasta llegar a la terraza y cerrar la puerta delante de mí con las llaves que tomé antes de que él llegara. Sus ojos se abrieron de par en par mientras negaba con la cabeza y daba pasos en esta dirección—. ¿Qué harás? ¿Qué carajo pretendes?

Ignoré sus palabras y dejé el arma en una silla. Lentamente, subí a la barandilla, manteniendo el equilibrio. Miré hacia abajo, dándome cuenta de la enorme distancia entre el suelo y yo. Un paso en falso y se acabó.

Un paso y sería libre.

Las lágrimas empezaron a rodar por mis mejillas.

—No, no. Lara, abre la puerta —Escuché a Bruno a mis espaldas, golpeando con rudeza el cristal para conseguir entrar—. ¡Abre la puta puerta! Por favor, no hagas esto. Piensa...piensa en tu hermano, necesita quien lo cuide. Te necesita. ¡Es solo un niño, te necesita!

Sollocé una vez más.

—¿Cómo voy a poder cuidarlo cuando ni siquiera pude cuidarme yo y si ni siquiera pude cuidar a mi hi...? —Hablé alto, pero ni siquiera pude terminar la oración—. Thomas estará mejor sin mí y yo estaré mejor muerta. Finalmente seré libre.

Me di la vuelta lentamente para mirarlo. Había miedo en su mirada y desesperación en cada uno de sus movimientos.

—¡Mierda! —Gruñó—. ¡Baja ahora!

Negué con la cabeza.

Me preparé para saltar.

Era la única manera, ¿no?

Solo así sería libre.

Finalmente consiguió forzar la cerradura y entrar. Su mano aún estaba sangrando demasiado, pero en este momento pareció no importarle.

—No, un paso más y te juro que me tiro —Siseé—. No te quiero cerca, no quiero que me detengas.

—No voy a dejar que hagas esta estupidez. No vas a morir, no voy a permitirlo —Masculló, estirando su mano—. Así que toma mi mano y hablemos, por favor hablemos.

—¡No quiero hablar contigo! ¡No quiero tus excusas, no quiero nada de ti! —Solté otro sollozo—. No te quiero cerca, solo quiero a la Lara de antes de regreso, pero sé que eso no será posible si sigo a tu lado, sé que eso no será posible si vivo atada a ti. Y si esta es la única manera de librarme, entonces prefiero morir ahora, Alighieri, solo así podré ser libre de nuevo.

Tensó la mandíbula y movió la cabeza lentamente de un lado a otro, inclinándose más para conseguir tomarme.

—Amor...por favor ven aquí —Suplicó entrecortadamente.

—¡No me llames amor! —Expresé, llevándome las manos al cabello y dejando salir más llanto—. ¡No soy tu amor, no vuelvas a llamarme de esa manera! ¡Solo no digas nada más y lárgate! Déjame morir. Por favor, al menos dame esto…

—No voy a dejar que lo hagas, no puedo verte morir —Su tono fue desesperado—. Lara, toma mi mano.

Bajé la cabeza y solté más sollozos bajos.

—No puedo más...te juro que no puedo más... —Declaré—. Estoy hecha mierda, me derrumbé y solo puedo darme por vencida. No quiero sufrir más, no quiero...compartir la cama contigo, no quiero tus besos, no quiero pertenecerte. No quiero ser una decepción para mi hermano. No puedo más...

—Y yo no quiero perderte —Declaró—. No puedo perderte. A ti no.

—Lo harás. Incluso si no es hoy, incluso si no salto hoy, intentaré alejarme de ti de cualquier manera posible, intentaré acabar con mi vida una y otra vez mientras siga a tu lado, lo intentaré aunque estés listo para salvarme —Lo miré fijamente—. Llegará el día que finalmente consiga quitarme la vida y así, tú llevarás mi muerte en tu consciencia para siempre.

Me moví lentamente hacia el borde.

—No, Lara. No retrocedas —Dio otro paso—. Ven aquí, por favor ven aquí.

Negué y retrocedí un poco más. Cerré los ojos y alcé la cabeza, lista para tirarme.

—¡Eres libre! —Soltó—. Te dejo ir, pero por favor dame la mano.

Abrí los ojos lentamente y apenas pude reaccionar cuando él tomó mi mano y tiró de mí para acercarme a su cuerpo. Me abrazó con fuerza una vez que me tuvo en sus brazos, por lo que me tensé.

—Eres libre, te juro que lo eres —Susurró bajo—. No me debes nada. Solo...no vuelvas a hacer esto, no quiero que mueras.

Ya estoy muerta.

Hace una semana tú terminaste de matarme, Bruno Alighieri.

—No me toques —Formulé, intentando zafarme de su agarre. Sin protestar, me soltó poco a poco y se alejó un par de pasos, dándome mi espacio.

Sus ojos grisáceos se enfocaron en los míos. Tomó una respiración profunda antes de hablar.

—Ya no me perteneces, ya no tienes que verme más y no te preocupes por el contrato, lo destruiré hoy mismo y así ya no tendrá validez. Eres libre —Dijo e intentó tocar mi mejilla, pero se detuvo al notar que me encogí sobre mi lugar—. Te dejo ir con la promesa de que algún día te buscaré y para ese entonces, seré el hombre que necesitas, enmendaré todos mis errores y me ganaré tu amor, arreglaré todo esto y te regresaré esa hermosa sonrisa que yo te quité. Te juro que algún día seré el hombre al que puedas amar.

Tensé la mandíbula y le lancé una mirada de puro resentimiento.

—Te detesto. Odio todo de ti. Odio todo lo que eres, todo lo que haces y estoy segura de que te odiaré por el resto de mi vida —Escupí con asco—. Jamás podría amar a alguien como tú, jamás podría amarte.

Vi el dolor reflejado en sus ojos, por lo que miró en otra dirección para ocultarlo. Carraspeó un poco antes de hablar.

—Te haré un cheque, vas a necesitar dinero ahora que no tendrás trabajo. Será suficiente para los estudios de tu hermano y para que puedan sobrevivir algunos meses —Informó aún sin mirarme—. Al menos déjame hacer esto por ti.

—No, no quiero tu asqueroso dinero y no quiero tu ayuda —Contesté con rudeza—. No voy a deberte nada más.

Retrocedí para alejarme de él.

—Lara.

—No quiero nada de ti.

Salí de la terraza, dejándolo ahí solo y sin darle oportunidad de hablar una vez más. Caminé a la entrada y abrí la puerta frente a mí. Cerré una vez que estuve afuera y tomé una respiración profunda.

Finalmente me recompuse y empecé a caminar lejos del edificio, prometiéndome a mí misma que este sería el final de esta retorcida y dolorosa historia.

CAPÍTULO 20.
Pasos seguros.
LARA SPENCER.

10 de diciembre, 2019.
PRESENTE.

Me acomodé en mi cama después de buscar su contacto de nuevo.

Lara Spencer:

11:03 p.m. *¿Fuente de inspiración? ¿Enserio?*

Me mordí el labio, debatiéndome unos segundos en enviarlo o no. Finalmente, me armé de valor y presioné el dichoso *«enviar»*.

Dejé mi celular de lado antes de que el nerviosismo me comiera viva. Me levanté y caminé a mi armario para sacar un pantalón cómodo junto con una blusa para dormir.

Encontré unos y procedí a bajar mis jeans por mis piernas. Eso hasta que mi celular sonó, avisando que un mensaje nuevo llegó.

Aún sin quitarme los pantalones, me acerqué rápidamente a mi mesita de noche, pero solo conseguí tropezar antes de siquiera alcanzarlo.

Estúpidos jeans de mierda.

—Mierda, Lara. Parece que tienes dieciséis años y que esta es la primera vez que hablas con un chico —Me reprendí. Me giré para mirar el techo y para empujar los pantalones hasta conseguir que me liberaran.

Listo, ahora sí.

Me levanté y me lancé a mi cama una vez más. Tomé mi teléfono y lo desbloqueé.

Oh, por Dios.

¡Sí era él!

Sacudí la cabeza y esperé durante algunos minutos para no responder tan rápido y así él pensara que me encontraba ansiosa por hablar con él.

Ciertamente...sí lo estaba.

Solo un poco.

Cuando supe que había pasado el tiempo suficiente, me metí a su conversación y empecé a leer.

Fuente de inspiración:

11:06 p.m. *Es que el «me he masturbado pensando en ti» sonaba muy mal. ¿No lo crees, hechicera?*

—Cabrón —Reí un poco.

Me mordí el labio, ocultando una sonrisa. No le voy a iba el gusto de que viera que no me molestó en lo absoluto. Para ser sincera, me gustó.

Aunque...eh, técnicamente no me estaba viendo.

Tecleé rápidamente.

Lara Spencer:

11:10 p.m. *Habría preferido que lo guardaras solo con tu nombre. Ahora tendré que esperar el día en el que tú te pongas ebrio y así yo pueda regresarte esto.*

Envié y mientras esperaba a que él respondiera, me terminé de vestir puesto que solo llevaba ropa interior.

Finalmente respondió.

Fuente de inspiración:

11:12 p.m. *Hmm, te cansarás de esperar. Tengo mucha tolerancia al alcohol.*

¿De verdad?

Lara Spencer:

11:13 p.m. *Y te toca presumir los dones que la vida te dio.*

Me levanté de nuevo, esta vez sosteniendo el celular. Caminé hacia el apagador de la luz, lo bajé y así mi habitación quedó a oscuras. La pantalla de mi celular se encendió, avisando que un mensaje nuevo llegó.

Me quedé de pie leyendo su respuesta.

Fuente de inspiración:

11:14 p.m. *Al mundo, algunos de ellos. Pero por ser tú, los demás te los puedo mostrar en privado.*

Mis ojos se abrieron exageradamente, tuve que releer el mensaje varias veces para asegurarme de que no lo malinterpreté.

¿Eso era una insinuación?

Aunque...a estas alturas no sabía por qué me sorprendía si él podía ser incluso más directo.

Escribí mi respuesta y se la envié.

Lara Spencer:

11:16 p.m. *¿Acaso ya pasamos a esto de las conversaciones calientes y con doble sentido?*

De nuevo caminé a mi cama, me acosté y me cubrí con las sábanas.

Otro mensaje.

Fuente de inspiración:

11:18 p.m. *Cruzamos esa línea hace bastante. Lo sabes, cajón que no cierra.*

Sonreí antes de morderme el labio inferior.

Lara Spencer:

11:19 p.m. *Creo que tienes razón, sexy y follable Neal Hardy.*

Y enviar.

Durante unas horas más estuvimos hablando de muchas cosas, de nuestras vidas, cosas absurdas y cosas muy interesantes que me sirvieron para conocerlo un poco mejor.

Por ejemplo, ahora sabía que cuando era pequeño, su hermana mayor lo obligó a tomar clases de danza. Después las abandonó porque antes no le gustaba estar rodeado de tanta gente en un solo espacio. Pero que igual le gustaba bailar.

Y yo podía admitir que lo hacía bien. Era muy buen bailarín.

Solo tomó clases unas pocas semanas cuando tenía como diez años, pero yo estaba segura de que era un bailarín nato. No se quedaba como una estatua en medio de pista y tal vez si yo bailara con él de nuevo, no le sería difícil seguirme el ritmo.

Tal vez algún día lo podríamos intentar.

También me enteré de que le gustaba bucear, surfear, hacer senderismo, rapel y que era excelente en la esgrima y en el soccer. Es decir, parecía que era un hombre muy activo y se notaba por ese físico impresionante que siempre me dejaba sin aliento.

Tal vez esto podía funcionar.

Tal vez su paciencia y su manera de ser serían un remedio para el miedo.

16 de diciembre, 2019.
PRESENTE.

Me terminé de colocar los botines y me incorporé para mirarme en el espejo. Me acomodé la chaqueta negra, antes de frotarme un poco las manos. Hacía demasiado frío debido a la fecha en la que estábamos.

Faltaba muy poco para navidad.

Pero ahora no estaríamos celebrando eso, sino el cumpleaños de Sandy.

Me miré en el espejo una última vez. Mi cabello se encontraba completamente lacio, llevaba una blusa roja de cuello alto, pantalones negros y chaqueta y botines del mismo color que el pantalón. Me gustó como se veía, aparte era abrigado. Llevaba un poco de maquillaje; resaltando mis ojos más que cualquier otra cosa.

—Lara, ¿ya estás lista? —Preguntó mi hermano del otro lado—. Se nos hace tarde.

—Un minuto —Contesté, tomando mi perfume y rociándome un poco. Después fui al baño y me cepillé los dientes.

Una vez que terminé, tomé mi bolso y abrí la puerta para ir a su encuentro.

—Tortuga —Soltó, sacando la lengua en mi dirección.

—Infantil.

Se encogió de hombros.

—No me importa —De nuevo sacó la lengua. Rodé los ojos, empujándolo para que se moviera de la puerta.

—Como sea —Resoplé—. ¿Llevas el regalo de Sandy?

Él asintió.

—Ya lo dejé en el auto, no te preocupes por eso, hermanita —Me guiñó el ojo—. ¿Sabes? Se siente genial que me inviten a fiestas de adultos, me hace sentir mayor.

Solté una risa baja.

—Es solo porque le agradas a Sandy, de lo contrario seguro no te habría invitado —Lo molesté.

Entornó los ojos.

—La tengo loca.

—Loca —Repetí con burla—. Pobre niño.

Él resopló con indignación y abrió la puerta para que pudiéramos salir del apartamento.

Subimos al auto una vez que llegamos al estacionamiento y después nos pusimos en marcha. Yo le di las indicaciones a Thomas mientras él se enfocaba en manejar. Era un trayecto de aproximadamente treinta minutos y era un lugar al que nunca habíamos ido, por lo que se nos complicó un poco más el llegar. Cuando finalmente lo conseguimos, observamos el jardín hermoso frente a nosotros.

Era un lugar grande y de hermosa fachada.

Entregamos nuestra invitación en la entrada, por lo que pronto estuvimos atravesando un pasillo para salir al jardín. Por suerte el día de hoy el clima no era nada malo. Por suerte no llovía.

Cuando por fin llegamos a donde se encontraban los invitados. Notamos a varios de ellos bailar, otros platicando, comiendo, bebiendo o esparcidos por todo el lugar perfectamente decorado.

Era una fiesta hermosa.

Llegué hasta la cumpleañera y la abracé por detrás, tomándola por sorpresa.

—Feliz cumpleaños a la enfermera más guapa de todas —Felicité, antes de besar su mejilla sonoramente.

Sandy rio y se giró para verme. Le tendí su regalo, dándole mi mejor y más sincera sonrisa.

—¡Pero que linda! —Exclamó, tomando el regalo—. Muchas gracias, Larita.

Hice un gesto desinteresado con la mano.

—Espero que te guste.

—Yo sé que sí —Curvó las comisuras de sus labios hacia arriba y después miró a mi hermano—. ¿Y qué? ¿Tú no me vas a saludar?

Thomas bufó con diversión. Se acercó a mi amiga y la rodeó con sus brazos.

—Feliz cumpleaños, novia mía —Saludó con coquetería—. Ahora sí puedes decirme *sugar baby.*

—¿Acabas de llamarme anciana, Thomas Spencer?

—Prefiero perderme este drama e ir a saludar a los demás, así que me marcho —Canturreé, alejándome rápidamente para ir al lugar en el que logré vislumbrar a Elaine.

Estaba muy tranquila comiendo lo que parecía ser un cupcake, eso mientras reía de algo que decía su ahora esposo.

Llegué a donde ambos estaban y tomé los hombros de Ellie, logrando sobresaltarla.

—Tu cupcake se mira muy apetecible —Hablé—. ¿Por qué no me invitas un poco?

Ella arrugó ligeramente la nariz justo antes de negar.

—Es mío.

—Egoísta —Me incliné para besar su mejilla. Elaine rio levemente—. Igual no quería tu saliva. Asco.

—Ahora te lo comes —Me extendió el cupcake—. Todo.

Alcé las cejas y miré a Mason.

—Tu esposa me está haciendo insinuaciones, si caigo en ellas, no la demandes por adulterio —Le dije, el hombre sonrió y negó.

—Calma, sé lo persuasiva que puede ser y lo fácil que es caer por ella —Le restó importancia.

—Aparte, él no es celoso —Siguió Ellie.

—¿No? —Inquirió Mason, con una ceja enarcada.

—Me tienes a tus pies, no necesito a nadie más —Lo miró con amor.

Estuve tentada a soltar un *«awww».*

—Aquí nadie quiere saber lo mágico y especial que puede ser el pene de Mason, gracias —La voz de Derek interrumpió la tierna conversación que apenas comenzaba.

Mason Vaughn se llevó los dedos a la sien para masajearla.

Parecía cansado.

—Aquí vienen estos dos otra vez... —Masculló.

—Pero que hermoso recibimiento —Expresó Hardy de forma irónica—. Más como este, por favor.

—Se le nota lo mucho que nos ama —Siguió Castle.

—Sin nosotros no vive —Secundó el pelinegro.

—Las semanas que estuve lejos de ustedes, fui muy feliz.

Elaine abrió la boca, lista para protestar.

—Creí que estabas feliz porque era nuestra luna de miel —Se quejó.

Mason miró rápidamente a su esposa.

—Por supuesto que eso fue lo que me hizo feliz, mi amor —Se apresuró a decir—. Solo quería molestarlos.

Señaló a sus amigos con la cabeza.

—Lo sé, yo le doy color y sabor a tu vida —Y Elaine egocéntrica se unió a la conversación.

Mason rodó los ojos y sonrió.

—Ya te estabas tardando.

Mientras ellos seguían con su charla, yo me acerqué a los otros dos hombres para saludarlos, puesto que en todo este rato no lo había hecho.

—Arquitecto Castle, ¿cuánto tiempo? —Saludé, besando su mejilla.

—Larita preciosa, se ha sentido como una eternidad —Regresó con el mismo tono—. ¿Cómo has estado?

Me alejé y me encogí de hombros.

—Muy bien, ya sabes; sobreviviendo —Contesté—. ¿Y tú?

—Muy bien, ya sabes; aguantando a Neal y a Mason.

—Como que el malnacido y tú andan muy amables hoy, ¿no lo crees? —Inquirió Hardy—. ¿Se pusieron de acuerdo o qué?

Derek sonrió de lado.

—Tenemos una conexión especial, por eso soy el favorito.

—Conexión. Favorito —Chasqueó con la lengua—. Claro.

Reí un poco y pasé al lado de Derek, lista para saludar a Neal.

—Hardy.

—Hechicera —Contestó. Se acercó y colocó su mano en la parte baja de mi espalda, después se inclinó y besó la comisura de mi labio sin prisa.

Cerré los ojos para aguantarme el suspiro.

Unos segundos después, se separó, por lo que tuve que observarlo de nuevo. Sus ojos se enfocaron en los míos. Y al igual que todas las veces que hacía eso, todo a mi alrededor se sintió lejano.

Su mirada provocaba efectos en mí que no podía explicar.

Parpadeé para enfocarme.

—¡Hola! —El grito de mi hermano me hizo saltar en mi lugar.

—¡Thomas!

—Ay, perdón, olvidaba lo fácil que te asustas —Enseñó los dientes con inocencia—. Hola a todos, ¿por qué tan tristes?

—Tuvimos infancias horribles, por eso estamos tristes —Le respondió Neal.

Tommy entornó los ojos en su dirección.

—Tú eres el roba espacio personal de hermanas —Lo acusó.

El susodicho ladeó la cabeza y me miró brevemente antes de regresar su vista a mi hermano.

—Puedes decirme Neal, es un nombre menos complicado.

—Neal —Repitió con aire pensativo, después asintió lentamente—. Bien.

—Bien.

Me senté en silencio una vez que todos empezaron a hacerlo. De alguna manera, quedé junto a Neal.

—Para aclarar, sí le agradas a Thomas —Susurré, inclinándome hacia Neal.

Él hizo lo mismo y se giró en mi dirección, por lo que ahora nuestras narices estaban cerca de tocarse.

—Parece que me odia —Señaló—. Y mucho. ¿Estás segura de que le agrado?

Reí bajo.

—Él mismo me lo confirmó. Y decirte esto, me convierte en la hermana soplona.

Neal sonrió.

—Él no sabrá que me confesaste su secreto, así que tranquila.

—Eso espero, Hardy.

Durante las siguientes tres horas, comimos, bebimos un poco y platicamos entre todos. Realmente estábamos disfrutando de la velada, era tranquila y transcurría con naturalidad. Muchas personas empezaron a bailar después de la cena, incluido mi hermano que coqueteó con una prima de Sandy.

Él no tenía remedio.

Entré al baño y me miré al espejo, me retoqué el labial y me lavé las manos. Una vez que terminé, salí del lugar para dirigirme de nuevo al jardín. Tenía que cruzar el interior de la casa de campo, que por cierto también era muy bonita por dentro. Había muebles de roble y todo combinaba perfectamente.

Me detuve en el pasillo al vislumbrar dos personas muy familiares en medio de la sala. Derek sostenía su celular y lo extendía en dirección a Neal.

—Julissa y Mikhail quieren hablar contigo —Informó el castaño, haciendo una mueca.

Neal alzó su mano y la movió a un lado de su cuello, negó con la cabeza, de esta manera haciéndole saber que no quería tomar la llamada.

—En este momento no... —Habló Derek al teléfono, pero al parecer se vio interrumpido.

Alejó su celular un poco, para que quien sea que estuviera del otro lado de la línea, no escuchara.

—Insisten en que respondas.

—Diles que morí y que mi funeral fue hace dos días, con eso dejarán de joderme la existencia —El tono de Neal fue...frío.

Derek lo miró con atención.

—Neal, parece ser importante...

—No voy a responderles, diles lo que quieras, si quieres diles la verdad, que no me interesa hablar con ellos y que dejen de llamarlos a ti o a Mason esperando mágicamente que eso me haga cambiar de opinión. No me importa lo que sea que quieran —Lo cortó, antes de alejarse y salir de la casa para volver a la fiesta.

Derek suspiró con pesadez y de nuevo se llevó el celular a la oreja.

—Neal no puede responder en este momento —Dijo—. Y si ya sabe que su respuesta es la misma de siempre, por favor no vuelva a llamarme. No puedo hacer nada para ayudarlos y la verdad, es que tampoco quiero. Buen día.

Colgó y se quedó de pie en medio del lugar, mirando unos segundos la pantalla de su teléfono. Después sacudió la cabeza y fue por la misma dirección en la que Neal fue.

Carraspeé, terminando de cruzar el pasillo en lugar de permanecer más tiempo aquí.

De verdad que no quería escuchar su conversación, pero tenía que pasar frente a ellos para salir y tampoco quería interrumpir.

Pero, mierda.

Jamás había escuchado a Neal hablar de esa manera.

Sí, había escuchado su tono serio, harto o ligeramente apagado.

Pero jamás uno tan frío o cruel. Como si tuviera odio y rabia contenida.

¿Quiénes eran las personas que querían hablar con él?

No, no.

La verdadera pregunta era; ¿por qué no tomó el teléfono?

Salí al jardín y miré a todas las personas. Parecía que se unieron más a la pista. Me alejé de la entrada y caminé a la barra en donde estaban sirviendo las bebidas.

—Una piña colada sin alcohol, por favor —Pedí.

—Te estás tomando muy enserio esto de no beber alcohol cuando estemos en un mismo espacio —Una voz masculina detrás de mí, me hizo sobresaltarme.

Me giré para mirar a Neal.

—No quiero que la próxima vez que me ponga ebria delante de ti, termine diciendo cosas peores.

Me regaló una sonrisa ladeada.

—No voy a juzgarte si pasa. Lo prometo.

—Pero burlarte sí, lo sabes —Lo acusé, tomando la bebida que me daban—. Muchas gracias.

De nuevo miré a Neal y suspiré.

Él ladeó la cabeza y señaló la parte vacía de la casa.

—¿Quieres dar un paseo?

Asentí como respuesta, por lo que empezamos a caminar, alejándonos de la gente. La dirección a la que íbamos estaba algo alejada de la fiesta. Era un lugar hermoso rodeado de árboles, flores y un estanque enorme.

—Creí que no vendrías hoy —Hablé.

Sentí su mirada.

—¿Por qué creíste eso?

Me encogí de hombros.

—Creí que estarías ocupado por tu trabajo o algo así.

Nos detuvimos frente al estanque y yo coloqué mi bebida en la barandilla de madera que fungía como protección para no caer.

—Por suerte estoy desocupado, a menos que surja algo que me obligue a irme —Respondió.

—Debe ser cansado —Hice una mueca.

Me miró.

—Con el tiempo te acostumbras, aparte, me gusta mantenerme ocupado —Mencionó, recargando sus antebrazos en la barandilla—. Y me gusta mi trabajo. Es una buena combinación.

—¿Incluso si te hace mantenerte lejos de casa? ¿No extrañas Chicago cada que te vas?

Neal arrugó ligeramente la nariz.

—No me gusta pasar tanto tiempo en un solo lugar, mucho menos en Chicago. Pasaré un año aquí porque fue lo que se me asignó —Frunció los labios un poco después de terminar de hablar—. Pero muchas veces extraño Londres, es de los pocos lugares en los que sí me gusta pasar tiempo.

—Ahí naciste, ¿no?

Negó.

—Nací en Mánchester, pero mi hermano mayor vive en Londres, por eso me gusta ir.

—Oh, entonces eso significa que te llevas muy bien con él.

Las comisuras de sus labios se estiraron en una pequeña sonrisa.

—Sí, nos llevamos muy bien. Normalmente, paso las fechas navideñas con él y la familia de su novio, bueno, su ahora esposo.

Asentí.

—¿Y no pasas navidad con tus padres y tus otros hermanos? —Cuestioné.

—No —Formuló—. ¿Qué hay de ti? ¿Solo celebras estas fechas con Thomas?

Ladeé la cabeza, antes de tomar un trago de mi piña colada para después volver a dejar el vaso en su lugar.

—Los últimos tres años con Elaine y su familia. Ahora que se casó, Mason se sumará a la pequeña celebración en casa del papá de Elaine —Expliqué. Recargué mi cadera contra la estructura de madera—. Aunque supe que año nuevo será entre todos nosotros. ¿Asistirás o viajarás a Londres?

—Año nuevo lo pasaré aquí, así que sí asistiré.

Pasé mi índice por los bordes de mi vaso.

—Eso está muy bien —Carraspeé—. Ahora, cuéntame más sobre ti. ¿No te da miedo tu trabajo? ¿Que alguien te dispare o algo así? No sé cómo lo disfrutas sabiendo lo peligroso que puede ser.

Me miró y soltó una risa suave y baja mientras negaba.

—No me da miedo. No lo sé, creo que he pasado por tantas situaciones peligrosas que dejé de temerle a la muerte. Aparte, te enseñan que el miedo no te ayudará de nada y que solo es una soga al cuello.

Hice una mueca.

—¿De verdad no le tienes miedo? —Cuestioné, a lo que volvió a negar—. Entonces, si no le tienes miedo a la muerte, ¿cuáles son tus mayores miedos? Con completa sinceridad.

—¿Con completa sinceridad? —Repitió.

—Sí, sé honesto.

Miró el estanque con atención, como si estuviera pensando en lo que diría. Finalmente frunció los labios un poco y posó sus ojos en mí de nuevo.

—Bien. Es fácil, solo dos cosas: Perder a las pocas personas a las que quiero y dormir.

Contraje el rostro.

—¿Dormir? —Repetí, incrédula—. ¿Por qué le temes a dormir?

Se encogió de hombros.

—Nunca sé cuál es la noche en la que alguna pesadilla horrible me despertará —Soltó—. ¿Y los tuyos? ¿Cuáles son tus mayores miedos?

—Tengo muchos, soy muy miedosa —Enseñé los dientes con inocencia—, pero el mayor de todos es perder a Tommy. Él es lo que me mantiene con vida y durante tanto tiempo, hemos estado él y yo solos, sé que perderlo acabaría completamente conmigo.

No mentí al decir eso.

Realmente Thomas era lo único que me mantenía de pie.

—¿Alguna vez has sentido eso? ¿Qué solo una cosa o una persona te mantiene cuerda? —Pregunté.

Abrió la boca un par de veces, buscando las palabras. Después de unos segundos, por fin consiguió decir algo:

—Sí, Nathan es lo que me mantuvo con vida —Se sinceró—. Y al igual que tu hermano y tú, durante tantos años, Nate y yo hemos estado solos, teniéndonos entre nosotros.

Hundí las cejas.

—¿Y tus padres y tus otros hermanos? ¿Qué hay de ellos?

Neal se rascó la barbilla un poco, se llevó su botella de cerveza a los labios y tomó un trago antes de hablar.

—En resumen, no he visto a Samuel desde hace unos ocho años, ya que él vive con sus padres. Es una versión adolescente de esas personas, desde ahí todo está mal —Desvió la mirada, enfocándola en el estanque—. Y Sav...ella murió hace años.

Mierda.

—Oh...yo, lo lamento, no debí preguntarlo —Me disculpé apresuradamente.

—No te disculpes, nos estamos conociendo. Aparte, su muerte no es un secreto —Me sonrió tranquilizadoramente—. No está mal preguntar.

—¿Seguro?

Asintió.

—Seguro, no pasa nada.

Solté el aire contenido.

—Lo lamento. Tal vez si te has dado cuenta, siempre hago esto de hablar de más, siempre estoy preguntando cosas y realmente espero que mi pregunta no te haya hecho sentir incómodo —Hice una mueca, fijándome en como él alternaba su vista de mí, a la barandilla en la que estaba recargada—. Sé lo difícil que es hablar sobre las personas a las que quisiste y que ya no están.

—No me incómoda, de verdad que no pasa nada.

¿Por qué su mirada era cautelosa?

—Bien, muy bien —Susurré—. Eso me hace sentir más tranquila.

—Hechicera —Me llamó.

—¿Sí?

—No quiero interrumpirte ni alarmarte, pero... —Empezó y señaló con su cabeza a mi lado—, deberías moverte lentamente y con cuidado.

Fruncí al ceño.

—¿Mo...moverme? —Repetí, girándome hacia donde él estaba señalando. Mis ojos se abrieron exageradamente solo antes de soltar el grito más alto que había soltado en toda mi vida—. ¡Una rana!

Salté de mi lugar, yendo directo a Neal y trepando por todo su cuerpo, intentando encontrar protección en él. En el transcurso, gritaba que sentía que estaba en mi cabeza.

Me aferré al cabello de Neal, moviéndome como un gusano y mientras él intentaba mantenernos de pie debido a mis movimientos bruscos.

—¡Me picó! —Lloriqueé.

—Calma, las ranas no pican —Mencionó, rodeando mi espalda con sus brazos para que no cayera.

—¡Entonces me mordió!

—Tampoco muer...

—¡Se movió! —Chillé cuando no la vi en el mismo lugar en donde se quedó. Me aferré más a Neal y me sacudí rápidamente por si acaso. Tal vez se me subió.

De un momento a otro cuando menos lo esperé, ambos caímos al pasto. Quedé a horcajadas del hombre, de esta manera consiguiendo aplastarlo con mi peso.

Después de unos segundos, su preciosa risa empezó a resonar por todo el lugar. Lo miré al rostro. Sus ojos estaban cerrados, tenía una expresión de diversión y...Dios.

Era tan guapo.

Dejó caer sus brazos a lados de su cabeza y sin poder evitarlo, yo puse mis palmas en su pecho para sentirlo vibrar gracias a la risa.

—¡Joder...! —Formuló, en medio de su risa. Finalmente abrió los ojos, enfocando su entorno. Parpadeé y aparté la mirada para no parecer una idiota hipnotizada—. Lo siento...lo lamento. Hace bastante que no me reía tanto.

—Te estás burlando de mí —Me quejé.

Negó rápidamente.

—No, es solo que tu hermano no mentía cuando dijo que te asustas con facilidad. ¿Cómo es que una ranita puede asustarte tanto?

Bufé y pretendí levantarme. Él detuvo mi acción al rodear mis muñecas con sus manos, manteniéndome en mi lugar.

—No, quédate.

Ladeé la cabeza.

—¿Eh...?

Antes de que pudiera reaccionar, me jaló hacia su cuerpo y alzó la cabeza un poco, juntando nuestros labios en un inesperado beso.

Cerré los ojos ante el contacto, disfrutando lo excitante que eran sus besos.

Sus labios suaves me atacaron con seguridad, sus movimientos fueron reclamantes y ansiosos, como si fuera una droga que se moría por probar. Como si fuera adicto a esto.

Pasó la punta de su lengua por mi labio inferior. Suspiré sobre su boca ante ese gesto. Nos hizo rodar sobre el césped hasta quedar encima de mí.

Lo bueno fue que era de noche y que este lugar estaba muy alejado de la fiesta. Nadie puede mirar nuestro espectáculo a menos que vengan directo hacia acá.

Intenté acomodarme bajo su cuerpo, lo cual ocasionó que mi rodilla se rozara contra su entrepierna y que un gruñido bajo escapara de él.

Su lengua se encontró con la mía. Lo que comenzó con movimientos lentos, poco a poco se transformó en movimientos desesperados por parte de ambos.

—Neal... —Jadeé, intentando alejarme un poco.

—Lara... —Susurró, soltando una de mis manos para tener la suya libre y así poder acariciar mi cintura. Poco a poco empezó a colarla debajo de la blusa para acariciar mi piel.

Me relamí los labios cuando subió más, atrapando uno de mis pechos con facilidad ya que ni siquiera estaba usando sostén. Acarició mi pezón erecto con delicadeza, mandando un escalofrío por todo mi cuerpo.

Se separó un poco, descendiendo por mi cuello con sus besos. Mi respiración estaba acelerada, completamente alterada.

Solo quería más.

Su mano bajó hasta la culturilla de mi pantalón y jugó con el botón. Levantó la cabeza y me observó con atención. Tragué saliva.

—¿Quieres que lo haga, Lara? ¿Lo quieres?

Tomé una respiración profunda.

—Lo deseo —Mi voz salió débil—. Por favor, Neal.

Las comisuras de sus labios se estiraron en una sonrisa complacida.

Desabotonó el pantalón y bajó el cierre. Me hizo flexionar las piernas a sus costados para darle más acceso.

De nuevo subió a mis labios, manteniéndome cubierta debajo de su cuerpo mientras sus dedos se colaban debajo del pantalón y me acariciaban por encima de la delgada tela de la ropa interior. Trazó movimientos circulares, lentos y seguros, esperando a que me adaptara a sentirlo de una manera más íntima.

—Por favor...más.

Sonrió sobre mi boca.

Esta vez hizo a un lado cualquier barrera y me acarició piel con piel. Acarició cerca de mi entrada con movimientos suaves y placenteros. No pude evitar gemir en su boca cuando se trasladó a mi clítoris para frotarlo.

Mi cuerpo entero vibró debajo del suyo.

—Agregaré la forma en la que te mojas para mí, a la lista de las cosas que me vuelven loco de ti.

Eché la cabeza hacia atrás cuando introdujo uno de sus dedos en mí. Solté un jadeo y arqueé la espalda.

—¿Y...cuáles son las demás? —Alcancé a formular.

Otro dedo.

Mierda.

Empezó a moverlos lentamente mientras su pulgar seguía encargándose de frotar mi clítoris.

—Tu mirada, tus besos, tus gemidos y el fuego que te envuelve y que te esmeras en ocultar —Besó mis labios con lentitud, antes de separarse un poco—. Consigues que me sienta perdido y drogado a tu alrededor.

Gemí alto cuando sus movimientos aumentaron. Busqué su boca para silenciar mis sonidos.

Era muy ruidosa. No quería que nadie me escuchara.

—Neal... —Gemí su nombre. Me arqueé un poco más y cerré los ojos, disfrutando por completo sus caricias.

El estar expuesta, el estar en un lugar en el que cualquiera podría encontrarnos, no me hacía querer parar. No quería que parara. Solo deseaba que me llevara hasta el final.

Intenté bajar mi mano para tocarlo de la misma manera, pero él me detuvo y negó con la cabeza.

—No, no —Su delicioso aliento chocó contra el mío—. Hoy solo importas tú, hechicera.

Siguió deslizando sus dedos en mi interior y su pulgar continuó frotando y estimulando mi clítoris. El ritmo suave del principio poco a poco aumentó a uno más intenso. Frotó con entusiasmo, por lo que me mordí el labio con fuerza para no hacer tanto ruido. Neal se separó de mi boca, trazando un camino de besos hacia mi cuello. Cuando estuvo así, empezó a besar de manera suave, a lamer y a mordisquear. Los dedos que mantenía debajo de mí blusa apretaron con delicadeza mi pezón derecho, después comenzó a moverlos por toda la areola, frotando y estimulando sin perder el ritmo de la mano que se mantenía en mi coño.

Unos cuantos minutos más bastaron para que la presión en mi vientre se hiciera más intensa. Llevé mis manos al cabello de Neal y lo atraje a mis labios.

Mi cuerpo entero se sacudió cuando ese orgasmo intenso arrasó conmigo. Temblé y me arqueé debajo de él mientras mordía su labio inferior con fuerza. A él ni siquiera le importó el dolor, simplemente siguió penetrándome con sus dedos con la intención de alargar mi orgasmo y lo que era mejor aún; enloquecerme.

Respiré con dificultad, intentando controlarme y perdiendo toda la fuerza de mi cuerpo. Cerré los ojos y me dejé caer sobre el pasto.

Alucinante.

¿Realmente yo acababa de ser masturbada por Neal en un espacio abierto? ¿Yo? ¿La que no soportaba que la tocaran?

Tal vez Neal de alguna forma era la excepción.

Lo sentí subir el cierre de mi pantalón y después abotonarlo. Abrí los ojos cuando me pasó un mechón de cabello detrás de la oreja.

Sus ojos se enfocaron en los míos.

—¿Todo bien? —Cuestionó.

Sonreí, entrecerrando los ojos como si estuviera pasada de copas.

Era mi sonrisa de recién dedeada.

—Todo excelente —Contesté en medio de un suspiro.

Y sí que lo estaba.

CAPÍTULO 21.
Un nuevo comienzo.
LARA SPENCER.

02 de diciembre, 2016.
PASADO.

Me observé atentamente en el espejo una vez que me refresqué el rostro. Me encontraba en el baño de un restaurante en el que tuve una entrevista.

La verdad no estaba segura de si había salido bien, pero rezaba que sí.

Necesitaba conseguir trabajo cuanto antes.

Suspiré y recargué mis manos sobre el mármol.

No me sentía del todo lista para salir al mundo, pero alguien debía luchar por mi pequeña familia conformada por mi hermano y por mí y estaba claro que debía ser yo.

«*Está bien*».

—Puedo con esto —Susurré finalmente—. Soy fuerte, soy valiente y soy una sobreviviente. Yo puedo contra el mundo así se me venga encima.

Cerré los ojos unos segundos, antes de volverlos a abrir para buscar una toalla de papel y así secarme el rostro.

Una vez lista, tomé mi bolso y me dispuse a salir del restaurante.

Seguiría dejando solicitudes de trabajo.

Debía encontrar uno pronto y eso era lo difícil.

Realmente había olvidado lo complicado que era encontrar un trabajo.

Doblé en una esquina, ocasionando que mi cuerpo colisionara contra el de alguien más. La chica soltó un suave alarido de dolor, llevándose una mano al busto, que fue donde la golpeé por accidente.

—Dios, lo siento —Me disculpé, haciendo una mueca—. No vi por dónde iba.

—Está bien, yo tampoco estaba atenta.

Cuando alcé la cabeza para enfocarla, ella ladeó la suya y entornó los ojos. Me señaló con su dedo, como si acabara de descubrir algo.

—Lara, ¿cierto? —Inquirió.

Finalmente la reconocí.

—Elaine, ¿cierto?

La rubia me regaló una enorme sonrisa.

—La misma —Contestó—. No te preocupes por chocar conmigo. Mejor cuéntame, ¿por qué dejaste de ir a la academia? Te echamos de menos por ahí.

Suspiré con pesadez.

—Es...una larga historia —Susurré.

Señaló el pequeño bar a nuestro lado.

—Pues tengo mucho tiempo, soy chismosa y hoy realmente necesito un trago. Así que...¿te apuntas? —Propuso.

Siendo sincera, yo también necesitaba un trago.

—Me apunto —Sonreí débilmente.

Caminamos al interior del bar que tenía música baja y pocas personas en el interior. Nos acercamos a la barra y pronto, el barman se acercó. La rubia pidió el trago más fuerte que había, lo cual me sorprendió.

Aunque me sorprendía más su aura.

Parecía triste y desanimada.

La recordaba sonriendo y saltando de un lado a otro en la academia. Nunca la vi tan...apagada.

Pronto nos entregaron nuestra bebida. Ella bebió el suyo de una antes de pedirse otro.

—¿Estás bien? —Pregunté de manera insegura.

—En lo absoluto —Respondió entrecortadamente—. En cinco días se cumplirán tres años desde que mi mamá murió. Fue un accidente; yo iba conduciendo. Sigue siendo duro, por eso me pongo algo...extraña estas fechas.

Abrí la boca para contestar, pero no encontré las palabras adecuadas. Los ojos verdes de Elaine me enfocaron. Me sonrió y alzó una ceja.

—Pero anda, no estamos hablando de mí, sino de ti. ¿No volverás a la academia? —Cuestionó.

Hice una mueca y negué.

—No lo creo posible, tengo un hermano al cual mantener y bailar ya no está dentro de mis posibilidades económicas —Suspiré. Hasta cierto punto, eso era cierto, aunque también tenía otra razón; no me veía pisando la pista nunca más después de todo lo que había pasado—. Verás...mi abuela murió hace un año y solo somos mi hermano y yo. Yo soy la mayor, por lo tanto me toca correr con los gastos. Tuve que abandonar la universidad para poder trabajar, conseguí empleo en un club nocturno ya que era el único lugar en el que me pagaban lo suficiente para mantenernos...y realmente no tienes que escuchar lo patética que es mi vida.

Ella hizo un gesto desinteresado con la mano.

—Oh, no, continúa. Realmente quiero escucharte —Me animó—. Hablar sirve de mucho, ¿sabes?

Sonreí un poco.

Tal vez tenía razón.

—Bueno, trabajé durante un año como stripper, estos últimos meses fueron una tortura, pero finalmente logré dejarlo. Ahora estoy desempleada y buscando hasta debajo de las piedras algo que pueda mantenernos a Tommy y a mí —Terminé de contar—. Esa es mi historia. ¿Qué hay de ti?

Elaine frunció los labios un poco antes de darle un trago a su bebida. Imité su acción. El líquido raspó mi garganta, por lo que tuve que carraspear.

—No tengo mucho que contar, tengo una vida muy aburrida, ¿sabes? —Señaló—. Después de que mamá murió me volví muy sobreprotectora con papá. Me aterra perderlo a él también, está enfermo y no quiero que le pase nada. Sé que muchas veces lo trato como si fuera de cristal y que eso lo molesta, pero prefiero asegurarme de que todo marcha bien. ¡Oh! También tengo un gato, se llama Manolett. Es un gruñón y odia a todo el mundo, pero es mi adoración...

Ella siguió hablando hasta que sus ojos recayeron en la televisión que estaba encendida. Se calló abruptamente, aún mirando fijamente en esa dirección. Sus ojos se entristecieron más mientras miraba la noticia acerca del heredero de los Vaughn; Mason Vaughn según yo. Parecía ser una inauguración de algún hotel. El hombre le sonreía de manera natural a las cámaras.

Debía estar acostumbrado, desde pequeño había estado en los medios debido a que su padre era uno de los actores más famosos del mundo.

Ambos eran muy guapos.

—Cinco años... —Musitó Elaine—. Tanto tiempo.

—¿Elaine? ¿Estás bien? —Toqué su hombro un poco para traerla de vuelta. Ella sacudió la cabeza rápidamente antes de enfocarme.

—Lo siento —Carraspeó—. Espera, ¿decías que estabas buscando trabajo?

Contraje el rostro y asentí lentamente.

—Sí, eso dije.

Saltó en su asiento, muy emocionada.

—Bueno, da la casualidad de que estoy buscando una asistente, ya sabes, mi mano derecha, la persona que será de absoluta confianza —Informó—. Tengo una editorial, apenas va empezando pero creo que nos está yendo muy bien. La paga tal vez no se comparará con lo que ganabas en el club, pero...el puesto es tuyo si lo deseas.

Parpadeé varias veces.

—¿Lo dices enserio? —Pregunté débilmente.

Ella asintió y sonrió. Después me preguntó cuánto deseaba ganar, cuando no supe qué contestar, ella dio una cifra, una que simplemente fue mucho más de lo que esperaba.

¡Dios!

¿Esto era real?

—¿Eres un ángel enviado del cielo? —Inquirí, aguantando el sollozo que pretendía salir.

—Sé que no lo soy, pero sé lo que se siente estar desesperado y que el mundo se te caiga a pedazos, sé lo que se siente que todo se ponga en tu contra —Aplanó los labios—. Y si tengo la oportunidad de hacer algo bueno, entonces lo haría sin dudar. Así que, ¿aceptas?

—¡Dios, sí! —Exclamé, llamando la atención de varias personas—. Esto...simplemente no lo esperaba. Realmente te lo agradezco, te prometo que no te decepcionaré.

—Pareces buena chica y pareces honesta, así que confiaré en tus palabras —Me tendió la mano—. Bienvenida al equipo.

Estreché su mano y reí un poco. Realmente estaba feliz.

—¡Muchas gracias! De verdad que esto es...no encuentro las palabras —Mi voz se entrecortó. Tenía tantas ganas de llorar, pero esta vez por la emoción.

Era un trabajo nuevo, esta tal vez era una oportunidad para empezar de nuevo.

—Deberíamos brindar —Manifestó y después pidió dos tragos más que pronto nos entregaron—. Yo brindo por mamá —Alzó su copa y después miró de nuevo a la pantalla, esa donde aún pasaban la noticia de Mason Vaughn—, y brindo por mi mejor amigo y todos sus logros, por la vida que hizo lejos de aquí.

De nuevo me miró.

»¿Y tú? ¿Por qué brindas? —Interrogó.

Miré al techo, pensando en mis palabras. Después enfoqué a la chica.

—Brindo por esta nueva oportunidad —Declaré—. Brindo por la nueva Lara que sé que reconstruiré lejos del hombre que la destrozó.

Curvó sus labios un poco hacia arriba, antes de chocar su vaso con el mío.

—Salud.

—Salud —Regresé y ambas bebimos.

«Brindo por la Lara que era feliz hace un año y que ahora ya no existe más».

17 de diciembre, 2018.
PASADO.

Me recargué contra el lavabo, antes de lanzar un suspiro largo.

Escapé de la aburrida charla de un hombre que me hablaba de su colección de habanos.

¡Por Dios!

¿Es que yo tenía cara de saber cosas sobre habanos?

Apenas y sabía de mi vida.

Fingí que necesitaba ir al baño en un breve momento que él dejó de parlotear para beber de su copa. Y entonces, había estado como veinte minutos aquí dentro para evitar ser cazada de nuevo y esta vez me hablara sobre su colección de pelotas de golf.

Miré la hora en mi reloj.

Tal vez Elaine y Mason ya habían, era muy tarde como para que no fuera así. Además, él era el anfitrión de esta gala a la que yo había sido invitada, así que supuse que ya debían estar aquí.

Me rasqué la mejilla y me alejé para observarme en el espejo. Mi cabello iba suelto y ondulado. Mi maquillaje era sutil, por lo que mi vestido era lo que resaltaba.

Era negro, ajustado de los pechos, la cintura y las caderas. Era largo, con una abertura al lado que mostraba mi pierna derecha. El diseño de la aparte de arriba era precioso, una de las mangas era larga mientras que la otra era un tirante, haciendo que el escote fuera en forma de V, uno que realzaba mis pechos y enseñaba mis clavículas.

Sí, definitivamente me encantó mi apariencia.

Y gracias a los tacones no me miraba tan baja.

Sacudí la cabeza, caminando a la salida y una vez fuera, cerrando detrás de mí. Casi suspiro de alivio cuando vi a Elaine a lo lejos hablando con el que pude reconocer como Mason Vaughn.

Estaban tomados de la mano y sus miradas demostraban todo lo que sentían entre ellos.

Y Elaine se atrevía a decir que solo eran amigos.

A veces era medio ciega.

Aun así la quería tanto.

Había sido un gran apoyo para mí estos últimos dos años. Ahora tenía un trabajo y una estabilidad económica buena gracias a ella, había conseguido avanzar y había tenido su apoyo incondicional a pesar de que no sabía del todo mi historia. A pesar de que le tenía mucha confianza, aún había cosas que me costaba decir.

Por suerte ella lo entendía y lo respetaba.

—¡Creí que nunca llegarían! —Exclamé, una vez que llegué a ellos—. Hola, por cierto.

—Hola —Contestaron al unísono.

—¿Llevas mucho tiempo esperando? —Preguntó mi amiga. Hizo una mueca de disculpa mientras me miraba.

—Como media hora —Respondí—. Te juro que me la pasé todo el rato en el baño fingiendo que retocaba mi maquillaje para no salir y sentirme incómoda.

Y eso era verdad.

—Lo lamento, creí que estarías conviviendo.

—¡Lo intenté! —De verdad que sí—. Pero un señor empezó a hablarme sobre su colección de habanos, ¿yo que voy a saber de habanos si apenas sé de cigarrillos? Y mira que hay muchos sabores diferentes.

—Eso suena como a algo de lo que hablaría mi padre —Murmuró Mason en un tono burlón. Después miró detrás de mí, como si acabara de encontrar a alguien—. Esperen un segundo, les presentaré a alguien.

Elaine asintió y él lentamente soltó su mano, ambos se miraron antes de que Mason se alejara.

—Ustedes realmente son tan lindos juntos —Halagué, en medio de un suspiro.

—Estás exagerando —Puso los ojos en blanco.

Bufé.

—Déjate querer, gruñona.

Sonrió y me pasó el brazo por el hombro, juntó nuestras cabezas un segundo antes de separarse y volver a sonreírme.

Miró detrás de mí, enfocándose en lo que sea que estuviera ahí.

—Señoritas —Se escuchó la voz de Mason, por lo que salté del susto—. Él es Neal Hardy, un viejo amigo.

Me giré para saludar a dicho amigo, pero una vez que enfoqué a ese hombre, simplemente todo a mi alrededor se detuvo. Mi pulso se aceleró y mis labios se secaron, por lo que los relamí disimuladamente.

Bueno, no tan disimulada porque el hombre de cabello negro y ojos dorados, no pasó desapercibido mi gesto, ni mucho menos mi actitud.

Estaba congelada, alarmada y asustada.

Intenté respirar con normalidad.

Lucía exactamente igual a como lo recordaba; mirada oscura e incitadora, labios que seguro podrían volver a ser mi perdición y esa sensación de oscuridad atrayente a su alrededor.

Y el traje...el traje lo hacía ver más atractivo de lo que ya era.

No llevaba traje la primera vez.

Mientras veía a Ellie extender su mano en la dirección al tipo, yo solo pude reproducir en mi mente cada momento de la noche en la que él y yo nos conocimos.

Era él...

El hombre del club.

El hombre que de alguna manera, sin saberlo, fue un factor importante para que se le diera inicio a todo mi tormento.

CAPÍTULO 22.
Pulsera gris.
LARA SPENCER.

16 de diciembre, 2019.
PRESENTE.

Neal me ayudó a incorporarme, lo cual agradecí internamente ya que aún sentía las piernas temblorosas y débiles. Me sostuvo hasta que pude mantenerme de pie por mi cuenta.

—Entonces hay una parte en ti a la que le gusta ser exhibicionista —Fui la primera en hablar.

Me regaló una sonrisa discreta.

—Vamos a dejarlo en que no soy tímido —Aclaró, ladeando la cabeza—. Y por lo que acabo de descubrir, tú tampoco.

—Creo que no soy del tipo tradicional —Enseñé los dientes inocentemente.

—Tradicional es aburrido.

Hice un mohín.

—¿Eso quiere decir que no soy aburrida?

Se inclinó en mi dirección, nivelando un poco la diferencia de alturas.

—No hay nada en ti que pueda resultar aburrido, te lo aseguro —Miró mis labios unos segundos, antes de enfocarse en mis ojos—. ¿Lista para volver a la fiesta?

—No quiero volver aún, me gusta estar aquí. ¿Tú quieres ir?

Negó.

—También quiero quedarme. Es agradable —Se encogió de hombros.

Se alejó un poco para subir a la barandilla, se sentó en ella y la palmeó, invitándome a subir.

Me acerqué y la miré, un poco dudosa.

—No saldrá otra rana, lo prometo —Levantó su mano en señal de promesa, después la bajó un poco e hizo una mueca—. Bueno...eso creo.

Reí con nerviosismo.

—No es eso.

—¿Entonces?

Intenté subir a la barandilla, de verdad que lo intenté, pero creo que era muy alta para mí.

Sus labios formaron un pequeño círculo, entendiendo la situación.

Bajó de su lugar y se acercó.

—Te ayudo —Soltó, colocándose delante de mí.

Antes de que pudiera responder algo, sus manos viajaron a mis caderas y de un solo movimiento me alzó e hizo que me sentara en la baranda. Yo sostuve sus hombros, sorprendida por el asalto.

Dios, que fuerte era.

Alzó la cabeza.

—Listo —Me sonrió un poco.

Casi nunca sonreía abiertamente.

Por eso quedé encantada hace rato cuando empezó a reír y a sonreír como nunca antes lo había hecho. Al menos no en mi presencia.

Debería hacerlo más, su sonrisa era preciosa.

Se alejó y ahora sí, se sentó a mi lado.

—Gracias, Neal —Hablé de repente—. Gracias por preguntar si deseaba que me tocaras y esperar mi respuesta. Tú...me haces sentir cómoda, cómoda en el sentido de que me orillas a desear mucho más. Me haces sentir segura.

Sentí su mirada sobre mí.

—Eso es lo que quiero, quiero que te sientas cómoda y segura conmigo. No quiero que me temas y te escondas porque esperas que sea un cabrón que no va a respetar que no me des tu consentimiento —Respondió, completamente seguro—. Te lo dije antes, si necesitas que te espere, no tengo problema con eso.

Curvé las comisuras de mis labios hacia arriba.

—Te daría las gracias pero sé que me dirás que no lo haga, así que solo diré que me gustó ser exhibicionista contigo —Señalé, volteando para verlo.

El hombre me guiñó el ojo.

—Cuando lo desees lo repetimos, fue un honor que te corrieras sobre mis dedos.

Tragué saliva.

—Y de nuevo esa forma de hablar tan sucia. Sucio y honesto, me agrada eso de ti —Dije, apoyando mis palmas en la barandilla—. ¿Siempre has sido así?

Frunció los labios.

—¿Honesto? Sí. ¿Mi forma sucia de hablar? No —Hizo una mueca—. Crecí con padres estrictos y conservadores, hablar con doble sentido cerca de ellos, no era una opción ni por asomo.

—Cualquiera pensaría que desde pequeño eras del tipo que malpensaba todo o soltaba bromas en doble sentido —Confesé—. Yo me lo he cuestionado muchas veces.

Elevó las cejas, un tanto sorprendido.

—Créeme, yo era el niño silencioso y tímido que no rompía ni un solo plato. Ni siquiera decía malas palabras por el miedo horrible que les tenía a mis progenitores —Arrugó ligeramente la nariz—. Era un Neal aburrido y enjaulado que solo pudo ser libre el día que se fue de casa.

Lo miré con atención.

—¿Le tenías miedo a tus padres cuando eras un niño?

Él abrió la boca para contestar, cuando no supo qué decir, simplemente guardó silencio por unos segundos.

Finalmente suspiró.

—No tuve buenos padres, Lara. Y he escuchado tantas veces a otras a personas decir que, si volvieran a nacer y tuvieran la oportunidad de elegir, de nuevo escogerían a los padres que les tocó —Soltó una risa amarga—. Y sonará cruel, pero yo no elegiría a los míos. Esa es la verdad.

—¿Tan horribles fueron?

Neal soltó un soplido y se cruzó de brazos.

—Bueno, para que te des una idea —Empezó—. A los dieciséis salí a una fiesta con Derek y Mason, me puse ebrio aún sabiendo que al día siguiente tenía examen. Desperté tarde y con resaca, por lo que no presenté ese examen. Cualquier madre normal castigaría a su hijo sin salir durante algún tiempo o le quitaría cualquier permiso o aparato electrónico, ¿no?

—Ajá... —Moví la mano, instándolo a seguir.

Realmente sentía curiosidad sobre su infancia.

—La mía me encadenó veinte minutos dentro de una tina llena de hielos en el sótano —Aplanó los labios—. Y eso está muy lejos de ser la peor parte de mi adolescencia o mi infancia.

Mi mandíbula se desencajó.

Joder, eso había sido inesperado.

—¿Qué clase de madre tienes? —Susurré.

—No te agradaría, te lo aseguro —Culminó—. Pero, estamos en una fiesta y es agradable. No es el lugar adecuado para platicarte de mis problemas paternales. No voy a aburrirte con eso, así que mejor háblame de ti —Cambió el tema drásticamente como todas las veces.

No quiere que nadie más sepa sobre los demonios que arrastra.

Bien. Seguro le era difícil.

—Bien. Tú me contaste uno de tus traumas, fuiste sincero y yo también quiero serlo —Carraspeé—. ¿Recuerdas que en la boda de Ellie y Mason cuando me llevaste a bailar, dijiste que seguro la razón de por qué no me gusta, debe ser algo más porque soy buena bailarina?

Asintió.

—Lo recuerdo, hechicera.

Tomé una respiración profunda.

—Sí hay una razón, Neal —Miré hacia abajo, enfocando mi atención en el pasto—. Conocí a un hombre que me hacía bailar para él incluso cuando yo no quería. Dejé de bailar porque...porque me recuerda a todas las veces en las que estábamos a solas y yo tenía que bailarle mientras me desnudaba.

Me recordaba a todas las veces que dije «no» y aun así no le importó.

De pronto, sentí su mano tomando la mía. Alcé la cabeza para enfocarlo y así noté que miraba hacia enfrente.

—Sé que es difícil intentar olvidar y dejar todo lo que te duele atrás. Sé que a veces ni siquiera la terapia puede ayudarte a avanzar. Y sé que nada de lo que diga cambia las cosas, pero... —Manifestó en un tono que me resultó suave y tranquilo—, lo que sea que te haya pasado, no fue tu culpa, Lara.

Parpadeé varias veces, dándole un apretón a su mano.

—Y lo que sea que te haya pasado a ti, tampoco fue tu culpa, Neal.

Giró al escucharme.

—No —Movió la cabeza lentamente a los lados—. Sí lo fue.

Varias personas se acercaron a donde estábamos para tomarse fotos con el lago de fondo, nuestra conversación se vio interrumpida debido a que estaban muy cerca como para seguir charlando de cosas que eran tan íntimas. Además, estaban haciendo mucho ruido.

Carraspeé y bajé de la barandilla con cuidado de no tropezar. Lo miré desde abajo y le sonreí un poco.

—¿Listo para volver con los demás?

—Listo.

Bajó de un solo salto y se subió un poco las mangas de su camiseta, revelando la pulsera de hilo que siempre llevaba.

Empezamos a caminar, alejándonos del lago. Metí las manos en los bolsillos de mi abrigo y lo miré.

—¿Por qué es gris? —Cuestioné. Neal hundió las cejas sin entender mi pregunta—. Tu pulsera. Sé que la roja es pasión, la amarilla felicidad, o que la de color verde significa esperanza, pero...nunca había conocido a alguien que tuviera una gris.

Él miró en dirección a su muñeca.

—Ah, fue un regalo de mi hermana hace bastante tiempo.

—¿Y qué significa?

—Soy la paz —Soltó—, la tranquilidad y la seguridad.

Ladeé la cabeza, un tanto confundida.

—No comprendo —Formulé.

—Decía que en casa, yo era la calma después de la tormenta —Alzó la mano—. Bueno, eso dijo cuando me la dio. Creo que es lo que significa el color gris en una pulsera como estas.

Asentí lentamente.

—Es un significado hermoso. Y fue un detalle lindo de su parte.

—Lo fue —Me dio la razón.

Seguíamos caminando para encontrarnos con los demás.

—¿Cómo era ella?

Sonrió, tal vez recordándola.

—Savannah estaba...loca.

—¿Loca? —Repetí.

—Loca en el buen sentido. Era extrovertida, explosiva. Estaba llena de vitalidad —Sin darse cuenta, acarició la pulsera—. Hablaba sin parar e iba de un lado a otro. Sobre todo cuando estaba embarazada, toda su energía se multiplicó durante su embarazo. Se sentía como si en cualquier momento, de tanta energía, podría simplemente explotar. Seguro mi sobrino habría salido igual de hiperactivo que ella.

—La extrañas —Afirmé.

Me miró.

—Cada día —Suspiró con pesadez.

—¿Dónde se metieron ustedes dos? —Interrogó Derek una vez que nos reunimos con todos ellos—. Creímos que se habían ido de la fiesta.

—Lo más importante; creí que me habías dejado aquí tirado, sin auto y sin manera de regresar a casa —Señaló Tommy.

—Tú tienes las llaves de mi auto —Bufé.

Sus ojos se abrieron enormemente.

—¿¡Yo las tengo!? —Expresó, levantándose de golpe y revisando sus bolsillos.

Lo señalé con mi dedo.

—Thomas... —Masculló—. No seas cabrón, no hagas bromas así.

Hizo una mueca.

—En mi defensa, no sabía que yo las tenía —Rio nerviosamente.

Tomé una respiración profunda.

—Thomas... —Advertí.

—Ya, ya las busco. No te alteres, hermanita —Huyó del lugar antes de ganarse un regaño de mi parte.

—Él es todo un caso —Habló Ellie, su voz estaba llena de diversión—. Es tan lindo.

Su esposo alzó una ceja.

—¿Ahora debo sentirme celoso de un chico de dieciocho años? —Inquirió. La mantenía contra su cuerpo, abrazándola por detrás y protegiéndola del frío.

—Es que es un encanto —Lo molestó.

—Cuidado con que Tommy te escuche diciendo eso, solo le darás más cuerda y aumentará su amor platónico hacia ti.

Elaine hizo un gesto con la mano.

—Lo creería si no supiera lo coqueto que es con las chicas. Seguro aprendió de Mason cuando era joven.

Derek soltó un silbido.

—Uh, ella dijo cuando "eras" —Se burló—. ¿Qué quiso insinuar?

Mason lo miró mal y después soltó una risa sarcástica.

—Tú y yo tenemos la misma edad, así que si quieres insinuar que soy viejo, te recuerdo que lo somos —Remarcó la palabra *«somos»*—. Al igual que Neal.

Hardy chasqueó con la lengua.

—Ni siquiera estoy hablando, pero de alguna forma mi nombre siempre se ve envuelto en sus discusiones —Su entrecejo se frunció—. Que no se note que me necesitan en sus controversias. Soy tan importante.

—No podemos dejarte fuera de esto, amorcito —Le contestó Derek, guiñándole un ojo—. ¿Qué clase de trío seríamos si te hacemos eso?

—¡Las encontré! —La voz de mi hermano me sobresaltó. Venía en esta dirección, alzando las llaves como si fueran un trofeo.

—¿Dónde? —Alcé una ceja.

Mostró los bolsillos interiores de su chamarra, la cual era doble vista.

—Aquí —Señaló uno de los bolsillos—. Las escondí tan bien para que no cayeran que ni siquiera yo las encontraba.

Rodé los ojos.

—Algún día vas a matarme de un susto, eso te lo aseguro.

—Y yo te aseguro que no será mi intención —Me regaló una sonrisa inocente.

—Como sea, creo que nosotros nos vamos despidiendo. Es muy tarde.

Pasaban de las dos de la mañana.

—Y nosotros también, no aguanto el sueño —Secundó Elaine.

—Muchas gracias a todos por venir, son geniales —Nos sonrió Sandy, quien bebía una margarita y destilaba felicidad por cada poro—. Gracias por acompañarme en esto que se llama envejecer.

—Disfrútalo, cuando menos lo esperes, estarás a unos pasos de los treinta —Apuntó Mason, haciendo una pequeña mueca.

—Y te ves proyectado en eso, ¿no? —Molestó Derek—. Un par de años más y subes al tercer escalón, viejito.

El hombre entornó los ojos.

—¿Otra vez debo repetirte que tenemos la misma edad? —Le regresó—. ¿O te golpeo hasta que lo entiendas?

—Así me gusta, agresivo. *Grrr* —El tono de Derek fue meloso.

—Derek, si no dejas de coquetearle a mi marido, tendré que recurrir a lanzarte mi tacón —Amenazó Ellie.

Derek Rio un poco y levantó sus manos en señal de paz.

—De acuerdo, no lo haré frente a ti.

Después de algunas palabras más, cada uno empezó a despedirse y a marcharse debido a la hora. Miré una última vez a Neal antes de subir a mi auto. Me regaló una sonrisa pequeña y se despidió con la mano cuando yo ya me encontraba sentada del lado del copiloto.

Mi hermano arrancó, consiguiendo que lamentablemente, lo perdiera de vista.

31 de diciembre, 2019.
PRESENTE.

Me coloqué el abrigo al mismo tiempo que bajaba de mi auto. Thomas ya se encontraba fuera admirando el lugar en el que celebraríamos el fin de año.

Estábamos frente a unas cabañas, cada una para dos personas. Ya todos se encontraban aquí preparando todo.

Era un lugar apartado, tranquilo y agradable. Lo mejor de todo era que estaba protegido y no tendríamos molestias. Todo esto cortesía de Mason Vaughn. Incluso había puesto vigilancia para que estuviéramos seguros.

Todo era tan hermoso.

Había un lago cerca y hecho hielo. Había flores, árboles y arbustos a nuestro alrededor, pura naturaleza cubierta de nieve.

Había palapas y asadores. Y teníamos un total de cinco cabañas.

Una para Ellie y Mason.

Otra para Thomas y para mí.

Y otras tres para Neal, Derek y Sandy respectivamente.

Pero lo que me gustó más que todo lo demás, fue que había una estructura alta que parecía ser una tipo terraza que te daba una vista impresionante al lago y lo que había después de él. Tenías que subir por varios escalones para lograr ir a ese recinto, pero seguro que valía la pena.

—Me encanta el año nuevo —Habló mi hermano a mi lado—. Es una buena ocasión para ponerse ebrio y para crear propósitos.

—Tú solo buscas excusas para ponerte hasta el tope —Lo acusé.

—Esta es una buena excusa —Resopló.

Me pasé una mano por el cabello, encogiéndome de hombros.

—Eres mayor de edad, ya no puedo detenerte ni regañarte por beber. Así que beberé contigo como la hermana *cool* que soy —Lo abracé por los hombros, pegando mi cabeza a la suya.

Caminamos rumbo a donde se encontraban los demás para dejar de ser los raros que no habían saludado.

Solté a mi hermano para acercarme a Elaine, la cual estaba tomando disimuladamente unas fresas. Llenó una de crema batida y se la llevó a la boca.

—¿Por qué te escondes? —Reí. Ella giró, aun sosteniendo la fresa con los dientes.

Masticó lentamente, después negó con la cabeza.

—No me escondo —Se defendió. Alcé una ceja de manera suspicaz—. Bueno sí, pero es porque no quiero que los demás sepan que fui yo la que se acabó la canasta de fresas.

—¿Cómo es que se acabaron tan rápido si todos acabamos de llegar?

—Venía comiendo en el camino.

Quité una de sus manos y también la llené de crema batida.

—Eso lo explica —Contesté, antes de empezar a masticar—, pero se te perdona porque seguro son tus antojos de embarazada.

Hizo un mohín.

—Oh, mis antojos solo me llevarán a parecer un globo cuando menos lo espere —Bufó—. Estoy comiendo el triple de lo que solía comer. Engordaré.

Sonreí, girando para verla.

—Calma, subir de peso es normal. Además, seguro al final terminas teniendo un cuerpo mucho más impresionante del que tienes, así que deja de romperte la cabeza con esos miedos.

Arrugó ligeramente la nariz.

—Eso dices porque no has estado embarazada, pero cuando te toque te aseguro que entenderás mis miedos.

Mi sonrisa se tambaleó.

—Tienes razón, no lo entenderé hasta que lo viva. Y espero que no sea pronto —Le resté importancia—, no estoy lista para una experiencia así.

Después, simplemente cambié el tema para evitar hablar de embarazos y lo que conlleva. No me gustaba mucho ese tipo de conversación.

Para nada.

Durante toda la tarde estuvimos esperando hasta que llegó la medianoche. En el transcurso bebimos, hablamos y comimos como si realmente fuera una familia enorme.

Se sentía...bien.

Después de la una, la mayoría ya se encontraba bailando y tropezando cerca de la fogata.

—¿Entonces? ¿Cuáles son tus propósitos de año nuevo? —Pregunté a mi hermano.

Se llevó la cerveza a los labios antes de contestar.

—Quiero comprar un auto para ya no tener que usar el tuyo —Respondió, muy seguro de sus palabras—. ¿Cuáles son tus propósitos?

Fruncí los labios.

—Estaba pensando en...terminar la universidad —Mi voz bajó—. ¿Crees que aún estoy a tiempo?

Thomas me miró con asombro, para después sonreír enormemente.

—¡Dios, Larita! Por supuesto que estás muy a tiempo, realmente es genial que quieras terminar la universidad —Parecía completamente feliz por mí—. Sabes que aquí tienes un hermanito que va a estar en primera fila en tu graduación y que te va a apoyar hasta el final.

—Gracias por eso, Tommy. Gracias por hacerme saber que siempre voy a contar contigo —Tomé su mano, dándole un apretón fuerte—. Quiero que sepas que tú siempre me tendrás a mí aunque me saques de quicio.

Curvó las comisuras de sus labios hacia arriba.

—¿Es que acaso no puedes decirme cosas bonitas sin tener que insultarme en el proceso?

—Se volvió una costumbre.

Me distraje por completo de su conversación cuando mis ojos enfocaron a Neal, él me hizo un gesto con la cabeza, señalando la torre con vista al lago. Se encaminó a ella y comenzó a subir por las escaleras. Nadie más que yo se dio cuenta de eso.

—Iré a cargar mi celular —Me excusé con mi hermano. Él asintió y se puso a charlar con Sandy y Derek.

Fui por el mismo camino que Neal, asegurándome de que nadie me viera. Afortunadamente así fue ya que cada uno se encontraba distraído.

Terminé de subir las escaleras. Casi suelto un silbido al ver el hermoso lugar. Si lo mirabas desde abajo, no alcanzabas a notarlo debido a las paredes que rodeaban las partes laterales y trasera de la torre, pero había sillones que se miraban muy cómodos, un par de mesitas con algunos cuencos llenos de dulces y algunas velas por ahí.

Era un lugar cerrado, incluso había techo para cubrir de la lluvia. Solo la parte que apuntaba al lago estaba descubierta, obviamente para tener la vista por la que se creó este lugar.

—¿Neal...? —La palabra quedó a medias cuando de la nada me pegó a la pared y atacó mis labios de manera brusca y demandante. Gemí sobre su boca, siguiendo el ritmo de sus movimientos.

Nuestras lenguas se enredaron, profundizando más ese beso que me tomó totalmente desprevenida.

Me gustaba que me besara de esa manera.

Mis dedos se enredaron en su cabello ébano, intentado borrar una distancia que desde el primer momento ya era más que inexistente.

Su mano, la cual se encontraba en mi cintura, bajó hasta llegar a mi trasero, acariciando por encima de la tela del vestido. Sin darme tiempo de procesarlo, me levantó, logrando que dejara de tocar el suelo y que en consecuencia, mis piernas rodearan sus caderas. Nos llevó a uno de los sofás sin perder el ritmo del beso y me hizo sentarme encima de su regazo.

Mordió mi labio inferior con lentitud. Un escalofrío recorrió mi cuerpo cuando sus dedos empezaron a subir por mis muslos.

Me separé un poco para intentar decir algo.

—¿Y esto…? —Formulé, colocando mis manos entrelazadas detrás de su nuca.

Jugó con la cadena que colgaba de mi cuello.

—He querido comerte la boca desde que te vi llegar —Contestó, mirando fijamente mis ojos.

De nuevo se inclinó, intentando besarme una vez más. Por lo que eché la cabeza hacia atrás.

—¿Y sí alguien viene? —Cuestioné.

—No pasa nada.

Una vez más buscó mis labios. Repetí la misma acción de antes.

—Neal... —Coloqué mis manos en su pecho. Él resopló bajo, recargándose contra el respaldo del sillón y colocando sus brazos en los posa brazos.

—Bien, ¿cuál es el problema si alguien viene y nos ve? —Preguntó, enarcando una ceja—. Solo nos estamos besando, ¿qué hay de malo en eso?

—Ese es el punto —Bufé—. Sabrán que tenemos algo.

Neal contrajo el rostro, algo confundido.

—¿Y? —Formuló.

—Lo que quiero decir es que, ¿qué tal si no funciona? ¿Qué tal si esto no funciona? —Aclaré, señalándonos a ambos—. Si los demás se enteran de que hay algo y antes de que nos demos cuenta lo dejamos, las cosas se volverán incómodas. No quiero eso.

Asintió lentamente.

—Entiendo. Ciertamente no sería agradable entrar al mismo lugar y que todos se queden callados al vernos en un mismo espacio si lo que tenemos termina —Me dio la razón. Empezó a acariciar mi pierna de manera distraída—. Si quieres discreción, soy bueno en ese campo.

Sonreí un poco.

—Discreción no es solo lo que quiero... —Tomé una respiración profunda—. Me gusta así, me gusta ser tu amiga, con derechos claro, pero amiga.

Permitirme avanzar en esto e involucrar sentimientos, sería permitirle a Neal hacer lo que quisiera con ellos.

Y sí me decepcionaba, el golpe sería horrible.

Ya me habían decepcionado, ya había confiado y me destruyeron de la peor manera.

No quería darle el poder a alguien más de hacer lo mismo.

—¿Entonces quieres seguir como estamos hasta ahora?

Asentí.

—Sí, eso quiero.

Hizo un mohín.

—De acuerdo, algo físico y a escondidas —Apuntó. Se inclinó un poco, rozando nuestros labios—. Eso es más excitante.

Sus manos viajaron a mis mejillas, para acercarme de nuevo y estampar nuestros labios. Por algunos segundos mi mente quedó en blanco y solo me dejé llevar por su beso.

Eso hasta que entré un poco en razón.

Coloqué mis palmas en sus hombros, alejándome un poco.

—Neal, hablo enserio —Me quejé.

Sus ojos dorados se enfocaron en los míos.

—Y yo también lo hago —Contraatacó. Me acomodó sobre su cuerpo, colocando sus brazos alrededor de mi cintura—. Escucha, soy inestable, ¿bien? No tengo un lugar fijo y siempre estoy de un lado a otro. Me iré en unos meses y sé que tener algo formal sería difícil cuando probablemente pasaría mucho tiempo hasta que nos volvamos a ver. Yo no sirvo para una relación estable y tú no quieres una. Eso funciona para mí.

—¿Te irás? —Cuestioné, aun sabiendo lo obvia que era su respuesta.

—No puedo quedarme, lo sabes —Negó con la cabeza—, pero en este momento ninguno de los dos está huyendo, así que solo quiero disfrutar tus besos.

Se inclinó de nuevo, quedando a milímetros de mis labios. Sus dedos tomaron mi barbilla con delicadeza.

—Bésame, hechicera.

El tono de su voz hizo que todos mis impulsos me hicieran lanzarme directo a él y ser esta vez yo la que guiara el beso. Fue lento y profundo, un beso que gritaba que esta realmente era de las mejores formas de iniciar el año.

Un gemido escapó de mí en el momento que su erección se presionó contra mi intimidad.

Llevó sus manos a mi trasero, presionándome más contra él.

—Eres una jodida adicción —Murmuró contra mi boca.

Lejos de nosotros, aún podían escucharse las risas de los demás y el canto de dos de ellos. Tenían música alta y estaban lo suficientemente distraídos como para preguntarse por nosotros.

—Quiero...quiero hacer algo —Suspiré entrecortadamente, abriendo los ojos y separándome un poco.

Ladeó la cabeza.

—¿Qué cosa?

Le di un corto beso, antes de bajar de su cuerpo y arrodillarme frente a él. Toqué su cinturón y alcé la cabeza para verlo.

—A escondidas es más caliente, ¿no es así? —Hablé bajo—. Hay personas allá abajo que en cualquier momento podrían subir, pero aún así el tenerme sobre ti y sentirme, te pone completamente duro. Te gusta esto, ¿no? El peligro de ser descubierto.

Se relamió los labios. Su mirada sobre mí fue intensa.

—Nos gusta —Corrigió. Su tono fue lento, hipnotizante—. El rubor en tus mejillas no es vergüenza, es excitación.

La humedad en mi ropa interior reafirmaba sus palabras.

—Soy directa, me conoces, así que solo diré que sí, me excita este tipo de peligro —Le dediqué una sonrisa llena de descaro. Puse mis manos en sus muslos y me alcé un poco, logrando que mis senos quedaran justo sobre su erección—. Y ahora quiero tenerte en mi boca, ¿tú lo quieres? ¿Quieres esto, Neal?

Sus pupilas estaban dilatadas y sus labios rojos por los besos recientes.

Me pasó un mechón de cabello detrás de la oreja.

—Lo deseo, Lara.

Y eso era todo lo que necesitaba.

Me mordí el labio, completamente ansiosa y emocionada por probarlo. Me quité el abrigo, el cual solo estorbaba. Únicamente me quedé con el vestido negro de tela delgada.

Desabroché su cinturón y procedí a quitar el botón. Mis movimientos fueron seguros y suaves. Después bajé el cierre, sintiendo la mirada de Neal sobre mí.

Hice a un lado la tela de su ropa interior, liberando su miembro erecto frente mis ojos.

Tragué saliva al enfocar toda mi atención en él.

Bien...cuando estuvimos en su sofá y lo toqué, bueno, cuando lo masturbé por debajo de la ropa, me di cuenta de que era grande.

Pero...no estaba segura de qué tan grande era.

Ahora sé que no me iba a caber por completo en la boca.

—Es grande —La palabra salió de mí antes de que pudiera contenerla.

Hardy soltó una risa baja.

—Gracias —Respondió.

Llevé mi mano a su falo y la empecé a mover lentamente de arriba abajo. Soltó un siseo cuando me incliné y pasé mi lengua por la punta. Recorrí con ella todo su tallo hasta llegar a sus testículos. Una vez ahí, los lamí lentamente, sin dejar de mover mi mano por toda la longitud.

Lo miré a través de mis pestañas.

Pronto recargó su cabeza contra el respaldo. Su respiración se volvió cada vez más errática a causa de mis movimientos.

De nuevo subí y besé la punta antes de meterlo en mi boca, teniendo cuidado de no lastimarlo con mis dientes.

—Joder... —Formuló, en medio de un suspiro entrecortado.

Tomó mi cabello con una de sus manos cuando empecé a bajar y a subir, succionando suavemente su glande y manteniendo un ritmo constante con mis manos y con mi boca. Lo vi tragar saliva, disfrutando el placer que le proporcioné.

Soltó gruñidos bajos junto con murmuros que me hicieron saber que realmente le estaba gustando tenerme arrodillada frente a él.

—Que rico —Masculló. El tono ronco y extasiado de su voz me arrancó un gemido suave.

No planeé que esto fuera a pasar, realmente no creí que estaría frente a Neal de esta manera; probándolo y saboreándolo como lo estaba haciendo. Simplemente estábamos aquí en esta torre, conteniendo las ganas que nos teníamos, hasta que tuve este deseo de darle sexo oral.

Estaba dando pasos gigantes con él. Él hacía que olvidara mis miedos.

Y me gustaba, me gustaba la forma en la que mi cuerpo y mis sentidos reaccionaban a él.

Me gustaba la forma en la que él reaccionaba a mí.

En la que su polla palpitaba dentro de mi boca, deseosa de que lo que le estaba haciendo no parara hasta llegar al éxtasis.

Los sonidos de satisfacción que escaparon de su garganta fueron un estimulante para mí, para continuar con mi labor sin distraerme y sin dejar de mirar sus gestos en todo momento.

¿Cómo era posible que la expresión que llevaba lo hiciera lucir incluso más sexy de lo que ya era?

Su mandíbula estaba tensa, su respiración agitada, sus labios parecían un par de cerezas y su cabello estaba completamente desordenado.

Lo liberé un poco, alejando mi cabeza unos milímetros. No dejé de masturbarlo en ningún momento, evitando que perdiera todo tipo de concentración.

—¿Lo estás disfrutando, Neal? —Susurré, sonriendo por sus reacciones.

Él abrió los ojos. Miró hacia abajo, enfocando su mirada más oscura de lo normal en la mía.

—No te detengas —Habló bajo. Sus dedos se enredaron más en mi cabello, sosteniendo con firmeza. Señaló su miembro con la cabeza—. Toda.

Tragué saliva ante su exigencia. Automáticamente volví a mi labor. Lo introduje de nuevo, bajando un poco más, intentando que entrara por completo en mi boca. Era algo difícil debido al tamaño.

Lamí y succioné, tratando de que mis ojos no se cerraran. No quería dejar de verlo.

Alguna vez escuché que una de las cosas más importantes de dar sexo oral, es que tú también lo disfrutes. Y como todo lo que es bueno, yo lo estaba disfrutando demasiado.

Estuve algunos minutos más de esta manera. No supe cuánto tiempo había pasado hasta que Neal hizo el ademán de alejarme.

—Lara... —Dejó salir un gemido entrecortado—. Voy a correrme.

Miré hacia arriba. No me detuve. No me alejé.

Le estaba dando el permiso de hacerlo dentro de mi boca.

Tragó saliva de nuevo cuando notó mi insinuación. Así que después de unos momentos más, finalmente se vino sin cohibirse y sin callar los gruñidos y resoplidos causados por el placer.

Sentí sus palpitaciones mientras él líquido se liberaba en mi boca.

Me gustó.

Estaba dispuesta a repetirlo de nuevo.

Lo liberé y tragué rápido. Me limpié la comisura de la boca, observando como él trataba de recomponerse y regular su respiración.

Sonreí y me relamí los labios.

—Fue un honor que te corrieras dentro de mi boca —Hablé, rompiendo el silencio.

Lo noté sonreír.

Parecía relajado.

—Honor es recibir una mamada tuya.

Reí bajo, negando con la cabeza.

—Pervertido.

—Sucia —Regresó.

Debajo de donde estábamos empezaron a escucharse ruidos altos y gritos que nos alertaron. Neal se incorporó, hundiendo las cejas y girando la cabeza para mirar por encima del respaldo.

—¿Qué fue eso? —Pregunté, levantándome de golpe.

—Seguro Derek entró en estado de coma. Está muy ebrio.

—Derek o Thomas, uno de los dos.

Tomé mi abrigo del suelo, viendo cómo Neal volvía a subir el cierre de su pantalón.

—Ve primero, amiga con derechos secreta —Señaló las escaleras con la cabeza—. O los demás se darán cuenta de que aquí pasó algo.

Asentí.

—Bien. Estaré abajo —Respondí—. Te veré allá.

Me alejé de él y empecé a caminar rumbo a las escaleras. Bajé y fui directo al resto del grupo.

Lo que me encontré me hizo alzar las cejas por la sorpresa.

Derek y mi hermano estaban bailando brazo a brazo como si fueran escoceses, cantando alguna canción de Shakira que ni siquiera tenía que ver con el baile. Ellie, Mason y Sandy están cagándose de la risa ante la escena.

Después, de lo ebrios que estaban, ambos bailarines tropezaron. Mi hermano cayó encima de una silla y después rodó sobre ella hasta caer por completo en el suelo.

Soltó una carcajada e intentó levantarse, pero no lo consiguió.

Ni siquiera pudo mantenerse de pie de manera correcta.

Me acerqué a él.

—¿Te estás divirtiendo, amigo? —Cuestioné, ocultando mi sonrisa.

Era divertido verlo así.

—¡Hermana! —Abrazó mi pierna como si fuera un koala—. ¿Dónde estabas?

Alzó la cabeza para mirarme con sus ojos bonitos y achocolatados.

—Tomando aire en la torre —Mentí.

Para entonces, Neal ya se había integrado al círculo. Ahora estaba a un lado de Mason, ambos veían a Derek con burla. Después, el pelinegro sacó su teléfono y lo apuntó hacia Castle.

—Ya sabemos cuáles serán las decoraciones de tu próximo cumpleaños —Le dijo, sacándole foto tras foto—. Así, posa como la estrella que eres.

—A ver, presta. No sabes tomar fotos —Le pidió Vaughn, arrebatándole el celular a Hardy. Casi al instante, entrecerró los ojos en dirección a la pantalla—. Ah, estoy un poquito ebrio, no sale la foto.

Negué con la cabeza y de nuevo miré a mi hermano.

—Anda. Ya es muy tarde, iremos a dormir.

—No, no quiero dormir. Quiero...bailar más —Hizo un puchero—. Y quiero otra cerveza. ¡Dame más alcohol, nena!

—Apenas puedes sostenerte, así que no beberás más por esta noche.

Sentí la presencia de alguien a mi lado.

—Tiene cara de que mañana tendrá ese tipo de resaca que lo hará desear no seguir viviendo —Silbó Neal, mirando a Thomas.

Mi hermano lo enfocó.

—Eres gracioso —Le sonrió—. Me caes bien.

—Gracias, tú también me caes bien.

—Sí, ambos se agradan, mañana lo platican. Ahora necesito que te levantes y me dejes llevarte a la cabaña —Suspiré con pesadez—. Anda, Tom.

Se aferró más a mi pierna.

—No —Formuló—. Primero quiero que...escuches un cuento.

Alcé una ceja.

—¿Un cuento? —Repetí. Él asintió—. Si después de contarlo, vas a la cabaña, entonces adelante.

Se acomodó en el suelo.

—Había una vez...dos hermanos que quedaron solos cuando eran muy jóvenes. La hermana mayor dejó la escuela para mantener al hermanito menor. Lo...cuidó y procuró que siempre estuviera bien —Relató—. Ella era alegre, risueña y llena de vida, hasta que...una noche volvió a casa. Esa noche volvió desconsolada y llorando. Volvió rota y sin ese brillo en los ojos que la caracterizaba.

Contuve la respiración.

Thomas levantó la cabeza. Su mirada estaba llena de tristeza y confusión.

—Han...pasado más de tres años y el brillo en sus ojos nunca regresó —Susurró—, ¿por qué no regresó?

Carraspeé y acaricié su cabello.

—A dormir, es tarde —Cambié el tema drásticamente.

Sabía la respuesta a su pregunta, pero no estaba lista para decirla.

Thomas se quejó un poco debido a que lo llevamos a la fuerza a la cabaña. La cual era un lugar espacioso, pero sin paredes para dividir la cocina y la recámara. Solo el baño estaba aparte.

Lo acostaron en una de las camas y en cuanto su cuerpo tocó el colchón, cayó rendido.

Por suerte.

No quería lidiar contra un adolescente ebrio a estas horas.

Después de un rato cada uno se fue a cabaña a descansar para estar bien el día de mañana.

Me senté en la cama libre y bebí una botella de agua.

Ahora solo quería lanzarme en la cama y descansar, pero ni siquiera me había cambiado el vestido y sabía que, aunque lo intentara, no podría dormir.

No podía dejar de pensar en Neal.

En lo que pasó.

En sus palabras.

Era consciente de que no estaría tanto tiempo aquí, que tal vez cuando menos me lo esperara él ya se habría ido.

Y yo seguía aquí sentada sin aprovechar el tiempo que teníamos.

Suspiré y me levanté de la cama. Fui al baño y abrí el grifo para refrescarme el rostro. Después de mojarlo, alcé la cabeza y me miré en el espejo.

En este momento ninguno de los dos está huyendo.

Tenía razón.

No lo estábamos haciendo.

Aplané los labios y me pasé una toalla por el rostro para secarlo.

No me tomó más de dos minutos tomar mi abrigo y colocármelo para salir de la cabaña.

Caminé unos metros hasta que por fin llegué a mi destino.

Toqué un par de veces y simplemente esperé.

Después de unos momentos, por fin me abrió. Al verme, alzó una ceja. Parecía sorprendido.

—¿No puedes dormir? —Cuestionó.

—No, no puedo —Respondí—, ¿y tú?

Negó con la cabeza.

—No, no puedo, hechicera —Contestó, haciéndose a un lado para darme espacio —, ¿quieres pasar?

Le regalé una pequeña sonrisa, pasando a su lado y entrando a su cabaña.

Me observó con atención antes de cerrar la puerta detrás de él y así, dejarnos completamente solos dentro de la cabaña.

CAPÍTULO 23.
Feliz año nuevo.
LARA SPENCER.

01 de enero, 2020.
PRESENTE.

Lo primero que noté al entrar en su cabaña, fue el olor agradable que había por todo el lugar.

Aquí olía a fresa, no como en la mía que olía a borracho gracias a Tommy.

Lo seguí al interior del lugar y al igual que las demás cabañas, noté que esta no tenía separaciones para los distintos espacios.

Había una cocina con barra, un par de sillones un tanto alejados y frente a ellos una chimenea. Al fondo estaba una cama con sábanas blancas, solo una debido a que esta era una cabaña individual.

Lo único que sí estaba aparte, era el baño. Incluso había una puerta para entrar a él.

El diseño de la cabaña era de roble, el piso era de madera brillosa y bonita. Otra cosa agradable, es que era un lugar cálido y que la luz de la luna se filtraba un poco a través de las cortinas claras.

Precioso.

—¿Café? —Preguntó Neal—. Estaba a punto de preparar un poco. ¿Quieres unirte?

Curvé las comisuras de mi boca un poco hacia arriba.

—Sí, me gustaría unirme —Contesté—. Gracias.

—De acuerdo. Toma asiento mientras lo preparo.

Se adentró a la cocina y comenzó a usar la cafetera. Observé atenta cada uno de sus movimientos, aunque intenté que no se notara.

—¿Quieres galletas? —Pregunté—. Creo que pusieron paquetes de galletas en todas las cabañas.

Asintió.

—Claro, creo que están en los cajones de arriba.

—Muy bien —Sonreí.

Me gustaban las galletas. Seguramente era mi cosa favorita en el mundo.

Cuando abrí la alacena y noté que la caja estaba muy arriba, solté un suspiro de pura desilusión.

Muy alto para mí.

—Eh...¿Neal? —Carraspeé.

—Dime —Giró para mirarme.

Señalé la alacena e hice una pequeña mueca.

—No alcanzo —Musité, algo apenada.

Sus labios formaron un círculo cuando entendió la situación.

—Oh...ya veo —Emitió—. Deja te ayudo.

Dejó las tazas de lado y caminó hasta mi lugar. Tan pronto llegó, estiró el brazo para alcanzar las galletas.

Injusto.

Él podía sin ningún problema.

Me quedé quieta al sentirlo tan cerca de mí, al sentir su calor y al sentir su delicioso olor inundar mi nariz.

Dios, es que tenerlo tan cerca solo me hacía desear una cosa.

Bajó un poco la cabeza y enfocó sus ojos en los míos. Me tendió la caja con aire totalmente despreocupado.

—Listo, aquí tienes...

No lo dejé ni terminar de hablar debido a que junté nuestros labios de manera ansiosa. La caja cayó al suelo cuando él llevó una de sus manos a la parte baja de mi espalda y la otra a mi cabello.

Me empujó contra la esquina de la barra aún sin separar su boca de la mía. El beso por parte de ambos se volvió necesitado, como si no hubiéramos tenido suficiente con lo que pasó en la torre hace unas horas.

Fui yo la que tomó la iniciativa de volver el beso más intenso, fui yo la que quiso tomar el control esta vez. Así que, pronto busqué volverlo más profundo al enfrentar nuestras lenguas. Gemí bajo cuando me otorgó ese permiso.

Los dedos que mantenía en mi cabello poco a poco bajaron hasta mi garganta. Me apretó suavemente la zona, ocasionando que yo echara la cabeza hacia atrás mientras soltaba un suspiro suave.

Barrí un par de veces más sus labios antes de separarme ligeramente para conseguir hablar.

—Neal... —Abrí los ojos para observarlo.

—¿Ujum? —Emitió mientras acariciaba mi piel con sus nudillos.

Me relamí los labios.

—Quiero que me folles.

Sus ojos se abrieron ante mi petición. Sus pupilas se encontraban dilatadas y aunque había deseo en su mirada, también pude encontrar sorpresa.

—¿Estás segura? —Preguntó—. ¿Realmente quieres que pase esta noche?

—Estoy completamente segura —Contesté, perdiéndome en la intensidad de su mirada.

El hombre no puso ni un solo pero más, solamente buscó mis labios nuevamente. Mordisqueó un poco el inferior, llevando sus manos a mis piernas para alzarme y hacerme rodear sus caderas con ellas.

Le quité la camiseta de manera ansiosa, pasándola por encima de su cabeza.

No sé cómo es que había retrasado esto por tanto tiempo.

Ahora no quería perder ni un solo segundo más.

Acaricié su torso desnudo y disfruté sentir la suavidad de su piel contra la punta de mis dedos.

Sus labios descendieron por mi barbilla, besando y lamiendo hasta que llegó a mi cuello expuesto. Cuando empezó a mordisquear esa zona tan sensible, solo pude suspirar y echar la cabeza hacia atrás para darle más acceso.

Me froté contra él, dándole a entender que lo que haríamos, lo quería ya.

—Neal...solo llévame a la cama —Demandé.

Alzó la cabeza un poco.

—Deberías ser más paciente —Murmuró, curvando las comisuras de su boca en una sonrisa juguetona—. Apenas estamos comenzando.

Bajó los tirantes de mi vestido por mis brazos, exponiendo mis pechos frente a sus ojos.

Ladee la cabeza cuando los observó descaradamente.

—¿Qué pasa, Hardy? —Cuestioné, llevando mi mano a uno de mis pechos y pasando suavemente mis dedos por mi pezón erguido—. ¿Te gusta verlas?

—Y probarlas.

Dicho esto, atrapó una de mis tetas en su boca. Arqueé la espalda al sentir la humedad de su lengua en mi cima. Rodeó con su lengua lentamente, antes atraparlo entre sus dientes suavemente, arrancándome un gemido alto.

Bajé mis manos, aferrándome a las orillas del mesón mientras Neal le daba su atención a mis senos. Una de sus manos masajeaba y magreaba el que no era sostenido por su boca, mientras que la otra poco a poco escalaba por mi muslo.

Se coló por debajo del vestido y subió más y más, hasta que llegó a mi ropa interior.

Acarició mi centro con su pulgar por encima de la tela. Presionó con suavidad, ocasionando que diera un pequeño brinco en mi lugar debido a lo sensible que estaba por su tacto.

Trazó un círculo y poco a poco la humedad y la excitación aumentaron más. Mis suspiros y gemidos suaves inundaron la cocina, una cocina en la que comienza a hacer más calor de lo normal.

—Vamos...—Supliqué.

Lo escuché reír bajo por mi insistencia.

Sí, mi tono fue desesperado y deseoso.

Pero es que el deseo en mí era demasiado fuerte. Había estado caliente desde la torre y era una completa tortura.

Llevó sus manos a mi culo, alzándome para caminar conmigo entre sus brazos hasta la cama.

Una vez en ella —debido a que el camino no era tan largo—, se sentó en la orilla y me acomodó sobre su regazo.

Intenté desabotonar su pantalón, pero él no me lo permitió.

Negó con la cabeza, rozando nuestros labios en el proceso.

—Aún no, hechicera —Sus dedos subieron a mi pecho para acariciar mi collar de manera distraída, al mismo tiempo que me miraba a los ojos al inclinar un poco su cabeza hacia atrás—. Hay algo que quiero hacer antes.

—¿Qué cosa? —Tragué saliva.

De nuevo me regaló esa sonrisa torcida, esa que te decía que tenía todo tipo de intenciones, menos puras.

—Quiero probarte —Formuló, tanteando el borde de mis bragas—. ¿Serás una buena chica y me dejarás probar ese coño?

Asentí automáticamente, completamente hipnotizada por el tono de su voz y por sus palabras.

Mierda, es que él tenía un vocabulario tan sucio que me hacía perder la razón.

Pretendí bajarme de su regazo para acomodarme en la cama, pero él de nuevo negó.

—No —Soltó.

—¿No?

—A mi manera —Demandó, sosteniendo mi barbilla con delicadeza.

—¿Y cómo es a tu manera?

—¿Confías en mí? —Cuestionó.

Le sostuve la mirada.

¿Lo hago?

Tomé una respiración profunda. Sabía perfectamente la respuesta.

—Confío en ti.

—Entonces solo déjate llevar —Susurró. Se inclinó para besar mis labios de nuevo, pero esta vez de una manera suave y lenta, como si quisiera grabarse mis besos.

De un momento a otro, se deshizo por completo del vestido, dejándome únicamente en ropa interior. Sus besos subieron desde mis clavículas, siguiendo por mi cuello hasta llegar a mi barbilla. Hice mi cabeza hacia atrás y solté un suspiro al aire, disfrutando de sus caricias y sus labios.

Su erección se presionó contra mi pelvis, los roces de su cuerpo contra el mío se sintieron exquisitos.

Simplemente...me estaba volviendo loca.

Mordió mi labio inferior una vez que llegó a mi boca y antes de que pudiera carburarlo, uno de sus dedos se coló por debajo de las bragas. Acarició lenta y delicadamente, empapándose con mi humedad.

Sonrió sobre mi boca al darse cuenta de lo mucho que provocaba en mí.

Solo él podía provocarme esto.

Me siguió acariciando, logrando que pequeños gemidos escaparan de mí. Después, simplemente se deshizo de las bragas y las lanzó a algún lugar de la cabaña. Y ahora sí, me encontraba completamente desnuda frente a Neal.

Se acomodó en la cama, se recostó y mi atrajo a su cuerpo. Tragué saliva, aun sin entender del todo cómo es que haríamos esto.

Deje de pensar en todo cuando nuestras miradas se enfrentaron.

Ahora, sus ojos parecían de un color oro más oscuro. La lujuria y la perversidad brillaban en ellos.

Su mirada me dejaba mal. Me hacía sentir perdida.

Pero no de una mala manera.

Sino de una manera en la que me hacía implorar internamente que me envolviera con toda la oscuridad que había a su alrededor.

Colocó sus manos en mis muslos y terminó de acomodarme encima de su rostro. Lo primero que sentí, fue esa exhalación en mi piel sensible y húmeda que me hizo jadear.

Gemí alto cuando la punta de su lengua se deslizó por mis pliegues. Ante mi aceptación, él comenzó a lamer y deshacerme con su boca. Coloqué mis manos en la pared frente a mí, buscando una fuente para sostenerme y evitar desfallecer. Me probó, pasando su lengua alrededor. Me exploró, reparando en mis pliegues. Jugueteó alrededor de la entrada, logrando que mis gemidos se hicieran más altos.

Su boca se cerró sobre mí por completo e inevitablemente comencé a frotarme sobre su lengua, la cual ya había hecho un nuevo camino hacia mi clítoris y ahora lamía y lo rodeaba, aumentando mi necesidad. Trazó movimientos circulares antes de succionar un poco.

—Joder...Neal... —Alcancé a formular entre jadeos. Bajé una de mis manos para tomar su cabeza y hacer presión.

Lo que acababa de hacer realmente me encantó.

Quería que lo repitiera.

Necesitaba que lo repitiera.

—Más... —Supliqué.

Arqueé la espalda cuando de nuevo succionó esa zona tan sensible.

De nuevo me froté.

Joder, la sensación era dolorosamente placentera. Mi cuerpo se sacudía con cada movimiento de su boca acariciándome con destreza.

Mi rostro se contrajo por el placer y dentro de mi vientre comencé a sentir el nudo doloroso instalarse y volverse más agresivo con cada lamida y succión.

Sus manos separaron un poco más mis piernas, dándole más acceso para seguir saboreándome. Yo enterré mis dedos en su cabello, siendo incapaz de controlar mi respiración agitada y mi corazón latiendo como un loco.

Realmente Neal sabía muy bien lo que hacía.

Sabía cómo hacer que lo único en lo que se pudiera enfocar mi mente, fuera pensar en lo rico que se sentía tenerlo debajo de mí comiéndome el coño.

Cuando dijo que quería probarme, no imaginé que fuera un experto en esto de devorarme.

—Por favor... —Seguí soltando gemidos mientras cabalgaba su rostro.

Pronto sentí mis músculos contraerse cada vez más, indicándome que el orgasmo estaba cerca.

Unos momentos y unos movimientos más bastaron para que liberara toda la tensión acumulada sobre él. Recargué mi cabeza contra la pared y me mordí el labio inferior con fuerza para no gemir tan alto.

Mis manos se cerraron en puños alrededor de su cabello y la verdad es que ni siquiera supe si lo estaba lastimando debido a que mi mente se desconectó por completo cuando me corrí.

Mi centro se contrajo al ser víctima del orgasmo intenso que él acaba de regalarme.

Cuando supe que no podría mantenerme más tiempo en esta posición, entonces me dejé caer a su lado, buscando recuperarme de lo que acaba de pasar.

El roce de mis piernas golpeando entre sí, me hizo brincar un poco gracias a lo sensible que me había dejado.

—Tú...—Empecé—. A tu manera...es de las cosas más ricas que me han hecho.

Sentí su mirada sobre mí, por lo que giré un poco la cabeza para encararlo.

Se relamió los labios, terminando de probar mi sabor.

—Entonces puedes montar mi rostro cada vez que lo desees, hechicera —Insinuó en un tono coqueto y sombrío—, te acabas de convertir en mi platillo favorito.

—Interesante invitación, pero eso se escucha como una despedida —Entorné los ojos en su dirección—. Aunque, tu mirada me hace creer que es todo lo contrario.

Ahí estaba de nueva esa sonrisa ladeada y perversa. Justo de la forma en la que me sonreía cada vez que estábamos a solas y las cosas subían de intensidad.

—Por supuesto que es todo lo contrario —Contestó mientras se incorporara. La acción causó que se mirara mucho más alto e imponente—, porque verás, siento esta necesidad profunda y enfermiza de estar dentro de ti.

Se inclinó un poco, colocando una de sus manos en medio de mis piernas para trazar caricias en la cara interna de mis muslos. La otra subió a mi rostro, donde sostuvo mi mentón para que no le apartara la mirada.

—Lo único en lo que puedo pensar ahora, es en lo mucho que deseo sentirte —Su tono fue bajo, pero determinado—. Te deseo, Lara.

Alcé la barbilla, regresándole la misma mirada intensa que él me daba.

—¿Y qué estás esperando?

—Espero a que me lo pidas de nuevo —Expresó—. Pídemelo.

Me relamí los labios.

—Quiero que dejes de contener esa profunda y enfermiza necesidad de estar dentro de mí —Demandé de manera autoritaria, sacando ese lado en mí que hace mucho no aparecía; la Lara que amaba ser adorada en la cama—. No te contengas más. Estoy aquí para ti.

Esta vez fui yo la que llevó las manos a sus mejillas y lo atrajo para juntar nuestros labios de manera desesperada.

Acarició mi cabello completamente desordenado, hundiendo sus dedos en él para mantenerme cerca.

Mis manos bajaron lentamente por todo su pecho descubierto hasta que llegué a la cinturilla del pantalón. Coloqué mi palma extendida sobre su miembro endurecido.

Se frotó un poco contra ella, insinuándose de nuevo. Su lengua buscó la mía y sin poner ningún pero, las dejé encontrarse entre ellas. Se enredaron de manera profunda, húmeda y rítmica. Jadeé sobre sus labios, deseosa de todo lo que él pudiera darme.

No podía esperar más.

Me deshice del botón de su pantalón para después hacer lo mismo con el cierre. Hice cualquier estorbo a un lado para encontrarme con su miembro caliente y duro. Lo sostuve entre mis manos y le di un suave apretón, por lo que Neal dejó escapar un sonido ronco de aceptación y gusto.

—Parece que tienes una fascinación con tener mi polla entre tus manos —Murmuró, inclinándose un poco hacia atrás cuando empecé a mover mi mano de arriba abajo por toda su longitud.

Sonreí cuando soltó un suave resoplido causado por el placer.

—Ahora puedes incluir mi boca también —Insinué—, acabo de desarrollar esta fascinación de tenerte dentro de ella.

—Se te nota en la mirada lo mucho que te encanta tener la boca llena —Colocó sus manos en mi barbilla e hizo un ligero mohín—, pero discutiremos eso después porque ahora, solo quiero cogerte.

Ladeé la cabeza.

—¿A dónde fue el caballero en ti? —Cuestioné, alzando una ceja.

—Te lo dije antes... —Empezó—, no soy un caballero.

Sus labios buscaron mi cuello para besar con fiereza, después empezó a mordisquear y succionar; seguro que marcándome en el proceso. Gemí alto ante su salvajismo y su posesión.

Tenía razón, no era un caballero cuando me tenía desnuda frente a él.

Y yo lo último que necesitaba ahora, era que lo fuera.

Su pantalón y su ropa interior quedaron en el suelo al igual que las demás prendas. Lo vi alejarse un poco para tomar un preservativo de la cajonera a su lado, en esa donde se encontraba su placa y su arma.

Me miró desde su lugar mientras rasgaba el empaque y después cuando se colocó el preservativo, cerrando su mano alrededor de su pene. Mi mirada fue ansiosa.

Mierda, estaba tan desesperada por ser follada, que ni siquiera pude evitar temblar.

—Neal...—Susurré cuando de nuevo se acercó y se presionó levemente contra mi estómago—. Por favor...

—Impaciente —Señaló, llevando sus manos a mis caderas y girándome bruscamente para que mi pecho quedara contra el colchón.

Me estiró para mantener mis senos presionados en la suavidad de la cama y me separó las piernas para darle más acceso.

Entró suavemente, esperando a que me acostumbrara a su tamaño. Jadeé y me moví ansiosamente buscando alivio que solo él podía darme.

Ante mi aceptación, empezó a penetrarme de forma profunda y dura. Tomé las sábanas entre mis manos, dejando escapar un pequeño grito y sintiéndome completamente abrumada. Enterré mi rostro en el colchón y me aferré a las mantas mientras él me follaba. Mis piernas temblaron por sus movimientos largos y rítmicos en torno a mis gemidos. Lo escuché sisear, fue un sonido de deleite, de placer. Grité cuando salió casi por completo de mí solo para volver a enterrarse de la misma manera que antes.

—Neal...Dios...—Jadeé. Estaba mareada, temblorosa y débil. Cada palabra que intentaba decir se perdía entre gemidos—. Más. Más...

Soltó una risa baja y entre dientes.

—Eres una adicta, hechicera —Gruñó.

Mi rostro se contrajo por el placer cuando de nuevo sacó la mitad de su verga para volver a invadirme profundamente. Coló su mano entre mis piernas para comenzar a estimular mi clítoris. Lo frotó, sin dejar de moverse al compás de mis sonidos. Por poco me dejo caer al ser incapaz de mantenerme en esta posición, pero por suerte, Neal me sostuvo de manera firme.

Mis gritos y mis gemidos me rasparon la garganta. No pude callarlos, no fui capaz de controlarlos.

Lo intenté, juro que lo intenté.

La mano que se mantenía en mi clítoris abandonó su lugar para subir a mi barbilla y sostenerla para hacerme girar levemente la cabeza. Se inclinó y me habló cerca.

—No te contengas. Quiero escucharte, hechicera.

Sus manos se aferraron a mis caderas para colisionar contra mi cuerpo con más rudeza, con movimientos salvajes y bruscos que no hicieron más que convertirme en un ser mareado, tembloroso y vuelto loco de placer.

Prono sentí el impacto de su palma contra mis nalgas, uno que por poco me hace perder la pizca de equilibrio que me quedaba. Mi piel ardió, se sintió caliente y sensible. El gemido que me provocó su azote se perdió entre las sábanas.

—Más... —Supliqué.

—Te gusta —Afirmó—. El dolor, el maltrato, ser follada de esta manera. Te encanta, ¿no es así?

Su palma acarició previamente donde había golpeado. Después soltó otro; duro y sin compasión.

—¡Neal! —Chillé. Mis manos se apretaron en puños. Con los golpes y sus penetraciones, simplemente pude sentir que en cualquier momento iba a desfallecer.

—Te hice una pregunta.

—Sí...me encanta —Formulé con dificultad y respirando agitadamente, cosa que él notó.

Sentía cómo las sábanas se empapaban de mis fluidos, como su miembro se deslizaba en mi interior sin problema gracias a lo mojada que me tenía.

—Si quieres que me detenga, solo dilo.

Negué rápidamente con la cabeza.

—No te detengas. Por favor no lo hagas —Imploré. Estaba necesitada y cachonda, no necesitaba que parara, necesitaba que siguiera.

Hizo caso a mi petición, por lo que continuó con ese ritmo que no hizo otra cosa más que torturarme y ponerme la mente en blanco. Nuestros gemidos y sonidos de satisfacción llenaron la cabaña por completo. No sé cuánto tiempo más estuvo entrando y saliendo hasta que sentí de nuevo esa presión creciendo en mi vientre, pero esta más fuerte y capaz de acabar conmigo.

De nuevo, su mano se hizo espacio entre mis piernas y comenzó a acariciar, acercándome cada vez más al orgasmo. Unos cuantos movimientos más fueron suficientes para que me corriera por segunda vez en la noche, de una manera más intensa y salvaje que la primera. El grito que ahogué contra el colchón me desgarró la garganta. Mis ojos se pusieron en blanco y mi cuerpo entero tembló y se contrajo a su alrededor.

Estaba odiando esto de ser tan ruidosa porque sabía que no podía hacer ruido y era difícil para mí contenerlo cuando estaba experimentando tanto.

Neal entró y salió con más brusquedad que antes, buscando su propio alivio hasta que finalmente se corrió. Su polla palpitó dentro de mí mientras se dejaba ir, soltando un gruñido ronco que me calentó más la cabeza.

Posó su mano en la parte baja de mi espalda e intentó recomponerse; ambos intentamos recomponernos.

Nuestras respiraciones se escuchaban agitadas. Mi pulso estaba completamente acelerado.

Solo cuando salió de mí, fue cuando pude dejarme caer en la cama, incapaz de mantenerme más tiempo de esta manera. Me giré para mirar el techo y me llevé una mano al pecho, sintiendo los latidos frenéticos de mi corazón.

Lo noté tirar el preservativo en una cesta al lado de la cama, antes de acomodarse a mi lado y mirarme.

—¿Te encuentras bien? —Cuestionó, pasando sus dedos por encima de mi mejilla—. Parece que estás a punto de desmayarte.

Alcé la cabeza para observarlo. Su ceja estaba enarcada, su cabello completamente desordenado y su mirada demostraba lo extasiado que se encontraba.

Recién follado.

—Tú, Neal Hardy —Lo señalé con mi índice—, acabas de convertirme en una adicta.

Despertó a esa Lara que pasó tres años dormida.

Me estiré de manera perezosa, en el proceso sintiendo mis músculos desgastados. Me llevé las manos a los ojos y los tallé un poco para intentar despertar por completo.

Sentía todo mi cuerpo sensible y adolorido.

Me di la vuelta y pestañeé cuando encontré a Neal a mi lado; estaba descansando.

Dios.

Lo de anoche...no podía describirlo.

Fue intenso y arrollador. Fue tanto que lo único que fui capaz de hacer después, fue quedarme dormida. Aunque claro, solo fueron un par de horas. Ya estaba amaneciendo y debía volver a mi cabaña antes de que los demás despertaran.

Este par de horas fueron suficientes para recuperar un poco de energía.

Y sobre todo, para darme cuenta que...pude dormir.

Por primera vez en tanto tiempo, pude dormir teniendo a alguien a mi lado.

—Puedo sentir tu mirada sobre mí —Murmuró.

Abrió uno de sus ojos.

Oh...estaba despierto.

—¿Por qué me miras de esa manera? —Cuestionó, un tanto curioso.

—Quiero hacerlo de nuevo.

Ahora sí enfocó sus dos iris dorados en mí. Parecía un poco sorprendido por mis palabras.

—Sabía que en el fondo eres una hechicera demasiado viciosa —Apuntó, alzando la comisura de su boca en una sonrisa lasciva.

Me relamí los labios, antes de pasarme a su regazo de un solo movimiento. Neal se acomodó en la cama, dándome toda su atención cuando la sabana cayó y dejó de cubrirme.

—¿Y me llamas viciosa a mí? —Cuestioné, restregándome contra la erección que comenzaba a crecer y que ahora se rozaba contra mí—. Eres muy entusiasta, Hardy. ¿Acaso no tuviste suficiente con lo de anoche?

—Si se trata de tenerte encima, debajo o contra mí, entonces te aseguro que nunca tendré suficiente —Aclaró, colocando sus manos sobre mis muslos y comenzando a trazar suaves caricias en ellos.

—Sí, se te nota en la cara lo sátiro que eres —Lo molesté.

Dejó escapar una risa suave y agradable.

—Sátiro —Repitió de manera burlona—. Te recuerdo que eres tú la que me tiene completamente a su merced en este momento.

Me encogí de hombros.

—¿Qué más da? —Hablé, para posteriormente inclinarme un poco y besar sus labios de manera lenta, disfrutando de la suavidad de los suyos.

Mordí el inferior con delicadeza y de nuevo me alejé. Abrió los ojos al notar que me separé.

—¿Y los condones?

Señaló la cajonera.

Llevé mi mano a ella y tomé uno de los preservativos. Lo abrí bajo su atenta mirada y después se lo coloqué, recorriendo su dureza en el proceso. Abrió un poco la boca, dejando salir un suspiro.

Sonreí y coloqué mi índice sobre sus labios.

—Ahora me toca llevar el control a mí —Demandé.

Sus ojos brillaron por el deseo y el gusto.

—Rico —Formuló juguetonamente.

Recorrí con mi dedo desde su mentón, bajando por sus clavículas y su pecho hasta que llegué a su estómago, en donde me detuve, un tanto insegura de si tocar esa zona o no.

—Son viejas y no duelen, si es lo que te preocupa —Dijo cuando notó mis dudas—. Puedes tocar si lo deseas.

Alcé la mirada, encontrando sus ojos.

—¿Qué? ¿Son heridas de bala de alguna misión ultrasecreta y peligrosa en la que estuviste? —Curioseé, tanteando de manera suave las cicatrices en su abdomen.

Vi el dolor cruzar sus ojos de manera fugaz, pero como siempre, fue rápido en ocultarlo.

—En realidad, son puñaladas —Respondió, acariciando de manera distraída mi muslo—. Y tenía diecisiete años cuando pasó, fue mucho antes de trabajar para la FEIIC.

Mi sonrisa se esfumó.

Eran seis.

¿Lo apuñalaron seis veces con tan solo diecisiete años?

Era casi un niño.

—¿Qué fue lo que te pasó?

Pasó un mechón de mi cabello detrás de mi oreja y se incorporó un poco para estar más cerca.

—¿Qué te parece si esa historia te la cuento otro día? —Habló. Ni siquiera pude contestar nada ya que buscó mis labios para callar todas mis preguntas.

No protesté, simplemente me dejé llevar por sus besos y sus caricias.

Así que entonces, luego de otro orgasmo y que de nuevo me dejara completamente exhausta, tuve que salir deprisa de la cabaña. Él no protestó, sabía que todos los demás despertarían pronto y que sería extraño que me vieran salir de ahí.

Cuando llegué a la mía, agradecí internamente que Tommy aún estuviera dormido.

Sí, sí estaba dormido. Seguía respirando cuando lo revisé.

Horas después —cuando ya me había duchado y arreglado—, ya nos encontrábamos todos afuera preparando todo para regresar a casa. La mayoría se miraba como si les hubiese pasado un tren encima.

La mayoría excepto Elaine, Neal y yo.

Miré a Thomas, el cual estaba envuelto con una manta mientras bebía algo para hidratarse. Su expresión era de puro sufrimiento.

Derek estaba de la misma manera. Sandy y Mason iban por el mismo camino, pero no se pusieron tan ebrios como los otros dos.

—Ah, pero la noche estuvo buena, ¿no? —Molesté a mi hermano, ocultando una pequeña sonrisa.

—Quiero morir —Se quejó.

Solté una risa burlona y negué con la cabeza.

Sandy llegó a mi lado, ocultando un bostezo con su mano.

—¿Por qué tan cansada, linda? —Pregunté.

Rodó los ojos y soltó un resoplido.

—Mason y Elaine son tan ruidosos —Contestó—, toda la noche estuve escuchándolos aunque me cubriera los oídos con la almohada. Sé que están disfrutando su vida de recién casados, pero que no coman pan delante de los pobres.

—Pero Mase y yo dormimos toda la noche —Dijo Ellie, detrás de Sandy—. No fuimos nosotros.

Ay, no.

—¿Entonces quién era?

—Yo no —Se defendió Derek. También se unió a la conversación—. Quedé en coma en cuanto me dejé caer en la cama.

—Yo cuidé toda la noche de mi hermano ebrio —Mentí.

Tommy alzó la mano.

—Yo era el hermanito alcoholizado.

—Entonces si no fuimos ninguno de nosotros, eso nos deja a... —Reflexionó Derek, señalando con su índice a cada uno de los presentes, eso hasta que se detuvo únicamente en Hardy—. ¿El gruñón de Neal?

Al escuchar la mención, Neal alzó la cabeza, deteniendo su acción de meter una bolsa de equipaje negra en el maletero de su auto.

—¿Yo qué? —Frunció el ceño.

—¿Qué estuviste haciendo toda la noche y por qué tenías tanto ruido? —Cuestionó Castle, dándole a su amigo una mirada suspicaz.

Neal me buscó, cuando me enfocó, entonces negué disimuladamente con la cabeza.

Su mirada fue de «¿qué digo?»

Me encogí de hombros, sin tener ni la menor idea de cómo ayudarlo.

—Mapaches —Soltó de golpe.

—¿Mapaches? —Repitió Ellie, incrédula.

El hombre asintió.

—Una familia entera de mapaches —Siguió con su mentira—. Se metieron a mi cabaña por la madrugada, pasé la noche entera ahuyentándolos. ¿Queda algo más que debamos subir a los autos?

Por primera vez, agradecí que fuera tan bueno en esto de cambiar el tema.

Fue en dirección a Mason, que era el único que no estaba en este alboroto. De hecho, se encontraba muy ocupado metiendo a su auto todas las maletas de Elaine. Ya no se mencionó nada del ruido de anoche, por lo que estuve más tranquila.

Bien, seguía siendo un secreto.

CAPÍTULO 24.
Golpe del pasado.
LARA SPENCER.

03 de enero, 2020.
PRESENTE.

Entré al videoclub, sosteniendo mi celular contra mi oreja y escuchando a Thomas sugerir películas.

—¿Y si miramos la Ouija? —Cuestionó.

—Ya la vimos dos veces —Hice una mueca—. ¿Loca por las compras? Bufó.

—No quiero ver algo de romance rosa, Lara —Se quejó—. ¿Y si miramos Skyline? La del tráiler que puse el otro día.

—¿La que comienza con unas luces raras y son alienígenas o algo así?

—Exactamente.

—De acuerdo —Acepté. Me parecía buena idea—. ¿Y también alquilo una de terror?

—Pero que sea de terror, porque luego tú escoges puras películas de «miedo» que parece que fueron dirigidas por un niño de seis años que aún juega con su amigo imaginario —Mencionó de manera burlona.

Rodé los ojos.

—Será buena, lo prometo —Aseguré—. Colgaré. No olvides llevar aperitivos a casa.

—No lo olvido —Contestó—. Chao.

—Chao.

Colgué y me guardé el teléfono. Caminé al pasillo en donde se encontraba todo lo de terror y me dispuse a buscar una película interesante.

Sabía que rentar películas de esta manera ya no tenía caso por tantas plataformas de streaming que existían o porque simplemente podía googlear una y verla por internet, pero es que, era nuestra tradición y lo seguirá siendo mientras se pueda.

No éramos Tommy y Lara si no veíamos películas del videoclub.

Suspiré cuando encontré una decente y que probablemente le gustaría. Cuando esta parte estuvo lista, entonces fui al área en donde estaba todo lo de ciencia ficción.

Después de dar la vuelta para ir a ese pasillo, solo pude quedarme quieta en la entrada. Mi cuerpo entero se paralizó, mi respiración se volvió errática y mi corazón martilleó contra mi pecho una y otra vez.

Mis ojos miraron con atención al hombre que aún no se había percatado de mi presencia debido a que estaba muy ocupado leyendo la sinopsis de una película. Le frunció el ceño y ladeó la cabeza, luego, lo volvió a suavizar y esta vez hizo un mohín, un tanto convencido por lo que acababa de leer.

Se dio la vuelta y entonces, antes de que pudiera huir, me vio. Se quedó paralizado. Lo noté soltar aire.

Su expresión era de sorpresa. Estaba completamente sorprendido.

Apreté la película contra mi pecho cuando sus ojos grisáceos encontraron los míos.

—Bruno... —Mi voz apenas fue un murmullo audible; cargado de pánico y dolor.

Él no se movió, pero ese color metal en sus ojos que siempre me pareció tan frío, estaba fijo en mí, intentando atravesarme como si fueran cuchillas de plata.

Lo escuché pronunciar mi nombre.

Me alejé unos cuantos pasos de espaldas hasta finalmente salir del pasillo.

—¡Espera! —Lo escuché llamarme, sin embargo, no me detuve. Dejé la película en el primer estante que se me cruzó.

No me quedaría a hacer fila para rentarla.

Lo que quería era estar lo más lejos posible de Bruno. No quería tenerlo cerca de mí.

Salí del local, aferrándome a mi bolsa y cruzando todo el centro comercial.

Bruno me alcanzó finalmente y tomó mi mano con suavidad para detenerme. Me zafé de golpe, sintiendo al pánico invadirme de nuevo.

De nuevo me sentí débil e inferior frente a él.

¿Por qué siempre consigue que me sienta así?

¿Cómo puedo superar el miedo que le tengo?

—Por favor, no te vayas.

Lo miré, alejándome un poco para poner distancia. Me abracé a mí misma, como si eso fuera a darme un poco de protección.

—¿Qué quieres de mí? —Siseé—. ¿No te bastó con lo de la última vez? ¿Vienes a insultarme de nuevo? ¿Decirme zorra o prostituta hasta cansarte?

Oh, porque no era la primera vez que nos veíamos.

Hace unos meses encontró mi antiguo apartamento y fue a hacerme una escena importándole poco que nuestro contrato ya no existiera.

Cerró los ojos con fuerza, negando con la cabeza.

—No, no quiero eso, Lara —Formuló—. En realidad...quiero disculparme.

—¿Disculparte? —Repetí.

Sus ojos grisáceos de nuevo me enfocaron. Asintió, muy seguro de sus palabras anteriores.

—Sí —Dijo—. Escucha, he sido un completo cabrón contigo desde la primera vez, he hecho un sinfín de cosas horribles, sobre todo a ti. Y soy consciente de que no hay nada en este mundo que pueda justificar mis acciones, no hay nada que pueda justificarme, pero por lo menos, quiero disculparme por la forma en la que te traté la última vez que nos vimos. Lo hubiera hecho antes, pero estoy en esto de hacer lo que me pediste; alejarme de ti. Sé que lo correcto es dejarte ir, mantenerme lejos de ti y dejar que tengas una vida tranquila sin irrumpir o atormentarte. Es lo mínimo que puedo darte.

Dejé escapar una risa baja.

—¿Y esperas que crea que tus disculpas son sinceras? —Inquirí, en un tono irónico—. ¿Después de las cosas que has hecho recientemente?

—¿Las cosas que he hecho?

—Mandaste a golpear a Oliver Cross y a sus ayudantes y después me enviaste un mensaje. No necesitaba que golpearas a nadie por mí, la justicia ya se estaba encargando de ellos. Tampoco necesitaba que hicieras tu acto de presencia fingiendo ser un superhéroe dispuesto a protegerme.

Aplanó los labios.

—¿Qué esperabas que hiciera?—Cuestionó—. ¿Quedarme de brazos cruzados después de que casi mueres por su culpa?

—¿Y qué hay del antifaz que enviaste? —Apreté los dientes—. ¿Crees que es divertido recibir un paquete así y una nota en la que preguntas si lo volveré a usar?

Sus cejas se hundieron un poco.

Hasta parecía confundido.

—¿El antifaz? —Repitió en un tono bajo, como si estuviera procesando lo que dije—. ¿Qué anti...?

—Y cuando fuiste al trabajo de mi hermano —Interrumpí—, ¿qué esperabas conseguir con eso? ¿Volverme loca de miedo al saber que estuviste tan cerca de él?

Su mirada se tornó más confusa.

—¿De qué mierda estás hablando?

—¿Ahora finges que no lo sabes? —Reclamé.

—Lara, realmente no sé...

—No quiero escuchar tus excusas —De nuevo lo callé—. Dios, hasta pareces confundido. Eres un actor increíble, Alighieri.

Noté sus músculos tensarse.

—Ni siquiera me dejas hablar. ¿Cómo pretendes que me defienda de todas las cosas de las que me acusas? —Masculló. Esta vez, la molestia y frustración envolvieron su tono de voz.

—No necesito que te defiendas, Bruno —Aclaré—, porque no hay nada que puedas decir que cambie mi opinión respecto a ti.

—Sé que no confías en mí, pero si hay alguien perturbando tu paz necesito saberlo.

—No te hagas el héroe ahora, Bruno, que sabes que no te queda —Lo apunté con mi dedo—. Todas tus acciones, todo lo que me has demostrado con el paso de tiempo, solo me ha servido para no creer nada de lo que digas. Tú eres la representación de que las personas malas no cambian, así que deja de pretender convencerme de lo contrario.

Caminé lejos de él para adentrarme al primer elevador abierto que encontré. Pensé que todo quedaría así, hasta que noté que entró conmigo.

Mi pulso se aceleró al vernos en un espacio tan reducido y vacío, por lo que inmediatamente busqué la forma de escapar.

No me lo permitió.

Me tomó de la mano y me pegó a la pared metálica del elevador. La ansiedad, el miedo y el pánico nuevamente hicieron acto de presencia en mí, enviando temblores por todo mi cuerpo. Las frases coherentes me abandonaron al verme atrapada contra su cuerpo, por lo que solo pude balbucear:

—Por favor...por favor no me toques —Alcancé a formular, sintiendo cómo las lágrimas se acumulaban en mis ojos.

Bruno me miró al rostro y levantó sus manos al mismo tiempo que se alejaba un poco, como si estuviera dejando claro que no pretendía tocarme.

—No me temas, no te haré daño, Lara. Jamás volvería a hacerte daño —Susurró—. Prefiero morir de la peor manera posible antes que volver a lastimarte.

—Solo sabes herir. Así que dime, ¿por qué debería creerte?

—Porque te amo, Lara —Sus palabras me hicieron mirarlo con confusión—. Y se me desgarra el corazón de solo pensar en que, si no estamos juntos, es por todo el mal que he hecho, en que si no te tengo a mi lado, es por todos los errores que he cometido.

—Tú no sabes amar —Señalé.

—No de la manera correcta, pero lo hago.

Negué con la cabeza.

—Escucha, Chiara vio y obtuvo la mejor parte de mí, todo lo bueno que había —Su tono fue lento, suave—. En cambio tú conociste mi lado horrible, te mostré mi oscuridad y te arrastré a ella. Acabé con tu brillo, con tus esperanzas y tus sueños. Corté tus alas y te destruí. Te hundí en la miseria y el dolor, justo donde yo me encontraba, justo de donde aún no consigo salir. Conociste al monstruo en el que me convertí cuando Chiara murió —Siguió hablando—. Y lo lamento con el alma, Lara, aunque sé que una vida entera no alcanzará para remediar todo el dolor y para demostrarte lo arrepentido que estoy de todo, amor.

Nuevamente lo miré, esta vez a los ojos.

—Tienes razón, Alighieri —Mi voz fue distante y fría—, no te alcanzará ni esta, ni mil vidas más.

Afortunadamente, las puertas del elevador se abrieron, por lo que me escabullí antes de que pasara algo más. Esta vez, él no fue detrás de mí, simplemente se quedó mirando mientras lo dejaba atrás.

Pude respirar con normalidad cuando llegué a mi auto.

Las manos aún me temblaban, el corazón aún me latía frenéticamente.

¿Cuándo dejaré de cruzármelo?

¿Por qué no podía tener una vida llena de paz en la que él ya no estuviera?

¿Por qué cuando todo parecía estar bien, él llegaba a formar estragos y a llenarme de miedo?

Me obligué a mí misma a tranquilizarme y a encender el auto para salir del centro comercial. Puse música a todo volumen para intentar distraer mis pensamientos, enfocándolos únicamente en la canción.

Después de unos largos minutos conduciendo, por fin llegué a mi edificio. Estacioné y bajé rápidamente. Había un camión de mudanza frente a mi auto, de él bajaban personas sosteniendo cajas para llevarlas al interior de lugar. Me hice espacio y subí por las escaleras ya que el elevador estaba lleno de objetos.

Cuando llegué a mi piso, me di cuenta de que se estaban mudando frente a mi apartamento.

Al parecer tendríamos nuevos vecinos.

Llegué a mi puerta y la abrí. Lo primero que vi al entrar, fue a mi hermano que caminaba en dirección a la sala. Sostenía dos tazones llenos de palomitas. Al verme, alzó una ceja.

—¿Y las películas? —Cuestionó.

Hice una pequeña mueca.

—El videoclub estaba cerrado —Mentí—. Pero, ¿qué te parece si vemos algo en Netflix?

Frunció un poco los labios.

—Bueno, con tal de no desperdiciar las palomitas —Levantó los tazones.

Reí un poco y negué con la cabeza.

—¿Te parece bien una serie? —Pregunté—. El otro día estaba viendo una que...

El darme cuenta de que no me ponía atención a mí, hizo que detuviera todas mis palabras.

Su atención estaba enfocada en algo detrás de mí, puesto a que la puerta estaba abierta y todo el pasillo era visible. Caminó hacia acá, dejando las palomitas en el primer lugar que encontró.

—Hola —Saludó.

Me giré para ver a quién le hablaba. Alcé una ceja cuando noté que era a una chica de cabello castaño que estaba muy enfocada en arrastrar una maleta.

Alzó la cabeza para mirarnos.

Tenía unos ojos oscuros muy bonitos, también poseía un rostro tierno y dulce.

—Hola —Regresó.

—Te ayudo —Se ofreció mi hermano, pasando a mi lado y llegando hasta ella. Tomó la maleta para cargarla él, por lo que la chica le regaló una pequeña sonrisa.

—Gracias...

—Thomas —Terminó por ella—. Mi nombre es Thomas.

—Gracias, Thomas.

Pero que lindos se miraban.

Vi a mi hermano meter la maleta dentro del apartamento, después miró a la chica nuevamente.

Hasta se olvidaron de que yo estaba aquí viendo toda la escena.

—¿Y cuál es el tuyo? ¿Cómo te llamas?

—Olivia —Respondió de inmediato—. Pero puedes decirme Liv.

—Liv —Repitió, probando el nombre—. ¿Eres nueva aquí?

—Ah... —La chica señaló las cajas que demostraban que efectivamente acababa de mudarse.

Tommy sacudió la cabeza rápidamente.

—Dios, que idiota, por supuesto que eres nueva.

Olivia rio suavemente.

—Mis padres y yo acabamos de mudarnos, así que supongo que seremos vecinos —Se giró para señalar nuestra puerta, por lo que se dio cuenta de mi presencia—. Oh...hola.

Le sonreí.

—Hola, soy Lara —Me presenté—. Su hermana.

Di un asentimiento de cabeza en dirección a Thomas.

—Mucho gusto —Su tono fue amable.

—El gusto es mío.

—¡Liv! ¡Ayuda a desempacar! —Gritó una mujer desde el interior de su departamento—. ¿¡Sabes en qué caja quedó mi estetoscopio!?

Arrugó ligeramente la nariz y apuntó con su dedo al lugar de donde provino la voz.

—Esa es mi señal para entrar —Formuló—. Supongo que los veré después.

Thomas asintió.

—Y si quieres, puedo mostrarte el vecindario. Ya sabes...para que lo conozcas —Ofreció Thomas—. Si necesitas algo, puedes tocarme cuando quieras.

Ella alzó una ceja.

Mi hermano menor agitó la cabeza de un lado a otro, pareciendo un tanto avergonzado.

—Me refiero a que puedes tocar la puerta —Rectificó atropelladamente—. Lo que necesites, estamos frente a ti.

Ella le regaló una enorme sonrisa.

—Si necesito algo, no dudaré en tocarte. La puerta, claro —Ladeó la cabeza—. No dudaré en tocar tu puerta.

Tommy carraspeó. Dios, parecía tan nervioso.

Podía jurar que esta era la primera vez que veía a mi hermano nervioso gracias a una chica.

Él era un casanova por naturaleza.

Era coqueto y seguro.

Pero, nuestra nueva vecina consiguió sacar ese lado en él que no sabía que existía.

Lo acababa de convertir en mi versión masculina, esa parte de mí que decía cosas vergonzosas sin querer.

Llamaron a Olivia nuevamente, por lo que fue obligada a despedirse y entrar a su hogar. Nosotros hicimos lo mismo, yo entré primero y Tommy lo hizo después.

Cerró lentamente la puerta, soltando un suspiro largo.

—¿Por qué te pusiste nervioso? —Cuestioné, un tanto curiosa.

Se giró, llevándose una mano al pecho.

—¿Miraste la forma en la que sonríe? —Ignoró mi pregunta. Se encontraba en un estado de encantamiento o algo parecido—. Es tan hermosa.

Dejé escapar una risa suave.

—¿Acaso has quedado flechado, hermanito?

—No sé si el amor a primera vista exista —Susurró—. Pero sin duda, debe ser algo parecido a esto.

—Awww.

Sacudió la cabeza para salir de su aturdimiento.

—Eh...debo estar delirando.

—Míralo, todo bonito y tontito, repeliendo sentimientos que le quiten el título de casanova —Pellizqué su mejilla.

Hundió las cejas.

—Veamos la película —Bufó.

Sonreí.

No lo molesté más por el día de hoy, simplemente nos enfocamos en la televisión.

Aunque ni siquiera estaba poniendo atención a la película. Siendo sincera, tenía cosas más importantes en la cuales enfocarme como para detenerme a molestar a Tommy o escuchar lo que decían los personajes.

En este momento, Bruno era el que ocupaba mis pensamientos. Su regreso estaba comenzando a perturbar la paz que había conseguido con creces.

Cuando por fin había logrado dar pasos significativos en mi vida, de alguna manera, él conseguía que el camino se hiciera más largo y que esos pasos se sintieran como un chiste.

No lo quería cerca.

Lo quería lejos.

A él y a todos los recuerdos dolorosos que trajo su regreso.

Solo quería paz.

05 de enero, 2020.
PRESENTE.
Conduje por las calles tarareando una canción en un intento de relajarme.

Ciertamente, estaba un tanto estresada y frustrada.

Y el hombre con el que podía liberar toda esa tensión acumulada, estuvo estos últimos días fuera de Chicago. Estuvimos hablando por mensaje y todo eso, pero aún así me hizo falta.

Por suerte llegó por la madrugada y ahora podíamos desquitar las ganas que teníamos de vernos.

Es que solo Dios sabía que Neal Hardy había despertado un deseo en mí que no podía controlar.

Quería estar en su cama, en su sillón o en el lugar que fuera, pero en donde pudiera empotrarme.

No podía olvidar la noche en la cabaña, no podía olvidar sus caricias, sus besos, las sensaciones. Absolutamente todo de esa noche vivía en mi cabeza.

Y no quería olvidarlo.

Quería repetirlo.

Muchas veces más.

Estacioné frente a su edificio. Me acomodé el cabello y comprobé que todo estuviera en orden. Tomé mi bolso para bajar, después caminé directo al interior y subí al elevador cuando vi que se encontraba vacío. Golpeteé el suelo con mi zapato mientras esperaba a que terminara de subir a su piso. Cada segundo me ponía más ansiosa.

Me acomodé la correa del bolso antes de salir del elevador. Una vez que estuve delante de su puerta, escuché el sonido de una guitarra proviniendo del interior. Se detuvo cuando golpeé la puerta.

Esperé pacientemente a que abriera y después de un par de minutos, finalmente lo hizo.

Oh, que buena vista tenía ahora.

No estaba usando nada más que pantalones oscuros. Su torso estaba descubierto y de su cuello colgaban esas placas militares que siempre solía usar.

Esas con unas iniciales y una fecha grabadas.

«NAHA.
28/11/2011».

Lucía tan caliente de esta manera.

Que hombre tan delicioso.

Alzó una ceja al notar mi mirada.

—Hechicera —Pronunció.

Llevé mis ojos a los suyos.

—Hardy.

Se recargó contra el marco de la puerta al mismo tiempo que se cruzaba de brazos.

—Que agradable sorpresa —Señaló—. Creí que estarías aquí por la noche.

—Digamos que no soy una persona muy paciente —En cuanto terminé de hablar, me arrojé contra sus brazos para atrapar sus labios entre los míos.

Lo sentí cerrar la puerta detrás de nosotros mientras me seguía el beso. Sin perder el tiempo, llevó sus manos a mi trasero, acercándome más a él.

Sus manos no dejaron de tocar mi culo.

Parecía que tenía una fascinación con él.

—Esas manos —Sonreí sobre su boca.

—Adoran tocarte —Respondió.

Para reafirmar sus palabras, apretó mi trasero, robándome un jadeo.

Besó de nuevo mis labios, silenciando todas nuestras palabras. Fue profundo, necesitado e intenso. Ahora la abstinencia se sentía más dolorosa, por eso lo único que deseaba, era borrar ese dolor. Aquí. Con él.

Mordió mi labio inferior lentamente, antes de descender con un camino de besos por mi barbilla. Pasé mis manos por sus hombros desnudos, acariciando su piel con mis dedos.

—Te gusta esto de ir desnudo por la vida, ¿no es así? —Cuestioné.

Su nariz acarició mi cuello, logrando que un suspiro suave escapara de mi interior.

—Un poco, pero que tú estés desnuda, me gusta más —Expuso, llevando una de sus manos al borde de mi blusa—. Aunque, por alguna extraña razón, aún llevas demasiada ropa y eso está molestándome.

—¿Te molesta? —Pregunté en un tono coqueto.

—Me está volviendo loco.

—¿Y qué más te vuelve loco?

—Tú. Tú haces que pierda la puta cabeza, hechicera.

De nuevo formé una sonrisa, pero esta vez me alejé un poco, al mismo tiempo llevando mi mano al borde de sus pantalones. Caminé de espaldas, atrayéndolo para que me acompañara la sala. Después me lancé contra el sofá sin mirar hacia atrás.

—Cuida...

Muy tarde.

—¡Auch! —Solté un quejido alto cuando mi espalda golpeó contra algo duro y frío. Me moví hacia el lado contrario de donde estaba ese objeto y al mismo tiempo me acaricié la espalda para mermar un poco el dolor.

—Mierda, ¿estás bien? —Su tono se encontraba lleno de preocupación.

No pude contener la risa nerviosa que comenzó a brotar de mí.

Dios, es que estaba segura de que esto solo debía pasarme a mí.

Mi carcajada fue tan alta que Neal solo se quedó de pie viéndome con atención.

—¿Acaso eres inmune al dolor?

No pude contestar debido a la risa. Cada palabra era interrumpida gracias a eso.

Después de unos minutos, me obligué a mí misma a calmarme.

Seguro que parecía una loca.

Cuando la preocupación de Neal pasó, comenzó a mirarme con una expresión jovial, un tanto contagiado con mi actitud.

—¿Qué fue lo que...? —Empecé, girando para mirar el objeto. Alcé las cejas al notar lo que era—. ¿Una guitarra?

Él asintió.

—¿Era esto lo que se escuchaba antes de que tocara la puerta? —Interrogué.

0}

—Estaba desempolvando viejos hábitos —Aclaró.

—¿Sabes tocarla?

—Creo que sí... —Hizo una pequeña mueca—. No lo hago a menudo. Para ser sincero, hace mucho que no lo hacía. Estaba intentando desoxidarme.

—¿Y podrías tocarme algo?

La comisura de su boca se estiró ligeramente hacia arriba en una sonrisa traviesa.

—No deberías decirme esas cosas —Apuntó con coquetería.

De nuevo reí mientras negaba con la cabeza.

—Esta vez, no estoy hablando en doble sentido —Arrugué la nariz—. Me refería a que tocaras una canción, ¿podrías?

—¿Realmente quieres eso?

Asentí como si fuera una niña pequeña. Se la tendí, invitándolo a que la tomara.

Sin poner peros, lo hizo. Se sentó a mi lado y acomodó el instrumento.

—¿Qué canción quieres? —Me miró.

—¿Cuál era la que tocabas antes de que llegara? —Devolví.

Bajó la cabeza para observar las cuerdas de la guitarra.

—Una canción que...creo que significa mucho para mí —Contestó y de nuevo me miró a los ojos—. Cuando la escucho, siento que se complementa perfectamente con lo que hay dentro de mi alma.

—¿Tú la escribiste? —Curioseé.

—No —Negó lentamente—. Pero me gusta, me hace sentir muchas cosas. Es...dolorosa.

Mi boca formó un pequeño círculo.

—Oh...entonces, si no...

—Si lo quieres.

—¿Podrías? —Pregunté.

Me regaló una pequeña sonrisa.

—Podría —Afirmó.

Me acomodé en el sofá, observándolo con atención.

—Me gustaría eso —Le regresé el gesto.

Carraspeó un poco antes de comenzar a tocar los acordes. El sonido inundó el lugar. Este era suave y...melancólico. Ladeé la cabeza, prestando atención al sonido que emitía la guitarra y tratando de reconocer la melodía.

—*Laying in the silence* —Su voz se unió—. *Waiting for the sirens.*

Me incliné un poco, demasiado sorprendida por su tono, por su...canto.

Neal tenía una voz genial cuando hablaba, realmente me encantaba, pero...Neal cantando es...ni siquiera podía describirlo.

Jamás imaginé que cantara.

Y menos que lo hiciera tan bien.

—*Signs, any signs I'm alive still. I don't wanna lose it* —Su voz era preciosa, relajante e hipnotizante—. *I'm not getting through this.*

Giró un poco para mirarme.

—*Hey, should I pray? Should I pray* —Continuó y yo simplemente quedé sin palabras, solo pude verlo—. *To myself? To a God? To a saviour who can...*

Unbreak the broken.

Unsay these spoken words.

Find hope in the hopeless.

Su tono subió y sus ojos se cerraron como si...realmente estuviera viviendo la canción.

El saber lo que esta decía, causó que mi corazón doliera.

Pull me out of the train wreck.

Unburn the ashes.

Unchain the reactions, I'm not ready to die, not yet.

Pull me out of the train wreck.

Pull me out, pull me out, pull me out.

Pull me out, pull me out...

De nuevo abrió los ojos, deteniéndose y dejando salir el aire contenido.

—Eso fue...hermoso —Susurré—. Ahora creo que nos has mentido todo este tiempo diciendo que eres agente, cuando en realidad eres cantante.

Sonrió un poco, negando con la cabeza.

—Siendo sincero, cuando era adolescente, quería dedicarme a la música —Confesó.

—¿Y por qué no? —Cuestioné—. Tienes una voz impresionante, es una pena que no le hayas mostrado al mundo tu potencial.

—Algunas cosas no están destinadas a ser.

—¿Es por eso que elegiste ser agente?

—Era lo mejor —Suspiró.

—¿Te obligaron? —Curioseé. Neal negó de nuevo.

—No. Elegí mi profesión porque era lo mejor para mí —Hizo una mueca—. Lo necesitaba.

—¿Lo necesitabas? —Repetí.

Dejó la guitarra sobre el sofá, apoyada contra el respaldo.

—En ese entonces, yo...me sentía perdido. Estaba en el punto más oscuro de toda mi vida. Absolutamente nada me hacía sentir pleno o vivo —Aplanó los labios—. Hasta que se presentó la oportunidad de entrar a la academia. Elegí ser lo que soy, porque necesitaba esa distracción, quería probarme a mí mismo que era valiente y fuerte como para enfrentar que toda mi vida había quedado hecha mierda. Soy militar porque el caos, la adrenalina y el peligro era lo único que me hacía sentir algo —El dolor cruzó sus ojos tan rápido que apenas fui capaz de notarlo—. Y sonará irónico y loco, pero el poner mi vida en juego es lo único que me hace sentir que realmente estoy vivo.

Se levantó del sofá y se puso delante de mí. Alcé la cabeza para mirarlo.

—¿Qué fue lo que te hicieron, Neal? —Musité.

Tomó mi mano para atraerme a su cuerpo, después rodeó mi cintura con su brazo para mantenerme cerca. Su índice se posó en mis labios.

—Creo que no estamos aquí para hablar sobre mí —Susurró—. Te necesito. Estos días, se han sentido como una tortura, cada minuto te deseo más. Así que, solo...no hablemos más.

Su palma acarició mi mejilla con delicadeza.

—¿Es así como lo evitas? —Cuestioné, mirando sus ojos—. ¿Es así como evitarás mis preguntas? ¿Distrayéndome con sexo?

—Es mejor así.

—Pero quiero conocerte.

—No sabes lo que dices —Cerró los ojos.

—¿Por qué no? —Esta vez fui yo la que llevó las manos a sus mejillas—. ¿Por qué?

—Porque el día que sepas mi historia y te des cuenta de lo dañado que estoy, solo quedarán dos opciones: o decidirás salir por esa puerta y no volver nunca más —Se giró un poco para señalar la puerta—. O me dedicarás esa mirada de lástima que no quiero que me des. Me gusta así, me gusta la forma en la que me miras siempre, así que solo continúa mirándome de esa manera.

No pude contestar nada ya que juntó sus labios con los míos, impidiéndome hablar. Logró que me tragara todas mis preguntas y que mis ojos se cerraran para hacerme disfrutar de sus movimientos posesivos y ansiosos.

Apenas duramos pocos segundos besándonos debido a que su celular comenzó a sonar en algún lugar de la sala.

Intentó ignorar el sonido, pero era tan insistente que me obligué a separarnos un poco. Aguanté un suspiro y coloqué mis dedos en su barbilla, por lo que sus ojos se abrieron.

—Debe ser importante.

—Es el de trabajo.

—Entonces responde.

Arrugó un poco la nariz, para nada feliz con la idea de responder la llamada.

A regañadientes se levantó para ir por su celular.

—Capitán —Formuló una vez que contestó.

Escuchó atentamente lo que decía la persona del otro lado de la línea, incluso asintió un par de veces.

—Bien —Dijo antes de colgar.

Es la conversación más corta que había presenciado en toda mi vida.

Hizo una mueca de disculpa.

—Surgió algo en la FEIIC, debo irme —Informó, caminando nuevamente hacia mí.

Asentí con la cabeza.

—Entiendo —Le sonreí de manera tranquilizadora—. Lo dejaremos para después.

Tomé mi bolso del suelo. Dios, ni siquiera supe en qué momento se cayó.

—Dame unos minutos, te acompañaré a la recepción —Pidió.

Se retiró para ir en dirección a su habitación y unos minutos después, volvió a salir.

Esta vez ya llevaba una camiseta oscura junto con una chaqueta encima de ella. Su gatita lo seguía y le maullaba.

Sonreí de inmediato. Era tan tierna y preciosa.

Me puse de cuclillas y comencé a llamarla, por lo que inmediatamente se acercó y se restregó contra mi mano.

—Pero que linda eres —Susurré—. ¿Dónde te estabas escondiendo?

—Estaba dormida —Respondió Neal—, siempre duerme.

—Los gatos duermen mucho.

—Nela lo hace de manera excesiva, lo hace desde que era pequeña. Solo le gusta dormir, comer y saltar a los brazos de personas desconocidas.

—Le gusta ser adorada.

Neal bufó.

—Si sigue siendo tan confiada alguien querrá llevársela —Entornó los ojos en dirección a la gatita—. Y me tocará buscar por cielo, mar y tierra hasta encontrarla.

—La amas —Señalé, incorporándome y dejando de acariciar a la gata.

—Prefiero a los perros.

—Eso te hace un traidor —Canturreé.

Caminé a la salida con él siguiendo mis pasos. Una vez fuera, cerró la puerta detrás de nosotros.

—No, porque no cambiaría a Nela por otra mascota —Dijo—. Ni siquiera por un perro.

—La amas —Reafirmé.

Presionó el botón para llamar al elevador.

—La amo —Respondió.

Sonreí, complacida.

—Se nota.

Las puertas se abrieron, por lo que ambos entramos y esperamos a que se cerraran. Esta vez presionó el botón que llevaba a la recepción debido a que yo aparqué fuera del edificio y no en el estacionamiento subterráneo.

—Sería el colmo que no me agradara después de tanto tiempo que ha estado conmigo.

Lo miré con diversión.

—Lo dices como si no te gustaran los gatos.

Me miró y enseñó los dientes con inocencia.

Mi mandíbula se desencajó.

—¡No te gustan! —Lo apunté con mi dedo.

—Son malos, son unos traidores —Se defendió—, te ignoran y se molestan con facilidad. Básicamente, son de otro planeta. Aunque, también tienen sus puntos buenos; son tranquilos y limpios.

—Tienes un gato —Le recordé.

—Bueno, Nela es la excepción a todo.

Me guio al exterior cuando las puertas se abrieron, caminamos hasta la acera, que era donde estacioné hace un rato.

—Haré como que te creo —Fruncí los labios. Saqué las llaves de mi auto para quitar los seguros—. Bueno, debo irme. Nos veremos después.

—Este sábado.

—¿Este sábado? —Repetí.

—Ajá —Asintió en acuerdo—. Déjame llevarte a cenar. Prometo que te encantará.

—De acuerdo, entonces el sábado nos veremos —Le sonreí.

—Pasaré por ti a las ocho, ¿bien?

—Bien.

Llevó sus manos a mis mejillas y se inclinó un poco para robarme otro beso. Cerré los ojos ante el contacto, deseando que no se acabara nunca.

Me gustaba que me besara.

Más cuando era inesperado.

Sus labios acariciaron los míos un poco más antes de separarse. Un suspiro quedó atrapado en mi garganta cuando sus labios rozaron los míos.

—Ve con cuidado, hechicera.

Parpadeé al enfocarme de nuevo. Me soltó para abrir la puerta de mi auto, sostuvo la puerta para mí hasta que entré. Me senté, me ajusté el cinturón y él cerró.

—Tú también. Espero que se resuelva el problema de tu trabajo —Le deseé—. Adiós, Hardy.

Me dio un asentimiento de cabeza.

—Adiós, hechicera.

Encendí el auto y solo arranqué cuando él se alejó un poco. Puse la radio y me dispuse a recorrer las calles para alejarme de su edificio.

En el camino, solo pude pensar en todo lo que dijo en su apartamento, en todo lo que pasó en él, en su voz, en su forma de cantar y en la melancolía que expresaba.

Iba tan distraída en mis pensamientos, que ni siquiera me di cuenta del alto, solamente frené de golpe cuando un hombre se atravesó enfrente. Golpeó el capó de mi auto y señaló el letrero. Me dirigió una mirada llena de molestia.

Gesticulé un «lo lamento» pero solamente fui ignorada por completo. Él terminó de cruzar hasta llegar al otro lado de la calle, allí donde había un restaurante demasiado lujoso y caro. Era muy conocido porque ahí se llevaban a cabo cenas de negocios importantes.

El hombre al que por poco y golpeé, se acercó a unas camionetas negras y blindadas que estaban en fila y siendo resguardadas por guardaespaldas.

El tipo abrió la puerta trasera, invitando a la persona del interior a salir.

Salió un hombre alto y vestido con un traje negro. Este estaba de espaldas, por lo que no pude ver su rostro, pero sí pude ver el momento exacto en el que todos los guardaespaldas lo rodearon.

Parecía ser importante.

Sacudí la cabeza, restándole importancia y comenzando a conducir de nuevo, pero esta vez, con dirección a mi casa.

CAPÍTULO 25.
El suelo de cristal.
NEAL HARDY

Central de Fuerza Especial e Internacional de Investigación Criminal (FEIIC). Chicago, Illinois.
PRESENTE.

Las personas iban de un lado a otro, algunos apurados, otros ansiosos y otros simplemente iban con una calma impresionante.

La central era un edificio enorme y lleno de diferentes áreas. Era común ver reclutas, cadetes, rangers, agentes y capitanes. Los que se dejaban ver muy poco eran los comandantes y los generales.

Es por eso que ahora podía mirar a todas esas personas a través del cristal que rodeaba esta habitación.

—Causer quiere que tú interrogues a nuestro terrorista favorito —Habló Landon, llegando a mi lado. Levanté la cabeza, dejando el artefacto que hasta hace un par de segundos intentaba abrir; era una especie de rompecabezas metálico que escondía algo en el interior. Solo debía descifrar cómo se abría para obtener dicho objeto.

—¿Y yo por qué? —Alcé una ceja—. Insistió desde el principio en ser él quien interrogara, ¿ahora por qué cambia de opinión?

—Ya lo intentó, pero no obtuvo ni una sola palabra, ni una sola confesión —Informó—. Necesitamos que confiese y de alguna forma te necesita para esto.

—Que alguien más lo intente, estoy muy ocupado ahora —Señalé los documentos y levanté el rompecabezas para agitarlo—. Debo abrir esta mierda…

Giré dos veces hacia la izquierda, después hacia abajo. Pude escuchar los engranajes moviéndose en el interior del artefacto con cada vuelta.

—No quiero subir tu ego más de lo que seguro ya debe estar, pero todos aquí sabemos que tú lo puedes hacer confesar. Tienes talento para eso, para saber cómo funcionan sus mentes —Bufó, quitándome el artefacto para que le prestara atención—. Ya sabes, solo un trastornado puede entender mejor a otro trastornado.

—Aw, de alguna manera me has dicho loco, eso es muy dulce —Fingí un tono meloso.

—Estoy seguro de que no era su intención —Irrumpió alguien desde la puerta, por lo que ambos miramos en esa dirección solo para encontrar al capitán Causer de pie en el umbral—. Escuche agente, sabemos que su mente no trabaja igual que la del resto y aunque a veces resulte aterradora su manera de descifrar las cosas y estar en lo correcto, también es muy útil. Y no sé cómo lo hace, no sé cómo lo consigue, pero siempre logra obtener las confesiones más difíciles. Y todas esas confesiones tienen algo en común; son hechas por personas enfermas con las que solo usted logra lidiar. Así que necesito que se levante, mueva el culo hasta la sala de interrogaciones y me consiga lo que necesito.

—Capitán, usted halagándome a su manera, eso sí es un verdadero logro —Apunté con diversión. Noté a Landon disimular una risa.

Dean Causer me miró mal, pero en lugar de reprenderme solo se limitó a señalar la puerta.

—Ahora.

—Anda, Neal. Ve y haz nuevos amigos —Bromeó Landon.

Puse los ojos en blanco y me levanté de mi asiento. Tomé el auricular que el capitán me ofrecía y me lo coloqué. Sin decir ni una sola palabra más, salí de la oficina. Ambos hombres fueron detrás de mí. Caminamos un tramo largo, pasamos frente a donde se encontraban entrenando los nuevos reclutas, mismos que al vernos, levantaron su mano en un saludo militar.

Llegamos a una puerta blanca, por ella entraron ellos dos. Ahí se encontraban los monitores por los que se podía visualizar toda la sala de interrogación. Yo seguí con mi camino, unos cuantos metros hasta que llegué a mi destino. Había dos soldados frente a la puerta gris, ambos estaban portando armas y chaleco antibalas. Me regalaron un asentimiento de cabeza que les devolví. Se movieron hacia un lado y la abrieron, puesto a que estaba bajo llave.

Una vez que entré, mis compañeros cerraron detrás de mí.

Era un lugar silencioso y medio vacío. Lo que destacaba era el tipo sentado detrás de una mesa. Era llamativo porque tenía la cara hecha mierda debido a tantos golpes.

Lo torturaron una y otra vez para conseguir su confesión.

No funcionó.

Me senté delante de él, en todo momento no apartó su mirada inexpresiva de mí.

Tomé la carpeta verde, en cuyo interior estaba una copia de su expediente y de todos los delitos de los que se le acusaba. Comencé a leer todo con atención.

—Veamos...

—Odio a los policías —Gruñó.

—No soy uno.

—Vas a interrogarme, llevas un arma y estás dentro de este puto lugar. ¿No te hace eso un policía? —Inquirió. Su voz demostraba su mal humor.

Levanté la mirada mientras me subía las mangas de la camiseta hasta mis codos. Me incliné hacia enfrente y lo observé fijamente.

—Soy un militar de fuerzas especiales altamente calificado. No soy policía —Aclaré—. De hecho, soy mil veces más peligroso que uno.

—El odio no disminuye.

Hice un mohín.

—Es algo que no me interesa —Me recargué en la silla, hojeando de nuevo el expediente—. Derrick Henrissen, cuarenta y cinco años, soltero, sin hijos y con un expediente lleno de actos delictivos. Has tenido una década bastante ocupada.

Guardó silencio.

—Violación, asesinato, secuestro, posesión de drogas, robo, evasión fiscal... —Enumeré—, y mi favorita; terrorismo.

Durante los últimos diez años había cometido muchísimos crímenes, había atentado contra personas, había abusado de otras, adquirido armas ilegales, también se le había encontrado droga. Pasó un tiempo en una prisión de Dinamarca, el cual era su país de nacimiento. Cuando salió entonces estuvo planeando su gran golpe al estado, uno originado por su desacuerdo con la política de su país y su hambre de atención.

Colocó bombas en un teatro que iba a estar lleno de personas influyentes como políticos, mandatarios y personas de clase alta. Era un evento importante y aprovechó esto para explotar el lugar.

La mayoría murió.

El delito fue marcado como terrorismo, por lo que dejó de ser un caso para la policía de Dinamarca y se convirtió en nuestro caso. Nos encargamos de estas cosas. Somos una organización internacional y nos encargamos de resolver este tipo de mierdas.

—No tengo por qué contestar nada de esto —Evadió.

—Solo contesta esta pregunta; ¿qué te orilló a cometer tantos delitos? —Interrogué, dejando nuevamente la carpeta sobre la mesa—. ¿Infancia difícil? ¿Abuso? ¿Drogas? ¿Cuál?

A veces, los crímenes no tenían una causa específica, se podían cometer por diferentes razones: como venganza, traumas, solamente porque así lo deseó o muchos factores más. Pero este individuo captaba mi atención por algo que iba más allá de su deseo de infundir terror al Estado con su ataque.

No fue lo único que lo orilló a hacer esto.

Se inclinó un poco, debido a que las esposas que lo mantenían encadenado a la mesa no le permitían moverse con facilidad.

—Sé lo que buscas, así que déjame decirte que ya lo intentaron los demás, ya intentaron esto de obligarme a confesar. ¿Crees que tú harás una diferencia? —Susurró lentamente.

—No busco nada, solo quiero charlar. Si lo piensas bien, hasta amigos podríamos ser —Contesté desinteresadamente—. Tenemos una pequeña cosa en común, adivina cuál es.

—Sin mi abogado presente, yo no tengo nada que decir.

—Estás recluido en una habitación de la FEIIC. Estás a disposición de la FEIIC, aquí hablas o hablas, aunque tengan que obligarte a ello —Apunté—. En tu caso, ya noté que lograrlo es algo difícil, así que supongo que debemos usar métodos difíciles.

—Ni disparándome en los testículos conseguirás que te diga algo —Gruñó de nuevo—. No vas a encerrarme toda mi vida.

Suspiré con pesadez, recargando mis antebrazos contra la mesa.

Me gustaba mi trabajo y todo lo que implicaba. Era interesante y desestresante hacer esto, por lo menos para mí.

Pero hasta hace unas horas, estaba muy tranquilo en mi apartamento en compañía de esa hechicera que me tenía loco.

Ahora estaba aquí, lidiando con un criminal que se creía una tumba. Esto no era interesante en lo absoluto.

—Escucha, tenemos todo tipo de pruebas contra ti, tenemos grabaciones, tenemos testigos y evidencias que te señalan como culpable. De alguna u otra manera vamos a encerrarte, pero si confiesas ahora, el proceso será más fácil para ti —Hablé con calma, en un tono tranquilo y neutro—. No creo que te guste ser torturado todos los días hasta hacerte hablar, ¿o me equivoco?

Me miró a los ojos y abrió la boca para responder:

—Vete al infierno.

Hice un pequeño mohín, evaluándolo con atención. Sus pómulos estaban morados al igual que su ojo derecho. Había una pequeña herida en su barbilla que apenas estaba cicatrizando, su labio también tenía una herida y había otro golpe cerca de su ceja. Su cabello tenía varias canas, lucía viejo y cansado. Pero sus ojos eran oscuros, retorcidos y vacíos.

—Tú no lo hiciste —Solté.

Su rostro se contrajo un poco.

—¿Qué?

—Que tú no lo hiciste —Repetí—. Alguien te está inculpando o tú lo haces por alguien más.

Dejó escapar una risa seca.

—¿Ahora que estupidez dice, policía?

Que no soy un puto policía.

—¿A quién proteges? —Respondí con otra pregunta.

—No protejo a nadie —Bufó.

Asentí, entornando los ojos.

—Lo haces —Seguí.

—¿Qué lo hace pensar eso? —Ladeó la cabeza.

Lo señalé de arriba abajo.

—Solo mírate, luces totalmente incapaz de cometer algún crimen. Y estoy seguro de que no quieres hablar porque si lo haces, entonces te condenas y si desmientes todo lo que se te acusa, entonces condenas a alguien más. Así que no quieres eso o alguien te está amenazando, esas son mis dos opciones.

—No tiene idea de nada.

—Solo basta verte para entender las cosas. Solo con mirarte me queda claro que eres débil, eres un pendejo y eres el títere de alguien más porque eres incapaz de pensar por ti mismo. Estoy seguro de que ni siquiera sabes lo que significa la palabra «terrorismo». Así de imbécil eres. Nadie te creería que sabes colocar una bomba —Recalqué. Por poco sonreí al notar cómo sus músculos se tensaron y cómo la rabia se hacía presente en su rostro—. Cometer un crimen de tal magnitud como este, requiere de inteligencia, capacidad y paciencia para saber el momento exacto para atacar. Cualidades que está de más destacar que no posees.

—Cállese —Siseó.

—Agente Hardy, ¿qué mierda hace? —Escuché la voz del capitán Causer por el auricular que llevaba puesto, pero simplemente lo ignoré.

—Sé que a veces es difícil aceptar la verdad, pero mira, no es tan horrible tener nula capacidad de pensar. Lo terrible es ser un terrorista y créeme que nos encargaremos del verdadero culpable una vez que demos con él. Y te aseguro que sí que será más interesante que estar sentado frente a ti. No voy a conformarme con alguien tan insignificante y cero inteligente como tú cuando puedo tener a la verdadera mente maestra frente a mí —Reflexioné, llevándome los dedos a la barbilla—. Me pregunto, ¿cómo funcionará su mente? Seguro debe ser impresionante, después de todo salió invicto de todo el desastre y te envió a ti a morir en su lugar. ¿No te avergüenza ser tan fácil de manipular?

—¡Yo soy la mente maestra! ¡Yo hice todo! ¡No se atreva a llamarme insignificante en su puta vida! —Vociferó, totalmente encolerizado—. ¡Yo maté a todas esas personas! ¡Yo coloqué las bombas en el jodido teatro, debajo de todas las putas butacas, yo hice que las cabezas de todas esas personas volaran! ¡Fui yo! ¡Todo lo hice yo!

Su pecho sube y baja con rapidez, producto de toda la rabia que debe sentir.

—¿Lo tiene? —Cuestioné.

—Lo tengo —Me confirmó Causer a través del auricular. No estaba para nada sorprendido. Él estaba seguro de que lo conseguiría, es por eso que me envió aquí.

El enojo del hombre disminuyó considerablemente, solo para abrirle paso a la confusión.

—¿Qué...? —Comenzó, totalmente desencajado.

—Las pruebas las teníamos, solo nos faltaba la confesión —Curvé las comisuras de mis labios un poco hacia arriba—. Acabas de dárnosla.

—No...todo esto... —Balbuceó.

Tomé la primera hoja de la carpeta y la coloqué frente a él.

—Creo que olvidé mencionarlo antes, pero leí tu diagnóstico —Informé—. Trastorno narcisista de la personalidad.

Fue justo eso lo que llamó mi atención desde el principio, así que hice lo que creí que funcionaría más que la tortura; hacerlo sentir inferior.

No estaba seguro de que daría resultado, pero así fue.

Observó la hoja, para después mirarme a mí.

—Este diagnóstico está equivocado —Se defendió.

—No, no lo está. Acabas de comprobarlo. La gente como tú, cuando no recibe el tratamiento adecuado, comienza a tener aires de grandeza. La gente como tú anhela admiración y tu manera de obtenerla, fue matando a cientos de personas. Los medios de comunicación te pusieron en la mira y eso te gustó, es por eso que no confesabas, porque no querías quitar los reflectores de tu cabeza, porque sabes que, si te encierran, entonces ya no serás nadie, solo un preso más. Y la idea te desagradó. No quieres perder la atención ni el protagonismo. Eso es patético, ¿sabes? —Chasqueé con la lengua—. Entonces, la única manera de hacerte hablar era esta, porque si hay algo en común que tienen los narcisistas, es el ego frágil. Ante la más mínima crítica o ataque, sale su verdadera personalidad. Solo eres un ser vulnerable que no puede soportar ni un gramo de humillación.

Se levantó, intentando acercarse para atacarme. Las cadenas no se lo permitieron y yo no me moví ni un solo milímetro para demostrarle que nada de lo que hiciera lograría intimidarme.

—¡Hijo de perra!

Tomé la hoja, volví a guardarla en la carpeta y esta vez fui yo el que se levantó de la silla, llevándome el expediente conmigo. Ya no lo necesitaban aquí.

—Suerte en su juicio, señor Henrissen.

Me di la vuelta y caminé hacia la puerta. Esta se abrió cuando estuve cerca.

—¡Le exijo que se quede! —Bramó—. ¡No se puede ir, aún no terminamos! ¡Dé la vuelta, policía de mierda!

Alcé la comisura de mi boca. Giré un poco para mirarlo por encima del hombro.

—Agente especial para ti, hijo de puta.

Terminé de cruzar la salida, por lo que esta se cerró, dejando a Henrissen en el interior; solo y con el ego destrozado.

Al estar fuera, lo primero que noté fue a Landon. Tenía los brazos cruzados sobre su pecho y los ojos entornados en mi dirección.

—Te juro que a veces me da miedo trabajar contigo —Señaló—. En cualquier momento vas a descifrar mis miedos de cuando era niño. No, no, mejor aún, seguro que, con solo evaluarme, ya hasta descifraste mis futuros miedos. Así de aterrador eres.

—Solo soy observador, intuitivo e inteligente. Es mi especialidad.

—Tu especialidad asusta.

Solté una risa baja, extendiendo mi mano en su dirección.

—Mi rompecabezas.

Lo depositó en mi mano, no sin antes mirarlo con curiosidad.

—¿Qué crees que hay en él?

Lo levanté frente a mis ojos.

Esta tarde mientras estaba en mi apartamento con Lara, recibí una llamada del capitán Causer. Me obligó a venir ya que alguien dejó algo para mí en las puertas de la central. Era una caja, no había remitente, solo destinatario. Por esta razón, los guardias debían revisarla solo por seguridad. Dentro de la caja estaba este artefacto junto con una nota.

Una amenaza.

Una en la que básicamente me obligan a abrir esta cosa o si no algo muy malo pasará. O por lo menos algo así decía la nota.

La verdad me tenía sin cuidado.

Solo quería abrirla porque no me gustaba dejar las cosas sin resolver.

—No lo sé. Tendré que descifrar cómo se abre esto para descubrirlo —Hablé bajo, agitando el objeto levemente y ocasionando que lo que sea que hubiera dentro, hiciera ruido por el movimiento.

07 de enero, 2020.
PRESENTE.
LARA SPENCER.

—Deberíamos adoptar un perro.

Las palabras de Tommy me hicieron levantar la cabeza. La brocha del barniz quedó en el aire cuando solo pude observarlo con curiosidad. Caminaba de un lado a otro como si estuviera ansioso.

—¿Un perro? —Repetí.

Asintió muy seguro.

—Nunca hemos tenido mascota, sería bueno que la tengamos. Los perros son lindos —Explicó—. Yo amo a los perros, sabes que siempre he soñado con tener uno. Sueño con tenerlo desde que era así de pequeñito.

Colocó su mano a la altura de su cadera.

Levanté una ceja.

—¿Y estás seguro de que esto no se debe a que nuestra nueva vecina sale a pasear con su perro todas las mañanas? —Inquirí.

Thomas juntó los labios entre sí.

—No...—Su voz bajó un poco.

Señalé la puerta.

—¿Por qué no solo vas y hablas con ella? Para ti las palabras nunca han sido difíciles, menos cuando se trata de una chica. Ve y usa tu encanto natural.

Se acercó rápidamente a mí y colocó sus manos en mis hombros para sacudir mi cuerpo.

—¡Oh, mis uñas! —Expresé tan rápido como pude—. ¡Acabo de pintarlas, aún no se seca…!

—Lara, digo estupideces cuando estoy frente a Liv. Balbuceo más que un niño que apenas está aprendiendo a hablar —Me interrumpió con un quejido lastimero—. ¡Mi encanto natural se va a la mierda cuando la tengo enfrente!

—Solo estás exagerando —Bufé, un tanto divertida con su actitud.

—¿Exagerando? —Resopló—. Le dije que me excitaba ver a las personas sonreír. ¡Pero no era eso lo que quería decir! ¡Estaba nervioso y ella dijo que era bonito ver a las personas felices, entonces yo quise verme intelectual usando otras palabras y usé excitar en lugar de agradar!

Solté una carcajada alta que probablemente escucharon todos mis vecinos.

—¡Lara, no te burles! ¡Ahora ella piensa que soy raro y tengo algún tipo de fetiche con las sonrisas!

Mi risa aumentó más de ser posible.

—¡Lara! —Volvió a quejarse, haciendo un tierno puchero como cuando era un niño pequeño.

Intenté controlarme, de verdad que lo intenté.

—Pero, ¿qué rayos querías decir? —Tomé una respiración profunda.

—Quería decirle «Sí, me agrada ver a las personas sonreír» —Resopló, soltando mis hombros para alejarse—. Y terminé diciendo «me excita tanto ver a las personas sonreír. Me siento tan cálido viéndolos». ¡Dios! Hubieras visto su expresión, estoy seguro de que no volverá a hablarme.

Reprimí la risa cuando me miró mal.

—Vamos que tampoco debe ser tan malo, solo dile que usaste el sinónimo incorrecto. Seguro que ella lo entiende.

Terminé de aplicar el barniz en la última uña que me faltaba y comencé a soplar para secarla.

—Eso sí quiere volver a hablarme, seguro piensa que soy el tipo más raro que ha conocido.

Se cruzó de brazos y se lanzó en el sofá para hundirse en él.

—Por supuesto que te hablará, eres un encanto, niñito —Lo animé—. Inténtalo, pero ya no digas lo que te excita, algunas chicas no quieren saber eso si solo se han hablado dos o tres veces.

Me miró mal.

—Que molesta eres.

Formé una sonrisa burlona.

—Me iré a la ducha con mi molestia para que no te enojes más —Le saqué la lengua—. Se me hace tarde y tengo planes.

—Uy, ¿una cita? —Alzó y bajó las cejas.

—Chismoso.

Me di la vuelta rápidamente y escapé directo a mi habitación. Cuando comprobé que mis uñas ya estaban completamente secas, entonces me despojé de mi ropa y me metí en la ducha. Estuve durante algunos diez minutos dentro, lavando mi cuerpo y mi cabello hasta que me sentí completamente limpia. Salí y me envolví el cuerpo en una toalla. Cuando llegué a mi armario, opté por una blusa de satín roja, de escote fluido y de tirantes. Muy bonita. También tomé una falda negra por encima de las rodillas que me acentuaba las caderas.

Lo dejé sobre la cama para sentarme frente al tocador y comenzar a secar mi cabello, después comencé a realizar ondas en él ya que esta vez no quería llevarlo completamente liso. Una vez que terminé, entonces ahora sí procedí a cambiarme, maquillarme, cepillar mis dientes y colocarme perfume.

Me coloqué un collar largo que se rozó contra con mis pechos y también aretes largos a juego. Me calcé unos tacones negros a juego con mi ropa y me di un vistazo en el espejo.

Bien. Perfecto.

Escuché mi celular sonar sobre la mesa de noche, por lo que rápidamente fui hasta él para leer el mensaje.

Fuente de inspiración.

08:00 p.m. Estoy abajo. ¿Subo o me quedo aquí para que mini Derek no me vea?

Sonreí.

Se refería a Thomas con lo de «mini Derek». Creo que se debía a la noche de año nuevo. Ambos estaban igual de ebrios y convirtiéndose en compañeros de tragos. Aparte de que los dos amaban la arquitectura.

Tecleé en respuesta.

Lara Spencer.

08:01 p.m. Bajo en un minuto.

Tomé mi bolso, mi abrigo y mi celular para bajar a la recepción. Thomas se encontraba escuchando música en su habitación, por lo que simplemente fui a la puerta de la entrada sin despedirme.

Esperé pacientemente dentro del elevador hasta que por fin llegué a mi destino. Curvé las comisuras de mi boca ligeramente hacia arriba cuando vi a Neal recargado contra su Maserati. Vestía una camiseta negra de botones y manga larga, también unos pantalones del mismo color. Ninguno de los dos íbamos tan casual pero tampoco tan elegantes.

Solo iríamos a cenar a un restaurante.

No era tanto como una cita, después de todo no estábamos saliendo. Solo estábamos en...algo.

Al escuchar mis pasos acercándose, levantó la cabeza para mirarme. Parpadeó varias veces sin apartarme la mirada.

Por fin llegué a su lado, carraspeando para aclarar mi garganta.

—¿Es demasiado? —Hice una mueca, señalando mi atuendo.

Él negó, totalmente perplejo.

—Es...—Comenzó—. Eres hermosa, hechicera.

Sentí la sangre subir a mis mejillas. Su mirada hambrienta y fascinada, logró que me sintiera nerviosa.

Terminó de acercarse y antes de que siquiera pudiera procesarlo, llevó sus manos a mis mejillas y se inclinó para unir nuestros labios. El contacto me hizo suspirar y cerrar los ojos al instante. El beso apenas duró unos segundos, ya que Neal se separó un poco y antes de hacerlo por completo, dejó un beso corto.

—¿Lista? —Cuestionó.

Asentí.

—Lista.

Abrió la puerta del copiloto, invitándome a entrar a su auto. Una vez que lo hice y él cerró, me coloqué el cinturón de seguridad mientras lo veía rodear el coche para entrar de su lado. Lo encendió y nos pusimos en marcha para alejarnos de mi edificio.

—¿Y bien? ¿Me dirás por fin a dónde iremos? —Pregunté.

—No.

Lo miré.

—¿Y cómo sabré si estoy usando la ropa adecuada si no me has dicho a dónde vamos, Hardy? —Inquirí, acomodándome en mi lugar.

Lo noté sonreír y mirarme de reojo para responder.

—Estás muy bien así, hechicera. Bastante bien —Respondió—, así que no te preocupes.

Fruncí ligeramente los labios.

—Supongo que me queda confiar en ti —Suspiré al mismo tiempo que lo evaluaba.

Lucía malditamente guapo y caliente como siempre.

El negro definitivamente era su color. Combinaba perfectamente con él.

Parecía calmado y seguro.

Tragué saliva y traté de enfocar mis pensamientos en su auto para no saltar a los brazos del hombre que lo conducía.

Grave error.

Recordé que la última vez que estuve dentro de él, dije estupideces hasta más no poder.

Me removí sobre mi asiento.

—Luces tensa.

Posé mi mirada confundida en él.

Se detuvo en un semáforo en rojo y esta vez sí me brindó toda su atención.

—¿Qué?

—Que pareces tensa. ¿Todo bien? —Alzó una ceja.

—Estoy incómoda.

Esta vez, su ceño se frunció.

—¿Incómoda? —Repitió—. Creí que esto de estar incómoda alrededor de Neal ya había quedado en el pasado.

Abrí exageradamente los ojos, dándome cuenta de que no fui clara.

—¡No! No me refiero a que tú me pones incómoda —Me apresuré a decir—. Es solo que la última vez que estuve dentro de este coche, dije cosas vergonzosas que desearía jamás haber dicho.

Su boca formó un círculo, entendiendo la situación. Después, reprimió una risa.

—Lara, realmente no pensaba en eso hasta que lo mencionaste —Soltó en un tono burlón—. Supongo que ahora me toca revivirlo en mi mente una y otra vez.

Me cubrí el rostro con las manos, sintiendo como de nuevo nos poníamos en marcha.

—¡Dios! Solo olvídalo —Expresé.

Yo y mi bocota.

—No puedo —Canturreó.

Bufé, hundiéndome más en mi asiento.

—Si te hace sentir mejor, yo también he pasado y he dicho cosas vergonzosas —Intentó animarme.

—Pero no frente a mí.

Guardó silencio unos cuantos segundos.

—Tuve que tomar una ducha larga la primera noche que estuviste en mi apartamento y tu versión ebria trató de seducirme —Volvió a hablar—. Con agua fría, para bajar la calentura. Un plus; no pude dormir en toda la noche porque cada vez que lo intentaba, te veía a ti y comenzaba a ponerme duro de nuevo. ¿Eso cuenta como algo vergonzoso?

Mi mandíbula estaba hasta el suelo.

—¡En lo absoluto! —Exclamé—. Hardy, acabas de ponerme caliente.

—No lo repitas porque de lo contrario, no podré aguantarme las ganas que tengo de follarte aquí en mi auto —De nuevo me miró de reojo—. Intento ser caballeroso y llevarte a cenar en lugar de comportarme como un completo animal, así que por favor no me provoques.

Sonreí y negué con la cabeza.

—Tú no me provoques.

—No lo haré —Me dijo—. Por ahora.

Después de unos minutos más conduciendo, finalmente llegamos a nuestro destino. Miré por la ventana solo para darme cuenta de que llegamos a un enorme edificio hecho solo de cristal.

El punto es que, era completamente transparente y se alcanzaba a vislumbrar un elevador.

—¿Le temes a las alturas? —Preguntó de repente.

Parpadeé y después lo enfoqué.

—¿Qué? —Carraspeé—. No.

Sonrió, completamente complacido con mi respuesta.

Bajó del auto para rodearlo y así abrir mi puerta. Lo tomé de la mano para bajar y pronto lo vi agradecerle al valet parking cuando este recibió las llaves para estacionar el auto.

—¿Qué es este lugar? —Cuestioné en un tono bajo.

—Un restaurante.

Señalé el interior del lugar.

—Pero, ¿dónde están las mesas?

Y las personas.

Neal miró hacia arriba y con su dedo, señaló la punta del edificio, por lo que de inmediato observé en esa dirección.

—Ahí.

Al vernos, un hombre de seguridad nos dio permiso de entrar. Llamó al elevador para nosotros y mientras esperábamos, busqué disimuladamente las escaleras de emergencia.

Suspiré de alivio cuando las encontré.

¿Qué tal si de nuevo comenzaba a temblar como hace unos meses y el edificio comenzaba a caer?

Obviamente quería saber si había posibilidad de no morir aquí.

Las puertas se abrieron, por lo que Neal y yo entramos.

—¿Puedo preguntarte algo? —Hice una pequeña mueca.

Sus ojos dorados se enfocaron en mí y una de sus cejas se arqueó por la curiosidad.

—Adelante.

Señalé a nuestro alrededor.

—¿Este lugar es seguro? —Susurré—. Ya sabes, ¿estás completamente seguro de que no colapsará en cualquier momento y moriremos? Después de todo es de cristal.

Me pasó un mechón de cabello detrás de la oreja y negó con la cabeza.

—Es resistente, no te preocupes —Su tono fue suave—. Aparte, no te llevaría a lugares que impliquen un riesgo para ti.

Sus palabras me hicieron sentir un poco más tranquila.

—Bien. Entonces está muy bien.

Las puertas se abrieron, mostrando la atracción principal del edificio.

Mi mandíbula casi caía hasta el suelo cuando vi a mi alrededor. El techo era de cristal, los ventanales obviamente lo eran. Había unas especies de cascadas junto a los ventanales, tenían luz y eran preciosas. También había muchísimas mesas y para ser sincera, había demasiada gente.

Al fondo, un tanto alejada, había una puerta por la que entraban y salían los meseros. Supuse que debía ser la cocina. Y justo a unos pasos de nosotros, se encontraba una especie de recepción. Era para checar la reservación.

Neal tomó mi mano cuando me vio dudar sobre salir del elevador o no.

Es que...no había suelo.

O sea, sí había, pero era de cristal. Se podía mirar todo hacia abajo y se sentía como si no hubiera nada.

—¿Hechicera?

Me aferré a su mano y di un par de pasos. Cuando toqué el cristal, la verdad es que sí sentí algo de temor. Nunca había estado en un lugar así de intimidante. Era como si el restaurante estuviera flotando, como si nosotros estuviéramos flotando.

Lo seguí a recepción, en donde una mujer con vestimenta muy formal nos sonrió de manera amable.

—Buenas noches. ¿Tienen reservación?

—Buenas noches —Contestó el hombre a mi lado—. Sí, a nombre de Neal Hardy.

Ella revisó en una agenda, cuando pareció encontrarlo, asintió y levantó la mano para llamar a uno de los meseros.

—Bienvenidos, nuestro mozo los acompañará a su mesa.

—De este lado, por favor —Nos dijo el chico, invitándonos a seguirlo. Nos llevó hasta una mesa vacía y cerca de los ventanales—. En un momento les traeré la carta.

—Gracias —Agradecimos antes de que él se marchara.

Neal retiró mi silla para invitarme a sentarme en ella, cuando lo hice entonces él fue a su lugar.

Miré con fascinación por los ventanales. Desde aquí se podía vislumbrar un jardín enorme lleno de plantas, árboles y flores. Aparte de que se podía ver parte de Chicago y sus luces. Era una vista hermosa, de las mejores vistas que había tenido.

Sobre todo porque me encantaban las flores.

—Este lugar es...impresionante —Suspiré sin dejar de admirar todo a mi alrededor.

—Tiene una de las mejores vistas de todo Chicago.

Asentí, enfocando esta vez mi atención en él.

—Es espectacular —Sonreí enormemente—. ¿Es la primera vez que vienes?

—No. He estado aquí un par de veces con los Castle y Mason —Respondió.

De nuevo se acercaron, pero esta vez para dejarnos las cartas y para quedarse de pie junto a nosotros mientras decidíamos.

No sabía qué pedir.

Todo parecía tan rico.

Al final me decidí por lomo de res, Neal ordenó su platillo y también una botella de vino para ambos.

Nos informaron que en unos minutos nos traerían nuestra comida, por lo que de nuevo agradecimos antes de quedarnos solos.

Recargué mis codos contra la mesa y me dispuse a observarlo con atención.

—Quiero conocerte, Neal —Aclaré—. Saber más sobre ti.

Frunció los labios un poco.

—¿Por qué tanta curiosidad? —Inquirió.

—Quiero conocer al hombre con el que estoy durmiendo.

Asintió lentamente, inclinándose hacia enfrente.

—Pregunta. Lo que quieras, lo sabrás.

Y la emoción recorrió cada parte de mi ser. Siento mucha curiosidad sobre Neal. Bastante para ser sincera.

—¿Qué cosas te gustan?

—Sex...

—Aparte del sexo —Interrumpí, ocultando una sonrisa.

—Me gusta surfear, nadar. Me gusta saltar de helicópteros o aviones en movimiento —Se llevó los dedos a la barbilla—. Creo que por eso me gusta tanto mi trabajo, porque muchas veces consiste en saltar o hacer rapel en algunas misiones.

—¿Y te gusta algo que no implique correr el riesgo de morir?

Rio un poco.

—Me gusta la sandía.

—¿La sandía?

Asintió.

—Sí, la sandía es una de mis debilidades. Podría comer eso todos los días sin hartarme. No soy muy fan de lo dulce, pero la sandía es una de las dos únicas cosas dulces que me vuelven completamente débil —Se encogió de hombros.

—¿Y cuál es la otra?

—Tú.

Me escondí detrás de mi servilleta de tela cuando sentí mis mejillas calentarse.

—¿Por qué te ocultas? —Preguntó, sonando algo divertido por mi reacción.

—Deja de intentar sonrojarme —Me quejé—. Eso es muy caballeroso de tu parte, Hardy.

Lo escuché soltar una risa suave y agradable.

—Bien, bien, me detengo —Intentó tranquilizarme—. Mejor dime qué cosas te gustan a ti.

Aparté la servilleta para verlo.

—Me encantan las galletas Oreo, el chocolate y los dulces. Oh, yo podría vivir en una dulcería —Suspiré de manera soñadora—. Me gusta leer datos históricos, aprenderme fechas históricas y me gustan mucho las flores y las plantas. De hecho, amo tanto las flores que tengo muchísimas macetas. Me gusta verlas crecer desde que son una semillita. Las cuido muchísimo.

—El día que fui a tu apartamento pude darme cuenta de ello. Parecían decenas de macetas.

—Y todas están muy bien cuidadas —Solté con orgullo—. Ahora, cuéntame algo que casi nadie sepa sobre ti.

—¿Algo que casi nadie sepa sobre mí? —Ladeó la cabeza, un tanto pensativo.

—Sí. Pero claro, solo si quieres.

—Tengo que dormir con una cajetilla de cigarros al lado, siempre está dentro de uno de los cajones de la mesita de noche —Contó—, aunque no suelo fumar tanto.

—¿Y entonces por qué duermes con una cajetilla al lado?

—Porque solo fumo cuando tengo pesadillas —Hizo una pequeña mueca—. Me ayuda a...calmar la ansiedad.

Mi boca formó un círculo pequeño.

—¿Fumas cuando tienes pesadillas?

—Solo en esas ocasiones —Confirmó—. Ahora tú dime, ¿qué cosa hay sobre ti que casi nadie sabe?

Bueno, había muchas cosas sobre mí que nadie sabía, pero eran cosas de las que no valía la pena hablar.

—Sé bailar casi todo tipo de danza. Desde árabe hasta...bueno, ya sabes; pole dance. Tengo muchísimos premios y reconocimientos de danza porque empecé a bailar desde los tres años —Mi tono bajó un poco—. Casi nadie lo sabe porque no suelo hablar sobre ello y aparte porque ya no me gusta bailar. Esa historia ya la sabes.

—Es jodido.

—¿El qué?

—Dejar de hacer cosas que te apasionan solo porque otra persona lo arruinó para ti.

—Lo es —Suspiré—, pero son cosas que pasan y debes conformarte a la mala. Tal vez el día que me sienta preparada lo retome sin sentirme disgustada o sin tener miedo.

O sin tener que ponerme completamente ebria para conseguir bailar.

—Sé que algún día lo conseguirás. Ya has conseguido dejar atrás algunos miedos que te detenían de disfrutar tu vida como lo mereces. Sé que lo harás con esto.

—Gracias por la confianza —Sonreí de manera sincera.

Antes de que agregáramos algo más a la conversación, llegaron con nuestros platillos y con el vino. Nos sirvieron en nuestras respectivas copas y de nuevo se retiraron.

Al tomar un sorbo del vino, solté un pequeño sonido de satisfacción.

Estaba muy bueno.

Comenzamos a cenar y mientras más tiempo pasaba, la pregunta que realmente quería hacerle taladraba con más fuerza en mi cabeza.

—¿Puedo preguntarte algo más? —Hablé de repente.

Neal asintió.

—Claro, ¿qué cosa?

Tomé una respiración profunda.

—La noche que nos conocimos...no me refiero a cuando nos reencontramos en la gala. Me refiero a la primera vez, en el club —Comencé, sintiéndome algo dudosa—. ¿Estabas ahí por trabajo?

—Estaba haciendo una investigación —Respondió—, sobre el hombre por el que te pregunté.

—Y de todas las personas que estaban ahí, ¿por qué me preguntaste a mí?

Me miró a los ojos.

—Sé que sonará grosero, pero...no pretendía ir detrás de ti. Para ser sincero, esa noche iba con una persona en específico, el que supongo era tu jefe —Aclaró—: Bruno Alighieri.

Mi cuerpo se tensó al instante.

—¿Y por qué no lo hiciste?

—Porque mientras estaba en el público, esperando el momento adecuado, tú te posaste frente a mí, me miraste a los ojos y...entonces olvidé hasta mi nombre —Dejó escapar una risa baja y entre dientes—. No suelo ser impulsivo, pero esa noche sentí la necesidad de serlo. Es por eso que fui detrás de ti, porque quería que me miraras una última vez y porque quería hablar contigo, aunque supiera que probablemente ni conocías al tipo de la foto.

—¿Querías hablar conmigo?

—Sí, quería saber si tu voz era tan atrayente como tu mirada. Pero, entonces me besaste, pasó lo que pasó y para cuando salí de tu camerino, ya era bastante tarde como para hablar con el dueño. Él ya había dejado el club esa noche.

Picoteé mi comida disimuladamente.

—Entonces...¿no lo conoces en persona?

—Solo sé su nombre y dónde puedo encontrarlo —Se encogió de hombros—, pero no, nunca lo he visto.

Alcé la cabeza y le regalé mi mejor sonrisa.

—Es mejor así. Si hubieras hablado con él en lugar de hablar conmigo, probablemente no estaríamos aquí.

Pero...tal vez si yo no hubiera bailado frente a él, si me hubiera posado frente a cualquier otra persona y no frente a él, tal vez no hubiera ido detrás de mí. Tal vez su plan original se habría ejecutado y entonces él conocería a Bruno y nada de lo que pasó hubiera pasado.

Cambié el tema, por lo que comenzamos a hablar de cosas muy diferentes. Con cada palabra, me comencé a sentir cada vez más relajada, dejé de pensar en el club y entonces disfruté la noche en compañía de Neal Hardy.

Me hizo reír y sentir cómoda, justo como había logrado que me sintiera desde que dejé mis miedos atrás cuando estaba con él.

Y es que...Neal me hacía sentir que todo estaba bien.

Me hacía sentir segura.

Pronto terminamos de cenar, así que nos retiramos para ir a su apartamento. Apenas si cruzamos la puerta cuando nos atacamos la boca como si fuéramos un par de salvajes sin autocontrol.

Nuestras lenguas se encontraron al mismo tiempo que mis manos tomaron su cabello para atraerlo más. Ese ligero sabor a licor en su boca, me embriagó por completo y causó que el deseo comenzara a crecer con más furia en mi interior.

Una de sus manos se posó en mi garganta y la otra hizo un recorrido por todo mi cuerpo, empezando en mi muslo hasta subir a los tirantes de mi blusa y bajarlos para exponer mis pechos. Mordió mi labio inferior antes de separarse un poco y descender con besos por toda mi mandíbula, pasando por mi cuello hasta detenerse en mis pechos.

Otra fascinación que tenía.

Me arqueé y gemí sonoramente cuando su lengua se encontró con mi pezón. El tenerlo cerca de mí, el sentir sus besos y sus roces me tenía completamente húmeda y frustrada.

—Neal...—Suspiré—. Por favor solo fóllame de una vez. Los juegos previos me matarán.

Una de sus manos se coló por debajo de la falda con la intención de acariciar mi centro por debajo de la ropa interior. Acarició mis pliegues húmedos con lentitud, con la jodida intención de torturarme. Me mordí el labio, intentando controlar un gemido que amenazaba con escapar.

—Puedo darme cuenta —Su tono fue suave y lento.

Retiró sus dedos y alzó la cabeza. Su mirada sombría y oscurecida se posó en la mía. La forma en la que me observó me cortó la respiración.

Me encantaba esa mirada, me encantaba no saber lo que maquinaba su mente porque me daba el impulso de intentar descifrarlo incluso si eso me condenaba.

Sabía que los ángeles podían salvarte.

Y que los demonios podían condenarte.

Aún me faltaba descifrar cuál de los dos era él.

—Pruébate, hechicera. Quiero que te des cuenta de lo deliciosa que eres.

Acercó sus dedos a mi boca, por lo que parpadeé para intentar salir de mi trance.

—Abre la boca —Demandó.

Obedecí de manera automática, por lo que introdujo sus dedos en mi boca. Pasé mi lengua alrededor de ellos, saboreando mis fluidos en el proceso. En todo momento miré sus ojos. No aparté la mirada.

Sabía que eso le gustaba.

Le fascinaba mi mirada.

Apenas liberé sus dedos cuando de nuevo me atacó los labios, siendo más rudo e intenso que la primera vez.

Llevé mi mano a su pantalón para acariciar su miembro endurecido. Después desabotoné y bajé al cierre para liberarlo, moví mi mano de arriba abajo, rodeándolo y arrancándole un siseo. Me pegó contra la pared y sin perder ni un solo segundo más, me alzó con total destreza.

Bajó mi blusa hasta que esta quedó por debajo de mis tetas. También subió la falda negra hasta mis caderas para darle más acceso.

Su mano libre se encontró con mis bragas y sin importarle nada más, las arrancó, importándole poco el haberlas destrozado. Lanzó lo que quedó de ellas en algún lugar de su apartamento.

—¿Tienes preservativos? —Pregunté.

Él asintió con su rostro escondido en la curvatura de mi cuello, rozando su nariz contra mi piel y olfateando mi aroma.

—Me pones la polla muy dura.

Curvé ambas comisuras de mi boca un poco hacia arriba para formar una sutil sonrisa.

—Eso no fue lo que pregunté.

—Lo sé.

Lo sentí sacar el preservativo de su pantalón, lo sentí abrirlo y colocárselo. Lo atraje del cabello cuando comenzó a restregarse contra mi entrada.

Los simples roces pronto dejaron de ser solo eso para convertirse en un movimiento hábil de invasión. Se enterró en mí, llenándome por completo y robándome un gemido alto. Incliné la cabeza hacia atrás cuando comenzó a empujar sus caderas contra las mías. Sus movimientos no fueron delicados, no fue suave ni tierno. Fue rudo, salvaje. Tomaba todo de mí y me brindaba demasiado placer. Bastante placer.

Busqué sus labios, en un intento de callar mis sonidos altos.

Le di un beso profundo que él me siguió sin perder el ritmo de sus movimientos. La excitación en mí era tanta que lo único que atiné a hacer, fue morder su labio con fuerza.

Su mano se enredó en mi cabello, pegándome más a él.

Lo liberé, echando la cabeza hacia atrás y arqueándome por la sensación de nuestros cuerpos colisionando.

—Eres...un salvaje —Jadeé.

Acarició mi cuello con su nariz, bajando poco a poco.

—¿Salvaje? —Repitió, en un tono jadeante y ronco—. ¿Quieres que sea suave, hechicera?

Disminuyó un poco, fue más lento y delicado. Alcé la cabeza, lista para protestar, pero me detuve cuando vi que formó una sonrisa ladeada y llena de diversión.

Estaba provocándome.

—No...no quiero que seas suave —Susurré.

Sus dedos se posaron en mi barbilla, obligándome a sostenerle la mirada.

—¿Y sabes por qué? —Habló bajo, inclinándose para hablarme al oído—. Porque eres apasionada y salvaje. Porque eres un jodido demonio oculto en la tierra que solo desea ser complacido y venerado.

Gemí alto cuando sus movimientos de nuevo aumentaron.

No se equivoca.

Salió casi por completo solo para volverse a enterrar en mi interior, ocasionando que mi espalda chocara contra la pared. Me relamí los labios, apretando sus hombros con fuerza.

—Mírame —Gruñó bajo, de nuevo posando su mano en mi mandíbula—. Quiero que me mires.

Grité cuando volvió a hacer lo mismo que hace un momento; salir casi por completo y volver a penetrarme de manera profunda.

—¡Joder, Neal! —Expresé de manera ahogada—. Para.

—¿Eso quieres?

Negué con la cabeza rápidamente.

—No, por favor no.

Su mano subió a mi boca, cubriéndola para ahogar mis gemidos cuando sus penetraciones se volvieron más intensas, rudas y profundas. Pegué mi cabeza a la pared, dejándome llevar por los movimientos de nuestros cuerpos. Pude sentir cada músculo de mi cuerpo contraerse cada vez más, las pequeñas gotas de sudor deslizándose en mi piel.

A pesar de que estaba cubriendo mi boca, nuestros sonidos seguían inundando por completo el lugar.

No supe cuánto tiempo pasó hasta que una presión en mi vientre comenzó a hacerse cada vez más intensa. Y después de algunos segundos más, finalmente el orgasmo me alcanzó. Mis gemidos se ahogaron contra su palma, mi cuerpo entero se sacudió por la oleada intensa de placer que arrasó conmigo y la satisfacción no hizo más que aumentar cuando él también se corrió.

Respiramos de manera agitada.

Él pronto ocultó su rostro en mi cuello.

—Te quiero en mi cama, hechicera.

Me relamí los labios.

—¿Mmh?

No me dio tiempo de contestar ya que pronto volvió a besarme mientras me llevaba a su habitación.

Y en ella, en su cama, terminó de desnudarme y me hizo suya por segunda vez en la noche.

Mis ojos se abrieron por culpa de un sonido molesto que no dejaba de taladrarme los oídos.

Mi celular.

El cual dejó de sonar pocos segundos después.

Los brazos de Neal, manteniéndome prisionera casi encima de su cuerpo, hacían que moverme me fuera prácticamente imposible.

Alcé mi cabeza y parpadeé. Estaba profundamente dormido, su cabello negro estaba completamente desordenado, sus labios rellenos, suaves y rojizos, estaban cerrados al igual que sus ojos tan bonitos. Sus cejas espesas y oscuras se encontraban poco fruncidas. Su respiración era relajada.

Podría apostar que si alguien hiciera un retrato de la manera en la que dormía, sería la obra de arte más hermosa y perfecta de todas.

Justo ahora me mantenía abrazada a su cuerpo. Mi pierna estaba enredada entre las suyas y mi mentón se encontraba recargado contra su pecho.

Dormí como nunca.

Dormí tranquilamente entre sus brazos.

Sonreí y alcé mi mano para tocar su rostro. Pasé mi índice por su ceño fruncido en un intento de relajar ese gesto.

¿Está teniendo un mal sueño?

La puta alarma de mi celular de nuevo comenzó a sonar, por lo que estuve tentada a soltar un bufido.

—Neal...—Lo llamé, pero no obtuve respuesta—. Neal.

Lo moví ligeramente.

Me apretó más.

—¿Uhm? —Murmuró.

—Mi celular está sonando —Susurré—. Libérame.

—No —Su tono fue ronco y adormilado.

—Neal —Lo reprendí.

Resopló pero aun así me liberó. Me levanté rápidamente antes de que volviera a tomarme y me acerqué a mi bolso. Quité las alarmas y lo dejé en su sitio. Cuando me giré, Neal ya me observaba. Sus ojos recorrieron mi cuerpo desnudo con total interés.

Me acerqué mientras enarcaba ambas cejas.

—Acabas de despertar —Lo señalé con mi dedo.

—¿Sabías que el sexo matutino es muy rico? —Atrapó mi mano, acercándome a él.

—Lo he escuchado —Sonreí.

Mi atención recayó en un objeto sobre su mesa de noche.

—¿Y eso? —Lo señalé.

Frunció el ceño sin entender. Después miró hacia donde yo señalaba solo para soltar un bufido.

—Un rompecabezas que me tiene obsesionado y que me está volviendo loco —Respondió—. Créeme que he pasado los últimos dos días intentando abrirlo, incluso estuve a punto de cortarlo por la mitad, pero no sé de qué lado está el objeto que oculta y no quiero dañarlo.

—Pero resolverlo es muy fácil.

Me estiré para tomarlo entre mis manos y evaluarlo con atención.

—Que se vea fácil no significa que lo sea —Apuntó—. Estuve investigando sobre él, pero lo más parecido que encontré fueron los cryptex. Se supone que deben tener letras para lograr abrirlos, pero como verás, este no los tiene.

—Es que este no es con letras, es un rompecabezas de sonido.

Hundió las cejas.

—¿Qué? —Formuló.

—Tienes que escuchar los sonidos —Giré una de las piezas, logrando que un engranaje sonara—. El objeto puede sonar o no sonar dependiendo de lo que hagas. Si no suena, es porque estás haciendo el movimiento adecuado. En cambio, si suena como si dos engranajes estuvieran chocando, entonces hiciste algo mal. Y la única manera de corregir los errores es volver a la posición inicial y empezar todo de nuevo. La posición inicial es alinearlo de esta manera, poniendo todos los garabatos en fila.

Acomodé el rompecabezas de tal manera que todos los dibujos que tenía quedaron alineados en fila. Neal miró en esa dirección y después me miró a mí. Su expresión delataba lo desconcertado que estaba.

—¿Cómo sabes eso?

—Mi abuela era fanática de todo este tipo de artilugios, teníamos muchos en nuestra antigua casa. Y estos en específico son muy raros de encontrar. Yo tengo uno en mi apartamento, pero es color verde —Conté al mismo tiempo que comenzaba a descifrar el puzzle. Puse todo de mi parte para ignorar que Neal seguía acostado, únicamente con una sábana que cubriendo sus caderas. No necesitaba distracción ahora—. Mi abuela lo consiguió en México hace muchos años, cerca de unas cuevas a las que fue a hacer una expedición, claro que mucho antes de venir a Chicago. Le gustaba mucho la historia y las cosas antiguas, eso es algo que heredé de ella. Por cierto, sé que te dije que me gusta la historia, pero no mencioné que estaba a nada de graduarme como historiadora, además de que también estoy interesada en la arqueología.

Neal parpadeó, alternando su vista del objeto a mí. Yo estaba muy enfocada en el rompecabezas y en platicar.

¿Estaba hablando mucho?

—Gracias a ella nació mi amor por la historia, también por cosas raras y antiguas. He descifrado objetos parecido a estos más de lo que puedo contar. Lo hacía en mis ratos libres —Me encogí de hombros.

Esto era lo más fácil el mundo. O tal vez se debía a que ya tenía práctica.

Neal se incorporó por completo cuando conseguí abrir el rompecabezas. Sus cejas se hundieron por completo, su expresión fue de sorpresa pura.

Y caí en cuenta.

—Dios...lo siento —Balbuceé—. Estaba más enfocada en hablar que pasé por alto que probablemente querías ser tú quien lo descifrara. Lo lamento, acabo de arruinarlo para ti.

Tomó el objeto entre sus manos, aún sin ser capaz de asimilar que por fin estaba abierto.

Hice una mueca a causa de su silencio.

Y me sentí pequeña cuando sus ojos se enfocaron en los míos.

—¿Har...?

No terminé de hablar ya que llevó su mano a mi nuca para atraerme y darme un beso profundo.

Me tomó de sorpresa.

Juraba que iba a molestarse.

Se separó después de unos segundos.

—Eres brillante —Dijo.

Se alejó de nuevo y volvió a tomar el rompecabezas metálico. Tomó lo que el aparato ocultaba y lo levantó frente a su rostro para mirarlo con curiosidad y extrañeza.

Era una memoria USB.

Ladeó la cabeza, enfocando toda su atención en ella.

¿Por qué la miraba así?

¿Qué significaba ese USB?

CAPÍTULO 26.
La caja de sonidos.
NEAL HARDY.

08 de enero, 2020.
PRESENTE.

Observé con fijeza el rompecabezas sobre mis manos. Alterné la vista de él a la mujer desnuda delante de mí.

Su mirada era curiosa.

Esperaba alguna palabra de mi parte.

Finalmente, dejé el objeto que ahora estaba abierto gracias a ella sobre la mesa de noche. Estuve dos días intentando abrirlo, fallando en cada intento. A Lara no le tomó ni dos minutos.

Cada vez me impresionaba más.

Era jodidamente inteligente y capaz.

Ladeó la cabeza, hundiendo las cejas en el proceso.

—Y...¿todo bien? —Formuló.

—Lara, voy a follarte.

Sus ojos se abrieron enormemente, pareciendo sorprendida por mis palabras. No le di más tiempo, ya que me abalancé contra ella, logrando que cayera de espaldas sobre la cama. Busqué sus labios de nuevo; ansioso y desesperado.

Pronto me siguió el beso de la misma manera al mismo tiempo que empezaba a mover sus caderas contra las mías, insinuándose y provocando que mi erección se presionara contra su intimidad.

Era la única que podía ponerme de esta manera.

Que solo sintiera la necesidad de poseerla y hundirme en ella hasta dejarla sin aliento.

Pasó sus manos por mi pecho suavemente, bajando por todo mi cuerpo y rozando su piel con la mía. Un suspiro entrecortado escapó de su boca, perdiéndose contra la mía.

—Neal...—Se removió con desesperación.

—¿La quieres? —Me separé de sus labios, depositando besos en su barbilla hasta llegar a su oreja. Mordí el lóbulo con suavidad, ocasionando que sus uñas se presionaran contra mi estómago—. ¿Quieres mi verga dentro de ti, hechicera?

—Sí... —Jadeó—. La quiero.

No iba a torturarnos más. No cuando solo deseaba sentir la humedad de ese coño que siempre me recibía con entusiasmo.

Abrí el cajón, tentando sin mirar hasta que encontré los preservativos. Retiré la envoltura bajo su atenta mirada y después de que me lo coloqué, volví a besarla. Sus labios eran como una adicción, era suaves y dulces. La forma en la que me permitía saborearla y no era tímida a la hora de besarme, me noqueaba por completo.

Nos hice dar la vuelta sobre la cama. Ahora yo permanecí de espaldas sobre el colchón y ella se mantenía encima de mí. Su cabello largo y con rizos deshechos, estaba completamente revuelto. Unos mechones caían por encima de sus bonitos y redondos senos. Perfectos para tocar, magrear y probar.

Y sus ojos, esos ojos que cada vez que estaban sobre mí, me dejaban débil e incapaz de pensar o actuar coherentemente, estaban llenos de excitación.

No me contuve a la hora de inclinarme para enfocarme en esos pezones endurecidos que aclamaban mi atención. Los chupé y acaricié, robándole jadeos y gemidos a Lara. Se frotó contra mí, murmurándome que me la follara ya.

No me opuse a sus exigencias. Solo me separé un poco y la miré con la intención de detallar su rostro.

Se montó sobre mi polla, bajando lentamente por toda mi longitud. Un gemido escapó de su garganta al sentirme de manera más profunda, incluso si trató de silenciarlo al morderse el labio inferior. Comenzó a bajar y subir, sus tetas brincaron en el proceso y su cabello se alborotó más.

Nuestros jadeos y gemidos llenaron la habitación por completo. El calor comenzó a subir y mis ganas de ella no hicieron más que aumentar.

Llevé mis manos a su culo para apretarlo mientras le seguía el ritmo. Sus palmas se presionaron contra mi estómago en un intento de sostenerse. Vi sus ojos cerrarse cuando le fue incapaz de mantenerlos abiertos. Su espalda se arqueó en el momento en que mis movimientos aumentaron, cuando comencé a penetrarla con rudeza y fervor.

—Lara, mírame —Le exigí.

Me gustaba que sus bonitos ojos se enfocaran en los míos. Su mirada tenía algo que me hacía sentir hipnotizado y perdido.

Hizo lo que pedí y yo disfruté oírla, ver sus gestos, recibir sus murmuros y las palabras que, sin darse cuenta, dejaba salir.

Porque no lo notaba, pero cuando estaba demasiado excitada y cerca del clímax, hablaba muy sucio.

—Dios, Neal. Que buena polla tienes —Su voz apenas fue un murmullo audible—. No te detengas, no...no pares.

Con una de mis manos subí por toda su espalda hasta llegar a su cabello y tomarlo con firmeza. Echó la cabeza hacia atrás, gimiendo cada vez más alto y esta vez, aferrándose a mi pierna para mantener el equilibrio.

—¡Joder! Que bien me follas —Y más murmuros de su parte—. Que rico...

Rico es tenerla a ella montándome.

Dejé salir un siseo bajo, entrando y saliendo con más brusquedad. Sus paredes vaginales se apretaron a mi alrededor, lo cual solo ocasionó que el placer y el deseo aumentaran más. Sus uñas se incrustaron en mi piel. Se movió de manera ansiosa, buscando alivio.

Detallé su expresión cuando se corrió, temblando sobre mi cuerpo y dejando salir un grito, uno que por más que lo intentó, no logró detener.

—Neal...por... —Formuló con la voz entrecortada.

Me aferré a sus caderas, sintiendo como después de algunas estocadas más, por fin pude liberarme en medio de un gruñido. Cerré los ojos y me relamí los labios al sentir el éxtasis recorrer cada zona de mi cuerpo.

Ambos respiramos agitadamente. Por minutos eternos, simplemente buscamos regular nuestras respiraciones.

Se dejó caer a mi lado cuando salí de ella. Pronto me quité el preservativo y le hice un nudo. Lo dejé en el cesto de basura junto a la cama y me dejé caer sobre el colchón.

Joder.

Mi corazón estaba desenfrenado.

Lara se acomodó a mi lado, depositando su cabeza en mi pecho y acurrucándose contra mi cuerpo. Llevé mi mano a su cabello y comencé a acariciarlo suavemente.

—Sabes que son como las ocho de la mañana, ¿no? —Susurró—. ¿Cómo es posible que tengas tanta energía a esta hora?

—Tú eres la causa de esa energía —Me encogí de hombros. Seguido de esto, tomé su barbilla con delicadeza para que conseguir que me mirara—. ¿Tienes hambre?

Asintió e hizo un tierno puchero. Me incliné para besar sus labios, por lo que no tardó en suspirar.

—Prepararé algo —Informé.

Ambos nos levantamos para vestirnos. Mientras yo me vestía con algo cómodo, la noté a ella vagar desnuda por toda mi habitación.

Era difícil contener mis impulsos con semejante vista.

Se colocó su ropa una vez que la encontró. Después hizo una mueca incómoda, se rascó el cuello y me miró.

—¿Pasa algo? —Cuestioné.

—Me destrozaste las bragas, es...diferente usar falda sin ellas —Rio levemente.

Alcé las cejas al recordarlas. Debían estar en algún rincón de la sala completamente deshechas.

Luego de un rato, cuando ambos desayunamos, entonces la llevé a su apartamento. Después de eso volví al mío. Recogí el desastre que había quedado de la noche anterior, incluyendo las bragas rotas de Lara. Las guardé en mi cómoda y procedí a darle comida a Nela.

Su cascabel sonó por todo el lugar cuando corrió directo a su plato de comida.

—Lo lamento —Hice una mueca—. Estaba ocupado.

Como si me entendiera.

Sacudí la cabeza y fui de nuevo a mi habitación para tomar el USB. Fui a la oficina que tenía en el departamento y encendí mi portátil. Me senté en la silla, esperando pacientemente a que encendiera. Cuando la pantalla se iluminó, procedí a conectar la memoria.

Automáticamente se abrió la pestaña de archivos que contenía la memoria. Solo había una carpeta, el nombre eran cuatro letras en mayúsculas.

N.A.H.A.

Parecían ser mis iniciales, aunque también podían significar otra cosa.

Arrastré la flecha y presioné para entrar a la carpeta. Una vez que cargó, me encontré con un solo vídeo que duraba exactamente seis minutos. Lo reproduje y miré con atención.

Durante varios segundos solo vi una pantalla en negro. Estuve a punto de adelantarlo hasta que la escena cambió.

Esta vez, yo estaba en la grabación.

Fue captada por una CCTV. Era en una bodega enorme que no estaba nada vacía ya que había más personas conmigo. Personas que en este vídeo, se encontraban subiendo paquetes repletos de droga a una avioneta.

La grabación era de hace tres años. Recordaba cada momento de ese día porque estuve a punto de morir en esa misión en la que estuve infiltrado para acabar con una red de narcotráfico. Esto fue justo unos minutos antes de que la FEIIC llegara y se ocasionara un tiroteo en el que no sobrevivieron los hombres que acarreaban las toneladas de droga.

Yo estaba de pie junto al líder: Lorenzo Amato. Me gané su confianza, fingí muy bien mi papel, tanto que incluso después del interrogatorio, él seguía sin creerse mi traición.

No vivió tanto.

Unos reos lo asesinaron antes de que pudiéramos obtener información de sus socios.

La siguiente escena fue del interrogatorio. Era dentro de la central y yo podía verme en la grabación hablando con Lorenzo y leyendo su expediente criminal.

Nada de lo anterior me alteró o causó algún efecto en mí, pero la siguiente escena, sí que lo hizo.

Era Lara.

Lara en su auto.

Lara en la editorial.

Lara entrando a mi edificio.

Lara en su apartamento cambiándose la ropa, siendo filmada por las ventanas como…si esa persona hubiera estado espiando desde el edificio frente al suyo.

Estuvo tan cerca de ella.

La imagen pronto cambió.

Ahora era mi hermano quien aparecía en el vídeo, era él entrando a su casa junto a Zack; su marido. Ambos estaban ajenos al hijo de perra que los grababa desde el otro lado de la acera.

Joder.

La imagen cambió una vez más.

La última parte del vídeo, fueron imágenes de mis documentos, de la información que solo la organización tenía sobre mí.

Mi familia.

Mis propiedades.

Mi expediente clínico.

Mi diagnóstico.

Mi rango, mis fortalezas, mis habilidades. Todo.

El vídeo finalizó con las palabras *«ojo por ojo...»*.

¿Cómo es que la persona que grabó esto sabía quién era yo?

Éramos cuidadosos a la hora de infiltrarnos, nunca dejábamos huella. Aparte, el único que podría estar buscando venganza, era Lorenzo.

Pero no era posible. Ya estaba muerto.

¿Alguno de sus empleados?

Si era así, debía ser un cabrón muy inteligente. Hackear el sistema de la FEIIC, obtener grabaciones y el expediente de uno de sus agentes, era casi imposible.

Tomé mi celular y marqué un número que me sabía de memoria. Me lo llevé a la oreja y solo esperé hasta que me atendieron.

—Niñito —Me saludó una vez que me contestó—. ¿Y eso que llamas tan temprano? Deben ser las once de la mañana en Illinois.

—Tú y Zack deben dejar su casa un tiempo. De preferencia, cuanto antes.

Guardó silencio unos segundos.

—A ver, ¿qué? ¿Por qué? —Su tono delató su confusión.

—Te lo explicaré después, ahora solo necesito que salgan de ahí unos días, por lo menos hasta que todo esto se resuelva.

—¿Y a dónde se supone que iremos? ¿Un hotel es seguro?

—No, quédense en la casa que tengo en Parga. Nadie sabe de su existencia, eso la hace el único lugar seguro —Suspiré con pesadez.

Mi casa en Grecia era la única que no aparecía en el vídeo debido a que la había adquirido hace nada.

—Es que si no me dices las cosas, entonces no puedo entender el por qué debo dejar Londres —Bufó—. ¿Qué pasará con el empleo de Zack? ¿Qué pasará con el mío? No puedo dejar el hospital así, tengo cirugías programadas y…

—Solo serán unos días. Te doy mi palabra de que resolveré esto pronto —Le dije mientras me levantaba de la silla—. Eres el único hermano que me queda, Nathan, por eso necesito que confíes en mí y que me permitas cuidar de ti.

—Necesito saber, Alain.

—Lo resolveré —Prometí—. Cuando lo haga te explicaré, ¿bien?

Después de unos eternos segundos, finalmente suspiró.

—Confío en ti, hermano.

Asentí aun sabiendo que él no podía verme.

—Bien —Hablé bajo—. Una cosa más.

—¿Qué ocurre?

—Asegúrate de que nadie los siga.

Guardó silencio un momento, tal vez pensando en un por qué de mi actitud.

—Bien, me aseguraré de que nadie nos siga —Carraspeó.

Tan pronto finalizó la llamada, me dispuse a marcar un nuevo número.

Esperé hasta que él atendió.

—NAHA.

—Buen día, Wesley —Le dije—. Necesito pedirte un favor.

—Dígame, ¿en qué puedo ayudarlo?

—Necesito que empieces el trámite para ingresar a una persona al programa de protección de testigos de la FEIIC.

—¿Cuál es el nombre? —Cuestionó.

Exhalé con lentitud.

—Lara Spencer Cabrera.

—De acuerdo, iniciaré con el trámite ahora mismo —Me dijo—, ¿algo más, agente?

—Sí, algo más —Me incorporé sobre mi asiento—, que me hagas quedar a cargo de su seguridad.

—Entendido, NAHA.

La llamada finalizó, pero yo no aparté los ojos de la pantalla.

¿Por qué ella?
¿Quién está cazándola?

13 de enero, 2020.
PRESENTE.
LARA SPENCER.

Me estiré por completo para seguir la rutina de yoga. Tomé respiraciones profundas, aun manteniendo los ojos cerrados. Por suerte estaba relajada, no estaba para nada tensa debido a que estos días habían sido muy tranquilos.

Las cosas en casa estaban excelentes.

En mi trabajo todo iba bien, excepto por Elaine que era todo un huracán de un lado a otro. Con esto de la búsqueda de la casa ideal para ella, Mason y su bebé en camino, estaba como loca. Ellie era muy perfeccionista y quería que la distancia de su casa al trabajo, el tamaño, la armonía y el lugar en donde se establecieran, fueran perfectos.

Por otro lado, las cosas con Neal estaban casi perfectas.

Estos días había estado algo distraído.

La última semana estuvo un poco silencioso y pensativo. De repente se perdía en sus pensamientos, pero cuando lo llamaba, volvía a ser el mismo hombre de sonrisa maliciosa y mirada felina.

Dios, era asombroso.

Con él me sentía muy bien y la química que teníamos cuando estábamos juntos, simplemente ya no podía negarla. Me desarmaba por completo cada vez que me miraba, cada vez que me tocaba o me besaba. Y después, volvía a armarme de nuevo.

Me gustaba pasar tiempo con él, me gustaba que me corrompiera, que me hiciera tragar todas las promesas que me hice y todos mis miedos. Y sobre todo, me gustaba que nunca me forzaba a intimar con él, simplemente sucedía y me gustaba que fuera sea. Me encantaba que él tampoco se contuviera, que me sedujera y me hiciera caer directo a sus pies.

Nos convertimos en un par de adictos necesitados de la droga que solo nosotros podíamos darnos cuando estábamos juntos.

Había dormido algunas noches en su apartamento debido a que era el único lugar en el que estábamos a solas ya que Tommy vivía aquí y no sabía que tenía algo con Neal. Solo intuía que estaba con alguien. Después de todo, había noches que no llegaba a dormir y él no era nada estúpido.

—¿Crees que logre hacerte caer al suelo si te empujo con mi pie? —Cuestionó mi hermano—. Pienso que sería fácil debido a tu posición y te aseguro que sería tan divertido ver cómo golpeas tu rostro contra el piso.

—Te mato. Lo juro —Advertí.

Tommy dejó escapar una risa baja y entre dientes.

—Pero será divertido, anda —Siguió molestándome.

—Será divertido dejarte dormir en el pasillo para que la vecina vea cómo babeas.

Ahora sí dejó de reír.

—*Agh,* que molesta eres.

Me incorporé lentamente, colocando mis palmas sobre mis rodillas. Formé una sonrisa burlona y esta vez me giré para verlo.

—Pero sin llorar, niñito.

Rodó los ojos antes de darse la vuelta para ir a la cocina y así servirse un poco de cereal en un plato. Se sentó en una de las sillas y comenzó a comer sin dejar de lanzarme esa mirada reprobatoria.

Reí bajo antes de comenzar a recoger mi tapete y mis pesas.

—¿Te duele algo? —La preocupación envolvió su tono cuando lanzó esa pregunta.

Ladeé la cabeza, hundiendo las cejas en el proceso.

—No, ¿por qué?

—Caminas raro.

Oh...

Eso.

Carraspeé, enfocando mi atención en otra cosa y tratando de encontrar una buena mentira.

—Me tropecé en las escaleras cuando llegué del trabajo —Fingí desinterés—. Solo es un poco de incomodidad en mi tobillo, pero no está tan mal.

La verdad es que, Neal era muy...salvaje.

O yo lo era.

Siendo honesta, no lo sabía con seguridad. Después de todo, las marcas de mis uñas en su espalda o en sus hombros, las marcas rojas en su cuello y las pequeñas heridas en sus labios causadas por mis mordidas gritaban que yo no era ni tímida ni dulce en la cama.

—Deberías ponerte pomada o algo para que estés mejor para mañana.

—Para eso debo ir a comprarla y te aseguro que me da flojera salir a la calle en este momento.

—Si quieres paso a la farmacia cuando salga de la cafetería. Aunque… creo que hoy me quedaré hasta el cierre —Hizo una mueca—. Bueno, te aviso.

Siguió comiendo más cereal después de que terminó de hablar.

—Gracias, si puedes traerla sería genial —Le dije—. Iré a ducharme, cierra cuando te vayas.

Él formuló algo con la boca llena solo para molestarme. Le hice un gesto de desagrado, con este gesto consiguiendo que él riera.

Caminé hacia mi habitación para tomar mi ropa y después fui al baño. Luego de darme una ducha rápida y vestirme, volví a mi habitación. En el camino noté que Thomas ya se había marchado antes de que se le hiciera más tarde para ir a su empleo.

Me estiré y bostecé mientras me acercaba a mi mesita de noche. Tomé las pastillas anticonceptivas que descansaban sobre ella y me llevé una a la boca. Después bebí un poco de agua para pasarla.

Sí, decidí tomar anticonceptivos.

Neal y yo nos cuidábamos mucho, pero hace años también fue así y no terminó muy bien.

Fue por eso que, por mi propia cuenta, decidí protegerme. Así que fui al médico hace unos días y él me recetó las píldoras. Era lo mejor. Me hacía sentir más segura.

No quería que volviera a pasar lo mismo que hace años.

No quería que la historia se repitiera.

Suspiré mientras encendía mi laptop para navegar por internet en busca de información de la universidad a la que quería aplicar.

No le mentí a Tommy en año nuevo cuando le dije que quería terminar la universidad, realmente quería hacerlo. Quería obtener mi título y dedicarme a lo que estudié.

Sí, me gustaba mi trabajo actual. Me iba bien y por supuesto estaba en deuda con Ellie por haber cambiado mi vida, pero no quería dedicarme a eso por siempre.

No cuando desde que era una niña, solo dos cosas me llenaron por completo de emoción y felicidad: la historia y la danza.

Por lo menos a una de las dos me quería dedicar.

Una vez que me metí a la página oficial de la universidad y revisé los pasos a seguir, las fechas de los exámenes y todo lo demás, quedé satisfecha.

Estuve a punto de encender la televisión, sin embargo, el timbre de mi apartamento interrumpió mis planes. Bufé y me puse de pie para dirigirme a la entrada. Abrí una vez que llegué y lo que me encontré fue a un hombre sosteniendo una caja y portando uniforme de algún servicio de paquetería.

—Buenas tardes, ¿con Lara Spencer? —Cuestionó.

—Soy yo.

Me tendió la caja, por lo que la tomé sin dejar de fruncirle el ceño.

—¿Quién envía esto? —Mi tono fue bajo y temeroso.

Se encogió de hombros, dando a entender que no sabía.

—Su firma aquí, por favor —Pidió, señalando una tabla con una hoja. Esperó pacientemente hasta que reaccioné y tomé la pluma para firmar. Le agradecí antes de que se retirara y me dejara en medio del pasillo sosteniendo una caja que jamás pedí y que la verdad, hasta me daba miedo abrir.

Carraspeé y cerré la puerta, quedándome nuevamente a solas en mi apartamento. Caminé y dejé la caja sobre la barra de la cocina. La decoración me resultó preciosa: un papel morado y un listón de un tono más oscuro que el papel. No había ninguna nota por fuera.

No me gustaba recibir paquetes, no desde el último que recibí.

Pero sabía que debía abrir este y averiguar qué había en él.

Tomé una respiración profunda que me armó de valor para llevar mis manos a la caja y empezar a rasgar el papel. Cuando lo retiré por completo, entonces levanté la tapa para descubrir el interior.

Y tan pronto retiré el crepé morado que cubría el objeto, el miedo se evaporó para convertirse en rabia.

Otra replica de mi antiguo antifaz.

Justo como el que recibí antes.

¿Por qué Bruno seguía haciendo esto?

¿Cómo es que tenía el descaro de mirarme a los ojos y tratar de desprenderse de todas las culpas, para después hacer esto?

Tomé la nota junto al antifaz para leerla. Las palabras me hicieron apretar los puños y los labios.

«Insisto, ¿no lo usarás de nuevo?»

Dejé la nota junto al antifaz que no me atreví a tocar. Cerré la caja de nuevo y fui directo a mi habitación para ponerme una sudadera, cepillar mis dientes, tomar mi celular y las llaves de mi auto. Volví a la cocina, agarré la caja y salí del apartamento. Bajé con pasos rápidos hasta el estacionamiento, me subí del lado del piloto y lancé el paquete a los asientos traseros. No me tomó ni dos minutos salir del edificio y comenzar a conducir por las calles.

Quería terminar con esto rápido y para siempre.

Me detuve en un semáforo en rojo y tamborileé el volante con mis dedos, tomando respiraciones profundas para aplacar mi enojo. Retomé mi curso cuando se puso en verde. Me sabía el camino de memoria, después de todo fui durante muchas veces. Viví muchas cosas en ese lugar, por eso sabía que podría llegar incluso con los ojos cerrados.

Para cuando llegué, mi rabia no había disminuido para nada. Y creo que fue esa misma rabia la que me dio el valor de pararme delante de un lugar tan imponente como este.

El maldito lugar en el que viví el peor de los infiernos.

Volví a tomar la caja y azoté la puerta del auto. Me dirigí al interior del club y agradecí internamente el haber venido en este horario ya que las chicas no se encontraban. Aún era temprano, faltaban algunas horas para que comenzaran a llegar para prepararse y ensayar sus rutinas.

El club estaba un poco vacío. Solo estaban algunos guardias, personas de limpieza y otros que llevaban cajas de bebidas alcohólicas a la barra. Eran muchas, igual que lo eran cada noche que este lugar abría.

Seguía siendo igual de concurrido. Los hombres adoraban venir a este lugar.

Era por eso que Bruno se cagaba en dinero para hacer y tener lo que quisiera.

Incluida yo hace tres años.

Me dirigí al pasillo que llevaba a su oficina, por lo que un guardia me detuvo.

—Aún no es el horario de apertura, no puede estar aquí.

—Necesito pasar.

—Tiene que retirarse —Me detuvo del brazo cuando intenté pasar de él.

Me sacudí con violencia, por lo que de inmediato me soltó.

—Tengo que ver a tu jefe, así que a la mierda.

Caminé a paso rápido, huyendo del guardia que me seguía por todo el pasillo con la intención de echarme del club. Finalmente me detuve delante de la puerta que pronto abrí de golpe, importándome poco el haber causado un estruendo.

—¡¿Crees que es divertido?! —Reclamé completamente encolerizada. El ruido hizo que Bruno levantara su vista de los documentos que se encontraba revisando. Su rostro quedó desencajado debido a la sorpresa y la confusión.

—Señor, le dije que no podía pasar, intenté...

—Está bien —Interrumpió «el señor»—. Puedes retirarte.

El hombre le dio un asentimiento de cabeza antes de retirarse y cerrar la puerta para dejarnos a Bruno y a mí a solas.

Se levantó de su silla sin atreverse a apartarme la mirada.

—¿Puedo saber la razón por la que vienes a mi negocio, entras a mi oficina, burlas mi seguridad y encima me gritas?

Lancé el paquete sobre su escritorio, por lo que su mirada confusa recayó en él.

—¿A qué estás jugando? ¿Qué pretendes conseguir con esto? —Siseé, señalando la caja con mi índice—. ¿No te cansas de hacerme esto?

—¿De qué estás hablando? —Formuló.

—¡Deja de fingir! ¡Estoy harta de tus putos juegos y de tus mentiras! —Gruñí—. ¿Qué pretendías ganar enviando el maldito antifaz y la nota a mi hogar? ¿¡No te cansas de hacerme mierda!?

Entornó los ojos en mi dirección antes de acercarse a la caja para abrirla. Tomó la nota y el antifaz y los sostuvo frente a su rostro. Sus cejas se hundieron más de ser posible cuando leyó lo que decía la nota.

—Yo no envié esto, Lara.

—Ahórrate el discurso de que has cambiado y que eres inocente, ya me lo sé y te aseguro que no te creo ni una mierda.

Aplanó los labios, negando con la cabeza y conteniendo su frustración.

—Estoy diciendo la verdad. Te juro que no hice nada de esto —Dejó caer los objetos y se acercó a mí. Instintivamente retrocedí, buscando mantener la distancia—. Por primera vez en tu vida, tienes que creerme.

—¿Cómo me pides que te crea después de todo lo que me has hecho? ¿¡Cómo!? —Vociferé y lo empujé cuando pretendió acercarse más—. ¡Dime!

—Lara...

—¡Te odio! ¡Odio que todos mis problemas, que todos mis miedos y que todo siempre gire en torno a ti! ¡Solo para con esto ya y déjame tranquila!

—¡Pero es que no hice ninguna puta cosa de las que me culpas! ¡Tú nunca dejas explicar nada! ¡Siempre estás a la defensiva! ¡Siempre es lo mismo, buscas culparme de todo! ¡Si todo gira en torno a mí es porque tú así lo has decidido! —Me regresó de la misma manera—. Porque si algo malo pasa, porque si recibes algo malo, claro, Bruno tiene que ser —Me dijo al mismo tiempo que me tomaba de los hombros para acercarme a él—. ¡Tú estarás harta de que te molesten, pero yo estoy harto de reclamos absurdos y de culpas que no son mías!

Solté una risa entre dientes.

Fue baja y vacía.

—Si no te conociera como lo hago, si no supiera lo despreciable, miserable y monstruoso que eres, entonces te creería. Pero conozco la parte de ti que lastima, que daña y que mata, así que disculpa si te ofendo con mis reclamos, pero mi odio te lo has ganado a pulso.

—Eso lo sé muy bien, pero si tú me dieras la oportunidad de demostrarte que esa parte de mí ya no existe más, si me dieras la oportunidad de redimirme entonces las cosas serían completamente diferentes —Formuló en tono suave.

Y sus palabras de nuevo activaron mi enojo, mis ganas de gritar hasta quedarme sin aliento.

—¿Redimirte? ¡Me quitaste todo! ¡Te llevaste todo de mí! ¡Mis ilusiones, mis sueños, mi esperanza! ¡La esperanza de encontrar a alguien que me ame aun sabiendo todo lo que fui y todo lo que hice! —Reclamé, sacando toda mi furia contenida con palabras y con puñetazos directo a su pecho. Bruno no detuvo mis golpes, no se quitó ni enfureció, simplemente se quedó de pie recibiendo cada uno de mis golpes—. ¡Estás equivocado si crees que te daré la oportunidad de redimirte!

—Sé que lo arruiné, sé que la cagué un número incontable de veces, sé que te lastimé y que cada una de mis palabras no valen nada para ti —Respondió e intentó tomar mis hombros, por lo que retrocedí—, pero sí tienes a quien te ame, porque eres la mujer más impresionante y maravillosa que un hombre pueda tener, eres la mujer que amo y estoy seguro de que te amaré por el resto de mi vida. Voy a luchar por ti, así se me vaya la puta existencia en eso, voy a hacer de todo para recuperarte porque vale la jodida pena pelear por ti, amor.

—No vas a recuperar lo que solo tuviste a la mala. Tal vez mi cuerpo te perteneció por un puto contrato, pero mi corazón y mis sentimientos no formaban parte del trato. Quédate esperando sentado, porque después de todo lo que hiciste, estás loco si crees que podrás conseguir algo de mí —La agonía me quemó la garganta—. Acabaste conmigo, Alighieri. Acabaste conmigo todas las veces que no quería estar en tu cama y aun así tú no parabas, acabaste conmigo cuando me hiciste dispararle a una persona, acabaste conmigo cuando me obligaste a callar a base de amenazas. Y por supuesto que acabaste conmigo el día que desperté en esa clínica y mi...

—No lo digas, por favor no lo digas —Suplicó en un susurro—. Sé lo que hice y no sabes cuánto me arrepiento de eso.

—¿Te arrepientes? —Repetí de manera irónica.

Sus ojos tenían esa chispa de dolor y arrepentimiento, es esa misma mirada que me dio la última vez que nos vimos. Esa mirada que tenía intenciones de hacerme creer que había cambiado, que ya no era el mismo monstruo que me rompió en mil pedazos.

No le creí.

No le creí nada.

—Sí, lo hago. Me rompe el corazón pensar en todo el daño que te hice, me duele reconocer que te he lastimado de la peor manera y que si no estamos juntos, es solo por mi culpa —Confesó.

Solté una risa irónica.

—¿Te duele? ¿Te rompe el corazón? —Inquirí; mi tono fue falso y frío. Alcé mi dedo índice y lo presioné en su pecho sin dejar de mirarlo a los ojos—. ¿Qué corazón, Alighieri? Sabes perfectamente que aquí dentro no hay *nada más* que un maldito hueco tan miserable como tú.

Él no contestó.

No hizo nada más que observarme.

—¿No vas a decir nada? ¡Anda! ¡Grítame como siempre lo haces, humíllame como todas las veces! ¡Maltrátame como ya lo has hecho antes! ¡Saca al monstruo que llevas dentro! ¡Ese eres tú! —Demandé en un tono alto—. No esta versión arrepentida y herida que está frente a mí. Deja de fingir.

—No te gritaré, no te humillaré. Solo me quedaré de pie dejando que descargues todo ese odio que tienes por mí —Me contestó, aun sin dejar de verme a los ojos—, pero sé que eso no será fácil porque una parte de esa rabia no va dirigida a mí, sino a ti. Estás enojada contigo porque odias aceptar que antes de todo lo malo que te hice, realmente llegaste a quererme. No puedes perdonarte el haber querido a alguien tan destructivo como yo.

Colocó su mano en mi mejilla.

—Está bien, *amore mio*. Nadie elige a quién querer —Continuó hablando—. Y el que tú hayas tenido sentimientos por mí, no te hace una mala persona. No te hace igual a mí.

Llevé mis manos a la suya para apartarlo.

Una risa gélida y entre dientes salió de mí.

—Tú mataste cualquier sentimiento enfermizo que pude haber tenido por ti el mismo día que me convertiste en una asesina. Después de esa noche, solo te he repudiado y ni por un solo segundo he dejado de hacerlo.

Caminé a la puerta del despacho y la abrí. Salí del lugar sin agregar nada más a nuestra conversación y dejándolo a él detrás de mí. Pude sentir la mirada de algunas personas mientras cruzaba el club para llegar a la salida.

Una vez en mi auto, arranqué y conduje hasta quedar lo más lejos posible del club. Unos minutos bastaron para que me estuviera estacionando junto a un parque medio vacío. Recargué mis manos en el volante y respiré profundamente un par de veces.

Él tenía razón.

Lo quise.

Antes de comenzar a temerle, sí lo llegué a querer. Me preocupaba por él y una parte de mí, deseaba que todo fuera diferente. Pero reprimí todo eso cada vez que él era un completo cabrón y me daba cuenta de que nada más nos uniría salvo el contrato. Para mi mala fortuna, esos sentimientos buenos hacia él, volvían a resurgir cada vez que me cuidaba, que tenía gestos lindos o cada vez que actuaba como si yo realmente le interesara.

Mi corazón saltaba de alegría cada vez que él me sonreía.

Pero todos los sentimientos puros que sentí por Bruno, murieron la noche que me convirtió en una asesina. Se transformaron en miedo y pánico cuando comenzó a abusar de mí. Y después del miedo, llegó el odio. Llegó el día que me llevó a abortar.

Fue estúpido pensar que alguien como él de verdad podría ser noble.

Me dejé cegar por mi inexperiencia y por la facilidad que él tenía para manipularme.

Pero yo ya no era la misma de hace tres años, ya no era la mujer que intentaba buscar un poco de bondad en él.

Ahora era la mujer que solo quería que él desapareciera por completo de su vida.

CAPÍTULO 27.
La casita del árbol.
LARA SPENCER.

18 de enero, 2020.
PRESENTE.

—¿Estás seguro de que esto es seguro? —Cuestioné en un tono meramente nervioso.

Derek se acomodó el guante negro con los dientes y asintió con la cabeza, no sin antes bajar su casco para cubrir su cabeza.

—Mientras no te disparen en un ojo... —Respondió, acomodando la marcadora frente a él—. Aunque es por eso que llevas la máscara de protección.

Llevé mi mano a mi rostro de manera instintiva para asegurarme de que tenía puestas las gafas de protección. Sí, sí las tenía. No tendría que preocuparme por quedarme sin ojo.

Escuché los gritos de Sandy en algún punto del enorme terreno rodeado de árboles y murallas de protección. Pronto se escuchó un disparo que acabó con los gritos de mi amiga. Brinqué en mi lugar y formé una expresión de horror por culpa del disparo.

Miré a Derek.

—Quiero irme.

—Oh, no seas miedosa, Larita.

Me recargué contra un barril enorme para cubrirme.

—¿Acaso no escuchaste los gritos de Sandy? —Inquirí—. ¡No quiero terminar igual que ella!

Soltó una risa burlona.

—No pasará. Te lo aseguro.

—¿Sabes a qué nos enfrentamos? —Interrogué—. ¡Ese tipo ha pasado como diez años de su vida disparando armas! ¡A eso se dedica!

—Su compañera fue la primera en ser eliminada. Y por lo que acabamos de escuchar, también Sandy lo fue. Eso nos deja a Neal y a Mason solos. Simplemente hay que esperar a que uno elimine al otro para así solo tener un enemigo. Entre los dos lo acabamos y listo; ganamos —Explicó; sonando como un verdadero estratega—. Solo esperemos que sea Mason el que quede, de lo contrario...

—Mejor ve cavando tu tumba, Castle. Yo no sé disparar y si queda el agente Hardy, tú y yo estaremos muertos.

Estábamos en un enorme campo de paintball.

Para que los equipos fueran justos, los elegimos al azar. Colocamos los nombres de los chicos en un vaso y cada una de nosotras sacó un papel sin mirar.

Mi compañero era Derek, Sandy fue la de Mason y a Neal le tocó con la hermana menor de Derek: Bella.

Fue la primera en retirarse del juego ya que su hermano le disparó. Apenas y duró cinco minutos jugando, pero se retiró como toda una diva aceptando su derrota y gritándole a Neal que nos pateara el culo.

Sus palabras, no las mías.

La acababa de conocer hoy ya que era su último día aquí y querían organizar una despedida al estilo Castle. Estábamos en propiedad de su familia, en el campo de paintball que su padre les construyó a sus hijos cuando eran muy chicos.

Aunque bueno, al parecer Bella era como nueve años menor que Derek. Después de todo, aun estaba en el instituto y mañana debía volver a su internado porque sus vacaciones de invierno se acabaron.

Se escuchó el sonido de un arma ser descargada varias veces y seguido de eso, la carcajada alta de Elaine.

Ella no jugó por su embarazo. Decidió sentarse junto a Viviane Castle —la madre de Derek—, para beber jugo y platicar.

A ella y a su esposo los conocí en la boda de Ellie. Fueron invitados de Mason.

Derek se asomó un poco por encima del barril para evaluar nuestro entorno. Soltó un siseo antes de regresar a su lugar.

—Tengo dos noticias, una buena y una mala. ¿Cuál te digo primero?

—¿La buena? —Mi tono fue inseguro.

Carraspeó y me miró.

—Ya eliminaron a uno más.

Tenía miedo de preguntar, pero sabía que debía hacerlo.

—¿Y la mala? —Mi tono bajó.

Derek se inclinó como si estuviera a punto de contarme algo súper importante.

Ciertamente, esto sí era importante.

—La mala es que el eliminado fue papi Vaughn. Con esto quiero decir que nosotros dos debemos enfrentarnos a Hardy.

—Listo, moriremos.

—¿Entonces se supone que debo cazarlos? —El tono de Neal fue lo suficientemente alto como para que lo escucháramos. Me encogí en mi lugar, mis manos temblaron mientras sostenía el rifle y el nerviosismo comenzó a hacer su acto de presencia.

Como si esto fuera real.

Eran de pintura, pero aquí estaba yo; siendo una miedosa como siempre.

Derek me hizo una señal para que me moviera por los barriles y así conseguir despistar a Neal. Yo negué frenéticamente con la cabeza.

Ni loca me movería de aquí.

—Este es un buen momento para fingir que soy el villano de alguna película de terror o algo por el estilo —De nuevo habló. Y esta vez, se escuchó más cerca—. ¿Cuál me queda mejor? ¿Jason? ¿Michael Myers? ¿Ghostface?

—Chucky —Gruñó Derek por lo bajo.

—Ay, no. Se está acercando —Lloriqueé, cubriéndome el rostro.

Sí, estos éramos Derek y yo.

El dúo más cobarde de la historia.

Éramos una decepción para cualquier fanático del paintball.

—Oigan, si sabían que el juego consiste en dispararnos entre todos, ¿no? —Un grito escapó de mi interior en el mismo momento que escuché a Neal a mi lado.

Estaba erguido, con el arma descansando detrás de su nuca y con las manos sosteniendo cada extremo de esta. Se rio un poco cuando notó el susto que me dio, pero después simplemente se enfocó en Derek.

—¡Lara corre! —Me gritó este último.

Y entonces eso hice. Me pasé por el lado contrario a donde Neal estaba y corrí por mi vida, como si realmente estuviera en peligro. Escuché los disparos detrás de mí, luego las malas palabras. Ambos se estaban enfrentando mientras yo buscaba un lugar para esconderme.

No pasó mucho hasta que lo encontré.

Era como un túnel pequeño en el suelo, era lo suficientemente largo como para que pudiera entrar por él. Y la ventaja, era que ambos extremos estaban descubiertos. Tenía dos salidas.

La estructura era similar a la de un neumático, solo que más largo.

Me arrastré por el suelo con todo y mi rifle. No pude evitar sentirme sofocada por culpa del chaleco y del casco, pero aun así seguí con mi camino hasta que quedé a la mitad de la estructura. Cerré los ojos con fuerza cuando escuché pasos cerca y viniendo en mi dirección.

No hablé ni hice ni un solo movimiento porque estaba la posibilidad que el tipo que estaba allí, fuera el loco de Neal Hardy.

Me cubrí la boca con la mano para evitar hacer algún sonido.

Está a mi lado.

Puedo escucharlo.

Abrí los ojos nuevamente cuando por un par de minutos eternos, no escuché absolutamente nada. Miré fijamente por el hueco frente a mí y…

—¡Mierda! —Vociferé en cuanto Neal se puso de cuclillas frente a mí.

Me encontró.

Me observó con curiosidad.

—¿Sabías que tus piernas sobresalen por el otro extremo? —Inquirió al mismo tiempo que ladeaba la cabeza—. Es interesante.

Intenté observar detrás de mí para comprobarlo.

No mentía.

Tragué saliva, de nuevo enfocando mi atención en el pelinegro.

—¿Y Derek?

Neal presionó sus dedos en su frente, claro que, por encima del casco.

—Tiene una bonita marca morada en la frente.

—¿Le diste en la frente? —Cuestioné.

—Habría sido demasiado cruel darle en los testículos —Reflexionó.

—¿A mí dónde me darás?

Rio bajo.

—Si me hablas así, solo ocasionarás que me distraiga.

—Ese es el punto.

Me removí de manera ansiosa para salir de la estructura. Lo peor de toda esta situación, era que descubrí que estaba atorada y que Neal me tenía a su merced. Si iba a morir en este campo, al menos esperaba que no fuera doloroso.

Entornó los ojos cuando notó que quedé atorada por culpa del rifle.

—¿Necesitas ayuda, preciosa?

Bajé la cabeza y recargué mi frente contra el suelo.

—Por favor —Hice un puchero que él no vio.

—Vamos, dame la mano —Su voz de nuevo me hizo mirarlo. Tenía la mano extendida en mi dirección, esperando a ser tomada.

—¿Cómo sé que no me dispararás en cuanto salga? —Señalé.

—Si quisiera dispararte, ya lo habría hecho.

Entorné los ojos en su dirección.

—¿Por qué debería creerte?

—Porque soy un hombre de palabra —Se encogió de hombros—. Vamos, hechicera. Déjame ayudarte.

Finalmente estiré mi mano para tomar la suya. Me tomó con firmeza y comenzó a arrastrarme hacia él. En cuanto pude salir, comencé a sacudirme la ropa para quitar cualquier cosa rara que se me pudo haber pegado.

—¿Lo ves? Te dije que si quisiera disp...

Mi disparo lo calló.

—¡Já! ¡Toma eso! —Festejé—. ¿Creíste que estaba atorada?

Me miré las uñas con indiferencia y con una actitud altiva.

Él no dijo nada, simplemente tragó saliva y poco a poco, se fue doblando sobre su lugar; no sin antes llevarse las manos a la entrepierna.

Le di en el estómago.

¿No?

Mi expresión de triunfo cambió cuando noté que la mancha de pintura no estaba donde se suponía que había apuntado: su estómago.

La mancha amarilla se podía percibir justo en su pantalón.

¿Le disparé en las bolas?

—¿Neal...? —Mi tono estaba lleno de preocupación—. Dios, lo siento, lo siento tanto. Creí que...creí que había apuntado bien. ¡Joder es que yo no sé disparar un arma! ¡Tengo una puntería terrible!

Negó con la cabeza.

—Estoy...estoy bien. Solo necesito... —Alcanzó a formular mientras se quitaba el casco.

Imité su acción. Yo también me quité el casco.

Llevé mis manos a su espalda, en un intento de reconfortarlo con mis palmadas.

—¿Qué necesitas?

¿Y si lo dejé sin descendencia?

¡Me odiará por el resto de su vida!

Tomó respiraciones profundas y me miró de reojo.

—¿Te sientes mejor?

Negó con la cabeza.

—¿No? —Hice una mueca.

Volteó por completo.

Nuestros ojos se encontraron.

—Me sentiré mejor con un beso.

—¿Un beso? ¿En dónde? —No me molesté en ocultar mi confusión—. ¿En la polla?

Señalé su entrepierna.

Neal soltó una risa baja y divertida.

—Interesante propuesta, pero no —Hizo un mohín—, quiero un beso en la boca.

Miré a mi alrededor para asegurarme de que estábamos solos, luego me incliné un poco para darle un beso corto y rápido. Apenas fue una presión, una que al parecer no le gustó del todo porque entornó los ojos en mi dirección cuando me separé.

—Pero uno bien, hechicera.

Alcé una ceja.

—Que exigente eres —Me crucé de brazos—. A mí me parece que estás en perfecto estado, ni parece que te lastimé.

Me dedicó una pequeña sonrisa, de nuevo doblándose y soltando un quejido.

—¡Que dolor!

Lo golpeé en el brazo al notar el atisbo de diversión en su tono.

—¡Eres un cabrón! ¡Creí que te había lastimado! —Lo reprendí—. ¿Acaso tienes testículos de acero?

Su risa cesó ante mi molestia. Enseñó los dientes de manera inocente y se señaló la entrepierna.

—Mason y yo siempre venimos preparados con protección especial en la entrepierna porque Derek tiene una pésima puntería. Créeme que cuando éramos adolescentes, recibí muchos disparos de Derek en el polla —Hizo una mueca, como si lo estuviera recordando—. No quería asustarte.

—¡Creí que te había herido! —De nuevo lo golpeé en el brazo, por lo que de nuevo él soltó una carcajada armoniosa y agradable.

—Tú me engañaste primero. Yo creí que realmente habías quedado atascada —Me regresó mientras señalaba el cilindro detrás de mí—. Estamos a mano, hechicera.

Alcé las manos y di unos pasos hacia atrás.

—No, no estamos a mano porque te vencí —Le restregué—. ¡Le gané al agente especial Neal Hardy!

—Con trampa.

—Pero te gané.

—Pero ganaste —Aceptó su derrota.

—¡Y esto tiene que saberlo mi compañero! —Expresé, de repente sintiéndome demasiado animada. Me alejé a paso rápido para llegar a Derek.

Es que tenía que saber que yo; la mujer que no quería salir de su escondite por miedo a ser eliminada, fui la vencedora.

Nuestro equipo quedó de pie.

Cuando por fin llegué, los jugadores ya se encontraban descansando y esperando señales de vida de Neal y mías. Alcé los puños al aire en cuanto me acerqué a Derek.

—¡Lo hicimos! —Le informé entre risas. El hombre también alzó los brazos para celebrar conmigo.

—¡Le pateaste el trasero al policía gruñón! —Vociferó justo antes de llegar a mí.

Me levantó y nos hizo dar vueltas.

—¡No, panterita! ¡Se supone que eres el de mejor puntería! —Se quejó Bella—. ¿Acaso te dejaste ganar?

—Fue una victoria limpia, ella es muy buena —Respondió Neal. Se acercó a la chica para rodear sus hombros con un abrazo—. Ánimo, a la próxima ganamos.

Bella hizo un puchero, no muy complacida.

Era una chica muy bonita. Era rubia como el padre de Derek. Sus ojos eran oscuros y sus facciones angelicales. Seguramente debía tener la misma edad que mi hermano.

—No puedo enojarme contigo, panterita. Después de todo, a mí me eliminaron primero —Enseñó los dientes con inocencia—. Que vergüenza.

—Eres muy mala en esto, Isabella —Le dijo su madre—. Lo heredaste de tu padre.

El señor Castle abrió la boca para mostrarse completamente indignado.

—Me molestaría, pero recordé que ahora me debes quinientos dólares. Después de todo, apostaste al equipo de Bella y Neal y perdiste —Se miró las uñas con indiferencia y luego nos observó a Derek y a mí—. Siempre confié en ustedes, incluso después de que pasaran la mayor parte del juego escondidos para que no les dispararan.

Elaine rio ante esas palabras.

—Desde acá lográbamos ver que estaban escondidos detrás de esos barriles —Dijo, señalando el lugar que nos resguardó a ambos.

—En nuestra defensa...—Pensé en una excusa.

—No hay defensa —Terminó Sandy.

—Exacto —Acepté, yendo a su lado y tomando un vaso para servirme un poco de jugo de naranja. Estaba muy sedienta.

Observé el lugar sin prisa, maravillándome con cada detalle.

La casa de los Castle era enorme. Estaba ubicada frente a la playa, el terreno era enorme y todo fue diseñado por el padre de Derek, puesto a que también era arquitecto. La casa contaba con tres pisos, muchas habitaciones, sala de juego y hasta su propio bar. El jardín trasero estaba lleno de flores y árboles, un tanto alejada se encontraba la piscina y un área para hacer parrilladas y fiestas.

Había un camino un poco largo que llevaba a este campo de paintball y a su lado una cancha de soccer y de básquetbol. Era como una casa de ensueño, una casa de ensueño que el señor Castle le construyó a su familia. Y creo que lo mejor de todo, era la bonita familia que forman, el amor y el cariño que había. Todo se sentía muy cálido.

Derek se acercó a Elaine y Mason, con una mirada curiosa en su rostro.

—¿Y bien? ¿Ya saben el sexo de su bebé?

Ambos negaron al mismo tiempo.

—Queremos que sea una sorpresa —Respondió Ellie.

—¿Cómo que una sorpresa? ¿Por qué? —Preguntó Derek rápidamente.

—Sí, lo hablamos y a los dos nos emociona que sea inesperado —Fue Mason quien habló esta vez, encogiéndose de hombros.

—No pueden hacerme esto —Se quejó el castaño y después señaló a Neal—. ¿Y qué pasará con mi apuesta? No quiero esperar nueve meses para ganar.

—O perder —Secundó Neal.

—Pero no faltan nueve, Elaine está de más de cuatro meses —Corrigió Sandy. Yo asentí en acuerdo.

—Aguarden...ustedes dos, chiquillos molestos y revoltosos, ¿apostaron el sexo de nuestro hijo? —Inquirió Mason, con los ojos entornados en dirección a sus amigos.

Derek y Neal se miraron entre ellos.

—Eh...sí —Contestó Derek.

—Tal vez —Siguió Neal.

—¡Eso está mal! —Exclamó Elaine.

—¿Y no me invitaron? —Soltó Mason al mismo tiempo que ella, pero al darse cuenta de las palabras de su esposa y la mirada que le lanzó, carraspeó disimuladamente y adoptó una expresión de severidad—. Eh... sí, está mal. Eso.

Inesperadamente, la madre de Derek pellizcó la mejilla de Vaughn con cariño.

—Pero mírate, ¿quién diría que el chico rebelde que conocí, sería todo un hombre serio que está a punto de ser papá? —Expresó. Después miró a su hijo con reproche—. Tú ya te estás tardando.

—¿Alguien tiene hambre? —Cambió de tema rápidamente.

Bella rio un poco, mirando a su hermano mayor.

—¡Yo! ¡Vamos a comer! —Lo apoyó.

Nos pasamos al área del jardín en donde ya estaba la parrilla y todo lo que necesitábamos para la comida. Las chicas y yo nos ofrecimos a ayudar a preparar las cosas que se necesitaban para la carne, los vegetales, el guacamole y demás. Estábamos debajo de una palapa, un tanto alejadas de los hombres del lugar.

Todos estábamos algo abrigados ya que después de todo, por la fecha en la que estábamos, el clima era jodidamente frío.

—¿Y hace mucho que conocen a Mason y a Neal? —Cuestionó Elaine, al mismo tiempo que seguía con su labor de cortar tomates.

—Desde que son unos niños. Hubo una época en la que casi no veíamos a Neal porque su familia iba y venía de Inglaterra todo el tiempo, pero cuando se quedó por varios años aquí, los tres eran igual de inseparables que ahora. Mason y Neal se la vivían aquí. Incluso estuve pensando en decorarles su propia habitación a cada uno de tanto que venían —Contestó Viviane, con una sonrisa en los labios—. No me quejo, siempre ha sido agradable tenerlos en este lugar. Solo Dios sabe cuánto los amo. Para mí, esos dos también son mis hijos.

—Mis hermanos mayores y sobreprotectores —Se unió Bella.

—Entiendo por qué les gustaba estar aquí, tienen una casa enorme y espectacular —Dijo Sandy, mirando a su alrededor—. Es hermosa.

—Creo que no es tanto por eso, simplemente a ninguno de los dos les gustaba estar en su casa. Entre más lejos mejor.

—Lo entiendo por Mason, sé por qué no le gustaba. ¿Pero también era lo mismo con Neal? ¿También discutía mucho con sus padres? —Preguntó Elaine.

Bella y su madre hicieron una mueca al mismo tiempo.

—Es muy diferente. De Víctor Vaughn puedo rescatar varias cosas, como que apoya a su hijo, que lo ama y que aunque tarde, buscó todas las maneras posibles para redimirse y buscar el perdón de Mason, pero respecto a Neal… —Sus ojos se llenaron de tristeza—. Ese niño es un sol, merecía mejores padres de los que le tocó.

Afortunadamente, cambiaron el tema de conversación ya que dijo que las cosas de Mason y Neal, eran solo de ellos dos y que habló de más. Yo realmente sentía mucha curiosidad respecto a Neal, pero lo que sea que tuviera para decir, lo quería saber directamente de él.

Eso era lo correcto.

Luego de un rato, después de comer y que cada uno se enfocara en alguna platica o en pasear por el jardín y todo eso, yo me alejé un poco para ir al baño. Una vez que terminé, volví al jardín para reencontrarme con los demás.

En el camino me encontré con Neal, el cual evaluaba una casita del árbol por fuera.

Parecía dispuesto a subir.

—¿Entrarás? —Cuestioné, llegando por detrás.

Se giró al escucharme.

—Ven, te mostraré algo.

Me tomó de la mano, por lo que ambos empezamos a subir por las largas e interminables escaleras de madera en forma de caracol. Ciertamente, la casita estaba muy alta, debían ser muchos metros de distancia entre el suelo y ella. Cuando llegamos, pude notar que era de material firme y que había una ventana justo frente a nosotros.

Una ventana con una hermosa vista.

Podías mirar el mar desde ella, podías sentir la brisa golpeando contra tu rostro.

Oh, es maravilloso.

Había una pequeña cama en una esquina, con sábanas blancas y limpias. Había un escritorio con una lámpara y una silla frente a ella. Incluso un estante lleno de libros. Era como una *mini* habitación arriba de un árbol.

—Vaya...—Suspiré.

Neal se acercó a la ventana.

—Es un lugar bonito y tranquilo, ¿no lo crees?

—Lo creo.

—No recuerdo la última vez que estuve en esta casa. Probablemente tenía...¿diecisiete años? —Se llevó los dedos a la barbilla, algo pensativo—. Seguro que un par de meses antes de cumplirlos.

—¿Por qué? Creí que venías mucho a la casa de los padres de Derek.

—Cuando estaba joven sí, de hecho, me la vivía aquí. Pero cuando cumplí diecisiete años, me fui a vivir a Londres con mi hermano mayor, luego entré a la academia, estuve un tiempo allí. Y para cuando salí, empecé a trabajar y a viajar mucho —Explicó—. Claro que vengo seguido a esta casa, pero hace mucho que no venía a esta zona.

—Entiendo —Asentí, acercándome a él—. Escuché que venías seguido, que te gustaba estar aquí.

—Me la vivía aquí, por no sé cómo es que los padres de Derek no se cansaron de eso —Soltó una risa suave. Se recargó en la ventana, admirando la vista.

—¿Y por qué te gustaba estar aquí? ¿Por el paintball?

Sonrió un poco, negando con la cabeza.

—No. Me gusta venir porque este lugar siempre se ha sentido como un verdadero hogar —Se encogió de hombros—. Muy diferente al lugar en el que crecí. A Derek le tocó tener una buena familia, buenos padres. Alguien como yo, habría vendido su alma al diablo con tal de tener unos padres como los suyos.

Lo miré a los ojos.

—Tú no hablas mucho de los tuyos.

—No tengo nada bueno que decir sobre ellos.

Ladeé la cabeza. Sabía que no debía, pero sentía curiosidad sobre él. Quería conocerlo más.

—¿No hay algo bueno? Algo, por más mínimo que sea.

—Me dieron lo que se supone que es una obligación: un techo, comida, educación y cosas que solo el dinero podría comprar, pero lo único que les agradeceré, es el haberme dado a mis hermanos. Mis hermanos fueron lo único bueno que mis progenitores me dieron.

—¿Lo único? Son...son tus padres, estoy segura de que te aman.

Me pasó un mechón de cabello detrás de la oreja, mirándome con atención.

—No todos los padres aman a sus hijos, hechicera —Murmuró en un tono amargo—. Y no todos los hijos están en la obligación de amar y agradecer a personas que los hicieron mierda una y otra vez.

—Pero...

—No quiero hablar de ellos, no son un tema en el que valga la pena gastar saliva —Interrumpió—. Me gusta hablar de cosas agradables, personas que me hacen feliz: como los padres de Derek. Ellos han sido unos verdaderos padres para mí, así que no necesito a los duques sabiendo que tengo a los Castle.

—¿Los duques?

Neal carraspeó, desviando la mirada unos segundos.

—Es un apodo.

—Entiendo, tu amor por poner apodos —Sonreí un poco—. Entonces, ¿quieres mucho a los padres de Derek?

—No te imaginas cuánto. Son excelentes personas y durante años me brindaron un hogar cálido al que llegar. Han tenido un sinfín de detalles extraordinarios conmigo; detalles como este —Me dijo—. Robert y Viviane saben que me gusta leer, por eso es que decidieron construir este lugar para mí. Fue hace más de diez años. Un día simplemente llegué y me dieron esta sorpresa.

—Dios…ellos realmente suenan como personas maravillosas.

Me enternecía la manera en la que hablaba de ellos. Había tanto cariño en sus ojos y en su voz.

Era todo lo contrario a cuando hablaba de las personas que le dieron la vida, no había sentimientos positivos en él cuando se refería a sus propios padres.

—Lo son, de verdad que lo son.

Le pedí que me contara más, por lo que duramos un buen rato en la casita del árbol.

24 de enero, 2020.
PRESENTE.

Le sonreí a la chica detrás del mostrador una vez que tomó mi orden. Miré la hora en el reloj de mi muñeca y por poco sonreí al darme cuenta de que aún tenía tiempo. Tiempo suficiente como para esperar mi orden de bollos y chocolate caliente de esta cafetería.

Sentí la mirada de alguien encima, por lo que de inmediato alcé la cabeza. A mi lado estaba un hombre que se me hizo ligeramente conocido. Dicho hombre tenía los ojos entornados en mi dirección como si estuviera tratando de hacer memoria.

—Te recuerdo —Dijo, pareciendo muy seguro de sus palabras.

—Ah...¿a mí?

—Sí, a ti —Asintió—. Por poco me arrollas hace unos días.

Y entonces lo recordé; era el hombre que se me cruzó enfrente hace unas semanas, ese mismo que iba al restaurante. Bueno, el mismo que por poco no llegaba porque *casi* terminaba debajo de mi auto.

—Oh...entonces le debo una disculpa.

—Procura prestar más atención, hay personas a las que no les interesan las disculpas.

Uy.

Hice una mueca.

—Lo sé —Musité.

Pronto le entregaron su orden, así que se acercó para pagar. A pesar de eso, él no se marchó, no, no lo hizo. Él solo se quedó de pie observándome.

Casi suelto un suspiro de alivio cuando me entregaron mi orden. Le extendí una sonrisa cordial al hombre antes de darme la vuelta y caminar a la salida. Cuando estuve fuera, él también salió.

Caminé en dirección a mi auto, el cual dejé un poco alejado por la falta de estacionamiento. El hombre venía detrás de mí, a una distancia prudente, pero sin despegar su mirada de mí.

Vamos...tal vez solo va en la misma dirección que yo.

Tomé respiraciones profundas, acelerando un poco mi paso para subir lo antes posible a mi auto. Doblé en una calle y mi pulso se aceleró cuando él también lo hizo. Incluso, logré notar que la velocidad de su caminata incrementó.

Mi cuerpo entero comenzó a temblar.

Un escalofrío recorrió mi cuerpo.

Saqué las llaves de mi auto y lo desbloqueé con el control. Rápidamente me monté en él, cerrando las puertas con seguro.

El hombre siguió derecho, cruzó la calle y se acercó a un auto nuevo, negro y con los cristales blindados. La ventana trasera bajó un poco, por lo que solo se alcanzaron a apreciar unos ojos.

No pude ver el color por culpa de la distancia. No supe de qué color era.

Solo supe que me estaba observando.

Mi respiración se normalizó cuando pasados dos minutos, el coche arrancó, alejándose finalmente de mí.

Me recargué contra el respaldo, cerrando los ojos y negando con la cabeza.

«*Solo estás siendo paranoica, Lara. Solo fue una coincidencia*».

CAPÍTULO 28.
Galas e intercambios de pareja.
LARA SPENCER.

10 de febrero, 2020.
PRESENTE.

La gala de los *Vaughn*.

La bendita gala de los *Vaughn*.

La misma que se celebraba esta noche y a la que había sido cordialmente invitada.

Aunque…dudé en asistir cuando me enteré de la temática de este año.

Un baile de mascaradas.

La última vez que usé un antifaz fue en ese club.

No me sentía cómoda con la idea, pero al final decidí que esto no tenía por qué arruinarme la noche.

Solo era un antifaz. Podía lidiar con ello.

—Sí, definitivamente puedo —Carraspeé—. ¿Qué sería lo peor que podría pasar? ¿Qué Neal se entere de dónde nos conocimos? —Solté un resoplido cargado de burla—. Por favor, solo me bastó abrir la boca mientras estaba ebria para acabar con mi *gran secreto*.

Suspiré, pasándome las manos por el vestido. Era rojo y de satín porque me encantaba esa tela. Era largo, cubriendo mis pies. Solo se alcanzaba a ver mi pierna derecha gracias a la abertura que tenía el vestido. Era un diseño lindo. Era de tirantes y también tenía tiras que iban cruzadas en mi espalda.

Mi cabello iba completamente liso, así como solía estar casi todo el tiempo. Había dos broches plateados del lado derecho y cerca de mi oreja para que combinaran con mi antifaz, el cual también era plateado y con detalles de encaje.

Tomé una cartera a juego y en ella guardé las llaves del apartamento, efectivo, mis tarjetas y mi celular. Después de darme unos últimos retoques, finalmente salí de mi habitación, no sin antes tomar el antifaz y un abrigo. El apartamento estaba vacío ya que mi hermano fue a acampar a la playa con su grupo de amigos. Le presté mi auto para que tuviera como moverse, después de todo no lo necesitaría esta noche.

Cerré la puerta con llave y caminé por el pasillo hasta llegar al elevador. Una vez en él, marqué el piso a la recepción y esperé pacientemente. Por suerte no duré tanto en la caja metálica.

No quería que mi cita esperara tanto tiempo.

Las puertas se abrieron, por lo que salí y fui a la entrada. Sonreí abiertamente cuando vi a Neal, el cual hacía un par de minutos ya había avisado de su llegada. Yo di el paso hacia él y fui yo la que tuvo el impulso de hacer el primer movimiento; llevé mis manos a sus mejillas y lo acerqué para juntar nuestros labios sin darle la oportunidad de reaccionar a tiempo.

Pero, tan pronto salió de su asombro, me siguió el ritmo del beso, profundizándolo y rodeando mi cintura con su brazo. Me apretó contra su cuerpo, acariciando mis labios de esa forma que me hacía perder la cabeza. Simplemente me tenía loca la forma en la que me envolvía.

Barrió mis labios un par de veces más, antes de separarse un poco. Enredó su dedo en un mechón de mi cabello y me miró a los ojos.

—Será difícil mantener las manos lejos de ti toda la noche si te presentas de esta manera frente a mí —Me dijo.

—¿De qué manera?

—Tan tú. Tan hermosa.

Sus palabras me enternecieron, lograron que mi corazón saltara de alegría en mi pecho. Sonreí tímidamente, inclinándome de nuevo para dejar un beso corto sobre sus labios provocativos y suaves.

—Tú no te quedas para nada atrás, Hardy. Siempre tan candente y guapo —Le guiñé un ojo.

Alzó la comisura de su boca un poco.

—El mejor de los halagos viniendo de ti —Comentó, subiendo sus manos a mis hombros para frotarlos un poco—. ¿Lista, hechicera?

Asentí.

—Lista.

Se alejó y abrió la puerta del copiloto. Agradecí y subí en él. Me acomodé en el asiento, colocándome el cinturón y esperando a que él subiera de su lado.

Lo miré rodear el coche.

Lucía un traje negro muy elegante y aparentemente muy caro. El saco era negro, al igual que los pantalones de vestir y la corbata. La camiseta era blanca y de botones. Su traje se amoldaba muy bien a su cuerpo y contrastaba con la oscuridad de su cabello.

Finalmente subió de su lado, cerró la puerta y se colocó su cinturón. Encendió el auto después de mirarme y asegurarse de que yo ya me encontrara lista y protegida.

—¿Alguna vez te imaginaste que terminaríamos de esta manera?

Al parecer mi pregunta lo sorprendió, porque pronto se encontró hundiendo las cejas.

—¿De esta manera? —Repitió.

—En el mismo auto, siendo acompañantes y un día después de haber estado follando en cada rincón de tu departamento —Aclaré.

—Era difícil imaginarlo cuando parecía que tu actividad favorita tenía por nombre *«Huir de Neal»* —Respondió—. Pero...

Guardó silencio, dejándome a mí a la espera de lo que iba a decirme.

—¿Pero?

—Nada importante —Se encogió de hombros—. ¿Y tú? ¿Alguna vez lo imaginaste?

¿Alguna vez lo imaginé?

Creo que estuve muy ocupada evitándolo como para ponerme a pensar en algo así.

—Siendo sincera, creo que jamás se me pasó por la cabeza que pudiéramos tener algún acercamiento más allá del amistoso, ya sabes, por Ellie y Mason. Tú viajas mucho y cuando estabas aquí, prefería evitarte para no ponerme nerviosa.

Asintió, aún con su vista enfocada en la carretera.

—¿Tan nerviosa te ponías con mi presencia?

—Tu forma de mirar y de ser, hace que cualquiera se ponga nervioso —Musité—. Aún lo sigo estando cada vez que me miras de esa forma tan profunda e intensa. Me miras como si quisieras descifrarme.

Me ponía nerviosa cada vez que estaba a solas con él y sus ojos me seguían por todo el lugar, observando con curiosidad y atención cada uno de mis movimientos.

—Tal vez no te das cuenta, pero realmente lo intento.

Deberías parar.

Si logras descifrarme, entonces solo encontrarás cicatrices y demonios de mi pasado.

Y no te gustará.

No te gustarán mis demonios. No te gustará mi alma. No te gustaré yo.

Le dediqué una pequeña sonrisa.

—Te costará. Lamentablemente para ti, no soy tan transparente, así que tendrás que esforzarte y poner en práctica todo ese raro entrenamiento militar que seguramente sirve para descifrar a las personas o algo por el estilo.

—Solo funciona con los criminales. ¿Acaso eres un criminal, hechicera?

—Top uno de los diez más buscados. Que no te engañe mi carisma, esta sirve para atraer víctimas. Tú caíste muy rápido.

—Soy fácil cuando se trata de ti.

—Muy fácil.

—Y no me avergüenzo por ello.

Solté una risa suave.

No tardamos mucho en llegar a ese enorme y elegante salón de eventos que tenía una entrada abarrotada de camarógrafos que buscaban fotografiar a cualquier famoso que les paseara por enfrente.

Era un evento muy exclusivo, aunque también tenía un fin muy bueno: era para la caridad.

Todo lo recaudado en la subasta, iba dirigido a instituciones que se encargaban de proteger y darle una vida digna a personas desafortunadas.

Víctor Vaughn —el padre de Mason— empezó desde abajo y sin nada. Había escuchado su historia en una que otra entrevista. Careció de muchos recursos cuando era niño, pero su atractivo y su carisma hicieron que representantes de la industria del cine se interesaran en él. Empezó siendo actor de reparto, después protagonista en muchísimas películas en su época. Se hizo muy reconocido y rico, tanto que pronto empezó a meterse en los negocios.

Ahora era uno de los hombres con más poder y dinero en el país.

Y su hijo no se quedaba atrás, después de todo, Mason expandió el imperio de su padre. Tenían hoteles en todo el mundo y empresas muy reconocidas.

En fin, ahora Víctor Vaughn tenía muchas fundaciones y gran parte de sus ingresos iban para personas que crecieron en las mismas condiciones que él.

Neal bajó del auto y pronto estuvo rodeándolo para abrir mi puerta y ayudarme a bajar. Un chico llegó a nuestro lado con intenciones de estacionar el auto, por lo que Neal le dio las llaves.

Miré mi antifaz unos segundos antes de llevarlo a mi rostro para colocármelo con cuidado. Él imitó mi acción. Se colocó ese antifaz negro que combinaba perfectamente con su vestimenta y su aura. Un antifaz que resaltaba esos ojos tan llamativos.

Me ofreció su brazo para que lo tomara y así poder caminar a la par por la alfombra larga que se presentó ante nosotros. Le extendí una sonrisa pequeña y sin dudarlo lo tomé.

Pude respirar con normalidad y tranquilidad cuando entramos al enorme lugar y quedamos lejos de los reflectores. Dentro había muchas personas que se movían de un lado a otro con clase y todos ellos llevaban antifaces. Había de todos los colores, tamaños y diseños.

La decoración era bonita, ostentosa y elegante al igual que la última vez. Había meseros que iban de un lado a otro con bandejas llenas de copas y aperitivos. Las ofrecían a los que estaban en las mesas o los que estaban por ahí conviviendo.

—¿Vamos? —Preguntó Neal, instándome a bajar las escaleras para llegar a los demás. Moví la cabeza afirmativamente y lo seguí.

Una vez abajo, noté la inigualable cabellera rubia de Elaine, junto con su hermosa figura. Mantenía su palma sobre su vientre, el cual ya era bastante notorio. A su lado se encontraba su marido quien la abrazaba de la cintura mientras le decía algo que pronto la hizo reír.

Neal y yo nos acercamos a la pareja y saludamos a ambos. Al verme, Ellie sonrió enormemente y se acercó para abrazarme.

—¡Que bella estás, Larita!

Me dejé envolver entre sus brazos. Fue efusiva, justo como solía serlo cuando estaba muy emocionada. Elaine tenía una chispa encantadora que estaba segura duraría toda su vida.

—¿De qué hablas? Tú luces fabulosa, *mami* —Llamarla así, se había convertido en mi cosa favorita. Después de todo, en unos meses tendría un bebé—. ¿Cómo va el embarazo? ¿Ya lo pensaron bien y sí quieren saber el sexo de su bebé?

—No —Respondieron ella y Mason al unísono, un tanto exasperados de la misma pregunta que les habían hecho últimamente.

Desde que todos supimos que aún no querían saberlo, habíamos insistido en que cambiaran de opinión pues moríamos de curiosidad.

—¿Cómo sabré si estoy comprando el regalo correcto para su bienvenida? —Hice un puchero.

—Lo que decidas regalarle será muy bien recibido —Dijo Mason.

Ellie asintió en acuerdo, antes de observarnos a Neal y a mí con curiosidad.

—¿Ustedes llegaron juntos? —Preguntó.

—Sí —Contestó el hombre.

—Thomas se llevó mi auto, Neal me dio un aventón y pues aquí estamos.

—Eso —Siguió Neal—. ¿Derek ya está aquí? Es raro que su efusividad no...

—¡Amorcito!

—Oh, ahí está —Se giró para encontrarse con Castle—. ¡Solecito!

Las demás personas no prestaron atención puesto a que el tono de sus voces no fue tan alto.

Derek se encontraba acompañado de una rubia hermosa, de vestido blanco y de antifaz del mismo color. Terminaron de acercarse y ambos nos extendieron una sonrisa amable. El hombre pronto nos presentó a su acompañante; Margo.

Era encantadora.

—Afortunadamente este año no me perdí de las excentricidades de papi Mason —Apuntó Derek con diversión—. Hay muchas personas aquí, pero no pude reconocer a nadie por culpa de estos —Señaló el antifaz—. Solo pude reconocer al gobernador, pero bueno, es difícil ignorarlo cuando siempre está rodeado de personas que quieren llamar su atención.

—¿El gobernador está aquí? —Cuestioné, mostrándome muy sorprendida.

Alonzo Feramore hace un año fue el alcalde de Chicago, pero este año fue electo gobernador del estado de Illinois, por lo cual ahora su familia y él eran mucho más importantes que antes.

Para mí, era un buen líder.

Se preocupaba por el pueblo y cumplía sus promesas. Yo voté por él por lo mismo, ya que parecía confiable y sus propuestas fueron mucho mejor que las de sus contrincantes.

—Sí, como todos los años —Respondió Mason desinteresadamente—. Es un evento enorme e importante, por eso muchos políticos asisten.

—¿Y es amigo de tu familia? —Preguntó Ellie.

Negó con la cabeza.

—En realidad no, solo somos conocidos. Mi padre y él se llevan bien porque pertenecen al mismo círculo social, pero sus interacciones son pocas. Las amistades de Víctor pertenecen más al mundo de los negocios o Hollywood, pero no al de la política —Explicó, resolviendo las dudas y la curiosidad en el aire.

—Ya veo —Asintió Elaine—. ¿Entonces la mayoría de las personas que están aquí pertenecen al mundo de los negocios y la farándula?

—Siendo sincero, no logro diferenciar quién es quién —Formuló, haciendo una pequeña mueca—. Lo antifaces no son de mucha ayuda.

—Cierto, ¿por qué este año fue así?

—Un tipo anónimo donó mucho dinero a la fundación, su única condición era que este año la gala fuera de mascaradas. No tuvimos problemas, después de todo la temática es algo sin importancia y ese dinero puede servirles a personas que lo necesitan —Mencionó el marido de mi mejor amiga.

—¿Y por qué lo quiso así? —Curioseé.

—Probablemente es tímido y no le gusta mostrar su rostro en sociedad —Habló Elaine, frunciendo un poco los labios.

Un mesero se acercó con copas de champaña, por lo que casi todos tomamos uno.

—¿La señora Vaughn desea alguna bebida en especial? —Le preguntó a Elaine.

—Lo que sea está bien, solo que no contenga alcohol, por favor.

Él asintió y se marchó para ir en busca de la bebida.

Ya estábamos casi todos reunidos, a excepción de Sandy. También fue invitada al igual que yo, pero no pudo asistir esta vez. San Valentín estaba cerca y su novio la sorprendió con un viaje de una semana. Se fue ayer por la mañana. Estaba muy emocionada por ese viaje.

Ellie le dijo que no se preocupara por no cuidar a su padre esta semana. Paulette —la novia del padre de Ellie— se ofreció a quedarse con él. Después de todo, pasaban la mayoría del tiempo juntos.

Después de un rato, Derek y Margo se disculparon con nosotros para ir a la pista. Pronto se alejaron, por lo que ahora solo quedábamos cuatro, eso hasta que Mason besó la cabeza de Ellie antes de hablar.

—Ven aquí, te presentaré a algunas personas —Le dijo.

—De acuerdo —Le sonrió, luego nos miró a Neal y a mí—. Disfruten de la velada, chicos.

Se fueron a quién sabe dónde, pero ciertamente tampoco le tomé importancia.

Por fin se fueron todos.

—¿Tú logras reconocer a las personas que están aquí? —Pregunté, mirando a nuestro alrededor. Él imitó mi acción, entornando un poco los ojos hacia las personas para intentar reconocerlas.

—Un poco. Logro reconocer al gobernador y a su familia, al padre de Mason, a los padres de Derek y al capitán Causer.

—¿Capitán Causer?

—El capitán de mi escuadrón. El que justo viene hacia acá —Informó.

Me puse al lado de Neal cuando noté a dos personas llegar; una mujer y un hombre. Ella era de complexión delgada, de facciones frágiles, hermosas y angelicales. Su cabello era rojizo e iba atado en un peinado muy refinado. Iba tomada del brazo de un hombre alto y que a simple vista parecía fuerte. El cabello de él era castaño claro con pequeños destellos dorados, sus ojos eran negros y su actitud severa e imponente.

Parecía que ninguno de los dos pasaba de los treinta y cinco años, pero sí lucían un poco más mayores que Neal y yo. Aunque también era difícil de saber con exactitud por los antifaces en sus rostros.

Pero eran una pareja muy atractiva.

—Hardy —Formuló el hombre.

Incluso su voz era severa.

El pelinegro a mi lado le dio un asentimiento de cabeza.

—Capitán —Saludó de vuelta, después hizo lo mismo con la mujer—. Señora Causer.

—Buenas noches, agente Hardy —Sonrió de manera cortés, después me enfocó—. ¿Y la señorita a su lado es...?

Neal me miró, dándome a mí la opción de responder la pregunta.

—Lara Spencer. Soy amiga del agente Hardy —Respondí, estirando mi mano en dirección a la mujer. Ella la tomó suavemente para estrecharla—. Mucho gusto.

—Mucho gusto, querida. Mi nombre es Samara —Se presentó, después señaló al hombre a su lado—. Y él es mi marido; Dean.

—Mucho gusto —Dijo con seriedad—. Lamento interrumpirlo en su horario de descanso, Hardy, pero hay un tema que tengo que tratar con usted. Es importante.

Neal asintió y al mismo tiempo posó su mano en mi espalda para llamar mi atención.

—Regreso en un minuto, ¿bien?

—Bien —Le sonreí.

Ambos hombres se alejaron para hablar de *esa cosa* importante, en el proceso, dejándonos a Samara y a mí solas.

—Ustedes dos forman un matrimonio hermoso —Halagué a la mujer.

Ella miró a su marido a la distancia y después regresó su mirada a mí.

—Muchas gracias. Ahora si me disculpas, debo ir a saludar a unas personas. Espero que disfrute de la gala, señorita Spencer —Me regaló una sonrisa forzada y después simplemente comenzó a caminar en dirección lejana a la mía.

Oh, bien.

Carraspeé.

Pasados unos minutos, comencé a aburrirme, así que opté por ir a la mesa de aperitivos en lo que Neal regresaba. Estuve a punto de tomar una tartaleta cuando alguien se me adelantó. Miré a dicha persona y solo me encontré con un rostro cubierto por una máscara.

No un antifaz.

Una máscara veneciana.

Una máscara blanca con detalles dorados.

Una que si por sí sola ya era espeluznante, con esos fríos ojos protegidos detrás de ella, simplemente me resultó aterradora.

Desvié la mirada, de nuevo enfocándome en las tartas y esta vez, logrando tomar una.

El hombre me dijo algo en un idioma que no reconocí para nada, por lo que alcé la cabeza para brindarle una mirada consternada.

—¿Perdón? —Formulé—. No lo he entendido.

—He preguntado si está disfrutando de la fiesta, señorita —Declaró, usando un tono de voz serio y un acento muy extraño.

—Eh...sí —Me aclaré la garganta—. Es linda.

Asintió, pero no agregó nada más. Solo se dedicó a observarme.

Su mirada, su aura y su seriedad comenzaban a ponerme los pelos de punta. Tal vez era la máscara. Dios, es que parecía sacada de alguna película de terror.

—Permiso —Le regalé una sonrisa cortés antes de darme la vuelta y alejarme. Por poco me tropiezo con Neal al dar la vuelta, pero por suerte él sostuvo del brazo para evitar que cayera. Me sonrió burlón y ladeó la cabeza.

—¿Todo bien? ¿Por qué pareces alterada? —Interrogó una vez que me soltó.

—Había un hombre que…—Me detuve cuando al mirar detrás de mí, ya no me encontré al tipo ese—. Estaba usando una máscara horrible —Susurré, hundiendo las cejas en el proceso—. Estaba a unos pasos, pero ya no…

—¿Te asustó?

—La máscara lo hizo, él apenas si habló —Me escuché murmurar—. No fue nada, solo estoy algo nerviosa —Carraspeé, antes de alzar la tartaleta para acercarla a su boca—. Come.

Alzó una ceja por mi exigencia. Después le dio un mordisco a la tarta, saboreó el merengue y movió la cabeza de arriba abajo en señal de gusto.

—Sabe bien.

Me comí lo que quedó y en el proceso solté un gemido bajo.

Era delicioso.

Durante el resto de la noche, Neal y yo estuvimos conversando y bebiendo un poco. En algún punto nos reunimos con el resto de los chicos y mantuvimos una plática agradable hasta que me disculpé y me levanté para ir al tocador. Tomé la falda de mi vestido para alzarla levemente y así no caer en el camino.

Una vez que entré al baño, me dirigí a un cubículo vacío para liberar mi vejiga. Bajé la palanca al mismo tiempo que la puerta se abría, permitiendo que una voz femenina resonara por todo el lugar.

—Ya sabes que mi padre siempre se pone pesado, Carla —Por su tono pude adivinar que no estaba contenta.

Salí del cubículo, por lo que la mujer me echó una breve mirada antes de ignorarme de nuevo para seguir con su llamada telefónica.

La mujer me pareció de lo más bella, imponente y elegante.

Su vestido era color negro, largo y pegado al cuerpo. Llevaba un collar plateado y hermoso en su cuello junto con unos aretes a juego. Su cabello era completamente negro, largo y en ligeras ondas. Parecía toda una modelo de alguna pasarela muy famosa.

Pasé de largo y me acerqué al lavabo para limpiar mis manos.

—Y más ahora que el ermitaño de mi *excuñado* salió de su cueva para reunirse con él en esta gala. Mi padre está encantado y no tengo ni idea de por qué. Parece que se le olvidó que cuando mi excuñado ya no tuvo nada que lo atara a la familia, se alejó como si no lo hubiéramos acogido como uno más de nosotros mientras mi hermana vivía —Bufó, pasándose una mano por el cabello—. Él ya no tiene nada que ver con el apellido *Feramore*, no quiso tener nada que ver con nosotros por años y ahora que nos necesita, ¿mi padre lo recibe con los brazos abiertos?

Terminé de secarme las manos.

De verdad que intenté escuchar nada, pero era tan jodidamente difícil porque ella hablaba muy alto.

Hice una mueca, abriendo mi cartera para tomar el labial del interior y así retocar mis labios. Me quité el antifaz para dejarlo sobre el mármol.

—Sí, lo sé. Es un horror —Suspiró con pesadez—. Bien, te dejo. Te llamaré después, debo volver a pasar tiempo de calidad con la familia como en los viejos tiempos.

Esto último lo dijo en un tono irónico.

Colgó después de unos segundos y mientras que yo seguía retocando mi maquillaje, ella se acercó al lavabo a mi lado y comenzó a lavar sus manos. Miró fugazmente hacia arriba antes de volver a enfocarse en lo suyo. Al menos hasta que volvió a levantar la cabeza solo medio segundo después.

Se quedó quieta y sin apartar sus ojos verdes de mí.

Ni siquiera supe cómo interpretar la mirada tan profunda que me dio.

Me quedé con el labial suspendido en el aire y hundí levemente las cejas. Pronto la confusión fue reemplazada por preocupación cuando comenzó a parpadear continuamente debido a que sus ojos se cristalizaron un poco.

—Oye, ¿te encuentras bien? ¿Sucede algo? —Pregunté.

La mujer —que debía tener más o menos mi edad— carraspeó y seguido de eso, sacudió la cabeza.

Tomó servilletas para secarse y me sonrió de manera cortés.

—Lo lamento, es solo que me recordaste a mi hermana. Se parecía mucho a ti —Aclaró.

—Oh...entiendo.

—Permiso.

Me dio un asentimiento de cabeza antes de darse la vuelta para salir del baño. No agregó nada más y tampoco me dio la oportunidad de hacerlo.

Fruncí el ceño segundos antes de volver a enfocarme en terminar de pintar mis labios. Una vez que terminé, volví a colocarme el antifaz y salí del baño. La chica de antes iba a unos metros de mí. Vi a otra mujer más grande, de cabello castaño y facciones similares acercarse a ella, por lo que deduje que debía ser su madre.

—Lucille, cariño, tu padre quiere presentarte a alguien. Te está esperando —Le informó, por lo que la pelinegra chasqueó con la lengua.

—¿Acaso Alonzo tiene tanta urgencia por casarme, que sigue presentándome a esos políticos incompetentes? —Su tono fue amargo y vacío—. No pretendo fortalecer sus lazos con nada ni nadie.

Giré en el pasillo para dirigirme a donde se encontraban mis amigos. Elaine y Mason estaban junto a Víctor. Este último tenía su mano sobre el vientre de Ellie, pareciendo contento con la idea de sentir a su nieto.

—Jamás lo había visto emocionarse por algo —Apuntó Derek a mi lado—. Y eso que lo conozco desde hace más de una década.

—La familia es capaz de cambiar a las personas.

Sonrió y asintió, dándome la razón. Compartimos un par de palabras más antes de que él se fuera con su chica y se enfocara en ella.

Una de mis canciones favoritas comenzó a sonar por lo alto.

Era *Heaven In Hiding de Halsey*.

Tuve estas ganas de ir a esa pista de baile y hacer lo que hace mucho no disfrutaba estando sobria.

Así que me acerqué a Neal y le extendí mi mano.

—¿Bailas?

Me regaló una sonrisa encantadora. Me tomó y me guio a la pista, en donde nos rodeamos de más personas. Sus dedos tocaron mi piel expuesta de la espalda. Yo llevé mi mano a su brazo para mantenerme cerca de su cuerpo.

Comenzamos a movernos al ritmo de la canción, coordinando nuestros pasos y moviéndonos con naturalidad, como si lo hubiéramos practicado toda la vida. Entrelazó sus dedos con los míos, manteniendo nuestros brazos un poco alzados. Nos mezclamos entre los demás mientras disfrutábamos del vaivén.

No me sentía incómoda entre sus brazos, no me sentía incómoda compartiendo un baile con él. De hecho me gustó. Me gustó demasiado.

Y cuando empiezas a sentir la prisa.

Un dolor de cabeza carmesí, un rubor doloroso.

Y te rindes ante el tacto.

Lo sabrás.

Puedo iniciar un espectáculo.

Puedo iniciar un espectáculo.

¿No ves lo que estás descubriendo?

Es el paraíso escondido.

Presté atención a la letra de la canción sin perder el ritmo.

La mano que sostenía la mía, poco a poco bajó por mi pierna para alzarla un poco y sostenerla al lado de su cadera. Me hizo arquearme sobre mi espalda, antes de incorporarme de nuevo y pegarme más a él. Su nariz subió con caricias por mi garganta hasta detenerse en mi barbilla. Solté un jadeo suave por el tacto. Después, alcé la cabeza para observar sus ojos.

Y cuando comienzas a mirarme.

Es una fatalidad física.

Y te rindes ante el ardor.

Lo sabrás.

Puedo iniciar un espectáculo.

Puedo iniciar un espectáculo.

¿No ves lo que estás descubriendo?

Es el paraíso escondido.

Nos separamos un poco, por lo que me hizo dar una vuelta, en el proceso soltándome para que después volviera a él. Antes de que pudiera conseguirlo, la voz de un hombre a través de los altavoces logró interponerse entre mis planes y yo.

«*Intercambio de parejas*».

Eso fue lo que dijo.

¿Qué mierda?

Por desgracia terminé en los brazos de otro hombre.

Miré un poco hacia atrás para buscar a Neal y lo encontré haciendo lo mismo mientras una mujer al azar lo mantenía contra su cuerpo, obligándolo a bailar con ella.

Miré a mi acompañante y lo que me encontré fueron unos ojos grises, una mirada plateada que reconocería siempre.

Incluso ahora que llevaba un antifaz con el diseño del *ying* y el *yang*; la mitad color negro y la otra mitad blanco. Su expresión se tornó más seria mientras veía a Neal.

—¿Qué haces aquí? —Siseé.

—¿Quién es él? —Ignoró mi pregunta.

Me rodeó con su brazo fuertemente y me obligó a bailar con él alrededor de la pista. En ningún momento aflojo su agarre, al contrario, no me dio la oportunidad de alejarme.

—Eso no te importa —Gruñí, sintiendo cómo mi sangre comenzaba a hervir del coraje—. Preguntaré una última vez, Bruno, ¿qué mierda haces aquí?

—Es un evento al que asisten personas importantes e influyentes. Creo que me conoces lo suficiente como para saber que soy una de esas personas —Respondió, mirándome a los ojos—. Entonces, preguntaré una última vez, Lara; *¿quién* es él?

Señaló con su cabeza detrás de mí.

—¿Por qué? ¿Quieres mandarle un correo contándole todo mi pasado? ¿O quieres repetirle una y otra vez que fui una prostituta para que se aleje de mí? —Apreté los dientes—. Claro, eso sería tan tú.

Tensó la mandíbula. En realidad, todo su cuerpo se tensó.

—¿Quién es?

—No tengo que responder tus preguntas. Ni siquiera tienes el derecho de hacerlas.

—Lo tengo.

Solté una carcajada seca y vacía.

—¿Y según tú por qué? ¿Acaso le debo algo, señor Alighieri? —Fingí interés en mi tono—. Hasta donde yo sé, no hay ningún asunto pendiente entre nosotros dos, así que váyase a la mierda y déjeme tranquila.

La canción de antes se acabó, por lo que empezó una nueva.

—No puedo soportar ver como otro hombre te tiene entre sus brazos, ni como se miran entre ustedes —Masculló—. Sé que lo correcto es dejarlo, pero por más que lo intento, no puedo dejar de amarte, ni puedo dejar de pensar en ti. No puedo evitar sentirme enfermo cuando te veo tan pegada a él.

—¡Cambio de parejas!

—Pues oblígate —Fue lo último que le dije a Bruno antes de zafarme de su agarre y darme la vuelta. Caminé unos pasos hasta que de nuevo sentí unos brazos tomarme por mi lado izquierdo.

Pude respirar con normalidad cuando noté que era Neal quien me tenía y quien me llevaba unos metros lejos de Alighieri; el cual había sido obligado a bailar con alguien más.

La mano de Neal se posó en mi cintura y pronto comenzó a acariciar por encima de la tela.

—¿Quién es el tipo raro que no deja de vernos? —Interrogó, mirando brevemente detrás de mí.

No me giré. Ya sabía de quién se trataba.

—Alguien sin importancia, solo un invitado más.

—El *«solo un invitado más»*, no luce contento. Si sus ojos fueran balas, apuesto a que yo ya estaría muerto —Soltó una risa baja y divertida—. ¿Le molesta que te toque?

—No lo conozco. ¿Podemos solo bailar y ya? —Le pedí—. No tenemos que hablar de alguien sin importancia.

Neal ladeó la cabeza, no muy convencido.

—Está bien.

Pasaron un par de minutos en los que de nuevo bailamos y disfrutamos la canción como lo hacíamos antes de la interrupción.

Al menos hasta que volvió a escucharse esa voz por el altavoz, salvo que esta vez, Neal no me soltó.

Su agarre sobre mí se volvió más fuerte.

Alcé una ceja, un tanto curiosa.

—Tú, un agente especial de una organización militar, ¿desobedeciendo las reglas?

Sus dedos acariciaron mi espalda desnuda mientras se inclinaba un poco para hablarme al oído.

—Tal vez es solo porque soy egoísta —Empezó, usando un tono bajo y lento—, y porque no puedo compartirte con nadie más. Así que puedes decírselo al tipo que nos mira esperando la oportunidad de tenerte entre sus brazos. Dile que no lo conseguirá.

Se alejó un poco para mirarme a los ojos.

Su mirada me gritó de mil maneras que nuestra noche aún no terminaba.

Apenas estaba comenzando.

CAPÍTULO 29.
Posesivo.
LARA SPENCER.

PRESENTE.

La canción terminó, por lo que varias personas se fueron a sentar para descansar un poco. Me quedé con él en la pista y a pesar de que otra canción comenzó, nosotros ya no nos movimos.

—La subasta debe estar por empezar —Informó—. ¿Quieres estar presente?

Negué con la cabeza.

—Vámonos —Susurré, subiendo mi mano hasta el cuello de su camisa—. Te necesito.

Las palabras que me dijo antes aún resonaban en mi mente. La posesividad con la que lo dijo causó un efecto en mí que me era totalmente desconocido. Uno que me gustó.

Cada parte de mí anheló sentirse suya de nuevo.

Sin obligaciones, sin problemas que me orillaran a esto, sin miedos. Solo quería estar a solas con él y que me reclamara, que reclamara mi cuerpo como lo hizo la primera vez, como lo había hecho cada vez que estábamos juntos.

No se opuso a mi petición, simplemente tomó mi mano y me llevó a la salida sin despedirnos de nadie.

Trajeron el auto de Neal y le entregaron sus llaves. Abrió la puerta del copiloto para que yo subiera y cuando lo hice, él fue de su lado y se ajustó el cinturón. Arrancó y pocos segundos después ya no pude ver el enorme salón.

—¿Tu apartamento está muy lejos de aquí? —Pregunté, sonando ansiosa.

—No mucho, está casi en la misma zona —Contestó. Me miró de reojo, alzando una ceja al notar mi actitud—. Llegaremos pronto.

—Uhmm —Emití.

Una de su mano se posó sobre mi pierna, subiendo con caricias por toda mi piel.

Mi respiración se volvió cada vez más errática.

Apretó mi muslo un poco, antes de que las caricias de sus dedos subieran cada vez más hasta llegar a mis bragas. Me acarició por encima de ellas, por lo que mordí mi labio inferior para contener un gemido. Llevé mi mano a la suya para evitar que detuviera sus movimientos.

Todo en mí hervía de deseo.

Tuvo razón al decir que estamos en la misma zona, porque pronto estuvimos entrando al estacionamiento. Una vez que apagó el coche, yo no desaproveché la oportunidad de bajar. De tan distraída que estaba, ni siquiera noté que los dos aún llevábamos el antifaz.

Neal posó su mano en mi espalda baja, guiándome al elevador. El camino fue rápido por suerte, pero aun así, dentro del ascensor se podía sentir el calor asfixiante con nosotros dos ahí dentro.

Él cerró la puerta con llave una vez que entramos a su apartamento. Una vez solos y protegidos, él se giró con la intención de mirarme. Sus ojos tenían un brillo nuevo en él; uno que me erizó toda la piel.

—¿Te molesta? —Cuestioné.

—¿El qué?

—Que otro me mire.

Negó con la cabeza.

—No, ¿por qué me molestaría algo así? —Se encogió de hombros.

—¿Y lo que dijiste hace un rato?

—Lo que dije es cierto, él puede mirarte como si fuera un niño al que le han arrebatado algo, puede observar desde lejos y anhelarte, pero eso no significa que vaya a tenerte. Tal vez ustedes tienen una historia, no una buena porque parecías muy incómoda a su alrededor. Y tal vez él pretenda recuperarte, pero no se lo voy a poner fácil —Aclaró, dando pasos lentos hacia mí—. Soy yo quien te tiene ahora y no tengo intenciones de dejarte ir.

—¿Y esos son los celos o la posesividad hablando? —Susurré, sintiendo mi respiración agitarse más cuando llegó a mí. Estaba tan cerca que podía sentir su delicioso aliento chocando con mi mejilla. Sus dedos comenzaron a trazar caricias en mi cuello consiguiendo que yo pasara saliva—. Dijiste que eres egoísta, ¿tanto como para no poder imaginarme en los brazos de otro?

Neal gruñó bajo, para nada contento con mis palabras.

Sonreí.

—¿O no poder imaginar a alguien que no seas tú tocándome? —Lo provoqué—, besándome... —Me moví un poco, buscando rozar sus labios con los míos—, o haciéndome *suya*.

Vi su mandíbula tensarse, antes de que él juntando nuestros labios con agresividad, me desenfocara por completo.

Ahogué un gemido, intentando seguirle la intensidad del beso.

Una de sus manos se encontraba en mi nuca, manteniéndome contra él. La otra había bajado a las tiras del vestido, las jaló para deshacer del nudo y para quitármelo de encima. No dejó de besarme en ningún momento, no hasta que el vestido quedó en el suelo.

Se separó un poco para hablar.

—Tienes una boca muy descortés. Y necesita ser educada.

Abrí los ojos para verlo.

—Hazlo —Le pedí—. Haz lo que quieras conmigo, estoy aquí para ti.

Tal vez mis palabras eran todo lo que él necesitaba oír, porque de nuevo me besó, esta vez arrastrándome a la habitación. Creí que me llevaría a la cama y estaba lista para eso, pero no fue así. Me tomó de la cintura mientras se acercaba a la mesita de noche. Pronto escuché un tintineo, pero no le presté atención.

Mordió mi labio inferior con delicadeza antes de poner un poco de distancia. Sus ojos dorados y profundos me escanearon con atención.

—Espero que hayas disfrutado el provocarme con tus palabras, hechicera —Masculló—, porque ahora utilizarás esa boca en algo muy diferente a hablar.

Lo miré, confundida.

—¿Qué harás?

—Educarte.

Tomó mis manos y antes de colocar las esposas, me observó con fijeza.

—¿Quieres hacer esto?

—Quiero esto —Solté, sin dudas y sin miedo.

Las comisuras de su boca se alzaron en una sonrisa complacida.

Colocó las esposas en mis muñecas, por lo que ya no pude mover las manos con libertad. Eran un poco incómodas debido al material, pero podía aguantarlo.

Se alejó y ladeó la cabeza, contemplando mi cuerpo desnudo y mi disposición.

—¿Te quedarás toda la noche viéndome o me enseñarás modales de una vez? —Cuestioné.

Sus ojos brillaron con interés.

—No te imaginas lo mucho que me pones cuando eres así de exigente.

—Si tanto te ponen mis exigencias, entonces te exijo que continues —Expresé—. Corrómpeme, Neal.

Tiró bruscamente de las esposas, consiguiendo que me arrodillara frente a él. Mi boca se encontró con el bulto que se marcaba en sus pantalones cuando me presionó contra él. Jadeé por el movimiento tan repentino.

Esperé ansiosa mientras él se inclinaba un poco hacia atrás. Lo vi desabotonarse y después bajar el cierre para liberar su erección frente a mí. Me relamí los labios e intenté tomarlo aun con las esposas estorbando, pero Neal me apartó las manos.

—Abre la boca, Lara —Exigió, posando sus dedos en mi mentón.

Automáticamente hice lo que me pidió. Acercó solo la punta para rozarla contra mis labios, pero no pasó tanto tiempo hasta que se introdujo por completo. Sus dedos aún se mantenían en mi barbilla, presionando para que mi boca se mantuviera abierta.

Empecé a chuparla, acercando y alejando la cabeza en cada movimiento. Lo liberé solo para lamer toda su dureza hasta llegar a sus testículos para lamerlos y succionar con delicadeza, acción que le arrancó un siseo.

Le gusta.

—Toda.

Me tomó del cabello para de nuevo introducir su polla y comenzar a follarme la boca. Mis ojos se cristalizaron un poco a causa de lo profundo que fue y porque por más que intentaba, debido a su gran tamaño, me fue difícil meterla por completo.

Coloqué mis palmas contra su muslo en un intento de sostenerme de algo. Empujó sus caderas, yendo más profundo. Yo succioné, lamí y le seguí el ritmo, disfrutándolo al igual que él.

Estaba conociendo un lado de él que no me imaginé.

Sí, sabía que Neal solía ser rudo, salvaje y demandante. Pero jamás a este punto, jamás lo había provocado de esta manera, jamás había insinuado nada de otro hombre, pero hacerlo esta noche me gustó. Me gustó el efecto que causé en él.

Me deleité con sus sonidos de placer, tanto que no pude contener los míos al saborearlo y sentirlo dentro de mi boca.

Las rodillas me dolían y el cuero cabelludo me comenzaba a picar por la presión que mantenía en mi cabello. Y no supe cuánto tiempo más estuvimos de esta manera, no supe cuánto tiempo más pasó, solo supe que era suficiente cuando se apartó de mi boca para correrse.

—Puedes hacerlo aquí, está bien —Le dije.

Sus ojos intensos y sombríos a causa de la excitación me observaron profundamente mientras movía su mano de arriba abajo sobre su polla para no desconcentrarse. Abrí la boca y saqué la lengua, lista para recibirlo. Pronto sentí el líquido caliente llenarlas mientras lo escuchaba soltar un gemido profundo. Tragué rápido y me relamí los labios, aun observando a Neal.

Su respiración se agitó más y su mandíbula se tensó al igual que todo su cuerpo.

Ladeé la cabeza.

—¿Todo bien?

Esta vez tiró de las esposas para levantarme.

Se inclinó en un intento de igualar mi altura.

—Todo bien —Murmuró, besando mi barbilla y mi mejilla hasta llegar a mis labios y devorarlos.

Su mano apretó mi culo, pegándome más a su cuerpo mientras me encaminaba de espaldas a su cama. Se posicionó sobre mí cuando caí sobre el colchón. Llevó su mano a mi mejilla y me inmovilizó debajo de su cuerpo. Mis ojos se encontraban cerrados, me encontraba disfrutando de la delicadeza de su beso.

Poco a poco se fue separando, para bajar con caricias por todo mi cuerpo, besando cada rincón de piel expuesta. Sus dedos encontraron el borde de mis bragas, por lo que no perdió el tiempo y se deshizo de ellas.

Descendió por todo mi cuerpo, deteniéndose en mi intimidad. Me separé las piernas y las coloqué sobre sus hombros.

—¿Neal...? —Jadeé.

—Que bonita te ves de esta manera.

Me mordí el labio cuando sus dedos acariciaron mi intimidad y se llenaron de mis fluidos. Tanteó alrededor y acarició con una destreza que me resultó abrumadora.

Se quitó el antifaz antes de acercar su boca a mi coño y devolverme el favor. Comenzó lamiendo mis pliegues lentamente como si quisiera torturarme.

Solté un gemido al mismo tiempo que me arqueaba sobre la cama. Besó y lamió con delicadeza toda área frente a él, acarició con gentileza y después, frotó mi clítoris con su lengua.

Llevé mis manos a su cabello, para presionarlo más contra mí.

Más gemidos descontrolados escaparon de mí cuando succionó levemente, logrando que mi cuerpo entero vibrara en el proceso.

—Oh, Neal...—Suspiré entrecortadamente—. Más. *Por favor*, más...

Volvió a succionar de la misma manera que antes, llevándose cualquier rastro de cordura que quedara en mí. Pronto, sus dedos se unieron a la fiesta, comenzó acariciando mi entrada húmeda y sensible. Frotó sin restricciones, disfrutando cada una de mis reacciones.

Apreté su cabello con mis puños, dejando que el placer me nublara los sentidos por completo. Solo pude escuchar mis gemidos, el sonido de las esposas chocando entre sí y la cama moviéndose con cada uno de los movimientos. Entré en un trance del que no fui capaz de salir.

Introdujo sus dedos y comenzó a penetrarme con ellos, lo escuché murmurar algo antes de que de nuevo comenzara a lamer, frotar, besar y succionar.

Me estaba matando con cada cosa que hacía. Aumentaba el ritmo de las penetraciones de sus dedos como si buscara conseguir algo, como si realmente deseara volverme loca con su estimulación.

—Joder...—Siseé.

La tensión se estaba acumulando dentro de mí con fuerza, como si en cualquier momento fuera a explotar.

Tuve que morderme los labios con fuerza para no gritar cuando los movimientos de sus dedos se volvieron más bruscos. Alejó su cabeza para frotar mi clítoris con sus dedos, después los quitó y volvió a acercar su boca. Repitió la misma acción que antes varias veces mientras yo me retorcía cada vez más, mientras gemía cada vez más alto.

Y entonces pasó.

Un orgasmo intenso, aniquilante y salvaje me alcanzó. El líquido salió disparado como si fuera una fuente mientras yo me retorcía violentamente, sintiendo cada espasmo y cada golpe placentero arremeter en mi contra.

—¡Neal! ¡Joder! —No pude ahogar el grito sonoro y largo que escapó de mí.

Esto era totalmente desconocido.

Jamás me había corrido de esta manera, jamás había mojado las sábanas por completo.

Por Dios. Por Dios.

¿Realmente era posible experimentar tanto placer?

Apreté las manos en puños ya que, con las esposas, no podía sostenerme de nada más.

Respiré una y otra vez. Intenté de todas las maneras posibles controlar mis latidos y el temblor en todo mi cuerpo.

—Esto…—Luché por conseguir aire—. Te juro que jamás me había pasado.

Él esbozó una sonrisa satisfecha.

—Acostúmbrate, hechicera, porque este será el primero de muchos —Soltó en un tono ronco y extasiado—. No saldrás de mi cama sin estar completamente atendida y satisfecha.

El único descanso que tuve después de lo que acababa de pasar, el único descanso que tuve para intentar regular mi ya muy jodida y agitada respiración fue mientras él se quitaba el traje y después, mientras se colocaba el preservativo.

Se posó delante de mí, llevando sus manos a mis muslos para acercarme a su cuerpo y rozarse contra mi entrada. Su nariz acarició mi cuello suavemente, enviando un cosquilleo por todo mi sistema.

—Hechicera...—Susurró.

Cerré los ojos cuando bajó poco a poco, hasta que su boca quedó a la altura de mis senos. Humedeció una de mis cimas con su lengua, luego su boca se cerró encima de él. Lo saboreó, besó y chupó. Su mano libre recorrió mi cuerpo, hasta que llegó a mi barbilla.

Mordió mi pezón de manera suave, posteriormente se separó y me obligó a levantar la cabeza.

—Preguntaste si podía imaginarme a otro hombre haciéndote suya. Y la verdad es que no, Lara. La verdad es que, una parte de mí, quiere arruinarte a tal punto de que tú tampoco puedas imaginar o desear a otro que no sea yo.

Finalmente entró en mí, llenándome y reclamándome por completo.

Eché la cabeza hacia atrás, dejando salir un gemido largo y cerrando los ojos cuando el placer me nubló. Mi cuerpo, que aún se encontraba completamente sensible por el orgasmo que tuve antes de que Neal me invadiera, se contrajo una y otra vez al ritmo de cada penetración.

Neal buscó mis labios y los besó desesperadamente, entrando y saliendo una y otra vez. Una de sus manos se hallaba en mi cintura, manteniéndome firmemente contra él. La otra envolvía mi cuello, acariciando y presionando ligeramente.

—Neal...—Ahogué un jadeo contra su boca.

Gruñó en respuesta, aumentando la velocidad de sus movimientos. Más gemidos y jadeos inundaron la habitación.

Nuestro sudor se mezcló en cada roce de nuestras pieles cada vez más calientes.

—Solo te deseo a ti —Le dije en voz baja, alejándome un poco y dejando caer mi espalda en la cama—. Solo a ti.

Tomó mi pierna derecha y la colocó a la altura de su hombro, la izquierda la mantuvo contra su cadera. Se hundió más, de manera profunda y brusca, deslizándose perfectamente en mi zona húmeda y caliente.

La cadena de las esposas tintineó con cada estocada que Neal descargaba contra mí y cada vez que yo me movía de manera ansiosa en busca de alivio.

Sus dedos trazaron un recorrido por todo mi cuerpo, acariciaron mi piel suavemente.

—Me vuelves loco —Murmuró.

Se fundió una y otra vez, buscando que ambos nos liberáramos. Estimuló mi cuerpo y se enfocó en mi placer. Después de unos minutos y unos movimientos más, finalmente me corrí. Él me siguió tan solo unos segundos después. Soltó un gruñido bajo que me desarmó por completo.

—Oh, por Dios... —Masculló entrecortadamente.

Apreté los dientes y mis manos en puños. La de Neal se enredó en mi cabello, aferrándose con fuerza a él.

Jadeé y gemí alto, sintiendo los espasmos repentinos llegarme, sintiendo mi cuerpo débil y mis ojos lagrimear.

Él cayó encima de mí y ambos respiramos agitadamente.

Mi cuerpo tembló bajo el suyo, su corazón martilleó contra mi pecho.

Suspiré una y otra vez.

Mis ojos se cerraron por una eternidad en la que ambos buscamos recuperamos.

No sé cuánto tiempo pasó hasta que Neal se retiró de mi interior. Al abrir los ojos, lo vi quitarse el preservativo, hacerle un nudo y botarlo a la cesta de basura.

Lo vi caminar a la mesa de noche y tomar una llave. De nuevo se acercó y me ayudó a incorporarme

Ni siquiera tenía fuerzas para levantarme yo sola.

Tomó mis manos e insertó la llave en la ranura de las esposas para liberarme de ellas. Acarició mis muñecas, frotando el área roja e irritada. Después retiró mi antifaz y lo dejó en algún rincón de la habitación.

Parpadeé varias veces en un intento de mantenerme despierta. Al parecer lo notó porque llevó su mano a mi mejilla para obligarme a enfocarlo.

—¿Estás bien?

—He muerto.

Dejé caer mi cabeza contra su pecho desnudo, inmediatamente lo sentí vibrar un poco debido a la risa que le provocaron mis palabras.

—Muy bien. A dormir, hechicera —Dijo, tomándome de la cintura para acomodarme cerca de las almohadas. Me cubrió con las sábanas y se acomodó a mi lado antes de apagar la lámpara.

Me acerqué a su cuerpo y me acurruqué contra él. Él trazó caricias en mi espalda mientras dejaba descansar su barbilla sobre mi cabeza.

—Quiero *Oreo* —Susurré—. ¿Te gustan las *Oreo*?

Guardó silencio un par de segundos.

—No son mis galletas preferidas, pero sí, un poco. Lamentablemente no tengo de esas en la cocina —Contestó—. Pero creo que hay de chispas, ¿quieres?

Negué con la cabeza.

—No, gracias. Solo quiero *Oreo*.

Lo sentí sonreír.

—Muy bien, prometo que la próxima vez tendré *Oreo* para ti.

Curvé las comisuras de mi boca hacia arriba, sintiéndome complacida con su respuesta.

El sueño poco a poco se hizo más presente, por lo que mantener los ojos abiertos se volvió una tarea imposible.

—Me gusta este lado de ti, que puedas ser intenso y salvaje —Suspiré suave—. No sabía que podías ser así de posesivo.

Me apretó contra su cuerpo, llenándome de su calor.

—Por desgracia, al final del día sigo siendo un Hardy. El egoísmo es lo que nos caracteriza —Su tono fue bajo y ligeramente amargo.

—Si te da consuelo, estoy segura de que eres el mejor de los Hardy, incluso si no conozco a los demás —Le dije—. Eres un buen hombre, Neal. Me ayudas a hacerle frente a mis miedos y…eso es algo que jamás olvidaré.

Lo sentí depositar un beso en mi cabeza. Lo hizo de manera dulce y lenta, quedándose así más tiempo del que esperaba.

—Tú lo hiciste sola. Eres más capaz de lo que te imaginas.

Esto fue lo último que le escuché decir antes de que me quedara dormida entre sus brazos, antes de que ya no supiera nada más y me rindiera ante lo cansada que me dejó esta noche.

Es que este hombre me dejaba totalmente agotada y sin energía. Claro que de la mejor manera.

Solo quería dormir en su cama al final del día, con él a mi lado y arrullándome con la tranquilidad de su voz, con su respiración y los latidos de su corazón. Esas tres cosas juntas eran la mejor canción de cuna.

Supe que dormí un rato largo y hubiera dormido más si no fuera por los murmuros a mi lado. Neal se removió un poco, por lo que abrí los ojos lentamente en un vago intento de enfocarlo.

Parpadeé continuamente y cuando me enfoqué, los murmuros se hicieron mucho más claros.

—No —Formuló—. No...no hagas esto.

—¿Neal? —Lo moví ligeramente, pero él no despertó—. Oye.

Negaba con la cabeza y el sudor empapaba su frente. Sus labios estaban apretados entre sí y su ceño fruncido.

—Por favor, por favor déjala ir. No la lastimes —Rogó—. ¡Deja de lastimarla!

Su voz desgarrada me sobresaltó, por lo que me incorporé y lo sacudí para que despertara.

—Neal, despierta —Formulé en un tono nervioso. El corazón se me subió hasta la garganta al no tener ni idea de qué hacer—. Por favor despierta.

—¡Por favor! ¡No la lastimes, James! ¡Te estoy suplicando! —Bramó—. ¡Detente, solo detente!

Llevé mis manos a su rostro, sintiéndome cada vez más desesperada.

¿Debo llamar a sus amigos? ¿Qué hago?

—Neal, por favor. Es una pesadilla, por favor regresa —Supliqué, sintiendo mis ojos llenos de lágrimas—. No es real, solo despierta.

La cama se sacudió debido a la brusquedad de sus movimientos.

Parecía completamente aterrado.

Y mierda, se me rompió el corazón escucharlo y verlo así.

—¡No! ¡Lo lamento! —Vociferó. Más murmullos suplicantes vinieron acompañados con eso—. ¡No! ¡No! ¡No hagas esto!

Solo el golpe que se dio al caer de la cama fue suficiente para despertarlo. Se hizo un ovillo, pegando su espalda a la pared y llevando sus manos a su garganta. La palpó como si buscara algo en ella. Después miró sus manos temblorosas.

La verdad era que todo su cuerpo temblaba.

—Neal...

Alzó la cabeza rápidamente, dándose cuenta de que yo estaba aquí frente a él. Me cubrí con la sábana e hice el ademán de levantarme, pero él negó con la cabeza.

—Yo...lo lamento, no quería despertarte —Susurró—. Regresa a dormir.

Se levantó de inmediato, tomó sus pantalones, se los colocó rápidamente y se acercó a la mesita de noche. De ella sacó una caja mientras yo lo observaba, confundida y sin saber qué decir.

—Pero...

—Por favor duerme —Pidió nuevamente y después salió de la habitación.

Me quedé completamente sola y a oscuras.

Me tomó varios segundos reaccionar, pero cuando lo hice, me bajé de la cama y tomé su camisa blanca. Me la coloqué y la abotoné antes de salir y buscarlo en su departamento.

Mis pasos fueron cautelosos y silenciosos.

Fui a la cocina. No estaba allí.

En la sala tampoco.

Ni siquiera en su oficina.

Pasé con cuidado al lado de su gata para no despertarla de su siesta. Crucé el pasillo hasta que llegué al balcón y fue justo ahí donde lo encontré. Se llevaba un cigarrillo a los labios mientras miraba las luces de Chicago.

Expulsó el humo y luego se llevó la mano a su frente. Cerró los ojos con fuerza y negó con la cabeza.

—Vas a resfriarte acá afuera —Hablé.

Y era verdad. No llevaba camiseta y el clima era jodidamente frío.

Volteó de reojo al escucharme.

—Te dije que durmieras, estás cansada —Musitó—. Regreso en un minuto. Solo ve.

Moví la cabeza de un lado a otro y di pasos lentos hasta llegar a él.

—¿Te gustaría contarme? —Pregunté, de repente sintiéndome un tanto insegura.

—Realmente no quiero hablar de eso, hechicera —Zanjó, presionando lo que quedaba de su cigarrillo contra el cenicero.

Abrió la caja, dispuesto a tomar otro.

—Pero ayuda, ¿sabes? —Posé mi mano sobre su hombro—. Todos necesitan desahogarse por lo menos una vez en la vida.

Thomas usaba esa frase muy a menudo.

Neal bajó la cabeza.

—No con esto —Susurró—. Jamás con esto. Por favor ve a la cama.

—Neal...—Formulé, llevando mis manos a sus mejillas y obligándolo a verme. Sus ojos llenos de dolor evitaron los míos—. No iré a ninguna parte.

Lo acerqué a mí, rodeándolo en un abrazo. Por unos segundos, él no se movió. Solo se quedó de pie mientras yo lo envolvía entre mis brazos.

Pero después de unos segundos, finalmente se aferró a mí.

Llevó su mano a mi cabeza y escondió su rostro entre mi cabello. Me apretó contra su cuerpo, me mantuvo cerca como si no quisiera separarse.

Tal vez solo necesitaba que alguien lo abrazara.

Tal vez solo necesitaba ahogar todo ese dolor.

Fui la primera en despertar.

Él dormía plácidamente y siendo sincera, me alegraba que fuera así después de la noche tan terrible que tuvo.

Estuvimos un rato fuera hasta que regresamos a la cama. Y después estuvimos un rato en la cama y en silencio hasta que él logró quedarse dormido.

Yo lo hice después de él, me quedé un rato largo velando su sueño hasta que el mío me alcanzó.

Llevé mi mano a su mejilla y sonreí al sentir su barba incipiente bajo las yemas de mis dedos.

Mi sonrisa creció al escucharlo suspirar.

—Estás despierto —Mencioné en tono suave.

—No.

—Debo ir a casa.

Se quejó.

—¿Justo ahora? ¿Tan temprano? —Murmuró.

—Es casi mediodía, Hardy —Reí—. Es muy tarde.

Finalmente abrió los ojos.

—¿Mediodía? —Repitió—. Mierda, ¿cuánto tiempo dormí?

—Muy poco. Lograste dormir de nuevo casi a las seis de la mañana —Insinué, haciendo una mueca—. Fue como un milagro que consiguieras descansar después de esa pesadilla.

Lo sentí tensarse.

—Ah.

—¿Quieres hablar sobre eso?

Me miró.

—No, que sepas que soy un cabrón muy perturbado, ya es más que suficiente —Respondió con sequedad—. No tiene caso que sepas qué es lo que me perturba.

—Lo lamento —Mi tono bajó.

Cerró los ojos con fuerza.

—No...escucha, yo lo lamento, ¿sí? —Suspiró con pesadez—. Sé que tus intenciones son buenas, pero es solo que...hay cosas que aún me cuesta decir. La razón de mis pesadillas sigue siendo un tema difícil y...

—Lo entiendo, ¿bien? —Lo interrumpí y le brindé una sonrisa cálida—. Sin presiones, solo habla el día que te sientas listo y quieras compartirlo conmigo, ¿de acuerdo?

De nuevo me miró con atención, pero no pasó mucho hasta que asintió con lentitud.

—Gracias por entenderlo.

De nuevo le sonreí.

—Ahora, ¿crees que puedas acercarme a mi apartamento? —Hice una mueca—. Le prometí a mi hermano llevarlo a *Naperville* para asistir a un seminario que darán sus profesores.

Al parecer tendría puntos extra o algo así. No lo sé, me mencionó que le darían créditos si asistía y entregaba un reporte de lo que se habló en el seminario.

—Sí, te llevo —Me dijo, inclinándose para besar mis labios con suavidad—. Pero te llevo a desayunar antes. ¿Puedes?

—Puedo —Le respondí.

Tan pronto pagó la cuenta del restaurante, me llevó a mi apartamento. Nos despedimos con la promesa de vernos pronto y después él se marchó.

Mientras subía por las escaleras, no pude evitar pensar en él y en la noche anterior.

En esa pesadilla que tuvo.

¿A quién no quería que lastimaran?

¿Quién era James y qué fue lo que hizo?

Sacudí la cabeza antes de entrar a mi hogar.

Me recibió la tranquilidad.

—¿Thomas? ¿Ya estás listo? —Hablé en un tono alto.

—¡Dame un par de minutos! —Respondió desde su dormitorio—. ¿¡Tú ya estás lista!?

—¡Ajá!

Me acerqué a la barra al ver una cajita de regalo perfectamente decorada.

—¡Tommy! ¿¡De quién es este regalo!?

—¡Oh, es tuyo!

¿Mío?

—¡Un repartidor lo trajo esta mañana, tiene una nota que dice tu nombre! —Continuó hablando.

Oh, me enviaron un regalo.

Y eso no me gustó del todo.

Seguramente era otro maldito antifaz.

Respiré profundamente.

Estiré mi mano temblorosa hacia ella para tomarla y rasgué la envoltura sin detenerme a inspeccionar el paquete. Cuando el papel cayó, me mostró una caja blanca y bonita. Sobre la tapa había otra nota diferente a la que tenía mi nombre.

La tomé entre mis manos.

«¿Disfrutaste de la fiesta, bailarina? Pagué por la temática especialmente por ti, ¿sabes?

Aunque, debo admitir que me decepcionó demasiado ver que no usaste el antifaz que te obsequié...

¿Mi regalo te desagradó?»

Me llevé una mano al pecho, sintiendo como las náuseas producidas por el pánico y el miedo, me inundaban.

Respiré agitadamente.

Pronto me armé de valor para retirar la tapa y descubrir la caja. No pude evitar fruncir el ceño al encontrarme con otra caja, pero esta vez una metálica.

Una caja musical.

Alcé la tapa de esta y lo que me encontré por poco me hace vomitar.

El ácido gástrico se me subió hasta la garganta al encontrarme una foto mía en medio de la pista la noche anterior. Esta fotografía estaba...estaba sobre un corazón humano o animal. No estaba segura. Estaba unida a él gracias a un puto alfiler.

Un corazón.

Un maldito corazón empapado en sangre.

Me abracé con fuerza cuando mi cuerpo entero comenzó a temblar. Apreté los dientes, como si eso fuera suficiente para detener las lágrimas que amenazaban con escapar.

¿Por qué hacía esto?

¿Qué mierda quería de mí?

CAPÍTULO 30.
Pastel de zanahoria.
LARA SPENCER.

PRESENTE.

La respiración me falló.

El miedo se hizo cada vez más presente.

No, no miedo.

Terror.

Estaba aterrada, petrificada.

Me llevé una mano al pecho, sintiendo mi corazón desbocado y mi respiración acelerada.

—Joder, joder, joder —Mi voz salió en un hilo—. ¿Qué es esto? ¿Qué mierda es esto?

Tuve que obligarme a reponerme cuando escuché como Thomas abría la puerta de su dormitorio. Cerré la caja de inmediato, que para entonces ya sonaba por culpa de esa bailarina que da vueltas alrededor de ese maldito corazón.

Guardé todo en los gabinetes de la barra, por suerte segundos antes de que mi hermano llegara y se posara a mi lado.

—Ya estoy listo para marcharnos —Me avisó—. ¿Y bien? ¿Qué había en el paquete?

—Solo cosas personales que ordené por internet —Carraspeé—. Vamos.

Por suerte él no preguntó nada más, así que el resto del día yo intenté olvidar e ignorar que había escondido un corazón en uno de mis gabinetes.

Que jodida mierda.

20 de febrero del 2020.
PRESENTE.
LARA SPENCER.

Había estado algo paranoica.

Definitivamente había estado muy paranoica.

Sentía que alguien respiraba detrás de mi nuca cada vez que caminaba en la calle, cada vez que subía a mi auto, cada vez que salgía de mi jodido departamento.

¿Quién ha enviado esa caja?

¿Ha sido Bruno? ¿Continua con esta mierda después de que lo enfrenté?

Me sobresalté al sentir una mano sobre mi hombro, por lo que giré de inmediato.

Era mi hermano quien estaba de pie detrás de mí.

—¿Eh? —Alcancé a emitir.

—Te preguntaba si quieres que lo lleve —Habló mientras señalaba el pastel de zanahoria sobre la barra.

Me aclaré la garganta y negué con la cabeza.

—No, gracias. Prefiero que conduzcas esta vez ya que me da flojera hacerlo —Le brindé una sonrisa—. ¿Puedes?

—Que genial, justo anoche vi rápidos y furiosos y aprendí un nuevo truco que…

—No —Lo corté—. No conducirás como un loco, no mientras lleve un pastel. Puede terminar en un desastre y entonces tú estarías condenado a lavar mi auto el resto del año.

—Pero estamos a inicios del año.

—Mejor para mí así no debo gastar en el autolavado —Me encogí de hombros—. Podría comprarme más vestidos lindos con ese dinero recuperado.

—¿No tienes muchos vestidos ya?

—Nunca está de más uno más.

Rio bajo.

—Estás obsesionada con la ropa y la moda.

—No estoy avergonzada por ello. Ahora andando, niñito.

Tomé el pastel de zanahoria que preparé y me acerqué a la entrada.

Él por su parte, arrugó un poco la nariz por la forma en la que lo llamé.

— No soy un niñito.

—Lo eres para mí.

Entornó los ojos.

—No me vas a amargar el día. Estoy feliz porque hoy comeré tu sabrosísimo pastel de zanahoria después de que te lo he pedido por meses —Sonrió—. Nada me molestará este día.

Pronto se acercó para abrir la puerta y ayudarme a salir. Una vez fuera, mi hermano cerró la puerta y la puso bajo llave.

—Solo no te lo acabes tú solo como la última vez —Advertí, hablando un poco alto para que me escuchara a través de la música que tenían mis vecinos de enfrente. Giré solo para encontrarme a dos chicas de pie sobre periódico y sosteniendo brochas con pintura blanca. Estaban pintando la puerta del apartamento. Una de las chicas era Olivia; el amor platónico de mi hermano.

Ambas nos miraban, por lo que sonreí por cortesía. Ellas me regresaron el gesto.

—Hola, chicas —Saludé, por lo que mi hermano se volteó para saber a quién le hablaba.

—Hola, vecinos —Regresó Liv.

—Hola —Siguió la otra chica sin apartar sus ojos de mi hermano. Pronto se inclinó hacia su amiga—. Oh, por Dios. Tenías razón cuando dijiste que es un bombó...

—Dixie, cállate —Siseó la castaña, dándole un codazo.

Mi hermano alzó las cejas, pareciendo muy sorprendido.

Dixie sacó su teléfono, tecleó rápidamente y pronto una canción nueva comenzó a sonar.

Y la letra...

La vecinita tiene antojo.

Antojo que quiere resolver.

El vecinito le echa un ojo.

Ojo que mira pa' comer.

—¡Dixie! —Se quejó Liv, arrastrando a su amiga al interior y en el proceso arrebatándole el celular.

La canción se detuvo, pero eso no significó que mi hermano reaccionara como una persona normal.

Estaba congelado.

Yo por el contrario, me encontraba más ocupada intentando controlar la carcajada que escapó de mi interior.

—¡Es que sabes que está guapísimo! —Escuchamos el grito de Dixie antes de que la puerta se cerrara y solo quedáramos mi hermano y yo en el corredor.

—Eso fue...

—¿Hablaba de mí? —Interrumpió mi hermano.

Rodé los ojos.

Los hombres eran muy ciegos.

—No, hablaba de mí, lento —Chasqueé con la lengua.

Comencé a caminar por el pasillo, por lo que mi hermano sacudió la cabeza y comenzó a ir detrás de mí.

—¿Oíste eso? Su amiga dijo que Liv piensa que soy un bombón —Habló rápido—. ¿Eso significa que no le parezco un bicho raro?

—Tal vez le pareces ambas cosas, señor «las sonrisas me excitan».

—Lara, dijimos que ya no lo mencionaríamos —Se quejó, cruzándose de brazos como si fuera un niño pequeño—. Que molesta eres.

Se pasó por enfrente de mí y siguió caminando hasta que llegamos al elevador. Presionó el botón y esperamos a que las puertas se abrieran. Una vez que eso pasó, entonces ambos entramos en el lugar y aguardamos hasta que llegamos al estacionamiento.

Después de unos cinco minutos más, ambos ya estábamos arriba del coche y saliendo del edificio para ir a la nueva casa de Ellie y Mason.

Como ya terminaron la mudanza, entonces celebraríamos su bienvenida a su nuevo hogar.

—¿No crees que es raro que siempre voy a reuniones de personas mayores? —Cuestionó Thomas de repente—. Los demás creerán que no tengo amigos de mi edad.

—Elaine y Mason te invitaron, les agradas. Aparte también estarán la familia de ambos.

Incluso los padres de Derek estarían ahí.

—Es porque mi novia me quiere mantener cerca. Y el socio aún más para vigilar que no me la robe —Bromeó—. Pero aun así, ¿por qué soy el único ahí que no ha cumplido ni los veinte?

—Si la hermana de Derek estuviera aquí podrían hacerse compañía.

—¿Derek tiene una hermana? —Alzó las cejas, un tanto sorprendido.

—Sí, se llama Bella y creo que tiene tu edad. La conocí en el paintball al que no quisiste ir —Me encogí de hombros.

—No es que no haya querido ir, tenía que reunirme con mi equipo para terminar el estúpidamente bendito proyecto de la universidad —Bufó.

—¿Estúpidamente bendito? —Me burlé.

Hizo una mueca aun sin apartar su vista de la carretera.

—Estúpido porque yo sí quería ir al paintball y bendito porque me hizo exentar la materia.

—Ya habrá más oportunidades —Lo animé, alborotando su cabello.

Hizo un mohín y mientras conducía, comenzamos a platicar de diferentes cosas; como de la escuela, de mi trabajo, de mi pronta revalidación de materias. Porque sí, afortunadamente solo tendría que terminar el último semestre ya que aún tenía mi registro anterior. No tenía materias reprobadas y me quedé a punto de graduarme.

No estaría tanto tiempo como creí.

Solo hacía falta pasar mi último semestre para conseguir mi título.

Por suerte tenía muy buena memoria y lo que había aprendido, aun no lo olvidaba.

Después de unos veinte minutos de trayecto, finalmente llegamos a una casa enorme con un inmenso jardín. El hogar de los Vaughn.

Esto era tan lindo.

Y pensar que Ellie se negaba a creer que podía haber algo más que amistad entre ella y Mason. Dios, el hombre ni siquiera podía ocultar su enamoramiento por ella.

Las puertas enormes y automáticas se abrieron cuando dijimos nuestro nombre por el pequeño intercomunicador en la pared. Entramos y Thomas se estacionó en un lugar libre. Pronto bajamos para dirigirnos a la puerta principal.

Ya estaban todos los demás aquí, lo supe por los autos estacionados. Elaine nos abrió la puerta tan pronto fue avisada de nuestra llegada.

Sonrió enormemente, inclinándose para abrazarme y para después hacer lo mismo con Thomas.

—¡Hola! ¡Que bueno que llegaron! —Expresó de manera enérgica—. Pasen, pasen.

Admiré la enorme y hermosa casa cuando se hizo a un lado para dejarnos ingresar.

Realmente era una casa preciosa.

—Esta casa es genial —Halagué—. Me encanta.

—Muchas gracias —Sonrió de nuevo—. Tardamos demasiado en encontrar la casa ideal. No sé cómo es que Mase no me pidió el divorcio después de obligarlo a ver como mil porque ninguna me convencía.

Hizo una mueca, enseñando los dientes con inocencia.

—Yo estaré para ti si te pide el divorcio —Dijo Thomas, encogiéndose de hombros desinteresadamente.

Elaine pellizcó la mejilla de mi hermano.

—¿Por qué no me casé contigo, Tommy? —Bromeó ella.

—Lo mismo me pregunto. Pudimos tenerlo todo —Se quejó.

Elaine soltó una risa divertida, soltando a mi hermano y esta vez, enfocando toda su atención en el pastel que yo llevaba en las manos.

—¿Es pastel de zanahoria?

—Sí —Respondí, sintiéndome orgullosa de mi postre.

—¿Puedo comer ya? —Parpadeó continuamente.

—Oh, creí que lo dejarían como postr...

—¿Puedo comer ya? —Hizo un puchero.

Reí un poco, estirando el pastel en su dirección. Ella lo tomó, completamente emocionada y después de murmurar un «vamos al jardín» se alejó para ir en esa dirección.

Lo primero que noté al salir al jardín, fue al toro mecánico en medio del lugar.

¿Realmente rentaron un toro mecánico?

Uno con un sombrero en el lomo para quien sea que pretendiera usarlo.

—¿Por qué hay un toro mecánico? —Cuestionó mi hermano.

—Fue Derek. Lo rentó de la nada, según para «poner más ambiente» —Respondió Mason, entregándole a Ellie un tazón lleno de fresas con chocolate—. Hola por cierto, que gusto que estén aquí.

—¡No puedes negar que fue una buena idea, malnacido! —Expresó Derek un poco alto ya que se encontraba cerca del juego.

—Cuando te pongas ebrio y te vomites encima después de subirte a eso, seguro que ya no pensarás lo mismo —Se burló Neal.

—Eso no pasará. Y cállate, vas a atraer cosas malas con tu negatividad —Bufó Derek, tomando el sombrero negro y colocándolo en su cabeza.

—¿Negativo yo? —Se señaló—. Jamás.

—Cuándo no —Resopló el marido de mi mejor amiga—. Aunque concuerdo con Hardy en esto; vomitarás todo lo que has comido el último mes.

—Y eso no es bonito —Apuntó Ellie, antes de atacar la rebanada de pastel que tomó—. ¡Dios! Esto está tan rico. Lo amo. Sabía que tenía antojo de algo, ahora sé de qué era.

—¿No que querías fresas? —Inquirió Mason, frunciendo el ceño—. Dijiste que querías que te trajera algunas bañadas en chocolate.

—También las quiero —Formuló, tomando unas cuántas para dejarlas en su plato. Sin decir nada más, se fue a sentar para disfrutar de su postre.

Pronto sentí los brazos de alguien rodeándome por detrás, lo que ocasionó que me sobresaltara un poco.

—Que fácil te asustas —Dijo Sandy mientras soltaba una risilla.

Giré un poco la cabeza.

—Sabes lo fácil que es asustarme y continúas haciéndolo —Hice un puchero pequeño.

Besó sonoramente mi mejilla para después alejarse.

—No fue mi intención, a veces lo olvido —Enseñó los dientes inocentemente—. Pero que guapo estás, Tommy. Has crecido bastante.

Thomas chasqueó con la lengua.

—Solo han pasado como dos semanas desde la última vez que nos vimos —Apuntó—. Y fue una eternidad, mis ojos extrañaban admirar tu belleza.

Puse los míos en blanco.

—Por Dios, mejor me voy antes que tener que escuchar como intenta coquetearte de nuevo —Resoplé.

Sin esperar una respuesta, fui en dirección al resto de los invitados; Neal, Derek, los padres de Derek y la familia de Ellie y Mason.

—¡Larita! —Saludó Derek mientras colocaba el sombrero sobre mi cabeza. La acción me hizo reír.

—¡Castle! —Expresé de la misma manera, dejando que me envolviera en sus brazos y me alzara un poco, al punto de que por unos segundos, mis pies dejaron de tocar el suelo.

Adoraba su efusividad.

Él era tan genial.

—¿Por qué han llegado tan tarde? —Cuestionó—. Ya hasta estoy medio ebrio y listo para parlotear sobre mi serie favorita.

—Juro que me voy a suicidar si de nuevo habla de Rachel, Ross o cualquier cosa que tenga que ver con Friends —Masculló Hardy, más para sí mismo que para nosotros.

Derek rodó los ojos.

—Esta vez no lo haré, amorcito.

—Hola, Hardy —Irrumpí en la interesante conversación que comenzaban.

Hardy estiró la comisura de sus labios en una pequeña sonrisa mientras me observaba.

—Hechicera —Me dio un asentimiento de cabeza—. Es un placer verte.

—Lo mismo digo —Regresé.

—¡Prueben esta delicia! —Exclamó Ellie al llegar a nosotros para repartirnos una rebanada de pastel a cada uno—. Lara lo hizo, ella es genial cocinando.

Se alejó de nuevo, dando brinquitos emocionados hasta donde estaban su padre y su abuela.

Su energía no dejaba de impresionarme.

Y yo que pensaba que las embarazadas dormían todo el día.

Castle comenzó a comer su rebanada, soltando un sonido de aceptación y gusto. Asintió mientras comía.

—Delicioso —Soltó cuando terminó—. Quiero más.

Solo era un postre, no era para tanto.

Se alejó para ir en dirección a donde había quedado el pastel y así servirse un poco más. Yo comencé a comer el mío, alternando mi mirada en Neal y en su plato. El hombre lo miraba con duda, como si no estuviera seguro de comerlo.

—¿Por qué lo miras así?

Me enfocó de inmediato.

—¿Qué? —Sacudió la cabeza—. ¿Tú lo hiciste?

—Sí. ¿Eso te desagrada? —Hice una mueca—. Parece que no quieres comer.

Sus ojos se abrieron un poco más mientras negaba continuamente.

—No, no, por supuesto que quiero comer, solo era una pregunta —Se apresuró a decir.

—¿De verdad?

—Sí, de verdad —Contestó, tomando su tenedor y cortando un pedazo para llevarlo a su boca—. ¿Lo ves?

Comenzó a masticar lentamente, demasiado lento para ser sincera.

Él no solía comer así.

—Delicioso —Intentó darme una sonrisa sincera.

No parecía disfrutarlo.

Para ser honesta, parecía odiarlo.

Parecía estar a punto de vomitar.

—No tienes que comer si no...

—Sí quiero —Comenzó a comer más e intentó disimular la expresión de antes.

Realmente se esforzaba.

¿Tan malo estaba?

La carcajada de Derek me sobresaltó.

—¿Por qué estás comiendo eso? —Interrogó a su amigo—. ¿No es esto algún tipo de auto tortura?

—¿Auto tortura? ¿Por qué lo dices? —Le fruncí el ceño.

Señaló a Neal con su dedo, aún sin borrar la sonrisa divertida de sus labios.

—El pastel de zanahoria siempre lo hace vomitar. Le hace mucho daño. Lo odia con su vida —Hizo un gesto de desagrado—. ¿Qué no se le nota en la cara?

—¡Dios, Neal! —Gruñí, acercándome para arrebatarle el plato y no prolongarle más su sufrimiento—. ¿Por qué lo comiste si lo odias tanto?

—Porque tú lo preparaste —Contestó, sonando un tanto avergonzado—. No quería rechazar algo que tú preparaste.

—Aww —Suspiró Derek.

Miré mal a ambos hombres.

—Debiste decirme que no querías, lo habría entendido —Lo reprendí.

—Aun así no quería que creyeras que estaba disgustado porque tú lo preparaste —Se apresuró a decir—. Tengo un tema con el pastel de zanahoria desde que era un niño. El jodido olor, la textura y el sabor simplemente me hacen sentir enfermo y…

—Neal, lo entiendo —Le sonreí un poco—. No estoy molesta porque no lo quieras, me molesta que te hayas forzado a hacer algo que no querías solo para no hacerme sentir mal. Es muy lindo de tu parte, pero no quiero que enfermes del estómago o algo por hacer esto.

—Aww, que bellos son ambos —Derek volvió a suspirar—. ¿No se quieren casar ya? O de perdida háganse novios. Sí, háganse novios ya.

Neal y yo nos tensamos.

—¡Es hora de la comida! —Escuchamos a alguien del otro lado del jardín.

—¿Escucharon? —Inquirí—. Hora de la comida.

—Sí, hora de la comida —Repitió Hardy.

Ambos nos alejamos de Derek con pasos rápidos. Pronto nos ubicamos en la mesa en donde casi de inmediato todos comenzaron a beber y a comer. El resto de la tarde lo pasamos entre platicas y bebidas.

Incluso mi hermano se embriagó. No lo suficiente como para rodar por el suelo, pero sí como para ponerse un poquito más eufórico.

Creo que lo mareó más subirse al toro mecánico.

—¿Y ya sabes cómo decorarás la habitación del bebé? —Le preguntó Sandy a Ellie.

Solo éramos nosotras tres ya que los familiares de Ellie, Mason y los padres de Derek se fueron poco después de que oscureció.

Además, los chicos se encontraban muy lejos de nosotras haciendo quién sabe qué.

—Creo que será blanca. Me gusta ese color y creo que queda lindo en la habitación de un recién nacido —Suspiró, tocando su vientre hinchado—. Aún lo estamos decidiendo.

Una canción comenzó a sonar de repente, acabando con la tranquilidad del ambiente.

Miramos en dirección a los chicos solo para darnos cuenta de que fue Derek quien la colocó mientras sonreía traviesamente y mientras colocaba el sombrero encima de su cabeza.

—Pendejo el que no cante —Amenazó, señalando a los demás—. Yeah, i'm gonna take my horse to the old town road. I'm gonna ride 'till I can't more.

—¿Qué mierda? —Formuló Sandy.

—I'm gonna take my horse to the old town road. I'm gonna ride 'till I can't more —Siguió cantando, después se quitó el sombrero y se lo tendió a mi hermano—. Tienes que sabértela, niño.

Thomas estiró las comisuras de sus labios hacia arriba y tomó el objeto para colocárselo.

—I got the horses in the back. Horses tack is attached. Hat is matte black —Cantó mi hermano, haciendo un gesto como si estuviera palmeando a alguien delante de él mientras hacía un baile que no se veía para nada inocente—. Got the boots that's black to match. Ridin' on a horse, ha —Siguió con su baile, esta vez pasando su mano frente a él como si fuera una ola—. You can whip your Porsche. I been in the valley. You ain't been up off that porch, now.

«Can't nobody tell me nothin'.

You can't tell me nothin'.

Can't nobody tell me nothin'.

You can't tell me nothin'».

—Sigue el que me robó a mi novia —Continuó Thomas, extendiendo el sombrero en dirección a Mason, por lo que este último sonrió burlón.

—Riding on a tractor. Lean all in my bladder. Cheated on my baby. You can go and ask her —Cantó Vaughn, también moviéndose acorde al ritmo de la canción—. My life is a movie. Bull riding and boobies. Cowboy hat from Gucci. Wrangler on my booty.

«Can't nobody tell me nothin'.

You can't tell me nothin'.

Can't nobody tell me nothin'.

You can't tell me nothin'».

Se quitó el sombrero y lo lanzó en dirección a Neal, por lo que el pelinegro lo atrapó.

—Policía gruñón, haz los honores.

Neal se acomodó el sombrero, colocando sus dedos en uno de los extremos.

Can't nobody tell me nothing

You can't tell me nothing

Yeah, I'm gonna take my horse to the old town road

I'm gonna ride 'til I can't no more

—Yeah, I'm gonna take my horse to the old town road. I'm gonna ride 'til I can't no more —Hizo un gesto como si estuviera dándole vueltas a una soga imaginaria—. I'm gonna take my horse to the old town road. I'm gonna ride 'til I can't no more.

—Nada más les falta que se desnuden —Habló Elaine, sin ser capaz de apartar sus ojos de todos ellos—. Esto es como la película de Magic Mike.

—Hat down, cross town, livin' like a rockstar. Spent a lot of money on my brand new guitar. Baby's got a habit, diamond rings and Fendi sports bras —Seguía siendo Neal el que cantaba, mientras hacía un baile que por lo menos a mí me pareció sensual—. Ridin' down. Rodeo in my Maserati sports car.

Era irónico porque sí tenía un Maserati deportivo que seguro costaba más que todo el edificio en el que yo vivía.

Se acercó a Derek y le colocó el sombrero en la cabeza.

—Got no stress, I've been through all that. I'm like a Marlboro Man so I kick on back. Wish I could roll on back to that old town road —Fue el turno de Derek de cantar y bailar—. I wanna ride 'til I can't no more.

Era cierto lo que mencionó Elaine.

Esto era como ver la película de Magic Mike.

—Yeah, I'm gonna take my horse to the old town road. I'm gonna ride 'til I can't no more —Cantaron los cuatro al unísono—. I'm gonna take my horse to the old town road. I'm gonna ride 'til I can't no more.

—Que espectáculo —Reí y negué con la cabeza.

—¿Cuánto habrán bebido como para sacar los pasos prohibidos esta noche? —Reflexionó Elaine, llevando sus dedos a su barbilla.

—Seguro que bastante.

Elaine se enderezó rápidamente y llevó su palma a su vientre. Pronto su rostro se llenó de emoción y sus ojos de lágrimas.

—Está pateando —Informó—. ¡Oh mi Dios! Es la primera vez que patea.

—¿Que está haciendo qué? —Cuestionó Mason del otro lado del jardín, al mismo tiempo que se ponía alerta.

—¡Está pateando!

Sandy y yo llevamos las manos al vientre de Ellie, viendo cómo Mason venía rápidamente en esta dirección. Sus pasos fueron tan torpes y rápidos que pronto terminó cayendo al suelo, rodó en el césped y después se volvió a levantar de un brinco.

Alzó las manos.

—¡Estoy bien! —Se apresuró a decir, terminando de acercarse para imitar la acción de nosotras.

—A la mierda con ese salto mortal —Murmuró Neal.

—¿Crees que le haya dolido demasiado como para llegar al punto de querer llorar? —Preguntó Derek, inclinándose hacia Hardy.

Neal frunció los labios mientras evaluaba a Mason.

—Seh, pero sabe disimularlo.

Mason ni se molestó en responderles. Estaba muy ocupado experimentando esto de sentir las primeras patadas de su bebé.

Me levanté de mi lugar y sonreí a Ellie.

—Iré por agua, ya regreso.

Me alejé con pasos apresurados para entrar a la casa y seguir con mi trayecto hasta la cocina. Una vez en ella, tomé una botella de agua y la abrí para comenzar a tomar.

Dejé la bebida sobre la barra y enfoqué la vista en algún punto fijo.

Han pasado tres años, ¿no se supone que ya debería superarlo?

¿Por qué sigo haciendo de mí misma una mártir?

No es sano que sufra por algo que no tuve por completo, ¿no es así?

«¿Entonces por qué lo hago?».

Aplané los labios, parpadeando continuamente para que las lágrimas no escaparan de mis ojos. No llorar fue algo fácil ya que alguien llegándome por detrás y pegándome a la barra, borró cualquier pensamiento que tuviera en mi mente.

Jadeé por la sorpresa y estuve a punto de gritar hasta que su voz me detuvo.

—Soy yo —Murmuró Neal contra mi oído, en un tono bajo y suave—. ¿Por qué tan asustada?

—Es que es increíble la manía que tienen todos con asustarme —Me quejé—. ¿Acaso me quieren matar?

Soltó una risa divertida.

—Prometo que matarte no es mi intención —Dijo, bajando sus manos a mis caderas para darme la vuelta y así poder quedar frente a frente.

—Entonces haz más ruido cuando estés cerca. Esta hechicera morirá de un infarto si tú continúas siendo tan sigiloso —Hice una mueca.

Negó lentamente la cabeza y se rio un poco.

—Lo intento, pero esto de no ser sigiloso es una costumbre difícil de quitar —Arrugó un poco la nariz.

—Entonces tendré que morir de un infarto dos meses antes de cumplir los veinticinco.

Volvió a reír un poco antes de llevar sus manos a mi mentón.

—Haces chistes, pero no pareces feliz. Para ser sincero, luces triste y desanimada —Señaló de la nada—. ¿Estás bien?

Desvié la mirada para evitar que continuara viéndome a los ojos.

—Estoy bien.

Me giró un poco la cabeza.

—Lara...—Insistió.

—¿Me besas? —Pedí en un murmullo—. ¿Puedes besarme, por favor?

Me observó por unos segundos más hasta que finalmente se decidió a juntar sus labios con los míos.

Mis ojos se cerraron inmediatamente por el contacto. El beso fue tan lento y profundo que me hizo olvidar todo. Absolutamente todo.

Llevé mis manos al borde de su camiseta, acercándolo más a mí y gimiendo suave cuando nuestras lenguas se encontraron. Sus dedos hicieron un recorrido de mi barbilla a mi cuello, manteniéndolos ahí para hacerme inclinar la cabeza un poco hacia atrás.

Me pegó contra la barra, volviendo de esto algo un poco más intenso, dejando la suavidad y la delicadeza atrás.

Su rodilla se hizo espacio entre mis piernas, rozándose contra mi intimidad y robándome un jadeo.

El beso me hizo olvidar todo, incluyendo el hecho de que estábamos en la cocina de Elaine.

—A la mierda.

Y de no ser por eso, seguro que no nos habríamos separado.

Giramos al escuchar la voz de Mason. Este estaba de pie en el umbral de la cocina, sus cejas estaban elevadas y la sorpresa era evidente en su rostro.

Neal alejó lentamente la mano que mantenía en mi cuello. También alejó su rodilla al darse cuenta del espectáculo que dábamos.

—Esto...—Hablamos Neal y yo al unísono.

—Sigan en lo suyo, no los interrumpo más —Carraspeó el marido de mi mejor amiga—. Solo venía por unas galletas para mi esposa.

Fue rápido al entrar, tomar unas galletas y desaparecer de nuestro campo de visión.

—Él le dirá a los demás, ¿cierto?

—No, no lo hará, es Mason. Igual le pediré que no lo haga, solo para asegurarnos —Formó una pequeña mueca.

—Seguro quedó traumatizado —Me rasqué la ceja—. Por poco y nos desnudábamos en su cocina.

—Si lo mira por el lado positivo, ya no haría falta que él y Elaine estrenen este lugar.

Golpeé su brazo mientras soltaba una risa baja.

—No seas cabrón.

Me sonrió antes de inclinarse para besar mis labios rápidamente.

—Volvamos afuera antes de que alguien le saque la verdad a Mason.

—Sí, estoy de acuerdo.

Cuando regresamos con el resto del grupo, vimos a Mason tratando de actuar con naturalidad. Claramente no lo conseguía porque cada vez que nos miraba a Neal y a mí, se aguantaba las ganas de reír.

Neal se acercó a él, lo llevó a un lugar apartado y pronto comenzaron a charlar. Al cabo de un rato, Neal me informó que Mason no divulgaría nada.

Eso me tranquilizó.

Y el resto de la noche se me pasó tranquila al menos hasta que Mason volvió del interior de la casa para decir:

—Hardy, ¿puedes acompañarme un segundo?

Hardy frunció el ceño.

—¿Pasa algo?

—Tienes una llamada.

—¿Una llamada? —Repitió.

—Sí, son Julissa y Mikhail —Carraspeó—. Han conseguido el número de esta casa. ¿Hablamos en privado?

—¿Por qué hablaríamos en privado? Solo cuelga y ya.

—Es que...Julissa está llorando, parece ser urgente y...

—Ella solo quiere hacer su drama. Cuélgale y ya. No le des atención.

Los demás miramos atentamente el intercambio de palabras. A Neal no pareció importarle, pero a Mason sí.

—¿No quieres hablarlo en privado?

—No, no hay nada que hablar en privado. No tengo que esconder que no quiero hablar con esas personas, para ser sincero, creo que he sido muy comunicativo al respecto —Masculló Neal—. Me importa una mierda si están haciendo un escándalo al otro lado de la línea. Mi decisión es firme, no ha cambiado con los años. Yo no voy a hablar con ellos por más que me busquen. Cuelga y ya.

Sin esperar una respuesta, se levantó de la silla, se disculpó y se retiró del lugar. Unos segundos después, Derek logró reaccionar y fue detrás de su amigo.

Mason se limitó a soltar un suspiro pesado.

—¿Mase? —Formuló Elaine, sonando algo preocupada.

Yo también lo estaba.

¿Qué había sido todo eso?

—Es cierto, no debí preguntar. Él siempre ha sido muy claro con el tema de ellos llamando, debí colgar en lugar de venir y amargarle la noche cuando se lo estaba pasando tan bien —Volvió a soltar un suspiro pesado.

—No has hecho mal, amor. Dijiste que esa mujer estaba llorando, por supuesto tenías que decirle a Neal.

—Es que ni aunque esa víbora se estuviera desangrando tendría que decirle a Neal. Ella y Mikhail ni siquiera merecen preguntar por Neal.

Julissa y Mikhail.

Había escuchado esos dos nombres antes.

Derek y Neal los habían mencionado antes.

—¿Por qué dices eso? —Me atreví a preguntar—. ¿Quiénes son Julissa y Mikhail?

Mason me miró antes de hacer una pequeña mueca.

—Los dictadores crueles que dicen ser sus padres.

Y esas palabras me bastaron para entender todo.

CAPÍTULO 31.
Completamente hechizado
LARA SPENCER.

22 de febrero, 2020.
PRESENTE.

Hice las flores secas a un lado y sacudí un poco la tumba antes de colocar las flores frescas, hermosas y llamativas. Me quedé unos segundos de cuclillas para mirar el resultado final.

Mucho mejor que antes.

Suspiré al mismo tiempo que acariciaba el nombre grabado en la lápida.

«Abigail Cabrera».

Mi abuela.

—Te extraño tanto —Suspiré—. Pienso en ti todo el tiempo; en tus enseñanzas, tus consejos, en tu voz, tu amor y tus cuidados y creo que por eso me duele tanto tener que aceptar que ya no tendré nada de eso.

Aplané los labios un poco, negando con la cabeza al mismo tiempo.

No vine a hablar de cosas depresivas.

—Volveré a la escuela, ¿sabes? —Sonreí—. Quiero terminar la universidad, así que estoy en eso. Por Tommy no te preocupes, él va muy bien en la escuela, ya sabes que es un niño genio y que es súper aplicado —Le hablé a la tumba—. Ah, pero espera, eso no es lo importante. No, lo importante es que está que se muere por nuestra nueva vecina. Incluso creo que tendrán una cita, aunque ya sabes que él no es tan comunicativo en esas cosas.

Creo que lo que pasó en el pasillo cuando íbamos camino a casa de Ellie, fue suficiente para que el lado coqueto de Thomas regresara para ponerlo en práctica con Liv. Y al parecer ella no le fue indiferente porque no dudó en aceptar la invitación.

O al menos eso escuché mientras los espiaba por la mirilla de la puerta.

—Ah...yo conocí a un hombre. Su nombre es Neal Hardy y...es tan amable, noble, guapo, inteligente y sarcástico. Dios, el sarcasmo es su cosa favorita —Negué con la cabeza—. Detesta que le digan policía porque es un agente especial de la milicia. Aunque...nunca se ha quejado o me ha corregido cuando lo he llamado así por accidente.

No pude ocultar la sonrisa que se formó en mi boca.

—Él me ha ayudado a superar algunos de mis miedos, me siento segura a su lado y me siento...bien, realmente bien. Me gusta mucho estar con él aunque no habla mucho de sí mismo, siempre desvía el tema —Seguí hablando.

Ladeé la cabeza, enfocando mis pensamientos en Neal y en lo que notaba cada vez que lo veía de manera profunda, cada vez que intentaba descifrarlo.

—Él está dañado. Sufre mucho, puedo ver la agonía en sus ojos aunque se esfuerce en ocultarlo —Suspiré con pesadez mientras agachaba la cabeza—. Algo muy malo le pasó, estoy segura de eso, pero no quiero preguntar qué fue porque sé que no es mi incumbencia y porque si él quiere decirlo, entonces el día tendrá que llegar —Continué hablándole a la nada—. Sé lo difícil que puede ser admitir en voz alta todo el dolor por el que has pasado.

Lo sé muy bien.

—No puedo ser hipócrita y pedirle que me hable de su pasado cuando yo no sigo ese ejemplo. Hay muchas cosas sobre mí que nadie sabe y que no puedo admitir sin sentir temor o dolor —Desvié la mirada—. Tal vez... pasará el día que estemos listos. Y si no, es porque así lo quiso el destino.

Tomé las flores secas y me levanté de mi lugar, sacudiendo mis rodillas con mi mano libre. Miré la tumba de mi abuela una vez más antes de retroceder.

—Volveré pronto, abuela. Te quiero mucho —Me despedí.

Caminé con las flores secas en mis manos hasta un cesto de basura. Estaba un poco lejos de donde se encontraba la lápida de Abby, por lo que me tocó seguir un sendero largo hasta que llegué a él.

Miré a mi alrededor, a las demás tumbas me rodeaban por completo. Todas eran muy bonitas, aunque había unas que parecía que fueron abandonadas por los familiares.

Mis ojos se fijaron en la que tenía un ángel blanco de alas enormes.

Al parecer era la de un niño, lo supuse por el tamaño.

No había edad, fecha de nacimiento o apellido.

Solo un nombre.

«*Logan*».

A su lado había una tumba aún más hermosa.

Era de un negro brillante con detalles dorados. Estaba reluciente y un ramo de flores preciosas y frescas descansa sobre ella. Parecía que alguien vino hace poco y arregló el lugar.

Pero lo que llamó mi atención, no fue la belleza de la lápida.

Sino el nombre grabado.

«*Savannah Hardy Adens.*

Amada hija, hermana, madre y esposa».

La palabra «esposa» estaba raspada, como si alguien hubiera intentado tacharla o borrarla.

Mi mirada pronto recayó en las últimas palabras.

Las fechas.

—*Del veinticuatro de diciembre de mil novecientos noventa* —Leí—. *Al...treinta y uno de octubre de dos mil nueve.*

La voz me tembló al decir lo último.

Murió en el cumpleaños de Neal.

Su hermana murió en su cumpleaños.

Sentí a alguien posarse a mi lado, por lo que giré rápidamente.

Me encontré con un hombre de cabello claro y ojos cafés. Uno que sostenía un arreglo hermoso de flores amarillas.

Él no me miraba a mí, miraba la tumba de Savannah.

—¿La conocías? —Formuló en un tono suave—. Jamás te había visto por aquí.

Pensé en las palabras adecuadas, lo intenté por un rato largo en el que solo abría y cerraba la boca como si fuera pez fuera del agua.

—Eh...algo así —Balbuceé—. Lo lamento, tal vez le incomode que esté aquí.

Hundió las cejas un poco, después negó con la cabeza.

—No me molesta en lo absoluto. Para ser sincero, es bueno ver caras nuevas —Me sonrió—. Siempre venimos las mismas tres personas; sus hermanos y yo.

—¿Era su amiga?

Sonrió sutilmente antes de negar nuevamente.

—Mi *Vanny* fue mucho más que eso —Soltó un suspiro, dejando el ramo de flores sobre la tumba—. Fue el gran amor de mi vida.

Mis ojos de nuevo recayeron en la inscripción de la lápida.

—Oh, usted es su esposo.

Los ojos del hombre se llenaron de tristeza.

—No tuvimos tiempo —Habló bajo—. Pero dime, ¿cómo es que la conoces? Casi no tenía amigas aquí en Chicago.

—Eh...soy amiga de su hermano —Confesé, sintiéndome un tanto nerviosa.

Y es que no debería estar aquí. Estaba invadiendo la privacidad de Neal aunque haya sido solo una coincidencia.

—¿De Nathan?

—Neal.

Asintió.

Le eché un breve vistazo al hombre a mi lado.

Era atractivo y joven. Probablemente estaba a inicios de sus treinta.

—¿Ha venido contigo? El lugar está limpio —Señaló la tumba, dando a entender que no fue él quien limpió.

—He venido a visitar a mi abuela y pasé por aquí. Ya estaba así cuando llegué, probablemente alguien limpió antes de que yo llegara.

—Tal vez se adelantó y lo hizo él —Se encogió de hombros—. Por cierto, soy Holden.

—Lara —Le sonreí de manera cortés—. Tengo que irme, pero fue un gusto conocerte, Holden.

—Lo mismo digo —Inclinó la cabeza—. Hasta luego y por favor manda mis saludos a Alain.

¿Quién carajo es Alain?

—Lo haré.

No agregué nada más, simplemente me alejé del lugar y cuando estuve lo suficientemente alejada miré hacia atrás solo para encontrarme a Holden de rodillas frente a la tumba de Savannah.

Mientras me decía que era el amor de su vida, pude ver la tristeza, melancolía y amor en sus ojos, pude sentirlo en su tono.

Era horrible que la muerte tuviera que separarte de las personas que amas.

Suspiré y sacudí la cabeza antes de salir del lugar.

Durante todo el día estuve haciendo cosas pendientes, comprando la despensa de la casa, pagando facturas y acomodando mis plantas ya que compré dos nuevas para tenerlas en mi casa.

No podía medir lo mucho que amaba las plantas y las flores.

Yo era la chica de las flores.

Terminé de hacer todos mis pendientes por la tarde y para el anochecer ya me encontraba en el apartamento de Neal disfrutando de su compañía.

No nos habíamos visto desde que se fue esa noche de la casa de Elaine y Mason.

Claro que estuvimos hablando por mensaje, pero él todo el día de ayer y toda la mañana de hoy decidió recluirse en su trabajo.

Tomé la taza de café del mesón y caminé hasta la sala, lugar en el que Neal se encontraba frunciéndole el ceño a una carpeta que agarró mientras yo preparaba mi bebida.

Levantó la cabeza cuando me escuchó llegar.

Dejó la carpeta de lado y llevó sus manos a mi cintura para tirarme sobre su regazo.

Sus dedos acariciaron mi muslo desnudo ya que su camiseta no alcanzaba a cubrirlo. Era lo suficientemente grande como para cubrir mi trasero, pero no para cubrir más debajo de este. Me la puse después de que mi ropa quedara regada por toda su casa.

—¿Qué mirabas? —Pregunté.

Miré el expediente y lo señalé con la cabeza. Neal se encogió de hombros, restándole importancia.

—Solo algo del trabajo—Respondió—. Está siendo un poco más complicado de lo que creí que sería.

Alcé una ceja.

—Pero tú eres excelente en esto de la investigación, ¿no? —Inquirí, confundida—. Incluso hay veces en las que me pregunto si tienes expedientes de todas las personas que te rodean o con las que te relacionas, incluyéndome.

Neal sonrió un poco y negó con la cabeza.

—Solo de las que no me generan confianza —Rio suavemente—. Lo único que he investigado sobre ti es tu domicilio, pero esa historia ya la sabes —Soltó con naturalidad. Sabía que se refería al día que fue a disculparse a mi apartamento, pero el temblor ni siquiera lo dejó empezar—. No investigué ni investigaré nada más.

—¿Por qué? ¿No luzco como alguien que no genere confianza? —Reí, llevando la taza a mis labios y dándole un sorbo.

—En parte —Asintió, dándome la razón—. Pero también porque si hay algo sobre ti que quieres que sepa hasta que estés lista, entonces esperaré.

Bajé la taza, mirando sus ojos y sintiendo una pequeña presión en el pecho producto de lo que descubrí hace un rato.

Todo el día estuve pensando en una forma de preguntarle acerca de eso. Tal vez, no sé, dejarle claro que si necesitaba desahogarse, yo estaba aquí para escucharlo.

Además porque me generaba curiosidad saber más sobre eso.

Pero tal vez estaba siendo un poco egoísta por enfocarme en mi curiosidad en lugar de pensar en que, si no hablaba de eso, era porque aún dolía demasiado. No era justo que yo cuestionara sobre cosas de las que él no tenía por qué hablar si no lo deseaba.

Por eso preferí callar y no tocar ese tema.

—Eres muy paciente, ¿sabes? —Susurré, contorneando su mandíbula con mi dedo. La caricia hizo que él cerrara los ojos para disfrutarlo—. ¿No te aburre esperarme? ¿No te cansa?

—No —Negó—. Jamás te obligaré a hacer o decir algo si no te sientes preparada. Puedo esperar sin problema.

Me incliné para besar sus labios. La presión fue suave y rápida.

—Gracias, Hardy.

—No debes agradecer, hechicera.

Sacudí la cabeza y dejé la taza sobre la mesa de centro para así tener las manos desocupadas y poder pasarlas por detrás de su nuca. Me acomodé mejor sobre él, por lo que rodeó mi cintura con sus brazos.

—Muy bien, agente Hardy, tengo una pregunta para usted.

—Tiene toda mi atención, señorita Spencer.

Aclaré mi garganta.

—¿Por qué de repente su alacena está llena de todo tipo de galletas *Oreo*? —Entorné los ojos en su dirección.

Él frunció los labios al mismo tiempo que metía sus manos por debajo de mi camisa.

Sus dedos acariciaron mi piel suavemente, en el proceso enviando un cosquilleo por todo mi cuerpo.

—Porque no pregunté tu sabor favorito, así que solo compré de cada caja diferente que vi. En la tienda había de vainilla, limón, doble crema. Incluso tenían una presentación en la que las galletas eran muy pequeñas —Ladeo la cabeza—. Qué curioso.

—¿Compraste todo eso para mí?

—Es que te gustan.

Sonreí mientras lo miraba a los ojos.

—Me gustas tú —Le dije.

Neal formó esa media sonrisa que me fascinaba tanto.

—Y tú a mí me tienes completamente *hechizado* —Murmuró antes de juntar nuestros labios y darme un beso profundo.

De esos que me robaban el aliento.

De esos que me hacían caer completamente a sus pies.

CAPÍTULO 32.
La silla junto a la mía.
NEAL HARDY.

04 de marzo, 2020.
PRESENTE.

—A mi señal —Se escuchó la voz de Causer a través del auricular. Me quedé en mi lugar esperando el momento para entrar.

A mi lado tenía a tres compañeros. Todos los agentes del escuadrón nos dividimos en pequeños grupos para rodear todas las entradas de este burdel y laboratorio de metanfetaminas disfrazado de complejo departamental de mala muerte. A nosotros nos tocó entrar por las ventanas.

—Ahora —Ordenó.

Descendí con ayuda del arnés hasta que mis pies tocaron una superficie de cristal. Me balanceé, tomé impulso y finalmente me estampé contra ella para romperla.

El cristal salió disparado al igual que yo. Pronto me quité el arnés y me incorporé para seguir con la misión.

—NAHA, a su izquierda hay una habitación. Entre en ella —Wesley me habló por el auricular como todas las veces que me guiaba en las misiones—. Suba todas las escaleras, su misión está en el último piso.

Haciendo caso a sus indicaciones, me dispuse a subir por todo el lugar. Me detuve en el penúltimo piso al escuchar los sollozos femeninos, me acerqué al lugar cubierto de tablones que tenían rendijas pequeñas que permitían ver el interior.

Una.

Dos.

Tres.

Cuatro.

Un total de cuatro mujeres. Una estaba acostada en una cama, su respiración se notaba lenta y uno de sus brazos lleno de moretones y rodeado con una liga por encima de su codo. A su lado descansan las jeringas sobre las mantas sucias, esas mismas que usó para drogarse.

Otras dos se encontraban sobre una cama. A la rubia le brillaba un hematoma en la mejilla. Ella lloraba mientras su compañera intentaba calmarla.

La última estaba echa un ovillo. Miraba la puerta a su lado, la que supuse llevaba a otro pasillo del edificio.

Giró un poco cuando sintió mi presencia.

Su expresión se transformó a una de pánico puro, seguramente causado por todo lo que yo tenía encima. El rostro ni siquiera se me alcanzaba a vislumbrar gracias al casco y a las gafas. Alcé mi índice, dejándolo a la altura de mi boca para indicarle que guardara silencio.

Asintió insegura y alternó su vista de la puerta a los tablones que me escondían casi por completo.

Me alejé del lugar para continuar subiendo por las escaleras hasta el laboratorio.

—Piso ocho, lado izquierdo. Habitación con un total de cuatro rehenes —Informé—. Alguien vaya. *Ahora.*

Seguí con mi camino hasta que llegué al último escalón. Al estar ahí me di cuenta de que había muchas puertas cerradas.

—Vaya a la última —De nuevo Wesley me dio indicaciones. Seguí derecho hasta la última habitación. Giré la perilla, encontrándome con el laboratorio bien estructurado.

El edificio era un asco en casi toda su totalidad, pero probablemente, esta era la única área que no estaba tan hecha mierda.

Había embudos, barriles, matraces, bolsas regadas por todo el lugar y frascos con nombres extraños. Muchas cosas estaban encima de las mesas largas y rectangulares acomodadas en fila. Me quité la mochila para abrirla y sacar los explosivos. Estos los coloqué de manera estratégica por toda la habitación.

—Ya está —Murmuré—. Central, ¿cuánto tiempo queda?

—Tienen siete minutos para desalojar el edificio antes de que activemos los explosivos —Nos dijeron—. Ni un solo segundo más.

De acuerdo.

Era tiempo suficiente.

Me detuve en seco al escuchar cómo le quitaban el seguro a un arma justo detrás de mí.

—Te mueves sin que te lo pida y te vuelo la cabeza, hijo de perra.

—NAHA, vaya a la salida —Escuché la voz de Wesley—. Le recuerdo que solo tiene siete minutos.

—Date la vuelta lentamente —Volvió a hablar el hombre detrás de mí—. Si haces algún otro movimiento te disparo.

Me di la vuelta lentamente hasta que por fin quedamos cara a cara. El hombre estaba sudado, desaliñado y hasta nervioso. Tal vez era por los disparos que se alcanzaban a escuchar por todo el lugar.

—¿Para quién trabajas? —Interrogó.

—Trabajo para tu puta madre.

—Dime para quién trabajas si no quieres que esta conversación termine contigo atravesado por una bala —Gruñó—. No juego. Voy a matarte.

—Hazlo —Solté.

Me dio una sonrisa tensa.

—¿Apoco muchos huevos? —Inquirió.

Me incliné un poco, apenas si se notó.

—Me sobran.

Su gesto se endureció, pero antes de que pudiera hacer algo o decir otra cosa, yo llevé una de mis manos cerca de la boquilla de la pistola y la otra a su muñeca. El movimiento fue rápido, sorpresivo y brusco, por lo que logré arrebatarle el arma antes de que consiguiera disparar.

Y en cambio, yo sí disparé.

Pero del arma no salió nada.

Solté una risa entre dientes.

—Ni siquiera está cargada. ¿Así pretendías infundirme temor? —Cuestioné, dando pasos hacia él y haciéndolo retroceder—. Que patético.

—Cinco minutos —Me informaron.

Se abalanzó contra mí, de esa manera consiguiendo que yo impactara contra la mesa detrás de mí y que en consecuencia, el arma se me cayera.

Llevó sus manos a mi garganta en un intento de estrangularme, por lo que golpeé cerca de su antebrazo para zafarme. En el proceso, comencé a caminar hacia enfrente, usando mi fuerza para que él también lo hiciera. Su espalda impactó contra la pared y el golpe resonó por todo el lugar.

Hizo una mueca, buscando algún otro punto para atacar. Jaló las gafas tácticas, consiguiendo quitármelas de encima. Estiré la mano para alcanzar un matraz y así aporrearlo en la cabeza. Los cristales volaron por el impacto y el tipo se tambaleó un poco al sentirse aturdido.

Alguien me tomó por detrás, alejándome del aporreado y tratando de mantenerme inmóvil. Cuando el hombre al que golpeé se recompuso, entonces su primer instinto fue impactar su pie contra mi estómago. El chaleco ayudó un poco, pero, de todas maneras, la fuerza con la que pateó logró desestabilizarme un poco.

Que cabrón.

Apreté los dientes y sin perder más tiempo, me estampé contra la persona que tenía detrás tres veces, los golpes en su espalda cuando chocó fueron suficientes para que aflojara su agarre y yo pudiera tomar ventaja de la situación.

Tomé su muñeca con una mano y con la otra su hombro, me incliné un poco y jalé con fuerza, por lo que pasó encima de mi cuerpo y después, cayó al suelo. Tomé el arma sin balas que estaba sobre el concreto y golpeé su cabeza con ella hasta que conseguí noquearlo.

Siseé cuando el primer tipo pateó mi mano. La pistola quedó en el otro extremo de la habitación gracias a eso. Mi enemigo se cernió sobre mí, por lo que ambos perdimos el equilibrio y caímos al suelo. Forcejeamos, puesto a que yo buscaba quitarlo de encima y él estaba dando todo de sí mismo para no dejarme.

Me tomó por el casco, me levantó la cabeza y después la estrelló contra el piso.

—NAHA, deje el edificio —Insistieron.

Flexioné un poco las piernas y llevé mi mano hacia su antebrazo para hacerlo a un lado y así poder apartarlo de mi cuerpo. Esta vez fui yo el que se puso encima de él para inmovilizarlo.

—Ya me estás cansando, hijo de puta —Le gruñí.

Tomé su cabeza y de la misma forma en la que él lo hizo antes conmigo, la impacté contra el suelo varias veces, logrando que perdiera el conocimiento.

—¿Las rehenes? —Pregunté a Wesley.

—Fuera del edificio. Ellas ya están a salvo —Contestó—. Su escuadrón ya está saliendo, solo falta usted. Quedan tres minutos.

—Bien.

Tomé la mochila y me apresuré a dejar el recinto. Para entonces ya habían colocado más explosivos por todo el lugar, por eso es que me marché tranquilo. Mi misión era colocarlos en el laboratorio, pero yo no fui el único que estaba a cargo de esto. Algunos de mis compañeros tenían la tarea de dejarlos en puntos estratégicos del edificio para volarlo por completo.

Bajé las escaleras empuñando mi arma frente a mí. Sentí un golpe en mi costado, uno que casi me hace rodar por los escalones. El hombre que me empujó se abalanzó contra mi cuerpo para intentar tirarme de nuevo. Una de sus manos sostuvo mi muñeca para que mi arma no le apuntara mientras que con la otra sostenía una navaja afilada.

Tomó impulso para atravesar mi ojo derecho con ella. Por suerte logré detenerla con mi mano libre, en el proceso ganándome un corte profundo por la presión que mantuve sobre la hoja.

La sangre comenzó a caer al suelo y a resbalarse por mi piel, empapando la manga de mi traje.

Tensé la mandíbula y puse mi empeño en levantar la mano con la que sostenía el arma, incluso si él la estaba presionando.

Miró de reojo la pistola, notando cómo lograba acercarla a él. Jalé el gatillo sin perder más tiempo, así finalmente atravesándole la sien con la bala. El líquido carmesí que salió de su cabeza ante el impacto manchó mi casco, mi ropa y las zonas descubiertas de mi rostro cuando me cayó encima.

El hombre pronto cayó al suelo.

—NAHA, ¿estás bien? Se escuchó una detonación cerca de tu micro, ¿sigues ahí? —Habló Landon, el cual se escuchaba un tanto preocupado.

—Aún estoy vivo —Lo tranquilicé—. Desafortunadamente.

—¿Acaso no puedes responder como una persona cuerda y normal? —Masculló.

—¿Cómo una persona cuerda? —Puse los ojos en blanco—. Si ya sabes que no estoy como que muy bien de la cabeza.

—Dejen de hablar y sigan con su misión —Gruñó Causer—. Y usted, agente; salga de ese edificio ahora o el próximo evento al que tendremos que asistir, será a su funeral.

—Bien.

Miré una última vez el cadáver en el suelo antes de esquivarlo para conseguir salir y continuar bajando las escaleras.

—Tienes compañía. Dos hombres armados están subiendo por las escaleras —Informó Wesley—. El dron acaba de detectarlos.

—Entiendo.

Me pegué a una pared antes de que lograran verme y cuando pasaron frente a mí, les disparé sin previo aviso.

Preferí hacerlo fácil ya que no me convenía pelear con ellos sabiendo que el edificio estaba cerca de colapsar.

Uno de ellos rodó por las escaleras, quedando tendido en el suelo y con la sangre saliendo de su cabeza a montones.

—Treinta segundos. Salga ahora.

Bajé dando zancadas largas, caminando rápido como si mi vida dependiera de ello. Ciertamente, así era.

Un par de disparos impactaron contra la pared a mi lado, por lo que busqué cubrirme con algo.

Mierda.

—Agente, ¿qué espera? —Cuestionó Causer.

—Hay más personas.

Más disparos comenzaron a resonar.

—¡Sal de ahí, puto policía!

Mis dientes rechinaron cuando mi mandíbula se tensó.

Que no soy un puto policía.

Me moví un poco, poniendo mi arma frente a mí y jalando el gatillo múltiples veces. Volví a pegarme contra el concreto para resguardarme.

—Quince segundos.

—Ya lo sé.

De nuevo me asomé para disparar. Logré darle a uno en el hombro, pero ni siquiera eso fue suficiente como para que el cabrón se detuviera.

Gruñí.

Eran bastantes.

Me ganaban por número.

Miré de reojo la puerta a mi lado, esa que no sabía a qué lugar me llevaría, pero que de igual manera iba a tomar.

Aquí solo quedaban dos opciones: quedarme y esperar a que todo explotara, o salir sabiendo que una bala bien podría alcanzarme.

Bufé y me levanté de mi lugar. Me encaminé a la puerta sin dejar de dispararle a los hombres que buscaban acabar conmigo.

Tenía que tirar a matar.

Abrí la puerta con rapidez y con esa misma rapidez la cerré. Las balas atravesaron la madera, pero por suerte yo ya estaba protegido contra el concreto.

Coloqué el pestillo y me encaminé hacia la ventana. Tal vez tuve suerte porque las ventanas no estaban cubiertas con barrotes. Supuse que la habitación era de uno de los hombres y no de las rehenes.

La abrí por completo y miré hacia abajo. Eran siete pisos de altura, pero la ventana junto a esta era mi mejor opción ya que contaba con un techo que fungía más de una terraza. Podía tomar impulso desde ahí para tomar el cable que me ayudaría a llegar al contenedor de basura.

Al menos tenía que intentarlo.

No era como si tuviera muchas opciones.

La puerta fue golpeada con fuerza. Los hombres querían derribarla.

—NAHA, los explosivos están a punto de ser detonados. Salga de ahí. No podemos esperar más tiempo —Anunció la central.

—Detónalos —Le dije.

Me sostuve del marco de la ventana, pero no salté. Miré alternamente de la puerta al explosivo pegado a la pared.

—¿Acaso pretende suicidarse? —Inquirió—. Salga ahora.

—Detónalos —Repetí.

Consiguieron derribar la puerta y entraron, cuando me enfocaron, uno de ellos me apuntó con un arma y disparó, pero antes de que la bala me alcanzara me pasé al balcón de al lado.

—NAHA, tiene...

Como una mierda, Wesley.

Apreté los dientes.

—¡Que lo hagas ya! —Bramé.

No me detuve cuando escuché a los hombres acercarse a la ventana para atraparme, solo me enfoqué en tomar impulso y correr por todo el largo del balcón. Apenas si tomé el cable para balancearme cuando escuché todas las detonaciones y los cristales de la ventana haciéndose añicos. También escuché los gritos, las maldiciones y los alaridos de dolor.

El tomar el cable, ocasionó que la herida de mi mano ardiera más y que, en consecuencia, un gruñido bajo y de dolor escapara de mi boca.

Era soportable.

Más detonaciones comenzaron a sonar justo en el momento en el que logré alcanzar el contenedor. Las bolsas no tenían contenido suave, porque lo que sea que había dentro de una de ellas, me golpeó las costillas con fuerza.

No me detuve a pensar en el dolor, lo que hice fue apresurarme para salir del contenedor y así alejarme del edificio. Este comenzó a colapsar detrás de mí, las paredes comenzaron a partirse y a caer entre estruendos y polvo.

—NAHA. Dé señales de vida.

Me resguardé poco antes de que el desastre lograra alcanzarme.

Me quité el casco para dejarlo a mi lado. Después me llevé la mano a las costillas.

Joder, como dolía.

—Agente NAHA, responda.

—Estoy vivo.

A diferencia de esos hombres que quedaron atrapados dentro del edificio. Seguramente ninguno sobrevivió.

Me obligué a levantarme para salir de mi escondite y al hacerlo, me encontré el edificio hecho mierda.

Tomé mi casco y aún con la mano cerca de las costillas, caminé hasta la parte frontal del lugar. A medida que me acercaba el ruido se hacía más intenso. Cuando llegué noté que nuestros vehículos llenaban el lugar.

Las rehenes estaban subiendo a los vehículos que las llevarían a un lugar en el que pudieran atenderlas. Unas se miraban alertas, asustadas. En cambio, las demás...era como si no estuvieran. La droga en sus sistemas las mantenía ausentes, incapaces de hacer otra cosa que no fuera permanecer recostadas e inmóviles.

Landon llegó a mi lado y llevó sus manos a mis hombros.

—Cabrón de mierda, ¿acaso siempre debes sacarnos sustos así? —Me reprendió.

—Es para saber qué tanto me quieren y qué tanto se preocupan por mí —Bromeé, esbozando una media sonrisa.

Puso los ojos en blanco y negó con la cabeza.

—¿Te dispararon? —Preguntó una vez que notó mi mano apoyada sobre mi costado. Por supuesto que no era mi mano herida. Esa dolía más a medida que pasaba el tiempo.

—Solo me golpeé. No es nada grave —Bufé—. Mi única preocupación ahora, es ducharme rápido.

Después de todo caí en un contenedor de basura.

Caminamos hasta los autos y subimos en ellos para ponernos en marcha, en el proceso me quité el chaleco ya que comenzó a resultarme algo incomodo. Cerré mi mano en un puño, en un intento de aminorar la hemorragia. El corte realmente fue profundo.

Después de unos minutos de recorrido, finalmente entramos al estacionamiento subterráneo de la FEIIC. Al bajar, Landon me llevó casi a rastras a uno de los consultorios, aunque insistí con lo de la ducha. Si soporté el recorrido así, podía soportar unos minutos más en lo que me duchaba.

—Aquí le dejo al agente de la terquedad, doctora. Está herido y necesita ser atendido —Informó Landon, empujándome levemente al interior—. Iré con las rehenes.

La doctora se levantó deprisa, dejando unas hojas sobre su escritorio antes de ponerse delante de mí.

—¿Qué sucede? ¿Qué le pasó? —Cuestionó, tomando mi brazo para guiarme a la camilla. Todo en ella pareció llenarse de preocupación repentinamente.

—No es para tanto. Para ser sincero, prefiero tomar una ducha primero —Suspiré con pesadez.

—De ninguna manera. Mire su mano, tiene un corte profundo —Tomó mi mano para revisar mi herida—. Y parece que va a necesitar puntadas.

—¿Puntadas?

—Sí. Espere aquí.

Ella se alejó y comenzó a rebuscar en su consultorio todo lo que necesitaba para curar, desinfectar y todo eso. Una vez que tenía todo lo que hacía falta, de nuevo se acercó a mí y se sentó en un banco. Tomó mi mano y lo que parecía ser un desinfectante.

—Esto dolerá —Informó.

Remojó un algodón en él y después comenzó a limpiar mi herida, arrancándome un siseo bajo. Una vez que terminó con eso, siguió con lo demás. Aplané los labios mientras ella suturaba. Solamente me enfoqué en presionar mi costado, ese lado que aun dolía.

Pasaron unos diez minutos hasta que terminó de suturar y vendar mi mano por completo.

—El vendaje se tiene que cambiar todos los días y antes de vendarte tienes que limpiar tu herida con yodo. Todos los días y sin excepciones. De lo contrario podría infectarse —Explicó mientras guardaba su material—. Puedes hacerlo tú mismo o venir para que lo haga yo. Los puntos te los retiraré en quince días. ¿Bien?

—Bien.

Me miró, dándose cuenta de que tenía mi mano sobre mi costado.

—¿También tiene una herida ahí?

—Solo un golpe, nada grave.

—Levante un poco su camisa, por favor.

—No es necesario. Estoy bien —Insistí.

El dolor se pasaría rápido.

Al menos eso esperaba.

—Agente Hardy —Se cruzó de brazos.

Me llevé la mano al borde la camiseta y la levanté, descubriendo gran parte de mi abdomen. Sus ojos se abrieron enormemente al mirarlo.

—Dios, ¿y así se atreve a decir que no es necesario?

Se acercó y se inclinó para palpar la zona donde dolía.

De acuerdo, lo que sea que me haya golpeado, hizo muy bien su labor de lastimarme.

La Dra. Graham —o al menos eso era lo que decía la placa en su bata— deslizó un poco sus dedos de manera suave para tocar las cicatrices viejas en mi abdomen.

Mi mandíbula se tensó al instante.

—Esas no son —Masculló.

Odiaba que las tocaran.

Solo había una persona que podía hacerlo aparte de mí. Y era porque me gustaba su tacto, me gustaba sentir sus caricias todas las veces que la tenía en mi cama. No tenía ningún problema con que Lara tocara mis cicatrices.

La doctora alejó sus manos rápidamente, carraspeando e incorporándose.

—¿Qué ocasionó el golpe?

—Caí en un contenedor y una bolsa seguramente tenía un objeto duro, tal vez era madera o una vara de metal. No lo sé —Conté, volviendo a bajar mi camiseta—. El impacto fue fuerte y desde entonces duele, incluso cuando el tacto es suave.

—Tiene un hematoma y el área está inflamada. Le daré medicamentos para el dolor y la inflamación y si puede, será mejor que realicemos unas radiografías solo para asegurar que internamente todo esté bien.

—De acuerdo. Hágalas, por favor.

Estuve un rato más en el consultorio. Realizó las radiografías y por suerte, me dijo que no había daños internos. Solo me prescribió medicamentos y me dejó ir. Antes de salir me recordó que debía volver dentro de dos semanas para el retiro de sutura.

Fui a las duchas para tomar una y lograr sentirme limpio. Cubrí mi mano para que la venda no se mojara y solo salí cuando supe que estaba listo. Me vestí con ropa limpia y tomé las llaves de mi coche.

Salí de la central y me monté en mi auto para alejarme del lugar.

Sí, debía tomar los medicamentos.

Pero lo haría después de un trago porque realmente me merecía uno.

Después de unos minutos conduciendo, finalmente llegué a un bar que me resultó bonito y aceptable. Era la primera vez que venía, pero no tenía mala pinta.

Salí de auto y me dirigí a la entrada. Dentro había varias personas conversando y bebiendo. Para ser sincero, había muchas.

Me acerqué a la barra y me senté en uno de los dos espacios libres que quedaban. El hombre detrás de la barra se posó delante de mí, dándome un asentimiento de cabeza.

—Buenas tardes, ¿qué te voy a servir?

—Buenas tardes —Saludé de vuelta—. Solo una cerveza por favor.

Asintió y se alejó.

Mi costado seguía doliendo e incomodándome.

«Esto es lo que ganas cuando prefieres tomar alcohol en lugar de tomar los medicamentos que te recetaron».

Fue un día largo. Esa era mi gran justificación.

Me entregaron mi cerveza, por lo que agradecí antes de darle un trago. Apenas y pude darle un sorbo ya que mi celular sonando me interrumpió.

Solté un suspiro largo.

Alejé la cerveza y la dejé sobre la barra antes de sacar mi celular para atender.

El *«Nate»* brilló en la pantalla.

—Nathan —Saludé una vez que me llevé el celular a la oreja.

—Niño. ¿Estás desocupado o te interrumpo? —Regresó. Se escuchaba mucho ruido de su lado, como si estuviera en la calle o rodeado de personas.

—Estoy disponible. ¿Por qué? ¿Qué sucede?

—Tengo que hablarte de algo importante.

—Dime —Lo insté a seguir

—He visto a Samuel.

Enarqué una ceja.

—¿Samuel? —Cuestioné—. ¿Nuestro hermano?

—Ese Samuel.

—¿Cuándo?

—¿Recuerdas que te comenté que me solicitaron para realizar una cirugía en el Hospital de Mánchester? Fue hace un par de días —Preguntó, a lo que respondí con un *«Ajá»*. Mi hermano era de los mejores neurocirujanos. Era común que lo solicitaran para realizar algunas cirugías en otros lugares además de Londres—. Él estaba ahí y…no se veía nada bien.

—¿A qué te refieres con que no se veía nada bien?

—Estaba muy raro. Parecía enfermo, Neal —Sus palabras me alertaron—. Iba a acercarme, pero él estaba con la tirana que nos dio a luz y lo menos que quería, era que después de no haberlo visto por años, lo primero que tuviera que presenciar, fuera una pelea entre Julissa y yo.

Lo entendía completamente.

Sam era apenas un niño cuando Nathan y yo nos fuimos de casa.

Creció solo junto a sus padres, pero no le fue nada mal.

Él sí tuvo padres de verdad.

No pasó por lo mismo que nosotros.

Me enteré de que era un adolescente engreído, caprichoso y que gozaba de humillar a personas que no alcanzaban el mismo nivel económico y social que él disfrutaba.

Pero al parecer me perdí de mucho ya que la última vez que supe de él, se miraba en perfecto estado.

¿Cuánto tiempo había pasado desde entonces?

—¿No crees que solo sea algo leve? Tal vez es solo un resfriado. Ya sabes lo enfermizo que era cuando estaba pequeño.

—Neal, cuando digo que parecía enfermo, realmente lo parecía. No lucía como un simple resfriado —Dijo, usando un tono serio y preocupado. Uno que casi no empleaba—. Estaba muy delgado, lucía acabado, cansado y pálido. No estaba bien, se le notaba desde lejos.

—¿De verdad lo viste tan mal?

—Sí, Alain —Afirmó—. Es por eso que...ya sabes, tú tienes las conexiones y los métodos para mantenerlo vigilado. Por lo menos debemos asegurarnos de que no la está pasando mal. Sabes lo difícil que puede ser crecer en esa casa.

Asentí, cerrando los ojos unos momentos.

—Me encargaré de esto, no te preocupes —Intenté relajar el ambiente—. Tú enfócate en tener cuidado y cualquier cosa extraña que notes a tu alrededor, me lo haces saber de inmediato. ¿Bien?

Mi hermano volvió a su casa hace algunas semanas, lo hizo cuando se cansó de tener que esconderse de alguien o algo que desconocemos.

Y la verdad tenía razón.

No era justo que dejara su vida y su trabajo de lado por una persona que tal vez solo quería volvernos paranoicos.

Yo por el contrario, preferí no bajar la guardia ni con él ni con Lara. Al menos no hasta asegurarme de que ella no corriera peligro.

—Bien. Llama si sabes algo de Sammy. Por favor, lo que sea que consigas, solo házmelo saber —Pidió.

—Lo haré —Solté un suspiro largo—. Manda mis saludos a Zack.

—Lo haré —Repitió mis palabras—. Adiós, hermanito.

Curvé las comisuras de los labios hacia arriba.

—Adiós, hermano.

Colgué la llamada y de nuevo me guardé el celular. Saqué mi billetera del bolsillo trasero de mi pantalón y de ella tomé la foto vieja y pequeña que escondía dentro.

Fue la última foto que nos tomaron a los cuatro juntos.

Y la única foto en la que no aparecían nuestros progenitores.

Ellos eran más de tener retratos enormes hechos a mano. Les gustaba despilfarrar el dinero en cosas como esas.

Miré al niño castaño y de ojos verdes. Sonreía enormemente a la cámara, feliz y ajeno a todo lo que vivíamos nosotros.

Siempre supimos que él era diferente.

Con él todo era diferente.

No sufrió maltratos.

No humillaciones, no castigos, no golpes. Jamás estuvo dentro del *baúl*. Por lo menos no mientras yo vivía ahí. Se hacía todo a su voluntad y creció recibiendo mimos y amor.

Por eso dudaba que lo estuvieran maltratando.

—Tal vez sí estás enfermo —Hablé bajo—. ¿Por eso han insistido tanto en hablar con nosotros?

Volví a guardar la foto en la billetera y después me dispuse a darle un trago largo a mi bebida.

—¿Mal día? —Habló el tipo sentado a mi lado.

Giré un poco, por lo que él señaló mi mano cubierta por la venda.

—Terrible —Suspiré con pesadez.

—Pues únete al club —Hizo una ligera mueca.

Miré de reojo sus dos vasos llenos de tequila.

—¿También un mal día? —Cuestioné.

Bufó bajo.

—Terrible.

Alcé la comisura de mis labios un poco e incliné mi cerveza en su dirección a modo de brindis.

—Hardy —Me presenté.

Imitó mi acción: inclinó su vaso de cristal.

—Alighieri —Regresó.

Chocamos las bebidas, diciendo *«salud»* al unísono.

Y después, ambos bebimos.

CAPÍTULO 33.
Hombre de una sola mujer
NEAL HARDY.

PRESENTE.

Dejé la cerveza sobre la barra y suspiré pesadamente.

—¿Y entonces? ¿Cómo te hiciste eso? —Cuestionó el hombre, enfocando sus ojos grisáceos en mi mano.

Tal vez yo debería preguntarle lo mismo.

Le faltaba la mitad de su dedo anular.

Solo contaba con cuatro dedos y medio en la mano izquierda.

Levanté mi mano para examinar la venda.

—Accidente laboral.

Al menos no perdí el ojo. Algo es algo.

Alighieri alzó una ceja.

—¿Accidente laboral? ¿Pues a qué te tienes que dedicar como para terminar con la mano así? —Rio bajo.

—Soy decorador de interiores —Solté desinteresadamente—. Una cubeta de pintura me cayó desde un segundo piso. Fue algo muy feo, incluso me pusieron puntadas, así de horrible fue. No te lo recomiendo.

Parpadeó, intentando asimilar mis palabras.

—¿Una cubeta de pintura? —Preguntó, delatando su muy marcado acento italiano—. ¿Eso te lo hizo una cubeta de pintura?

—*Seh*, socio —Fruncí los labios—. Ahora estoy aquí bebiendo para olvidar mi fatídico día remodelando una casa.

Pude haberle dicho que era *policía* y ya.

Pero preferí divertirme con su expresión.

Realmente parecía que se lo creyó porque miraba mi mano con los ojos entrecerrados, como si tratara de encontrar las puntadas.

—Que bueno que no me dediqué a algo así —Murmuró, sacudiendo la cabeza.

Reprimí una carcajada antes de darle otro trago a mi bebida.

—¿Y tú? ¿Por qué estás aquí? —Sentí curiosidad—. Una persona solo bebe tequila cuando está pasando por un mal día.

Suspiró con pesadez, negando un poco con la cabeza.

—El mal de amores.

Hice una mueca.

—Debe ser terrible.

Esbozó una sonrisa débil, asintiendo ligeramente.

—Lo es. La mujer que amo me odia profundamente —Bufó, tomando el vaso de tequila que le quedaba—. Aunque no puedo culparla, ¿sabes? Hice cosas terribles, cosas de las que no dejo de arrepentirme ni un solo día, pero sé que nada será suficiente para que ella me perdone. Y ahora que parece que está con otro hombre, no puedo evitar sentir que la he perdido para siempre.

Bebió el contenido de una y sin pensarlo dos veces.

Levantó su mano izquierda.

—¿Ves esto? —Señaló su dedo con un movimiento de cabeza—. Esto me lo hizo ella.

—¿Y aún así quieres volver con esa mujer?

—La amo y ni siquiera esto fue suficiente como para que dejara de hacerlo —Rio entre dientes.

—¿La amas? —Inquirí—. ¿Realmente la amas?

—Como un demente —Se masajeó la sien—. La necesito.

—Entonces ve por ella. Intenta buscar hasta debajo de las piedras una forma de conseguir su perdón, no dejes que ese hombre sea un obstáculo para recuperar lo que amas. Deprimiéndote y bebiendo no conseguirás nada.

Si fuera yo. Si yo me enamorara profundamente, entonces bajaría al infierno con tal de conseguir su perdón. Enmendaría cada error para tenerla a mi lado.

Aunque claro, todo debía tener un límite. Si realmente me quisiera fuera de su vida y mi insistencia solo hiciera más daño, entonces lo dejaría por la paz, saldría de su vida para que ella pudiera estar tranquila.

Si él sobrepasó ese límite, lo mejor que podría hacer, sería dejarla ir.

—No es tan sencillo. Cuando te digo que me odia no miento. Ella realmente me odia —Masculló—. Pero muy amable tu consejo, que agradable eres.

—Para servir.

Dejó su vaso sobre la barra y llamó al barman para pagar su cuenta.

—Por cierto, tengo un club nocturno por la zona. Se llama *«The Royal»* y es muy exclusivo... —Empezó, por lo que hundí levemente las cejas.

—¿The royal?

¿El lugar donde Lara bailaba?

—Sí, mi nombre es Bruno Alighieri —Soltó mientras sacaba una tarjeta de presentación para extendérmela—. Como decía; eres agradable y te aseguro que también me agradará verte por ahí, incluso podemos continuar la conversación. Te invito a beber cuando lo desees, podemos hablar de negocios ya que quiero hacer algunas remodelaciones en el lugar.

Dios, él realmente se creyó mi mentira.

—Será un privilegio —Le sonreí y tomé la tarjeta.

Le eché un vistazo al nombre escrito en ella.

Fue el jefe de Lara.

Era él a quien buscaba la noche que la conocí.

—Puedes mirar el lugar, te digo lo que tengo en mente y después hablamos de dinero —Siguió—. Allí tienes mi número, marca el día que mejor se ajuste a tu horario

—De acuerdo. Llamaré —Mentí.

Me dio un asentimiento de cabeza.

—Fue un gusto, Hardy.

—El gusto fue mío, Alighieri.

Nadie dijo nada más, mi compañero de copas simplemente fue a la salida y cuando la puerta se cerró, lo perdí de vista.

Enfoqué la tarjeta en mi mano, para después suspirar y guardarla en mi bolsillo. Me tomé algunos minutos más para terminar mi cerveza, después pagué y salí del lugar. Conduje directo a mi apartamento, ya que Lara llegaría pronto y no quería hacerla esperar.

Pasaron unos quince minutos hasta que por fin llegué y estacioné mi coche en su sitio. Me dirigí al elevador y lo primero que hice al llegar a mi apartamento, fue tomar los benditos medicamentos que me dieron para el dolor. Bebí un poco de agua para pasarlos y una vez que terminé, lavé el vaso para dejarlo en su lugar.

Saqué la tarjeta de mi bolsillo y la evalué con atención. Después, la partí a la mitad y la tiré en el cesto. No tenía motivos para llamar, en primer lugar porque no era diseñador de interiores y en segundo, porque no tenía nada que ver con Alighieri.

Y tampoco tenía intenciones de contarle a Lara. Por lo poco que me había contado, no recordaba ese lugar con mucha alegría y yo lo que menos pretendía, era incomodarla o ponerla triste sacando ese tema.

Era mejor así.

Nela se restregó contra mi pierna como de costumbre, maullando para que le prestara atención.

Me incliné un poco para acariciar su cabeza.

—¿Me echaste de menos? —Le dije.

Se restregó contra mi mano unos segundos, antes de correr directamente a la puerta cuando escuchó el timbre.

Me incorporé para ir en esa dirección. Nela le maulló a la puerta y después se fue y se echó en su cama, así; sin importarle nada más.

—Gata perezosa —Bufé.

Abrí, encontrando un par de ojos achocolatados y muy bonitos del otro lado.

—Hardy —Inclinó la cabeza a modo de saludo.

—Hechicera —Le regresé, acercándola a mí con ayuda de mi mano sana. No perdí el tiempo, solamente me dediqué a probar sus labios.

Me siguió el beso, llevando sus manos a mi cabello para acercarme más, intentando eliminar una distancia inexistente. Empujé la puerta con el pie cuando noté que ninguno tenía intenciones de detenerse.

—¿No...no íbamos a cenar? —Alcanzó a formular entre besos, mientras me hacía caminar de espaldas hasta la sala.

El deseo en su tono me hizo vibrar y caer en una especie de encantamiento.

—Después —Murmuré, cayendo de espaldas sobre el sofá. Lara se acomodó sobre mi cuerpo, dejando que sus manos expertas viajaran por todos lados. Me tensé un poco cuando presionó mi golpe. Y al parecer lo notó, porque se detuvo de inmediato.

Se acomodó el cabello, descubriendo su rostro.

—¿Qué ocurre? —Preguntó.

—Nada —Me incorporé un poco para continuar con el beso. Gimió bajo cuando nuestras lenguas se enredaron en otro beso que me permitió saborearla y disfrutarla.

Acaricié su piel con la mano que no tenía vendada y subí su falda para darme más libertad.

Se frotó contra mí. Mi polla reaccionó a sus movimientos de manera inevitable. Y lo sintió, porque no contuvo el sonido de gusto que le ocasionó sentirme tan duro por ella.

Mis dedos se encontraron con sus bragas, por lo que las hice a un lado. Suspiró cuando acaricié su coño empapado y caliente.

Siempre tan dispuesta. Tan lista para mí.

Me hacía perder la razón.

Y aunque no deseaba hacerlo, tuve que detenerme cuando de nuevo posó su mano en mi costado. No la podía culpar, ella solo estaba buscando apoyarse y además, no le había dicho que estaba herido.

—De acuerdo, esto no está funcionando —Suspiró, separándose un poco para mirarme.

—Eso es algo que realmente no deseo escuchar, hechicera —Hice un mohín leve.

Sonrió encantadoramente.

Sus ojos se entrecerraron un poco mientras negaba con la cabeza.

—No me refiero a que esto no esté funcionando —Aclaró, señalándonos a ambos—. Me refiero a este momento. ¿Te duele algo? ¿O por qué haces eso?

—¿Hacer qué?

Trató de imitarme. Su acción fue tratar de imitar un sobresalto, tal vez fue lo mismo que hice.

Sonreí sin dejar de verla. Lo que hizo me causó gracia.

—¿Hice eso? —Inquirí, rascándome la ceja.

Su vista recayó automáticamente en mi mano y su expresión cambió a una de horror.

—¡Dios mío! —Exclamó, tomándola con delicadeza—. ¿Qué te pasó? ¿Por qué tu mano está vendada?

Su mirada chispeó con verdadera preocupación y el verla así, el notar que algo tan simple como esto la puso en alerta, hizo que mi pecho se sintiera...cálido.

Tragué saliva y después parpadeé un par de veces para salir de mi trance.

—No es nada —Traté de calmarla—. Solo un pequeño incidente en mi trabajo.

—¿Te fracturaste la mano?

Negué con la cabeza.

—Solo fue una herida, me pusieron puntadas, pero...

—¿¡Puntadas!? —Chilló, usando un tono alto—. ¿Y así te atreves a decir que fue *«un pequeño incidente»*?

Me dio un manotazo al mismo tiempo que refunfuñaba. Aplané los labios, intentando que la expresión de dolor no se marcara.

Joder, tantos lugares en donde pudo haberme golpeado y justo tuvo que ser en mi costado.

—¿Qué ocurre?

Negué con la cabeza, llevando una mano a donde golpeó.

—¿Golpeé muy fuerte? —Cuestionó, mirando su mano con asombro. Después enseñó los dientes en una mueca de disculpa.

—También tengo un golpe ahí.

Otra vez me dio esa mirada atemorizada y preocupada.

—¿Y por qué no lo dijiste? —Gruñó, apartando mi mano para levantar mi camiseta.

—Mmm, ¿es así como me pides que continuemos? —Inquirí, usando un tono coqueto—. Porque solo deseo enterrarme en ti y no bromeo al decirlo.

—Oh, por Dios —Ignoró mis palabras al concentrarse en el hematoma—. ¿Cómo te hiciste eso? ¿Quién te hizo esto?

—Un pequeño incidente en mi trabajo, ya te lo dije —Le contesté.

—¿Un pequeño incidente? —Repitió en un tono irónico—. ¡Mira cómo estás!

La belleza latina sobre mi regazo resopló un par de veces. Lara poseía una chispa y un encanto imposibles de ignorar, unos que te atraían desde el primer segundo que la tenías cerca. Y era un completo espectáculo cada vez que las emociones pasaban por esos ojos encantadores casi gritando;

«*¡Estoy aquí! ¡No puedes ignorarme!*».

Si estaba triste sus ojos se apagaban por completo.

Si estaba feliz iluminaba todo a su alrededor.

Si estaba excitada, cada poro de su piel la delataba.

Y si estaba molesta, era mejor tener cuidado con esa mirada que podía ser letal para cualquiera.

Especialmente para mí.

Llevé mis manos a su mentón, obligándola a mirarme fijamente. Las comisuras de mis labios se alzaron en una sonrisa pequeña.

—¿Estás preocupada por mí? —Pregunté.

Quería escucharlo de su boca.

Hizo un pequeño puchero.

—Sí... —Contestó dudosa—. ¿No puedo? ¿Esto es algo que sobrepasa nuestros límites de *folla-amigos*?

Hice un recorrido con mi mano hasta su mejilla, acariciando su piel con mis nudillos.

—Me gusta —Susurré.

—¿Te gusta?

—*Ujum* —Emití.

Me incliné un poco para rozar sus labios. Me presioné contra ella, insinuándole lo que deseaba, lo que su cercanía me provocaba.

—Eres increíble —Noté la diversión en su tono—. Ni estando convaleciente se te quita esa fascinación de follarme.

Por supuesto que no. Hacerla mía se volvió una adicción.

—¿Qué te puedo decir? —Murmuré—. Cualquiera se vuelve adicto cuando tú eres la droga.

La besé ansioso y desesperado. Necesitado.

Era justo eso.

La necesitaba tanto.

Y era justo por eso que, una gran parte de mí, no quería dejarla ir.

12 de marzo, 2020.
PRESENTE.
LARA SPENCER.

Le fruncí el ceño a todos los cereales del pasillo, evalué todos con atención antes de decidirme por uno.

De acuerdo, ganó el de chocolate.

Lo tiré en el carrito antes de avanzar al siguiente pasillo.

El de las galletas. Mi favorito.

Esta vez no me detuve a mirar las demás cajas porque simplemente fui directo a mis amadas Oreo. Tomé dos cajas grandes y una bolsa de *Mini Oreo* y las dejé sobre el carrito.

—¡Oh mi Dios! —Escuché un chillido a mi lado—. ¿Lara? ¿Lara Spencer?

Giré en el instante que reconocí la voz.

Monique.

Intenté articular una frase. Evidentemente no lo conseguí.

«Lara está embarazada».

Fue lo último que la escuché decir esa noche. A pesar de que dijo más, mi mente solo podía recordar esa frase.

«Lara está embarazada».

Ella se acercó rápidamente para abrazarme, sin siquiera percatarse de que me había quedado paralizada. Y cuando sus brazos me envolvieron, solo pude cerrar los ojos mientras la rodeaba.

Ella no fue la culpable.

Ella no quería dañarme.

Ella no sabía la historia y no sabía lo que él iba a hacerme.

Sé que ella me habría protegido si lo hubiera sabido.

—Monique —Me escuché decir.

Ella se separó y me regaló una sonrisa enorme.

—¿Cuánto tiempo ha pasado? —Rio—. ¡Mira lo hermosa que estás! ¡Dios, sigues siendo deslumbrante!

—¡Oh! ¿Pero y que hay de ti? —Le sonreí—. Eres toda una belleza.

—Es un verdadero honor recibir tal halago de ti —Hizo un gesto con las manos—. Oh, Kirian, ven a saludar.

Ella miró por encima de su hombro para encontrarse con el pequeño niño junto a su carrito.

Debía tener al menos unos ocho o nueve años ahora. Era un niño precioso, de cabello castaño y ojos azules. Era muy parecido a Monique, solo que sin ser extrovertido como lo era ella. Para ser sincera, las veces que lo vi por el club, parecía ser un niño muy tímido.

—Hola, Kirian. ¿Te acuerdas de mí? —Le cuestioné, por lo que él me miró—. Fui compañera de tu mamá.

—Hola —Formuló mientras asentía levemente—. Siempre tienes chocolates en tu bolso. Tú me regalabas chocolates.

Sonreí mientras rebuscaba en mi bolso.

De él saqué una barra de chocolate y se la ofrecí.

—Sí, esa era yo —Fruncí un poco los labios—. ¿La quieres?

Él la tomó con delicadeza.

—Gracias.

—No hay de qué —Le resté importancia—. Está enorme. No puedo creer que sea el mismo niñito que conocí hace años.

—En un par de años seguro que estará más alto que yo —Monique se rio—. Crecen demasiado rápido.

—Te entiendo completamente. Me pasó exactamente lo mismo con mi hermano, ahora ya es todo un universitario con tatuajes y novia —Hice una mueca.

—Cierto que tienes un hermano —Suspiró—. Seguro que ahora que creció te hace sentir muy vieja.

—Sí, es justo así.

—Al menos aún te queda mucho tiempo antes de que tu hijo crezca. Debe tener unos dos o tres años ahora, ¿no? —Mi sonrisa se borró al escucharla—. ¿Dónde está? ¿Lo has traído contigo? Realmente deseo conocerlo.

Todo mi interior dolió.

Todo ardió.

—Yo… —La garganta se me secó—. Eh…

—¿Lara? —Parecía preocupada.

—Lo perdí —Le mentí—. Fue un aborto. Un aborto espontaneo.

—Oh, Dios. Yo…lo siento mucho, no debí preguntar y…

—Está bien —Le sonreí para tranquilizarla—. No pasa nada. Mejor cuéntame, ¿sigues trabajando en el club?

—Sí, sigo en el club. Las cosas van bien, pero te hemos extrañado por ahí —Suspiró—. Las chicas aún se preguntan por ti, te fuiste repentinamente.

—Era lo mejor.

—Tus razones tenías —Me respondió—. Pero me habría encantado no perder el contacto contigo, peque. Pasé mucho tiempo esperando que regresaras, realmente estuve muy preocupada por ti. Quiero pensar que todos lo estuvimos, incluso el amargado de Bruno.

Me tensé al escuchar su nombre.

—Lamento haberme alejado de la nada, es que simplemente… necesitaba alejarme de todo —Carraspeé.

—Espero que ahora todo vaya mejor.

—Oh, por suerte así es. Mi hermano ya es mayor, tengo mi propio auto, amigos que son un encanto y un trabajo que me encanta. Creo que… las cosas mejoraron después de todo.

—Soy feliz por saber esto —Me sonrió.

—Y yo soy feliz por verte de nuevo y ponernos un poco al día —Le dije—. Debo irme ahora, pero ¿qué te parece si intercambiamos números y quedamos para beber un café?

—Me agrada la idea. Es que tengo tantas cosas que contarte.

Ella apuntó mi número cuando se lo dicté y después se guardó el celular.

—Entonces listo, envíame un mensaje y quedamos —Ella asintió al escucharme—. Me dio mucho gusto verlos. Adiós, Kirian, espero verte la próxima vez.

Él me sonrió tímidamente.

—Adiós —Se despidió con la mano.

Monique me dio un último abrazo antes de irnos en direcciones contrarias. Ella se quedó en los pasillos mientras que yo fui a la caja para pagar mis compras. Al salir, fui a mi auto y después conduje a casa para dejar las cosas. Una vez que terminé de guardar mis compras, me dispuse a tomar una ducha y arreglarme para ir al apartamento de Neal.

Tenía tantas ganas de verlo, de estar con él.

No iba a aguantarme esas ganas.

Y por esa razón pronto estuve saliendo de mi apartamento para ir a mi auto y ponerme en marcha. Duré algunos minutos conduciendo hasta que por fin llegué a su edificio.

Subí al elevador y mientras esperaba, tarareé una canción que escuché de camino. Unos momentos después las puertas volvieron a abrirse, por lo que solo fue cuestión de salir y caminar hasta su apartamento. Toqué el timbre en cuanto estuve frente a él.

Esperé pacientemente.

Y cuando la puerta se abrió, no fue Neal quien me recibió. No, fue una mujer hermosa, de cabello oscuro y largo, piel de porcelana, ojos oscuros y rasgados. Una mujer despampanante y más alta que yo.

Por su físico y sus facciones, podría asegurar que era asiática o que por lo menos alguien de su familia lo era.

No supe qué decir, simplemente me quedé paralizada viendo a la mujer.

Dios, solo pasaron dos días desde la última vez que Neal y yo estuvimos juntos porque tuvo una *mini* misión.

¿De verdad era tan cabrón como para cambiar de mujer en tan poco tiempo?

No, él no era así...¿no?

—Hola, ¿puedo ayudarte en algo? —Cuestionó, usando un tono de voz amable y suave—. ¿Buscabas a alguien?

Tragué saliva, sintiendo una presión incómoda en mi pecho.

—Eh...yo...—Balbuceé.

No saques conclusiones apresuradas, Lara. Tal vez no es lo que imaginas.

—¡Mami! —La llamó una voz dulce e infantil. Casi de inmediato, una niña parecida a ella se colgó de su pantalón para llamar su atención—. ¿Quién toca?

La pequeña me miró con sus ojos bonitos y ligeramente rasgados. Era una niña preciosa, muy parecida a su madre.

—Lo mismo me preguntaba —Le dijo—. Anda, no dejes a tu tío solo.

La niña corrió al interior de nuevo y sin decirle nada a su madre.

—¡Tío, hay una señora con mami! —La escuché decir. Su timbre de voz era lo suficientemente energético y alto como para escucharlo.

—¿Entonces...? —Formuló la chica—. ¿Vas a decirme en qué te puedo ayudar o nos miraremos la cara todo el día? No me molesta, pero dejé mi café y ahora se está enfriando.

Parpadeé, intentando procesar todo esto.

—¿Qué señora? —Esta vez, sí reconocí al dueño de esa voz. Venía en esta dirección, se detuvo detrás de la chica y al verme, ladeó la cabeza—. ¿Hechicera? No sabía que venías.

—Creo que no vine en buen momento...—Murmuré, alternando la vista de él a la mujer en su apartamento—. Creo que...los estoy interrumpiendo.

Neal hundió las cejas, completamente confundido.

—No interrumpes nada. Ven, sabes que puedes entrar —Aclaró y tomó mi mano para que no huyera como pretendía hacerlo. La chica se movió para dejarme entrar y después cerró. Mientras hacía todo eso, no quitó esa mirada curiosa—. Lara, ella es Ren. Y tú, bestia, ella es Lara Spencer.

—¿Es tu novia? —Cuestionó ella, subiendo y bajando las cejas.

Neal y yo nos miramos.

Ciertamente, no éramos novios.

Pero tampoco podíamos decir que éramos solo amigos. Los amigos no hacían las cosas que nosotros sí.

—Sí, es mi novia —Dijo él, tomándome por sorpresa—. Y antes de que se lo preguntes; no, no está ciega.

Contraje el rostro sin entender.

—Bueno, es que si se fijó en ti...—Lo molestó—. O es ciega o tiene muchos problemas. O ambas, siempre es una posibilidad.

Neal soltó una risa baja y sarcástica.

—Que simpática.

Ren sonrió cuando volvió a enfocar su vista en mí.

—Es broma. Este tipo es genial, pero supongo que eso es algo que ya sabes bien —Se dirigió a mí, palmeando la espalda de Neal y después estirando su mano en mi dirección—. Mucho gusto, Lara.

Tomé su mano y le sonreí cortésmente.

—El gusto es mío.

Nos soltamos y ella miró hacia la sala, en donde se podía ver a la misma niña de antes frente a una casa de muñecas enorme y a medio armar.

—Sally, ven a saludar a la novia de tío Neal —La llamó, por lo que la chiquilla alzó la cabeza, aún sin soltar a su muñeca. Se levantó y se dirigió hacia nosotros mirándome con curiosidad, de la misma forma en la que su madre me miró antes—. Ella es Lara. Y Lara, ella es mi hija; su nombre es Sally.

—Hola, soy Sally —Repitió su nombre, agitando su mano a modo de saludo.

Le sonreí y me incliné un poco.

—Hola, Sally —Saludé—. ¿Qué edad tienes, pequeña?

Alzó cuatro dedos para indicarlo.

—Así —Formuló, pareciendo contenta con eso.

—Eres una niña muy bonita y dulce —Mi sonrisa se ensanchó más a causa de la ternura que me produjo.

—Gracias. Tú también eres muy bonita.

Su madre asintió en acuerdo.

—Ven, vamos por uno de tus jugos —La animó, tomando su mano para llevarla a la cocina.

Tal vez fue una excusa para dejarnos solos.

Desaparecieron totalmente de nuestro campo de visión, por lo que intenté distraerme en otra cosa que no fuera Neal.

—Es mi mejor amiga —Fue el primero en romper el silencio.

Lo enfoqué, parpadeando en el proceso.

—¿Eh?

—Ren es mi mejor amiga desde hace bastantes años, está casada y lo que sea que creíste al verla, jamás ha sido así —Aclaró, dando algunos pasos en mi dirección.

—No me debes explicaciones —Murmuré.

Abrió la boca un par de veces, tal vez buscando las palabras adecuadas para responder.

Finalmente suspiró y asintió lentamente.

—Lo sé, pero quería hacerlo —Manifestó, acariciando mi cabello—. Noté la forma en la que nos mirabas, seguro preguntándote el por qué otra mujer está en mi apartamento sabiendo que tú y yo tenemos algo, es por eso que quería aclararte que Ren es como mi hermana.

Lo miré a los ojos, esos que estaban llenos de sinceridad.

—Bien...realmente sí creí que estabas con ella o algo por el estilo —Hice una mueca—. Estuviste dos días fuera de Chicago, así que por un momento creí que…ya sabes, habías cedido a tus impulsos y habías traído a otra mujer contigo. Después de todo te gusta tener sexo.

—Sí, pero contigo, Lara —Expresó—. Soy un hombre de una sola mujer y desde la primera vez que te toqué, tú has sido la única. Soy incapaz de desear a otra mujer que no seas tú.

Estuve a nada de lanzarme encima de él y desnudarlo, solo me contuve porque sabía que no estábamos solos en su apartamento y que una de sus invitadas, era una pequeña de solo cuatro años.

—No lo digas de esa manera porque entonces pensaré que he sido el mejor sexo de toda tu vida y el ego se me subirá —Reí un poco.

Me dedicó esa sonrisa ladeada.

—Tú eres más que solo sexo, hechicera.

—¿Es por eso que me has presentado como tu novia? —Alcé una ceja.

Hizo un mohín.

—En parte sí. Pero también porque es más fácil de explicar. Créeme, Sally y Ren son muy curiosas, si hubiéramos dicho que nuestra relación es amistosa o algo más, entonces tendrías que soportar un bombardeo de preguntas.

Asentí a sus palabras.

—Lo entiendo.

Miró hacia abajo, por lo que lo seguí y de esa manera pude notar que Sally tiraba de su pantalón para llamar su atención.

—¿Y mi casita? —Cuestionó, sacando un poco el labio inferior.

—Cierto, tu casa —Musitó, tal vez recordando lo que tenía que hacer—. Voy en un segundo.

La niña asintió rápidamente y corrió hasta la sala para estar cerca de la casa de muñecas.

—Tal vez debería irme, tienes visita y no quiero interrumpirlos —Avisé mientras me acomodaba el bolso.

Neal negó con la cabeza.

—Puedes quedarte, te aseguro que no tenemos problema con eso. Sabes que eres bienvenida —Recalcó, bajando su mano para dejar de tocar mi cabello—. Puedes quedarte a ver cómo es que una niña de cuatro años me obliga a armar la casa de sus muñecas y después cómo me obliga a jugar con ella.

Reprimí una risa.

—Te tomaré la palabra solo porque se escucha como algo muy interesante.

Entrecerró los ojos un poco antes de dirigirse a donde estaba Sally y sentarse en el suelo para seguir con su labor de constructor. Me crucé de brazos, viendo la escena frente a mí. Sally le ofreció lo que parecía ser un sillón de juguete, por lo que Neal negó y con su dedo señaló el marco de una ventana.

—¿Lara? ¿Quieres tomar un café? —Escuché a Ren llamarme.

Me giré para mirarla.

—Sí, por favor —Asentí lentamente.

—Ven aquí —Me animó a acercarme hasta la cocina.

Fui en esa dirección mientras ella me servía un poco de café en una taza para después rellenar la suya.

—Yo necesito café para funcionar —Hizo una mueca, entregándome mi taza. Me senté en el taburete y tomé azúcar para endulzar mi bebida—. Esta es como mi...¿cuarta taza?

Alcé las cejas.

—¿Y eso no es dañino?

—Tal vez, pero es que tuvimos un vuelo largo. Son muchas horas de Inglaterra a Estados Unidos —Resopló—. Y es más pesado cuando aterrizas al amanecer.

—¿Vives en Inglaterra? —Pregunté, llenándome de curiosidad.

—Sí, en Londres —Asintió, antes de llevar la taza a sus labios. Bebió un sorbo y después la alejó para seguir hablando—. Estamos aquí de visita, solo nos quedaremos un par de días. Sally extrañaba mucho a Neal.

—Parece que le tiene mucho cariño —Sonreí.

—Lo adora. Creo que incluso lo quiere más que a mí —Bufó—. Apuesto a que es su persona favorita en el mundo.

Tal vez invocamos a la niña porque de la nada se apareció. Se puso a mi lado y sacó el taburete para sentarse.

—¿Otra vez lo dejaste solo con el trabajo? —La interrogó su madre—. No es tu sirviente, señorita.

—Quiero galletas —Farfulló, señalando la barra. En esta descansaba un paquete de galletas de chispas de chocolate—. ¿Me ayudas, por favor? No puedo, ¿me ayudas?

Supe que se dirigía a mí porque me miraba suplicándome con los ojos y haciendo un puchero adorable. Giró ligeramente para señalar el banco.

Rápidamente la alcé un poco y la ayudé a sentarse, cosa que la dejó muy contenta.

—Gracias —Me sonrió, enseñando sus dientes.

Tomó las galletas y comenzó a comer una mientras movía la cabeza de lado a lado.

—Tu casa es muy bonita. Me gusta —Mencioné.

—Mi tío Neal la compró, la estamos armando —Respondió después de tragar un trozo de su golosina.

—Estamos —Repitió Ren en un tono irónico—. Lo explota. Ella está aquí, comiendo y descansado mientras él intenta descifrar cómo se pone una ventana.

Reprimí una risa y miré de reojo a Hardy. Sí, se encontraba muy concentrado en su trabajo.

Sally tocó mi brazo para llamar mi atención.

—¿Quieres jugar con nosotros cuando esté lista? —Me invitó.

—Me gustaría —Moví la cabeza de arriba abajo.

—Me agradas y tus ojos son muy bonitos —Me halagó, usando un tono lleno de dulzura—. Me gusta que seas mi tía.

Parpadeé.

Acaba de decir que soy su tía.

—¿Sí eres mi tía? —Volvió a hablar.

¿Qué se supone que debo decir en estos casos?

—Si no tienes problema con que lo sea, entonces sí —Respondí, recargando mis antebrazos en la barra.

Después de todo, Neal me presentó como su novia.

—Sí, sí quiero.

Comió otro poco de galleta.

—¿Te vas a casar con mi tío Neal? —Su pregunta me tomó desprevenida.

—Eh...

—¿Si te casas con mi tío Neal, también serás una princesa? —No me dejó ni contestar.

Ladeé la cabeza.

—¿También? ¿Por qué? ¿Acaso tu tío Neal es un príncipe? —Bromeé. Ren dejó la taza sobre la barra y miró a su hija.

—Sally solo divaga.

—Pero tú dijiste que el abuelito de tío Neal es el R...—No pudo ni terminar la oración porque su madre la bajó de la silla, en el proceso interrumpiendo todas sus palabras.

—Corre, tu tío debe estar esperándote —La animó a ir. La pequeña no se quejó, simplemente hizo lo que su madre le pidió—. Niños, ya sabes la imaginación que tienen.

Se sentó en un taburete y me brindó toda su atención.

—¿Y bien? ¿Cómo se conocieron? —Señaló a Neal con la cabeza.

—La esposa de Mason y yo somos mejores amigas. Y bueno, pues Mason es de los mejores amigos de Neal. Nos conocimos en la gala de los Vaughn —Expliqué.

Eso no era del todo cierto, pero prefería guardarme la verdad para mí.

—Oh, entiendo. Creí que se había conocido en la central o algo por el estilo. Tienes pinta de agente especial.

Negué rápidamente.

—No —Reí un poco—. Trabajo en una editorial. Mi trabajo es más... tranquilo. Creo que no podría con todo lo que implica ser agente.

—No es tan malo —Sonrió—. Para ser sincera, es de los mejores trabajos. Al menos lo era para mí.

—¿Eres agente especial?

Ladeó la cabeza.

—Era.

Alcé las cejas, demasiado sorprendida.

—¿De verdad?

Ren asintió.

—Sí, de hecho, Neal, Landon y yo nos conocimos en la academia. Los tres somos muy buenos amigos. Me crié en todo ese ambiente ya que mi padre es un general de las Fuerzas Aéreas en Corea del Sur. Fui aprendiendo todo desde muy chica y en mi adolescencia pues bueno, entré a la FEIIC —Relató, dando otro sorbo a su bebida—. Me gradué y estuve mucho tiempo en ello, hasta hace dos años que decidí retirarme.

—¿Y por qué lo dejaste? ¿No te gustaba?

—Lo amaba, pero amo más a mi familia, a mi marido y a mi pequeña. Es por eso que yo quise tomar esa decisión, quise dejar de arriesgarme cada día, de no saber si recibiría un disparo en una misión y mi niña crecería sin una madre a su lado —Suspiró, mirando el anillo en su dedo anular y después mirando a su hija—. Poner tu vida en peligro deja de ser divertido cuando tienes razones para vivir.

Sonrió, lo cual ocasionó que sus ojos se entrecerraran un poco más.

—Pero bueno, ahora estoy feliz y tranquila. Aparte me salvé de seguir recibiendo todas esas órdenes del Capitán Causer. El hombre podrá estar muy bueno y todo lo que tú quieras, pero tiene un genio de los mil demonios. No es posible tanto control en un ser humano —Arrugó la nariz un poco y sacudió la cabeza—. Ahora, cuéntame de ti. Creo que ya he hablado demasiado sobre mí.

Empezamos a hablar entre nosotras y la conversación realmente fue agradable. Tal vez se debía a que ella era muy agradable, risueña, amable y habladora.

Me agradó mucho.

Mientras platicábamos, no pude evitar mirar por unos segundos a Neal. Él sonreía y escuchaba atentamente lo que Sally parloteaba, asentía a sus palabras mientras la niña le pasaba los objetos de la casita.

Mi corazón se enterneció al ver la escena. También sufrió un poco, dolió porque sabía que él no pudo tener la oportunidad de conocer a su sobrino.

Estaba segura de que habría sido el mejor de los tíos y tal vez, algún día, cuando decidiera dejar de huir de todos sus demonios, entonces se convertiría en el mejor de los padres.

CAPÍTULO 34.

Desastre.
LARA SPENCER.

24 de marzo, 2020.
PRESENTE.

Dejé mi vaso sobre la mesa de jardín.

—Debo irme, es tarde y no traje mi auto —Informé a Ellie, poniéndome de pie.

Thomas lo necesitaba para salir con Liv.

—Le pediré a Karl que te lleve. El camino es largo, podría ocurrirte algo —Mencionó.

—Estoy bien así, no te preocupes —Le sonreí—. Aparte la zona no es peligrosa.

Tomé mi bolso, mirando que Ellie también se levantaba para acompañarme a la puerta. Bostezó mientras caminábamos. Todo este rato estuvimos cenando y platicando como solíamos hacerlo en algunas ocasiones desde que nos conocimos.

—Te veré el lunes —Besé su mejilla—. Y por favor, si quieres cambiar de opinión respecto a saber el sexo de tu bebé, házmelo saber. Prometo que yo no hice ninguna apuesta.

Rio un poco, negando con la cabeza.

—Que hasta el día de su nacimiento lo sabremos —Me recordó.

Bufé ligeramente.

Mason, colocándose su chaqueta y pareciendo demasiado apurado, apareció por el pasillo y vino en esta dirección.

—¿A dónde vas? —Cuestionó Elaine, demasiado confundida.

—Con Neal, iré por él —Contestó—. Es una emergencia, no tardaré, ¿sí?

Escuché la conversación atentamente y no pude evitar preocuparme.

—¿Le pasó algo? —Formulé.

Mason me miró.

—Está...mal —Murmuró—. Lo llevaré a casa.

¿Mal?

¿Qué ocurrió?

—¿Qué? ¿Está herido? —Afortunadamente Ellie hizo la pregunta que yo me moría por hacer.

—Te lo explicaré cuando regrese, ahora necesito ir por él —Suspiró con pesadez, acercándose a su esposa para besarla. Cuando se separaron, me miró—. ¿Necesitas que te acerque a tu casa?

—Eh...

—Sí, llévala. Es terca y quiere tomar un taxi aun cuando puede ser peligroso —Le pidió Elaine por mí—. Me sentiré más tranquila si va contigo.

—De acuerdo, no te preocupes —Le sonrió tranquilizadoramente—. Volveré pronto.

—Está bien.

Me despedí de Elaine antes de empezar a seguir a Mason hasta su coche. No dije nada en ningún momento, solo subí del lado del copiloto y él después hizo lo mismo de su lado. Nos pusimos en marcha para salir de la casa y así dirigirnos al centro.

—Y...¿qué pasa con Neal? —Pregunté en un tono bajo.

Mason hizo una mueca leve y poco visible.

—Fue a un lugar al que no debió ir y seguro ahora la está pasando muy mal, así que su forma de evitar los recuerdos fue beber —Negó lentamente con la cabeza—. Me contactaron de un bar ya que fui la última llamada en su celular. Lo llevaré a casa.

—Quiero ir contigo —Solté.

—Lara, no creo que...

—Si está pasándola mal, quiero estar ahí para él —Susurré—. Por favor, déjame ir.

Me miró por el rabillo del ojo unos segundos antes de asentir lentamente.

—Bien, te llevaré —Aceptó, regresando su vista a la carretera y enfocándola únicamente en ella—. Solo...si él no quiere hablar en este momento, por favor trata de entenderlo. Neal suele ser muy reservado. No es fácil para él hablar de ciertas cosas.

Bajé la cabeza, abrazando mi bolso contra mi cuerpo.

—Lo sé —Musité—. Lo he comprobado.

Solía evitarlo, sacarle la vuelta a la conversación para no contestar preguntas.

Durante un rato, Mason condujo hacia quién sabe dónde. Solo me dediqué a mirar por la ventana, pensando en lo que le podría estar pasando en este momento.

Cuando finalmente llegamos al bar, pude divisar el auto de Neal estacionado cerca de la entrada.

Bajamos y nos dirigimos al interior del sitio. Mis pasos se hicieron más temblorosos conforme nos acercábamos y cuando estuvimos delante de la puerta, Mason la abrió, invitándome a entrar.

Miré todo a mi alrededor. Era un lugar modesto y la mayoría de los comensales eran hombres. Apenas había cuatro mujeres, incluyéndome.

—¿Eres malnacido? —Preguntó de repente un hombre que sostenía un trapo.

Vaughn giró un poco para observarlo con consternación.

—¿Perdón?

—Yo te llamé, soy el cantinero. Tu amigo está en la barra —Mencionó, señalando justamente la barra en la cual había al menos cuatro personas. Y entre ellas, alcancé a visualizar a Neal, quien lucía ligeramente encorvado. Usaba su chaleco antibalas, por lo que deduje que vino aquí después del trabajo—. No habla más que para pedir tragos. No sé cuánto ha bebido, pero tiene un arma enfundada y es mejor que salga de aquí antes de ocurra algo malo. Después de todo mira mal a todo el que intenta hablarle, si lo provocan estando tan ebrio...

Mason parpadeó, negando con la cabeza.

—Es inofensivo...—Formuló—. El arma es parte de su trabajo. Hoy estuvo de servicio.

—Prefiero no arriesgarme.

Vaughn suspiró con pesadez.

—Ya. Entiendo.

Empezó a caminar en dirección a Neal y yo lo seguí instantáneamente, intentando no hacerle caso a los silbidos y las miradas morbosas que me lanzaban los demás. Mason miró con seriedad a uno que me gritó y agradecí internamente el que fuera lo suficientemente intimidante y grandulón como para hacer que el tipo se callara y se hundiera en su asiento.

Finalmente llegamos a la barra, pero yo solo me quedé de pie a unos centímetros. Contrario a mí, Mason se sentó en la silla al lado de Neal cuando vio que yo no tenía intención de informar mi presencia.

Neal giró un poco la cabeza para encontrarse con su mejor amigo.

—¿Cuánto tiempo llevas aquí? —Su tono fue serio.

Su expresión no demostraba nada. Parecía completamente apático, inexpresivo.

—No tanto —Se encogió de hombros.

Neal movió ligeramente la cabeza.

—Pide lo que quieras. Yo invito —Su tono fue más relajado, pero su expresión seguía siendo la misma.

—No quiero tomar nada y tú tampoco lo harás —Expresó Mason, poniéndose de pie—. Estás ebrio. Andando, nos vamos.

—No estoy ebrio y no me iré de aquí —Resopló—, así que siéntate y bebe conmigo.

Señaló el taburete.

—No.

—Sí.

—No —Masculló Vaughn.

—Que sí.

Mason puso los ojos en blanco.

—Ah, cómo chingas —Gruñó, de nuevo sentándose.

Me lanzó una mirada disimulada cuando Neal se distrajo para beber lo que quedaba en su vaso. Me pidió que esperara, por lo que asentí.

Hardy alzó la mano para llamar al cantinero.

—Cantinero, sírvale a mi amigo una...—Dejó las palabras al aire. Después miró a su amigo con extrañeza—. ¿Qué cosas sueles beber?

—Agua por favor —Pidió, por lo que Neal entornó los ojos—. ¿Qué? Me pediste que bebiera contigo, no especificaste qué cosa. Aparte, debo conducir a casa. Mi esposa embarazada me espera en ella.

Neal bufó y después pidió otro trago para él, a lo que Mason le ordenó al cantinero que no se lo trajera.

—No puedes beber más —Dijo—. Es hora de irnos, Neal.

—No quiero irme.

Mason enfocó la vista en las manos de Neal y negó con la cabeza. Estiré el cuello para intentar ver lo que tenía, pero debido a la poca iluminación del lugar, no lo conseguí.

—¿Qué te dijo? —Le preguntó.

—Nada que no sea cierto —Murmuró.

—¿Por qué lo escuchaste? —Siseó el castaño—. Está loco.

Neal lo miró, negando con la cabeza y tensando la mandíbula.

—No, no lo está —Masculló con los dientes apretados—. Si estuviera loco, entonces todo el daño que ocasionó podría justificarse. Y sabes que las monstruosidades que hizo no tienen justificación.

Mason agachó la mirada unos cuantos segundos antes de volver a enfocarla en su amigo.

—No le debes nada, no tenías que ir.

Hardy no contestó. Solo miró la barra como si fuera lo más interesante del mundo.

—Vámonos, nos están esperando —Volvió a pedirle.

Me señaló con la cabeza, por lo que Neal me miró de inmediato, parpadeando en el proceso cuando notó que era yo la que estaba de pie frente a ellos dos.

—¿Hechicera? —Formuló.

—Le pedí a Mason que me trajera. Lamento...lamento si eso te molesta —Hice una mueca, acercándome lentamente hasta que quedé a centímetros de él—. Hazle caso. Es tarde, estás ebrio y tienes que ir a casa.

Fijé mis ojos en los suyos, por lo que se perdió en mi mirada. Aun cuando levanté la mano para acariciar su mejilla con suavidad, él continúo viéndome con atención, ignorando todo a su alrededor.

—Ve a casa, ¿sí? —Pedí en un susurro.

Asintió lentamente, sin decir nada o hacer el más mínimo ruido.

Se levantó, tambaleándose ligeramente. Parpadeó antes de conseguir estabilizarse. Pagó sus bebidas y se dejó guiar entre las mesas para ir a la salida. Se detuvo abruptamente para brindarle una mirada furiosa a un hombre que se relamía los labios mientras tenía la vista clavada en mi trasero.

—¿Qué miras, pedazo de mierda? —Le gruñó Neal.

Otro hombre señaló el arma que Neal tenía a un lado de su cadera, por lo que el pervertido decidió enfocar su vista en lo que fuera, menos en él, al mismo tiempo que trataba de disimular que el arma no causó ningún efecto en él.

—Cabrón miedoso —Murmuró el pelinegro mientras era arrastrado hasta el exterior por Mason. Después lo quiso llevar al auto, pero este se negó—. Puedo ir solo, traje mi auto.

—No vas a conducir en tu estado, así que súbete.

—Yo lo llevaré a su apartamento —Hablé—. Anda, Ellie debe estar esperándote. No te preocupes por Neal, yo me quedaré con él esta noche.

Neal colocó su barbilla en mi hombro, asintiendo a mis palabras. Me abrazó por la cintura para mantenerme cerca de su cuerpo.

—Él es muy terco, realmente es muy difícil lidiar con él en este estado —Mencionó Mason.

—Lo sabré manejar. Ve tranquilo, estaremos bien.

Lo persuadí un par de veces más, hasta que finalmente aceptó y a regañadientes se fue a su auto. Solo cuando vi que salió del estacionamiento, me giré en dirección a Neal y estiré mi mano.

—Las llaves —Pedí.

—En mi pantalón.

—Pues dámelas.

—Anda, no seas tímida. Sabes que puedes buscarlas tú —Apuntó. Y por primera vez en un rato, pude ver la chispa de alguna emoción en sus ojos. Ya no estaban tan vacíos como antes—. Te prometo que no hay nada que no hayas tocado antes.

No dejé de estirar la mano, por lo que él mismo me dio el pequeño aparatito que parecía ser el que quitaba la alarma. Comencé a caminar a su auto y abrí la puerta del copiloto. Sus pasos fueron lentos y algo torpes, por lo que esperé pacientemente a que llegara. Subió y lo obligué a colocarse el cinturón de seguridad.

Le eché una última mirada antes de ir del lado del piloto y subir. Tomé una respiración profunda al ver todos los botones y la pantalla. Esto era demasiada tecnología para mí. Mi coche era muy fácil de usar.

—¿Pasa algo? —Preguntó sin despegar la vista de la ventana—. No nos movemos.

—Ya voy —Susurré.

Después de varios intentos más y después de lograr descifrar el rompecabezas que se volvió esto, entonces logré encenderlo. Suspiré de alivio mientras salíamos del estacionamiento para comenzar a dirigirnos a su apartamento.

Neal se mantuvo callado y serio todo el tiempo. Miraba por la ventana con un aura melancólica, justo como había estado desde que lo encontramos en el bar.

Era escalofriante.

—¿Por qué estás tan callado? —Intenté hacerle plática.

Sentí su mirada sobre mí.

—Eres la última persona con la que me habría gustado estar justo ahora —Habló bajo—. No quería que me miraras así; en mis peores momentos.

—Oh, vamos. No pasa nada, no te voy a juzgar si es lo que temes —Sonreí tranquilizadoramente—. Aparte, ahora podemos estar a mano. Tú también me has visto ebria.

—Pero tu lado ebrio es divertido, el mío no. No soy buena compañía —Suspiró con pesadez—. Es mejor que solo me dejes en mi edificio y vayas al tuyo. Puedes llevarte mi auto.

—Me importa poco si eres buena compañía o no. No te dejaré solo —Repliqué—. No sé, podrías ahogarte con tu propio vómito o algo. No me arriesgaré.

—No estoy ebrio, solo un poco torpe. No debí demasiado y aún si lo hubiera hecho, sabes que soy muy tolerante al alcohol —Chasqueó con la lengua—. Solo estoy molesto.

—Aun así no te dejaré.

Sus ojos intensos aún seguían fijos en mí, pero no me giré. Solo me concentré en la calle vacía y oscura por la que fuimos.

—Detén el auto, Lara.

Lo miré de reojo.

—¿Qué? ¿Por qué? —Formulé—. ¿Quieres vomitar?

—Solo detenlo —Farfulló.

Aparqué en la orilla y lo apagué. Esta vez me giré para brindarle toda mi atención.

—¿Qué pasa? —Volví a cuestionar.

—Quiero follar —Habló entre dientes.

Parpadeé, completamente incrédula.

Después negué con la cabeza, rechazando la idea.

—Estás ebrio, Neal. Ahora no.

—Te he dicho que no estoy ebrio —Masculló, quitándose el cinturón de seguridad—. Estoy consciente de lo que quiero. Y lo que quiero, es que te subas la falda, que vengas a mí y comiences a montarme. Ahora.

Contraje el rostro al escuchar la determinación en su voz.

—Neal, no...

No me dio tiempo de terminar de discrepar, ya que colocó su mano en mi cabeza y me atrajo a sus labios para besarme con desespero. Jadeé y aunque traté de alejarme, terminé rindiéndome al sentir el ligero sabor a licor embriagándome y noqueándome por completo.

Su otra mano se afianzó a mis caderas para atraerme y obligarme a sentarme encima de él. Sus dedos se aferraron a mi cabello y bajo ninguna circunstancia me dejó alejarme de él.

Pude sentir su cuerpo tenso, sus besos cargados de furia, su agarre lleno de rabia.

¿Qué lo tiene tan enojado?

Se frotó lentamente contra mí, ocasionando que mi gemido se ahogara en su boca. La mano que mantenía sobre mi cadera comenzó a acariciar los espacios desnudos de mi piel. Subió mi falda hasta la altura de mis nalgas y después las tomó para apretarme contra él y hacerme sentir su dureza.

Mi rodilla se rozó contra el arma, por lo que salté ligeramente y me separé un poco de sus labios, respirando agitadamente. Neal lo notó, así que llevó la mano al arma para sacarla lentamente. La miré con atención y me aguanté la respiración cuando la rozó contra mis muslos. Coloqué la palma sobre su pecho aun cubierto con el chaleco. Me relamí los labios y tuve que tragar saliva cuando comenzó a subir más.

Me arqueé en el momento que sentí el cañón contra mi coño. La frialdad del arma ocasionó que un escalofrío me recorriera de pies a cabeza.

Pero no solo eso.

Sino que, ocasionó que sintiera mis pliegues empaparse más de lo que ya estaban.

Percibí el temor al sentir un arma tan cerca y también percibí el aumento de mi libido, el deseo y la morbosidad al ser consciente de lo peligroso que era. Una mezcla de ambos, una que era tan placentera.

La presionó, moviendo levemente en círculos y arrancándome gemidos profundos y altos.

—Se siente bien... —Susurré—. Tan bien.

La presionó más, sus movimientos aumentaron al igual que mis jadeos repletos de placer. Me froté contra el arma.

Por Dios.

Estaba mal.

No estaba bien sentir placer gracias a un objeto que se suponía debería asustarme.

Pero... no pude controlarlo, no fui capaz de detenerlo, de alejarlo.

Movió la cabeza lentamente de un lado a otro antes de inclinarse para estar cerca de mi boca. Atrapó mi labio inferior entre sus dientes, haciéndome temblar sobre su cuerpo. Mi pulso se aceleró cada vez más a medida que él acariciaba con el arma.

Lo necesitaba.

A él.

Lo necesitaba enterrándose en mí una y otra vez, lo quería aplacando todos esos pensamientos impuros que me estaban consumiendo.

Liberó mi labio para hacer un recorrido de besos por mi mandíbula y así comenzar a mordisquear mi cuello.

—No puedo esperar más —Jadeé.

Su mirada oscura, excitada y sombría se posó en la mía.

—Pídemelo —Su voz sonó lejana, aun cuando lo tenía enfrente—. Lo que desees, pídemelo. Ruégame que te de lo que quieres.

Coloqué mis dedos en su mejilla para tocar con suavidad.

—Hazme tuya. Solo hazme tuya de una vez —Supliqué.

De nuevo nos fundimos en otro beso profundo y anhelante. Dejó el arma a un lado para dedicarse a tocar mi cuerpo y reclamar mi piel. Quité el botón de su pantalón y bajé el cierre para liberar su miembro. Soltó un sonido de gusto cuando lo sostuve firmemente.

Se puso a buscar algo en sus bolsillos.

—¿Dónde están los...? —Gruñó contra mi boca.

Tanteó sus bolsillos de nuevo, por lo que rápidamente adiviné qué era lo que quería.

—Tomo anticonceptivos —Le dije.

Se separó un poco para verme a los ojos. Su mirada profunda me robó un suspiro.

—Pero si no te gusta la idea y quieres dejarlo para otro momento, no tengo problema con ello —Aclaré.

—Siempre hay una primera vez.

Volvió a besarme, terminando con todas las palabras. Hizo la tela de mis bragas a un lado para darle acceso y así poder rozar la punta de su miembro contra mi carne húmeda y necesitada. Tuve que aferrarme a sus hombros cuando lo sentí invadirme. Así, sin nada estorbando. Piel con piel.

Me arqueé y gemí alto cuando comenzó a penetrarme con rudeza. Me tomó de la nuca cuando me separé de sus labios para echar la cabeza hacia atrás. Sus dedos presionaron mientras cada una de sus estocabas llegaban, cada una más intensa que la anterior. Su mano libre la mantenía en mi culo, guiándome para seguirle el ritmo.

Su polla palpitó deliciosamente en mi interior, mis paredes húmedas lo apretaron y eso le encantó. Soltó gruñidos y jadeos de placer que se mezclaron con los míos.

Solté un pequeño grito mientras dejaba que descargara toda la rabia, la ira, el enojo que contenía dentro de él contra mi cuerpo. Me sentí mareada, ansiosa, llena. Los vidrios del coche se empañaron totalmente a causa de nuestras exhalaciones. Internamente agradecí que desde el exterior no pudiera verse nada debido a los cristales oscuros.

Aún sin liberar mi nuca, acercó su boca a mi hombro. Atrapó mi piel entre sus dientes y el dolor que me produjo, me hizo enredar mis manos en su cabello, tirando de él en el proceso. Jadeé, me removí y temblé. Subió más y esta vez mordisqueó y besó mi cuello con la intención de enloquecerme más. De incendiarme por completo.

—Mía. Solo mía —Murmuró en mi oído.

De nuevo sus labios se encontraron con los míos, así que me besó con desesperación y posesividad, abrumándome y debilitándome.

¿Ese era un ángel?

No, no parecía tan santo o inocente como para serlo.

Entonces, ¿era un demonio?

Un demonio, uno que también llevaba una bestia dentro que no era capaz de contener. Uno que no buscaba quién lo domara, sino quién se atreviera a pecar y arder con él.

La presión empezó a crecer en mi vientre, haciendo latir a mi corazón como un loco desenfrenado. Y unas embestidas más bastaron para que me corriera, soltando un grito profundo que se ahogó contra él. No pasó mucho para que Neal me siguiera, liberándose en mi interior y soltando un sonido ronco en el proceso. Nuestros fluidos se mezclaron, cada extremo de mí quedó totalmente sensible y lleno de él.

Recargó su cabeza contra mi pecho, intentando respirar con normalidad. Tragué saliva con dificultad, buscando recoger cada pedazo de mí para volverlo a armar después de lo arrollador que fue esto. Después de todo lo que me hizo sentir.

Su mano se movió hacia mi mejilla, estando ahí acarició con suavidad, por lo que lo único que atiné a hacer, fue cerrar los ojos para disfrutar de su tacto.

—¿Qué te tiene tan furioso? —Pregunté con la voz rota.

Negó sin despegar la cabeza de mi pecho.

Se estaba ocultando en él.

—Neal —Volví a hablar, tomando su mano entre las mías y obligándolo a levantar la cabeza—. ¿Qué ocurre?

Sus ojos dorados se fijaron en los míos. Lucía totalmente expuesto.

El suspiro pesado que iba a dejar escapar se detuvo a la mitad cuando noté que sus nudillos estaban lastimados. Parecía haber peleado. No había sangre, pero sin duda era reciente.

—¿Qué te pasó? —Cuestioné, completamente preocupada.

Cerró los ojos y negó nuevamente.

—Dime —Insistí.

—Me cuesta hablar de muchas cosas. Pero a veces, hablar contigo es muy fácil, incluso cuando son cosas que duelen, que me queman por dentro y que me desgarran quiero decírtelas —Susurró.

—Neal... —Formulé.

—Hoy...fui al psiquiátrico —Soltó—. Fui a verlo.

—¿Al psiquiátrico? ¿Fuiste a ver a un psiquiatra? —Interrogué.

—No. *James* —Formuló—. Vi a James.

—¿Quién es James?

Movió la cabeza de un lado a otro, luciendo completamente vulnerable.

—Él tiene razón, Lara...—Murmuró, aplanando los labios un poco—. Estoy enfermo.

Coloqué las manos en sus mejillas e intenté buscar mis palabras. Quería decirle que no, que estaba equivocado, pero no pude ya que él se adelantó a hablar:

—Estoy dañado, soy inestable y...sé que no soy bueno para ti —Lo noté tragar saliva—. Pero no soy capaz de dejarte ir, porque cuando estás a mi alrededor, no me siento perdido. Tú me haces bien. Te necesito como no tienes idea.

De nuevo bajó la cabeza, recargando su frente en mi pecho y apretándome contra él como si no pretendiera soltarme.

Un nudo se instaló en mi pecho. Tal vez porque me hacía sentir lo mismo, tanto que me aterraba perderme completamente. Me aterraba saber que yo tampoco era buena para él.

Aunque, al final, tal vez no era del todo malo.

Después de todo ninguno de los dos era perfecto.

Ambos estábamos dañados.

Heridos.

Rotos.

Pero, aun así, de alguna manera conseguíamos complementarnos.

Era raro...

Era como si encajáramos en el lugar correcto.

Porque aún con todo mi caos, la tormenta que él arrastraba me hacía bien.

A la mañana siguiente, el sonido de la ducha me despertó. Abrí los ojos, incorporándome sobre el colchón. Llevaba mi ropa puesta ya que después de traer a Neal, nos quedamos dormidos uno al lado del otro.

Por suerte tenía mucha tolerancia. De haber sido una persona como yo, seguro se volvía un completo caos.

Pasaron unos cuantos minutos hasta que finalmente salió. Llevaba una toalla envolviendo sus caderas. Su cabello estaba húmedo y aún lucía un poco cansado.

—¿Dónde estabas? —Pregunté en medio de un bostezo.

—Fui a trotar en la mañana —Informó, buscando su ropa en su armario.

—¿Qué acaso no tienes resaca? —Murmuré, incrédula.

—Es muy difícil para mí tener resaca. En realidad, la última vez que me pasó, fue hace mucho —Se encogió de hombros—. Supongo que soy afortunado.

Se vistió rápidamente, en el proceso tuve total visión de su cuerpo. Una vez que terminó, se acercó a mí y se sentó en la orilla de la cama. Miró mi hombro unos segundos, haciendo una pequeña mueca.

Muy bien. Ya no había seriedad. Era el mismo tono que solía usar, la misma expresión de siempre.

Regresó.

—Lo lamento —Susurró, inclinándose para depositar su beso suave en mi hombro y después subiendo para dejar otros dos en mi cuello.

Se alejó, por lo que hundí las cejas sin entender qué quería decir.

—¿Qué cosa lamentas?

Con su cabeza, señaló mi hombro, por lo que fijé mi vista en él. Mis ojos se abrieron más de lo normal cuando noté una marca demasiado visible en mi piel. Me levanté de golpe y fui en dirección al baño para mirarme en el espejo.

Mi mandíbula casi cae al suelo cuando noté otras dos marcas en mi cuello, producto de las veces que me mordió.

—No me jodas —Murmuré, llevando mis dedos a ellas para acariciar.

Giré unos segundos cuando sentí la presencia de Neal en el umbral. Después, volví a enfocarme en las marcas.

—No estaba consciente de que fui algo... —Dejó las palabras al aire.

—¿Salvaje? —Terminé por él.

Esbozó una pequeña sonrisa ladeada. Maliciosa, así como él.

—Si crees que esa palabra me describe mejor, entonces sí, puede ser —Jugueteó, ingresando al baño y colocándose detrás de mí.

Recargó su barbilla contra la curvatura de mi cuello y me observó a través del espejo.

—¿Ahora cómo se supone que esconderé esto? —Hice una mueca—. Parece que me atacó un oso, un vampiro, un perro o algo por el estilo.

—Un perro —Reprimió una risa—. Vamos, no está tan mal.

—No está tan mal —Repetí irónicamente y en un tono chillón.

Me sonrió, después besó mi cabeza y se alejó.

—Vamos, te llevaré a desayunar.

—¿Me prestarás un abrigo?

—Toma el que quieras —Señaló la habitación.

Salí y caminé a su armario. Solo llevaba una camisa de tirantes a juego con la falda, por lo que las marcas eran totalmente visibles. Solo un abrigo era capaz de cubrirlas.

Del interior del armario saqué una chamarra de mezclilla que por supuesto era enorme. Algo bueno era que el color combinaba con mi atuendo.

Me la coloqué y después volví al baño para asearme antes de irnos.

Toda la mañana estuvimos fuera. Me llevó a un restaurante muy bonito en el que tuve un desayuno excelente. Cuando se hizo demasiado tarde, entonces me llevó a mi edificio ya que él tuvo que ir a la central a trabajar.

Me despedí con un beso antes de caminar al interior del edificio, perdiéndolo de vista en el proceso.

—Buenas tardes, señorita Spencer —Me saludó el portero, por lo que le sonreí—. Justo iba a informarle que tiene visita.

—¿Visita...? —Repetí. El portero señaló a un lado, así que fijé la vista en ese lugar.

Y en cuanto lo hice, mi cuerpo entero se tensó.

El hombre sostenía un sobre manila, llevaba una expresión seria remarcada en el rostro y sus ojos estaban puestos en mí.

—¿Qué haces aquí?

Alzó el sobre.

—Recibí algo que tiene que ver contigo —Habló, dando un par de pasos en mi dirección.

—¿Y por eso has venido hasta acá? —Masculle.

Bruno entornó los ojos.

—Bueno, pues esta es la única forma que tuve de acercarme a ti y darte esto —Suspiró con pesadez—. Realmente es importante.

—Para ti porque a mí no me importa —Gruñí—. Vete.

Fijó la vista en la ropa que yo llevaba puesta. Después, se enfocó en las marcas visibles de mi cuello, esas que Neal me dejó.

—¿Quién te hizo eso?

Solté una risa amarga.

—Eres increíble —Siseé.

Me di media vuelta y caminé directo a la salida. Lo último que quería, era que el portero y todos mis vecinos presenciaran la escenita que Bruno estaba dispuesto a armarme. Sobre todo, no quería que por azares del destino, mi hermano lo viera.

Alighieri me tomó del codo cuando estuvimos en el exterior, lo hizo con la intención de detenerme. Me solté de golpe y me giré para encararlo.

—No vuelvas a tocarme.

—¿Qué es esto? —Masculló—. ¿Ahora te paseas por la vida con las putas marcas que te dejó otro hombre?

—¿Acaso debo darte explicaciones? Mi vida privada es solo mía y punto. Lo que haga en la intimidad no es tu asunto. No tienes el derecho de reclamarme nada —Lo señalé con mi dedo, sintiendo cada fibra de mí arder por el enojo.

—Sí es mi asunto porque me interesas. Me importas.

—Yo no te importo.

—Sí. Y no soporto el hecho de que otro te tenga —Intentó acercarse, por lo que mi instinto fue empujarlo lejos de mí.

—¡Solo para ya con esa mierda! —Alcé la voz—. Ya no tengo veintiún años, ya no puedes manipularme y controlarme a tu antojo. Ya no te temo y ya no te debo nada. El contrato venció hace mucho, ¿lo recuerdas? Yo ya no te pertenezco, Bruno. Tengo una vida completamente diferente ahora. Soy feliz y te juro por Dios que no vas a acabar con eso otra vez. Ya no vas a *quitarme* nada más.

—Amore mio —Murmuró, de nuevo dando otro paso.

—¿Interrumpo algo? —La voz de Neal detrás de mí, me sobresaltó por completo. Salté en mi lugar y tan pronto él me abrazó por la cintura, la expresión de Bruno cambió a una incrédula y confundida.

Mi pulso se aceleró por completo.

—Neal...—Alcancé a formular—. ¿Por qué...?

—Olvidaste tu bolso en mi auto, *amor* —Mencionó, alzándolo con su mano libre.

Amor.

Amor.

¿Acababa de decirme amor?

—Un jodido diseñador de interiores —Masculló Bruno, más para sí mismo que para nosotros.

Neal lo observó y le brindó una sonrisa radiante.

—Neal Hardy, mucho gusto —Ladeó la cabeza—. Soy el novio de Lara.

Bruno apretó los dientes y sin agregar o decir algo, se dio media vuelta y se marchó, sin siquiera ser lo suficientemente cortés como para contestarle a Neal.

—Que te vaya bien —Le dijo, pero Bruno solo lo ignoró y subió a su auto para largarse.

Tragué saliva.

—Neal...

—Es él, ¿no? —Interrumpió.

Lo miré.

—¿Qué?

—El hombre de la gala, el que te hizo daño —Siguió—, el que te hizo tener miedo de disfrutar tu intimidad, la danza. Todo. Es él, ¿cierto?

Mi labio inferior tembló un poco, por lo que solo bajé la cabeza.

¿Qué sentido tenía negarlo?

—Es él —Afirmé—. Él...hizo cosas terribles, Neal. No te imaginas todas las cosas horribles que me hizo, todo lo que hizo para ganarse mi odio.

Lo odiaba tanto.

Y aunque odiaba admitirlo, también temía que lastimara a Neal. Después de todo, la obsesión de Bruno no entendía de límites y estaba segura de que no se tentaría el corazón para lastimarlo con tal de quitarlo del camino.

27 de marzo, 2020.
PRESENTE.
NEAL HARDY.

Entré al bar y caminé hasta la barra en silencio. Me senté en el mismo lugar de la última vez y pedí un trago de whisky. No pasaron ni dos minutos antes de que me lo entregaran.

—Eres consciente de que Halloween ni siquiera está cerca, ¿no? —Escuché a mi lado.

Alcé la comisura de mis labios en una sonrisa torcida. Sabía que lo decía por el chaleco antibalas que solía usar en mis misiones, justo como la que tuve hace un rato.

—De alguna manera intuí que aquí te encontraría. Ya sabes, igual que la última vez —Mencioné, sintiendo cómo se sentaba en el taburete a mi lado. Pidió una bebida sin borrar la expresión seria en su rostro.

—¿Ahora también eres adivino? —Escupió.

—Solo un poco intuitivo —Me encogí de hombros.

—¿Y pues intuir o saber lo que quiero? —Giró levemente para observarme.

—Si estás aquí hablándome después de lo que ahora ambos sabemos, entonces puedo imaginarlo —Apunté, antes de tomar de mi bebida.

Ahora sabía perfectamente quién era él. Escuché su conversación, hice las conexiones y…lo entendí todo.

Él era el hijo de puta que le hizo tanto daño.

Era tan irónico que la mujer que él dijo que lo odiaba profundamente y por la que le aconsejé luchar, fuera mi hechicera.

Mis ojos recayeron en su mano izquierda.

La misma hechicera que le jodió la mano.

Debió haberle arrancado ambas manos al hijo de puta.

—¿Qué quieres? ¿Cuánto quieres a cambio de alejarte de ella?

Solté una risa baja y entre dientes.

—Es tan tierno que creas que puedes comprarme.

—Todos tienen precio. ¿Cuál es el tuyo, Hardy? —Inquirió Alighieri. Parecía determinado, como si realmente esperara que yo cediera.

Estaba totalmente equivocado.

—Vas por mal camino, Alighieri. No hay precio que puedas pagar, para conseguir que yo acabe con todo lo que siento por Lara.

—Vamos. ¿Realmente crees que ella se quedará contigo? ¿Qué puedes ofrecerle? ¿Le decorarás su sala gratis? —Bufó—. Lara es el tipo de mujer a la que le das todo o mejor no le das ni una mierda. Y no creo que tú, puedas darle lo que merece.

—¿Y a ti eso te funcionó? Porque hasta donde tengo entendido, ella ni siquiera soporta verte.

Su cuerpo entero se tensó.

Me acomodé en mi asiento.

—Te lo voy a explicar porque parece que tu nula inteligencia ni siquiera te ha dejado darte cuenta —Me burlé—. Soy el agente especial Neal Hardy. Pertenezco a la FEIIC y no solo eso; soy el segundo al mando del escuadrón más importante de las únicas tres sedes de la FEIIC que existen en el mundo. Soy parte de la élite. Soy importante.

Sumándole que arriesgaba mi vida todos los días. Mi cuenta bancaria estaba en excelente estado, por lo que no necesitaba de Alighieri.

El hombre ni se inmutó. Y si de alguna forma, lo que dije provocó algo en él, ni siquiera lo demostró.

—Además, creo que no conoces lo suficiente a Lara porque es el tipo de mujer a la que no le importa el tamaño de tu billetera. Incluso si fuera el caso, soy muy capaz de darle lo que ella desee —Señalé, no solo refiriéndome a lo material—. Suerte intentando persuadirme.

Terminé mi trago y después me levanté. Saqué unos cuantos billetes y los coloqué en la barra. Alighieri me tomó del hombro antes de que pudiera alejarme. Enfoqué los ojos en su agarre y después, enfoqué su rostro.

Su expresión era fría.

—¿No eras tú, el mismo tipo que me aconsejó que no permitiera que ningún hombre fuera un obstáculo para ir por lo que verdaderamente amo? —Inquirió, elevando una ceja.

Chasqueé ligeramente con la lengua.

De acuerdo, ese fue mi error. De haber sabido que se refería a Lara, lo habría mandado a comer mierda.

—Cuando te aconsejé luchar por ella, olvidé mencionarte que podrías toparte con hombres como yo; el tipo de hombre que no cede —Le recordé—. Así te arrastres y supliques, yo no voy a soltarla. No dejaré que la tengas de nuevo. Es mía.

—Tuya ni una mierda —Me gruñó, apretando mi hombro con más fuerza—. Aléjate de ella o…

Presioné mi vaso vacío contra su medio dedo. La presión fuerte le arrancó un gruñido de dolor.

—No. Tú aléjate de ella o te aseguro que lo que Lara le hizo a tu puta mano será nada comparado con lo que yo te haré —Siseé sin apartarle los ojos de encima—. Si me entero de que volviste a tocarle un solo cabello o si me entero de que te acercaste a ella de nuevo, te juro que te mato.

Y de la manera más agonizante posible.

Alzó la barbilla con altanería.

—¿Me estás amenazando, Neal?

Dejé que de mi boca escapara una risa baja y vacía.

—No, por supuesto que no. Yo no amenazo —Aclaré con sequedad—, yo hago promesas y no me detengo hasta cumplirlas.

—Tus promesas no me asustan, es más, poco me importan, policía de mierda. Tú no eres nada ni nadie para impedir que me acerque. Lara y yo tenemos una historia larga, imposible de olvidar —Masculló con los dientes apretados—. No importa cuánto te esfuerces, jamás harás que olvide todo lo que vivió a mi lado, ni todo lo que compartimos.

—¿Crees que eso me hace sentir amenazado? ¿Crees que el imbécil que ella detesta más a que nadie, me hace sentir amenazado? —Me burlé de él—. No sé qué causó el odio, no sé con seguridad qué tanto le hiciste, pero si en todo este tiempo, ella no quiso saber de ti, ¿qué te hace pensar que ahora sí lo desea? ¿De verdad crees que ella regresaría a ti? Aún si yo no estuviera, *mi hechicera* te aborrece lo suficiente como para quererte fuera de su vida. Y lo sabes, tú mismo lo dijiste.

La expresión fría cambió a una llena de furia. No se movió ni un solo milímetro. Solo me miró.

Me incliné para hablarle cerca. Pude percibir todo el enojo emanando de su cuerpo al hacerlo.

—Lara es inteligente, es hermosa, determinada y brillante. Sabe que no le convienes y por más que lo intentes, no vas a tenerla. Ella es mucha mujer para ti —Continué hablando.

Me alejé solo para encontrarme con que su mandíbula estaba tensa y sus ojos llenos de rabia. Me zafé de su agarre y le brindé mi mejor sonrisa solo para hacerlo rabiar más de lo que ya estaba.

Alcé mi mano y sacudí el polvo inexistente de su hombro.

—Mira…

—Buen día —No lo dejé ni empezar.

Sin esperar una respuesta, me di la vuelta y comencé a caminar directo a la salida del bar.

CAPÍTULO 35.
Protector.
LARA SPENCER.

03 de abril, 2020.
PRESENTE.

Bostecé cubriéndome la boca con la mano al mismo tiempo que abría la puerta del apartamento. Tuve cita temprano con la manicurista. No me gustaba pasar tanto tiempo sin arreglarme las uñas, así que iba cada dos semanas.

En cuanto abrí la puerta, vi a Liv y a mi hermano en el umbral de la habitación de él. Se estaban despidiendo con un beso, ella tenía en cabello desordenado, tenía sus zapatos en la mano y su ropa mal acomodada. Y Thomas…él solo llevaba ropa interior.

Me quedé estática y sin hacer ni un solo ruido.

Y cuando ambos giraron se quedaron igual que yo.

—Cuánto… ¿cuánto tiempo llevas ahí? —Alcanzó a formular la chica.

Negué la cabeza.

—No tanto…—Carraspeé—. ¿Tus padres saben que estás aquí, Liv?

Hizo una mueca.

—Probablemente…—Murmuró—. Pero yo sé que eres una cuñada muy genial y no lo mencionarás frente a ellos.

Alcé una ceja.

—¿Cierto? —Siguió, pero esta vez su tono cambió a uno inseguro y atemorizado.

—De mi boca no saldrá nada, pero es solo porque estoy agradecida con ustedes porque los encontré vestidos —Dije, echándole una breve mirada a Tom—, bueno…casi.

El chico entornó los ojos en mi dirección.

—Eh...me marcho —Farfulló Olivia, apresurándose a ir a la entrada—. ¡Adiós!

La vi entrar a su apartamento como si fuera un rayo. Y cuando Thomas y yo quedamos solos lo miré con la ceja alzada. Cerré la puerta detrás de mí y me crucé de brazos.

—¿En qué momento llegó? No la vi cuando salí por la mañana —Apunté.

Frunció el entrecejo.

—Pasó la noche aquí —Sacudió la cabeza.

—¿Y cómo es que no me di cuenta?

—¿Llegaste a dormir? —Preguntó, sonando algo confundido.

—¿Por qué no lo haría? Solo fui a tomar unas copas con Sandy —Eso era verdad. Llegué un poco tarde, pero estuve aquí.

—Pues como últimamente no vienes a dormir...—Silbó—. Supuse que estabas con tu novio. Es que como siempre estás con él.

—No sé de qué hablas —Me hice la desentendida mientras dejaba mi bolso en el perchero.

—Oh, lo sabes muy bien. No creo que duermas casi toda la semana con Elaine o Sandy. Seguro te la pasas con el novio que aún no me quieres presentar —Se mofó—. ¿Por qué no quieres? ¿O le da pena presentarse? ¿Cree que no me agradará y lo alejaré de ti si no es buen prospecto?

—¡JÁ! A él lo que menos le interesa, son las opiniones de los demás —Me arrepentí en cuanto terminé de hablar.

La carcajada de mi hermano resonó por todo el lugar.

—¡Lo sabía! —Me apuntó con su dedo—. Sí sales con alguien, pero no me quieres decir con quién.

—No voy a discutirlo contigo.

—¡Vamos! Tráelo a casa, quiero asustarlo. ¿Sí? —Hizo un puchero.

—Que no.

Mi teléfono empezó a vibrar en mi bolsillo, por lo que lo tomé para leer el identificador de llamadas. La emoción hizo que mi corazón comenzara a latir con rapidez.

—¿Es él? ¿Es tu novio? —Inquirió mi hermano, sonando más emocionado que yo—. ¡Ponlo en altavoz, vamos a hacerle una broma!

Sí, era Neal. Lo supe por el «fuente de inspiración» que se mostró en la pantalla.

—Pequeño chismoso, eso no te importa —Bufé—. Y hazme el favor de vestirte en lugar de pasearte por la casa así. Nadie quiere ver tus miserias.

Rio un poco, colocando una de sus manos en su cintura y la otra en su cabeza como si estuviera posando frente a una cámara.

—¿Envidia? —Se mofó.

Rodé lo ojos antes de escabullirme a mi habitación. Escuché la risa de Thomas mientras huía, pero simplemente la ignoré. Cerré la puerta con el pestillo y me lancé a la cama mientras contestaba.

—¿Hardy? —Me mordí el labio inferior.

—Hechicera —Me regresó.

—¿A qué debo tan agradable llamada? —Pregunté embargada por la curiosidad.

—Cena conmigo.

—¿Me estás invitando a salir?

—Solo si me vas a decir que sí.

—¿Qué te parece si esta vez te invito yo? —Propuse—. Hay un lugar al que quiero llevarte, pero quiero invitarte yo.

Estaba segura de que sonrió.

—¿A qué hora debo pasar por ti?

—Oh, no, señor. Yo pasaré por ti —Me apresuré a decirle—. Esta vez yo estoy a cargo.

—Eso se escucha muy bien, hechicera.

Reí un poco.

—¿Te parece si paso por ti en dos horas?

—Estaré listo.

Nos despedimos y colgamos. Me levanté para asearme, ponerme algo lindo y arreglarme. Estuve lista casi una hora y media después, así que me apresuré a salir del apartamento para dirigirme al de Neal. Le avisé una vez que llegué, así que pronto estuvo llegando a mi auto. Subió del lado del copiloto y tan pronto estuvo en su lugar, se acercó para robarme un beso.

Sonreí sobre su boca.

—Que buen recibimiento —Suspiré una vez que nos alejamos—. ¿Estás listo?

—¿A dónde pretendes llevarme?

—Voy a secuestrarte —Me encogí de hombros.

—Bien, estoy de acuerdo con eso.

—Eres muy dejado —Me burlé de él.

—Pero solo porque eres tú.

—Y también muy coqueto —Hice un mohín.

Se recargó contra el asiento.

—Claro que no, yo soy muy tímido.

—En otro universo tal vez.

Sonrió sutilmente.

—Ren ha dicho que Sally no deja de preguntar por ti —Cambió de tema—. Al parecer le agradaste mucho.

—Y ella me agradó a mí, es una niña tan dulce y amable —Sonreí al recordarla—. Y por Dios, para tener solo casi cinco años es una niña muy despierta.

—Siempre ha sido así, aprendió a hablar y a caminar mucho antes que otros niños de su edad. También es muy ingeniosa —Ladeó un poco la cabeza—. A veces me pregunto si Logan se habría parecido a ella.

—¿Logan?

Lo sentí mirarme.

—Ese iba a ser el nombre de mi sobrino —Parpadeé en cuanto lo soltó—. Iba a llamarse Logan.

Se me hizo un nudo en la garganta.

—Es un nombre hermoso.

Suspiró.

—Lo es —Aceptó.

No supe qué más decir, qué más responder.

Pasaron unos minutos más hasta que por fin llegamos al lugar que tanto deseaba conocer. Sonreí enormemente cuando bajamos del auto para acercarnos al restaurante de fachada bonita y colorida.

—Parece un lugar muy lindo.

—¡Lo es! Lo vi en internet y no sabes lo mucho que he deseado conocerlo desde entonces —Expresé, tomándolo de la mano para guiarlo al interior del lugar.

Un suspiro soñador escapó de mi interior cuando observé cada rincón del recinto.

Era un restaurante ambientado como si fuera un museo de historia, arte y arqueología. Todas las mesas eran diferentes, cada una estaba diseñada como si fuera una pieza de arte famosa. Es decir, el diseño de cada una era la réplica de obras de arte como de van Gogh, da Vinci, Picasso, Manet, etc. La comida te la servían en réplicas de jarrones y platos antiguos cuyas piezas originales se encontraban resguardadas en los mejores museos.

Los saleros y servilleteros eran más replicas, pero estos de estatuas. Las paredes tenían espacios huecos perfectamente trazados en donde estaban colocadas algunas piezas de arte o piezas arqueológicas protegidas detrás de un cristal.

Por supuesto todo aquí era falso, pero el simple hecho de cenar en un lugar rodeado de piezas tan valiosas para un historiador, simplemente lo hacía espectacular.

—Wow…—Susurré, dejando que mis ojos viajaran por todas partes—. Es hermoso. Tan hermoso.

Me giré para mirar con Neal y solo me lo encontré observándome y dibujando una sonrisa sutil en sus labios.

—Lo es.

—¿Te gusta?

—Sí, me gusta —Asintió—. ¿Me hablarás de cada pieza? Soy terrible en historia, pero puedo aprender si estás dispuesta a enseñarme.

—Te aburrirás.

—Nada de lo que tú digas podrá aburrirme ni ahora ni nunca.

Mi boca tembló sutilmente cuando una sonrisa empezó a crecer en ella.

Pronto nos llevaron a una mesa y estando en ella, la mesera nos dio un menú a cada uno. Cada platillo llevaba por título el nombre de una pieza arqueológica.

—¿Máscara de Pakal? —Escuché a Neal hablar mientras leía su menú—. ¿Has escuchado sobre esta?

—Sí, la máscara de Pakal está hecha a base de jade y obsidiana. Fue descubierta en 1952 y se creía que ayudaba al rey Pakal a enfrentar a las criaturas del inframundo.

Neal alzó las cejas, pareciendo bastante sorprendido.

—¿Qué me dices de las Ruinas de Uruk?

Mi sonrisa se ensanchó.

—Fue una de las ciudades más importantes de la antigua Mesopotamia, fue fundada por el rey Enmerkar. Llegó el momento en el que la gente dejó de habitarla, así que la ciudad fue enterrada, al menos hasta que las ruinas fueron descubiertas por William Loftus en una expedición en 1849, aunque otros dicen que fue en 1844.

Él parpadeó varias veces.

—Mierda, aquí solo dice que es pasta con carne.

Una carcajada escapó de mi interior.

—Suena bien, creo que yo pediré esa —Me encogí de hombros.

—Tu cerebro es como una enciclopedia —Me halagó—. ¿Cómo puedes recordar datos así?

—¿Tú recuerdas las leyes, los códigos militares y todo eso?

—Sí, por supuesto.

—Es lo mismo conmigo y la historia. Lo que bien se aprende no se olvida jamás —Insinué, recargándome contra mi asiento—. Además, siempre estoy leyendo, informándome y repasando.

—¿Realmente amas la historia, no?

—No te imaginas cuánto —Suspiré bajito—. Sueño con volver a la universidad y terminar lo poco que me quedó. Deseo recibir mi título y ser oficialmente una historiadora.

Me dedicó una sonrisa encantadora.

—Lo harás. Estoy seguro de que tendrás todo lo que quieres.

—Te agradezco la confianza, Hardy.

Pronto ordenamos y solo fue cuestión de esperar nuestros platos. El tiempo se nos fue entre charlas tranquilas y coqueteos por parte de ambos; lo habitual cada vez que estábamos juntos.

Su compañía me resultaba lo mejor.

A su lado todo me resultaba mejor.

Cuando terminamos de comer, ambos salimos para recorrer la plaza en la que se encontraba el restaurante. Los locales estaban abiertos y muchos de ellos tenían cosas hermosas en sus exhibidores.

—Oh, no sabía que habían abierto una florería en esta plaza —Murmuré al mirar el letrero enorme—. Creo que aún tengo espacio para una maceta más.

Iba a entrar, pero antes de que pudiera hacerlo, Neal me tomó de la mano para tirar de mí.

—Vamos —Me dijo, tomándome de la cintura para obligarme a caminar—. Debemos irnos.

—No seas grosero, quería ver las plantas —Le fruncí el ceño.

Él giró sobre su hombro sin dejar de caminar y sin dejar de obligarme a seguirlo.

—Vendremos después, ahora solo me importa sacarte cuanto antes de aquí.

Mi corazón martilleó.

Había algo en su mirada que me asustó.

—¿Neal? —Susurré—. ¿Qué pasa…?

—Unos hombres nos vienen siguiendo desde que bajamos del elevador.

—¿Qué…? —La garganta se me secó, por lo que me fue imposible terminar mi oración.

Miré detrás de nosotros.

Y joder.

Me encontré a un total de cinco hombres que a pesar de estar lejos de nosotros, no dejaban de vernos ni de caminar en nuestra dirección.

Intenté mantener la calma, al menos hasta que noté que todos estaban armados.

Llegamos al elevador y Neal presionó el botón para llamarlo y así poder bajar de este piso.

—Joder…—Masculló al notar que las puertas no se abrían.

Y el pánico se apoderó de mí cuando ellos caminaron con más rapidez en nuestra dirección. Ellos sabían que nos habíamos dado cuenta, era por eso que buscaron llegar a nosotros antes de que huyéramos.

—¡Se están acercando! —Chillé con la voz temblorosa.

Neal maldijo antes de tomar mi mano con más fuerza para llevarme por las escaleras. Tuve que intentar igualar su paso mientras ambos bajábamos. Nuestros pasos fueron rápidos, casi saltando los escalones al escucharlos detrás de nosotros.

Pisaron con fuerza y rapidez.

Mierda, mierda, mierda.

Bajamos un total de dos pisos, pero aún nos quedaban otros cinco.

Neal me llevó lejos de las escaleras para recorrer todo el quinto piso. Pasamos frente a los locales, chocamos accidentalmente con las personas e incluso tiramos a otras de manera accidental y estas no perdieron la oportunidad de insultarnos por ello.

Mis gritos se mezclaron con los de las personas cuando los hombres dispararon al cielo, en el proceso reventando unas lámparas que pronto cayeron al suelo.

—¡Neal! —El miedo me desgarró la voz.

Pronto ingresamos a una tienda departamental enorme, el lugar más enorme de todo el centro comercial.

La gente se tiró al piso cuando los hombres armados entraron, de nuevo disparando a las luces, al techo y al suelo.

Vi a Neal sacar un arma de la cinturilla de su pantalón. Revisó el cargador sin dejar de avanzar y después le quitó el seguro.

—Vamos.

Bajamos por las escaleras automáticas a trotes y esta nos llevó al área de ropa de la tienda departamental. Nos metimos entre los racks circulares llenos de todo tipo de prendas.

—Escóndete aquí —Su tono fue bajo, esto para no ser escuchado ya que los ruidos habían cesado.

Seguro nos estaban buscando, pero aún no habían llegado aquí.

—¿A dónde irás?

—Pediré refuerzos, pero necesito que tú te escondas aquí y pase lo que pase, no salgas hasta que yo te lo pida.

—Pero y…

¿Pero y él? ¿Qué pasará con él?

—Todo estará bien. Estaremos bien, hechicera —Besó mi frente con suavidad—. Ahora andando, tienes que esconderte.

Asentí torpemente antes de agacharme para meterme dentro del rack y permitir que toda la ropa me cubriera. Subí mis pies a la base metálica y abracé mis piernas contra mi pecho.

Sentí a Neal moverse a través de todo el lugar y después escuché a alguien gritar que lo veía.

Los disparos empezaron a resonar por toda la tienda, pero lo único que atiné a hacer fue cerrar los ojos, temblar y abrazarme con más fuerza.

Un disparo tras otro.

Gritos.

Gruñidos de dolor.

Mi corazón se agitó con más fuerza en el momento que el silencio llegó. Un silencio ensordecedor.

Me sobresalté al escuchar como alguien movía los racks cercanos al mío. Era como…como si separara la ropa para ver el interior.

Para encontrarme.

Sus pisadas fueron lentas, por el contrario, sus movimientos en los racks fueron rápidos.

Mi respiración se agitó cada vez más, con cada sonido que cada vez se hacía más cercano.

Me llevé las manos a la boca para evitar gritar al sentirlo más cerca.

Un rack.

Dos.

Tres.

Mis ojos recayeron en el pequeño espacio descubierto, ese en el que se alcanzaba a vislumbrar un par de zapatos negros. Se detuvo justo frente a mí.

Mi corazón se agitó más.

Mi cuerpo tembló más.

Dios. Dios. Dios.

Mis ojos se encontraron con los de ese hombre cuando separó todas las prendas que me cubrían. Me dedicó una sonrisa torcida que ocasionó que la garganta se me secara.

Pero antes de que pudiera pasar algo más, una bala le atravesó el cráneo. Su sangre me salpicó encima justo antes de que él terminara tendido en el suelo.

Un grito de horror escapó de mi interior al ver su cuerpo inerte, al ver la sangre recorrer el piso blanco de la tienda departamental.

—¡Lara! —La voz de Hardy no consiguió sacarme de mi aturdimiento—. ¿Estás bien? ¿Te ha hecho daño?

A pesar de su preocupación sincera, no pude evitar encogerme cuando intentó tocarme.

—Está…está muerto —Susurré con la voz entrecortada—. Está…él… tú le disparaste. Tú…

Llevó sus manos a mis mejillas para captar mi intención.

Respiré agitadamente cuando sus ojos dorados enfocaron los míos.

—Mírame —Me pidió—. Hechicera, solo mírame.

Mi labio inferior tembló.

—Hice lo que tenía que hacer, ¿entiendes? —Alcancé a escucharlo—. Dime que lo entiendes.

No encontré la manera de responder.

No pude.

Las sirenas de las ambulancias y la policia pronto terminaron con el silencio en el que nos sumimos. Él tuvo que alejarse de mí cuando los agentes comenzaron a llenar el lugar para marcar la escena. Las pocas personas heridas por golpes mientras intentaban huir, fueron llevadas a las ambulancias al igual que yo.

A mí me tomaron la presión ya que, según las palabras de los paramédicos, me encontraba demasiado alterada.

No era mentira.

Ese cuerpo cayendo frente a mis ojos.

El camino de cadáveres por el que tuve que pasar para salir.

Me sobresalté al sentir un tacto sobre mi hombro. Al levantar la cabeza pude encontrarme con Neal, con el cual no había hablado desde hacía más de una hora.

Él se estaba encargando de todo el asunto.

Alejó su mano al sentirme tensa.

—Tu mirada me hace pensar que…—Intentó hablar, pero se detuvo antes de terminar.

Tragué saliva.

Dio un paso hacia atrás.

—¿Me temes?

—No.

—No estás siendo sincera.

Volví a tragar.

—Me temes —Esta vez no fue pregunta, fue una afirmación.

Cerré los ojos con fuerza.

Los disparos, la sangre, las balas, los cuerpos.

Todo me lleva a recordar ese momento.

Esa noche.

Ese sótano en el que le disparé a ese hombre.

—No quiero hacerlo —Musité en un hilo de voz—. No quiero temerte.

—No tienes que hacerlo, no tienes que hacerlo jamás porque a ti jamás te dañaría —Abrí los ojos al escucharlo—. Entiendo que lo que has visto hoy fue horrible, entiendo que no estés acostumbrada y que posiblemente nadie esté listo para ver algo así, pero…—Continuó hablando—. Esas personas no eran inocentes, hechicera. Estaban armados, estaban atacándonos, hubo balas perdidas, personas inocentes fueron heridas, así que hice lo que debía hacer. Hice mi trabajo.

La mandíbula me tembló.

—¿Es…es así como la FEIIC entrena a sus soldados? —Susurré—. ¿Los entrena para asesinar?

—Nos entrenan para proteger. No importa de qué manera, no importa lo que debamos hacer, al final nuestro único propósito siempre será proteger a las personas cueste lo que cueste —Sonó muy seguro de sus palabras—. Y mi única prioridad es protegerte a ti sin importar nada más, sobre todo ahora que alguien intenta hacerte daño.

El temor le dio paso a la confusión.

—¿A mí?

Asintió.

—Esas personas han venido por ti.

—¿Cómo estás seguro de eso?

—La FEIIC está inspeccionando todo, incluyendo tu auto. Encontraron un dispositivo no identificado en él; un rastreador —Sus palabras me pusieron mucho más nerviosa—. Alguien nos siguió hoy. No, alguien te ha seguido cada paso desde quién sabe cuándo.

Casi me atragantaba con mi propia saliva.

—Me han investigado a mí y al principio creí que tal vez esto estaba pasando por mi culpa, pero con esto…al parecer tiene que ver contigo —Se sentó a mi lado en la ambulancia—. Tienes derecho a saberlo, después de lo que pasó hoy no puedo callar más, pero recibí fotografías de ti en tu apartamento, en tu trabajo y en la calle. Alguien te ha estado espiando y por lo que ha demostrado, no tiene intenciones de quedarse solo como un acosador.

—¿Acosador? —Me costó soltar la palabra.

—Uno que quiere hacerte daño —Aclaró—. ¿Sabes de alguien que tenga intenciones negativas hacia ti? ¿Alguien que te haga sospechar?

Un nombre vino a mi cabeza tan pronto la pregunta salió de su boca.

—Bruno —Pronuncié en voz baja—. Bruno Alighieri.

Neal asintió con lentitud, para nada sorprendido con mi respuesta.

—¿Qué te hace pensar que puede ser él?

Me relamí los labios con nerviosismo.

—He…he recibido réplicas de mi antiguo antifaz, notas en ellos, ha buscado a mi hermano en su trabajo y el día después de la gala… —Me detuve.

Él elevó una ceja.

—¿El día después de la gala? —Me instó a seguir.

—Recibí una caja musical y dentro de ella había un corazón de un animal —Susurré, cerrando los ojos con fuerza—. Había otra nota, una nota diciendo que pagó por la temática solo por mí, para verme usar un maldito antifaz. Y sé que debí decírtelo antes, sé que debí decírselo a alguien, pero…tenía miedo de que todo fuera peor si lo hacía.

—Por supuesto que debiste decírmelo antes. No tenías por qué cargar con esto sola.

—Estoy aterrada, Neal. Hablar sobre cosas así no es fácil para mí —Mi tono fue bajo—. Nada de esto es fácil para mí.

Señalé a mi alrededor, por lo que él aplanó los labios.

Lo vi tomar una respiración profunda.

—¿Crees que sea Alighieri? ¿Crees que quiera hacerte daño?

—No me consta que sea él, lo he enfrentado y lo ha negado, pero lo conozco perfectamente bien, sé que no tiene límites. Él es el único que conozco que sería capaz de dañarme.

Dañarme de nuevo.

No creía en lo absoluto su supuesto cambio y sus disque ganas de luchar por recuperarme.

Él que hirió una y otra vez, era capaz de herir siempre.

—¿Crees que él sería capaz de matarte? —Inquirió—. Porque todo parece indicar que era lo que esos hombres buscaban.

—Él sería capaz de lo que sea, Neal. Es un monstruo que no conoce de límites.

Suspiró y se levantó para ponerse delante de mí.

—Tendré que buscar una conexión entre Alighieri y lo que pasó hoy. Si él está detrás de esto, te prometo que haré lo que haga falta para que él no vuelva a lastimarte.

Mis ojos recayeron en él.

—¿Lo…lo matarás?

Llevó sus manos a mis mejillas.

—Haré lo necesario con tal de protegerte, pero para eso necesito que confíes en mí, que no me mires como si pensaras que soy capaz de dañarte —Pidió en un tono suave y conciliador—. Solo me importa protegerte, quiero que confíes en eso y que confíes en mí, hechicera. ¿Puedes hacerlo?

Sus ojos sinceros se posaron en los míos.

Los miré por una eternidad hasta que finalmente no pude hacer otra cosa más que asentir.

Lo sé.

Él jamás me haría daño.

Es un hombre bueno.

—Confío en ti, Hardy.

CAPÍTULO 36.
Ojo por ojo.
NEAL HARDY.

18 de abril, 2020.
PRESENTE.

Tamborileé la mesa con el bolígrafo. El sonido me taladró los oídos.

—¿Por qué estás tan callado?

La voz de Landon me hizo levantar la cabeza. Estaba de pie en el umbral de la puerta, bebiendo lo que parecía ser una bebida energética.

—Solo estaba pensando.

—¿En el caso de la Señorita Spencer? —Alzó una ceja—. Estás muy interesado en el tema.

—Por supuesto que lo estoy. Se trata de ella y de su seguridad —Suspiré con pesadez—. Y aún no doy con nada que me pueda llevar a quién está haciendo toda esta mierda.

Me masajeé la sien mientras miraba a Landon adentrarse a la oficina.

—Estás muy preocupado, ¿no es así?

—Me preocupa que ocurra otro ataque y que yo no esté cerca para protegerla. A pesar de que estoy haciendo todo lo posible para protegerla, sé que no podré hacerlo siempre —Suspiré con pesadez—. Me urge encontrar pruebas que incriminen al imbécil de Alighieri. Si lo hago entonces ella estará bien.

—¿Realmente crees que sea él? —Frunció el ceño—. Es que aun no entiendo por qué sospechas del dueño de *The Royal*. ¿Qué tiene que ver él con Lara?

Negué con la cabeza.

—Tengo mis motivos para sospechar de él.

Me levanté de mi silla y le eché una breve mirada a mi amigo.

—Me marcho —Le avisé—. Cualquier cosa nueva, por favor mantenme al tanto.

—Lo haré. Ve con cuidado.

Le di un asentimiento de cabeza antes de salir de la oficina. Caminé por todo el lugar hasta salir del enorme edificio y así poder llegar a mi auto. Una vez en él, conduje hasta llegar a mi apartamento.

No tardé mucho en llegar, así que cuando lo hice subí hasta mi piso para poder descansar finalmente.

Cerré la puerta detrás de mí mientras suspiraba con pesadez y me tallaba los ojos, intentando aguantar un poco más el sueño. Fue un día pesado, lo único que quería hacer era dormir.

Y comer, claro.

Moría de hambre.

Pero primero debía tomar una ducha. Por la tarde tuve una misión que implicó que tuviera que arrastrarme por el fango para evitar ser detectado, así que estuve sucio todo el día.

Me quité el chaleco antibalas y lo metí dentro de una bolsa de plástico. Debía limpiarlo, así que usaría el de repuesto mientras este estaba listo. Dejé el arma dentro de la mesa de noche y procedí a desvestirme. Dejé todo en el cesto de ropa sucia que anteriormente estuvo vacío y me dirigí al baño.

Abrí la regadera y me metí debajo del chorro. El agua comenzó a resbalar por mi cuerpo, limpiando cualquier rastro de suciedad. Alcé la cabeza un poco y me pasé las manos por el cabello, tratando de mantener mi mente en blanco.

Era difícil.

No dejaba de pensar en el acosador de Lara.

No tenía otro sospechoso más que el italiano de mierda de Alighieri. Se la daba de santurrón, pero solamente era una fachada. Después de todo, él se encargó de lastimarla de mil maneras. Ella me lo había dicho, él mismo me lo dijo ese día en el bar.

Antes creía que nuestro encuentro había sido casualidad, pero ahora era claro que no. Si él la había estado acosando, entonces jodidamente sabía quién era yo ese día en la barra.

Nos mantuvo vigilados, pero ahora debía ser yo quien lo tuviera en la mira.

Mucho más después de lo que pasó en la plaza hace unos días.

Como ya me conocía, entonces no podría infiltrarme en su club. Es por eso que envié a alguien más en mi lugar. Le dieron un puesto como guardia de seguridad y hasta ahora nadie sospechaba nada.

Era más fácil supervisar desde adentro.

Yo ya hice parte de mi tarea de este lado.

Investigué a Bruno Alighieri. Justo como solía hacer con cada persona que me generaba desconfianza.

Y lo que encontré, fue muy interesante.

Creció en una villa en Italia. Su madre fue costurera y su padre un humilde panadero. Por lo poco que encontré, supe que tuvo una infancia tranquila; creció, tuvo estudios y después, de alguna manera, logró lo que ahora gozaba.

Una fortuna.

Una que adquirió en poco tiempo. Y es que él tenía muchos negocios que, a simple vista, parecían legales, pero estaba seguro de que en el fondo había algo más.

Había muchas cosas turbias rodeando a Bruno, empezando con el apellido de su difunta esposa. Porque sí, estuvo casado, pero su esposa murió a causa de dificultades en el parto provocadas por un accidente de auto.

El apellido de esa mujer se escuchaba muy seguido por todo Illinois. Y por lo menos a mí y algunos soldados de la FEIIC, ese apellido nos generaba tanta confianza.

Suspiré, siguiendo con mi ducha, enjabonando y tallando mi cuerpo. Lavé mi cabello y solo salí cuando quedé totalmente limpio. Escuché los arañazos de Nela en la puerta, junto con sus maúllos desesperados mientras me secaba. Hundí las cejas, envolviendo la tolla alrededor de mis caderas para salir del baño.

Saltó encima de mí en cuanto me vio, temblando y escondiendo su cabeza en el proceso.

—¿Qué te ocurre ahora? ¿Por qué estás tan asustada? —Le pregunté con extrañeza.

La deposité en la cama, pero no se quedó sobre el colchón. Bajó de un salto para esconderse debajo de ella.

Chasqueé con la lengua y caminé al armario para vestirme con algo cómodo.

Salí de la habitación y fui directo a la cocina. Me detuve frente al refrigerador al ver una nota pegada a él. Ladeé la cabeza y la tomé para leer. Las palabras escritas, lograron que una sonrisa se formara en mis labios. Ni siquiera pude contenerla.

«Esta mañana tuviste que salir de emergencia y ni siquiera te tomaste el tiempo de desayunar, así que me tomé la libertad de preparar algo para que cenes cuando llegues a casa. Yo sé que todos los días estás tratando de salvar el mundo, pero ya no podrás hacerlo si no te alimentas bien, así que come todo. Espero que lo disfrutes.

Atentamente; la hechicera».

Ella era totalmente increíble. Y no por cocinar algo para mí, sino por prestarle atención a detalles pequeños tan mínimos como ese: que no desayuné esta mañana.

¿Cómo él pudo ser capaz de lastimarla?

Lara era un ángel.

Y ahí estaba de nuevo la calidez en mi pecho. Esa que me invadía cada vez que pensaba en ella.

Giré la cabeza levemente al escuchar un ruido que me sacó de mis pensamientos. Fruncí el entrecejo, saliendo lentamente de la cocina. Me dirigí a la terraza, ya que la puerta de cristal fue lo que se escuchó. La abrí y me asomé al exterior. Todo estaba intacto, solamente fue un poco de viento.

Volví a cerrar y de nuevo fui a sacar lo que había en el refrigerador; una pasta cremosa y pollo sazonado. Lo metí al microondas y esperé a que se calentara.

En el proceso tomé las croquetas de Nela y comencé a llenar su plato vacío. Miré por el pasillo, pero ella ni siquiera hacía acto de presencia. Lo cual era algo raro porque siempre había sido una glotona que venía rápidamente cada vez que escuchaba las croquetas cayendo en el plato metálico.

Silbé un poco, en un intento inútil de atraerla.

Suspiré y de nuevo me acerqué al microondas para sacar las bandejas pequeñas y de plástico. Un olor delicioso inundó mi nariz, logrando que el hambre incrementara. Y realmente quise sentarme y disfrutarlo, pero la actitud de Nela no me dejaba tranquilo.

Nathan solía decirme que era muy paranoico respecto a ella, que cualquier cosa, por más pequeña que fuera, yo ya estaba corriendo al veterinario.

Prefería eso que arriesgar su salud por no tomarle importancia.

Dejé mi comida sobre la barra y fui nuevamente a mi habitación.

—¿Nela? —La llamé, esperando que mágicamente saliera de su escondite.

Caminé alrededor de la habitación hasta detenerme a un lado de la cama. Me puse de cuclillas para mirar debajo de ella. Mi gata estaba escondida en una esquina, atenta a todo a su alrededor. Sus ojos dorados se enfocaron en mí unos segundos antes de ignorarme otra vez.

—¿Por qué no sales, cielo? ¿No tienes… —Me detuve cuando vi una sombra pasando por la puerta—…hambre?

Nela se removió más, haciéndose un ovillo y mirando directamente a ese lugar. Parecía nerviosa y enojada. De esa forma en la que solía ponerse cuando algo no le gustaba.

Me levanté lentamente y abrí mi cajonera con lentitud para sacar el arma. Le quité el seguro, intentando hacer el menor ruido posible.

Mis pasos fueron lentos y sigilosos por el pasillo. Miré atentamente todo a mi alrededor, intentando encontrar lo que sea que vi antes. Contraje el rostro al ver la puerta de la terraza —esa misma que yo cerré— completamente abierta.

Fui a ella y de nuevo revisé el exterior, encontrándolo completamente vacío. Retrocedí un par de pasos y cerré la puerta de cristal frente a mí. Las luces se apagaron de repente, dejando el lugar completamente a oscuras.

Durante unos segundos me quedé quieto y totalmente confundido, hasta que reaccioné y me di la vuelta lentamente para ir directo a uno de los interruptores. Lo subí, pero la luz no regresó.

Suspiré. Tal vez la caja de fusibles tuvo un fallo.

Caminé hasta donde se encontraba y cuando llegué y la abrí, me di cuenta de que todos estaban abajo. Los volví a poner como estaban antes y en un parpadeo, mi apartamento volvió a iluminarse.

Estuve a punto de darme la vuelta hasta que una bolsa sobre mi cabeza me lo impidió. Quien sea que se encontraba detrás de mí, apretó con más fuerza para asfixiarme.

El agarre era tan fuerte, que respirar se volvió una tarea sumamente difícil. Di un paso brusco hacia atrás, consiguiendo que la persona se estampara contra la pared. Pero, aun así, mi intento de liberarme fue inútil ya que él no dejaba de forcejear conmigo por más que yo luchara y me removiera.

Esta vez busqué destrozar la bolsa y apenas el oxígeno entró a mi cuerpo nuevamente, pude sentir alivio. Seguí rasgando el plástico hasta que finalmente pude quitarlo por completo. La furia me invadió por completo, por lo que me giré solo para estamparlo nuevamente contra la pared.

El hombre llevaba ropa negra, gorra y cubrebocas del mismo color.

Presioné el cañón de mi arma contra su sien.

—¿Cómo has entrado? —Siseé—. ¿Quién te envió?

Se impulsó en mi contra, logrando que mi espalda se chocara con la lavadora puesto a que estábamos en el cuarto de lavado. No perdí el tiempo y alcé mi pie, para empujarlo con él y hacer que perdiera el equilibrio. Se golpeó la cabeza contra la secadora y cayó al suelo. Parecía un poco mareado y cuando vi que estaba a punto de recomponerse para dar pelea, me abalancé contra él.

—Dímelo.

Sus ojos oscuros se encontraron con los míos.

—*Whore'nizi götürecek* —Murmuró. Mis cejas se hundieron debido a la confusión. Pude reconocer su idioma; turco. Tuve que aprenderlo hace algún tiempo para ampliar mi vocabulario.

«*Tomará a tu puta*».

Mi agarre sobre él se aflojó producto de la consternación, por lo que aprovechó y se dejó caer contra mí.

Ambos terminamos forcejeando en el pasillo. Atrapé sus manos entre las mías y las doblé, ejerciendo mucha presión cuando él quiso asfixiarme de nuevo. Tomé sus muñecas con fuerza y apreté los dientes para darnos la vuelta y rodar por el suelo. Usó su rodilla para golpearme, por lo que me doblé un poco y eso lo usó contra mí.

Su puño impactó contra mi pómulo con fuerza. Me agarró de las solapas de la sudadera y me tiró al suelo. Me levanté ligeramente aturdido cuando él hizo lo mismo. Antes de que pudiera reaccionar, el tipo se abalanzó contra mí e intentó arrebatarme el arma.

En medio del forcejeo, el hombre detonó el arma. El sonido del disparo no resonó en el lugar debido al silenciador, pero sabía perfectamente que se había disparado.

Los movimientos del hombre cesaron y su cuerpo perdió fuerza.

Cayó al suelo y aunque estuviera perdiendo sangre, en lugar de temer o resignarse, empezó a reír. Fue una risa alta, como si esto le provocara tanta diversión.

Me puse de cuclillas y lo inmovilicé para quitarle el cubrebocas. Presioné el cañón del arma contra su yugular, pero ni se inmutó, solo siguió riendo y desangrándose.

Cabrón loco.

—¿Qué haces aquí? —Masculló, presionando más.

Me mostró sus dientes manchados de sangre. Sus ojos se entrecerraron un poco.

—La bailarina...esa de mirada bonita —Murmuró.

Parpadeé, completamente confundido.

—¿Cuál es su nombre? —Se preguntó, como si tratara de recordar—. ¿Lara?

Mi cuerpo se tensó en el instante en el que pronunció su nombre.

—Primero la torturará mentalmente, la volverá...paranoica. Es su presa —Me sonrió—. Y luego se la llevará, la encerrará y...nos dejará hacer lo que queramos con ella.

—¿Quién? ¿Alighieri? ¿Él te envió?

Sonrió enormemente.

—¿Alighieri? —Repitió en medio de una carcajada seca—. La traición de ambos será pagada con el cuerpo y la sangre de esa bailarina que tanto adoran.

—¿Qué tanta mierda sale de tu boca? —Siseé.

La sangre que tosió cayó justo en mi rostro.

—*Amato* —Pronunció.

«*Lorenzo Amato*».

—Él está muerto.

Su sonrisa creció.

—Pero la gente que lo amó no lo está —Siseó—. Y te lo hará pagar. Lo cobrará con ella, la hará mierda. Hará mierda a tu puta.

—Cállate.

Fingió una mueca afligida.

—Que lástima que no podré tenerla, que no podré joderla, hundirme en ella hasta destrozarla —Formuló, enfocando su mirada maliciosa en la mía—. Por eso necesito que me respondas...¿Qué se siente follarte a la bailarina?

La rabia que me provocaron sus palabras, me nublaron todo tipo de pensamientos claros e inteligentes. Lo único que fui capaz de hacer, siendo guiado por la furia, fue golpear su rostro con el mango de la pistola. Con fuerza y sin poder parar.

Uno. Dos. Tres. Cuatro. Cinco. Seis.

Fui perdiendo la cuenta de los golpes.

«Siempre tuve curiosidad del tipo de hombre que serías de adulto, es por eso que no te abrí la garganta como a la zorra de tu hermana. Así que dime, Alain, ¿qué tipo de hombre eres ahora?

¿El bueno, el sano y el correcto? ¿O eres un monstruo como yo?

Dime. ¿La habitación junta a la mía debería ser para ti?

No te engañes, ambos sabemos que eres igual de retorcido que yo, mi amigo».

Las palabras de ese bastardo llegaron a mi mente, causando un torbellino de emociones en las que la furia tenía las de ganar. Mi autocontrol se fue a la mierda.

La sangre del hombre en el suelo me brotó en el rostro. Con los primeros golpes solo se burló, como si estuviera preparado para morir de esta manera. Con los demás, comenzó a retorcerse del dolor. Pero yo no paré, no entendí de razones y solo...me dejé cegar.

Solo pude detenerme hasta que su cuerpo quedó inerte. Sus manos cayeron a sus costados, su rostro quedó completamente destrozados y sus ojos abiertos. Ya no respiraba.

Y aunque odiara admitirlo, no sentí nada.

No culpa, no miedo, no tristeza. Nada.

Fui entrenado para no sentir nada cuando debía arrebatarle la vida a alguien en mi trabajo. Y sabía que esto no era una misión y que no había justificación frente a la ley. Lo único que tenía para defender mis actos, era que...no iba a permitir que alguien la lastimara.

A ella no.

Un ruido en el pasillo me hizo levantar la cabeza. Había otro tipo encapuchado que miraba la escena, sus ojos estaban muy abiertos y cuando se dio cuenta de que lo atrapé, se dio la vuelta y pretendió correr a la entrada.

Apreté los dientes.

—No te vas —Siseé.

Apunté mi arma directo a su pierna y no lo pensé dos veces para disparar. En cuanto la bala impactó contra su piel, soltó un quejido alto y se dejó caer en el suelo para retorcerse de dolor.

Me pasé el dorso de la mano por el rostro, intentando limpiar la sangre y me levanté para ir a él con pasos lentos. Retrocedió sobre el piso a medida que me acercaba, dejando un rastro sobre el mármol.

Apenas terminé de cruzar el pasillo cuando algo me tacleó por el costado, haciéndome caer en la cocina y que en consecuencia, mi espalda se golpeara.

—¿Interrumpo la cena? —Cuestionó, tomando el tenedor que estaba en la barra.

—De hecho sí —Gruñí.

Se abalanzó y clavó el tenedor en mi muslo. Una maldición escapó de mi boca y cuando vi su intención de repetir su acción, tomé sus muñecas y lo impulsé hacia enfrente, haciéndolo rodar y caer.

Me levanté de golpe, intentando ignorar el dolor. Después de todo, no era para tanto.

Se puso de pie y como si se tratara de una navaja, intentó lastimarme con el tenedor. Esquivé sus movimientos y aproveché para darle un puñetazo en el rostro, cosa que al parecer lo hizo enojar porque tomó un recipiente de vidrio lleno de azúcar y lo lanzó contra mí.

Me agaché, por lo que el objeto se estrelló contra la pared, rompiéndose en el proceso.

Alcé mi dedo y lo moví en señal de negación al igual que lo hice con la cabeza.

—¿De pequeño no te enseñaron que la casa ajena se respeta, hijo de puta? —Chasqueé.

No lo pensó ni dos veces ya que se fue contra mí, tomando mi suéter y caminando para hacerme retroceder. En última instancia, nos giré y ante el movimiento brusco, ambos caímos sobre un mueble de madera, el cual se rompió por completo.

No nos detuvimos, nos fuimos directo a los golpes. Ninguno estaba dispuesto a dejar de dar pelea y eso podía notarse en la sangre de ambos.

Me empujó con los pies para alejarme y en cuanto tuvo un momento libre, tomó un jarrón y lo lanzó otra vez. De nuevo conseguí esquivarlo.

Miré de reojo al otro tipo que se encontraba en el suelo solo para asegurarme de que no iba a intentar ayudar a este.

Escupí sangre y después me limpié la comisura de la boca sin dejar de mirar al hombre que se encontraba en este mismo estado.

Este ya no llevaba capucha, se la arranqué mientras peleábamos en el suelo.

Tomé otro jarrón y lo aporreé con él, golpeando su cabeza por un costado. El adorno se rompió y él se tambaleó un poco.

Solo necesitaba un empujón más para caer. Y yo se lo di.

Cayó de pecho contra la mesa de cristal de la sala, destrozándola por completo y ocasionando un estruendo.

Tomé su cabello y lo presioné con los cristales, moví su rostro contra ellos. Un grito de dolor escapó de su garganta. Varios pedazos de vidrio se empaparon de sangre. Él se removía, intentando quitarme de encima.

Aun tomándolo del cabello, levanté su cabeza. Su rostro se encontraba destrozado, todo lleno de cortes y del líquido carmesí.

Lo dejé caer y como pudo, se dio la vuelta aun sin dejar de quejarse.

Lo tomé del cuello de la camisa y lo alcé un poco.

—Dime quién te ordenó entrar a mi casa, bastardo hijo de perra —Le ordené—. Si no fue Alighieri entonces dime quién fue.

Me sonrió un poco, apenas perceptible.

—¿Debería hacerlo?

—Dime su nombre.

—¿Para qué? —Rio—. No encontrarás nada, solo se mostrará ante ti si lo desea. Esa es la única manera.

—¡Que me lo digas! —Bramé, apuntándole a la sien con el arma.

Se removió un poco, mirándome fijamente.

—Mi lealtad no tiembla ante tus balas.

Apenas pude reaccionar cuando tomó un pedazo grande de vidrio y se lo pasó por la garganta, abriéndola y logrando que la sangre brotara como si fuera una fuente.

—¡Cabrón! —Expresé en medio de un gruñido alto.

Mis dientes crujieron por la presión que mantenía en la mandíbula.

Alcé la mirada, enfocándola en el que tenía una herida en la pierna. El único con vida.

—Tú me lo dirás —Le dije, poniéndome de pie y yendo hacia él.

Negó con la cabeza mientras temblaba.

Debía ser joven o nuevo en esto ya que parecía estar a punto de cagarse encima.

Apenas llegué a él cuando lo noté sacar un objeto y antes de que reparara en qué era, una descarga eléctrica inundó todo mi cuerpo, haciéndome caer en el suelo.

El dolor inundó cada célula y cuando quise levantar la cabeza para mirarlo, otra descarga llegó. Era un taser, uno que presionó contra mi espalda.

Se levantó, arrastrando la pierna en el proceso. Abrió la puerta con rapidez y salió antes de que yo pudiera recomponerme. Respiré agitadamente, sintiendo mi corazón bombear. Apuñé los ojos, soltando un gruñido bajo.

El cascabel de Nela resonó en el lugar. Intentaba abrirse espacio entre el charco de sangre que dejó el hombre que asesiné, intentaba no mancharse las patas. Sus ojos dorados y atentos estaban fijos en mí. Su cola y su pelaje aún estaban erizados, de esa manera en la que solían estar cada vez que ella se ponía nerviosa.

Todo la ponía nerviosa.

—Neal Alain Hardy Adens —Ambos volteamos rápidamente al escuchar una voz. No provenía de una de las personas, sino de lo que parecía ser un radio—. Tú me quitaste algo. Es mi turno de quitarte algo a ti. *Kisasa kisas.*

«*Ojo por ojo*».

La voz estaba distorsionada y editada con una máquina.

—Neal Alain Hardy Adens —Repitió—. Tú me quitaste algo. Es mi turno de quitarte algo a ti. *Kisasa kisas.*

Me arrastré por el suelo con dificultad hasta llegar a donde provenía el sonido. De nuevo la frase volvió a repetirse mientras revisaba los bolsillos del hombre que se abrió la garganta.

No pasó mucho tiempo hasta que pude encontrarla.

Una grabadora.

El origen de la voz.

Dejé caer el aparato y me llevé los dedos a la sien, haciendo un masaje suave. Tomé una respiración profunda y me levanté en medio de temblores.

Traté de mantener el equilibrio a pesar de que me hallaba algo aturdido y cansado.

Mi celular comenzó a sonar en algún lugar de la habitación, por lo que fui a él. Debía llamar a Wesley para que mandara al recolector de cadáveres. Alguien debía hacerse cargo de todo este desastre.

Mis pasos fueron lentos hacia mi dormitorio. Entré y llegué a la mesita de noche. Miré el identificador de llamadas y contesté cuando vi que era Joe; el infiltrado en el club nocturno.

—¿Sí? —Me dejé caer en la cama, aún un tanto débil.

Escuché un quejido de su lado, seguido de gritos, llantos y mucho ruido. Eso que me puso en alerta.

—¿Agente Joe? ¿Qué está pasando? ¿Por qué hay tanto ruido?

Él tosió varias veces.

—Pasó algo en el club —Murmuró.

19 de abril, 2020.
PRESENTE.
LARA SPENCER.

Endulcé un poco mi café antes de comenzar a beberlo. Me quité la pluma que mantenía en mi cabello y de nuevo fui a la barra para seguir revisando las cuentas.

Todo parecía estar en orden. Estos últimos meses, Thomas y yo habíamos estado más que bien dado a que ambos teníamos un trabajo, además de que él gozaba de una beca. Nuestras deudas se acabaron, por lo que podíamos estar mejor. Claro, financieramente hablando, porque por otro lado las cosas estaban jodidas.

Alguien me acosaba.

Vivía paranoica y alerta. Me daba miedo salir sola y que se repitiera lo de hace unos días. Me daba miedo no…no contar con la misma suerte si volvía a pasar.

Sabía que Neal estaba intentando encargarse de este caso, pero aun así el miedo no desaparecía.

Temía por mi seguridad, por la suya, por la de mi hermano y por la de todas las personas que me rodeaban.

Rezaba cada noche porque esto no escalara tanto, que la pesadilla se acabara pronto.

Suspiré mientras caminaba a mi sala para sentarme a escuchar las noticias que pasaban por la televisión. Le di un sorbo a mi café y comencé a leer la correspondencia.

La mayoría eran de Thomas. Eran tiendas departamentales proponiéndole endeudarse con créditos.

—«*Por la madrugada unos sucesos lamentables sacudieron toda la ciudad de Chicago. Un tiroteo en uno de los bares más exclusivos de toda la zona acabó con la vida de una de las bailarinas...*» —Alcé la cabeza al escuchar a la presentadora de las noticias—. «*La joven, quien acababa de dar su espectáculo, fue herida con un arma de fuego...*»

—Ocupo tu auto —Habló mi hermano, por lo que de inmediato enfoqué mi atención en él.

—¿Para?

—Liv quiere tener una cita en el parque. Ya sabes; un picnic —Se encogió de hombros—. Iré a comprar algunas cosas para los dos.

—De acuerdo, puedes usar mi auto. Ah, pero si pasas por una gasolinera por favor llena el tanque —Le pedí—. Mi bolso está en el perchero, toma unos...

—Va por mi cuenta. Si yo lo uso entonces yo lleno el tanque.

—No debes hacerlo.

—Por supuesto que sí —Negó la cabeza—. Ya me voy, ¿necesitas algo de la tienda?

—Oreo.

—Debí imaginarlo —Se burló.

Sin decir nada más, salió del apartamento antes de cerrar la puerta. No pasaron ni dos minutos hasta que mi celular comenzó a sonar.

Lo tomé y me lo llevé a la oreja al leer el identificador.

—Hardy.

—Hechicera —Me regresó—. ¿Tienes planes para mañana?

Sonreí.

Directo como siempre.

—No, ¿por qué?

—Bueno, entonces ya los tienes —Me respondió—. Prepara una maleta, te llevaré a un lugar y estaremos unos días.

Parpadeé al escucharlo.

—¿A un lugar? ¿Cómo que me llevarás a un lugar?

—Cumplirás años pronto, ¿no es cierto?

—Eh…sí, pero…

—Quiero darte algo especial. Quiero que este cumpleaños lo pases feliz y tranquila lejos de toda esta mierda que has soportado por semanas —Mencionó después de interrumpirme—, así que por favor, permíteme complacerte en tu cumpleaños. Te prometo que haré de esta semana algo maravilloso para ti.

—¿Una semana? ¿Qué hay de mi trabajo? ¿Qué hay de mi hermano? ¿Y si los demás se dan cuenta de que desaparecimos juntos y al mismo tiempo?

—A la mierda el mundo entero, es tu semana de cumpleaños, solo importas tú en tu semana de cumpleaños.

—¿A dónde iremos?

—Eso no te lo puedo decir.

—¿Y si no llevo la ropa adecuada?

—¿Esa pregunta significa que has aceptado mi propuesta?

—No la aceptaré si no me dices que ropa debo usar.

—Lo que usarías cualquier día.

—¿Solo eso me dirás? —Me quejé—. Cualquier día puede ser verano, otoño, incluso invierno.

—No diré nada más, no te arruinaré la sorpresa —Contestó en un tono desinteresado—. El vuelo sale mañana a la una de la tarde. Llegaré por ti un par de horas antes, ¿te parece bien?

De acuerdo, no me quedaba de otra más que aceptar el misterio.

Ya encontraría la manera de preparar mi maleta con lo necesario.

—Creo que es el tiempo suficiente para inventarme una excusa y para armar mi maleta.

—Bien, entonces nos veremos mañana, hechicera.

—Nos veremos mañana, Hardy —Le sonreí.

Colgué la llamada, aun sin borrar la sonrisa tonta de mis labios.

Un cosquilleo viajó por todo mi cuerpo, asentándose en mi estomago; emoción y felicidad.

La idea de pasar mi cumpleaños junto a él no me sonaba mal.

Al contrario, sonaba como algo perfecto.

CAPÍTULO 37.
Brasil.
LARA SPENCER.

20 de abril, 2020.
PRESENTE.

Tamborileé mis dedos en mi pierna, un tanto ansiosa.

Bueno, demasiado ansiosa.

Neal tenía la vista fija en la carretera, moviendo la cabeza en señal de negación cuando yo preguntaba algo acerca de qué tramaba.

Sí, definitivamente planeaba no decirme lo que yo necesitaba saber.

—Si me dices te juro que cerraré la boca todo el camino —Volví a hablar después de un buen rato sin obtener una respuesta.

—Hechicera, eso no te funcionará conmigo. Me gusta mucho tu voz.

Resoplé, hundiéndome en mi asiento.

—¿Qué pasará si no traje la ropa adecuada? —Cuestioné en medio de un quejido.

—Pues te doy mi tarjeta y compras lo que desees —Respondió—. Debe haber muchas tiendas con ropa que te guste.

—¿Qué puedo hacer para que me lo digas?

—Me gusta que seas impaciente y curiosa, pero eso no te funcionará hoy. Te lo diré cuando estemos allá —Canturreó, aún con la vista enfocada en la carretera.

—¿Y qué pasara con Nela? ¿Se quedará sola en tu apartamento tanto tiempo? —Cuestioné.

—Está en buenas manos, no te preocupes por ella —Sonrió un poco—. Aparte, creo que disfrutará estar lejos de mí algunos días. Después de todo no me he ido tanto tiempo de viaje en tantos meses y ha tenido que convivir conmigo. Seguro mi presencia la tiene harta.

Sus palabras me robaron una risa suave y baja.

—Muy bien, es bonito saber el aprecio que se tienen entre ustedes dos.

Alterné mi vista del camino al aeropuerto a él. También detallé las marcas en su rostro, esas que aun eran notorias.

Me dijo que fue un asunto en su trabajo que se descontroló.

Al parecer tuvo que pelear con alguien durante una misión. Al menos eso fue lo que me dijo esta mañana cuando llegó a mi apartamento.

Suspiré, viendo cómo finalmente llegábamos al enorme lugar. Neal se metió al estacionamiento subterráneo y aparcó en un espacio reservado. Apagó el coche y salió para rodearlo y abrir mi puerta.

Una vez que estuve afuera, me levanté los lentes oscuros para ponerlos por encima de mi cabello.

—Muy bien, hora de ir a nuestro primer destino —Informó, regalándome una sonrisa ladeada.

Parpadeé varias veces.

Antes de que pudiera responderle, él se alejó para ir al maletero de la camioneta. Esta vez prefirió usar su camioneta y dejar el Maserati en su apartamento.

—Aguarda, ¿primer destino? —Formulé, siguiendo sus pasos y viendo cómo sacaba nuestro equipaje.

—Ajá.

—¿Hay más de uno?

—Ajá.

—¿Puedes responderme con algo más que solo eso? —Pedí, frunciendo un poco los labios.

Sus ojos brillaron con malicia y diversión.

—No —Dijo, para después tomar mi barbilla e inclinarse para dejar un beso corto sobre mi boca. Se separó y cerró el maletero—. Vamos, el avión nos dejará.

Se colgó su bolsa de viaje al hombro. Era color café, larga y al parecer con mucho espacio. Mi maleta morada la llevó con esa misma mano.

Entrelazamos nuestros dedos con la mano que él mantenía libre y comenzamos a caminar rumbo a la entrada.

Fui consciente de las miradas que él atraía y también de las que algunos hombres me lanzaban a mí, pero simplemente lo ignoramos, solo continuamos con nuestro camino como si no existiera nadie a nuestro alrededor.

Una vez que llegamos a la sala de abordaje e hicimos todo el proceso para subir al avión, solo pude enfocarme en el nombre de nuestro destino.

—¿Río de Janeiro? —Pregunté en un susurro, demasiado sorprendida—. ¿Iremos a Brasil?

Inclinó un poco la cabeza, a modo de afirmación.

—Espero que te gusten el sol y la arena, hechicera, porque primero celebraremos tu cumpleaños teniendo el mar frente a nosotros.

Abrí la boca, totalmente incrédula.

—¿Me llevarás a Brasil? —Alcancé a formular.

Asintió.

—¿Sorpresa? —Alzó una ceja.

Una sonrisa enorme y seguramente anormal se plasmó en mis labios. No fui capaz de contenerla, de reducirla o lo que sea. Dios, solo pude sonreír tontamente antes de tirarme a sus brazos y colgarme a él con ayuda de un salto. Enredé mis piernas alrededor de sus caderas y llevé mis manos a su cabello para atraerlo a mis labios. Neal me sostuvo de la cintura para que no cayera y me siguió el beso cuando lo comencé.

—¡Gracias! ¡Gracias! —Murmuré entre besos cortos.

¡Dios!

Era la primera vez que viajaría fuera del Estado. Joder, era la primera vez que saldría del país.

¡Y era para ir a Brasil!

¡Por mi cumpleaños!

Brasil. Cumpleaños.

Joder.

—¿Si te gusta la idea?

—¿Qué si me gusta? —Repetí en medio de una risita—. ¡Me encanta! ¡Me encanta tanto! ¡No puedo creerlo!

Me regaló una sonrisa genuina.

Mi boca nuevamente buscó la suya. Por un rato largo solo fuimos nosotros dos besándonos en la sala de espera, al menos hasta que nos llamaron para abordar.

El vuelo fue largo, tanto que incluso dormí unas horas en el avión. Cuando finalmente aterrizamos, contuve las ganas de saltar por todo el avión como una niña pequeña.

Al bajar, el sol me golpeó en la cara, el calor me envolvió y la verdad, fue que, por primera vez, no me molestó.

Estaba muy feliz de estar aquí.

Tomé la mano de Neal cuando tuvimos que ir a recoger nuestras maletas para así poder salir finalmente del aeropuerto.

—¿Has venido antes? —Cuestioné una vez que nos entregaron nuestras pertenencias.

—Por trabajo, pero solo una vez. No he tenido oportunidad de disfrutarlo como se debe —Respondió, girando un poco conmigo. La verdad no pude ver sus ojos ya que llevaba lentes oscuros—. Disfrutaremos Río de Janeiro por tres días. Nuestra última noche aquí será el veintitrés, es decir; tu cumpleaños. El veinticuatro a medio día será nuestro segundo vuelo para ir a nuestro segundo destino. Estaremos en él los últimos cuatro días antes de volver a Estados Unidos.

—¿Nuestro viaje durará una semana? —Le pregunté en un estado de total sorpresa.

—Sí, una semana entera.

—¿Y me dirás cuál es el otro destino?

Las comisuras de sus labios se alzaron en una sutil sonrisa.

—Impaciente.

Pronto llegamos a un auto gris. En él esperaba un hombre que no dudó en acercarse a nosotros al vernos.

—¿Es un sí o un no? —Volví a hablar.

—Disfruta de Brasil por ahora. Lo demás lo sabrás cuando lo tengas que saber.

Antes de que pudiera responderle, el hombre interrumpió.

—Buenas tardes, ¿qué tal estuvo su viaje? —Saludó, extendiéndonos una sonrisa amable. Se la devolví y le di un asentimiento de cabeza.

—Buenas tardes. Estuvo bien, fueron muchas horas, pero bien —Contestó Hardy.

—Me imagino, de Estados Unidos a Brasil la distancia es enorme —Hizo una mueca—. En fin, aquí tienen las llaves del auto. Espero que disfruten de sus vacaciones.

Extendió las llaves en dirección a Neal mientras que otro hombre tomaba nuestro equipaje y lo metía en el maletero. Compartieron un par de palabras más hasta que finalmente el hombre se marchó. Neal abrió la puerta para mí, invitándome a subir en el asiento del copiloto.

Una vez que lo hice, él fue de su lado e imitó mi acción. Arrancó el auto para alejarnos del aeropuerto y así dirigirnos a quién sabe dónde.

Durante todo el trayecto, solo me dediqué a ver por la ventana. Admirando cada cosa que pasábamos, admirando el hermoso mar que hacía acto de presencia.

Realmente era un lugar muy bello.

—Neal —Lo llamé, girando para verlo.

—¿Sí? —Me dio un asentimiento de cabeza.

—¿Crees que podríamos pasar a una tienda de ropa? —Pedí—. No empaqué traje de baño y bueno, si estaremos en la playa necesito uno.

—Seguro, camino al hotel debe haber una.

—¿Hotel? ¿Nos quedaremos en un hotel?

Me miró rápidamente, un tanto confundido.

—¿Dónde más si no? —Formuló—. Creo que despertar desnudos en medio de la playa, en donde más personas podrían vernos, no nos haría los turistas más respetuosos.

Sacudí la cabeza.

—Cierto, cierto. Es solo que...estoy un poco nerviosa. Es la primera vez que estoy tan lejos de Chicago —Me recargué en el asiento—. Es raro.

Tomó mi mano y la acercó a sus labios para depositar un beso suave y dulce en ella.

—Calma. Estamos aquí para relajarnos. No pienses en lo raro, no te centres en los nervios, olvidemos todo el desastre que se queda en Chicago y solo intentemos disfrutar estos estos días llenos de paz, ¿sí? —Su tono fue lento, tranquilizador—. Solo quiero que te sientas tranquila y que la pases bien en tu cumpleaños.

Involuntariamente, una sonrisa tímida se formó en mi boca.

—Lo sé. Gracias, Hardy.

Negó.

—No debes agradecer nada, hechicera.

Unos minutos después, nos detuvimos en una enorme tienda con vestidos y trajes de baño hermosos. Recorrí toda la tienda buscando algo que me gustara, con Neal detrás de mí, siendo paciente y esperando a que por fin me decidiera por algo.

Todas las cosas eran tan bellas. Pero en particular, dos prendas llamaron mi atención. Una de ellas era un bikini negro de dos piezas. Tenía unas tiras que rodeaban mi cintura y cubría lo que debía cubrir. Además, era totalmente hermoso.

Y la otra era un vestido hermoso de satén.

El vestido era ajustado de la parte superior y suelto en la falda, una falda que tenía una abertura alta en el lado izquierdo. Contaba con unos tirantes adiamantados que hacían resaltar la hermosa tela color rosa polvoriento, con un hermoso escote en forma de *V* y una segunda abertura en la parte trasera que terminaba en mi espalda baja.

No lo pensé ni dos veces antes de decidirme a ir al probador.

Cuando me lo puse, me quedé boquiabierta ante el resultado. Simplemente me maravillé al ver la tela abrazada a mi cuerpo con el único propósito de acentuar todos mis atributos.

Dios, era el vestido perfecto, por supuesto que tenía que comprarlo.

Neal estaba sentado en un sillón esperando por mí. Me acerqué con mi vestido, con el traje de baño negro y con otros dos trajes que se me pegaron en el camino.

—Listo, iré a pagar —Avisé.

Él movió la cabeza de un lado a otro a modo de negación. Se levantó y me quitó las prendas con suavidad.

—Lo pagaré.

—Lo puedo pagar yo —Alcé una ceja.

—Lo sé, no estoy diciendo lo contrario, pero yo quiero hacer esto. Yo te traje aquí, por eso quiero que me permitas consentirte en todos los aspectos.

Sin esperar una sola respuesta, de dispuso a ir directo a la caja. No puse ninguna resistencia ni queja, simplemente...me quedé quieta intentando asimilar que todo esto estaba pasando. Es que jamás imaginé que alguien llevaría de viaje solo para celebrar mi cumpleaños y mucho menos que estaría tan feliz de hacerse cargo de todo.

Pero Neal, él...simplemente me dejaba sin palabras.

Y que yo cerrara la boca realmente era muy difícil.

—Listo, ya está —Me dijo cuando llegó a mí—. ¿Estás lista para ir a nuestro hotel?

Sonreí y asentí.

—Sí, lo estoy.

El primer día realmente no hicimos mucho. Solamente llegamos al hotel, nos aseamos y salimos a cenar a un hermoso restaurante antes de regresar a dormir, pero el día siguiente sí que lo aprovechamos.

Fuimos a la playa, a pasear por toda la ciudad, recorrer los centros, los barrios e incluso asistimos a un tour pagado que nos mostró las maravillas de Río de Janeiro.

Neal me llevó a algunos restaurantes y de compras antes de que anocheciera. El segundo día fue casi lo mismo; recorrimos lugares turísticos que nos faltaban recorrer y además, volvimos a ir a una playa en la que pasamos la noche. Era una zona exclusiva en donde Neal rentó una cabaña hermosa y acogedora.

Pasamos la noche entera follando y disfrutando de la compañía del otro.

El tercer día; mi cumpleaños, nos levantamos muy temprano ya que Neal quería llevarme a un lugar que le recomendaron en nuestro hotel.

No me dijo de qué se trataba, solamente me hizo empacar un traje de baño y bloqueador antes de subirme al auto.

—¿Ya vamos a llegar?

—Ya casi.

—¿Cuánto falta?

—Estamos a nada.

Suspiré.

—De acuerdo, entonces esperaré.

—Gracias a Dios —Soltó un jadeo lleno de alivio.

—Que grosero.

Lo miré en el momento exacto que esbozó una sonrisa hermosa.

No tenía ni idea de cómo era que este hombre podía ser incluso más bello cada vez que sonreía.

—Listo, hemos llegado.

Aparté mi mirada de él para encontrarme con un bosque lleno de árboles frondosos. Antes de que pudiera preguntar algo, él salió para abrir mi puerta. Una vez que me ayudó a bajar, se dispuso a ir a la parte trasera del coche para bajar la mochila llena de nuestra ropa y la canasta llena de comida, bebidas y una manta para sentarnos a comer.

—Tendremos que caminar algunos minutos, ¿bien? —Su voz me hizo mirarlo—. Prometo que valdrá la pena.

—No tengo razones para dudar de tu palabra —Le dije—. Después de todo, cada segundo de este viaje ha valido la pena.

Me sonrió.

—Entonces andando.

Él tomó mi mano, por lo que ambos comenzamos a caminar por todo el lugar. Por suerte había traído unos zapatos cómodos y perfectos para andar un rato.

—Mi hermano llamó esta mañana para felicitarme —Le avisé a Neal. En realidad, también había recibido felicitaciones todo el día de mis amigos y compañeros del trabajo—. Preguntó cuánto tiempo más tardaría el trámite de mi abuela porque ya quiere verme para darme el obsequio que me compró.

Tuve que mentirle a todos diciendo que tuve que viajar a México para recoger unos documentos súper importantes.

Para Neal fue más fácil mentir ya que él viajaba a menudo. Solo dijo que era algo de trabajo y ya.

—¿Es la primera vez que pasas tu cumpleaños lejos de tu hermano?

Asentí.

—Sí, siempre hemos estado juntos en el cumpleaños del otro — Respondí—, pero una vez lejos no se siente mal. Para ser sincera, estoy disfrutando mucho de esta experiencia.

Sus ojos recayeron en mí.

—Y me alegra que sea así. Todo lo que deseo es que disfrutes esto.

—Y lo estás logrando.

Me incliné para darle un beso rápido antes de separarme para volver a caminar. Recorrimos un sendero lleno de plantas y flores antes de llegar a un lugar escondido del bosque; uno adornado con una laguna hermosa rodeada de piedras gigantes y sobre todo, acompañada de una cascada impresionante.

—Por Dios…—Jadeé, dejando que mi mirada viajara por todo el lugar.

—¿Te gusta?

—Es impresionante —Alcancé a decir—. ¿Cómo es que supiste de este lugar?

—El personal del hotel mencionó que había algunos lugares con algunas lagunas y cascadas hermosas. Investigué un poco y bueno, eso nos trajo a este lugar.

Me abrazó por detrás y colocó su barbilla sobre mi cabeza.

—¿Y nos podemos meter? —Cuestioné, pero después negué rápidamente—. Es decir, ¿es seguro entrar?

—Sí, es seguro entrar.

—¿Estamos nosotros dos solos?

—Eso creo. No se escucha nada más que la cascada.

Sonreí mientras me alejaba para quitarme la ropa bajo su atenta mirada. Cuando estuve solo en ropa interior, él pasó la mochila delante de él para abrirla y sacar mi traje de baño.

—Toma…—Se detuvo cuando me quité la ropa interior para dejarla caer en la roca—. Oh.

Mi sonrisa creció cuando sus ojos viajaron por todo mi cuerpo. Ni siquiera fue capaz de apartarlos cuando me acerqué a la laguna para meterme poco a poco. Por suerte el agua estaba cálida, por lo que no fue un problema.

—¿Nadarás desnuda?

—Por supuesto. ¿Me acompañas?

—¿Acaso soy capaz de resistirme a ti?

Me mordí el labio inferior cuando lo vi despojarse de toda su ropa. Tan pronto quedó tan desnudo como yo se acercó y se metió conmigo a la laguna. Apenas estuvo dentro cuando me atrajo a su cuerpo de un solo movimiento, en el proceso arrancándome un gritito bajo.

Gruñó contra mi boca en cuanto la suya me encontró.

Su beso desesperado y posesivo me nubló todo pensamiento coherente y sus brazos aferrados a mi cuerpo caliente, me robaron toda la razón.

—Definitivamente no soy capaz de resistirme a ti —Murmuró contra mi boca—. Me vuelves un completo pendejo cada vez que me miras.

—Eso ya no suena como un «solo amigos».

—Hace bastante dejamos de ser solo amigos, hechicera —Susurró, llevando sus manos a mis mejillas—. Sabes que esto se nos escapó de las manos, sabes muy bien que ya no somos capaces de detenerlo.

Sí, definitivamente lo sabía.

Ya no podíamos parar este torbellino que los dos nos encargamos de crear.

Pasamos la tarde entera en esa laguna nadando, saltando desde una roca cercana a la cascada, comiendo de los aperitivos o simplemente platicando y riendo. Nos retiramos del lugar un par de horas antes de que el sol se ocultara.

Y cuando de nuevo anocheció, entonces Neal me invitó a una cita.

No dijo a dónde. Solo que estuviera lista a las ocho.

Es por eso que me puse el vestido de satén que compró el primer día que llegamos y me hice ondas ligeras en mi cabello para que no estuviera liso como siempre. Me maquillé sutilmente, me coloqué unos aretes largos, un par de pulseras y otro collar para acompañar el que ya llevaba, es decir; el que mi abuela me obsequió hace mucho.

Me cepillé los dientes y cuando terminé, salí de nuevo a nuestra habitación para buscar unos tacones a juego con el vestido. Estos eran claros y abiertos, por lo tanto dejaban ver mis uñas perfectamente arregladas.

Me paré delante del espejo y me miré desde todos los ángulos posibles. Me sentí totalmente satisfecha con el resultado.

Totalmente hermosa.

La puerta de la habitación se abrió, por lo que giré solo para ver a Neal entrando por ella. Él ya estaba listo, llevaba una camisa de botones color blanca y unos pantalones oscuros. Su cabello estaba ligeramente despeinado, de la forma en la que solía llevarlo la mayor parte del tiempo.

Se quedó completamente quieto y sin habla en cuanto me vio. Sus ojos me recorrieron completamente y su boca se movió suavemente en busca de palabras.

—¿Se mira bien? —Pregunté, un tanto nerviosa mientras daba una vuelta en mi lugar.

Parpadeó para salir de su aturdimiento.

—Nunca he creído en la perfección...

—¿Eh?

—Pero tú acabas con todas mis creencias, así que ahora estoy seguro de que debes ser la definición de esa palabra —Formuló, dando pasos en mi dirección—. Eres absolutamente hermosa, hechicera.

Llegó a mí y me tomó de las mejillas para plantarme un beso. Lo seguí, cerrando los ojos y dejándome envolver por sus suaves caricias y sus movimientos. Pasaron algunos segundos hasta que se separó.

Mi sonrisa no se borró en ningún momento.

—¿Vamos? —Cuestionó, aun manteniéndose cerca.

Asentí de inmediato, por lo que él tomó mi mano y nos llevó a la salida. Subimos al elevador y esperamos a que nos dejara en el primer piso. Una vez que fue así, entonces nos llevó al auto que estábamos usando para nuestros días en Brasil. Subimos a él y nos pusimos en marcha para ir a ese lugar desconocido.

—¿A dónde iremos?

—Lo sabrás cuando lleguemos.

—Te gusta esto de desenvolverte en el misterio, ¿cierto? —Inquirí, un tanto divertida.

La comisura de su labio se alzó en una media sonrisa.

—Digamos que es una manía.

—Me he dado cuenta —Resoplé.

—Ya, promeTo que te gustará. Es un lugar lindo y confío en que lo amarás.

—Tú nunca me defraudas, así que, de nuevo decidiré confiar en tu buen gusto —Apunté, acomodándome sobre el asiento.

El cielo ya se encontraba oscuro, solo las estrellas, la luna y los faros, iluminaban nuestro camino. Había personas caminando por los andenes o llenando los restaurantes de la zona. Aún había gente en la playa; unos vendiendo en puestos ambulantes, algunos posando para fotos y otros más paseando en bicicleta.

Miré todo eso mientras mantenía una charla con Neal. Ambos coincidimos en disfrutar cada segundo ya que era nuestra última noche en Brasil.

Queríamos que fuera perfecta para los dos.

Pronto sentí el auto detenerse, por lo que volví a mirar por la ventana. Estábamos en un estacionamiento lleno de autos y frente a nosotros, había paredes, pero ninguna puerta. En medio de ellas había un pasillo del que provenían voces, música y gritos.

De nuevo Neal abrió mi puerta y estiró su mano en mi dirección para que la tomara. Eso hice mientras bajaba. Cerró y colocó la alarma para después dirigirnos directo al pasillo.

—¿Por qué no hay nada? —Pregunté.

—Sí lo hay —Respondió sin dejar de guiarme por todo ese pasillo que me permitía oír todo ese ruido cada vez más intenso—. ¿Lo ves?

Me quedé sin habla cuando terminamos de cruzarlo. Miré todo a mi alrededor completamente fascinada.

Parecía ser una celebración, tal vez una especie de carnaval.

Había una barra al aire libre en donde algunas personas pedían sus bebidas. Había personas bailando muy alegremente, incluyendo algunos niños que corrían por el enorme lugar, llevando enormes sonrisas dibujadas en sus rostros.

Mis ojos recayeron en las bonitas lucecitas colgadas por todo el lugar, esas que iluminaban de una manera hermosa. El lugar también estaba rodeado de banderitas de colores colgadas con listones. Estas estaban sobre los puestos de comidas, bebidas y juegos de todo tipo en los que podías ganar algunos premios. El lugar estaba abarrotado de gente que iba de un lado a otro.

Todo era al aire libre, todos parecían divertirse tanto.

Incluyendo los que estaban sentados un poco lejos de la pista. Ellos reían y hablaban escandalosamente.

Me sobresalté un poco cuando escuché los fuegos artificiales y luego reí cuando colorearon el cielo.

—Esto es tan bello... —Susurré, completamente emocionada.

—No es un cumpleaños de verdad sin una fiesta, ¿no es así?

Las comisuras de mis labios se alzaron.

—Es impresionante —Apunté—. ¿Cómo supiste de este lugar?

Se encogió de hombros, instándome a caminar para acercarnos a la celebración.

—El guía que nos dio el recorrido mencionó que en algunas zonas de Rio de Janeiro hacen este tipo de fiestas. Me pareció una buena opción para celebrar tu cumpleaños y para dar por terminada nuestra última noche en nuestro primer destino.

—Me encanta, jamás había estado en un lugar así, pero ten por seguro que estoy totalmente maravillada.

—Creéme que me da mucho gusto oír eso.

Caminamos al puesto de agua fresca mientras platicábamos. Estando en el lugar, yo pedí una de fresas y él una de sandía. Mientras las servían, yo me dediqué a observar a las personas en la pista.

Y…pronto sentí ganas de unirme.

—¿Bailaremos? —Pregunté de repente, girando para ver a Hardy.

Me enfocó, tendiéndome mi vaso una vez que los entregaron. Lo tomé y le agradecí.

—Si tú lo deseas, entonces así será —Asintió—. Así que, ¿bailas, hechicera?

Me mordí el labio inferior para ocultar mi sonrisa.

—Bailo, fuente de inspiración.

Platicamos y bebimos de nuestros vasos. En algún momento de la tarde, el grupo se sentó a descansar un rato y mientras volvían, colocaron música por los altavoces. Comenzó una que reconocí, una que me gustaba.

Dejé mi vaso de plástico en un contenedor de basura, para después mirar al hombre de ojos dorados frente a mí.

—Ahora, ¿bailarías con la cumpleañera? —Fruncí los labios, estirando mi mano hacia él.

De nuevo esa encantadora expresión alegre y tranquila apareció en su rostro con la intención de noquearme por completo. Él me tomó de la mano y me llevó a la pista en donde nos rodeamos de todas esas personas que parecían muy felices mientras bailaban.

Nosotros comenzamos dando un paso hacia enfrente y otro hacia atrás, de manera coordinada y mientras él me sostenía de la cintura. Repetimos el movimiento un poco más hasta que, tomando mi mano, me hizo alejarme un poco de él para que diera la vuelta y de nuevo regresara a sus brazos.

Tomó mi pierna y la alzó a la altura de su cadera. Después me levantó ligeramente para hacernos dar un par de vueltas. Pronto me depositó de nuevo en el suelo y seguimos moviéndonos alrededor de las personas.

Me alejé un par de pasos y moví mis caderas al ritmo rápido de la canción, en el proceso trayendo de nuevo a esa Lara que pasó toda su vida amando la danza.

Subí mis manos por mi torso, mi pecho y mi cuello hasta llegar a mi cabello para alborotarlo un poco. De nuevo pasé un pie hacia enfrente y luego regresé, haciendo que mi cadera se alzara en el proceso. Repetí la acción, trazando un ritmo.

Di una vuelta, dejándome envolver por la canción y sobre todo, disfrutando cuando Neal se acercó por detrás. Comencé con un vaivén en mis caderas, inclinando la cabeza hacia el lado contrario y moviendo un poco mis hombros. Siguió mi ritmo por completo, y era justo eso una de las tantas cosas que me fascinaban de él; que siempre conseguía seguirme el ritmo.

Escucha cómo digo tu nombre.
Desde Medellín hasta Londres.
Cuando te llamo la maldad responde.
No pregunta cuándo, solo dónde.
Te dejas llevar, de lo prohibido eres adicta.
Una adicción que sabes controlar.
Y te dejas llevar, lo más caliente en la pista. Todo lo que tienes de muestra, ¿pa' qué lo dan?

Sus dedos, trazando caricias por mi piel, encendieron todo mi interior. Su cuerpo tan pegado al mío y sus movimientos al son de la canción me hicieron sentir tan débil.

Mordiendo mis labios verás.
Que nadie más está en mi camino.
Nada tiene por qué importar.
Déjalo atrás, estás conmigo.

—Mordiendo mis labios verás, que nadie más está en mi camino —Cantó contra mi oído, seduciéndome y enardeciéndome más. Su voz era justo como la primera vez que cantó en su apartamento; hermosa e impresionante. Me tomó de la cintura y me hizo dar una vuelta para encontrarnos cara a cara—. *Nada tiene por qué importar. Déjalo atrás, estás conmigo.*

Me observó a los ojos, por lo que me perdí en el dorado de los suyos.

De nuevo me instó a seguir con nuestro baile y sin poner resistencia o peros, eso hice.

Y cuando la canción terminó, entonces seguimos bailando. Canción tras canción. Mezclándonos entre la gente, riendo con ellos, recibiendo sus ánimos y también animando y aplaudiendo entre nosotros.

Neal estaba contento y relajado, se le notaba en la expresión. Lo estaba disfrutando mucho.

—Me gusta cuando sonríes —Solté. Esta vez estábamos bailando algo tranquilo y lento puesto a que el grupo regresó a su lugar para seguir tocando—, me gusta que esta noche has sonreído más de lo habitual.

Su brazo se mantenía en mi cintura para tenerme muy cerca de él.

—Eso es gracias a ti.

—¿Gracias a mí?

—Sí, porque tú eres…

—¿Yo soy…? —Lo animé a seguir.

—Eres un sueño, el mejor de los sueños —Susurró sin apartarme la mirada—. Antes de ti yo solo conocía las pesadillas, pero ahora sé lo que es vivir en un sueño hermoso y perfecto.

Se inclinó para buscar mis labios. El beso fue suave y tierno, al menos así era hasta que se separó para mirar en dirección al suelo. Seguí su mirada y lo que me encontré fue a dos niñitas. Neal detuvo su beso porque una de ellas tiraba del borde de su camisa para llamar su atención.

Una de las niñas dijo algo, deduje que fue en portugués porque no entendí. Y por lo que pude ver, Neal tampoco.

—Portugués es un idioma que aun no aprendo —Dijo él, haciendo una mueca.

—Mi primita dice que te pareces al príncipe Eric —Habló la otra niña.

¿Al de la Sirenita?

Le eché un vistazo rápido a Neal e hice un mohín leve. Tal vez solo un poco, casi nada. Puede que lo dijera solo porque ambos tenían cabello azabache y camiseta blanca.

—Pensé que ninguna de las dos hablaba nuestro idioma —Apunté, por lo que la pequeña me miró.

—Mis papás y yo venimos a visitar a mis tíos y a mis primos —Me respondió.

La niña que no hablaba nuestra lengua dijo algo más, algo que solo su prima pudo entender.

—También dice que tu esposa se parece a Bella. Es muy bonita —Se dirigió a Neal.

Sonreí ante su inocencia.

Neal asintió.

—Sí, ella es muy bonita —Le contestó a la pequeña y después depositó un beso contra mi cabello, logrando que mi sonrisa creciera mucho más.

La niña le tendió una flor amarilla a Neal.

—Es para que se la des a tu esposa —Insistió.

Neal alzó las cejas y tomó la flor. Luego me miró y me la ofreció.

—Es para ti, esposa.

Reí divertida.

—Que lindo detalle, esposo. ¿Podrías ponérmela?

La colocó en mi cabello y el gesto les arrancó unas risillas tiernas a las pequeñas.

Salieron corriendo a quién sabe dónde, pero fue muy lejos de nosotros.

—¿Así que ahora le mientes a unas chiquillas? —Inquirí, pasando mis brazos detrás de su nuca y pegándome a su cuerpo. Él me abrazó por la cintura y frunció un poco los labios.

—¿Quién soy yo para acabar con las ilusiones de unas niñas pequeñas? —Apuntó—. Dejemos que crean que eres Lara Hardy; mi esposa.

Se inclinó para besar mis labios y luego descender por mi mandíbula. Trazó un camino hacia mi cuello y estando ahí, depositó otro beso, haciéndome reír un poco en el proceso.

En algún punto, tuve sed nuevamente, por lo que íbamos a ir por unas bebidas hasta que una vez más, una de las niñas nos interrumpió. Le dije a Neal que fuera él ya que quise quedarme con ella y escuchar lo que quería decirme.

—Toma, es para ti —Me dijo la niña, ofreciéndome una pulsera hermosa hecha con conchitas de mar.

—¿De verdad? ¿Me la darás?

Asintió enérgicamente. Tomé el collar y me lo coloqué para que adornara mi muñeca. Le sonreí agradecida mientras acariciaba el objeto.

—Y este es para tu esposo —Mencionó, hurgando en sus bolsillos hasta que encontró un collar hecho del mismo material. La tomé y la miré con atención.

—Estoy segura de que le encantará —Sonreí, echando un vistazo hacia Neal.

Mientras esperaba nuestras bebidas, pude notar que una adolescente de no más de quince años se acercó a él. Sostenía una cámara instantánea y compartió un par de palabras con él mientras le daba una hoja pequeña que él miró.

Después la chica se fue rápido y se reunió con su grupo de amigos.

Neal aun seguía con la vista enfocada en la hoja, solo se distrajo cuando el señor que servía las bebidas le llamó. Sacudió la cabeza y guardó el papel en el bolsillo de su pantalón.

Parpadeé y volví a enfocarme en la pequeña.

—Muchas gracias por los regalos, dulzura —Le agradecí, revolviendo su cabello y consiguiendo que con eso, ella volviera a reír.

—¡De nada! ¡Ya me voy, mis primos me están esperando! —Soltó con alegría antes de correr lejos de mí.

Durante algunas horas más, Neal y yo permanecimos en el lugar. Por lo que pude darme cuenta, este tipo de fiestas terminaban muy tarde. Al parecer estas personas estaban llenas de energía.

Y la verdad es que eso me encantó. Realmente no quería que la noche acabara.

—Quiero quedarme más tiempo así —Susurré, recargando mi cabeza sobre el pecho de Neal mientras ambos nos movíamos al ritmo de la canción lenta y romántica—. Es tan hermoso.

Levanté la cabeza para mirarlo.

—Eh…no encuentro palabras para agradecerte, pero… —Balbuceé, un tanto nerviosa—, este ha sido uno de los detalles más…más hermosos que alguien ha tenido conmigo.

Me tallé la mejilla con la mano, notando su mirada fija en mí.

Había una sonrisa pequeña en sus labios.

—¿Por qué me miras así? —Murmuré.

—Estás nerviosa.

Entorné los ojos.

—No —Mentí.

—Siempre que estás nerviosa haces esto —Dijo, llevando el dorso de su mano cerca de la comisura de su labio y tallando el área levemente—. Es algo imposible de ignorar.

—Es que cuando me miras así, es imposible que no me ponga nerviosa —Carraspeé—. Escucha, has hecho de mi cumpleaños algo tan perfecto. Realmente, lo agradezco tanto. Gracias por esta tranquilidad, por este viaje y por todo.

Negó la cabeza, llevando sus dedos a mi cabello para reacomodar la flor.

—Hechicera, todo lo que tú me pidas o todo lo que quieras de mí eres libre de tenerlo —Me dijo, sonando completamente seguro de sus palabras—. ¿Y sabes por qué?

—¿Por qué? —Me escuché emitir.

Tomó mi mano para colocarla sobre su pecho y con eso permitirme sentir los latidos de su corazón.

—Porque eres la única que consigue que esto se sienta cálido y que pierda por completo el ritmo con tan solo estar cerca de mí —Susurró sin apartar su mirada—. No debes de agradecer por nada porque eres tú quien me lo está dando todo.

Mi única reacción, fue cerrar los ojos cuando depositó un beso tierno en mi frente. Suspiré profundamente al sentir su calor envolviéndome.

Las preguntas se quedaron atascadas en mi garganta. Lo que quería pedirle, lo que realmente deseaba, simplemente no pude decírselo. Solo pude pensarlo una y otra vez mientras él me sostenía.

¿Realmente me darías todo lo que pida o lo que quiera de ti?

Y si te pido que te quedes, ¿lo harías?

¿Te quedarías a mi lado?

¿Finalmente dejarías de huir de tus demonios?

CAPÍTULO 38.
El *salón de los espejos*.
LARA SPENCER.

24 de abril, 2020.
PRESENTE.
Grecia.

El segundo destino era Grecia.

Un lugar hermoso que no paraba de enamorarme a medida que el tiempo pasaba.

El mar tan azul, el cielo tan claro, la brisa del mar. Un lugar lleno de casas hermosas y coloridas que seguro contaban con una vista impresionante al océano.

Muchas de ellas paseaban por la acera con sus mascotas, en bicicletas o simplemente caminando.

Que bello.

—¿Y…exactamente dónde estamos? —Cuestioné, sintiendo demasiada curiosidad.

Neal se encontraba conduciendo el nuevo coche rentado, pero al escucharme me dio un asentimiento de cabeza.

—Estamos en Parga —Mencionó—. ¿Te gusta?

Asentí energéticamente.

Con lo poco que había visto, me era suficiente para admitir que estaba totalmente encantada.

—Es precioso —Le sonreí.

El camino no fue tan largo, porque pronto estuvimos aparcando en la entrada de un Chalet. Si de por sí, la casa ya era impresionante y grande, el jardín enorme, lleno de árboles, plantas y flores, la hacía mucho más imponente.

—Wow…—Alcancé a formular mientras Neal bajaba para abrir mi puerta. Después se encargó de bajar nuestras maletas y tomar mi mano.

Me invitó a seguir un camino de rocas hasta la puerta principal. Estando ahí, sacó unas llaves y abrió. Ambos entramos al lugar y mientras él dejaba las maletas y cerraba detrás de nosotros, yo me dediqué a observar. Entre más miraba, más se abría mi boca.

El diseño del techo era de madera, las paredes de piedra. Desde donde estaba alcanzaba a ver la sala, esa que poseía una chimenea y una enorme pantalla en uno de los muros, con un estante pequeño a cada lado de esta última. El izquierdo estaba lleno de libros perfectamente acomodados y el otro tenía algunos adornos. Los sofás eran grises y en el centro había una mesita muy linda.

Del techo colgaban varias lámparas pequeñas y de los muros unos cuadros preciosos.

Cuando nos adentramos más, entonces pude ver el comedor. La mesa era de cristal y las sillas también eran grises; a juego con los sillones. Cruzando el pasillo, había una puerta que te llevaba a una enorme y moderna cocina.

Frente a las escaleras para subir al segundo nivel, había un enorme ventanal por el que se filtraba la luz que iluminaba por completo la casa.

Realmente era hermosa.

—¿Es algún tipo de hotel? —Formulé, aún sorprendida por la belleza del lugar.

Lo noté negar.

—Es mi casa —Respondió, acercándose para quitarme mi abrigo y así poder colgarlo en el perchero.

—¿Tu casa? —Repetí.

Debió costar una fortuna.

—La llamo mi «casa de retiro» —Mencionó cuando de nuevo llegó a mí—. Ya sabes, cuando envejezca y me retire de la FEIIC, entonces viviré aquí. Es un lugar lleno de paz y tiene una vista muy bonita.

—Espera, ¿tienes una casa en Grecia, un apartamento en Chicago y otro en Londres?

Ladeó la cabeza y asintió, mostrándose un tanto consternado.

—¿Realmente eres agente o en realidad eres algún jefe de la mafia o algo por el estilo? —Inquirí, por lo que él rio suavemente.

—Juro que soy agente —Dijo, alzando su mano a modo de juramento—, pero seré sincero; básicamente renuncié a todos mis derechos cuando decidí salirme de mi casa. Me desheredaron por eso mismo y lo único que me llevé a casa de Nate, fue la ropa que tenía puesta en ese momento y mi guitarra, así que mi abuelo paterno años después, cuando estaba muriendo, comenzó a sentirse culpable y todo lo que tenía, lo dejó a nombre de mi hermano y mío en lugar de dejarlo al nombre de su hijo, es decir, Mikhail Hardy; mi progenitor —Comenzó a explicar—. El apartamento de Londres lo dejó a mi nombre, junto con una generosa suma de dinero que no he tocado desde que la dejó. Esta casa, el departamento de Chicago y todo lo que tengo, los he adquirido con mi sueldo y por mi propia cuenta.

—Es decir, eres un hombre totalmente independiente.

—Afortunadamente.

Sonreí, asintiendo con la cabeza.

—Y aparte también un hombre de acción.

Elevó una ceja.

—Eso puedo demostrarlo de nuevo en cualquier rincón de la casa que tú desees —Soltó, usando un tono coqueto.

—¿Y después me llevarás a conocer Parga?

Asintió.

—Perfecto —Volví a sonreír, arrojándome a sus brazos y dejando que me envolviera entre sus besos y sus caricias.

Un par de horas después, ambos ya estábamos aseados y listos para salir a pasear y a comer por ahí. Nuestro equipaje ya se encontraba en la habitación que sería de los dos durante este par de días. Una vez que regresáramos, me tomaría mi tiempo para que me llevara a conocer por completo su hogar. Sobre todo, el jardín y el huerto de la casa.

Neal me llevó a comer a un restaurante bonito y cerca de la playa. Después estuvimos un rato en el mar, incluso me enseñó a surfear un poco. Terminé más veces en el agua de las que me gustaría admitir, pero se hizo el intento. También jugamos voleibol con un grupo que nos invitó y después de despedirnos de ellos, Neal me llevó a cenar antes de tener que volver a casa.

Para cuando llegamos al Chalet, yo ya estaba totalmente rendida y deseosa de sentarme frente a la chimenea junto a él.

Mientras me daba una ducha rápida, Neal se quedó atendiendo una llamada de su trabajo. Después de algunos minutos más, finalmente salí. Sequé mi cuerpo y mi cabello con una toalla, y después, fui directo a la cama ya que en ella había dejado mi ropa; bragas rojas y una bata del mismo color.

Y es que, si iba a dormir junto a un hombre tan insaciable como lo era Neal Hardy, ¿entonces de qué serviría vestirme?

Escuché la puerta abrirse mientras me colocaba las bragas, después escuché sus pasos y finalmente, lo sentí llegar a mí. Me jaló con sus brazos para que mi espalda quedara pegada a su pecho. Acercó sus labios a mi cuello y depositó un beso suavemente.

—¿Es muy tarde para tomar esa ducha contigo? —Susurró, besando de nuevo.

—Esta vez perdiste tu oportunidad, Hardy —Contesté, formando una sonrisa en mis labios—. Tal vez mañana sea tu día de suerte, mientras tanto, te toca aguantarte.

Bufó un poco.

—Hay veces que realmente detesto al capitán Causer —Murmuró.

Sus palabras me arrancaron una pequeña risa. Me giré para encararlo y para besar sus labios brevemente, después me separé, me puse la bata y finalmente tomé una manta para ambos.

—Estaré abajo.

—Te alcanzo en unos minutos, debo ducharme antes —Mencionó, quitándose la camiseta frente a mí.

Sacudí la cabeza y salí de la habitación antes de quedarme como una tonta frente a él. Bajé las escaleras y fui directo a la cocina para preparar algo de chocolate caliente para ambos. Antes de llegar a casa pasamos a una tienda y compramos algunas cosas. Entre ellas; leche, chocolate, galletas Oreo y algunos dulces.

Mientras esperaba que el chocolate y Neal estuvieran listo, comencé a engullir algunas galletas.

Pasados unos cuantos minutos comencé a servir el chocolate en dos tazas y le agregué malvaviscos. Vi a Neal bajar por las escaleras y caminar hacia acá. Su cabello aun estaba húmedo, cosa que conseguía oscurecerlo aun más.

Tomé una de las tazas y se la tendí, por lo que la aceptó con gusto para después beber.

—El chocolate sí te gusta.

—Cuando es chocolate caliente sí —Asintió.

—Pero las Oreo no —Hice una mueca.

Él rio un poco.

—Jamás he dicho que no me gusten. Si me gustan, pero prefiero las galletas de chispas —Se encogió de hombros.

Fruncí los labios justo antes de darle un sorbo a mi bebida. Como el chocolate caliente era de mis cosas favoritas, no pude evitar gemir de gusto al sentirlo dentro de mi boca.

Delicioso.

—¿Y qué cosas no te gustan? Aparte del pastel de zanahoria, claro —Aclaré, una vez que dejé mi taza sobre la barra.

Neal ladeó la cabeza, pensando su respuesta.

—¿Te refieres solo a comida o cualquier cosa en general?

—Cualquier cosa en general.

—Bueno...no me gusta el golf, lo odio con mi vida. Tampoco la gente presumida, clasista, racista y homofóbica. No me gusta el tomate, no me gustan las pasas, ni la iglesia —Dijo—. En realidad, creo que hay muchas cosas que no me gustan, si las menciono entonces no acabaría…ah, no me gusta mi apellido.

Alcé las cejas, un tanto sorprendida.

—¿Hardy?

—Adens. Mi segundo apellido es Adens —Respondió después de beber de su chocolate—. No me gusta porque implica muchas cosas.

—¿Implica muchas cosas?

—Sí —Formuló—. ¿Y a ti? ¿Qué cosas no te gustan?

Fruncí los labios y recargué mi cadera contra la barra mientras pensaba.

—Pues...no me gusta el kiwi, ni las toronjas. No me gustan las películas de terror que tienen escenas muy sangrientas, soy muy sensible a ellas. No me gusta que me hablen de teorías sobre el fin del mundo porque cuando estoy a punto de dormir las recuerdo, le empiezo a dar vueltas al asunto y entonces no logro conciliar el sueño —Entorné los ojos—. Tampoco me gustan las cosas muy amargas, soy más de dulce. Y no me gusta que me mientan. Odio las mentiras.

—Te faltó mencionar que tampoco te gusta bailar —Me recordó.

Formé una pequeña sonrisa.

—Últimamente, la danza es algo que volvió a llamarme y gustarme. No sé, tal vez…podría acostumbrarme a ella de nuevo —Hablé bajo—. Es una suerte que pasé toda mi vida bailando, no olvidé ni un solo paso, solo falta que vuelva a ponerlos en práctica.

Movió la cabeza de arriba abajo lentamente.

—¿Otro miedo superado? —Cuestionó, un tanto cauteloso.

Y mi sonrisa creció mucho más.

—Otro miedo superado, Hardy.

—Entonces te gustará esto —Apenas terminó de hablar cuando dejó su taza y tomó mi mano para llevarme por toda la casa. Pregunté a dónde me llevaba mientras subíamos las escaleras, pero él solo me dijo que aguardara un poco.

Yo tendía a ser un poquito impaciente.

Finalmente llegamos al final del corredor en donde había una puerta enorme. Neal abrió, mostrando lo que ocultaba el interior.

Un salón de baile.

El piso era de madera y en lugar de tener paredes visibles o de concreto, había espejos. Todo el lugar estaba lleno de espejos. Estaba acostumbrada a que una sola pared los tuviera, pero aquí eran todas.

En el salón también había algunas barras de ballet, telas a lo largo de una de las paredes y una silla en una de las esquinas.

—¿Y esto? —Alcancé a decir, entrando al lugar para admirarlo más de cerca.

—Cuando compré la casa, los de la inmobiliaria dijeron que la antigua dueña fue bailarina de ballet, por eso tenía su propio estudio aquí —Contó—. Preferí dejarlo así ya que llegué a la conclusión de que debió haber sido muy importante para ella.

—Si tenía su propio lugar para ensayar, entonces podría jurar que bailar fue su vida entera —Susurré, pasando mis dedos a lo largo de una de las barras.

—¿Y para ti? —Su pregunta me hizo enfocarlo—. Me refiero a antes de que lo dejaras —Me aclaró—, ¿qué significa la danza para ti?

—¿Encenderás las velas? —Pregunté, cambiando el tema por completo.

Alzó una ceja.

Caminó directo a las velas aromáticas y se puso de cuclillas para tomar una caja de fósforos y encender la primera, después comenzó a hacer lo mismo con todas las demás hasta que finalmente terminó y pudo darme toda su atención.

Suspiré bajo.

—Era una de las partes más importantes de mi vida. No me sentía yo si no estaba en una pista. No me sentía viva si no estaba bailando —Confesé. Coloqué mi manta en medio del suelo y después me senté sobre ella. Palmeé el lugar frente a mí, invitando a Neal a venir. Él inmediatamente aceptó—. Desde que era apenas una niña se convirtió en lo que me apasionaba y podía pasar horas danzando, incluso si los pies me comenzaban a doler. Lo amaba, me hacía sentir libre. Y...me dolió demasiado dejarlo, me dolió tenerle miedo y me aniquiló por completo empezar a repudiar algo que había pasado tantos años amando. Pero dejarlo fue lo mejor para mí y para mi salud mental.

Tomé una respiración profunda antes de continuar.

—Pasé tres años sin hacer lo que me apasionaba porque el temor me dejaba paralizada, pero ya no quiero tener miedo —La voz me tembló—. Quiero ser fuerte para superar y dejar todo lo que me abruma atrás.

Pero aun había demasiadas cosas que dolían, que me costaba superar. Cada vez que intentaba afrontarlas y salir de ese maldito pozo, todos mis recuerdos buscaban arrastrarme de nuevo.

—Pero ya eres fuerte, hechicera. Eres brillante, capaz e inspiras tantas cosas.

—¿Inspiro cosas?

Asintió.

—No solo dolor, también inspiras valentía, ternura y fortaleza —Me dijo, posando sus ojos en los míos—. Tus ojos inspiran pasión. Son hechizantes, dejan a cualquiera sin palabras.

Lo miré atenta cuando posó su palma sobre mi mejilla, inclinándose un poco para hablarme cerca.

—Con una sola mirada eres capaz de poner al diablo a tus pies, eres capaz de conseguir que hasta el cordero más fiel pierda su camino —Susurró, mirando de mi boca a mis ojos. Y tal vez, no pudo contenerse ni por un segundo más, porque pronto pude sentir la suavidad de sus labios sobre los míos.

Me dejé envolver por completo por sus movimientos lentos, seductores y cargados de deseo. Llevé mis manos a su cabello para atraerlo un poco más, para sentirlo un poco más cerca.

Poco a poco, el beso perdió toda lentitud y suavidad para convertirse en algo necesitado. Mis ojos permanecieron cerrados en todo momento, me encontraba totalmente perdida e idiotizada. El leve sabor a chocolate de sus labios me tenía totalmente encantada y deseosa.

Pronto me atrajo de la nuca y me besó con más firmeza, arrancándome un gemido de placer que se perdió contra él. Deslicé mis dedos hasta el borde de su camiseta para alzarla y quitársela por encima de la cabeza, por lo que, por escasos segundos, tuvimos que separarnos.

Volvió a atacarme, como si de alguna manera no pudiera separarse de mí.

Mordió mi labio inferior con suavidad, antes de pedirme permiso para que nuestras lenguas se encontraran, permiso que, sin rechistar, le otorgué.

La mano que no mantenía en mi nuca fue a parar al nudo de mi bata para deshacerlo. Mi cuerpo quedó al descubierto cuando tiró la bata en algún lugar del recinto. Como era su costumbre, me rasgó las bragas sin importarle nada más. Después, trazó caricias suaves en mi culo.

Mi coño se sentía húmedo e hinchado, se sentía incapaz de esperar más tiempo.

Ansiaba que me llenara por completo. Que volviera a reclamar mi cuerpo.

Deseaba que me necesitara tanto como yo a él.

Sabía que era así porque pronto fui consciente del bulto pronunciado restregándose contra mi vientre.

Mis dedos se movieron a la cinturilla de su chándal para deshacerme de él y así, estar a la par en cuestión de desnudez. Al notar mis intenciones, se separó ligeramente y negó lentamente con la cabeza, aun rozando mis labios.

—Quiero verte, hechicera.

Abrí los ojos e intenté repasar sus palabras en mi mente para entender lo que quería decir.

No lo conseguí.

—¿Eh? —Formulé.

—Quiero que te toques para mí —Su tono me desenfocó por completo—. Quiero que te toques como cuando piensas en mí, cuando imaginas que son mis labios los que te besan...

Dicho esto, dejó un beso lento y suave sobre mis labios. El suspiro que me robó se perdió en su boca.

—Cuando imaginas que son mis manos las que te tocan —Siguió, esta vez su tacto descendió hasta llegar a mi intimidad, una vez ahí, empezó a acariciar con sus dedos, empapándolos de mis fluidos en el proceso. Sus movimientos lentos sobre mi piel sensible y necesitada me hicieron gemir con fuerza y sin ser capaz de contenerme—. O cuando imaginas que soy yo el que te folla. Quiero verte.

Se separó ligeramente para verme a los ojos. Su mirada estaba oscurecida, delataba su impureza, sus deseos y sus pensamientos lascivos.

Asentí, completamente dispuesta.

La idea me seducía por completo.

Una de las comisuras de sus labios se alzó en una sonrisa ladeada y complacida.

Se puso de pie y me vio desde arriba, una altura que lo hacía ver más intimidante, como si en este momento, él tuviera todo control sobre mí y como si yo estuviera obligada a obedecer.

Caminó lentamente a la silla y se sentó.

Me relamí los labios al observarlo con detenimiento.

Su torso estaba completamente descubierto, su cabello un poco desordenado y sus labios más rojos de lo normal. La imagen masculina y bella me resultó de lo más erótica.

Sí, él era la mejor fuente de inspiración.

Y estaba listo para ver todo lo que me inspiraba.

Me acomodé sobre la manta, colocando mi palma contra el suelo para apoyarme y así arquear mi espalda un poco y flexionar mis piernas. Las separé, por lo que pronto me encontré totalmente expuesta.

Expuesta, pero no vulnerable.

Porque su mirada me gritaba que le fascinaba lo que veía.

Porque lo conocía, porque él me conocía a mí.

Porque me hacía sentir totalmente cómoda y segura.

Porque me deseaba.

Y porque yo lo quería.

Abre las piernas para él, pero no tu corazón.

Aun no.

Eché la cabeza hacia atrás en el instante en el que comencé a acariciar mis pliegues completamente húmedos. Jadeé suavemente ante el contacto y mi respiración se agitó con cada caricia y movimiento.

—Tus ojos en mí, Lara —Lo escuché hablar—. Mírame.

Automáticamente enfoqué mi mirada en Neal.

—Tan exigente...—Gemí, de nuevo trazando un recorrido hasta mi entrada.

Suspiré, completamente embelesada. Neal tenía toda su atención en mí, en cada uno de mis movimientos.

Estaba disfrutando el tener a su chica masturbándose por y para él a solo unos pasos de distancia.

Él quería un espectáculo, ¿quién era yo para negárselo?

Me mordí el labio inferior cuando mis dedos se movieron a mi clítoris, primero lo froté lentamente de arriba abajo, jadeando y gimiendo en el proceso. Entre más me frotaba, más caliente sentía el cuerpo. Mi piel hervía, mi pulso estaba tan frenético.

El escuchar un suspiro escapando de Neal, solo me enardeció más.

Por unos cortos segundos, enfoqué mis ojos en uno de los espejos. En mí. La imagen de mí misma brindándome placer mientras Neal me devoraba con la mirada, me hizo sentir poderosa.

Aumentó más mi deseo.

Moví mis dedos en círculos y empecé a imaginar que eran los suyos, que me tenía contra él, que me tomaba, que me hacía suya de esa manera bestial que tanto me encantaba. Imaginé que era él quien me envolvía, el que, en este momento, me tocaba de esta manera tan placentera.

—Neal...—Susurré.

Lo vi tragar saliva.

Estaba intentando no perder el control.

De nuevo tracé un ritmo de arriba abajo, froté con entusiasmo, aumentando con cada segundo que pasaba. En ningún momento volví a apartar la mirada de Hardy. Solo me concentré en este momento y en no ser capaz de contener los gemidos que escapaban desde lo más profundo de mi ser.

Unos movimientos más bastaron para que sintiera la presión acumulándose. No pude evitar echar la cabeza hacia atrás justo cuando me corrí. Gemí con fuerza, por lo que mi eco resonó por todo el lugar.

—¡Neal...! —Alcancé a formular en medio de mis jadeos—. ¡Joder!

Mi pecho subía y bajaba con fiereza, mi respiración perdió por completo su ritmo. El aire me comenzó a faltar y el corazón casi se me salía del pecho.

Cerré los ojos, intentando recomponerme de lo que acababa de pasar.

Tomé respiraciones profundas.

Jadeé cuando sentí un ligero espasmo invadirme al intentar acomodarme sobre la manta.

Mi respiración volvió a descontrolarse cuando lo noté caminar en mi dirección.

Tuve que alzar la cabeza cuando se detuvo a mi lado y cuando llevó su mano a mi barbilla para sostenerla.

—¿Ahora me dirás que soy una buena chica? —Susurré, sintiendo su pulgar sobre mi labio inferior—. ¿Me darás palmaditas y un premio por obedecerte?

Su mirada se oscureció todavía más cuando mi lengua rodeó la punta de su dedo.

—¿Quieres un premio, hechicera? ¿Qué es lo que deseas?

—Quiero que me folles —Le dije, llevando mi mano libre a su pantalón para sentir esa erección que solo yo podía provocarle—. Pero primero quiero que me pruebes.

Alcé mis dedos completamente llenos de mí.

Se puso de cuclillas y no se resistió ni por un segundo a abrir la boca cuando acerqué mis dedos a ella.

Cerró la boca alrededor de ellos y lamió lentamente para saborearme. En ningún momento apartó los ojos de los míos. No dejó de verme.

Bendito demonio de ojos dorados.

Finalmente liberó mis dedos.

—Eres deliciosa —Gruñó con la voz ronca—. Eres una puta droga.

Jadeé cuando se abalanzó sobre mí tan pronto terminó de hablar. Sus labios buscaron los míos para atacarlos con movimientos salvajes y posesivos.

Mientras nos besábamos, llevé mis dedos a la cinturilla de su pantalón para bajarlo. Después me ayudó a quitar el pantalón y su ropa interior.

Su miembro erecto y caliente quedó al descubierto y listo para llenarme.

Volvió a ponerse a mi altura para recibir mis besos una vez más. En el proceso tomé su pene para sostenerlo y para comenzar a tocarlo de arriba abajo, robándole un resoplido causado por el placer que le provocó mi tacto.

Se separó y comenzó a trazar un camino de besos desde mi mejilla hasta llegar a mi oído.

—Estoy loco por ti —Murmuró—. Me tienes agarrado de los huevos, hechicera. Me tienes arrastrándome por ti.

—Lo sé —Me relamí los labios.

Lo solté cuando me atrajo para acomodarme sobre su cuerpo. Él mantenía sus piernas apoyadas contra el suelo, ingeniándoselas para tenerme sobre él.

Una de sus manos se mantenía en mis nalgas y la otra en mi cabello mientras continuaba su recorrido de besos por todo mi cuello y hasta parar en mis senos. Comenzó pasando su lengua sobre mi pezón izquierdo, causando que me removiera y gimiera bajito. Mordisqueó con suavidad antes de atraparlo por completo al cerrar su boca sobre él.

Mi excitación en ningún momento disminuyó. Al contrario, aumentó mucho más cuando lo tuve estimulándome de esa manera.

Me froté contra él de forma ansiosa para hacerle saber que no quería esperar más.

—¿Con o sin preservativo? —Cuestionó cuando se separó solo un poco.

—Sin.

De ninguna manera íbamos a parar solo para ir a buscar un preservativo a la habitación.

Yo no fallaba ni un solo día con mis anticonceptivos, por lo que no pensaría en posibles bebés. A parte, por su trabajo él estaba obligado a hacerse exámenes cada seis meses. El último que se realizó fue hace dos semanas y salió totalmente limpio. Igual que yo.

Además de que quería sentirlo por completo, sin nada estorbando.

No podía esperar más.

La punta de su miembro se rozó contra mi entrada completamente lubricada. Se adentró con un movimiento hábil. Su invasión me robó un gemido alto que de nuevo retumbó por todo el salón de los espejos.

Sus labios de nuevo subieron a los míos mientras comenzaba a penetrarme, marcando un ritmo de entrada por salida. Me moví sobre él, siguiéndolo por completo.

Sus manos recorrieron cada rincón de mi cuerpo, deslizó sus dedos por mi piel con suavidad. Sus estocadas aumentaron, fueron más rápidas, profundas y duras. Sus labios sobre los míos ahogaron mis gritos.

Lo atraje del cabello cuando él también me besó de forma necesitada y deseosa.

Su piel golpeaba contra la mía con cada embestida que descargaba contra mí y estos mismos golpes, resonaban por todo el lugar al igual que nuestros jadeos y gemidos.

Mordí su labio inferior en el proceso antes de separarme y echar la cabeza hacia atrás. Pronto entré en un trance, el placer me nubló por completo. Me dejó completamente en blanco.

Colocó sus palmas en mi espalda firmemente para mantenerme contra él.

—Neal...—Gimoteé.

Si Satanás creó a este hombre caliente, perverso y jodidamente bueno follando, entonces realizó su mejor trabajo.

Y amén.

Mordisqueó suavemente mi barbilla, aun enterrándose una y otra vez, atentando contra mi cuerpo y dejándolo completamente débil.

Giré ligeramente la cabeza para mirar el espejo a nuestro lado. La sola imagen de nosotros dos así; de él teniéndome tan pegada a su cuerpo, follándome, arremetiendo contra mí una y otra vez, me fascinó. Era una imagen preciosa, erótica y extraordinaria.

—Hechicera...—Lo escuché susurrar contra mi oído.

Lo hizo.

Me arruinó por completo.

Me arruinó para cualquier hombre.

Jamás dejaría de desearlo. Jamás dejaría de sentirme tan suya.

Me arruinó totalmente.

Unos movimientos más fueron suficientes para que el orgasmo me alcanzara, golpeándome con fuerza y abrumándome por completo. Grité su nombre en el proceso y después volví a gemir desde lo más profundo de mi ser cuando se corrió dentro de mí, cuando pude sentir más de sus palpitaciones en mi interior.

Nuestros alientos se mezclaron mientras tratábamos de regular nuestras respiraciones y nuestro ritmo cardíaco.

Me apretó contra él, soltando un siseo cargado de placer al sentirse liberado.

Cerré los ojos, tratando de aclarar mi mente y tratando de volver al aquí y al ahora. Recargué mi frente contra su hombro, soltando un suspiro entrecortado.

Me acarició el cabello con suavidad.

Sonreí al sentir su corazón completamente frenético.

—También estoy loca por ti, Hardy —Musité de una forma apenas audible.

Depositó un beso en la coronilla de mi cabeza de manera lenta y dulce.

—¿Sí? —Suspiró contra mi cabello.

Asentí lentamente.

Salió suavemente de mí, robándome un jadeo por el ligero y repentino espasmo que me llegó. Después, se dejó caer de espaldas sobre la manta para atraerme. Casi de manera automática recargué mi mejilla contra su pecho.

Coloqué una de mis piernas sobre las suyas y busqué protegerme contra su cuerpo caliente ya que nada nos cubría.

Me abrazó y comenzó a trazar caricias en mi piel que no hicieron nada más que arrullarme.

—¿Me has traído de viaje solo para poder follarme en otro lugar que no fuera Chicago?

Sentí su pecho vibrar por la suave risa que escapó de él.

—No, sabes que no es por eso —Contestó—. Aunque...la idea no me desagrada. Si de mí dependiera, te haría mía en cada rincón del mundo.

—Puedes ir tachando Brasil y Grecia de tu lista.

—Lo haré mañana, ahora es hora de dormir.

Recargué mi barbilla sobre su pecho para así ser capaz de mirarlo.

—¿Qué acaso me estás mandando a dormir para ya no verte en la obligación de charlar conmigo?

Él se rio.

—¿Crees que yo sería capaz de desaprovechar la oportunidad de hablar contigo? —Alzó una ceja—. Claro que apenas si se te entiende cuando estás cansada; justo como ahora.

—Que grosero eres.

Me sonrió antes de llevar su mano a mi cabello.

—¿Me haría menos grosero decirte que eres preciosa?

—Tal vez te ayude un poco.

—Eres preciosa y extraordinaria, hechicera —Su tono de voz fue cálido—. He viajado por el mundo entero miles de veces, pero en ninguno de todos los países que he dejado atrás, fui capaz de encontrar a una mujer tan especial como tú.

—¿Soy especial para ti?

—No imaginas cuánto.

Me mordí el labio inferior con nerviosismo.

—Te pones cursi por la noche.

Reí alto cuando sus dedos tocaron todo mi abdomen con la más pura intención de provocarme cosquillas.

—¿Te molesta mi modo cursi?

—¡No! —Me carcajeé—. Yo también puedo ser cursi, así que no debo juzgarte.

—¿Puedes ser cursi?

—¿Quieres que te lo demuestre?

—Adelante —Me retó.

Carraspeé y me acomodé mejor sobre él. Mi mirada se encontró con la suya; oro brillando en su estado más puro.

Era…hermoso.

—¿Alguna vez te he dicho lo mucho que adoro tus ojos?

—¿Los adoras?

—Sí, porque ese color dorado en ellos me recuerda al sol. Ver tus ojos es como si pudiera mirar fijamente la luz del sol sin que duela y sin que me dañe. Simplemente…son tan hermosos y cálidos —Susurré, trazando una sutil caricia sobre su mejilla—, como tú.

Él era calidez.

Luz dorada y resplandeciente que llegó a mi vida para alejarme de la oscuridad en la que había estado durante todos estos años.

Él solo me miró, ni siquiera fue capaz de contestar.

Sonreí.

—Te dije que también podía ser cursi.

De nuevo lo abracé para esconder mi rostro contra su pecho. Pasó un rato largo en los que ambos estuvimos en silencio, tanto que el cansancio comenzó a arrastrarme.

Mantener los ojos abiertos pronto me resultó una tarea imposible, sobre todo sabiendo que tenía a Neal tan cerca de mí, sabiendo que lo tenía a él brindándome ese calor que nunca me faltaba cada vez que estábamos juntos.

—Me das paz, hechicera.

Sus palabras me arrancaron una sonrisa.

Y tú me das paz a mí, Hardy.

CAPÍTULO 39.
Más sobre él.
LARA SPENCER.

28 de abril, 2020.
PRESENTE.

La sonrisa no se borró de mi boca ni siquiera cuando nos detuvimos frente a mi edificio. Pronto estuve llegando a mi apartamento, que para mi suerte no se encontraba invadido por dos adolescentes calenturientos y desnudos por ahí.

—¡Ah, llegaste! —Escuché la voz de mi hermano—. ¡Feliz cumpleaños!

—Me felicitaste hace unos días.

—Bah, no importa porque no te felicité en persona —Me dijo mientras llegaba a mí para rodearme con sus brazos—. Que asco, hueles a que te estás pudriendo. Ya estás vieja.

—¡Thomas! ¡Solo tengo veinticinco años, grosero!

—Esa es la edad a la que caducan todos los viejitos como tú, ¿no?

—No me pareces para nada simpático.

—Pero si soy tan adorable.

—Sueñas.

Bufó antes de retirarse para tomar mi maleta y llevarla a mi habitación.

—¡Tienes regalos!

—¿De verdad? ¿Cuántos? —Salté emocionada.

—El mío, Liv te ha enviado algo, algunos de tu oficina. Y ah, tienes un regalo del roba espacio personal de hermanas.

—¿De Neal? —Fruncí el ceño.

Thomas volvió a salir de mi oficina.

—Ajá —Señaló la sala—. He dejado todos en la mesa de centro de la sala. Por cierto, tenemos que ir a casa de Elaine porque al parecer habrá algo en un rato.

—¿Tú sabes qué es? —Me acerqué.

—Sí, pero no te lo voy a decir.

Hice un puchero.

—Malo —Suspiré con pesadez antes de acercarme a la sala para ver las cinco cajas en la mesa.

—¿Cuál es el de Neal?

—El más pequeño. Tiene una nota —Me indicó—. Los subiré al auto en lo que te arreglas, ¿bien?

Sonreí y asentí.

—Bien.

Me di la vuelta para irme, pero en última instancia me giré para verlo de nuevo.

—¿Sabes qué? Deja el de Neal sobre la mesa, quiero abrirlo antes de irnos.

Ciertamente me generaba muchísima curiosidad.

Acaba de regalarme un viaje extraordinario, no hacía falta darme más.

Thomas me dio una respuesta afirmativa, por lo que pronto me marché para ducharme y cambiarme por ropa limpia. Por suerte no estaba agotada por el viaje, así que podía aguantar algunas horas conviviendo con mis amigos.

Solo esperaba que no se dieran cuenta de que Neal y yo estábamos igual de bronceados.

Hice una mueca.

¿Él estaría ahí?

Una vez que estuve lista, volví a la sala para encontrarme con mi hermano.

—¿Ya estás lista?

Asentí y fui a tomar el regalo para retirar la tapa. Miré con disimulo que no fuera algo que nos pusiera en evidencia y afortunadamente no era así, por lo que pude sacar con total libertad.

Pestañeé al sostener el hermoso *cryptex*.

—Por Dios…—Susurré—. ¡Es un rompecabezas!

—¿Te emociona un rompecabezas?

Le eché una mirada asesina.

—Cierto que se lo acabo de preguntar a la obsesionada con la historia, la arqueología y todo eso —Rodó los ojos—. Mejor me callo.

Reí antes de leer la nota pegada al cryptex.

«¿Eres capaz de descifrarlo igual de rápido que la última vez? Después del primer movimiento solo tendrás dos minutos para conseguirlo».

Oh, me encantaba el misterio.

¿Qué escondería en el interior?

—¿Ya nos vamos?

Asentí y aun con el objeto en mis manos, fui por las llaves de mi auto. Las guardé en el bolsillo de mi chaqueta y procedí a salir. Thomas fue delante de mí mientras yo seguía analizando el rompecabezas. Al subir al elevador, hice el primer movimiento.

Una sonrisa satisfecha creció en mi boca al escuchar los engranajes del interior moviéndose con cada giro que yo le daba. Estaba tan enfocada en mi cryptex que ni siquiera noté el momento en el que salimos del elevador para comenzar a caminar rumbo a mi auto.

—Lara, ¿puedes siquiera abrirme la puerta?

—Voy —Murmuré—. Solo tengo dos minutos.

Le di un vistazo rápido al reloj en mi muñeca.

Bueno, me quedaba un minuto exacto.

Hice más movimientos.

Por supuesto que era capaz de abrirlo en dos minutos.

Había armado y desarmado muchos de estos durante toda mi vida.

—Lara, el sol es un jodido infierno.

—Ya voy —Volví a murmurar, deteniéndome a mitad de la acera para continuar con mi labor.

Él resopló antes de caminar hacia mí para revisar mis bolsillos y así dar con las llaves. Presionó el botón y señaló el coche.

—Solo era eso —Rodó los ojos—. Yo conduciré porque tú como que andas medio distraída.

Emití un sonido de aceptación mientras lo sentía alejarse de mí. No pasaron ni dos segundos hasta que finalmente conseguí descifrar el artefacto para encontrarme con el objeto que ocultaba.

Un cronómetro.

Un pequeño cronometro atado con un hilo a uno de los engranajes. Supuse que de esa manera se activó.

Los números no dejaron de retroceder.

Cuatro.

¿Qué mierda?

Tres.

Dos.

Uno.

Cero.

Alcé la cabeza casi al mismo tiempo que una explosión resonaba por toda la zona. Thomas estaba a solo unos cuantos pasos de mi auto cuando este estalló, lanzando a mi hermano hacia atrás y ocasionando que en consecuencia, su cuerpo terminara en el suelo.

—¡Thomas! ¡No! —El grito me desgarró la garganta—. ¡Tom!

Corrí hacia él, en el proceso dejando caer el rompecabezas.

Al llegar a mi hermano, me arrodillé junto a él y comencé a tocar todo su rostro en busca de daños severos.

Por suerte no había ninguno y por suerte no estaba inconsciente.

Hizo una mueca de dolor mientras intentaba sentarse sobre la acera.

—¿Qué...? ¿Qué pasó? —Alcanzó a formular.

Ambos enfocamos mi auto en llamas.

Dios...

Mi auto acababa de estallar en mil pedazos.

—No lo sé...—La voz me tembló—. El temporizador llegó a cero y... el auto...

El temporizador llegó a cero.

Vi a gente acumularse alrededor del lugar, unos intentaron apagar el fuego, otros se acercaron a interrogarnos para saber si estábamos bien y otros más estaban intentando contactar con emergencias.

Sí, mi hermano necesitaba ser atendido.

¿Qué tal si el golpe dañó algo en él?

No pasaron ni diez minutos hasta que la ambulancia y la policía comenzaron a llegar para poner orden. Los oficiales intentaron establecer límites con las personas para que dejaran de acercarse al auto.

Los paramédicos llevaron a mi hermano a la ambulancia, pero no lo sacaron del lugar ya que al parecer el golpe no pasó a mayores.

Me encaminé rápidamente al rompecabezas y me lo guardé en la bolsa junto con la nota y el reloj.

Unos diez minutos después, pude reconocer el auto de Neal aparcando del otro lado de la acera.

Me tensé al instante.

Observó mi auto cuando se bajó del suyo. Su mirada estaba llena de consternación, pero tan pronto sus ojos me encontraron, pareció aliviado.

Retrocedí cuando se acercó a mí.

—¿Qué haces aquí?

Hundió las cejas.

—Me avisaron sobre la explosión, vine para asegurarme de que...

—¿De qué? ¿De que tu regalo cumplió su objetivo? —Masculé, por lo que sus cejas se hundieron más de ser posible—. Mi hermano estaba cerca del coche, mi hermano pudo haber estado dentro del coche, pudo haber estallado junto con él.

—¿Mi regalo? ¿Su objetivo? ¿Qué mierda me estás reclamando?

—¿Señorita Spencer? —Preguntó un oficial al acercarse a nosotros—. Necesitamos tomar su declaración y la de su hermano. ¿Puede acompañarnos a la fiscalía?

—Sí, agente.

—No, este es un asunto interno de la FEIIC —Interrumpió Neal, sacando su placa de su bolsillo—. Nuestra organización se encargará del caso.

—La policía llegó primero, por lo tanto, está bajo nuestra jurisdicción.

—¿Sí? Que bueno —Rodó los ojos—. Lástima que la señorita Spencer forma parte del programa de protección para testigos de la FEIIC, por lo tanto, la policía puede retirarse para que nosotros podamos hacer nuestro trabajo.

Parpadeé cuando vi camionetas con el logo de la FEIIC llegando a la zona. Muchos militares bajaron de ellas. Militares junto con el personal de criminología que pronto comenzó a encargarse de reunir pruebas de la escena.

El policía gruñó, pero después solo se limitó a hacerle una seña a sus compañeros para marcharse.

—Tu hermano será trasladado a la sala de enfermería de la FEIIC, nos estará esperando allá cuando tu termines de hacer tu declaración.

Sin esperar una respuesta, me guio a una de las camionetas de la FEIIC. Subí en la parte trasera, pero él no subió conmigo.

Prefirió irse a su auto y dejar que otro militar me trasladara a las instalaciones de la FEIIC. Al llegar al lugar, me llevaron a una salita de interrogatorio en la que estuve unos cinco minutos sola. Eso hasta que la puerta se abrió.

Me acomodé sobre mi asiento cuando vi a Neal cerrar la puerta detrás de él.

—Bien —Masculló, tomando asiento frente a mí—. ¿Qué tal si comienzas a relatarme los hechos?

—¿Dónde está Thomas?

—Lo están atendiendo —Se limitó a decir—. Ahora, ¿puedes decirme de qué me estabas culpando hace un rato?

Mis manos temblaron en cuanto tomé el objeto para dejarlo sobre la mesa. Neal clavó su mirada en él, pero esta no se llenó de reconocimiento.

No.

Se llenó de confusión.

—¿Qué es eso?

—Tu regalo. El mismo regalo que activó la bomba.

—¿Mi regalo?

—El rompecabezas que enviaste a mi casa por mi cumpleaños —Le aclaré—. Había una nota en él, una nota en la que expresabas con claridad que tenía dos minutos para abrirla. Lo logré. ¿Y sabes qué pasó después de eso?

Sus ojos recayeron en los míos.

—El contador llegó a ceros y mi auto estalló, en el proceso consiguiendo que mi hermano saliera disparado directo al suelo.

—Y crees que yo lo hice —No fue pregunta, fue una afirmación.

—No quiero creerlo, de verdad que no deseo creerlo. No quiero que mi confianza en ti se vuelva un arma en mi contra, pero eres el único que sabe lo de los rompecabezas, la nota tenía tu letra y…¡Dios! Llegaste de la nada, ni siquiera pude avisarte, pero tú simplemente llegaste como… como…

—¿Cómo si te tuviera vigilada? ¿Es eso lo que insinúas?

—¿Es así?

—¿Crees que soy tu acosador?

—No me respondas con otra pregunta —Supliqué—. Por favor, solo responde si tú lo enviaste, si tú…

—No, yo no lo envié —Me interrumpió—. Pero de nada servirá que lo niegue si en tu mirada ya está eso que tu boca no quiere decir; dudas de mí.

—Pasé tres años de mi vida desconfiando de las personas por temor a que volvieran a desgarrarme como ya me desgarraron una vez —Me justifiqué—. Y ahora que intento abrirme con alguien, que deposito mi confianza en alguien más, pasan este tipo de cosas que…mierda, Hardy. ¿En qué se supone que debe tener fe una persona que ha sido traicionada hasta por Dios?

—Sé que has pasado por mucho, pero yo jamás te he dado motivos para dudar de mí. Jamás te he mentido.

—Apenas si me hablas de ti, esquivas todos los temas, evitas hablar de ti. Dios, y ni siquiera me habías dicho lo del programa de protección para testigos —Mi tono bajó—. ¿Cómo es que puedes ocultar algo así y decirme que jamás me has mentido?

Presionó sus labios entre sí.

—Eso es diferente.

—¿Por qué es diferente?

—No tenías por qué saberlo.

Le brindé una mirada incrédula.

—Se trata de mí, ¿por qué no tendría que saberlo?

—Porque no quería preocuparte —Me contestó.

Apreté los dientes.

—¿Realmente es eso?

Él estuvo a punto de responderme, pero antes se vio interrumpido por el sonido de su celular; una llamada.

Unos segundos después, finalmente cesó.

—Escúchame, hechicera —Empezó—. Mírame y escucha.

Mis ojos se encontraron con los suyos.

—Crees que yo envié esa caja —Señaló el objeto sobre la mesa—, rompecabezas o quién sabe qué mierda sea, pero yo no lo hice. ¿En qué jodido momento la envié si pasé la última semana pegado a ti como si fuéramos putos siameses?

Bajé los hombros.

—¿Entonces qué hay de la nota?

—¿Qué jodida nota? —Parecía exasperado.

—Esta —Comencé a impacientarme. Saqué la nota de mi bolsillo y se la dejé sobre el escritorio, por lo que él la tomó enseguida para leerla—. ¿Qué me dices de esto?

—Sé que la letra es idéntica, que lo que dice puede darte indicios de que soy yo —Hizo una pausa—, pero no soy yo.

Se levantó de su asiento y rodeó el escritorio para quedar cerca de mí. Llevó sus manos a mis mejillas.

Evité sus ojos.

—Mírame. Por favor, quiero que me mires —Habló de nuevo, por lo que esta vez no fui capaz de evitar su mirada—. ¿Realmente crees que yo sería capaz de hacerte daño?

—Neal…

—Antes prefiero quemarme en el infierno, hechicera. Me quemaría en el puto infierno por ti si es necesario —No titubeó—. Pero si tú dudas de lo que estoy dispuesto a darte, entonces no sé a dónde nos lleva esto.

Mi labio inferior tiritó cuando mi garganta quiso soltar una respuesta.

Una respuesta que no llegó porque antes fui interrumpida por el sonido de su celular.

Otra llamada.

—Creo que deberías contestar.

—No.

—Debe ser importante, ya te han llamado más de una vez.

Me miró por eternos segundos antes de soltarme. Soltó un suspiro pesado mientras sacaba el celular de su pantalón.

Respondió y dejó el celular sobre la mesa.

Lo puso en altavoz.

Y por su mirada, pude adivinar que lo hizo porque no quería que también desconfiara de sus llamadas.

Y yo tampoco quería desconfiar de él.

Pero…estaba tan asustada, tan paranoica.

Ya fue suficiente.

Las notas, los antifaces, el corazón, ese maldito tiroteo en la plaza y ahora esto…

¿Qué debería pensar si esto último que pasó me guiaba por completo a Neal?

Y lo sabía. Sabía que él jamás me había dado motivos para desconfiar, para esperar algún ataque de su parte, pero…había sido tanto que ya ni siquiera sabía qué creer.

—Diga —Lo escuché hablar.

—Niño —Habló un hombre del otro lado—. ¿Cómo estás?

—Nate —Formuló. Era su hermano—. Yo estoy bien, pero tú suenas como si no lo estuvieras. ¿Pasa algo? ¿Va todo bien?

—Si estás de pie…creo que lo mejor sería que te sientes.

—Dime qué pasa.

—Es que…—Musió el hombre del otro lado de la línea.

—Nathan, solo dime qué ocurre —Le insistió.

—James se suicidó —El hombre soltó la frase tan rápido que por poco lograba que Neal perdiera el equilibrio—. Se quitó la vida esta mañana. El personal del hospital psiquiátrico se contactó conmigo hace unas horas y…quería ser yo quien te diera la noticia antes de que te enteraras por medio de los noticieros.

«James».

James. Ese era el nombre que gritaba con tanto terror esa noche que tuvo una pesadilla.

James.

Neal no hizo ni un solo movimiento.

No parpadeó.

No habló.

Posiblemente ni siquiera respiró.

—¿Alain? ¿Alain, sigues ahí?

Finalmente, Hardy pudo reaccionar, pero con movimientos torpes.

—Yo…eh…—Trato de formular algo—. Te llamaré después, ahora solo…adiós.

—Neal, aguarda, no…

La llamada se cortó cuando Hardy presionó su dedo en la pantalla.

Retrocedió un par de pasos.

—¿Neal? —Me levanté de mi asiento al notarlo en un trance, un estado de shock o algo parecido.

—Eh...enviaré a alguien para que termine el interrogatorio y...

Llevé mis manos a sus mejillas.

—Neal, detente —Le pedí—. Necesitas sentarte. Estás en shock, necesitas sentarte.

—Necesito irme.

—Sé que las perdidas siempre son dolorosas, pero no puedes irte así. No estás en condiciones de conducir y...

Llevó sus manos a las mías para apartarme y después negó.

—¿Perdidas dolorosas? —Repitió en voz baja.

—Sí, así que por favor siéntate y...

—¿Por qué me dolería la muerte de ese monstruo? —Murmuró.

Me quedé completamente quieta.

Neal dio un paso hacia atrás.

—Dices que evito los temas, que apenas si hablo de mí —Su voz se llenó de desdicha—. ¿Quieres conocerme? ¿Quieres saber por qué no puedo celebrar mi cumpleaños? ¿Quieres saber qué fue tan horrible como para que definiera el resto de mi vida? ¿Quieres que te diga más sobre mí a ver si así eres capaz de confiar por completo en mi palabra?

—No tienes que...

—Vi morir a mi hermana en mi cumpleaños número diecisiete. La vi siendo torturada, violada y asesinada mientras yo me encontraba encadenado y sin poder ayudarla —Las palabras salieron de su boca, arrancándome un jadeo de horror en el proceso.

—Dios...—La voz me falló.

—Y James...James fue uno de mis mejores amigos —Soltó de golpe—. Y...él asesinó a mi hermana.

Me quedé quieta en mi lugar incluso cuando él salió de la sala de interrogatorios.

Y cuando estuve completamente sola, entonces me permití llorar.

CAPÍTULO 40.
De los que se sacrifican por...¿amor?
NEAL HARDY.

29 de abril, 2020.
PRESENTE.

Caminé en silencio todo el recorrido que me sabía de memoria. Unos pasos más bastaron para que me detuviera a su lado. Sabía que me escuchó llegar, pero prefirió concentrar su atención en la tumba delante de nosotros.

Esa que llevaba el nombre de mi hermana grabado.

—Nathan también te dio la noticia —Fui el primero en romper el silencio.

Suspiró bajó, asintiendo con la cabeza.

—Sí —Respondió—. Por eso te llamé para vernos.

Metí las manos en los bolsillos de mi chaqueta y clavé la vista en la lápida.

—¿Crees que fue justo? —Preguntó de repente—. Que haya terminado así; tan fácil. Una soga, una silla y adiós a sus pecados, adiós a su condena y a todo el daño que causó. ¿Crees que fue justo para nosotros y para Vanny?

Aplané los labios.

—No.

—James debía pasar por un infierno, pero ni siquiera sufrió. No sufrió ni la mitad de lo que Savannah y tú sufrieron —Dijo—. Tú sabes que soy partidario de la paz, más no del perdón. No con personas que realmente no lo merecen. Y él merecía agonizar con cada respiro.

Tomé una respiración profunda.

Tenía tanta razón.

Todo lo que dijo era tan cierto.

James le hizo tantas cosas inhumanas a Savannah. Y todo fue frente a mí, me obligó a verlo.

Savannah sufrió hasta en su último momento.

Yo tenía recuerdos horribles que ni la terapia pudo borrar.

Nathan y yo perdimos una hermana.

Holden perdió al amor de su vida.

Y todo fue provocado por James.

Una parte de mí siempre creyó que sería yo quien lo asesinara. Para mí, eso era lo justo.

—No todas las personas tienen el castigo que merecen, Holden.

Alzó la cabeza y me miró por unos segundos antes de asentir lentamente.

—Lo sé —Susurró.

Nos quedamos en silencio unos segundos, mientras tanto, enfoqué mis ojos en el ramo de flores amarillas. Se miraba fresco y hermoso.

—Le has traído flores amarillas —Apunté. Savannah odiaba ese color y él lo sabía. Lo supe porque sonrió en cuanto lo mencioné.

—Cada vez que cumplíamos meses, le llevaba rosas. Hasta que un día, solo para molestarla, le llevé flores amarillas. Las recibió con una sonrisa como siempre, pero por sus ojos podía notarse que no fue su favorito. Lo hice por dos ocasiones más, ya sabes cómo nos llevábamos —Comenzó a contarme—. Tal vez se acostumbró y empezaron a gustarle, porque el día que volví a llegar con rosas, sus ojos no brillaron como el mes pasado. Así que, después, no hubo ni una sola ocasión en la que yo no le regalara sus flores amarillas. Eso la hacía feliz.

—Siempre tomaba un jarrón para colocarlas en agua y después las escondía en su habitación para que Julissa y Mikhail no las encontraran.

—Debí suponerlo —Hizo una mueca—. Me odiaban.

—Ellos están tan vacíos que seguramente ni siquiera pueden sentir odio.

—No me aceptaban, por eso la obligaron a casarse con ese...ese monstruo.

Me quedé en silencio.

¿Qué iba a responderle a eso?

Ambos sabíamos que era verdad.

Julissa y Mikhail Hardy siempre con su mierda clasista.

—Íbamos a irnos lejos en el momento en el que ella fuera libre, iba a cuidarla, iba a cuidar a ese bebé y amarlo como si fuera mío. Estábamos listos para empezar la vida que siempre se nos negó, pero...—La voz se le quebró, tanto que no fue capaz de terminar.

—Lo sé —Musité—. Estaba feliz y emocionada. Todo lo que ella deseaba, era empezar de nuevo lejos y junto a ti.

Pero James la asesinó antes de que eso pasara.

Y en consecuencia, ella no pudo disfrutar la vida que merecía.

Y Holden...él se quedó aquí solo, con ilusiones y sueños que ya no regresarían.

No todas las almas gemelas estaban destinadas a terminar juntas.

Y ellos eran la prueba de eso.

—Él merecía sufrir más. Y tal vez, no poder dejar de amar a Savannah, sea mi castigo por desearle lo peor a James —Suspiró con pesadez.

Yo sabía que incluso sabiendo que ese tipo murió, ni Nathan, Holden o yo, podríamos tener paz porque sus últimos días la pasó en un psiquiátrico con una cama cómoda, con una buena cena y un jardín precioso en el cual caminar.

Estaba en unas putas vacaciones comparado con prisión.

Había personas en la cárcel que no hicieron ni un cuarto de todas las cosas horribles que James sí, personas culpadas de manera injusta, otras que tuvieron la mala suerte de confiar en personas equivocadas, personas que pasaban sus noches durmiendo en camas duras y frías.

Y James pudo estar tranquilo en sus últimos momentos, seguro burlándose de que al final ganó.

Él siempre ganó.

—Creo que es hora de marcharme. Fue agradable verte, niño —Palmeó mi hombro—. Aunque el motivo de la reunión no sea tan grato.

Curvé las comisuras de mis labios en una sutil y apenas notoria sonrisa.

—También fue agradable ver, Hol. Lástima que el motivo sea una mierda —Hice una mueca.

Rio ligeramente antes de soltarme y darse la vuelta para alejarse del lugar.

—Holden —Lo llamé antes de que se fuera.

Noté que detuvo sus pasos para mirarme.

—¿Sí, Alain?

—Gracias por hacer feliz a Savannah, por cuidar de ella. Por todo. Jamás dudes de lo mucho que ella te amó —Le dije—. Y gracias por amarla, pero sabes que tienes que dejar de hacerte esto, Holden. Aunque nos duela, ella ya no va a regresar y tú sigues aquí perdiéndote de todo eso que la vida tiene preparado para ti. No detengas tu vida, te aseguro que a Sav no le gustaría saber que te quedaste estancado después de su muerte.

Su mirada se llenó de dolor.

—Tal vez algún día. Tal vez lo consiga el día que tú dejes de culparte —Sus palabras me hicieron tragar saliva—. Eras casi un niño. No sabías lo que él era capaz de hacer. No fue tu culpa, tienes que entenderlo, tienes que dejar de hacerte esto.

No fui capaz de responder nada y al parecer él no esperaba que lo hiciera, porque solo pude volver a escuchar sus pasos alejándose del lugar.

Me puse de cuclillas y estiré la mano para tocar el nombre grabado en la lápida.

Yo lo conocí primero.

Yo lo llevé a casa.

La conoció por mi culpa.

Si él no la hubiera conocido, entonces probablemente no se hubiera obsesionado.

Confié en él.

Yo le abrí la puerta esa noche.

Sí fue mi culpa.

Yo lo provoqué.

—Lo lamento, hermana —Murmuré.

02 de mayo, 2020.
PRESENTE.
LARA SPENCER.

—¿Vas a comerte eso? —La voz de Thomas me sacó de mis pensamientos.

Lo enfoqué sin entender lo que quería decir, por lo que él señaló mi plato de comida. Bueno, lo que quedaba de lo que alguna vez fue una porción de lasaña.

—No —Respondí.

Se encogió de hombros, tomando mi plato y vaciando la comida en el suyo.

Ese que anteriormente estuvo limpio ya que incluso fue capaz de lamerlo.

Llegó hambriento del trabajo.

—¿Aún no se sabe nada de la explosión?

Suspiré y negué con la cabeza.

—Aun están inspeccionando el auto, pero al parecer esta semana nos tendrán una respuesta —Le respondí—. ¿Aun tienes dolor?

La caída le lastimó la espalda, pero por suerte no pasó a mayores.

Ese día no terminó en una tragedia.

—No mucho, los medicamentos ayudaron demasiado.

—Que bueno que así sea —Carraspeé, levantándome de mi asiento—. Estaré en mi habitación, ¿bien?

—De acuerdo.

Me retiré y al llegar a mi dormitorio me lancé a la cama. Estando en ella me dediqué a observar el techo mientras pensaba.

Pensé en Neal.

Él había estado algo…silencioso.

No habíamos hablado mucho desde el día de la explosión por dos sencillas razones: esa pequeña discusión que tuvimos y porque él prefirió aislarse de todos después de esa noticia que recibió.

Tuvimos una corta charla por teléfono en la que me aseguró que estaba bien, pero que solo necesitaba tiempo para…asimilar el fallecimiento de ese hombre.

Aunque no lo decía, sabía que le había afectado más de lo que esperaba.

¿Y por qué no habría de afectarle?

Ese miserable convirtió su vida en un infierno.

Por supuesto no era fácil.

Su propio amigo fue el asesino de su hermana. Una persona en la que confió fue el causante de todo su dolor.

Su propio amigo fue quien le provocó todos esos horribles traumas, quien le arrebató a una de las personas más importantes de su vida.

Tomé mi celular, el cual se encontraba en la mesita de noche y suspiré con pesadez al notar que no había respondido mi último mensaje desde hace algunas horas.

En él puse: «Sé que mi actitud de ese día no fue la mejor, que seguramente te lastimé con mis dudas y mi desconfianza, por eso quiero disculparme. Creo en ti, Neal y aunque pienses que no, realmente me importas mucho. Quiero que sepas que, si necesitas hablar con alguien, estaré aquí para ti».

Dejé mi celular sobre la mesita de noche.

Me levanté y fui directo a darme una ducha rápida para después ir a dormir. Mañana trabajaba, por lo que debía levantarme temprano.

Después de unos minutos, cuando ya estaba vestida con mi pijama, fui a la cocina para tomar un poco de agua. Me detuve cuando vi a Thomas lavando los platos mientras bailaba la canción que seguro sonaba a través de los auriculares que llevaba puestos. Se movía por toda la cocina como si estuviera haciendo un número musical de la película *Vaselina*.

Incluso tomó un cucharon y fingió que era su micrófono mientras cantaba.

Alcé las cejas y me moví cautelosamente para tomar una botella de agua. La tomé y me escabullí de la misma manera para no interrumpirlo y cortarle la inspiración.

De nuevo volví a mi habitación, tomándome la bebida en el proceso. Cuando me acosté en la cama y tomé el celular para colocar el despertador, me di cuenta de que tenía un nuevo mensaje.

Un mensaje de Neal.

Lo mandó hace unos minutos.

Fuente de inspiración:
10:43 p. m. *Lo sé, hechicera.*

Suspiré y tecleé una respuesta.

Lara Spencer:
10:54 p. m. *Está bien. ¿Te veré mañana?*

Por suerte, esta vez no tardó en responder ni siquiera un minuto.

Fuente de inspiración:
10:54 p. m. *Te veré mañana. Descansa.*

Las comisuras de mi boca se alzaron en una pequeña y poco notoria sonrisa. Finalmente coloqué la alarma y apagué las luces para tratar de conciliar el sueño.

La mañana siguiente Ellie y yo tuvimos un día ajetreado ya que tuvimos un evento importante. Afortunadamente todo salió bien, justo como esperábamos, por lo que tendríamos un par de días muy tranquilos en los que podríamos respirar y llenarnos de paz.

Se publicó la nueva obra de la hija del gobernador de Illinois. Era una autora muy talentosa y famosísima que decidió trabajar con la editorial de Elaine para este libro y si todo iba como esperábamos, tal vez también sus siguientes obras se publicarían con nosotros. Hoy fue su firma de libros y en cuanto se publicó la preventa, se agotaron enseguida. La firma obviamente la organizó la editorial, estuvo llena de la prensa, de fanáticos y de encargados del evento. Por supuesto mucha gente asistió debido a la fama de la mujer.

Todos sus ejemplares se agotaron y ella y el personal de la editorial, quedamos contentos, sobre todo porque tendríamos que reimprimir para de nuevo ponerlos a la venta. Había muchas personas inconformes porque no alcanzaron su libro en la preventa.

Yo no traté tanto con ella, puesto a que su agente fue quien se encargó de todo. Yo solo me enfoqué en este día y no mantuve contacto con ella más que de lejos ya que estuve más ocupada de este lado y ella estuvo firmando todo el día. Después de eso se fue y solo nos quedamos con su equipo de trabajo.

Después del día tan pesado, me dispuse a tomar un taxi para llegar al apartamento de Neal. Llegué un poco antes de la hora acordada, por lo que tal vez él aun estaba en el trabajo. Una vez que subí por elevador hasta su piso, saqué la llave que me dio y la inserté para abrir.

Nela me recibió una vez que entré y que cerré igualmente bajo llave detrás de mí.

La gata se estiró, bostezó y cuando se incorporó, comenzó a restregarse contra mis piernas.

—Hola, preciosa. ¿Cómo te va? —Mi voz se volvió un poco más aguda al hablarle. Me agaché un poco para acariciarle la cabeza—. Tengo algo que preparar antes de que el hombre que vive en tu casa llegue, así que no podré jugar contigo esta vez.

Me incorporé, dejé mi bolso y mi chaqueta en el perchero y miré alrededor. Hizo algunas remodelaciones y quitó algunos adornos. No lo había visto hasta ahora.

Suspiré y comencé a caminar. La bolsa de plástico con las compras no la solté, seguí con ella hasta llegar al baño enorme que había aquí. Ese donde había una bañera en la que perfectamente entrabamos los dos.

Comencé a preparar el baño, coloqué las velas aromáticas en el lugar, llené la tina con agua tibia y luego agregué la infusión de lavanda que ya estaba preparada desde hacía un rato. Después agregué las flores de manzanilla. Esto lo preparé luego del trabajo y antes de venir acá, puesto a que pasé a casa por algunas cosas.

Tomé el aceite especial que compré y vertí algunas gotas. Removí todo un poco y sonreír cuando el agradable olor inundó mi nariz.

Tenía un aroma delicioso.

Me levanté y me quité toda la ropa para colocarme una bata delgada. Salí del baño, en el proceso atando mi cabello en un moño para que no se mojara.

Mientras lo hacía, escuché la puerta de la entrada junto con la voz de Neal.

¿Estaba hablando por teléfono?

Me acerqué rápidamente, formando una enorme sonrisa. Aun le estaba quitando el seguro, pero entre más tardaba, más nerviosa me ponía.

—Sí, pero Derek dijo que fue el año pasa...—En cuanto abrió la puerta y me vio, detuvo sus palabras abruptamente. Sus ojos se abrieron de manera impresionante, su expresión se llenó de sorpresa.

Y antes de que pudiera darme cuenta, en un movimiento muy rápido, entró al apartamento y azotó la puerta para cerrar detrás de él.

Se recargó contra la puerta y respiró agitadamente.

Y entonces cuando se escuchó el portazo, también se escuchó un quejido alto.

—¡Puta madre, Neal! ¡Mi nariz! —Esta vez fue mi expresión la que cambió al escuchar los reclamos de Derek, seguido de la sonora carcajada de Mason.

—¡Que cabrón! —Formuló este último en medio de su ataque de risa.

—No puede ser —Articulé con la boca.

La risa de Mason dejó de sonar ya que fue reemplazada por un estruendo y luego por otro quejido.

—Ándele, por pendejo se cayó —Se burló Derek.

Y de nuevo Vaughn comenzó a carcajearse.

—No puedo...juro que no puedo...—Intentó hablar, pero tal vez de tanto reírse ni siquiera era capaz de respirar con normalidad—. Que cabroncito…Neal...

Unos golpes insistentes empezaron a sonar.

—Tú, simio andante, abre la puerta de una vez —Era Derek quien tocaba y no sonaba nada feliz—. Y tú deja de reírte energúmeno mal parado. Me dan ganas de patearte.

—Es que no...puedo...—Otro ataque de risas.

Neal hizo una mueca. Derek estaba sacudiendo de manera insistente la cerradura. Por suerte Neal ya lo había puesto bajo llave.

—Neal, abre la puerta que me rompiste la nariz —Gruñó—. ¡Me está sangrando!

—¡No le creas! —Siguió Mason.

—Bien, no. Pero sí me duele, así que abre.

—Hay un desastre acá adentro, será mejor que nos reunamos otro día —Finalmente, después de todo este desastre, fue Neal el que habló.

—Oh, si crees que es una manera de librarte de nuestra charla y evitar hablar de lo que pasó, estás muy equivocado.

—Realmente no es eso. Tengo una...cuestión aquí y pues así. Ajá, eso.

—¿Y qué hago con mi nariz? Por lo menos dame hielo.

—Mason puede llevarte al hospital, ¿no es así, malnacido? —Inquirió.

—¿Por qué no abres? —Preguntó Vaughn, pareciendo confundido.

Yo estaba deseando que la tierra me tragara.

—Porque esto tiene que ver con tu cocina y las galletas que buscabas para Elaine. ¿Recuerdas las galletas?

—Oh, sí, las galletas —Carraspeó.

—¿Está con alguien? —Curioseó el otro.

—No, así que vámonos —Pidió—. Y ya no llores, Derek. Te compraré un helado e iremos a que revisen tu nariz.

—No me trates como si fuera un niño pequeño. No estoy llorando —Se quejó.

—Bueno, entonces solo iremos al hospital, olvida el helado.

—Jamás dije que no quería el helado.

Sus voces y sus pasos comenzaron a ser más lejanos, hasta que finalmente desaparecieron. Creo que finalmente se fueron.

—Hechicera.

—Hardy —Tragué saliva—. Lo lamento, es que como quedamos de vernos hoy, no sabía que estabas con ellos.

Enseñé los dientes con inocencia.

—Fue mi culpa, lo olvidé por completo y entonces ellos me abordaron y se autoinvitaron a mi departamento para *«ver algún partido por la televisión»* —Suspiró—. Es solo que he tenido tantas cosas en la mente que no recordaba que teníamos una cita. Lo lamento, Lara.

Sonreí para tranquilizarlo.

—Lo sé, no te culpo —Dije, acercándome a él para tomar su mano—. Es por eso que estoy aquí, vine a que te relajes un rato.

Alzó una ceja.

—¿Acaso me estás proponiendo algo indecente, hechicera?

Reí un poco.

—No, no vengo a que tengas ese tipo de relajación. Solo sígueme —Lo insté, empezando a caminar sin soltarlo. Él automáticamente me siguió hasta que llegamos al baño.

Miró el lugar con sorpresa.

—¿Y esto?

—Sé que no la estás pasando bien, que tu mente seguro se siente como una tortura para ti —Empecé, por lo que él solo guardó silencio—. Por eso preparé esto para ti, para que, no lo sé...puedas tener un momento de paz. Posiblemente soy la última persona que quieras ver ahora, sobre todo después de lo de la explosión, pero...

—No estoy molesto contigo. Si pensabas que no quería verte o que estaba enojado por lo que pasó entre nosotros ese día, estás equivocada.

—Sé que hice mal al dudar de ti.

—Estabas aterrada, cualquiera en tu lugar habría desconfiado hasta de su propia sombra.

Lo miré por largos segundos hasta que finalmente carraspeé y sacudí la cabeza.

Me coloqué delante de él y llevé las manos a los primeros botones de su camisa para comenzar a abrirla.

—Vamos, el agua no durará tibia todo el día —Susurré mientras seguía con mi labor.

Cuando su camisa cayó al suelo, me alejé para que él continuara la labor de desnudarse. Yo hice lo mismo, me deshice de la bata y la colgué en donde debía ir. Esperé a que terminara de desvestirse por completo y una vez que lo hizo, lo insté a meterse a la bañera. En silencio lo hizo, se sumergió en ella y se acomodó, inclinando la cabeza un poco hacia atrás. Alcé mi pie y toqué el agua con mis dedos. Esta estaba completamente agradable y provocaba ganas de meterte por completo, así que eso hice. Entré dándole la cara a Neal.

Llevé mis manos a sus hombros y comencé a masajearlos suavemente, cosa que provocó que él soltara un suspiro bajo.

Seguí con mi tarea, viendo como poco a poco comenzaba a respirar de manera más tranquila.

—Tienes razón, esto es relajante —Habló bajo.

Durante un rato largo, nos mantuvimos callados. Ninguno dijo nada. Yo estaba enfocada en verlo y acariciarlo de manera suave, intentando brindarle un poco de paz. Él solo mantenía los ojos cerrados y el gesto relajado junto con todos sus músculos.

—Sé...que lo que menos deseas es decir algo, pero solo quiero que sepas que, si deseas hablar conmigo, solo debes empezar. Yo te escucharé —Mi voz apenas fue un murmullo audible.

No contestó, por lo que creí que de nuevo nos sumiríamos en el silencio.

Al menos hasta que su voz resonó por todo el baño.

—Confié en él.

Lo miré con atención.

—Durante varios años, fue mi amigo. Comió en mi mesa, durmió en mi casa, le ofrecí mi amistad e incluso le llegué a tener el mismo aprecio que le tengo a Derek y a Mason —Murmuró, aún sin abrir los ojos—. He pasado tanto tiempo culpándome de no ver lo dañado que estaba, de no notarlo. He pasado tanto tiempo arrepintiéndome de abrirle la puerta de mi hogar. Yo sé que, incluso si hubiera sido otra persona la que entró a casa esa noche y le hizo todas esas...cosas a mi hermana, obligándome a verlo, también me habría dejado traumas como los que James dejó. Pero, que el causante de todo el sufrimiento, fuera alguien a quien alguna vez le dije «amigo», lo hizo mucho peor.

—Eras joven e inocente, solo eras un niño que, como cualquier otro, tenía amigos. El que él fuera inhumano, no fue tu culpa ni tu responsabilidad. Las personas malas, siempre serán malas y buenas ocultando cómo son en verdad, aunque intentes ver más allá de lo que te muestran es difícil cuando solo quieren que veas lo que ellos deciden.

—Quisiera entenderlo, pero es solo que he vivido tantos años con la culpa que no creo que pueda deshacerme de ella —Aplanó los labios.

Él ya no agregó nada más respecto al tema.

Como siempre, lo cambió en un parpadeo.

Y estaba bien.

Cuando volviera a sentirse listo, entonces lo escucharía.

Un rato después de haber estado en la tina fuimos a la cama para descansar un poco. Al cabo de una hora llamé a un local de comida china a domicilio y solo tuvimos que esperar hasta que el timbre sonó.

—Yo iré —Le dije—. Tú quédate aquí.

Me levanté y busqué por todo el suelo alguna prenda para salir. No había puesto a que la ropa que usamos, aún se encontraba en el baño.

—Sabes que eres libre de usar mi ropa —Señaló su armario.

—Lo sé —Respondí, formando una sonrisa y abriendo el armario para sacar una camiseta negra. Sentí su mirada mientras me la colocaba y una vez que terminé, me acerqué a él para besar sus labios—. No tardo.

—Bien —Se inclinó para dejar otro beso.

La sonrisa que me provocó se borró cuando otra vez tocaron el timbre. Rodé los ojos y me separé de Neal para finalmente ir a la bendita puerta y recoger nuestra comida.

Caminé con pasos rápidos y antes de abrir saqué mi cartera de mi bolso para pagar. Giré la perilla y al abrir, noté que no era un repartidor quien estaba frente a mí.

Era una mujer.

Su cabello azabache iba atado en un peinado muy elegante. Por supuesto que me di cuenta de que no era la comida china debido a que ella no llevaba uniforme. Al contrario, usaba un vestido oliva muy bonito que parecía de diseñador. Este le llegaba a los tobillos. También estaba usando joyas a juego con su vestido: unos pendientes y un collar de diamantes. Llevaba un bolso de mano de un color claro y zapatos a juego.

Pese a su ropa exageradamente cara y elegante, fue su aura dominante y su postura recta las que me hicieron sentir intimidada.

Y mierda, la mujer era hermosa. Era mucho mayor que yo y algunas arrugas eran notorias en su rostro, pero eso no le quitaba para nada su atractivo.

Realmente me sentí intimidada.

Sobre todo cuando sus ojos color miel me escanearon de arriba abajo, demostrando que lo que sea que veía, no le agradaba en lo absoluto.

—Hola, ¿puedo ayudarla en algo? —Intenté ocultar mi incomodidad, disfrazándola de amabilidad.

—¿Quién eres? —Su tono demandaba autoridad.

—Ah...¿quién es usted? —Le regresé.

Elevó una ceja antes de pasarme por un lado para entrar.

—Espere, no puede...

—¿No puedo qué? —Cuestionó.

—No puede entrar, esta no es su casa así que por favor salga de aquí.

Dejó su bolso en un mueble.

—¿Y acaso sí es su casa? —Me regresó, después miró mi mano con atención—. No hay anillo, así que importante no es.

Abrí la boca un par de veces, pero no conseguí decir nada.

—Eso creí —Chasqueó—. ¿Acaso no puede conseguir ropa decente? No estamos en un burdel como para que desfile por ahí con algo que apenas la cubre, mucho menos si no está en su casa.

Contraje el rostro.

—A ver, primero, como esté vestida no es su asunto —Aclaré—. Y segundo, ¿qué hace aquí? Dígame porque la verdad no pretendo ser grosera.

—Lo que haga o no, no es un asunto que vaya a arreglar con usted —Alzó la barbilla—. Si ya le pagaron entonces ya puede retirarse.

—Disculpe, ¿qué? —Murmuré, completamente confundida.

—¿Por qué tardas tanto? —Escuchar la voz de Neal en el pasillo, me hizo girar rápidamente. Él venía distraído abrochando el botón de su pantalón, por lo que cuando finalmente levantó la cabeza y posó sus ojos en la mujer, detuvo sus pasos al instante.

Cualquier rastro de emoción desapareció por completo de su rostro. Sus ojos se volvieron fríos e inexpresivos.

—Alain —Pronunció la mujer.

—Lárguese de mi casa.

Parpadeé un tanto aturdida por el tono de su voz.

No era el mismo tono que solía escuchar en él.

No era el mismo tono con el que me hablaba a mí, ese que era cálido y tranquilizador.

Este se sentía frío, vacío y amargo.

—¿Es así como me recibes después de tanto tiempo? —Le reclamó.

—Que se largue, señora.

La expresión de la mujer se tornó dura.

—No, no señora. Soy tu *madre*, dirígete a mí como tal —La miré con atención en cuanto dijo eso. Ciertamente, si ella no lo hubiera dicho, entonces yo ni en cuenta de que era su madre. Lo único parecido en ellos dos, era su cabello, porque de ahí en fuera, eran totalmente distintos.

Tal vez él era más parecido a su progenitor.

—No me obligue a repetirlo otra vez, *señora* —Masculló Neal, esta vez dando pasos hacia acá—. Lárguese por las buenas o tendré que sacarla yo mismo. Y créame que no seré amable, sabe que usted no tiene ni una pizca de respeto de mi parte.

—No hagas un espectáculo ahora, Alain. Mucho menos frente a... —Empezó la mujer, mirándome de nuevo de arriba con una expresión de desagrado—, esta señorita.

De nuevo fijó sus ojos en él, lanzándole una mirada llena de decepción.

»¿De verdad, Alain? ¿Ahora te acuestas con prostitutas?

Mi mandíbula se desencajó.

Mi expresión seguro fue un poema.

—¿Perdón? —Alcancé a formular.

—Julissa...—Advirtió él. Sus ojos chispeaban del enojo, su mandíbula estaba apretada y sus músculos tensos.

—¿No es eso lo que es? ¿O por qué otra razón estaría aquí a esta hora y vistiendo así? —Señaló—. Tu esposa no es, ni siquiera parece de buena familia. Cada vez caes más bajo. ¿Cuándo te dignarás a sentar cabeza y a casarte con una buena mujer en lugar de andar con esta? Sabes muy bien lo que opino del concubinato.

—Para empezar, yo no soy prostituta. Y de serlo, ¿cuál sería el problema? Sigue siendo un empleo —Mencioné, por lo que Julissa me observó con desdén—. ¿O acaso las repudia tanto porque alguna le robó al marido? ¿Es por eso que parece tan amargada?

Sus ojos chispearon de la rabia.

—Estúpida niña insolente —Siseó—. Mejor lárguese de una vez. Tengo cosas que hablar con mi hijo y por supuesto que una cazafortunas como usted no es bienvenida a la conversación.

—Ella no se va, usted sí —Habló Neal; determinado y directo.

—¿Prefieres tener a esta perdida aquí en lugar de hablar conmigo? Han pasado muchos años desde la última vez que te vi, ¿y así me tratas? —Le reprochó—. Sobre todo frente a esta chiquilla que tiene toda la pinta de ser toda una puta cazafortunas.

—¡Suficiente! —El gruñido de Neal me hizo saltar en mi lugar. Dios, sonaba tan furioso—. Siempre es lo mismo contigo, sueltas tu veneno y tu mierda prejuiciosa cada vez que tienes oportunidad, pero te equivocaste esta vez. A Lara no le faltas el respeto, mucho menos en mi casa y en mi presencia.

—A mí no me gritas —Siseó la mujer.

Y si había otra similitud en ellos dos, era la mirada que en ese momento llevaban. Los ojos de ambos chispeaban llenos de rabia.

—¿Por qué no? Respeto no le debo.

—Soy tu madre.

—No, no, no —Negó, soltando una risa seca y vacía—. La segunda vez que estuve al borde de la muerte, mi madre me dijo que prefería tener otro hijo muerto a tenerme a mí. ¿O ya se le olvidó?

La mujer puso los ojos en blanco.

—Ya supéralo, Alain. Tengo cosas más importantes que discutir contigo.

—Importantes mis huevos, usted se va —Masculló, tomando el bolso de la mesita.

—Eres un majadero.

La tomó del brazo mientras ella protestaba y la arrastró por toda la casa.

—¡Suéltame que me lastimas! —Bramó—. ¡Eres un irrespetuoso! ¿¡Cómo te atreves a tratar así a tu madre!? ¡Insolente!

—A la mierda —Le gruñó él, arrojándola fuera del apartamento con brusquedad. Después le lanzó su bolso—. No vuelvas, te lo advierto.

Estoy harto de ti y de toda la porquería que representas. Púdrete en tu mierda, arpía loca.

Y finalmente le cerró la puerta en la cara.

Julissa tocó el timbre de manera insistente, pero ya no gritó más. No se volvió a escuchar su voz y tal vez era porque Neal tenía vecinos y si no pretendía armar un espectáculo frente a mí, mucho menos lo haría frente a ellos.

Finalmente dejó de tocar el timbre. Esta vez, le dio un golpe fuerte a la puerta.

—Madura de una buena vez —Fue lo último que dijo antes de que sus pasos alejándose empezaran a escucharse.

Neal soltó otra risa vacía y amarga.

Suspiró con pesadez y negó con la cabeza.

—Lamento que hayas tenido que ver todo esto y lamento la forma en la que te trató —Habló, girándose hacia mí para observarme.

Automáticamente moví la cabeza de un lado a otro.

—No debes pedirme perdón, no fue tu culpa.

—Lo sé, pero alguien debe disculparse contigo por el mal rato y te aseguro que Julissa Hardy no lo hará.

Me pasó por un lado para volver a la habitación. Se le notaba en cada poro de su piel que seguía furioso, se le notaba en la expresión todos los sentimientos malos que ella le provocaba.

Solté un suspiro bajo, quedándome quieta en mi lugar sin saber qué debería hacer.

Lo único que fui capaz de entender fue que si se encerró de nuevo en su mundo, lo mejor era dejarlo solo hasta que él mismo decidiera salir.

Neal aparcó frente a mi edificio y se dedicó a mirar por la ventana antes de observarme a mí.

—¿Puedo pedirte algo?

Alcé una ceja.

—Claro, ¿qué ocurre?

—Quiero que uses mi camioneta —Soltó de la nada—. Te daré las llaves, podrás disponer de ella cuanto antes y así…

—No —Lo interrumpí—. Es tu coche.

—Sí, pero tú en este momento no tienes uno y no estoy cómodo con la idea de que te muevas en taxi, sobre todo cuando hay ocasiones en las que estás fuera por la noche —Me aclaró, soltando un suspiro pesado—. No es seguro para ti en este momento, tampoco lo es para tu hermano. Ambos pueden usar la camioneta, de verdad que no tengo problema con ello.

—No quiero molestarte, Hardy.

—No lo haces, soy yo quien te lo está pidiendo —Me dijo—. Por favor, solo acéptala. Si no lo quieres hacer por ti, entonces hazlo por el corderito. Quiero que ambos estén a salvo cada vez que salgan.

Miré mis manos unidas sobre mi regazo antes de asentir con lentitud.

—De acuerdo —Susurré—, pero solo será hasta que consiga un nuevo auto para mi hermano y para mí. ¿Está bien?

—De acuerdo, está bien para mí.

Me incliné para besar sus labios con suavidad y dulzura.

—Te veré mañana, ¿bien? —Suspiré, por lo que él asintió—. Si necesitas algo, no dudes en llamarme.

—De acuerdo, hechicera —Me sonrió sutilmente cuando se alejó—. Gracias por tu apoyo. Realmente significa mucho para mí.

—No tienes nada que agradecer —Le regresé la sonrisa.

Él bajó del coche para abrir mi puerta como ya era su costumbre, estando fuera me acerqué para darle un abrazo.

—Descansa.

Besó mi boca.

—Descansa, hechicera.

Finalmente nos alejamos y después de brindarnos una última mirada, me adentré a mi edificio. Suspiré mientras subía las escaleras para llegar a mi piso y una vez en él, me acerqué a la puerta.

Inserté la llave, pero al girarla, me di cuenta de que la puerta ni siquiera estaba asegurada.

Ese niño del mal y su mala costumbre por no poner el pestillo.

Entré al apartamento, escuchando más de cerca el escándalo que mi hermano tenía en su cuarto.

Solía escuchar música a todo volumen cuando se hallaba solo.

Cerré y me acerqué a su habitación para tocar la puerta con fuerza.

La música paró, unos pasos se escucharon y después la puerta se abrió.

Me frunció el ceño.

—Ah, pensé que no llegarías a dormir.

—Sí, me imaginé —Entorné los ojos—. Pero no por eso debes de olvidar poner seguro a la puerta. Estás solo, escuchando música a todo volumen y la puerta sin llave. Cualquiera pudo haber entrado y tú ni cuenta te habrías dado.

—Pero si cerré la puerta.

—No, no es verdad. Estaba abierta cuando entré.

—No, yo cerré —Frunció el ceño—. Cerré bajo llave, me aseguré de que el gas estuviera cerrado, después volví a asegurarme que la puerta estaba asegurada y finalmente regresé a mi habitación. Sabes que reviso más de una vez que todo esté perfecto para dormirme tranquilo.

Iba a responderle, hasta que el ruido de algo cayendo en mi habitación, me interrumpió por completo.

Thomas y yo miramos en dirección mientras él me hacía una seña para que guardara silencio.

La puerta de mi dormitorio estaba entreabierta, pero el lugar estaba a oscuras.

Thomas se acercó con pasos lentos y silenciosos y después llevó su mano al picaporte para empujar la puerta.

Un hombre alto, vestido de negro y encapuchado, rápidamente nos enfocó. Estaba cerca de la ventana, intentaba salir por ella, pero no iba a conseguirlo.

La ventana no era tan grande. Yo era pequeña comparada con él y ni siquiera así podría salir por ese diminuto espacio.

—¡Hey! —Bramó mi hermano, por lo que el desconocido de inmediato se alejó de la ventana para tomar una lámpara de mi buró.

Todo mi cuarto estaba revuelto, mis cajones estaban abiertos, mi cama deshecha y mi ropa regada sobre el suelo.

¿Qué mierda estaba buscando?

El hombre no perdió la oportunidad y le lanzó la lampara a mi hermano en la cara antes de empujarnos a ambos para huir de la habitación. Mi hermano salió de su aturdimiento para seguirlo y taclearlo en la sala.

—¡Thomas! ¡No, ten cuidado!

Ambos empezaron a forcejear; el hombre en un intento de huir y mi hermano en un intento de detenerlo.

Los dos terminaron cayendo al suelo y rodando mientras se tiraban puñetazos y golpes. Me colgué de la espalda del hombre que mantenía a mi hermano sometido en el suelo, por lo que él intentó apartarme.

Cayó sobre su espalda, aplastándome con su peso y en el proceso, haciéndome daño.

Me quejé de dolor y cerré los ojos con fuerza.

—¡No toques a mi hermana, hijo de perra!

Tommy de nuevo se abalanzó sobre el hombre, empezando con otra serie de golpes y de patadas por parte de ambos. Intenté incorporarme mientras veía al tipo tomar la cabeza de mi hermano para estamparle la cara contra el suelo.

Thomas soltó un jadeo de dolor y el hombre un gruñido alto.

—¡No! ¡No lastimes a mi hermano! ¡Basta! —Le supliqué, intentando llegar a ellos para detener los golpes que el hombre no dejaba de darle a Tom.

De nuevo me colgué de su espalda y comencé a aruñar su rostro cubierto con una máscara, misma máscara que le quité. El hombre de nuevo me quitó de encima de un solo golpe y se llevó las manos a su rostro descubierto.

Era joven, de ojos verdes y cabello marrón.

No parecía norteamericano. Sus rasgos fáciles se parecían más a los de un árabe.

—¡No! ¡Deja a mi hermano tranquilo! —Chillé cuando de nuevo sostuvo a Thomas para levantarlo—. ¡No lastimes a mi hermano!

Antes tomó un trozo de cerámica de uno de los jarrones y al estar de pie, lo presionó contra la yugular de mi hermano.

Thomas apenas si podía mantenerse de pie.

—¡Si le haces daño, te juro que te vas a arrepentir! —Lo amenacé—. ¡No te daré tu máscara y entonces no podrás salir así! Lo sabes, sabes que las cámaras captarán tu rostro y sabes que no quieres eso. Por eso es que luces tan desesperado.

—Dame la máscara, bailarina de mierda.

—¡No! ¡No hasta que sueltes a mi hermano! —Me costó hablar—. ¡Suéltalo!

Y finalmente lo hizo.

Lo dejó caer al suelo y se abalanzó contra mí. Me intentó quitar la máscara mientras que con la otra intentó abrir la puerta; no lo consiguió.

Yo la cerré con llave cuando entré.

—¡Joder! —Gruñó.

Jadeé cuando me inmovilizó. Llevó sus manos a mi garganta. La máscara resbaló de las mías en el momento en el que apretó con fuerza con el único propósito de robarme el aire.

Intenté luchar, intenté quitarlo de encima, pero todos mis intentos fueron inútiles.

Intenté rasguñarlo, pero nada sirvió.

Un golpe resonó por todo el apartamento y seguido de eso, el cuerpo el hombre perdió fuerza sobre mí.

Miré detrás de mí que Thomas sostenía una pesa llena de sangre en uno de los extremos. Alzó la mano y dio otro golpe fuerte directo a la cabeza del hombre.

Finalmente, el tipo cayó tendido en el suelo, con un charco de sangre formándose muy pronto junto a él.

Comencé a toser varias veces e intenté volver a llenar mis pulmones de oxígeno.

Thomas dejó caer la pesa y respiró agitadamente.

Se dejó caer de espaldas sobre el suelo y tomó respiraciones profundas.

Mis ojos solo pudieron recaer en el hombre que yacía tendido junto a mi hermano.

No se movía.

Ni siquiera estaba segura de que respiraba.

Y mi hermano pronto notó lo mismo, porque se acercó para llevar sus dedos a la yugular del hombre. Pasados unos segundos, se alejó de golpe y de nuevo respiró de manera agitada.

—Él...él está...—Jadeó de horror—. No respira. Él...Lara, está muerto. Él...

La palabra resonó en mi cabeza.

Muerto.

Me arrodillé junto al cadáver para desmentirlo, pero no pude.

No respiraba.

Ya no respiraba.

Mi hermano mató a ese hombre.

Tommy se levantó con movimientos torpes y se recluyó junto a una de las paredes. Sus ojos casi salían de sus cuencas, su mirada estaba perdida y su respiración muy agitada como si se encontrara en estado de shock.

—Yo lo hice, yo lo hice —Comenzó a repetir en un tono ahogado—. Yo lo mate. Yo...

Llevé mis manos a sus mejillas para obligarlo a enfocarme.

—Thomas, todo estará bien.

Lo solté solo para llevar mis manos a los bolsillos de mi chaqueta. De ella saqué mi celular y me lo llevé a la oreja en cuanto marqué su número.

—¿Sí?

—Neal, necesito que vengas a mi casa cuanto antes —Le supliqué—. Un hombre entró, nos atacó y...

—No voy tan lejos. Llegaré pronto —Me interrumpió—. Estaré ahí pronto.

Cerré los ojos y asentí.

—Gracias —Susurré antes de colgar.

Miré a mi hermano, el cual solo observaba el cadáver en el suelo.

—Lo maté —Repitió—. Soy...soy un asesino.

—No...

—Sí, soy un asesino e iré a prisión —Le costó hablar—. ¿Iré a prisión, Lara?

—No, no irás a prisión, ¿me escuchas? —La voz me tembló—. Neal encontrará una solución, siempre la encuentra así que no tengas miedo porque vas a estar bien, Tommy. Te juro que vas a estar bien.

Él balbuceó algo que no entendí, por lo que solo me limité a abrazarlo con fuerza por largos y eternos minutos hasta que su celular sonó.

—Es Liv —Me avisó y después carraspeó—. No le responderé.

—En este momento lo mejor es que no.

Asintió mientras colgaba la llamada. Acto seguido su celular sonó en señal de un mensaje, uno que pronto se dispuso a leer.

Su rostro palideció.

—¿Tommy?

—Su madre llamó a la policia —Parpadeé al escucharlo—. Dice que…su madre escuchó gritos en nuestro apartamento y que le llamó a la policia porque estaba asustada de que algo estuviera pasándonos.

—Mierda.

Me sobresalté al escuchar el sonido del timbre. Miré en dirección a la puerta y tragué saliva. Me alejé de inmediato para abrir la puerta, en cuanto lo hice, Neal cerró detrás de él y miró al hombre.

Después nos miró a nosotros.

—Voy a necesitar el contexto de esto.

Tragué.

—Después de que me dejaste en la recepción, subí y me encontré con que la puerta estaba abierta —Le expliqué con la voz temblorosa—. Thomas estaba en su habitación y este hombre buscaba algo en la mía. Nos vio, intentó huir y Thomas quiso detenerlo —Tomé aire—. Pelearon, entonces yo en un intento de quitárselo de encima a Thomas, le quité el pasamontaña y…

—¿Tú lo asesinaste?

Negué con lentitud.

—No —Fue Thomas quien habló, por lo que Neal lo enfocó—. Fui yo. Él intentó quitarle el pasamontaña a Lara para poder huir y como ella se resistió, él empezó a estrangularla. La estaba matando, así que…tomé una de las pesas que Lara usa para sus ejercicios y…

Señaló al hombre con su mano temblorosa.

—Está bien, está bien —Neal le habló en un tono suave—. Lo resolveremos.

—¿Cómo? —Tragó saliva—. La policía viene en camino.

Hardy hundió las cejas.

—¿Quién llamó a la policía?

—Nuestros vecinos.

—Joder —Masculló, llevándose una mano a la frente.

—Ellos vienen en camino y si se llevan a Tom, entonces…

—Solo dame un segundo —Pidió Hardy mientras daba vueltas por todo el salón.

Lo miramos con atención hasta que finalmente se detuvo.

—Thomas, sé que estás hecho mierda por los golpes, pero necesito que hagas algo por mí.

—¿Qué cosa?

—Que robes el disco duro de las cámaras de seguridad de todo el edificio. Por suerte en ninguna de las calles cercanas hay, pero sí en los edificios y necesitamos deshacernos de ellas.

—¿Por qué?

—Solo hazlo. Estoy seguro de que podrás resolverlo.

—La policía aun así se daría cuenta de que lo asesiné yo —Le costó hablar.

Hardy lo miró.

—No lo asesinaste tú —Formuló en un tono completamente seguro—. Lo asesiné yo.

Las palabras me aturdieron por completo. No fui capaz de responder, no fui capaz de hacer nada más que pensar en lo que acababa de decir.

—Pero...

—Ve por el disco duro, Thomas. Si llega la policía antes de que consigas ese disco duro, entonces no podré ayudarte —Se acercó a él—. ¡Ve!

Thomas salió casi huyendo del lugar y en cuanto la puerta se cerró, Neal se movilizó por toda la casa.

—¿Cuál fue la pesa que Thomas usó para golpearlo?

De nuevo no pude responder.

Dios, estaba tan paralizada.

—¿Hechicera?

La señalé con movimientos temblorosos.

Él fue a ella y la tomó con cuidado.

Seguido de eso se levantó y fue directo a mi cocina para rebuscar en los cajones hasta que dio con el vinagre.

—¿Dónde guardas las toallas secas?

Parpadeé, sacudí la cabeza y me acerqué a él de inmediato.

—Lo que sea que pretendes hacer, no lo hagas.

—¿Quieres que tu hermano vaya a la cárcel?

Mi cuerpo entero tembló.

—No —Me escuché decir.

—Entonces por favor déjame resolverlo. Te prometo que pase lo que pase, tú y Thomas saldrán bien de esto.

—¿Y qué pasará contigo? —Mi voz salió desgarrada—. Si te culpas por esto, entonces…

—Tengo un plan —Me interrumpió—. Solo necesito que confíes en mí.

No esperó una respuesta, solamente se limitó a llevar su mano a mi cabeza y después se inclinó para besar mi frente con lentitud.

—Lo resolveré, hechicera —Me dijo—. Pero necesito que tú y Thomas no hablen en lo absoluto y que si lo hacen, sea solo para confirmar mi versión. Necesito que presten atención a cada cosa que pasará durante los próximos segundos, que presten atención a cada una de mis palabras. Quiero que recuerden todos los detalles que daré.

Asentí mientras parpadeaba para eliminar las lágrimas.

—Está bien.

—Ahora dame una toalla seca.

Me apresuré a tomar lo que él necesitaba para dárselo. Él limpió la pesa, quitó cualquier rastro de prueba de que Thomas la tomó. Solo dejó la sangre en uno de los extremos.

Me quedé viendo cuando comenzó a tocar la pesa con sus dedos, la presionó como si la sostuviera con fuerza, justo para grabar sus huellas en ella.

Se movió y la dejó caer junto al hombre. Después sacó su celular y tecleó en él.

—¿Landon? —Dijo luego de llevárselo a la oreja—. Necesito que me hagas un favor.

Pasaron un par de segundos hasta que volvió a hablar.

—Necesito que le avises al General Zheng que la policía de Chicago está a punto de arrestarme —Una pausa—. Te lo explicaré después, ahora solo necesito que él y un escuadrón de investigación vengan y se encarguen de llevarme a la FEIIC.

Colgó después de darle la dirección y de agradecer. No pasaron ni tres minutos hasta que Thomas entró al apartamento sosteniendo un objeto rectangular color negro.

—¿Cómo lo conseguiste?

—El recepcionista estaba en el baño como es su costumbre —Carraspeó—. ¿Sí es esto lo que necesitas?

—Sí, sí es eso.

Se acercó a Thomas para quitarle el objeto de las manos.

—Ahora necesito que escondan esto muy bien. Las autoridades querrán registrar toda la casa, así que deben deshacerse de esto cuanto antes.

—Yo lo haré —Alcancé a formular mientras me acercaba a él para quitarle el objeto de las manos. Me escabullí directo a mi habitación y me arrodillé para mirar debajo de mi cama.

Alcé el tablón suelto y metí el disco duro dentro de él.

Usaba el hueco debajo del tablón para esconder todos mis dulces de Thomas ya que él solía robarlos.

Me levanté en el instante que escuché el sonido de las sirenas de policía.

Estaban aquí.

Corrí hacia afuera para encontrarme con ambos hombres. Vi a Neal arrodillarse junto al hombre para tomar su mano.

—¿Recuerdas lo que te dije hace unos minutos, Lara? —Formuló Neal, alzando la vista en mi dirección—. Necesito que ambos estén tranquilos, que no se pongan nerviosos cuando les pregunten y sobre todo, que recuerden cada cosa que yo diré más adelante.

—Sí, lo recuerdo.

—Bien. Ellos están aquí, no podemos perder más tiempo.

—¿Cómo fingirás que...? —Las palabras se quedaron atascadas en mi garganta cuando lo vi sacar su arma de la cinturilla de su pantalón.

Era una pistola con silenciador.

—Neal...

Lo vi retirar el seguro y después, lo vi tomar la mano del hombre. Acomodó los dedos del hombre sobre el gatillo y acto seguido giró el arma en su propia dirección para presionar el cañón contra su hombro.

—¿Recuerdas que te dije que era capaz de quemarme en el infierno por ti? —Me preguntó, usando un tono determinado—. Hablaba de esto.

—Neal, no lo hagas. No así, no de esta manera —Le supliqué con la voz desgarrada—. ¡No!

Fue muy tarde.

Él disparó sin apartarme la mirada.

Se disparó a sí mismo.

CAPÍTULO 41.
Una tormenta se acerca.
LARA SPENCER.

PRESENTE.

No hubo una detonación alta.

No hubo un ruido que pudiera asustarnos a mi hermano y a mí, solo hubo un gruñido de dolor por parte de Neal y sangre, mucha sangre. Su sangre.

No perdió más tiempo, pese a estar herido, se levantó enseguida en cuanto escuchó los toques insistentes en la puerta.

No se acercó a abrirla, se limitó a ir a la sala y presionar su herida para que la sangre cayera sobre el sillón. Soltó otro gruñido mientras apretaba sus dientes y cerró los ojos con fuerza para resistir el dolor.

Tiró el arma en algún lugar de la sala y después volvió a nosotros.

Iba a decirnos algo antes de que la puerta fuera derribada.

Los tres miramos rápidamente en esa dirección solo para encontrarnos con unos cuantos policías que, al ver al hombre tendido en el suelo, no dudaron en sacar sus armas y entrar.

—¡Todos las manos donde podamos verlas!

—Ellos no tienen nada que ver. Yo soy el culpable, déjenlos fuera de esto —Neal fue quien habló—. Cooperaré, pero déjenlos a ellos dos fuera de esto.

—Las manos detrás de su cabeza, señor.

Él obedeció al instante.

—Tiene derecho a guardar silencio, todo lo que diga puede ser usado en su contra. Tiene derecho a un abogado, en caso de no poder costearlo, el tribunal se encargará de asignarle uno de oficio.

—¡No! ¡No pueden llevárselo así! —Me escuché decir mientras veía como entre dos oficiales se encargaban de colocarle las esposas e inmovilizarlo como si fuera el peor de los criminales.

—Lara… —Me detuvo—. No pasa nada.

Me aguanté las ganas de alegar, de suplicar y pelear porque lo liberaran, porque en su mirada encontré una clara advertencia que me detuvo.

No podía arruinarlo.

Debía confiar en que él podría solucionarlo, así como dijo antes.

Thomas y yo seguimos a los oficiales que se encargaron de llevarlo abajo. Otros más se quedaron en el apartamento reuniendo pruebas de la escena del crimen e intentando mantener al margen a todos esos vecinos que salieron para averiguar qué pasaba.

Al llegar a la recepción y antes de que pudieran subir a Neal a la patrulla, unas camionetas de la FEIIC aparcaron junto a la acera. De ellas se bajaron varios militares, incluyendo a un hombre muy mayor que portaba un traje formal lleno de medallas y un képi sobre su cabeza.

—Buenas noches, señores —Habló el hombre en tono serio e intimidante—. Soy el general Richard Zheng de Fuerzas Especiales e Internacionales de Investigación Criminal. Mi escuadrón y yo venimos a hacernos cargo de toda esta situación, así que son libres de marcharse.

—No, señor. Si es general entonces sabrá muy bien que en asuntos de esta índole, es el Departamento de Policía quienes se deben hacer cargo. Ustedes; los militares, tienen otros asuntos que atender. Ese es el acuerdo que tenemos.

—Sí, es cierto, no lo niego, pero… —Dio un paso enfrente—, según este acuerdo, la FEIIC puede intervenir siempre y cuando sea uno de sus militares quien esté involucrado en el conflicto y ese —Señaló a Hardy—, es uno de mis agentes, por lo tanto, pasa a ser un asunto interno de la FEIIC. Están en la obligación de soltarlo y retirarse.

El oficial miró a Hardy, a los agentes que rodeaban el perímetro y después se enfocó en el general.

Apretó los dientes y dio dos pasos atrás. Pronto hizo una seña para que soltaran a Neal.

—Dígame, agente Hardy, ¿por qué lo llevaban? ¿Qué está pasando y por qué solicitó nuestro apoyo? —Le preguntó el hombre una vez que los oficiales comenzaron a marcharse.

—Asesiné a un hombre.

Me tensé al escucharlo.

Era mentira, pero la seguridad en su tono me hizo dudar hasta a mí.

—Asesinó a un hombre —Repitió el señor, dando un asentimiento de cabeza—. Deme más detalles.

Neal apretó los dientes mientras se presionaba la herida en su hombro. Seguramente cuando lo esposaron debió perder sangre ya que no podía presionar.

Seguramente lo lastimaron más con tal brusquedad.

—Mi novia y yo estábamos dormidos en el sofá. Estábamos tan cansados que no nos dimos cuenta de que alguien había irrumpido en el apartamento para saquear el dormitorio de mi novia. Mi arma estaba sobre la mesa de centro en la sala, él nos despertó y nos amenazó con ella para que le entregáramos lo que sea que estaba buscando. Me negué y busqué quitársela, pero me disparó antes —Empezó a relatarle—. Mi cuñado escuchó todo y salió de su habitación. Ellos pelearon cuando el hombre intentó huir, lo hirió y por poco lo mata, pero logré reponerme un poco del disparo y entonces usé una pesa para noquearlo. Mi intención solo fue detenerlo, pero él murió por los golpes.

—¿Estaba armado? ¿Cuchillo, navaja? ¿Algo?

—No, señor.

—¿Está completamente seguro de que el difunto quería hacerles daño y que su reacción violenta no fue provocada por el intento de defenderse?

—No, señor.

El hombre suspiró.

—Sabe como es esto, agente Hardy. El equipo de investigación se encargará de conseguir las pruebas necesarias para dictaminar si la reacción que usted tuvo fue en defensa propia ante una amenaza. Lamentablemente, será la corte quien tome la decisión final y hasta que eso pase, usted tendrá que pasar los siguientes días en las instalaciones —Dictaminó el hombre—. Su herida será atendida de inmediato y será tomada como evidencia junto con las declaraciones de todas las personas involucradas. A pesar de que todos ustedes están heridos y que es evidente que fueron atacados, se debe seguir un protocolo.

—Lo sé y lo entiendo, general —Le respondió Neal—. Estoy dispuesto a cooperar con todo.

El hombre asintió.

—Por favor acompañen al agente Hardy y a sus acompañantes a la central. A los demás los quiero trabajando en la escena del crimen.

—Neal —Lo llamé.

Él me miró y me brindó una sonrisa para tranquilizarme antes de que lo subieran a una de las camionetas.

No me permitieron hablar con Neal después de que se lo llevaron.

Sí, nos tomaron nuestras declaraciones y por suerte memoricé tan bien sus palabras que mi versión coincidió con todo lo que él dijo. Incluso la de Thomas coincidió.

Al menos eso me dijo Landon, el cual también me mencionó que Neal no había cambiado ni una sola palabra de su declaración.

Seguía siendo la misma.

Seguía asumiendo la culpa de todo a pesar de que no hizo nada.

Suspiré y di vueltas por todo el pasillo mientras esperaba al guardia.

Habían pasado más de veinticuatro horas y por fin me habían permitido visitarlo en la habitación de la FEIIC en la que se estaba quedando.

Afortunadamente no lo tenían en una celda. Afortunadamente estaba instalado en una de las habitaciones que los militares solían usar cuando dormían en la central.

—Puede pasar, señorita Spencer —Me avisó el hombre al llegar a mí—. Al agente se le concedió el permiso de tener dos horas de visita semanales.

Le sonreí débilmente.

—Muchísimas gracias.

Él abrió la puertita para mí, esa que llevaba al pasillo en donde estaban las demás habitaciones; entre ellas la de Neal.

Me indicó el número, así que casi de inmediato llegué a ella. No toqué porque él ya sabía que estaría aquí, por lo que solo entré y cerré la puerta.

Él no llevaba camiseta, solo pantalones y una venda rodeando su hombro y parte de su pecho de manera cruzada.

Mis dientes castañearon al verlo.

—Hardy —Susurré.

Él me contempló con atención.

—Hechicera.

Me acerqué de inmediato a él para hundirme entre sus brazos. Él me rodeó fuertemente con uno de ellos y se encargó de apretarme más contra él mientras se inclinaba para enterrar su nariz en mi cabello. Aspiró mi aroma y me estrechó con más fuerza.

—¿Cómo está él?

Cerré los ojos con fuerza.

—Mal. Él…está tan asustado, se siente culpable de todo. De lo que le pasó a ese hombre, de lo que te está pasando a ti. De todo —La voz me tembló—. Está aterrado y yo también lo estoy. Me aterra pensar en lo que podría pasarte si ellos te condenan.

—No pienses en eso.

Me separé para caminar por todo el recinto de manera nerviosa.

—¿Cómo pretendes que no piense en eso? —Mis dientes castañearon—. Neal, estás poniendo en juego tu vida, tu trabajo, tu integridad, tu libertad, Joder, estás poniendo en juego todo lo que tienes.

No respondió nada.

Sabía que no mentía.

Esto podría pasarle factura de la peor manera.

—¿Por qué? ¿Por qué te hiciste esto?

—No confías completamente en mí —Me dijo en un susurro—, quería demostrarte que puedes hacerlo, quería demostrarte que yo jamás te dañaría.

—No tenías que demostrarlo de esta manera, no haciéndote daño, no culpándote de algo que no hiciste —La voz me tembló—. No tenías que sacrificarte de esta manera. Neal, si algo malo te sucede no podría perdonármelo jamás.

Terminó con la distancia que nos separaba al dar un paso más.

—Thomas es lo más importante para ti y si que él esté a salvo, significa que tú estarás bien, entonces no me importan las consecuencias que tendré por esto —Habló claro y sin apartarme la mirada—. Haría lo inhumano, haría cualquier cosa, me desgarraría yo solo y me condenaría en el infierno todas las veces que sean necesarias con tal de que tú estés bien, ¿entiendes?

Limpió una lágrima que resbaló por mi mejilla.

—No…—Sollocé bajito—. No puedes hacer esto por mí.

—Haría cualquier cosa por ti, hechicera.

Terminó con la distancia para rozar mis labios con los suyos. No me opuse al tacto, al contrario, fui yo quien lo selló. Le di un beso desesperado y anhelante, uno que pronto me siguió por completo.

Tuve cuidado a la hora de hacerlo retroceder para que se sentara sobre la cama de la minúscula habitación. Esta vez no fue solo el deseo lo que me envolvió y me hizo buscar más de él, fue también el miedo a perderlo, el anhelo y la necesidad de sentir que todo estaba bien.

Solo necesitaba refugiarme en él, que su tacto, sus besos y su calor me aseguraran que todo estaría bien.

—Por favor finjamos que…finjamos que todo está bien. Déjame besarte, déjame ser tuya —Le supliqué en un tono bajo—. Y sé mío. Por favor sé mío esta noche.

—Me tienes. Me tienes por completo.

De nuevo busqué sus labios con más desespero que antes. Nos desnudamos mientras nuestras bocas se mezclaban de una manera placentera. Nuestros cuerpos se rozaron, ocasionando que mi piel se erizara.

Sus caricias me hicieron jadear sobre él, su intimidad presionándose contra la mía pronto me hizo gemir de deseo.

Lo obligué a recostarse mientras me acomodaba sobre él. Lo escuché soltar un sonido de gusto mientras me balanceaba sobre su cuerpo con movimientos lentos y sutiles. Me restregué contra su miembro suavemente. De arriba abajo.

Él se relamió los labios cuando busqué llevar el control.

Lo acomodé en mi entrada y finalmente, le permití invadirme profundamente.

Ambos jadeamos.

—Hechicera…

Gemí alto en cuanto empecé a trazar movimientos hábiles. Estos poco a poco se intensificaron al igual que nuestros sonidos de placer que pronto llenaron la habitación.

No me preocupó que alguien pudiera estar escuchando, simplemente permití que el deseo me nublara y me arrastrara fuera de mi cordura.

Permití que nuestros movimientos se adueñaran por completo de mí y permití que sus caricias me deshicieran una y otra vez.

Se enterró en mí una y otra vez, cada estocada fue más placentera que la anterior. Presionó sus dedos sobre mi piel, tocó hábilmente y susurró cosas que en ese momento realmente no era capaz de comprender.

Simplemente me dejé arrastrar por todo.

Unos movimientos más bastaron para que ambos nos corriéramos, para que nos fundiéramos en uno solo y para que yo cayera rendida en sus brazos. Él salió de mí, enviando un escalofrío por todo mi cuerpo en el proceso.

Nos escuché respirar agitadamente, escuché el sonido de su corazón retumbando contra mi mejilla cuando me recosté contra él.

Cerré los ojos con fuerza.

—Vamos a estar bien, ¿cierto? —Me escuché preguntar mientras él me estrechaba entre sus brazos—. Dime que estaremos bien.

—Vamos a estar bien, Lara. Te juro que vamos a estar bien.

06 de mayo, 2020.
PRESENTE.

Hoy era su juicio.

Era su bendito juicio y yo no podía estar allí.

Al parecer, solo personas pertenecientes a la FEIIC podían ingresar a la sala mientras que yo tenía que estar acá afuera fingiendo que nada malo pasaba porque así me lo pidió él.

Me pidió que siguiera con mi vida con normalidad, que estuviera tranquila y relajada porque de lo contrario solo podría generar sospechas.

Si fingía estar bien, era solo porque él me lo había pedido.

Si no daba detalles a nuestros amigos de lo que había pasado ese día, era porque Neal me lo había pedido.

Me pidió que les avisara que en cuanto todo esto del juicio terminara, él hablaría con ellos.

Mi teléfono comenzó a sonar, por lo que lo tomé de inmediato para responder.

Me escabullí entre los pasillos hasta encontrar uno solitario.

—¿Neal?

—Soy yo —Afirmó puesto a que era un número desconocido. No le permitían tener su celular.

—¿Cómo estás? ¿Qué tal el juicio? ¿Ya terminó? ¿Qué te dijeron?

—No, el juicio no ha iniciado. Faltan unos cuantos minutos para dar inicio, pero me permitieron una llamada rápida —Suspiró con pesadez—. Sé que estás preocupada, por eso quise llamarte para repetirte que todo saldrá bien. Ya verás que no pasará nada.

—¿Y si sí pasa?

—Fue en defensa propia, Lara. Mis compañeros lo saben, mis superiores lo saben y seguro que el juez también. Ese hombre me disparó, hirió a tu hermano y nos amenazó con un arma —Me dijo con total seguridad—. Solo nos defendí.

—¿Y si aun así te meten a prisión?

—No será así. Lo peor que podría pasarme es seguir suspendido de mis labores por más tiempo, pero es poco probable que me envíen a prisión.

Ah, sí.

Neal fue suspendido de la FEIIC.

Ahora que estaba en un proceso como este, no podía hacer nada que tuviera que ver con su cargo. No podía hacer uso de su placa, de su rango ni de nada hasta que el proceso terminara. Si incumplía este castigo, la FEIIC sería la encargada de decidir si lo suspendían por más tiempo o si le quitaban su cargo permanentemente.

—¿Seguro? —La voz me tembló.

—Sí, seguro —Me contestó—. Debo marcharme, ya me están llamando.

—De acuerdo —Tragué saliva—. Mucha suerte, estaré rezando porque todo salga bien.

—Y así será. No te preocupes.

La llamada se cortó, pero aún así yo me quedé con el celular sobre mi mano.

Sí, él estará bien.

Confío en que todo estará bien.

—¿Hay algo en lo que pueda ayudarte? —Alcé la cabeza al escuchar la voz de una de las chicas que trabajaban aquí. Me sonrió mientras esperaba una respuesta.

Carraspeé y guardé el celular en mi bolso.

—Ah...sí —Le respondí—. Pronto será el baby shower de mi mejor amiga y soy la madrina de su bebé, pero no sé qué debería comprarle —Le conté.

Miró una de las pañaleras que se encontraban en el estante detrás de mí. Tomó una y me la extendió para que yo la agarrara.

—Ese parece una buena opción. Es bonita, práctica y moderna. Aparte cuenta con una cuna integrada.

Alcé las cejas.

—¿Una cuna?

—Sí, una portátil —Asintió, tomando otra pañalera idéntica a la que yo tenía en mis manos. La abrió, deslizando el cierre por el lado contrario y después estirando ambos extremos para separarlos y así mostrarme la pequeña cuna que venía—. ¿Lo ve?

De mi boca salió un «wow».

—¿Crees que le guste?

—Apuesto a que sí. Y si no, de todas maneras, puedes apostar a que lo usará. Esta cosa es indispensable —Me guiñó un ojo.

Le sonreí y asentí.

—¿Lo tienes en gris de casualidad? Siento que se podrá combinar más que el morado.

—Claro, dame un minuto.

Ella se retiró y fue en busca de la pañalera de ese color. Suspiré y dejé la morada porque una parte de mía sentía que le gustaría más la otra.

Anduve por todos los pasillos de la tienda de bebés para buscar más cosas.

Finalmente, también opté por tomar dos trajes que me gustaron.

Pronto la chica volvió con lo que pedí y me lo entregó.

—Listo, ¿algo más en lo que pueda ayudarte?

Negué.

—No, es todo, gracias. ¿Dónde pago?

—De este lado está la caja, por favor acompáñame —Me volvió a sonreír de forma atenta y amable.

La seguí hasta la caja y ya en ella me cobró. Le agradecí por la atención para después salir de la tienda, ya con mis bolsas de compras en las manos.

El baby shower de Elaine sería dentro de un par de semanas y estaba tan ocupada enfocándome en otras cosas que ni siquiera recordaba su regalo.

Mientras estaba aquí, preferí también buscarle un regalo de cumpleaños. Sería pronto y mientras buscaba algo, servía que me distraía un poco en lo que acababa el juicio.

Pero ¿qué podría conseguirle?

¿Un bolso era buena opción?

¿Unos zapatos?

Chasqueé con la lengua.

Me acerqué a un puesto de helado y pedí uno para comer mientras pensaba en qué podría obsequiarle a Ellie.

¿Una pintura de su gato fallecido?

No, no quería hacerla llorar. Lo mejor era que descartara esa idea.

Le sonreí y le pagué al señor una vez que me entregó mi helado. Me alejé y caminé hasta un banco que quedaba justo delante de la hermosa fuente que había en el centro comercial. Alrededor y en el segundo piso había muchísimas tiendas.

Esta plaza era enorme y siempre estaba llena de personas.

Muchos solo caminaban por ahí y otros estaban sentados en algunos bancos del área de comida. Bebían gaseosas y hablaban tranquilamente.

Hice un mohín al enfocar la joyería al lado del área de comida.

Tal vez podría comprarle alguna joya.

Me levanté y tomé mis bolsas para acercarme a la joyería, esa que exhibía sus hermosas joyas en los ventanales.

—¿Lara?

Alcé la cabeza al escuchar mi nombre.

Había un señor delante de mí. Llevaba una manta larga y grande con la que cubría su cuerpo. El hombre temblaba y sudaba como si estuviera aterrorizado.

Mis ojos recayeron en el audífono que llevaba en su oído izquierdo.

—¿Eres Lara Spencer? —Volvió a hablarme.

—Eh...sí. Pero, perdón, ¿cómo sabe mi nombre? —Cuestioné, un tanto confundida.

Pude notar que el pulgar de su mano derecha presionaba algo con fuerza.

Tragó saliva.

—Me dijo que viniera a ti.

Sus palabras me dejaron más confundida.

Pero ese sentimiento fue reemplazado por pánico en el momento que dejó caer la manta para atraerme hacia él. Me hizo darle la espalda y me abrazó con fuerza para impedir que me librara.

Me quedé paralizada, pero no por su agarre.

Sino por lo que vi antes de que me tomara.

Una bomba.

Llevaba una bomba atada al cuerpo.

AGRADECIMIENTOS.

Para mi madre y mi padre que siempre me han apoyado, que han estado en cada proceso desde que comencé a escribir, que soportaron mis noches de desvelos en la sala mientras terminaba un capítulo. Por esos dos seres maravillosos que me dieron la vida y que me apoyaron desde el primer segundo que decidí aventurarme en esto de publicar mi libro en papel. Son mi mayor inspiración y ejemplo a seguir.

Ambos me han enseñado tanto de la vida, me han demostrado lo que es ser una persona fuerte que lucha por lo que quiere. Los admiro y los amo tanto.

Esto es para ustedes.

Para mi hermana menor que tuvo que aguantarme dos horas al día hablándole de la trama de cada capítulo a pesar de que se moría de sueño. Gracias por escucharme, por bromear conmigo y ser mi cómplice en todo.

Para mi hermano mayor que fue el primero en regalarme en papel uno de los libros que escribí. Gracias por el esfuerzo, por la dedicación que le pusiste. Realmente ha sido el mejor regalo que he recibido en toda mi vida. Te admiro y te quiero un montón.

Para mis amigos y personas que tiene un lugar en mi corazón y que de alguna manera han influido en mi vida.

Para mis maravillosos lectores que hicieron esto posible, que me apoyaron desde el inicio, que llegaron en el proceso y que se quedaron hasta el final. Siempre estaré agradecida con todo su cariño, su apoyo y sobre todo con todo el amor que nos han dado a mis historias y a mí. Ustedes me inspiran a seguir escribiendo sobre estos personajes que tanto amamos.

Espero que hayan sido muy felices mientras leían este primer tomo. Recuerden que muy pronto llegará el segundo y en él estarán todas esas escenas que nos faltaron y que seguramente desean leer.

Gracias a todas las personas maravillosas que participaron para que este libro este aquí ahora. Gracias a Betz, a Zu, María, Luly y a Lucía; las personas que se encargaron de los detalles hermosos de este libro.

Y sobre todo, gracias a mi mejor amiga por tantos años de felicidad que me brindaste con tu amistad. Te echaré de menos hoy y siempre.

Con amor, Mar.
Besos.

CONTENIDO

SOBRE LA AUTORA Y LA OBRA.	2
ADVERTENCIAS.	5
PLAYLIST.	9
PRÓLOGO.	13
CAPÍTULO 01.	17
CAPÍTULO 02.	35
CAPÍTULO 03.	49
CAPÍTULO 04.	63
CAPÍTULO 05.	81
CAPÍTULO 06.	103
CAPÍTULO 07.	119
CAPÍTULO 08.	135
CAPÍTULO 09.	147
CAPÍTULO 10.	163
CAPÍTULO 11.	177
CAPÍTULO 12.	195
CAPÍTULO 13.	213
CAPÍTULO 14.	225
CAPÍTULO 15.	249
CAPÍTULO 16.	263
CAPÍTULO 17.	279
CAPÍTULO 18.	291
CAPÍTULO 19.	303
CAPÍTULO 20.	315
CAPÍTULO 21.	333
CAPÍTULO 22.	341
CAPÍTULO 23.	361
CAPÍTULO 24.	377

CAPÍTULO 25.	397
CAPÍTULO 26.	425
CAPÍTULO 27.	443
CAPÍTULO 28.	457
CAPÍTULO 29.	473
CAPÍTULO 30.	489
CAPÍTULO 31.	507
CAPÍTULO 32.	515
CAPÍTULO 33.	531
CAPÍTULO 34.	549
CAPÍTULO 35.	569
CAPÍTULO 36.	583
CAPÍTULO 37.	597
CAPÍTULO 38.	617
CAPÍTULO 39.	635
CAPÍTULO 40.	645
CAPÍTULO 41.	671
AGRADECIMIENTOS.	683

Printed by Amazon Italia Logistica S.r.l.
Torrazza Piemonte (TO), Italy